To 十七岁的你
我在你的手心里放了一颗糖
希望你也甜甜的

2024.1.19

十七岁

SHIQISUI
NIXIHUANSHUI

你喜欢谁

（上）

樱十六 著

九州出版社
JIUZHOUPRESS

我造了一个乌托邦，在里面放了一颗糖

目录

十七岁你喜欢谁

(上)

楔子

海滨城市，霓虹隐没，空荡荡的酒店大厅，唯有角落一桌热闹非凡。

晚上八点，婚礼彩排将在两个小时之后开始。

男孩们身着西装，女孩们衣裙鲜亮，各个手里拿着的是五颜六色的伴手礼喜糖。

方明雨回来入座后的第一句话问的是：“所以结论是什么？当初蓝亦菲到底喜欢谁？”

方明雨提的真是好问题，话音方落，一桌子女生便哈哈大笑，男生脸色则各自精彩。

钟念慈笑道：“这得算咱们子弟校第一谜团。”

我扔了瓜子皮：“来来来，时过境迁就都别藏着掖着了。哪位告白过？哪位被告白过？各位有料的爆料，有谣的造谣！再不济有什么小道消息都请别吝啬。”

关超先举手认栽：“我就知道不是我。”

廖星笑：“你是被拒绝过多少回自己都不知道了吧？”

“怎么听记者说邹航拍戏的时候，她特意跑去探班过？”有人坏笑道。

“都什么时候的事了。”邹航举手自证清白，“是我大一在杭州拍戏的时候，她旅行路过，看到新闻才联系我说想看片场。哪来什么特意啊。”

明雨径自笑：“高中那会儿蓝亦菲就是他女神。”

“冤枉，我哪有那个闲心。”邹航说。

所有人听到后大笑，他高中的闲心在谁身上人尽皆知。

“有没有东西吃？”郭靖从舞台后面转出来，身后跟着同样西装革履的蒋翼。

钟念慈递水给郭靖时，蒋翼修长的手指伸过来，从我手中的盘子里顺走了一块棉花糖。

“给我起开！才装好的！”我护住了自己盘子里的棉花糖。

“该干活儿了你，瓜子嗑了有二斤了吧。”蒋翼边躲闪边掰着我的手指抢劫成功。

郭靖问：“刚才聊什么？”

我抢答：“猜亦菲当初喜欢谁。”

郭靖当场无语。

方明雨感叹：“要是珊珊在就好了，她肯定知道。”

“……你们是真闲。”

蒋翼嗤笑一声。

“你笑什么笑？你又不知道，你有什么好笑的？”我冲着蒋翼龇牙。

蒋翼当下挑眉：“谁说我不知道？”

“你知道？”我眼睛一亮。

远处突然有人叫：“蒋翼，新亲的桌牌在哪儿？”

蒋翼头也不回起身：“在我车里，给你拿。”

邹航跟着起身：“车钥匙在我这呢，一起去。”

“他俩忙得都闹不清是谁结婚了。”我跟明雨说，“心里肯定有鬼。”

“都是心头的白月光。”明雨语气凉凉。

“蓝月光。”钟念慈微笑。

“简称‘蓝光’，4k超清。”我和明雨各自笑，“过目不忘且铭心刻骨。”

郭靖转身亦走，我追着问：“郭大侠当初不会也是蓝光后援会的吧？”

“就你话多。赶紧干活儿，耽误明天婚礼你就甭回北京了。”

“你说不回就不回?!”我冲着他走向搭建场地的背影挥拳头。

“这么多年了，他还是一句话就能怼得你没话说。”叶可心嘟着胖脸蛋感叹。

明雨也感慨：“感觉什么都没变。喜欢亦菲的男生照旧人山人海，可她到底喜欢谁呢？”

万年清醒的叶可心继续翻白眼：“有什么好猜的，肯定是庄远啊。”

庄远？

是啊，庄远。

我和明雨相视而笑。

众人静默片刻后也都笑起来：“也是，咱们年级有不喜欢庄远的女生吗？”

庄远，一个即使过了这么多年，还是只要一提起便立刻让我们这拨女孩子集体陷入粉色泡沫之中的名字。

他是整个九中神话一样的人物，和他同校过的五届学长学姐学弟学妹，无不以曾和庄远同校骄傲。

“不过话说回来，”叶可心问，“那有谁知道当初庄远喜欢谁？”

所有人都是一怔。

庄远喜欢谁？这个被问了无数次却无人知晓答案的问题，就这样再次被提了出来。

那个仿佛变成偶像符号的风云人物，那个一提起名字就会让人心悸的庄远，他喜欢谁呢？

那是曾经年少的我们或者无法开口，或者来不及问出口的问题。

十七岁的我们，到底留下了多少谜题？

泛黄却无法模糊的时光，久别也不会生疏的人，清晨的篮球场，课间的教室……如今的我们真的是从那样青涩的日子里走来的吗？

又有谁能真正回应曾经被我们有意无意遗落在时光里的心情？

此外，还有多少人，在重逢的时候，我们会想问他或她一句：“十七岁，你喜欢谁？”

第一章 — 小伙伴

1992 年，初夏，一个学年即将结束，子弟校的合欢树含苞待放，北方一座大型航天城的家属区迎来了新一年的分房季。

透过教师办公室窗外遮天蔽日的绿树，即将满七岁的我看着湛蓝天空里棉花糖一般的云朵。

“黄瀛子！”

有人盛怒地叫喊着我的名字，我急急忙忙撤回眼神，乖顺地低了头。

“来办公室挨训也能溜号？三天两头进办公室的女生也就你一个了。”班主任金老师恨铁不成钢，踩着高跟鞋来回踱步，“给你们家打电话了，你爸妈一会儿都过来。”

都过来？

我一下子急了：“不是就叫我爸吗？”

“叫你爸来，他管得住你吗？我还没见过这么惯着孩子的家长。上次叫他来，是让他回去教育你呢，他倒好，提早接你放学去下馆子了！我是请家长还是给你邀功呢？这回让你妈来。”

“扑哧！”旁边传来男孩幸灾乐祸的笑声。

“蒋翼，你也好意思笑？你妈一会儿也过来！”

闻言，我也开始偷笑。

蒋翼蔫头耷脑：“知道，我爸您也叫不来，他得九月份才回国。”

“还接话！还接话！就怕话掉在地上没人接是不是?!”

“金老师，黄瀛子的家长来了。”有老师开门笑道，“呦，又是你们俩啊。以后你俩把课桌直接摆这上课得了，省得金老师每回都得费事喊你俩来。”

金老师又气又心酸：“就没见过这么爱接话的孩子。还一唱一和的，等二年级分班说什么也得给他俩分开。”

接着，办公室门被打开，先后进来三个人：一言不发的蒋翼妈、不发一言的我妈，还有我爸。

本来想打哈哈的我爸一眼认清形势，咳嗽一声：“你们俩又怎么淘气了？能不能懂点事？天天让我们大人这么操心，像话吗？”

叛徒！我心里冲我爸龇起还没换完的门牙。

“金老师，实在抱歉，给您添麻烦了。”我妈皮肤白得透明，漆黑的头发用两三个发夹固定在脑后成了一个美丽的弧度，五厘米的白色高跟鞋，紫色收身耸肩连衣裙，仿佛是时尚杂志里走出来的气场十足的模特，说话却很是客气，“又让您费心了。”

“他们有什么不对的地方，您随时和我们说，我们带回去管教。”

我和蒋翼各自瑟缩了一下。

补充说话的是蒋翼妈，她和我妈正好是相反的风格，身上穿着细帆布的深灰色工作服，应该是直接从工地现场赶过来的。她常年在一线做技术，专门和五大三粗的工人打交道，却处处游刃有余，说一不二，是出了名的狠角色，管教起儿子也是不假辞色。

以我妈和他妈这种气场，说一句软话都是给了天大的面子，何况双双屈尊降贵。年轻的金老师深感面上有光，语气也软和许多："他们俩还是很聪明的，脑子转得快，记忆力好，可就是太淘气、太爱说话了，马上就期末考试了，这很影响课堂纪律。每天都有任课老师来我这反映他俩上课淘气，不遵守课堂纪律。今天数学课杨老师叫刘鑫回答问题，人家答得慢了点，黄瀛子就接话把答案说出来了。刘鑫没面子说了句'就你事多'，蒋翼就怼人家'她不事多你得算到明年'。两人一唱一和，那叫一个厉害，杨老师根本管不住，还把刘鑫一个男孩子给气哭了。"

我和蒋翼一人挨了自己亲妈一记眼刀。

可她俩还没来得及说话，就见我爸满脸担忧："男孩子这么爱哭可不行。"

这句话可是捅了马蜂窝了！

金老师顿时两眼冒火："瀛子爸爸，他们俩淘气不是一次两次了！你们做家长的这么溺爱孩子，我们做老师的很不好管的！这次也不只是刘鑫的事，还有蒋翼把全班同学画成各式各样的小王八，跟黄瀛子两个贴了每个同学的后背，老师都不放过，还弄了个《一堂小王八》的漫画连载，全校学生每天都在等更新。"

我爸当即表示有这么回事，他也看过，不过神情满是回味："难为他这么丁点个小人儿怎么画得那么像……"

下一秒，见金老师颤抖地握住了拳头，我爸立马改口："但是画得再好也不应该这么干。"

"黄瀛子还收费！按班级传阅，一根冰棍换一集，两根冰棍可以优先观看，全校每个班都有固定联络员！"

我爸瞬间正色："这个点子谁想的？"

"……钟念慈。"我低头小声，满心想要辩解，"开始谁给我俩冰棍谁就可以看一集，可冰棍太多了，我俩吃不掉，全班都吃不掉。郭靖告诉蒋翼说收太多冰棍不厚道，是乱收费，念慈就出主意说改成以班级为单位收冰棍，找一个人代理交易……”

我爸颇为感动：“多好的主意，生意做得好，还讲良心，真是好孩子，那你们有没有给人家提成？”

“黄瀛子爸爸！”金老师眼睛喷火。

“到！”我爸答。

金老师好半天才喘上一口气来：“上次他俩淘气我就请您来过，您说回去教育，两个孩子还没放学就让您领回去了，可出了门您就带他俩去吃冰激凌、下馆子，第二天全班都知道了！”

我爸瞪眼：“你们俩谁告的密？”

“不是我！”我和蒋翼异口同声。

金老师咬碎了牙：“黄瀛子爸爸！”

“到！”

“重点是他俩谁告密的事吗？重点是被请家长不挨说还被奖励！我头一次见识这种事！别说我了，全校的老师都没听过有这样的家长！班上的同学都眼巴巴羡慕他俩，您说我以后还请不请家长？这让我还怎么管……”

我爸真心实意地解释：“没下馆子，就买了冰激凌，后来去吃的羊肉串。”

“哈哈哈……”办公室里看热闹的老师再也忍不住笑了起来。

蒋翼在我耳边小声说道：“金老师是告你的状？还是告黄叔的状？”

蒋翼妈一个眼神射过来，蒋翼赶紧闭嘴。

“这是吃什么的问题吗？！”年轻好看的金老师鼻子都要气歪了。

“边吃羊肉串我也边批评他们了……”

我妈突然一道眼神飞过来，不用一个字，我爸立刻闭嘴，世界安静了。

我妈强忍着的怒气就要从她高耸的发髻上飙起来，可神奇的是，转脸对我们的班主任还是和颜悦色的模样：“金老师，实在抱歉。她爸爸只会惯着孩子，是我们没有管好孩子，让您费心了。这次我们来是特意向您道歉的，他们怎么淘气的您一定和我们说说，我们带回去好好教育，让他们长教训。”

我一听这话，当即瑟瑟发抖。

蒋翼妈亦是神色如常：“蒋翼爸爸常年外派，瀛子爸爸工作也忙，所以都不太了解孩子的情况，下次有什么事情，您直接找我或者瀛子妈妈。”

蒋翼当即抖如筛糠。

我妈再次微笑道：“我们家长回去也多交流，不给学校和老师添麻烦。”

这次抖的是我爸。

金老师总算从跟我爸的对阵中清醒过来，为眼前负责任有担当的两位妈妈的话所感动并重新展颜，对这个谈话结果表示满意：“有两位妈妈这么说，我就放心了。”

三个大人至此相谈甚欢，剩下我爸跟两个小孩大眼对小眼。

于是，正常的老师请家长的剧情终于上演。

金老师说完，我妈和蒋翼妈点头赞同；两位妈妈说完，金老师表示满意。

好不容易熬到快放学了，金老师送我们出门前还冲着我和蒋翼微笑着说：“原来你俩也有怕的人，以后看你们的课堂表现了。”

受到惊吓的我们缩成两小团虾米，灰溜溜地跟着爸妈们出了教学楼。

夏日傍晚，我妈在前面走路带风，高跟鞋踩得学校的石子路嘎嗒嘎嗒地叫疼，已经开了一季的丁香花仿佛是她带出来的一片浅紫色云朵，香喷喷的。

我本来有点害怕，可我爸就在身边，心里便有了底。

出了校门没多久，更是挪不动脚步，因为街对面的冰激凌店里仿佛有无数双胖乎乎、白嫩嫩的小手在向我召唤："我特好吃，我是香草味的，我比巧克力还甜，我可好吃了呢！"

"爸！"我脚点地，拉着长音。

我爸心领神会，仿若不经意地跟我妈说："天这么热，你俩还特意从单位回来，真是辛苦了，我给你俩买点冷饮消消气……"

我妈猛回头："你是给我俩大人买还是给俩小的买？"

"哎，就顺带给孩子们……"

"不用顺带，我们不吃。"

"爸！"我继续拉长音喊。

我妈："甭叫唤你爸，今天晚上咱们算算账。"

我爸："算账晚上再说，先吃点凉的降降火。"

"不用，我上火是因为没吃凉的？"我妈一个眼神扫过来。

不是。

身为我妈上火的原因——我爸带着我和蒋翼，一大两小统一动作：低头不语，降低存在感。

队伍继续往前走，我恋恋不舍跟香草冰激凌说完拜拜，便听我妈问蒋翼妈："你们家选定哪栋楼了没有，下礼拜可就填表了。"

“小花园旁边那一栋吧，离学校近。他爸总不在家，我也常加班，主要就考虑他上学的距离近一些了。”

“我们也想选那一栋，走路去学校就五分钟，黄瀛子爱磨蹭，离得远还不得天天迟到。”

蒋翼接话：“她那是腿短跑得慢。”

“怎么说话呢！”蒋翼妈瞪他。

我当然也不好欺负，转手就给蒋翼后背一拳。

“黄瀛子！”我妈漂亮的眼睛又凌厉起来，“还给我学会动手了？”

我爸打圆场：“好了，好了，都不闹了。咱们今天凑得齐，晚上去我们家吃饭。”

蒋翼激动得跳起来：“那吃锅包肉？”

“锅包肉！黄叔亲自下厨给你俩整几个硬菜。”

“晚上还有德国对瑞典的比赛！”

“成，晚上咱爷仨看球。”

蒋翼眼巴巴看着自己妈说道：“妈，咱上黄叔家吃饭？”

“你老实点，今天咱们得好好聊聊。”蒋翼妈不动声色，却突然拽住儿子的手腕，“你的新护腕呢？早上不是才戴上。”

“……扯坏了。”

“第一天戴就扯坏了？放哪儿了我看看……”

我忙说：“在我这儿，在我这儿呢！我给它缝上。”

我妈气得笑起来：“你倒是会缝啊？再扎到手不要喊疼。”

这一笑就代表没有大人生气，也没有小孩子需要担心被骂了。

我和蒋翼笑嘻嘻互相看了一眼。

我妈跟蒋翼妈说：“你晚上加班不在家，吃了饭蒋翼就在我们家睡吧。”

蒋翼妈也没推辞，又跟蒋翼说：“你回一趟家，把奶奶今天刚托人送来的红肠拿到瀛子家，我中午放在冰箱第一层了。”

“好嘞！”蒋翼转身往家跑。

“我一起去！”我立刻紧跟上去。

蒋翼头也不回道：“你太慢，别跟着！”

“那你等等我嘛！”

“黄瀛子慢点跑，别摔倒了！”我妈在身后唤了一句，“真让她爸爸惯坏了，竟然还学会打人了。”

蒋翼妈笑起来：“蒋翼也欠打。再说我看他就是故意讨人烦，故意讨打。”

长大之后我有一次想起这事，问蒋翼是不是故意讨打，蒋大爷拿着手机飞快地回复邮件，眼神都懒得给我一个：“谁贱得乐意挨揍？我妈那是情商高，不跟你计较。背地里告诉我多少回，找个没人的地方揍你一顿，把你揍哭为止。”

“我揍哭你还差不多。”

蒋翼说这种话多了，我从来不信。若想知道真假，只能求证蒋翼妈。可我如今这把年纪，肯定也不会再问这种傻问题了。

那时候，不好说是不是故意被我打的蒋翼和我一起在航天城家属区唯一的林荫主干道上跑过，往来的自行车和行人自动给奔跑着的小孩子让路。

有相熟的长辈见到我们奔跑的身影，忙嘱咐：“瀛子，你们俩慢着点。”

蒋翼跑得飞快，我一个人左顾右盼：“知道啦！”

学校已经放学，一群群同学正结伴回家。

一队女孩叽叽喳喳的队伍中，梳着两条小辫子、苹果脸的方明雨在马路对面挥手喊：“黄瀛子、蒋翼，你们俩去哪儿玩？”

仍旧只有我扯着嗓子回答：“我们去蒋翼家。方明雨你去哪儿？”

“我们去亦菲家里写作业。”

是的，那时候方明雨同学最要好的小伙伴还不是黄瀛子，而是航天城子弟小学一年级的小女神蓝亦菲。

眼看着蒋翼跑得没影了，心急要跟上，谁知方明雨也跟着我跑起来：“黄瀛子，你们家选好住哪一栋房子了没有？”

“定好啦，你家呢？”

“我们住医院旁边的那一栋，离我爸上班近一些。”明雨的爸爸是厂医院的医生，妈妈是学校的老师。

我想起前几天听大人聊天提起过那一栋：“郭靖爸妈好像也说要搬到那儿。”

“庄远妈妈也选这一栋。”

“你怎么知道？”

“李姗姗说的呀。你家呢？”明雨问。

我现学现卖：“我们选学校旁边的那一栋。”

“蒋翼家也是？”说话的是蓝亦菲，她跟在明雨身后，跑得不算快，漂亮的小蓝色裙子在阳光下闪亮得仿佛蝴蝶的翅膀。

“那肯定啊！”我为了回答她只好停住脚步，转过身去。

“那挺好的。”蓝亦菲笑盈盈问，“姗姗和关超也来我家写作业，黄瀛子你来不来？”

“黄瀛子你磨蹭什么呢？快点过来！”本来已经跑远了的蒋翼竟然重新出现在街口。

“你不是不等我吗?”我来不及回答，冲着亦菲摆摆手就乐颠颠地跑向蒋翼。

“你要是不跟来，我这会儿都到家了。”蒋翼转身照旧跑得飞快。

身后传来明雨的大喊声:“黄瀛子，明天放学一起玩呀。”

“好呀!”甚至来不及回头，我挥着手跑进夏日里喧闹的人群。

这是一天里家属区最热闹的时候，下班的大人和放学的孩子在这条路上重逢。

这里是北方一座航天城的家属区，也是我和蒋翼、方明雨、钟念慈、蓝亦菲、庄远、郭靖、关超……我们这一拨小孩出生成长的家。

在被简称为“厂里”的地方，我们的父母自二十几岁毕业后，便从国内不同的城市聚集至此，参加工作、恋爱安家、生儿育女。

我们是他们的子女，在子弟医院出生，在子弟托儿所上幼儿园，在子弟校念书。我们这一届，有七十八个小孩子，从幼儿园到初中毕业，至少会做十五年的同学。

虽然人数比不上市里两个学校，可这儿一个年级里就有一个念慈和一个郭靖。可见当初八三版射雕有多风靡了。然而这些被冠以大侠名字的小孩子们还有一个称呼：子弟。

“子弟”是怎样一个概念呢?

家长来自同一背景或者隶属于某一机构，子女一般被称为这个机构的子弟。那个年代，围绕一个大型国有企业会建立一个卫星城，我们这些航天城子弟们便跟随家长在这个武陵人来过一次可能就再也找寻不到的小小世界中生活。

卫星城由厂区和家属区组成，厂区高耸的烟囱里常年冒着雪白的水蒸气，是父母工作的地方，而小小的家属区则更是五脏俱全：商场、市场、电影院、医院、露天体育场和包含大型水上设施的室内体育场各一个，当然还有一家幼儿园和一所九年制义务教育学校。

学校不大，但是语数外德智体美劳各种科目无一缺席。老师都是精挑细选的师范高材生，教学质量好得连市重点也无法企及，在里面念书的全部是厂里子弟。

父母一起工作，孩子一起念书，小小卫星城仿佛世外桃源，有着自己独特的温馨氛围。

我的父母是当年建厂的第一批职工，他们二十二岁入厂相识，二十四岁结婚，二十五岁做了爸爸妈妈。

蒋翼的爸妈也是一样。

而过了夏天，我和蒋翼，还有身世背景一样的同学们即将升入小学二年级。

按照厂里的规定，独生子女升二年级，或者父母年满三十二岁便可以分一套两居室。这一年，是我们这一届的分房年，已经有三栋清水楼房刚刚落成。如果不出意外的话，暑假过后，我和许多同班同学将成为低头不见抬头见的邻居。

蒋翼家和我家早早就定了同一栋楼，那栋后来被叫作十三号楼的筒子楼，四层一号的两居室，在之后十几年，都是我的家。

而就是在这一天晚上，我边吃蒋翼奶奶亲手腌的红肠，边听家长们第一次谈论起了这个地方。

蒋翼妈对蒋翼说：“咱们家定四层三号。你和瀛子以后一起上下学，也有个照应。”

“是她忘带作业的时候，我能给她回家取吧。”蒋翼回道。

“你没有忘带东西的时候吗？”

“还真没有！疼啊！妈，你别老打我后脑勺。”

我吃饱了饭，满不在乎抹了抹嘴巴，站起来就要往外跑。

我妈一声叫住我：“黄瀛子，你作业写完了吗？”

“写完了。”

“拿来给我看。”

我心里一抖，站住脚步，脚尖戳地：“语文写完了。”

“数学呢？”我妈继续问。

我用余光看向蒋翼，他边吃饭边回了一句：“写完了，都在写字台上。”

蒋翼妈笑了一声：“你倒比瀛子还清楚。”

“我给她检查来着。”

我妈问：“检查还是替写？”

“检查……”

蒋翼妈道：“那你上周的小作文也是瀛子给你检查的？”

“不是！”我俩异口同声。

“黄瀛子你给我回来，坐好！”我妈放下筷子，一副要跟我俩深谈的架势，“你俩可真行啊，上课不好好听讲，合伙欺负同学，还敢互相替写作业？再不好好管管你俩，明天就要上房揭瓦了。”

蒋翼妈问：“蒋翼你比瀛子大，我之前怎么跟你说的？哥哥要有哥哥的样子，怎么能带着妹妹这么做？”

蒋翼耷拉着脑袋：“我没……”

我妈说：“那就是黄瀛子的主意了。行，从明天起，黄瀛子放学就回家，别再往外疯跑。暑假也甭去奶奶家了，留在厂里我给你找个学英语的班上课。”

我一听就急了："我才不上课，我都定好了的！奶奶都说要来接我了，而且、而且，替写作业才不是我的主意。"

三个大人忍笑互看一眼："还是替写了。"

蒋翼妈勉强板住脸问："那就是蒋翼的主意？"

"……对，是我的主意。"蒋翼生无可恋瞪了我一眼，"我求她帮我写作文，还求她说替她写数学作业，都是我要做的。"

两个妈妈又气又觉好笑。

我爸摸蒋翼的脑袋："够义气。"

蒋翼嘟囔一句："我也想去奶奶家。"

"你得留在家上奥数班，黄叔每个礼拜都给你做锅包肉。"

"……那行。"

被爸妈放过一马，我倒是有点委屈："今天也不能怪我俩，是刘鑫先说郭靖妈妈没工作，还说他们家都是穷鬼，我才上课怼他的。我才没欺负他。"

"怼他都是轻的。"蒋翼也气呼呼地说，"要不是快上课了，我和郭靖就揍他了。"

家长们互看了一眼，神色缓和。

蒋翼妈说："一码归一码，他那么说不对，可你俩也不能上课接话怼同学，更不能打人。"

"哦……"

我可怜兮兮地问我妈："那我能去奶奶家吗？"

我妈问："之后还上课接话吗？"

"不接了！不接了！"

"还让蒋翼替你写作业吗？"

"再不让了！"

“今天的数学作业怎么办？”

“一会儿就去重新写！”

我妈抿嘴笑：“行吧，这个状态保持到期末，就让你去奶奶家。”

“噢耶！”我拉着蒋翼往屋里扯，“走走走，把我的作业本拿出来。”

“你自己去写，蒋翼还没吃完饭。”我妈想喝住我。蒋翼踉跄着放了筷子：“吃饱了，黄瀛子你别拽我衣服……”

我俩跌跌撞撞地进了屋，蒋大爷扯开我的手，在写字台对面坐下，讨价还价起来：“今天所有黑锅都我背了，你怎么报答我？”

我咬着笔杆，边蹙着眉头努力消化应用题的题面，边说：“我从奶奶家回来的时候把我二叔的望远镜给你拿回来。”

“行！”

“那我以后忘带作业你给不给我回家拿？”我抬头，得寸进尺。

为了望远镜，蒋翼低眉顺眼：“给你拿。”

“说定了？”

“说定了。”

隔天，放学路上，我蹦蹦跳跳跟上前面背着书包的方明雨。

“方明雨，你不去蓝亦菲家写作业吗？”当她回头，我吓了一跳，“哎呀，你怎么哭啦？”

明雨抹抹眼泪，没说话，继续走，细细的辫子一翘一翘的。

我看不了这个，紧紧跟上去，追问：“你怎么啦？”

“就快期末考试了，黄瀛子你怎么还这么高兴？”明雨带着鼻音问我。

“考完试不就放假了吗？我暑假去奶奶家！”

“哦，对，我听说了。”

“你怎么知道？”我好奇。

“李珊珊说的。”

“哦。”我点点头，“那你暑假去哪儿？”

“我得上奥数班。”

“啊，对，蒋翼也得上，还有庄远是吧？全年级就你们三个，真倒霉。你是因为这个哭？你别难过，我也不爱上课……”

“才不是。”明雨吸吸鼻子，继续往前走，“我喜欢上奥数。”

“那是因为什么？哎，你今天不去蓝亦菲家吗？”

“不去了。”明雨闷闷说，“以后都不去了。”

“你们吵架啦？”我后知后觉地问。

没想到明雨答了一句：“没吵架。”

“那你怎么了？”

明雨没回答，带着我走进刚刚配合着新房子建成的小花园里，在一个海豚雕像的底座边坐下来。

“你期末考试复习好了吗？”明雨问。

“复习好了，金老师说我只要不忘记在卷子上写名字就算有进步。”我从背包里拿出两袋汽水糖，分给明雨一袋，“所以，你为什么哭呀？”

明雨瘪着嘴巴：“七一建党节早上升旗，金老师选了庄远和亦菲。”

“哎？”从来不上进的我一时间没意识到这有什么可哭的，“你也想当升旗手？”

“庄远是二班第一，我是一班第一，升旗手本来就应该是我俩呀。”

“那为啥选了亦菲？”我好奇。

明雨没答话。

我恍然大悟：“啊！因为她好看是吧？”

明雨听到这话，站起来就走。

我忙从海豚身上滑下来，拉她的手：“方明雨你别难过，我嘴笨，我请你吃冰激凌。”

明雨转身问：“你的零用钱不是中午都买白娘子的贴纸花掉了？”

“哎呀，对。”我只被难住了半秒钟，“蒋翼有钱，我找他要去。”

“别去了。”明雨拉住我，“我有钱，我请你吃。”

“真的吗？我今天想吃巧克力味的。”

学校对面小小的食杂店里，叽叽喳喳的全是刚刚放学的学生。

明雨用两只透明的一次性杯子各自装了一个冰激凌球，然后高高抬着手穿过吵吵嚷嚷的人群：“黄瀛子你接我一把。”

“来啦。”我急急忙忙拨开人群，往里面跑。谁知手刚要接过冰激凌，就听到叶可心憨憨的尖叫声：“啊呀，方明雨躲开！”

我抬头，看见可心胖胖的手里攥着一支冰激凌，胖胖的身躯站立不稳向明雨扑过来。

“哎呀呀。”我脑筋瞬间短路，光会尖叫，当明雨就要带着两个冰激凌球扑到我身上时，我的脖领子突然被人提起来，紧紧被带着后退了几步。

“你瞎了啊？”蒋翼一只手松开我的衣领，另一只手上的可乐还稳稳当当地拿着，“看人撞过来不知道躲开啊？”

我顾不上被骂，忙去看明雨，好在她也没摔倒。

笼罩在光晕里的庄远，穿着白色衬衫，长长的睫毛挑起一片透明的阳光，扶着明雨的胳膊问："没事吧？"

明雨的脸瞬间红彤彤的像颗苹果："没、没事。"

多年后回忆起这段往事。我猜，明雨喜欢庄远，应该是从这时候开始的。

方明雨喜欢庄远，是我们从小就知道的事，但什么时候开始，什么时候结束，是明雨的秘密，深刻又单纯的秘密，无法随意吐露的秘密。

很长一段时间，除了她自己，只有我知道。

不过后来，我也凑热闹喜欢了庄远这事儿，是明雨始料不及的。

是的，虽然很羞耻，虽然那是后话……但是，庄远同学，阳春白雪一样的庄远同学，也是我的初恋。

不过也没什么说不通的，是吧？笼罩在光晕里的男孩子谁不喜欢呢？所以我和方明雨的关系，用孙燕姿的歌《我也很想他》里的一句歌词就可以概括：我也很想他，我们都一样，在他的身上曾找到翅膀。

我和方明雨，我的亲闺蜜，喜欢过同一个男生。和歌词唯一有出入的地方是，我俩一起喜欢的那个人，应该没有为我俩任何一个人"飞翔"过。

庄远，是我和明雨都高不可攀的——最起码我有自觉，放弃得比较早。不过明雨心里到底是怎么想的，我从来没能猜透。

更猜不透的是，让我们所有女孩都那么喜欢的庄远，喜欢谁？

二十年后，我们离家远行，去往各地，又因为一场婚礼回到曾经让我们相聚的地方，这个问题又再次被提出来。

叶可心有一个结论："肯定是蓝亦菲呀。"

念慈笑起来："我怎么觉得不是。"

"他们互相喜欢的话不是早就该在一起了？"我撇嘴，"那么多人都希望他俩在一起，有什么不可承认的。"

"也可能是互相暗恋没表白过嘛。"可心强辩。

明雨突然问："念慈，你为什么觉得不是亦菲？"

钟念慈身上是宽大的浅色薄纱西服、白色阔腿裤，刚刚到肩膀的头发才修剪过，眉眼细而精致，是一派都市女性的雍容清爽："嗯，庄远喜欢的不是亦菲，我有一个证据。"

钟念慈，我的另一个亲闺蜜，温柔从容、大方得体。她说话有条有理、不急不缓。

多年来，她还有另外一个角色：我的靠山，我的主心骨，我走得再远也要回去寻找的人。

虽然从小就认识，但我和念慈熟悉起来，是那年暑假我从奶奶家回到航天城的时候。

那个夏天，新房落成，爸妈要装修、搬家，于是我被送到青山绿水的奶奶家疯玩了一个半月。

八月末，云彩变成淡淡的细长丝线的时候，晒成一只小蜜蜂的我被二叔从奶奶家送回了我自己的新家。

因为走的时候已经知道家里搬到哪一栋楼，我不用人接就背着满满一书包吃喝玩乐的小东西，蹦蹦跳跳跑上了四楼。

送我回来的二叔三步并作两步地紧跟着我："瀛子你慢点，你爸妈还没下班，咱们回去也没有钥匙。"

"我先去蒋翼家。"气喘吁吁爬到四楼，我又转回身跑下楼蹦跳着抓二叔手里的背包，“我的望远镜呢？”

“你别拉扯，我给你拿。”

“找到啦！”我举着望远镜兴冲冲爬上楼去拍四楼三号的门，“蒋翼，蒋翼，我回来啦，你快出来！我给你拿望远镜来了！快出来！”

门很快开了，但是在打开之前，我还不知道自己之后的人生计划全部被打乱了。

很多事情，不管你之前有什么期望，都可能会发生预想之外的事。这个道理，我是从那一刻开始学会的。

那扇门就那样被打开了，是礼貌的速度，不会让人觉得太慢，也不会太快伤到外面急迫的人。

客厅拉着窗帘，没开灯，黑色空间里的男孩穿着浅色衬衫，更显得他皮肤白皙，他额前的头发微微挡住了漆黑的眼睛。

庄远看见我，问：“黄瀛子，你从奶奶家回来了？”

“你、你……”我惊得舌头打结，“你怎么在这儿？”

“这是我家，上个月和你家一起搬来的。”庄远轻声说着，又回头看看里间卧室的方向，似乎确定了不会吵醒里面正在睡觉的人后，从玄关拿起钥匙，穿上运动鞋走出来，“我听黄叔叔说你去奶奶家了，刚回来？”

“你、你……这是你家？那蒋翼呢？”

“蒋翼？”庄远似乎也有一些疑惑，“蒋翼，应该在他自己家吧。”

“黄瀛子你回来了？”伴随着咚咚咚的上楼声，头发剪得奇短、晒成小麦色的蒋翼跑上楼来，“黄叔就说你今天回来。庄远，打球去不？”

我站立在楼梯口，蒋翼和庄远一左一右，一上一下。

“庄远、庄远说这是他家。”我迅速面向蒋翼，几乎是在告状。

“就是他家啊。”蒋翼一脸“你莫名其妙”的表情。

“那你家在哪儿？”我有点发蒙，一下子反应不过来。

“对面那栋楼。”

“不是说住这栋吗？”

“变了呗。”

晴天霹雳。

“你！你骗人！”我指着蒋翼，愤怒、难过、失望同时涌上来。这其中有两种情绪几乎是从小被保护得很好的我从来不曾经历过的，我一瞬间头脑大乱。

“我怎么骗你了？”

“你！你！你答应我要住在我家对面的！”

“我什么时候答应你了？

“你就答应了，你就答应了！”

见我把他随口说的话认定为既定事实，还不容辩驳，蒋翼似乎觉得冤枉且莫名其妙。

“你！你说好我作业忘记拿的时候回家帮我取的！”

蒋翼一脸“你无理取闹”：“那和我家住哪儿有什么关系？”

“当然有关系！”

“什么关系？”

“我……反正你就是骗子！”我吵不赢，把望远镜扔向蒋翼，怒气冲冲跑下楼。

“瀛子！”

二叔的喊声被我抛在脑后，我跟跑了气的气球一样，一溜烟到了楼下，在小花园里横冲直撞、踢踢打打，还闹不清自己到底气什么，只是愤愤地想这种说话不算数的人我是再也不想见了！

“坏人！臭蒋翼！王八蛋！说话不算话！”一块小石子被我踢飞。

顺着石子飞去的方向，我看到穿着格子棉布裙子的钟念慈正站在对面：“哎，黄瀛子，你怎么了？”

之后二十几年，钟念慈问我这句话的次数已经无法计算，每一次的语气都略有不同，担忧的、疑惑的、无奈的、觉得好笑的……

和明雨那样一起玩耍嬉闹的小伙伴不一样，念慈是那种非常靠谱——我一有什么搞不定，第一时间就想起来的人，是我无论走了多远，都要回去寻找的人。

“念慈？你怎么在这儿呀？”我吸着鼻子问。

“我家就住在你家楼上呀。”念慈说，“哎，你怎么气呼呼的？你书包怎么那么沉？背着不累吗？”

“是你住我家楼上呀。我才从奶奶家回来，生蒋翼的气呢，我有爆米花，你吃不吃？奶奶给我烤的，特好吃！”

念慈从我手里接了爆米花，塞自己嘴里一个，又塞我嘴里一个：“我奶奶也来了，她在广场那边晒太阳呢，她会绣手帕，你去不去看？”

“绣手帕？”我立马忘了生气，“那咱们走吧。”

“哎，不着急的，你慢点。”

我在前面跑，勾了勾掉下来的书包带，突然觉得背后一轻，回头一看，念慈纤细的手托着我的书包，笑眯眯问：“这样是不是轻一点？”

“嗯嗯！”我狂点头，“咱俩好像在搭火车。”

“呜呜……”念慈发出蒸汽火车鸣笛的声音。

“哈哈，呜呜！”有人说话又有爆米花吃，我就忘了还在生气，跟着念慈学火车喷气声——两节小火车就这样启动了。

和小花园遥相呼应的是大广场，这是家属区里另外一个休闲娱乐的地方。不同的是，小花园是孩子们的天下，大广场则有很多锻炼设施，平时多是大人来此。

当一座航天城建成并运作良好，随着职工来到这里的，除了他们的子女，还有他们的父母。

钟念慈的奶奶就是从这一年开始来到航天城和家人一起生活的。

穿过家属区最美丽的林荫道，远远能听见大广场传来的悠扬的萨克斯音乐。这时候，广场刚落成不久，后台操控音响的是个年轻姑娘，品味新潮。等到我们六年级的时候，随着厂子越发繁华，老人也越来越多，后台操控的变成了退休的妇女干部，大广场就成了名副其实的广场舞舞池，发挥它最光荣的职责，为大妈们提供娱乐场地。

不过这是后话。

1992年的这个秋日，新建成的宽阔广场，运动设施闪闪发亮，尽头阴凉处，银发晶莹的老人微微低着头，手上正穿针引线，藕荷色的绣片反出一片神话故事里才有的光。

“哇，真好看！”我跟着念慈在念慈奶奶身边蹲下，“奶奶你做的是什么？”

“给念慈做一个小兜子，装零食的。”奶奶笑着停下手，“你是念慈的同学？”

“奶奶，她是黄瀛子，楼下黄叔叔和覃阿姨家的小孩，去她奶奶家过暑假才回来的。”

同样也是小孩的念慈这样跟奶奶介绍我，然而粗枝大叶的我，当时根本没意识到自己被当成了“小孩”，眼睛直直盯着绣片，问：“这绣的是小花？”

奶奶告诉我：“这是莲，也叫水芙蓉，是最清淡雅致的。”

“我没见过这个花呢。”

“南方的水塘里常见的，念慈小时候和我回家乡的时候特别喜欢这种花。”说完，奶奶笑问，“你喜欢什么？奶奶也给你绣一个。”

“真的吗？”我高兴得搓手，“我喜欢孙悟空，奶奶能给我绣个孙悟空吗？”

念慈奶奶笑起来：“哪有给女孩绣孙悟空的？”

“我就喜欢孙悟空呀！”

念慈跟奶奶介绍：“瀛子有一只超级大的猴子，可以抱着的！”

我认真说道：“它就是悟空。”

我那超大个的猴子玩偶是妈妈最好的闺蜜闫姨出差时从上海坐了一整天的火车背回来的，是整个家属区小伙伴们的玩偶中最大的，也是最有人气的。

奶奶被我们逗笑了：“那好吧，就给你绣一只小猴子。”

“嗯嗯嗯！”我狂点头，想了想又卸下背包从里面翻找出一对护腕，递给念慈奶奶，“奶奶，你能在这儿绣小猴子吗？你看这里扯破了，还能缝上吗？”

奶奶放下手中的针线，接过护腕，仔细看：“怎么撕得这样厉害，这要很大力气才能扯坏吧。”

“蒋翼他爸爸从国外给他买的，关超、刘鑫他们都要戴，就抢坏了。”我一一交代，也没想过奶奶知不知道这些人都是谁。

“怎么上面有针孔？这是有人试着缝过了？”

“我缝的，暑假我缝了好几回……”我指给念慈奶奶看，“这里，还有这里，可是缝歪了，每一针的长短也不一样。我觉得不好看，二叔说还行，可是让蒋翼戴他也不戴，我就又拆了，针眼就留下了，更不好看了。”

念慈奶奶似乎被我这个笨手笨脚又有点沮丧的小话痨逗笑了，又仔细看了看护腕：“开线的地方很容易缝上，不过这些针眼还是要遮挡一下的。嗯，我给你绣个图案补上就好了。”

我狂点头：“好好好！那还是绣孙悟空吗？”

“你说这是谁的护腕呀？”念慈奶奶问。

“蒋翼的。”

“是哪个 yi ？”

“嗯……有羽毛的那个翼，很难写的，跟我的瀛字一样难写。”

“那绣一片羽毛怎么样？”念慈提议。

“羽毛轻飘飘的，‘翼’是翅膀的意思，咱们厂子是造飞机的，叫这个名字，家人一定是希望他能一飞冲天，那我们给他绣一对翅膀怎么样？”

“翅膀好！要是蒋翼在这儿可以让他自己画一对翅膀，他可会画画了……”

奶奶找出一段和品牌标志的颜色差不多的银线：“念慈，来帮我引针。”

念慈轻车熟路把细细的丝线穿进细细的针孔。我帮不上忙，光看着，在旁边翻出糖果一边吃一边分给念慈和念慈奶奶。

“奶奶不吃，你们吃吧。”

“可甜了……”

“黄瀛子！你怎么在这儿啊！全班男生都满世界找你呢。”远处突然有人喊。

我握着糖果站起来：“关超？你怎么来啦？”

穿着跨栏背心的关超气喘吁吁跑过来，有些语无伦次：“他非说你跑丢了，找不着了，把我们一群人都召集来找你……”

我有些莫名其妙：“我什么时候跑丢了？谁说的呀？”

“黄瀛子，你跑哪儿去了？都找你呢知道不知道？”迟来一步的郭靖可比关超凶多了，劈头盖脸问我，“你出门怎么不说一声？”

“跟谁说呀？”

“蒋翼！黄瀛子在这儿呢！”刘鑫这会儿也到了，冲着远处喊，“你们谁快去学校给蒋翼送个信，人找着了。”

“你们怎么都来了？”我满心不解，剥开念慈奶奶不吃的糖果塞进自己嘴里。

“哪里只是我们？全年级的男生都让蒋翼给叫出来了。”关超喘过气来告状，“本来我们都要打球呢，结果所有人都出来找你。还有高年级的几个哥们儿都来了……”

“他找我干吗？”

“你不是生气跑丢了吗？”

“谁跑丢了？他才跑丢了呢！”我嘴里有两个糖球，反驳也没有什么力量。

“你还有理了！”郭靖就要发火。

“你慢点说，满头都是汗。”念慈笑眯眯递过来一块手帕。

郭靖擦擦汗，问：“念慈，你怎么在这儿？”

“黄瀛子——”“找人大军”浩浩荡荡从远处开拔而来，就算我脸皮厚，这会儿也觉得不好意思了。

我挥手大叫："在这儿呢，别喊了！"

一群男生根本不听我的，起哄似的大叫："黄瀛子——黄瀛子——！"

我气得跺脚。

"行了，别喊了！"蒋翼从远处跑过来。

那群男生哈哈大笑，只有郭靖还在生气："她不就在这儿吗？你说得好像她去了外星。"

蒋翼不理，跑过来拽着我的胳膊前后转了一圈，看没什么异样，松了口气才立起眼睛质问："你跑哪儿去了你？你二叔在找你呢，知不知道？去学校和体育馆都没找到你，我还以为你跑丢了。一生气就往外跑！你有没有点长进？"

"谁没长进，还有谁生气啦？"我嚼着糖果，含含混混说。

"你刚才不是气我家没住十三号楼？"

"哦，对。"我这会儿想起来自己还生气呢，咽下糖果立马气势汹汹质问，"都说好了的，你为啥不住了？"

"不知道。"蒋翼顿了顿，似乎勉强想起两句大人说的话，"说是厂里不让我家住这一栋。"

"不让你家住？"我一愣，"是不是因为咱俩在一起太淘气，所以不让咱两家住一栋楼？"

郭靖冷冷地补刀："有可能。"

突然觉得自己连累了蒋翼又误会了他，我满心内疚。

当然，等再长大一点、没有那么自我感觉良好的时候，我就知道了厂里才没时间管熊孩子是单打独斗还是组团淘气。蒋翼家没住十三号楼不过是因为他爸爸外派，厂里优先照顾给分了新建成的干部楼。房屋又大，朝向又好。

我吸吸鼻子说："这谁定的？真是太讨厌了！"

"不知道。"蒋翼找到我就想走，被我一把拉住。

"这个给你。"我把新出炉的护腕套在蒋翼手上，"念慈奶奶给缝的，是你的名字，一双翅膀。"

蒋翼摸摸手腕，停了脚步，跟老人说："谢谢奶奶。"

"所以还打不打球？"郭靖问。

"打，怎么不打。"蒋翼说，"走，回球场。"

"那我怎么办？"我一把拽住关超背心的带子。

"啊！你松手！"关超动弹不得，"蒋翼你看看黄瀛子干吗呢？"

"我要一起玩。"我说。

蒋翼瞥我一眼："我们打篮球，你也加入？"

"咱们不打球，捉迷藏吧。"我兴致勃勃道。

"不玩。"这会儿不着急找我了，蒋大爷硬气得很。

"你不玩，关超还玩呢。"黄瀛子开始耍赖。

"谁说我要玩的？我要去打球！"关超哀求，"黄瀛子你快松手。"

"黄瀛子，你们要捉迷藏呀？"方明雨和蓝亦菲正一前一后跑过来，方明雨说，"我和亦菲也想玩呢。"

蓝亦菲穿了那件闪闪发亮的蓝裙子，方明雨照旧是一张苹果脸。

"对，我和念慈加入，还有关超。"我理直气壮地替另外两个人做了主。

念慈笑眯眯不说话。

蓝亦菲好奇问："关超，你是被抓住了吗？"

“那个，是，我被抓住了。”关超突然立正，挠挠头，“蒋翼，要不咱们捉迷藏吧？”

蒋翼的脸眼见着多云转阴。

关超缩缩头嘀咕：“刚才你说要找人，我都跑出来找了……”

蒋翼眼看要发作，郭靖突然来了一句：“捉迷藏就捉迷藏吧。”

蒋翼怔住。

我一听，开心得蹦起来：“走啦去捉迷藏！”

明雨建议：“捉迷藏还是要回小花园玩吧，那里能藏的地方多。”

“行。”我转过头问，“奶奶，跟我们走不？”

念慈蹲下来说：“奶奶咱们回小花园吧，你看着我们玩。”

念慈奶奶点点头：“好，那就一起回去。”

见我跑过去帮忙收拾针线盒，念慈奶奶忙说：“你们先回去吧，奶奶走得慢，一会儿就跟上。”

“好。”念慈应了一声，拉起我，“那瀛子，咱们先走吧。”

我还要说话，突然看到奶奶的脚，一下子怔住，但蒋翼一把拉起我的胳膊：“走吧，最后跑到小花园的先抓。”

一群小孩子闻言玩命往小花园跑。我跟在蒋翼身后，气喘吁吁地问：“奶奶的脚怎么那么小？”

“别盯着人看。”

“知道了……”我被拽着跑了一会儿，又忍不住嘀咕了一句，“她走路肯定很疼。”

“是小时候被裹的，现在不疼了。”蒋翼抬头看见庄远正从我们楼里出来，喊：“庄远，不打球了，捉迷藏。”

“好。”干干净净的庄远应了一声走过来。

“谁最后到的？”蒋翼问。

刘鑫兴冲冲喊：“蓝亦菲！”

亦菲抿嘴，明雨说：“亦菲的鞋子跑不快，不公平。”

蒋翼：“爱玩不玩。”

关超忙说：“我抓我抓，我替亦菲抓，我本来就爱抓人。”

“随你。”

郭靖指挥：“那关超你在海豚雕像这边闭眼睛数一百个数。”

“行。”

小孩子们一哄而散，我抓着念慈的手说：“我知道个好地方，先给你藏起来。”

小花园尽头有一排低矮的树丛，其中两棵树尤其亲密，形成一个小小的绿荫空间。

“你看，这是我发现的，像不像是一个绿房子？”我献宝道，“你藏进去，不要出声。”

“那你呢？你不是还要找别的地方藏？”念慈拉住我的手，“咱们俩也进得去。”

“你傻呀？咱们躲在一起不就一起被抓着了？”

念慈被傻孩子说傻也不计较，笑眯眯提议：“你别走啦，关超发现不了咱们，你走了我一个人怪没意思的。”

“那赢不了怎么办？”虽然嘴上这么说，可我还是听话坐了进去，我俩被绿荫包围着，头挨着头说话。

“赢不了就赢不了呗。”

念慈的温柔是最厉害的说服力，我瞬间接受了这个思路，絮絮叨叨说起别的：“我也想让我奶奶跟我们一起住，这样我妈就不会使劲管我了。”

“你奶奶不来吗？”

“不来，奶奶要在家里喂小鸡，家里还有好多小羊，爷爷每天要赶小羊去吃草，厂里没有小羊吃草的地方。”

“我也想去喂小鸡，赶小羊吃草，我都没见过小羊。”念慈掩饰不住羡慕。

“咩——”我学羊叫。

“咩——”念慈跟我学起来，“我让我奶奶给咱们绣一只小鸡和一只小羊吧。”

“好呀好呀！”我叫起来，念慈忙捂住我的嘴，可也晚了一步，关超在外面哈哈大笑：“黄瀛子，我逮到你了！”

我一下子跑出去，一根筋的关超只知道追着我跑，根本想不到抓到里面的念慈就赢了，还虚张声势大喊：“逮到黄瀛子了，逮到黄瀛子了！”

我回头扮鬼脸：“根本就没逮到！逮不到逮不到！关超就是小短腿！”

我气人的话基本上都是跟蒋翼学的，没营养也不分场合和对象——关超自然不是小短腿，这个男孩后来抽条长到一米八三，腿更是出了名地长。

当然，你要是看过穿着脏兮兮的跨栏背心、被晒得好像泥鳅一样的男孩，也很难想象得到虽然他成绩差得要命，但从小学到高中当了十二年篮球队长，性格好又爱开玩笑的关超是我们那个年级最早有后援会的风云人物。

然而，我对关超更早的印象是：蒋翼的爪牙。

这个人和蒋翼凑起来就不干什么好事——当然，别人觉得我和蒋翼也是这样的搭配，但是我不擅长爬树抓蛇，也不会用烟头烫篮球测试它是不是真会爆炸，更不会把隔壁楼李阿姨家晾的大白菜和刘奶奶家晒的酸豆角调换位置，让她们谁也找不到……

但是这些事，蒋翼和关超两个人玩得不亦乐乎。

所以结论就是：关超这个人太讨厌了！

不过，也就是捉迷藏的那一天，我认识了之前从来没见过的关超。

那是傍晚，下班高峰刚刚过了，小伙伴们陆续被家长叫回了家，炊烟乍起。

我跟着念慈一起回了家，被我爸捉住逼问了多次“想没想他”“有多想”，在我敷衍地给出肯定答案之后，才得空翻找茶几上的零食。

这时候我妈从厨房探出头来问了一句：“蒋翼怎么没跟你回来？”

“他回他家啊。”

“他妈妈出差了，这个月都在咱们家住的。”

我跑到自己的新卧室，果然发现了蒋大爷的地铺，只好气呼呼穿上鞋跑出去找人。

可出了门才发觉找人果然没那么简单。此刻天色已黑，各家都亮起灯火准备晚饭，连遛弯的人都还没出来。

找人还真的有点难，怪不得中午蒋翼要那么兴师动众……

空荡荡的小花园里，我抓着一袋手指饼干，一边吃一边走了一圈也没找到人，不觉有点沮丧，在草地上踢踢打打，无所适从地喊了一声“蒋翼！”。

“在这儿。”

竟然有人应答。

从小到大，蒋翼总是会回应我的召唤。

远远的，凉亭里的男孩的影子又瘦又长：“你怎么出来了？”

我一喜：“你在这儿呀！我找你回家呢。”

“过来。”

凉亭里不止蒋翼一个。

高高的镂空窗台上，蓝亦菲在最左面拿着碘酒给关超的脸上药，关超咝地叫了一声，说：“疼。”

刚刚分开时还活蹦乱跳的关超嘴角一片青肿。

“怎么了呀，关超你打架啦？”我扶着蒋翼的肩膀爬上窗台，分了一根手指饼干给亦菲。

“没。”关超又咝咝叫了两声，说了句，“我爸打的。”

“瞎说，你爸爸怎么会打人呢。”我摇晃着双腿。

蒋翼也跳上窗台，在我身边坐下，看着远处，没说话。

凉亭外，树影摇晃，模糊又奇怪。

“我爸就这么厉害呀！”关超哈哈笑起来，“一个左勾拳把我打趴下，一个无影脚就把我给踢出来了！踢出来也行，我就跑，跑得远远的，让他找不着！”

亦菲说：“关超你小心点，别把碘酒舔进嘴里。”

“估计他也不会找我……对了碘酒是不是也是酒，那我喝了它是不是也可以耍酒疯？哈哈哈……”

蒋翼说：“别笑了。”

关超一下子就停住了。

世界静了两秒之后，关超轻声说了一句：“我爸妈要离婚了。”

月光似乎就是在那一刹那升起来的，透过花窗，把四个小孩子的影子照得清透、分明。

关超说着又笑了：“今年过年应该能有两份压岁钱了。也不对，我妈要回南方去我外婆家，估计过年也不回来了，也许，一份压岁钱也没有了……”

一滴眼泪就这样掉在地上。

“离婚”这个词，太遥远，太冰冷，太可怖，在这个词语面前，最爱讲话的小孩子也只能懵懵地发怔。

秋意冰凉，我下意识拉住蒋翼的手，他没有动任由摆布，掌心暖和，让人心稍安。

关超眼角晶莹，可照旧嬉皮笑脸：“以后我长大了，结了婚就不离婚。”

“我们也会结婚吗？”我怔忪，我们不是小孩子吗？

没人回答。蒋翼晃荡着双腿，也没说话。

关超终于不笑了：“我现在就有点想我妈了。”

“别哭，关超。”那么好看的蓝亦菲跟关超说，“以后，我照顾你。”

因为她的话太超出我当时的认知，所以我至今记得那时的情景，而关超可能一辈子都不会忘记。

二十年后的婚礼现场，关超领带微微松懈，别的男生都在忙前忙后，就他一个人大爷一样摊在椅子上跟我们一众女生八卦谈笑。

我突然想起这件事，神秘兮兮笑起来：“亦菲当初喜欢谁，我好像也有一个小证据。”

“你的证据不听也罢。”方明雨嫌弃，“你是不知道自己有多晚熟吗？我那时候就愁啊，黄瀛子可得什么时候开窍呢？”

“我现在也是纯情少女啊！”

“纯情不是傻。”关超笑。

“滚！”

方明雨突然想起来："你们知道当初我第一次问黄瀛子喜欢谁的时候，她那个懵懵的样子有多搞笑吗？哈哈哈，还有你们知道她跟我说什么了？"

我捂住明雨的嘴："看我不把你灭口！"

方明雨笑得喘不上气，勉强逃出我的钳制："黄瀛子说'我喜欢你啊'！很认真的！哈哈哈，所以你们知道吧，别人喜欢谁我不知道，我才是黄瀛子的初恋。哈哈哈。"

整个婚礼大堂笑成一团。

方明雨这个牙尖嘴利的家伙，智商爆棚又敏感早熟，我到底是怎么跟她成为朋友的呢？这些年到底是怎么忍得了她的呢？

"不过黄瀛子你当初喜欢谁啊？"关超突然问起来。

"关超你可真行。现在关心黄瀛子喜欢谁是不是有点太晚？"叶可心吐槽，"这都什么时候了？咱们这群人都在婚礼现场了，你现在想起来问这个，有什么想法？"

所有人狂笑。

"所以当初你到底喜欢谁？"关超不依不饶。

"我就喜欢她啊。"我掐着方明雨的脖子，"我爱死她了！"

"哈哈哈，她就是喜欢我啊。"明雨喘着气笑，"话说我怎么觉得这个问题关超你问过呢？不过她当初喜欢谁我最知道啦。"

她当然知道，最早问我这个问题的不就是方明雨本人嘛。

第二章 — 猜不透

1997 年的夏天出奇地清朗，过了五月，天上仿佛一朵云都不曾见过。

六月末，各项主题汇报演出甚至抢了期末考试的风头，我每天下午被调到广播站写活动稿，傍晚才能回家，可这仍旧是所有同学里最早放学的——因为其他人放学后要学跳交谊舞。

学生时代，跳交谊舞这件事到底是甜蜜的旋涡还是噩梦，完全取决于你长得好不好看，肢体协不协调。

我肯定不是因为长得不好看，嗯，肯定不是！我只是肢体不协调，学个广播体操都比别人慢半拍，真的！亦菲则不同，体育馆三楼的舞蹈教室是她的天下。在跳舞场，蓝亦菲就是公主，要所有人俯首称臣。

亦菲说："姗姗你的背要挺，手臂要直。关超你不要捣乱，郭靖你都快成僵尸了……"

郭靖一脸黑线，在一旁看热闹的我哈哈大笑，结果同样在一旁看热闹且督导的金老师说："黄瀛子你还看热闹？下午缺课还不赶快回家写作业？"

"哈哈哈，好！"我抬腿要走。谁知蒋翼说："你没带钥匙，我跟你一起走。"

"蒋翼你站住!"金老师喝令,"她是没长手吗?还用你去给她开门?每天都变着法儿逃跑,你把钥匙给黄瀛子不就得了?"

蒋翼给我使了个眼色。

我嘻嘻哈哈道:"而且我带钥匙了呀。"

蒋翼眼神仿佛冷刀。

我装没看见:"不耽误大家练习,我先走啦!"

谁知金老师又发话:"明天有英语测验,晚上我让庄远去你家给你把这几天掉的课补上。"

"啊?"

"啊什么啊?庄远你把这几天的知识点都给黄瀛子讲一遍,再看着她写完作业。"

庄远正在前面领舞,应了一声"好"。

男孩衬衣雪白,眼瞳黑亮。

我看了他一眼,又低头踢踢脚尖,转身跑了,好心情烟消云散。

如果当时有知乎,小学生黄瀛子可以把"年级第一就住在隔壁是怎样的体验?"写成一部血泪史。

隔壁家的小孩到底有多可怕我就不赘述了。

然而更可怕的是,他不只是年级第一,还眉目如画,再加上你本身就是个"马大哈",又恰巧有一个特别"宠爱"你的班主任和特别要强的妈——那真是恭喜你了!

我小时候总觉得自己真是中了"大奖",才有了一位像庄远这么优秀的邻居。

虽然就住在隔壁,但是不如庄远学习好;

虽然就住在隔壁，但是不如庄远懂事；

虽然就住在隔壁，但是不如庄远讲卫生；

虽然就住在隔壁，但是，甚至不如庄远好看……

没皮没脸的我在完美小孩庄远面前恨不得缩成蘑菇，如果蘑菇可以不用补英语课就好了……

但怎么可能逃得过？

果然，吃过晚饭，我正心不在焉地调着台，测试哪个频道的新闻联播播放速度更快，门铃就响了。

我一个鲤鱼打挺逃回自己卧室。

“你跑什么呀？”我妈从沙发上抬起头。

门铃继续响。

正在洗碗的爸爸远远在厨房探头问：“瀛子怎么不开门？”

我在卧室捂着耳朵：“听不见听不见听不见……”

自然是掩耳盗铃。

隔着客厅也能听见门开了，再紧接着，我的卧室门也开了。

我妈手里捏着一本时装杂志，引着男孩进门：“瀛子，庄远来给你补课了。来，庄远你坐，阿姨给你们洗水果。”

“没事，阿姨我刚吃过饭，您别忙了。”庄远说。

我妈摸摸庄远的头，爱不释手：“都有得吃呢，今天新买的桃子和西瓜。”

我蜷着腿缩在椅子里，闷闷地说：“我想吃橘子。”

“没什么要什么，现在是吃橘子的季节吗？给你洗葡萄吧。”我妈撤回手，跟庄远说，“不打扰你们，你们先学吧。”

“嗯。”庄远看房门关了，坐下来，从书包里拿出课本，“你作业忘带回来了吧？”

我一个指令一个动作，抓起书包翻找了半天也没有，可怜兮兮抬头：“还真没……那是不是就不用补课了？”

庄远又从书包里拿出两本练习册，“我回教室给你取回来了。”

…………

你都给我带回来了，还问我是不是忘了干什么?!

费了好大力气把咆哮咽回去，我缩回书桌边，没精打采地翻开英语课本。

庄远说：“这两堂课有十二个新单词，我带着你读一遍，Bus。”

“拔丝。”

“Car。”

“卡。”

“Toy。”

“脱衣。”

“……Toy！”庄远重新念了一遍。

“脱衣!”

“重音在第一个字符，Toy。”

“偷衣……”

庄远捏了捏额头：“……算了，我们念词组，你注意重音，玩具汽车，Toy Car。”

“脱衣卡。”

“……试一个句子，‘我的玩具汽车在哪儿’，Where is my toy car？”

“为儿子买脱衣卡。”

门就这时候开了，我妈站在门外，手里捧着满满一玻璃盘的水果。

“你们学，你们继续学。”水果盘被轻轻放在桌子上，我妈微笑着退出去，嘴角僵硬。

庄远继续捏额头：“你拼写能不能记住？”

“这个没问题，我看五分钟就能记住。”

“那你先看，一会儿咱们再纠正读音。”庄远翻开数学作业，工工整整地算题。

我听话点头，咬着笔杆边记忆边念叨：“吹啊。”

“是 Train！”

读音偏差得太厉害，庄远头也不抬地纠正。

台灯光晕温和，我偷眼看向身边的男孩，他的刘海又有一阵子没剪过了，遮挡了漆黑的睫毛，让人看不清眼睛，皮肤白得透明，好看得仿若旋涡，让人移不开视线。

“怎么了？”庄远抬头。

我牙齿一紧，笔头的橡皮被我咬了下来。

“快吐出来！”庄远吓了一跳，一手慌忙拍我的后背，另一手捏着我的下巴，从我嘴里抠出橡皮。

“咳咳……”

“去漱口。”蒋翼不知道什么时候抱着肩膀站在门口，身上的篮球服都被汗打湿了。

“咳咳咳！”我跑去卫生间漱了口又洗了脸，镜子里的傻丫头连刘海都湿漉漉的。我一把捂住脸，太丢人了！我为啥总在那么完美的庄远面前做这么傻的事呢？！

“黄瀛子，你没事吧？”庄远在外面敲门。

“没事……”我推门出来，爸妈从客厅沙发处探头探脑，和我对上视线后，立马若无其事转头看电视。

庄远说："单词都背下来了？"

"背、背下来了吧……"

"那听写吧。"

"……哦。"

蒋翼光着上身跟我们擦肩而过，进了浴室。

"你今天又不回家啦？"我冲着他问。

浴室门关上，连个回音都没有。

"嘁，谁又惹他了。"我小碎步跟着庄远回了房间，嘴里念叨了两句。

庄远坐好了，简短说："听写。"

"……哦。"我刚要张嘴，看见光秃秃的笔头又闭了嘴。

庄远说："公共汽车。"

"拔丝，B-U-S。"

"轿车。"

"卡，C-A-R。"

"桌子。"

"太薄，T-A-B……这不是上堂课的单词么，怎么又考？"我抗议。

庄远说："桌子。"

我：……

"Table，T-A-B-L-E。"蒋翼擦着头发站在门口，"她都背下来了，昨天考过了。"

"洗那么快你洗干净了吗？哎呀，你水都弄到我身上了！"我皱着鼻子挥手抗议。

蒋翼根本不理，打开我的衣柜，翻找出他自己的背心套上。

庄远合上课本：“明天早上到了学校我再给你检查一遍作业。”

我仿佛听见下课铃声，一个鲤鱼打挺跳起来，点头如捣蒜：“嗯嗯嗯！那我送你回家。”

“不用了。”

“妈！庄远要回家啦！”我跟到外面，眼看着我妈把庄远送回了他自己家才蹦蹦跳跳转回来。卧室里，蒋翼正轻车熟路从阳台上拖了一张席梦思垫子扔在我床下，又从床上搜刮了我的凉席和枕头，大喇喇地躺下来，闭眼说了一句：“洗漱，关灯。”

我拿脚踢席梦思垫子：“起来起来。”

蒋翼不理。

“才几点啊你就睡觉?!”

蒋翼闭着眼睛：“去洗漱。”

“你别睡啦！陪我说会儿话。”我踩上席梦思垫子迈过蒋翼跳上床。

蒋翼翻个身，一声不吭。

我扔了抱枕下去：“喂，别睡嘛！”

蒋翼：“我要关灯了，一会儿你要去洗也别想我给你开灯。”

我都踩上床的脚只能撤回来了，又气又没辙，要踢这人胳膊却差点被抓住脚腕而摔倒。

我妈在客厅远程监控：“别打架。”

缠斗几番，技不如人的我只好气呼呼跑到浴室刷了牙洗了脸，等回到屋子，蒋大爷早就睡着了。

他长长的睫毛随着呼吸轻微浮动，一点没有清醒时候的讨厌样子。

我哼了一声，从衣柜里又翻出一个枕头，没关灯，跳过四仰八叉的男孩，敞着门，上了床，大喊一声："妈，我睡觉啦，给我们关灯。"

天不怕地不怕的我其实是怕黑的，小时候要是没有蒋翼在床下陪睡，我便不允许关灯。这个毛病到了二十年后的现在也没改。

如今在北京，我的生物钟是每天凌晨天蒙蒙亮的时候就会醒一次，然后关了台灯或者电视，再安稳睡个回笼觉。

导致如此费电的罪魁祸首就是蒋大爷。

哦对了，说跑偏了，要说的是方明雨问我喜欢谁的事，是吧。

这个打开我人生新大门的时刻是 1997 年 6 月 30 日下午。为啥记得这么清楚呢？因为第二天就是我们的汇报演出。

前一天下午全校在操场上彩排，我们班因为有集体舞，所以早到一节课，先行排练。

我从广播站溜出来看热闹的时候，他们已经练过两轮，几个姿态合格的女孩先行休息，叽叽喳喳说话，明雨少见地没有参与，一个人坐在看台，看着操场托腮发呆。

我跳过去拍她肩膀，笑嘻嘻问："你看什么呢？"

明雨往旁边挪了个位置，让我坐下来，不答反问："黄瀛子你怎么天天都这么高兴？"

"你有什么发愁的事吗？"我大大咧咧从口袋里掏出泡泡糖分给明雨一个。

方明雨接过来，却不吃，在手里揉捏。

"怎么了吗？"我顺着明雨的视线，正看见蓝亦菲和庄远在前面领舞示范，虽然不过十来岁的年纪，男孩挺拔英俊，女孩明艳动人，已经是一对璧人。

“还挺好看的。”我吹了个泡泡。

“黄瀛子，咱们班你喜欢谁？”方明雨就这么突然问出了这个问题。

我嘴里的泡泡随即被吓得破开。

“什么？”我合上嘴，嚼了几下泡泡糖，转头看向明雨——白嫩的脸孔，细长的双眼，两腮是苹果的颜色，短发齐耳，是最娇俏可爱的样子。

“咱们班你喜欢谁？”

“我、我、我喜欢你啊！”

是啊没错，我当初就是这么答的！

说完了，我和明雨就都呆在当场。

可并非我不按常理出牌，因为这就是我的常理。这是小时候的我最早了解并深入实践过的用来讨人喜欢的套路——

爸爸：瀛子，爸爸妈妈你更喜欢谁呀？

我：爸爸！瀛子最喜欢爸爸了！

妈妈：瀛子，爸爸妈妈你更喜欢谁呀？

我：妈妈！瀛子最喜欢妈妈了！

…………

以此类推，奶奶爷爷二叔二婶大姨姨夫舅舅舅妈表姐表哥蒋叔叔冯阿姨……我就从来没答错过。只不过这次问话的是：方明雨。

当下我虽然隐约觉得哪里不对，但仍旧乖乖给了套路答案。

黄瀛子，咱们班你喜欢谁？

我喜欢你啊！

方明雨后来满世界宣称自己魅力无穷，最早收到的表白还是来自同性闺蜜，完全不提自己被套路的事实，你们说她还要不要脸。

现在“不要脸”的方明雨那时候还是个淡定的天真女生，被这个答案惊了一下，马上商业回复：“谢谢，我也喜欢你。”

“……不用谢。”

“不过我问的是，咱们班男生，你喜欢谁？”

“啊？男生？哪个男生？”

他又没在我面前，我哪知道应该说喜欢谁？

“你不知道自己喜欢谁啊？”

这话可简直是挑衅了！

谁不知道呢？不就是喜欢谁嘛，有什么可不知道的呢！方明雨这家伙简直比庄远听写的时候重复说“桌子”的样子还让人生气。

庄远？我抬头正看见阳光下的男孩，比台灯光晕里的还要光彩照人。

“所以黄灏子你喜欢谁？”

“庄远。”

我脱口而出。

有一个秘密，没什么可隐瞒，也不用猜测，因为很小的时候我就已经笃定了答案：我喜欢庄远。

我就这么厘清了“喜欢谁”这种事关终身大事的问题，不过回答完这个问题之后，明雨的表情也让我终生难忘。

那是非常吃惊，转瞬又想明白了什么，然后有点无奈又有点失望，最重要的是发现自己对牛谈“情”的充满无力感的表情。

对牛谈情，呵呵。

当然了，大大咧咧的我当时没本事解读出这么多情绪，这些矫情又可恶的形容词自然是方明雨后来一一“耐心细致”地解释给我听的。解释末了，方明雨又是撇嘴，又是叹气：“我可真傻啊，我那时候啊心里就想啊，我怎么选了这么不开窍的朋友倾诉啊，我可真傻，真的。”

方明雨纠结地陷入沉思。

我这会儿才想起反问：“那明雨你喜欢谁？”

方明雨破罐子破摔：“庄远。”

…………

我又吹裂了一个泡泡，勉强收回嘴里，点点头：“啊，那我们都喜欢庄远啊。”

嗯，就是这么淡定，就是这么大度，就是这么轻描淡写。

不过其实也真没什么大不了，我们还都喜欢音乐老师，都喜欢《灌篮高手》，都喜欢烤羊肉串……

一起喜欢一个人，真没什么可较真的。

不过之于我是如此，之于明雨，竟然也没有因此翻脸。这个敏感又小心眼的人对于我喜欢庄远这事的态度如此无所谓，自然并非因为为人友好，更不是什么豁达大度，而是彻彻底底地无视我。方明雨老师原话——因为“就不在一个水准上”。

我对她这种不要脸行径口头上表示了强烈的抗议，然后俩人继续头挨着头花痴。

第二年这时候，《还珠格格》开播，这部影响了“我们的前半生”的电视剧对促成我对感情的开窍功不可没，看到五阿哥野外跳马强吻小燕子的时候，我才算意识到“喜欢你”原来是这么刺激的事啊。

不过那也是后话。

我和方明雨第一次互诉衷肠的结尾有些伤感，明雨看着庄远和亦菲牵着的手说："我喜欢庄远，可是我觉得，他不会喜欢我的。"

我们到底喜欢过多少个这样的人呢？

我喜欢你，但是我觉得你是不会喜欢我的。

方明雨这样喜欢过庄远，我也是。虽然没有那么伤感，然而也是明白一点其中的难过的。不只是因为你可能不喜欢我，我的感情得不到回应；更因为在那么好的你面前，我总是不够好。

可是那么好的庄远，又有谁足够好到让他喜欢呢。

"所以庄远喜欢谁呢？"我问。

明雨也不知道，两个女孩在操场上陷入沉默，这时候关超在下面摇手臂："方明雨下来，老师说要重新排队形。"

关超并没有问过我喜欢谁这个问题，只是恰好出现在明雨问我这个问题的那个时间点。

记忆总有偏差的。

不过这是一个很有趣的下午，有一句诗可以形容，叫作"柳暗花明又一村"。

我跟着明雨跑到队伍边。头发厚密、梳着长长辫子的教音乐的苏老师拍着手说："大家动作已经差不多了，不过刚刚队形有一些改变，我现在点到名字的人往前走，参加领舞的有：蓝亦菲、李珊珊、钟念慈、方明雨、庄远、蒋翼、关超、郭靖。"

苏老师抬眼看了看："蒋翼撇什么嘴？你的身形好，站在最前面，蓝亦菲你们俩一组。"

亦菲大大方方地应了一声便走上前，蒋翼被关超嘻嘻哈哈推出来，一脸"被逼良为娼"的刚烈。

"关超你和姗姗一组，你们这一对最协调了，跳得也好；念慈你带一带郭靖，枉费他那么高个子，动作粗鲁得好像在打铁；明雨个子小，但是动作最到位，庄远你们一组，带一下后面的大队伍。”

我立刻扭脸看明雨，阳光下，仍旧是一张红灿灿的苹果脸。我站在远处冲她咧嘴又摆手，然而方明雨一双眼睛都粘在庄远身上，根本看都不看我一眼……

倒是庄远转头看向我。

我一时间僵在原地，手继续摆也不是，收回来也不是，这时，蒋翼在那边突然问了句：“你们广播站还没开始对稿子？”

“啊？”我恍神，一眼看见他拉着蓝亦菲的手，漂亮的女孩腕子上 Hello Kitty 的表盘反了一道粉红的光，刺得人睁不开眼。

“用你管！”我跺了跺脚，转身跑了。

我就这么穿过操场，到了广播站的时候把上届的学长吓了一跳：“瀛子怎么气呼呼的？”

“谁气呼呼的了？！”

我黄瀛子才不生气呢，我高兴的事多着呢。

我一屁股坐下来。

学长笑嘻嘻递给我一份解说词：“李老师说稿子结尾要加一段激励大家多参加集体活动的内容，你看看怎么加。”

我拿着稿子看，不说话。

“瀛子？”学长小心翼翼喊了一声。

“干吗？”

“没、没事，你慢慢写……”

我拿出笔，咬咬笔头，圈圈写写，半晌叹口气：“学长你们也跳集体舞吗？”

“跳呀。”

“你也不参加？”

“谢天谢地不参加！我要是参加得跟我们班恐龙一组，她踩一脚我没准就瘪了！跟气球似的。”

“你的嘴可真损。”我冷冷地看他。

他笑起来：“怎么了？咱们瀛子想参加跳舞了？”

“不想。”我想了想说，“不想跳舞，但是今天看别人都在一起玩，就……”

“是有想一起跳舞的人吧。”

“才没有！”我站起来冲他挥拳头。

“好好好，没有就没有！”学长边笑边躲，“那你要是参加，想和谁一组？”

我怔住。

我吗？不知道……

不知道吧。

这个问题，简直比明雨刚刚问的那个“你喜欢谁”还要难回答了……

我和学长对了稿子，夕阳西下的时候，我才一个人背着书包回家。

平时这个时候，我都在念慈家写作业，可今天他们都没回来，我也不想在学校陪他们练舞，感觉莫名有些孤单。

谁知，我不是一个人。

“黄瀛子。”楼上有人站在阴影里。

我抬头，庄远站在门口，雪白的衬衫，漆黑的眼睛。

“你怎么回来啦？你们不练舞啦？”我好奇地跑上楼。

“没有，我回来拿钥匙，一会儿还回学校。”

“为啥拿钥匙？”我奇怪。

“我妈要出门一段时间，我早上没带钥匙，她待会儿给我送回来。”

“阿姨要去哪儿？”

“北京。”庄远语速慢慢的。

“去你爸爸那儿？”

“嗯。”

庄远的爸爸，我只见过两回，是那个年代就开黑色轿车的人，小孩子们都觉得他很神秘，可却从不听庄远主动提及。

“你不一起去呀？”我问。

“不去。”

“哦对，你要练舞，还得考试，你不能去。”我也没进屋，在楼梯上坐下来，开始翻书包，“我陪你等阿姨回来吧。你去过北京吗？”

“去过。”庄远也坐下来。

“好玩吗？”

“不知道。”

“阿姨不等你放假了再带你一起去呀？”

“不等。”

“要是你们一起去，你就可以去玩了……”

庄远问：“今天测验你都答上来了吗？”

“都答上来了呀，拼写我记得还是很快的。你看不看《灌篮高手》？”

“看过了。”

“你看到哪儿啦？我有前二十册，据说后面还有全国大赛，但我没看过。对啦，我超级喜欢流川枫！你喜欢谁？”

“三井寿。”庄远鲜少没有忽略我的问题，我特高兴，刚要和他聊，这时，楼下响起高跟鞋的声音，不急不缓，优雅而疏离。

庄远突然站起来。

紧接着，一位长发披肩、身材纤丽的女士上楼，看到我们，微微笑了一下：“瀛子也回来了。”

我忙跟着站起来，将漫画书藏在身后：“庄阿姨好。”

庄远随妈妈的姓，而庄远妈妈是整个航天城出了名的美人。

这样的美人，我见了她总觉得有点紧张。

并非小孩子的见识浅，我妈妈长得也好看，是那种让所有小孩子都想要亲亲抱抱的好看，可庄远妈妈，美得让人不敢靠近。

她是那个年代厂里少有的大学毕业生，懂三国外语，专门翻译标书和参加对外商务谈判。可从小我就听说，庄远妈妈睡眠不好，偏偏有时候要出国，所以白天回来倒时差的时候，就经常看到庄远一个人到学校自习。

庄远妈妈拿出钥匙，开了门，问：“瀛子来我们家坐坐吗？”

“不了不了！我回家写作业了。”我忙摇头，拍拍屁股想从脖子上拽钥匙。

庄远突然说：“我有《灌篮高手》全国大赛的漫画。”

“真的呀？”我眼睛放出两道光，“那，能借给我吗？”

“嗯，我给你拿。”

“太好啦！”

庄远出来得很快，手里是十本漫画书，他转身说了一句“妈，我走了”，听到一声回应“嗯”，就穿鞋关了门出来。

“你不送送你妈妈呀？”我接过漫画书，爱不释手。

“不了。”庄远顿了片刻，难得解释了一句，“我得回去练舞了。”

“哦对……”我拿到心爱的漫画，可还是免不得有点孤单，“那你走吧。”

庄远点点头，看看我：“我回来的时候把你的数学作业带回来。”

“哦。”我心情更加低落，看着庄远远去的背影，才慢吞吞拿出钥匙，回了家。

不过还有漫画呢！小时候的我从来低落不过一分钟，窝在沙发上看了一晚上的漫画，立刻就把那一丝小孤单忘得一干二净！

七一的集体舞我们班得了全校第一，亦菲和蒋翼、明雨和庄远等几对同学还被选入市里参加大型小学生集体舞，风光无限。

明雨至今留着那时候的照片和录像。后来有一次，忘了因为什么提起，明雨感叹：“那是小学最高兴的事了，比奥数超过蒋翼得了第一还高兴。那时候，也真的很容易高兴。”

听她那么说的时候，我鲜少地有了一点惆怅。

那一年，有一首特别流行的群星演唱的歌，有一个小岛回归家庭，有一位很优雅的王妃离开这个世界，还有一场之前从未听说的金融风暴……

可我记忆最深的是我用一个晚上看完了《灌篮高手》的大结局，面对那样怅然的收尾，从来习惯大团圆结局的我，明明最喜欢流川枫的我，看到受伤的樱木花道在海边独坐的身影，无所适从，竟然大哭了一场。

当然，还有一件事让我难忘，或者说后悔，就是我没去参加那次集体舞。

从来肢体不协调的我，其实有点后悔没去参加那次集体舞。

从明雨快乐的脸上，我隐约知道没有参加那次集体活动的自己错过了一些事。

是什么事，我说不清，可能有一点遗憾，有一点难过，有一点不甘。仿佛就因为少了这一段经历，我和这些人缺失了一些连接，一些共同的回忆，或许还有一个情窦初开的机会。

每每想起，让我这样乐天的人，也有一点点难过。

可后来我也知道，参加了集体舞的孩子，长大之后，各自有另一种遗憾等着他们。

高中毕业那年，火车站里，李珊珊送关超南下的时候说："我喜欢你，就是从那年跳集体舞开始的。你可能早就知道了，我是出了名的大嘴巴，我藏不住事的。"

关超没笑，而是疲惫地说了句："对不起。"

姗姗眼泪就掉了下来，说："没关系，而且明天我过了生日就十八岁了，从明天起，我就不喜欢你了。"

十七岁你喜欢谁？有一个谜题有了答案。李珊珊喜欢关超，从那次集体舞开始，十七岁结束时终止。

还有我不知道的心动和伤痛，其实都缘于那次集体舞，只是每个人都有自己独特的时间和空间，没能亲身参加的我从不知道。

1997年，学长问我："那你要是参加，想和谁一组？"

如果能替小时候的自己回答，答案会是什么，可能连现在长大成人的我自己也说不清楚。毕竟，小时候迷迷糊糊的我从来不太知道自己想要什么。

可有的孩子不一样。

那年集体舞表演结束之后，我和念慈一起回家，上楼的时候，念慈习惯性地在后面托起我的书包，我蹦蹦跳跳上了两个楼层，突然停下来，转头原样问了念慈前一天明雨问我的问题。

“念慈，咱们班男生你喜欢谁？”

念慈笑盈盈看着我，没有一丝惊讶，也没有一丝迟疑，她说：“我谁也不喜欢。”

哎！谁也不喜欢？竟然还可以这样回答？

我惊在原地，仿佛又认识了一个新世界。

念慈又说：“不过我知道明雨喜欢庄远。”

“啊？”我已经傻掉，“你、你怎么知道？”

“哎，这个呀，我有一个小证据。”

念慈总是有很多很多的小证据，不过靠谱如她，一般说一件事有小证据的时候，就八九不离十了。

1998 年初夏，午休回家的时候，念慈跟我和明雨说：“今天晚上放学，咱们可能都要去郭靖家吃饭。”

我问：“为啥？”

明雨说：“郭靖妈妈的档案调进咱们厂的事不是黄了吗？怎么还请客？”

我挠头：“郭靖妈妈的档案要调进咱们厂吗？”

念慈说：“黄叔叔和蒋翼爸爸都帮了好多忙，可还是不行。”

我皱眉：“我爸啥时候帮忙了？”

念慈说：“我爸之前也想帮忙在他们分厂找一个临时工的位置来着，也不行。”

我疑惑：“为啥要当临时工呀？”

念慈说：“没准能转正呢。”

明雨说："可没调进来怎么还请客？"

念慈说："黄叔叔好像帮忙从家属区批了一小块地，让郭靖妈妈开一个小烧烤摊。"

我眼睛一亮："家属区有烧烤摊了呀！"

"对，有烧烤摊。"念慈和明雨互相叹息，她俩已经后悔和我这样不长心的小孩说这件事。

我高兴极了："郭靖妈妈烤的鸡翅可好吃了！"

念慈说："所以我们今天要去郭靖家的烧烤店吃饭。"

我又问："你咋知道是今天？"

明雨说："姗姗说的呗。"

也对，肯定是姗姗说的。

念慈说："嗯，我还有一个小证据。"

"啥证据？"

"今天烧烤店开业。"念慈笑眯眯说，"咱们家长肯定都要捧场的。"

好有道理。

这时明雨看了看天说："不过看这天气是又要下雨吧，晚上能开业吗？"

这一年，南方大雨，法国世界杯刚刚开幕，《还珠格格》红遍大江南北，郭靖家的烧烤店开业。

郭靖妈妈干净利索，烧得一手好菜，但是在开店之前，郭靖没少因为妈妈和别的小孩打架。

说来原因比较好笑，因为郭靖不是双职工家庭的小孩。

郭靖爸爸当兵转业回来被分配到厂里当司机，虽然被介绍了很多厂里的适龄姑娘，可还是跟老家的未婚妻完了婚。

没念过什么书的郭靖妈妈在这个厂里很难找一份工作。于是很多年间，都是郭靖爸爸一人养家。

厂里的工资不低，单职工家庭虽然少一份收入，但是日子也过得去，可总有小孩子有着井底之蛙的优越，对郭靖出言不逊。

好在郭靖从小长了强壮的心脏，有人骂，他就打回去，能动手绝对不吵吵，几乎没吃过亏。后来随着年纪渐长，郭大侠的体格和心脏一样强壮，身边又有蒋翼、关超一群死党结伴呼啸，可谓势不可当，就更没有人敢挑战他年级老大的地位了。

郭靖家的烧烤摊开业对我们来说是一件大事，走得近的几家都跑来庆贺。

烧烤店在小花园和大广场之间，一共三间屋子，原来是超市，现在里面一间改为厨房，另外两间改为餐厅，外面还有不少散座。

开业第一天客源爆满，郭靖爸爸把电视支在露天，同时也引发了男人女人的“世界大战”。

结果自然是男人们斗争失败——我爸、蒋叔叔、钟叔叔还有明雨爸爸带着蒋翼、郭靖、关超几个男生蹲在收音机前听世界杯转播；《还珠格格》重登屏幕，几位妈妈从长相、学识、家庭背景、未来前途等各个方面，全面分析尔康和五阿哥谁才是好老公人选。

郭靖妈妈端着满满一盘子鸡翅、羊肉串等放在我们几个小女生的桌子上，笑眯眯道：“丫头们多吃点。”

男生桌上的郭靖大喊：“妈，给我们分点。”

“要吃自己过来拿。”

“关超去拿。”郭靖指使道。

“得令。”关超拍拍屁股过来抢劫，明雨严防死守可还是被抢了半盘子，我追到收音机旁，爸爸笑哈哈说：“进球了。”

“德国队吗？”我好奇也跟着蹲下来。

“是英格兰进球了。”爸爸跟我说，“今天不是德国队的比赛。”

“德国队是哪天？”

“明天。”

“我陪爸爸看。”

“凌晨呢，你还能熬夜？”蒋翼不屑。

“我就能呢！”

“哪次你不是睡着？”

“这次我就不睡！”

“连越位都分不清还看球呢！”

“我能我能呢！我能分得清！”

“我们瀛子什么都能！”我爸大笑。

这个夜晚的主题本来应该是“开业大吉”，结果后来竟然变成“遇水则发”。

大概九点多的时候，原本淅淅沥沥的小雨突然变为暴雨，与此同时电闪雷鸣，烤炉、桌子、外接的电视都被搬进屋里，倾盆的雨将世界隔断。就在这个时候，厂里的防洪警报响了起来。

这一年的大水超出想象和预知，这样级别的警报响起意味着大部分的员工，尤其是男性员工都要立刻赶到自己的工作岗位，检查现场、保障设备及生产安全。

我爸和蒋叔叔第一时间起身前往单位，明雨的妈妈和爸爸也要分别去学校和医院盯守。

蒋翼妈妈说：“孩子们得送回家。”

郭靖妈妈边急急收东西边说：“留在这儿我看着吧。”

“一楼不安全，你们两口子收拾摊子都忙不过来。”我妈说，“而且没时间挨个儿把孩子们送回去了。”

“都到我家去吧，离得近，就几步路。”念慈妈妈说，“奶奶在家也可以照看。”

“行。”我妈当机立断，“现在就走。”

雨势稍缓，一个妈妈护送两个孩子回家。穿过小花园才到了楼门口，没想到念慈奶奶已经等在那里：“我看下雨了有点担心，想说接你们回家。”

妈妈们稍安，转而忧心忡忡去了单位，不明深浅的小孩子们兴高采烈起来。

对我们来说，这不是一场大雨，而是一次难得的聚会。

男孩和女孩们闹成一团，念慈过去扶奶奶，我也跑过去：“奶奶，咱们还能看电视吗？一会儿重播《还珠格格》。”

“能呢。明天周末，咱们晚些睡也没关系。念慈先去开门吧。”奶奶拍念慈的手，“奶奶走得慢，你们先回去。”

我们照旧听话先跑上楼，这么些年，所有小孩子都已经习惯了老人温暖细致地陪伴照顾，缓如细流，却无处不在，也习惯了她那句“奶奶走得慢，你们先回去”。

小孩子总是很听话，也总是不擅长等待。

我们在念慈家已经闹翻天的时候奶奶才进门，然后片刻不停在客厅里给我们铺好了地铺，男孩一排，女孩一排，中间是四个盘子，装满了水果。

“吃了水果要刷牙，不过还少一个备用牙刷呢，我得找找。”奶奶边说边翻找。

“我回家去拿。”我举手。

“也好，那念慈陪瀛子去吧。”

“我去吧。”明雨蹦起来，“咱们把全套的《灌篮高手》拿上来行不行?”

“行。”一年多了，我也没把漫画还给庄远，所以是我们全年级唯一一个拥有全套漫画的人。

四楼的楼梯间静悄悄的，还能听见楼上蒋翼和关超打打闹闹的声音。我从家里拿了牙具，又搬出全套漫画，一摞摞交给明雨抱着，转身要关门的时候，隔壁房间的门开了。

庄远看到我们，怔了怔:“方明雨? 你怎么没回家?”

“我、我、今天在念慈家住……”一贯伶牙俐齿的明雨突然说不出完整的话。

这时，楼下有人上来，前面的黑衣男人，手边是一把黑色的雨伞，西装笔挺；身后跟着一个中年男人，衣着简洁却透着昂贵，眉眼疏朗，不怒而威。

庄远看到来人，叫了一声:“爸。”

我和明雨站成一排，看着他对着庄远微微点头。

“妈妈睡了吗?”

“没有，在等您。”

“好。”庄远爸爸点点头，转头看见我们，“这是你的同学们?”

“嗯。”庄远只回答了一声。

“你们好。”没想到庄远爸爸竟然没立刻进门，反而看向我们，“很少有机会见到你们，这次带了礼物，晚点让庄远带给你们。”

“谢谢、谢谢叔叔。”我和明雨磕磕绊绊地回答。

“你们这是要聚会吗?”

“嗯嗯。”我点头，“在楼上念慈家，庄远你来不来? 咱们一起看电视，奶奶还给我们准备了好多好吃的！蒋翼、郭靖他们也在！”

“不了……”

“去吧。”庄远爸爸说，“一起和小伙伴们聚聚，晚点我和妈妈去接你。”

庄远看着父亲，半晌点了点头，跟我俩说：“书给我吧，我给你们拿上去。”

明雨脸红红地应了一声，我也脸红，跟庄远说：“漫画再借我看几天吧。”

“嗯。”庄远应了一声，上了几步楼梯说，“送给你了。”

“哎呀！那怎么行？”我鲜少地不好意思起来。

“没关系。”

“那这样，我们小学毕业，不，我们上了初中，我就还你……就过了暑假，就还你，我再看三个月。”

“没事，送给你了。”庄远顿了顿说，“而且，考完试，我就要走了。”

“什么？”明雨呼喊出声，“你要去哪儿？”

庄远回头看看我们：“北京。我爸来接我们了，下个月，我和我妈就要到北京去了。”

离别的消息，从来猝不及防。

我和明雨就是在那个雨夜知道了这样的消息：我们从小一起长大的朋友，最初让人心动的男孩，就这样要离开了。从未预想，一时间也很难接受。

回到念慈家的时候，屋里人除了惊诧我们不只带回了牙具和漫画，还带来了个大活人，更吓他们一跳的是，我和明雨竟然都哭成了泪人。

“哎呀，瀛子你怎么了？”念慈担忧问。

现在想起来，小孩子的眼泪可能真的说来就来，虽然廉价，可也真挚。

庄远从我们开始哭就已经有些不知所措，蒋翼接过他手里的漫画书，问：“她俩什么毛病？”

“刚听说我考试之后就去北京的事，就都哭了。”

郭靖说：“确定要走了啊？”

“嗯，明天开始可能就要打包行李了，考完试就走。”

“怎么这么快啊？那毕业球赛你还能参加不？”关超就想着比赛。

“你们早就知道了呀?!”我抽噎着听出了门道。

“不然呢？”蒋翼莫名其妙地看着我。

“我怎么不知道呢？”我控诉道。

“怎么还什么事都得让你知道？”蒋翼翻白眼，转眼看到明雨吓了一跳，“大姐你还能喘上气来吗？”

我印象里，明雨哭得如此惨烈就这么一次。

明雨后来和我说：那种感觉好像考试跌出年级前三名、奶油蛋糕再不许加草莓、夏天来了可没有一条能穿的裙子，感觉全世界都黑了，再也不会开心起来。

我问：“有那么夸张吗？”

明雨说：“有的，真的不是夸张，那天哭的时候我真的觉得一切都不会好了。”

“但是也有好处。”她顿了顿，“在那之后，再面对离别，我就不会觉得那么晦暗了。那一天，我好像长大了一点。而且越长大，感知那种晦暗带来的失望就越迟钝。那可能是长大带来的结果，我不知道应该难过，还是应该说谢谢。”

面临长大，我们总有说不清的情绪。

《还珠格格》首播结束的时候，期末考试也随之结束了。庄远没参加球赛就去了北京，与此同时，世界杯的淘汰赛开始了。

那一年是爸爸最喜欢的球星“金色轰炸机”克林斯曼最后一次参加世界杯。老迈的德国战车被克罗地亚 0：3 送回家的深夜，我正窝在爸爸腿边揉眼睛。

转播结束，蒋叔叔他们都陆续回了家，爸爸抱起我：“瀛子睡觉吧，明天去奶奶家，还要早起呢。”

我搂着爸爸的脖子说：“比赛还有下届。”

爸爸叹口气：“下届这些人就该退役了。”

那是陪伴爸爸青春的球队和球员，我从收音机的杂音里分辨他们的名字，在黑白电视淘汰后才知道他们真正的模样。那些在 1990 年手捧大力神杯、1996 年举起德劳内杯的人，经历了被铭记的辉煌，曾给爸爸带来激情、狂喜和陪伴。今夜如此告别，难免伤感。

我躺在床上盖好被子：“退役了就不能在电视上看到他了吧。”

“看不到了吧。”

“就像我小学毕业一样，就不能经常看到金老师了。”

爸爸一怔：“是啊，不过你还是可以经常回小学楼去看她，离得不远。”

“嗯，而且我就是中学生了。”我有些困倦，却舍不得让爸爸独自伤感，“以后我能熬更久的夜，陪爸爸看球。我是大孩子了。”

似乎没想到我会这么说，爸爸笑起来：“是啊，我们瀛子是大孩子了，是中学生了。”

他亲了亲我的额头：“我们瀛子长大了呀。”

成长不可逆转，可成长也总让人欣喜。

况且生活往前，一切未知，也难免有意料之外的惊喜。

那个夏天过后，我升入中学。

第二年年初，克林斯曼退役。

然而，八年之后，2006年德国世界杯，我念大三，克林斯曼重新归来，宣布执教德国队。

在学校食堂的电视上看到新闻的那天晚上，我给爸爸打电话说:“老爷子，我回家陪你看世界杯吧。”

爸爸笑起来说:“可别了，你再睡着，我可抱不动你了。”

我们就那么长大了，从父母的怀里走出，跟每个人都有了拥抱无法触及的距离。

那个夏天过后，我们这个年级从小学楼到对面的中学楼上课。

我照旧放了学就去念慈家写作业，照旧丢三落四，照旧肢体不协调，照旧要去广播站写稿子……

一切似乎没什么变化，一切也都看起来不太相同。

庄远家搬走了，房子还留着，再没有隔壁家的完美小孩把我对比成蘑菇，但是也没有了放学回家之前会检查我有没有带作业回来的男孩。

念慈照旧会在我们回家的时候托起我的书包，顺手系上我忘记系上的扣子，不过她每天早起开始跑步，回来的时候再敲门叫我起床一起吃早餐上学。这个自律到可怕地步的女孩唯一还像小孩子的地方，是她迷上了一部日本电视剧，文具盒里那张赤名莉香的笑脸直到高中毕业也没换过。

明雨留起了长发，马尾辫一翘一翘的，娇俏可人，偶尔午后自习的时候，看着窗外念一句“年年欲惜春，春去不容惜”，让人又爱又恨。庄远走之后，这个人从来不曾把年级第一让出来。

亦菲如同往常走在我们所有女孩的前面，美丽的身材仿佛是一夜之间变出来的，每天书桌里都有一封情书，圣诞前夜收到的苹果分给全班每人一个还有剩余。

关超开始交女朋友，是下一届的学妹，头发卷卷的好像洋娃娃，她每天放学的时候都会去看球，加油声大得让关超这种厚脸皮都脸红。

郭靖放学之后会去给妈妈的烧烤店帮忙，越发沉稳，越发不爱说话，但是手艺也越发纯熟。烧烤店的生意兴隆又忙碌。

蒋翼的个子开始抽条，从我的同桌搬到我的后桌，对答案的时候习惯踢我凳子，借橡皮的时候习惯拽我的头发，被我打的时候习惯用手捂我眼睛阻挠我视线……可也忘了是从什么时候开始，他再来我家里过夜，已经不被允许进入我的房间，只能在客厅里打地铺了。

2000 年元旦，千禧年来临之时，念慈奶奶给我们一人绣了一只小袋子，可以装零用钱和学生证件，留了一格可以装我们即将拥有的身份证。

1998 年那个夏天的夜晚，那些头挨着头夜谈玩闹、无话不说、想哭就哭、想笑就笑的人，已经有人先一步离开，剩下的人，也各自长大。

再次重聚，也不知会是什么时候……

三年后的夏天，2001 年 5 月，中考到来之前的那个月，似乎每天都有火烧云铺满天边。

中考前的最后一次模拟考试成绩出来，年级前三名方明雨、蒋翼、钟念慈被老师叫去考前动员，我一个人踢着石子回家。

“去不去看我们练球？”关超从后面拽我的书包。

“不去。”

“亦菲也去。”

“没工夫。”

大概是鲜少见我有不高兴的时候，关超把球扔给刘鑫几个人后，跟着我。

“怎么不高兴啊？”

我转头看这人一身的汗，还没皮没脸地笑，问：“都快中考了，你不愁呀？”

关超哈哈笑：“我肯定考不上九中，有啥可愁的。”

也是，算我白问。

“哈哈哈，不过你这成绩忽上忽下的确实有点烦啊，好的时候年级第四，差的时候年级四十，九中的名额一共就四个，排除那三个万年前三名，你说你这志愿怎么报？”

我烦得跳起脚打他，关超边躲边笑：“亦菲也愁这个事呢，你这个变量让她和潘雯雯都各种闹心。”

变量，这明明是蒋翼的词汇。

我生气道：“这能赖我吗？！”

“哈哈哈，不赖你赖谁？不过市里前二十名能被统招九中，方明雨考得好，进了统招，没准能多腾出来个名额，你和亦菲就都能上了。不过前二十也不那么好进，哈哈要不你让方明雨她妈妈给你开个后门吧。”

“这是能开后门的事吗？”

“她妈是九中的教导主任，她没后门谁有后门。”

“懒得跟你说。”

明雨妈妈在我们初一的时候就被调进了市里的重点高中九中当教导主任，之后这种走后门能上九中的玩笑一直在我们这一届流行，可连小孩子都知道不可能。

“你不去九中呀？”我问，“今年有专门给咱们厂的自费名额。”

“不去。自费名额也是有门槛的，也轮不到我，况且我这成绩干吗去重点浪费钱？”关超一派不在乎，“你们家长都要面子，我爸才不在乎我在哪儿上学。他要是有酒喝，我辍学不念他也不管。我看不如我考个技校算了，还能早几年挣钱。你说怎么样？”

我张张嘴，又想起爸妈昨天晚上商量自费也要我去重点的笃定样子，和关超爸爸比起来，也不知道哪样的家长比较好。

“你非要考九中？”关超说，“六中也不错啊，我没准还能考上，郭靖没准也得去六中，咱们还能做同学。”

我倒不是非要去重点，可是我妈那是个要强得连六中大门都不肯看的人，肯定不会同意，况且：“明雨他们都去九中，咱们去了六中，就分开了，多没意思呀。”

“也是。”关超鲜少没打哈哈，想了想说，“亦菲家肯定也是这样，考不上宁可自费。得，没准就我一个不去九中了。”

“要是自费，我也不去。”我打定了主意，“考完估分我要是成绩不够就报六中，咱俩继续做同学。”

“行，说定了。”

我放学路上刚跟关超信誓旦旦定好了相约六中，到了家里正听见我妈跟班主任钱老师打电话：“是啊钱老师，我听说了，她这次又十名以外了……可不是呢，就一直这么不稳定，我们也着急……是呀，都知道她的毛病，没定性，坐不住，又马虎……哎呀您这么说我就放心了，行，我跟她爸爸都说好了，如果名额走不上就给她自费，说什么也上九中……”

我蹑手蹑脚往房间走，谁知我妈放下电话说：“成绩单出来了？给我看看。”

我转身，不情愿地拿出成绩单和卷子递给我妈。

我妈坐在沙发上看了半晌，才抬头跟我说：“没事，还有一个月，咱们努努力。你们钱老师跟我说了，她早上才问过明雨妈妈了，按着你的成绩，要是占不上名额，肯定优先派九中的自费。爸妈钱都给你准备好了，别有压力，好好复习就行了。”

这还怎么“别有压力”？

只是我没想到没挨骂还被安慰，一下子眼圈红了，立马表决心：“妈，我好好复习，争取不让你们花钱。要是没考好，我就去六中……”

“不用想这些，钱不是你操心的。”

“……我一定好好考。”

“行了，知道了，你爸爸去买菜了，晚上做锅包肉。”

“蒋翼晚上来啊？”

“嗯，你冯姨去看蒋叔叔了，他考试前都在咱们家吃饭。”

蒋翼爸爸从前一年开始长期外派加州，一年回来两次。厂里照顾他和冯阿姨分居，需要出差的技术活基本都委派冯阿姨去，让他们偶尔夫妻团聚。只可怜被一个人扔在家里的蒋翼就只能常驻我们家了。

好在蒋大爷已经不是小孩子，每天自己上学放学，回我家吃饭、写作业，回自己家里睡觉，偶尔跟我爸看球的时候留宿客厅，还知道帮忙收拾房间，倒是不太让人操心。

我一个人又是安心又是内疚地回了房间写作业，爸爸回了家就开始做饭，厨房里吸油烟机响起来的时候，蒋翼回来了。

他跟我妈打了招呼，扔了书包就跑去厨房，嘴里被我爸塞了块炸好的酥肉才回来，一屁股坐在我对面："念慈问你晚上去不去她家写作业。"

我咬着笔杆不答话。

蒋翼低头摊开练习册，又伸长了腿踢我的脚："问你话呢。"

"烦人！"我挥拳头躲开，"不去，今天哪儿也不去！"

"不去就不去呗。"蒋翼莫名其妙看我一眼，"发什么脾气？"

"才没发脾气！"

"行行行，没发脾气。"蒋翼低头写了几笔，问："你不是来那个了吧？"

"你才来了呢！"我一把扔了个本子过去，被稳稳当当接住。

"没来就没来呗。"蒋翼嘟囔一声，又说了一句，"明天上学别忘了带身份证，填考前信息了。"

"知道。"我趴在桌子上，低落应了一声，又忍不住抬眼看看。

蒋大爷在对面写题，照旧头发很短，腿很长，鼻子很挺，眼眶很深，懒洋洋地坐在座位上，眼睛微微低垂着，却有种万事不放在心上的轻松。

"喂。"到底还是我忍不住，叫了他一声。

"嗯？"蒋翼没抬头，只答应了一个字。

"你中考志愿怎么报？"

"九中啊，不然呢？"蒋翼莫名看了我一眼，"你不也是？"

"我又不一定考得上。"我噘嘴。

“自费肯定够了。”

“谁要自费啊！”我大叫，“我才不丢那个人呢！”

“那你就好好考，名额进去不就得了？”蒋翼笔下不停，脸上是那个“你无理取闹”的表情。

“万一没进呢？”

“不是说了还有自费吗？”蒋翼终于不耐烦了，“你到底胡思乱想什么呢？”

我气呼呼宣布：“我要是没考好，就不去九中了，去六中。”

“不可能。”蒋翼终于抬头。

我理直气壮回看过去：“怎么不可能?!”

“你一定要上九中。”蒋翼斩钉截铁。

“我就不去！”

“那你试试。”

“要你管?!”

蒋翼顿了顿，试图跟我讲道理：“覃姨也不可能让。”

“不让我也不自费！”仿佛有底气得很。

蒋翼看了我片刻，又低头继续算题：“随你。”

“哼！”我吵赢了一轮可也没多高兴，把头埋进卷子里，“烦死了！”

“大家都安静一下。”钱老师在讲台上敲了敲黑板，“我说一下啊，大家把刚发的这张表填一下，这是考前信息，不要出错。另外明天晚上是考前动员会，都跟家长说好了，谁家也不能缺席。要是没通知到自己爸妈，中考也不用去考了。知道了吗？”

“知——道——了——”一个班的人拉着长音回答。

钱老师收拾了课本，嘱咐一句："钟念慈，你把表格收集好了给我送到办公室。"

"嗯好。"念慈应了一声，低头问我："瀛子你怎么了呀？表格填好了没？"

"没。"我头也不抬地继续算题。

关超跨坐在我前面的椅子上，感慨一声："就你这架势是非上九中不可啊，你这不是忘了咱俩的六中之约了吧？"

"没忘。"

这俩字一说完，我就感觉几道目光齐刷刷地射来，以蓝亦菲方向的最好奇也最不遮掩。

"黄瀛子你不考九中了呀？"方明雨从隔壁排叫道，"你干吗不去呀？我们都去九中你干吗不去啊！"

"我和郭靖也不一定去呢，我们仨去六中。"关超说，"是吧，郭靖？"

"嗯。"郭靖就答了一个字。

蒋翼突然站起来，从我桌子上抽走表格，跟念慈说："我给她填。"

"哦，行。"念慈答应了一声，目送蒋翼站在课桌边填表。

我头昏脑涨地做完一套卷子，抬头正看见他把表格递给念慈："好了。"

"我给你检查检查。"念慈刚接过，却被关超一把抢去，紧接着就是一阵的笑声，"哈哈哈……曾用名，黄瀛子，你还有曾用名呢！"

我一下子抬起头。

"哈哈哈，曾用名黄英姿?！黄英姿是谁，哈哈哈，是哪位大哥?!”关超笑得气都喘不上来。

“蒋翼!”我尖叫。

“叫什么叫。”

“谁让你写的?!”

“本来就是啊。”蒋翼照旧那个“你无理取闹”脸，“关超你行了啊。”

“哈哈哈……”一群男生继续大笑。

“烦死人了!”

黄瀛子这辈子最大的秘密就是这个——空军出身的老黄当年想儿子想疯了，见到女儿都来不及想新名字，户口就上报了。我妈从麻药里醒过来，一边忍着疼一边骂老黄一边给我改了名字。

这个从来没叫一天的名字，本来想说申请身份证的时候改过来就行了，谁知却被蒋翼就这么叫了出来?!

我气得跺脚，抱起卷子，书包都没收就跑出了教室。

怒气冲冲跑回家，我冲进卧室，把卷子扔在书桌上，刚要坐下就突然肚子一阵疼。耳边响起蒋大爷昨天那句问候“你不是来那个了吧?”。

还真让他说着了!

“啊啊啊啊啊!”我大叫起来。

蒋翼那个混蛋真是越来越烦人了!

信誓旦旦的复习计划给“大姨妈”让了路。我埋进被子，睡得迷迷糊糊的时候感觉门开了，有人进来，把两个书包放在书桌上，走过来居高临下到我床边看了一会儿，就又出去了。

我心里生气，身上又难受，不想搭理他，翻了个身又睡了。

再醒来的时候，听见客厅传来门响，蒋翼说：“叔叔、阿姨，那我回家了。”

紧接着又是门关上的声音。

我迷迷瞪瞪拧开台灯，书桌上就一个书包，闹钟显示九点半。

“醒了？饿了吧，菜是热的。”我妈推门看了看，“起来吃饭。”

“哦。”我慢吞吞起了床，感觉肚子没那么疼了，才裹了件睡衣出了房间。爸妈已经进房间了，我从厨房盛了一碗土豆炖排骨，一碗米饭，端回到自己房间，摊开卷子，边看边吃。

房间里安静得只能听见钟表滴答，我一道题一道题地做，吃完了一碗还没觉得饱，刚要站起来去盛，突然听见窗户响了一下。

我趿拉着拖鞋到了窗口，深夜空荡荡的小花园里，蒋翼站在石凳上，看到我就招手，口型是：下来。

我瞪了他一会儿，运了运气，才转身换了衣服拿了钥匙下楼。

夏日的夜晚，星斗满天，花草清香，虫鸣唧唧。我刚出了楼门，迎面是一罐冰可乐贴上脸蛋。

“哎呀，你真烦死人了！”我气着躲过，打了他胳膊一下，转身要回去，被他拽住脖领子，“你行了啊，怎么这两天脾气那么大？”

“要你管？”

我被拎到石凳边，俩人一起站上去，坐在厚厚的椅背上。

“喝不喝可乐？”蒋翼打开易拉罐递过来。

“不喝。”

“你不是没来那个吗？”

“来了呀！”

蒋翼笑得差点从椅背上跌下去。

我更生气了。

“我回去了。”

“行了行了。”蒋翼抓住我，摊开手掌是鲜亮颜色的糖果，“给你巧克力。”

我气呼呼地接过糖果，嘴里变得甜丝丝的时候，也就消气了。

蒋翼转头看着别处：“你真要去六中啊？”

“……我不想自费。”有三个学霸当朋友，又有那么要强的妈，压力真的很大，“你们都是自己考上的，就我一个自费，太没面子了。”

“你什么时候也开始要面子了？”

我挥拳头要打他，被他躲过去。蒋翼一口喝干净可乐，问：“我们都去了九中，就你去了六中，多没意思。”

我昨天也说过这话，可是……

“还有关超他们呢……”

“那能一样吗？”

“……有什么不一样。”

蒋翼不说话。

“我还没跟你们分开上过学呢。”我小声地说。

我们这些人，从出生到现在，就没分开过，见彼此比见自己爸妈的时间都多，要是真分开了，真的舍不得。

我是没什么上进心的小孩，可我也是怕孤单的小孩。即将到来的分别，让我不知所措。

蒋翼站起身，挥手把易拉罐扔进远处的垃圾箱，说：“你肯定能考上。”

“你怎么知道。”我没精打采道。

“我考进全市前二十，走统招，给你腾出来一个名额。”

“啊？”我睁大眼睛看他。

“方明雨走统招应该没什么问题，我这几次大考市里排名前五十，按常理也要走名额，钟念慈也是，蓝亦菲和潘雯雯正常发挥应该是四五名，如果没有你这个变量，就是我们五个上九中。”蒋翼仿佛在解数学题，思路清楚，一一分析，“你的成绩虽然浮动大，但是大概率应该可以进年级前六。这样的话，你最好的情况是排第四走名额，第六就很危险。但是我如果进了统招，就能省一个名额，这样你就比较保险，即使不能超过蓝亦菲她们俩，也能顺利上九中。”

我愣愣地抬头，看着蒋翼精密地计算着各种可能出现的情况，夜色中，高挑的男孩子睥睨时空，仿佛全世界的难题在他眼里都不是事。

“……哪有你说得那么轻松？”

“大概率事件就是会发生。”

“瞎掰。”

“我什么时候骗过你。”

“小时候你说会和我搬到同一栋楼不就骗我！”

“打住，又翻旧账，我那时候就压根没答应过你，而且那事我爸妈都没辙。”

虽然是这么回事吧……

“可是统招要进全市前二十，也没那么容易。”我吸吸鼻子，放松了点，又有点想哭，“你能行吗？”

“这你就不用管了，你只要保证正常发挥，能进前六名就行了。”蒋翼跳下石凳，抬脸看我，“这个你能行吧？”

我也站起来，回看他，男孩明亮的眼睛里仿佛有一片星空。

“嗯，能行！”我重重点头。

“那走吧，回家。”

“嗯。”我刚跟上，就听见刚耍了酷的人肚子叫了一声。

“你晚上没吃饭啊？”我问。

“没吃饱。”

啧啧，这可真少见。

“家里土豆炖排骨还热着，咱们回去吃吧。”

“行吧。”蒋大爷恩准了，跟我上了楼。

俩人蹑手蹑脚进了屋，我从厨房盛了满满两大碗带进房间，刚放在书桌上，就听见我妈在隔壁说：“吃完把碗洗了。”

“啊，知道。”我和蒋翼一缩脖子，面对面吐吐舌头。我吃着自己碗里的，眼睛盯着他碗里的一块排骨……

蒋翼面不改色夹了那块排骨：“要吃这块？”

“嗯。”

蒋大爷嘿嘿笑，作势要往自己嘴里递。

“哎，你！”

下一秒，那块排骨被直接塞进我嘴里。

我嚼着排骨跟着他笑。

俩人狼吞虎咽吃了东西，又各自做了一张卷子。眼皮都睁不开的时候，我听见蒋翼起身去洗碗，心里莫名很放心。

这个人答应的事情从来说到做到，答应了就不会忘了，不管是洗碗还是考进统招。他既然说了我能考上九中，那就肯定能。

如这个男孩所说，他从不曾骗过我，我也从来习惯信他。

多少年之后的蒋翼，仍旧是说一不二的，脑子聪明，意志坚定，除非他想骗人，否则承诺的话从不落空。

当然，后来的我会知道，若是蒋翼真想骗人，没人能猜得透。

让人猜不透的蒋翼，其实也最让人伤心。

当然，这也是后话。

第三章 — 关超的秘密

我带着背水一战的心态通知爸妈要参加晚上的家长动员会，到了学校继续埋头复习。

关超在我身边长吁短叹，指责我背叛六中联盟。我被昨天跟我妈还有蒋翼表的决心鼓动得心潮澎湃，不想理这个家伙。

晚上的动员会是在学校礼堂，我们先一步到，等着家长下班才陆续进入。

写了一天的卷子，此刻我头昏脑涨地坐在位子上直打瞌睡，看到我妈的时候眼神呆滞地张了张嘴，被她的手抚摸着额头，才觉得眼前的迷雾散了，顺势把脸埋进妈妈的手里，用鼻子蹭了蹭，哼唧了两声，就听蒋翼在旁边“啧啧”了两声。

钱老师问：“蒋翼你家长出差，谁替他们来开会？”

“我！”我妈说，“昨天晚上刚跟他爸妈通过电话。”

“行，他成绩倒是不用担心，就是太贪玩，球打得有点多。剩一个月考试了，得减少室外活动，用不着那么大运动量，也免得受伤，得管着他点。”

我妈点头：“我刚跟他聊过，考试前就每天跑跑步，暂停打球了。”

“嗯。”钱老师表示满意，“黄瀛子这几天学习态度也很不错，没怎么看漫画开小差。她主要的问题是注意力不集中，还得认真些，得把考试当回事，拿出状态来。真到考场上，认认真真别漏题，答题卡别再填错行，就没什么事。”

特意从市里早回来开会的明雨妈妈在一旁说：“明雨说瀛子作文写得好，没准有惊喜。”

郭靖妈妈问：“老师你看郭靖有希望上九中不？”

“自费名额没准能排上，不过听郭靖说想去六中。”

“那我们看他成绩填志愿吧。”

钱老师点头，一一跟家长们说：“明雨别太紧张了，正常发挥就行；亦菲和雯雯也是，她们最近状态都比较紧；念慈心态和成绩都没什么问题，我最不担心；姗姗得把工夫花在学习上；刘鑫就准备考三中吧，六中自费估计也够不上……”

一群家长一一记录，快开会了才陆续回了座位。

钱老师点名问：“还有谁家长没到吗？”

全场静默了片刻，关超一个人在角落里，淡淡说：“老师您先开吧，我爸估计给忘了，甭等他了。”

钱老师顿了顿。

郭靖爸爸说：“钱老师，有什么事我转达吧。”

钱老师看了底下一眼，才说了一句：“行吧，那咱们现在就开始……”

门就是在这一刻被人狠狠踹开了。

关超的父亲涨红着脸就这么醉醺醺地冲了进来，前排有女生一阵惊呼，我慌张地转头去看关超。

意料之外的，那张年轻的、还未长大成人的脸上，什么表情也没有。

关超就那么坐着，看着自己的父亲脚步虚浮地往前走了几步，上前要跟钱老师握手。

“啊呀，钱老师，不好意思，我、我来晚了。”

“没事，关超爸爸入座吧。”钱老师指了指最后一排关超旁边的座位，“就等您了。”

“好、好……”

关超一言不发，没上前扶父亲，就那么任由他往前走了几步。

郭靖爸爸看不过，上前来扶，可才起身就听见“扑通”一声，酒醉的人趴在地上呕了几声。

整个会场瞬间议论纷纷。

“走吧，去外面缓一缓。”郭靖爸爸和几个男性家长合力把关超爸爸架了出去。

谁也没想到会有这么一出闹剧，钱老师看着恢复安静的教室，又看了看一动不动的关超，轻叹一声：“咱们开始吧。”

这个插曲多少影响了动员会的气氛，但中考毕竟是大事，家长们即刻进入状态，跟各个学科老师交流，学校领导和上届优秀学生还依次上台介绍了考试经验，九点多的时候，大会才算结束。

刚一宣布可以解散，趁着家长们都去跟老师交流，我们几个跑向后排关超身边，蒋翼跟关超说：“没事吧？”

“没事。”前一刻还僵着表情的关超一秒变得笑嘻嘻的，“能有什么事？丢人的是他又不是我。”

“打会儿球再回家。”郭靖说。

亦菲说：“钱老师刚说不让蒋翼打球了。”

关超哈哈笑："没说不让我打啊，我跟郭靖打。走，蒋翼，给哥捡球去！"

"臭美吧你！"

"走吧。"郭靖就俩字。

三个男生勾肩搭背地要走，念慈说："别打球了，去操场上走走吧，咱们大家一起。"

郭靖站住，看了看另外两个，做了主："行吧。"

关超看看念慈，又看看郭靖，笑："得，郭大侠说了算。"

学校四百米的露天操场，平时除了学生，更多的是大人和小孩子在跑步锻炼。可现在时间已经不早了，除了个别夜跑的，就只有我们。

夜色安静，便更显得时空旷远。

原本仿佛有很多话要说，可真聚齐了，也就三三两两地说话，渐渐地，七个人分成了几个批次。

先是三个男孩在前面一排，四个女孩在后面。

后来不知怎么，关超走得慢了一些，亦菲走得快了一些，他们两个走到一排，于是变成三排。

之后郭靖和蒋翼跑了起来，竟然领先了我们一圈，蒋翼从背后抓我的头发，我气得去追他，于是变成四排。

再之后，明雨一个人走到升旗台上坐了下来，郭靖跟着念慈，速度越来越慢……

我跑到升旗台旁叫明雨："在想什么呀？"

明雨看看星星，又看看我，说："下个月的今天，咱们就考完试了。"

“啊真的耶！”我跳上去，“正好是一个月哎。”

“然后咱们就去市里上学了。”

“是呢。”我站在升旗台上转了一圈，夜晚的风是清甜的，“一个月后就解放啦！”

“黄瀛子。”明雨叫我。

“嗯？”

“你上九中吧，咱们还一个学校，不分开。”

我站住，看向明雨，那张苹果脸表情认真得仿佛是在课上回答问题。

我想了想，认认真真答应她：“我好好考，咱们不分开。”

我们七个一块散步，之后想想，除了那次，就再也没有过了。

念慈的小提议，是我们长久的回忆。

然而那个晚上还没结束。

我们正要从操场上离开的时候，一位长发浓妆的女士迎面走过来，她手边是一只旅行箱，一副风尘仆仆、步履匆匆的模样。

关超老远看到她的时候就站在了那里。

女人只一抬头，眼睛里已经有了泪水。她紧走几步，呼唤一声：“关超。”

“妈。”关超怔怔地看着许久未见的母亲，生疏又试探地问了一句，“你怎么回来了？”

关超妈妈没来得及回答，后面便传来关超爸爸骂骂咧咧的声音：“你给我滚！给我滚！没良心的娘们儿，自己跑了不算，还敢来带走我儿子！”

这样粗鄙难堪的场景让所有小孩子惊呆了。郭靖爸爸紧紧跟来，又是压制又是劝解：“别吵了，大晚上的干什么？孩子们都看着呢！不嫌丢人？”

“我丢什么人？从广东回来就牛了？跟我抢儿子？我告诉你！关超他姓关！想给他找后爹？没门！”

“你不让我带他走，你能带好他吗?!”

“我怎么不能?!”

关超妈妈强自镇定，抹掉眼泪，不理呼喝，过来握着关超的肩膀说:“关超，我这次回来就是给你办退学手续的，跟妈妈去深圳吧。”

这是谁也不曾料想的事情，关超妈妈走了有十年，没想到突然出现就要带关超走。所有小孩子都慌张地看向关超。

平时笑嘻嘻的关超此时表情僵硬，然后转为无措，他看看骂骂咧咧的父亲，再看看眼前泪眼迷蒙的母亲，半晌又问了那句:“你怎么回来了？”

“你儿子问你怎么有脸回来？”酒醉的人力大无穷，郭靖爸爸根本不能压制住他，只得跟关超妈妈喊，“你先回去，先回去！过几天再说！这样下去要出人命的！”

关超妈妈仿若未闻，抹干净脸上的泪水，蹲下身，拉住关超手臂:“关超，这次跟妈妈走吧！”

我们被这闹剧吓得不敢动弹，这时候才发现一直没说话的关超低着头，一动不动。

“深圳那边我都打理好了，关超，妈妈会让你过好日子！”做母亲的几乎是在哀求。

关超半晌抬起脸，迷茫地问了句:“那我爸怎么办？”

大人和孩子们都僵立住。

谁也没想到关超会问这个问题。

我们曾经都以为从不曾被善待的关超根本不会在乎那样的父亲。

关超表情似乎也有些疑惑，他看着母亲，慢吞吞又问了一句："你怎么回来了？"

"我……"

"你们离婚的时候，我以为你会带我走的……后来等了好几年，你也没回来。"关超不是责怪，只是真的想不明白，"他现在，都不太打我了……"

只是这一句话，让关超妈妈终于痛哭出声。

在那之前，我从来没有听过那样无助到凄厉的哭声，更别说这样的哭声来自一位大人、一位妈妈。

关超妈妈的样子，颠覆了从前我曾以为的家长应该有的样子——她一点也不强大，一点都不像大人……仿佛无依无靠的小孩子不是关超，而是她。

这副脆弱的模样、这样破碎的场景，小孩子本不该见识和经历。

后来发生什么我不得而知。

被我妈带走之前，我看到的最后一个场景是亦菲和明雨的妈妈搀扶关超的母亲起来。女人的妆花了，头发散了，遮挡了本来好看的脸。她似乎叫了一声关超的名字，却没有发出声音。

和我们一起离开的关超脚步有些踉跄，可却也没有停下。

一个月后，关超和我们一起参加了中考，他没有去深圳——这其实在意料之中。可没想到的是，估分之后填报志愿时，关超和我们一样，全部志愿都报了九中。

按照他的成绩，这样报志愿意味着，除非能争取到一个自费名额，否则只可能落榜。

交志愿表的那天是年级的毕业篮球赛。

从钱老师办公室出来后，关超走向坐在篮球架下的我们，嘴角一咧，又是那个笑嘻嘻的模样。他把篮球扔给蒋翼："蒋大爷解禁了吧？"

"跟活过来了一样。"蒋翼接过球，转身上篮进球。

亦菲问在她身边坐下来的关超："你这么报志愿行吗？"

"他说行。"关超没有直呼"爸爸"。

"爱怎么着就怎么着吧，他要是搞得定名额，又乐意花钱，我管那么多呢。"

说这话时，关超爸爸正从办公室里出来，少见的清醒样子，却莫名显得苍老。

他向操场的方向张望，关超转过身没理会，半晌，中年人也就走了。

亦菲问："你妈妈回深圳了吗？"

"嗯。"关超应了一声，"给我留了点钱，说自费的钱我爸凑不上的话可以用。"

我说："多亏没傻乎乎信你要上六中。"

关超这个气啊："咱俩到底谁先毁约的啊？"

我嘻嘻哈哈地笑。

蒋翼的黑 T 恤袖子被卷到肩膀，他远远地站在球场上朝这边喊："都过来热身了啊。"

"走着。"关超和郭靖跑向球场，却又突然双双停住。

就是那个时候，操场上的同学都看向了校门口。

明雨猛地站起身。

远处，身穿白衬衫、浅色牛仔裤的熟悉身影慢慢从校外走进来。

“哎，那是谁呀?”念慈笑起来。

我跳起来，隔着三年的时空，确认无误后，高兴地挥手:“庄远，你什么时候回来的?我们在这儿呢!”

年级毕业篮球赛，庄远回来了。

这家伙长高了好多，可样子却几乎没怎么变。

蒋翼他们一群人最先跑过去，把庄远围住，白衬衫在被脏兮兮的手揉皱的时候，男孩终于得空理睬我们女生。

他微笑着冲我们摆摆手。

午后的阳光里，好看男孩庄远仿佛从光晕中离开。

我正要跑上前，却发现明雨退了一步，在看台边坐了下来。

“明雨，庄远回来啦!”

念慈陪明雨一起坐了下来，明雨怔怔地说:“我知道。”

我只好收回脚步:“咱们不去找庄远玩吗?”

念慈叹息道:“瀛子你多大了呀。”

“十五岁呀。”我有些疑惑，“不是和你们一样?”

明雨和念慈相视笑起来。

我也跟着她们叹了口气，聪明的女孩们真的好烦人啊。

不再理会那如游丝般的细腻敏感，我站起来，挥手喊:“庄远——!”

“嗯?”远远的，庄远抬头答应了一声。

“你什么时候回来的呀?”

“中午刚刚到的。”

“有没有带礼物?”

念慈扶额，晚了一步没能拉住我，那边蒋翼脸上已经是三条黑线，表情是“我不认识她”。

“带了，晚点拿给你。”隔着半个操场，庄远的笑是六月天里清朗的风，“大家都有，一会儿去我家拿。”

“好呀!”我心满意足，拿出泡泡糖放进嘴里。

方明雨叹口气:“唉!”

“怎么又叹气?你俩吃不吃?”

“黄瀛子。”明雨叫我。

“怎么了嘛?”

“你是真的喜欢庄远吗?”

“啪”的一声，泡泡又破掉了。

“怎么不喜欢?”我很认真地思考了一下，那个人长得好看，学习又好，所有女孩都喜欢他，我怎么能不喜欢呢?

“我最喜欢庄远了。”

念慈和明雨又是那样的笑。远处篮球赛开始，庄远的白衬衫和蒋翼的黑 T 恤各自显眼。

我不理会那两个人的曲折心思，吹着泡泡，脑洞开始不受控制:“他们两个人这样子，有点像黑白双煞。”

“你能有点好形容词不?”念慈笑。

“月黑风高，御前四品带刀护卫白衣庄大侠约战三进皇宫盗御宝的黑衣蒋大盗，却不想正遇见无耻采花男关小贼欲强抢良家少女，于是两人联手……”我突然打住脑洞，“话说，咱们都喜欢庄远，可庄远喜欢谁呢？”

明雨淡淡说：“庄远喜欢谁呢？”

念慈笑笑说：“或者说，那个良家少女是谁呢？”

对呀，被大侠、大盗还有小贼同时喜欢、保护、垂涎的少女是谁呢？少了这样关键的人物，故事怎么编下去。

故事肯定要继续的。

比赛中场休息的时候，蓝亦菲从校门口进来，一条简单的蓝色裙子，却衬得她美丽得仿佛初升的月光。她和后面跟着的李珊珊手里各自提了一袋冰凉的可乐。

有了庄远助阵，蒋翼队大比分领先关超队。中场哨声一响，关超从亦菲手中抢了一瓶可乐，狠命摇晃了开盖就往蒋翼身上喷。蒋翼半身湿透，拿起一瓶反击，俩傻缺就这么在操场上你追我打起来。

“关超你给我站住！”

“来追我啊，追我啊，追我啊！”

关超不要脸地连这种言情剧女主人公对白也说得出。我傻笑着正看热闹，却突然发现人群略微有些躁动。

可乐很快就被大家分光了，亦菲将手中自己的那瓶递给庄远。

“你感冒刚好，这瓶不是冰的。”

男生们开始起哄。

篮球架下，脑回路虽然简单的我也发现了其中的逻辑漏洞：“庄远感冒了吗？”

明雨仍旧是淡淡的表情：“不知道。”

“那亦菲怎么知道？”

念慈又是那副扶额无语的样子。

明雨抿着嘴唇，没说话。

那边蒋翼和关超的战局以关超被淋成落汤鸡告终。

关超捂着胯恨恨地瞪了蒋翼一眼："蒋翼你给我等着，老子换了内裤再战！"说完就往体育教室跑。

"给我带一条背心来。"蒋翼冲着他背影交代，然后转身跟我喊，"黄瀛子你书包里的手绢呢？给我拿来。"

"哼！跟大爷一样，就知道使唤人！"我气呼呼翻书包找出来，小跑给蒋大爷送手帕过去，"早上我妈才给我换的，弄脏了你给我洗干净！"

"不然呢？你会洗吗？"

"我怎么不会?!"

"你知道家里洗衣粉放在哪儿吗？"蒋大爷就这么不知羞耻地当众脱了上衣，露出挺拔的腰身，拿着T恤擦了两下扔给我，然后用矿泉水冲了头发，抽走手绢又擦了把脸。

我接住T恤一脸嫌弃："哎呀，你脏死了！"

一旁的庄远笑了笑，此时才接过可乐，同时解下腕子上的手表递给亦菲说："帮我拿一下吧。"

亦菲接过手表时我可发现她脸上有一朵绯红。

操场上的起哄声音震天响。

这是怎么回事?!

就算再迷糊、再不开窍的我也明白发生了什么。

然而明白了之后，我难免有点伤感——同样都是女孩，待遇差距怎么这么大啊。

亦菲和我面对两个男孩，他们各自给了我们一样东西。

庄远礼貌地把贵重的运动手表交给亦菲，蒋翼一个飞饼把被汗湿透了，还被灌了半瓶可乐的臭烘烘的T恤扔到我手里……

心里微微有点难过的我叹口气，抬头跟郭靖说：“一会儿去吃烧烤吗？”

郭大侠点头：“打完球就过去。”

“嘿嘿嘿，好嘞。”我兴冲冲拎着蒋翼的 T 恤跑回篮球架，又有点低落地跟念慈和明雨报告，“我觉得，庄远可能喜欢蓝亦菲。”

“庄远喜欢谁”这个话题有点伤到明雨的心和我的自尊心，所以很快也就被念慈打住了。

球场上，换了干爽内裤回来的关超照旧被蒋翼加庄远的组合打得落花流水，比赛结束后横躺在地上不起来，大喊：“太丧心病狂了！”

蒋翼喘着气，拿脚尖踢他：“起来。”

关超一个鲤鱼打挺：“郭靖！咱们俩一伙儿的，为什么放水？”

郭靖理也不理他，转头把店里的钥匙递给念慈说：“你们先过去，肉串我妈都预备好了，等会儿我过去烤。我们得去洗洗。”

“嗯，好呢。”念慈接过钥匙。

一群男孩勾肩搭背地走了，关超仍旧不依不饶：“郭靖你够不够意思？”

郭靖不理他。

“我以一敌三，我容易吗？”

刘鑫气道：“当我们死的是吧？”

关超更气：“郭靖你能理我一句不？

郭靖还是不理。

蒋翼面无表情搭腔：“你能闭嘴吗？”

关超仰天长啸：“苍天啊！赐我一个会说人话的哥们儿吧！”

一群男生越走越远，明雨看着他们的背影，叹息说："其实郭靖才有大侠风范吧。"

念慈笑起来："毕竟叫了大侠的名字。"

亦菲在远处招手："黄瀛子，你们直接去店里吗？"

"直接去呀。"我应了一声。

"瀛子，我们要先回我家拿主食。"念慈笑眯眯打断。

"哦，那我们晚点去。"我重新更正。

亦菲笑："那这张光盘还是你们带过去吧，关超着急要。"

姗姗补充："他说是郭靖要看的。"

"你们不一起去吃烧烤吗？"我跑过去接过光盘，疑惑问。

"我们要晚一点过去。"亦菲和我们挥挥手，带着李珊珊走了。

明雨问："是什么电影？"

我送回到明雨手里，盗版光碟封面上莫文蔚香肩半露，猴脸周星驰笑容猥琐。

"不是小黄片吧。"方明雨很担忧。

"是《大话西游》呀。"念慈笑得开心，"这个电影很好玩的，我正想看呢。"

郭靖爸妈给他报好了志愿就要去老家看爷爷奶奶，烧烤店关张一周。出门前，郭靖妈妈准备了一冰箱的肉让郭靖在家烧烤，招呼同学们聚餐。

店铺可要比之前的聚会窝点——念慈家更宽敞，何况还有烧烤。

为了筹备孩子们中考后最重要的聚会，各家家长都铆足了劲儿。

我早早叫我爸买了几大袋子零食和可乐、雪碧、橙汁、珍珍各一箱拎过去；明雨家里准备了七八箱水果；念慈奶奶提前做好包子、饺子、馒头、花卷、锅贴、炒饭六样主食，热气腾腾的只等出锅；亦菲妈妈从市里最好的蛋糕店定了一个十二寸的蛋糕和许多小点心；姗姗带来了她表哥珍藏的光碟……

相比之下，男孩们真是毫无用处。

关超就不说了，蒋翼是从小被爹妈放养的，庄远刚刚回到家，刘鑫压根把这事忘了……

只除了郭靖。

从小到大，郭大侠一呼百应，让人言听计从，除了拳头硬，心胸宽，还有一点非常重要——我们吃肉，郭大侠管饱。

“吃肉”必须是件大事。

当然一开始投喂这些小麻雀的是郭靖妈妈。

除了烤串，从炸丸子、酱牛肉到烤鱼，横跨各个领域，没有郭靖妈妈做不来的肉，而且每样肉都好吃到让你恨不得把舌头都吞进去……除此之外，郭靖妈妈还有一手绝活儿——做的卤味特好吃，其中鸭货更是一绝。

小小的烧烤店开业短短几年，已经成了航天城里最繁华的饭馆，扩张了好几次，连市里都常有人慕名而来。我们这帮小孩子有事没事都会磨着家长带我们来解馋。

尤其是我和蒋翼。

虽然我爸的厨艺也很拿得出手，不过我妈在厨房的效率就一言难尽。

我爸出差时，我妈一顿饭也能给我做四道菜——分别是土豆炖豆角、土豆炖豆角、土豆炖豆角以及土豆炖豆角。

嗯，量肯定管够，一锅炖菜，分一个盘子、一个盆、两个碗盛上来。我妈通常会再加上一句："尽管吃，锅里还有呢。"

没有对比，就没有伤害。

也只有蒋翼这样极度好养活的和我这样极度讨人喜欢的小孩子才会面对四份土豆炖豆角无怨无悔，捧脸星星眼夸奖："真好吃！太好吃了！"

然而当我吃郭靖妈妈做的肉，就根本没有抬头说话的时间，晚一步就抢不到了。

对我们这一拨人来说，郭靖妈妈以及郭靖妈妈做的肉，是小孩子最香喷喷的记忆。而郭靖，尽得郭靖妈妈真传。

这个人最开始还只是帮家里打打下手，后来江湖救急的时候，也可以独立做一些食物喂饱我们。

再后来，我们聚会基本都不爱出去吃，只会卖惨博同情以期打动郭大侠面无表情或者无可奈何地说出那句"行了，想吃什么，我做吧"。

再再后来，是大学毕业那年，我回家的时候，去郭家蹭饭，正赶上大忙人得空回来亲自下厨。

郭家厨房里，郭靖将一只汤匙递到在一旁观阵的郭靖妈妈嘴边。

郭靖妈妈尝一尝，眼睛笑成一条线："味道冲了点，可更香更浓了。比我的好。"

至此，得到郭靖妈妈官方认证，郭大侠正式得传衣钵。

当然，这也是后话。

从十五岁起，郭靖就当仁不让地成了我们的饭票。

一个年级的带头大哥，食物链顶端的男人，硬汉人设，沉默寡言，万事担当，还会做饭，尤其会做肉，郭大侠的江湖地位从来无人可以撼动。

中考毕业那年，带头大哥请客吃肉，点了一出戏——《大话西游》。

只是通过这样一件小事，我才知道，无懈可击的郭大侠其实也不过是个小男孩。

他也会有不敢跟人言说的小秘密。

念慈推着自行车，我和明雨跟着，等我们一起把主食送到烧烤店的时候，男孩们已经洗好了澡在门口打闹。

关超边挨打边喊："你们怎么比我们还慢？"

"还不过来帮忙拿？"明雨叫唤。

郭靖最先跑过来，从念慈手里接过车把："都先进去吧。"

"哎，这个饺子里面有汤别弄洒了，我拿吧。"念慈让我从脖子上拿下钥匙，"瀛子去开门。"

我拎着钥匙绳，蹦蹦跳跳跑到门前："哎呀，这个钥匙怎么有四个片呀，怎么插进去？不对呀，圆形的口应该朝上还是朝下……"

"开个门都不会！你还能干什么？"蒋翼松开了勒着的关超，要过来帮忙。

"我来开吧。"庄远从我手里接过钥匙，低头看了看，顺顺当当把钥匙插进锁孔。

庄远修长的手指向右转动，锁开了。

"你真厉害！"我欢欢喜喜推门跑进去。念慈在后面喊："瀛子，钥匙给我，不然一会儿又不知道放在哪儿了。"

"哦哦。"我跑回去乖乖上交钥匙，又要帮忙拿装有饺子的锅。

"小心烫！"方明雨警告。

“哎呀。”我烫得缩回手，放在耳朵上。

念慈说：“瀛子你去把象棋和扑克摆上，一会儿我们收拾好了就能直接去玩。”

“嗯嗯。”我蹦跳着到了牌桌边，才想起问，“象棋和扑克在哪儿呀？”

郭靖面无表情说：“你歇着吧，一会儿我去找。”

“这个盒子里是什么？”庄远没加入男生们的打闹团队，拎起一个口袋翻找，“是象棋。”

“哇，你真厉害，这也能找到。”我跑过去，接过来，“我来摆。”

“你会玩吗？”庄远在我对面坐下来。

“会呀，我爸从小就教我这个。”我们俩面对面摆了棋盘，我兴冲冲提议，“咱俩杀一盘？”

“你不去帮忙了？”庄远笑。

“不帮倒忙就不错了她。”蒋翼从我身后路过。

蓝亦菲正是这时候进来的，看到我们在下棋开心道：“蒋翼你们在下棋呀？我也想玩。”

“那给你玩。”我立刻跳起来让位置，“郭靖，遥控器在哪儿？我要看《名侦探柯南》，姗姗你带了《名侦探柯南》吧？”

“带了呀，还有《海贼王》《火影忍者》……”

“瀛子先别看动画片了！”念慈叫唤，“来帮我洗水果。”

“还是放着我来吧。”方明雨又要抢活儿，“她连洗手液和洗涤灵都分不清。”

“就让我洗嘛！”从进屋就一直被怼，我这会儿有点怒了。

念慈忙分工：“葡萄和苹果明雨来洗，瀛子你洗香蕉和橘子。”

对，反正需要剥皮，洗不干净也无所谓。

我喜滋滋地霸占了水池一角，那边蒋翼指挥关超：“找遥控器，把电视打开。”

“看《名侦探柯南》吗？”我抻着脖子问。

“看《火影忍者》。”蒋大爷四仰八叉窝进沙发里。

“得令！”关超这个狗腿子打开电视就开始翻光盘，“火影、火影、火影，你在哪儿？”

“看《大话西游》。”没等我跟蒋翼对呛，发号施令的是郭靖。

郭大侠一个人从冰箱里搬出两箱串好的烤串路过沙发：“蒋翼你过来跟我烧烤。”

“哦。”

一物降一物，蒋大爷乖乖起身，懒洋洋从我手里抢了一个刚洗好的橘子，跑到门外跟着郭靖支起炭炉，点火烤肉。

关超当然更有眼色，不用郭靖吩咐第二遍就跟了过去。

很快寰亚的标识就出现在大电视屏幕上，紧接着，观音菩萨质问孙悟空：“你怎么会想吃你师父？”

我大叫一声：“哎呀，这个孙悟空好丑。”

念慈把切好的西瓜端到茶几上：“后面的故事很感人的。”

唐僧教育孙悟空：“哎呀，悟空你也真调皮呀！我叫你不要乱扔东西嘛！”

我哈哈大笑：“这个唐僧好像方明雨。”

“才不像！”明雨皱鼻子。

“她要是唐僧，第一个就念紧箍咒制住你这个话痨。”关超说话的当口也想偷橘子，被早有防备的我几招抵挡回去。

“关超去仓库把酒精炉拿过来。”郭靖的声音传来。

亦菲几乎是同时在那边喊："关超，你来帮我和姗姗摆蛋糕吧。"

关超站在那儿游移不定，然后喊了一声："郭靖等会啊。"

念慈笑起来，跟郭靖说："我来给你拿吧。"

这是一个错误决定。

因为与此同时，刘鑫一溜烟也跑进仓库，边喊："关超说让我来拿酒精炉。"

郭靖起身，把生火用的蒲扇交给蒋翼："你拿着，我去看看。"

郭靖跟着念慈进了仓库，没过多久，念慈惊慌的声音传来："天啊！郭靖你没事吧！"

"我没事，你怎么样，没伤到吧？"郭靖忍痛的声音有一丝颤抖。

我们吓了一跳，一群人一拥而入。

郭靖手背被烫得一片红肿。

"冲凉水。"蒋翼当机立断，拽着郭靖到了水龙头下面一顿冲洗。

刘鑫慌慌张张："我、我跑太快了，撞到了念慈。"

念慈眼圈泛红："酒精炉是烫的，一撞我就拿不住了，郭靖拽开我，可是他手被酒精溅到了。"

"没事，不疼。"郭靖抿着嘴唇说。

蒋翼看了一眼郭靖，说："没事，这个酒精已经熄灭好半天了，温度不高。"

"那也去医院看看吧。"庄远说。

"嗯。"蒋翼说，"我带郭靖去医院包扎一下，念慈你照顾一下大家。"

“我也一起去医院。”念慈坚决道。

“我也一起去。”我用手帕给念慈擦眼泪。

“添什么乱。”蒋翼蹙眉，“你老老实实给我在这儿待着，刀和火都不许动。”

“我过去帮忙……”

念慈勉强冲我笑笑说：“瀛子你留在这儿把剩下水果洗完好吗？”

“哦哦，那、那你们早点回来。”

蒋翼仍旧不太放心，还要说什么。庄远这时候开口：“你们去吧，我照顾这里。”

蒋翼顿了片刻，说了一个字：“行。”

郭靖他们去包扎，屋子里小孩子都老实了不少，庄远、明雨和亦菲分别带着关超、刘鑫、姗姗还有我负责烤炉、厨房和餐桌。

明雨看着外面顺利升起炭火的庄远不觉叹了口气：“他怎么什么都能做那么好呢。”

“是呢。”我也学着叹口气，“不过咱们不等郭靖回来烤吗？咱们烤的没有那么好吃吧。庄远——”

“嗯？怎么？”男孩在外面答应了我一声。

我咚咚咚跑到外面，帮他把各色肉串分了位置，又殷切嘱咐：“鸡胗和羊眼睛先别烤，蒋翼最喜欢吃那两个部位啦，得等郭靖给他现烤热的。”

“好。”庄远答应了一声，“那等郭靖回来烤。”

得到满意答复我又咚咚咚跑回来，洗手台边的明雨突然笑起来，悄悄跟我说：“瀛子，你有没有觉得郭靖不太对劲？”

“哪里不对劲？”我什么都没觉得……

“他好像有喜欢的人了。”

“啊？”方明雨十几年来致力于为我打开各种新世界大门，从不曾停下步伐，搞得反射弧很长的我应接不暇。

“他喜欢谁啊？”

这时，念慈他们走了进来。

郭靖手背上贴着一块纱布，说了句：“没什么事，不过一会儿烧烤得你们几个帮忙了。”

几个男生争前恐后答话：“得令！没问题！听你指挥！”

念慈走过来，看着厨房堆满的水果小山，笑起来说：“哎，都洗好了呀。”

我一边点头，一边着急跟念慈分享：“念慈，明雨刚刚说郭靖有喜欢的人了。”

“哎？”念慈和明雨同时一惊。

我急切问：“你知道是谁吗？”

念慈低头，拿起新洗好的桃子：“我怎么知道呢……哎呀，这个桃子熟透了，香喷喷的。”

方明雨瞪了我一眼。

好在那边郭靖拿着遥控器问：“念慈，电影你要重新开始看吗？”

念慈笑起来：“没关系，继续就好了。”

迷迷糊糊的我就这么被糊弄过去了。多年后，我们因为一场婚礼重聚，前一天婚礼彩排的时候特无聊，关超叫酒店经理放一个电影。

闹哄哄猜测高中时候谁喜欢谁的现场，《一生所爱》的音乐就是那个时候响起来的。

郭靖西装革履，念慈礼服洁白。

仍旧是多愁善感的方明雨感叹一声："好一对璧人，真是可惜。"

我问："有什么可惜的？"

明雨没有回答，可那时候我也听得懂歌词了。

为什么可惜呢？因为从前、现在、过去了再不来，因为相亲竟不可接近，因为一生所爱隐约在白云外……

中学毕业那次烧烤聚会，除了郭靖被烫伤的小小插曲叫人遗憾，是我多年来想起来都超级开心的回忆。

郭靖指挥着几个男生把羊肉串烤得香喷喷的，几乎上桌就被立刻扫光。电影播放完了，终于轮到我一个人霸占电视、将所有的动画片都看完最新一集的时候，远处明雨和亦菲正在那儿下象棋。庄远端着新出的烤串送来，放在旁边的桌子上："趁热吃吧。"

明雨被胜负欲操控，见到庄远更加紧张，抓起炮就要隔山打亦菲的相。

我跑过去看清局势慌忙叫："不要不要不要！你过去打了相，她的马回踩你的炮就死了，你都死一个炮了，不能再死了！这时候得出车了！"

"观棋不语懂不懂？"来送第二盘肉的蒋翼放下盘子道。

我才不管这个，盘腿坐下来，抓明雨的手："出车。"

聪明如方明雨这时候自然从善如流："出车。"

亦菲上了个马。

"哎呀错了。"我刚要给亦菲支着儿，突然看见明雨抿着的嘴唇，立马闭了嘴。我这点眼色还是有的。

不过还是晚了一步，亦菲听出门道，也要悔棋。

明雨只好也答应。

可亦菲悔了棋也不知道接下来应该怎么下，关超在一旁急得抓耳挠腮，忍不住支着儿："先拱卒。"

我立马指使着明雨应对："车过河，到她的老营。"

关超接："飞相回来护住营盘。"

"咱们也拱一卒。"

我的话音刚落，庄远突然说："不用拱卒，吃她的相。"

"啊？那她的马肯定要回踩我的车。"我跟老黄还有蒋翼玩的时候很少用这么刺激的打法。

庄远淡淡说："没事，她吃车撤马，你的炮打隔山的卒，然后将军。"

我还在犹豫，明雨已经言听计从，谁知那边蒋翼有更刺激的玩法，他指挥关超："马不用回踩，相没了就没了，上炮进她大本营，先将一军。"

我气得叫："观棋不语懂不懂?!"

蒋翼冷哼："谁先说话的?"

"我能说你不能说!"

"凭什么我不能说?"

"就不能说！不能说!"

郭靖在远处喊："蒋翼，把盘子送过来。"

关超脚底抹油："我来拿给你。"

"要不你俩接着玩得了。"明雨和亦菲也要起身。

"不用。"蒋翼拒绝，拎起我的脖领子，"都走，谁也别支着儿了。"

"我不走不走！明雨这局赢定了……"我被拎出了战场，还是一顿挣扎，被这人用老招数从背后捂住眼睛时，就扳他的手放在嘴边咬，一阵辛辣传遍味蕾。

“哎呀好辣！”

“哈哈哈，”蒋大爷大笑起来，“我手里还有辣椒面呢，哎，你别揉眼睛！”

“哎呀好辣好辣！”

呛得我眼泪直流，被蒋翼拽到水龙头前面冲完眼睛，能模糊看到人影的时候突然看到庄远似乎正看向这边，想起自己方才犯蠢都被他看见了，又羞又气，对着蒋翼就是一顿胖揍：“蒋翼你真是烦死人了！”

蒋大爷恶作剧得逞，被打被骂也不生气，只哈哈大笑。

当然了，蒋翼也不总是烦人，还有个别的时候，虽然不多，蒋翼是最好的了！

考试之后的疯玩让我彻底忘了还有出成绩这回事，可时间不理会小孩子的懵懂。

一周之后，中考成绩即将公布。

我在公布成绩的那天早上才后知后觉有些犯怂。念慈来叫我去学校看成绩的时候，我正窝在被子里装蘑菇。

“蒋翼去看了，说打电话给我。”

“今天大家都要去看钱老师呀，总不能就你不去吧？”

我哼唧一声：“我知道了成绩再去。”

电话就是这时候响了的，我一下子掀起被子捂住头。

“我不听、我不听、我不听。”

被子外面的念慈笑起来，紧接着，我卧室里的小牛分机免提被按开了，隔着被子也能听见蒋翼得意扬扬的声音：“黄瀛子你怎么谢我？”

我一把掀开被子，抓起电话：“你进统招了？”

“对！”

“那我第几？”

“第六！最后一个名额是你的，黄瀛子你考上九中了！”

“啊啊啊啊啊，我考上了，我考上九中了！”

我竟然真的考上了！还真如蒋翼所料，我最后一个名额进了九中！

我一跃而起：“啊啊啊啊啊，蒋翼你最好了！你最好最好最好了！”

男孩有些得意：“这会儿我不是烦死人了吧？”

“哈哈哈，你最好最好了！”我扔了电话在床上蹦起来，和念慈抱着转了几圈。

“啊啊啊啊啊，妈，我考上了，我考上九中啦！爸明天咱们就去市里！你们答应了给我买全套的《灌篮高手》VCD！……”我跑出去跟爸妈报喜，被他们欢欢喜喜拥抱亲额头，又听他们夸我懂事聪明又好看，才想起跑回自己屋子问：“念慈你还是第三吧？”

“嗯。”念慈笑眯眯点头，“雯雯第四，亦菲第五，郭靖这次也超常发挥了，第七名，自费名额肯定够了，姗姗也进了前十，对了明雨这次厉害了，全市第一，中考状元。”

“全市第一！”我张大嘴巴，“我怎么有这么厉害的朋友，哈哈哈，哎呀我的牛仔裤呢？念慈咱们这就去学校吧，今天不是要去看钱老师吗？我还准备了小礼物呢！晚上要去郭靖家庆祝了呀！”

念慈笑眯眯地点头，看着我套上牛仔裤，感叹说：“我刚刚算了算，蒋翼这次比模拟平均高了二十分，全市名额提了将近四十名，真是厉害，也不知道他怎么做到的。”

“他答应我的！”我也得意，“蒋大爷从来说到做到！他最讲义气了！”

可好笑的是，蒋翼的这次义气最后到底是讲给了兄弟。

我们到了学校才听说，潘雯雯为求保险，没报考九中，而是直接统招去了六中，顺延腾出了另外一个名额。这就意味着郭靖不用自费，光明正大考进了九中。

得知这个结果，包括郭靖在内的我们都傻了。还是念慈先打趣：“都是瀛子这个变量闹的。”

是啊，没有我这个变量，潘雯雯想来不会报考六中；没有我这个变量，蒋翼也不会临阵突击提高二十分。

我哈哈大笑着拍郭靖的后背：“所以郭靖你怎么谢我？”

“晚上去我家烧烤。”

“烤鸡翅吗？”

“烤鸡翅！”

“哈哈哈，郭靖你最好了！”

考试之前惧怕的分离，在此刻消解。除了念慈、明雨、亦菲，最好的蒋翼和同样最好的郭靖都将与我们同行，只要关超能争取到一个自费的名额……

半个月后，自费名额分配给了姗姗和其他四个同学，其中自然没有成绩靠后的关超。然而峰回路转的是，同时下达的还有一个体育特招生的名额，上面只有一个名字：关超。

因为子弟校的规模小，之前从来都不曾分配过体育特招生的名额。我们听闻这个消息又惊又喜，虽然不知道这个名额怎么就从天而降了，可这意味着，陪伴了我童年的伙伴们将在这一年同时进入市重点九中。

从不曾离开航天城这个小气候的我们，这些带着明显身份标签的航天城子弟，将一起离开从小生活着的地方，脱离温暖安全的包裹，去往崭新的世界，认识崭新的朋友，继续成长。

八月下旬，天边细小的云朵铺成水波纹，湛蓝缝隙不见暗影，开学在即。

在去市里上学之前，因为这一届学生尤其明雨和蒋翼的成绩特别优秀，子弟校给我们准备了一场声势浩大的表彰大会。

我们几个考上九中的都要上台领奖，明雨还被要求到台上给师弟师妹演讲。中考状元方明雨别扭了两周不肯上台，可抗议无效，表彰大会当天她只能硬着头皮捏着稿子就范。

“我们一定铭记校训，不忘出身，在高中努力学习，为子弟校增光添彩。我们要感谢培养了我们的母校和老师，感谢厂领导的关怀，长风破浪会有时……”

这样的官话从明雨嘴里说出来的时候，我们几个在下面笑成一团。

关超学着明雨的声音，细声细气地说：“我们要感谢天，感谢地，感谢阳光让我如此臭屁。啊哈哈哈，方明雨你下来了啊，哈哈哈，你怎么说得出口，我鸡皮疙瘩都掉了一地！”

演讲结束的明雨气得跺脚，可众目睽睽之下也只能暗暗掐了他胳臂一把让他闭嘴，一坐下来就捂着脸：“比考试得了第二还丢人！”

考试万年第二的蒋翼没觉得有什么丢人的，可也满脸烦躁。他这一年个子疯长，长腿在狭窄的座位间伸不开，蹙着眉头问身边被拉来旁听的庄远：“几点了？”

“十点半。”

关超问：“一会儿打球吗？下届的约了篮球场，要跟咱们拼一局。”

郭靖说：“行。”

庄远也点点头，快开学了，他还没回北京，每天跟这帮人厮混打球。

“我不行。”蒋翼一脸不情愿，“我得陪黄瀛子去市里买书，早上答应了覃姨。”

关超急了：“你是她们家‘童养媳’吗？你怎么那么听话呢？”

我和蒋翼一人一边给他一拳，这人哼哼唧唧叫唤“两口子合伙欺负人！”。

“再胡说，撕你的嘴！”

庄远就在旁边，我更不能忍这样的玩笑，按着他一顿暴打，声音引得钱老师从前面转头，我才匆忙坐好了，正了正歪了的衣领。

关超笑嘻嘻从地上爬起来，坐回座位上，问蒋翼：“你真不去啊？”

没等他回答，我抢白：“用不着你陪，我自己去买！”

蒋翼眼睛扫了我一眼，面无表情地说：“随你。”

哼，随我就随我！

表彰大会最后一个环节是九年来所有教过我们的老师上台发表寄语。金老师上台的时候，我们全部起立鼓掌。

九年前刚毕业就担当我们班主任的女大学生，如今已经是三岁孩子的妈妈了。

台上台下，我们彼此的眼眶都湿润了。

金老师擦了擦眼睛：“你们是我第一届学生，从一开始要举手才能说话、学一加一等于几、前滚翻要护住脖颈……到现在，你们马上就要成为高中生了，你们怎么长得这么快呀！带你们的六年，也是我人生中最重要的时光，我见证你们从小孩子变成小学生再变成中学生，你们也见证我逐渐成熟，有时候会觉得你们不只是我的学生，更是我的孩子，也是我的朋友。如今你们从航天城这个小小的保护圈里走出去了，老师相信你们一定会做得更好，成长为更优秀的人，而老师会一直在这里，只要你们想回来，就永远有这样一个小小的地方在等着你们。”

所有的小鸟，这次真的要飞了。

这个地方曾经教给我们知识，陪伴我们长大，她给我们的最后一件礼物是：随时都可以回家。

被这样期待、保护着的我们，就要开启新的旅程，这次，等我们再回来，应该就长大成人了。

而对于我来说，长大的第一件事是：独自乘车去市里。

从航天城去往市里，有一条专线，我们通常称其为 22 路。

两元钱一张票，半个小时的车程，分别在厂区的三个门设立三个站点，直达市内公交总站，很方便。我这还是第一次自己出门，爸妈不太放心，所以让蒋翼陪我。可是因为表彰大会上那个小插曲，我逞强地决定独自前往。

大会这边刚结束，我们就都去跟老师们告了别，男生们还跟体育老师勾肩搭背聊得热乎，我跟念慈和明雨说了再见，整了整小挎包就一个人往车站去了。

上了车，进了市里，终点站下车，转了去书店的公交车，到站的时候，摸了摸小挎包，早上爸爸给的一百块钱还完整无缺。

我兴奋得只想跳，比起有蒋大爷陪伴的安全感，独自一个人出门的新鲜感完胜。

“一套练习册也用不了这么多钱呀。还可以买一个新文具盒，再买一支冰激凌。哈哈哈……”想到做到，我直奔对面的冷饮店，抱着支冰激凌才慢悠悠转回书店，上了二楼挑练习册。

那个时候还没有什么当当、京东、亚马逊，独立书店是什么还没有人有概念，买书我们还是习惯去新华书店，一到开学季，教辅书区域就挤满了孩子和家长。

“数学练习册？不是这一本呢！学校让买的好像是绿色的……哎呀……”我举着冰激凌，左边舔一下，右边舔一下，手里不停翻看着。

身后一个冒失鬼突然撞了我后背，冰激凌没拿住，啪嗒掉在练习册上！

“哎呀，你怎么回事？”我又气又急，伸手却没抓住凶犯，穿棒球服、戴棒球帽的男孩已经跑跳出老远，冒冒失失喊了一句“对不住、对不住”，一溜烟就没影了。

“对不住就完了?！你给我回来！”我气得跺脚，可总不能任由冰激凌化在人家书上。

书已经弄脏了，肯定不能就这么放着，我虽然满心不愿意，也只能扔掉冰激凌，找出纸巾擦了擦，和自己要买的练习册一起结了账。

小挎包里只剩下了回家的车票钱，文具盒是泡汤了，越想越气，我在书店门口不甘心地转头，忿忿不平。

“被我抓到一定让你好看！”

“让谁好看？”

我一惊，蒋翼正站在身后，见我回头，挑眉道："这是怎么了？让谁气着你了？"

"你怎么才来！"我这会儿完全忘了是自己把人家扔在学校的，气呼呼拿出练习册给他看，"有个人超级烦人，我吃冰激凌的时候撞我后背，你看，书都弄脏了，我只能买了，本来还想买文具盒来着。"

"谁让你在书店里吃冰激凌的？"

"你跟谁一伙儿的？"我转身就走。

"给你买冰激凌。"

我立马心安理得地把手里的挎包交给蒋翼。

"你有钱吗？"

"有。"

"我还想买个文具盒。"

"那钱也够。"

"对了，你怎么来了？"终于想起来问正事。

蒋翼斜了我一眼："开完会谁让你自己走的？"

"你不说了'随我'嘛？"

"平时怎么没见你这么听话？"

蒋大爷赶下一班车来陪买书，我心情大好，一件件事跟他报告："我来的路上都没坐错方向，换公交车等了五分钟就到了，买冰激凌的时候老板找钱多给了我十块，我还给他的时候他还不信，竟然有人比我还粗心，你说好不好笑啊？"

"嗯。"蒋大爷手插牛仔裤，偶尔答应一个字。

冷饮店里，我犹豫不决："你要什么口味的？我刚才吃了巧克力的，现在想要个香草的，可是巧克力的也没吃完……蒋翼你吃个巧克力的吧，这样我就能吃两种口味……”

“哎，混蛋，给我站住！”又看到穿棒球服的家伙，我大喝一声。蒋翼被我吓了一跳，跟着跑出冷饮店。

我指着前方告状：“就是那家伙撞了我的冰激凌！”

话音刚落，蒋翼长腿已经迈出去了，棒球服男猝不及防被从后面抓住了脖领子，跳着脚叫唤：“哎！谁拽我呀？”

这是我第一次见到廖星的正脸。

这个浓眉大眼的家伙第一次见面就暴露了他冒失鬼的人设。

“撞翻了我的冰激凌连个对不起都不说？”我有蒋翼撑腰，凶悍得很。

“冰激凌？哎？啊，是刚才在书店撞到你了，对不住、对不住、对不住！”廖星连声道歉，“我刚才着急了，没撞坏你吧？”

“你撞翻了我冰激凌！”

“啊……啊？对、对不起啊。”廖星挠挠后脑勺，“要不，我赔给你一个？”

“也行，哎不行！”差点被冰激凌收买，我及时恢复理智，“我还买了根本用不到的练习册呢！”

“那怎么办？”廖星苦着脸。

“买两个。”蒋翼面无表情说出正确答案，“一个巧克力的，一个香草的。”

“啊？”廖星左右看看我俩，似乎想搞明白从哪儿招惹了这一对黑白大盗，可百思不得其解，于是当机立断不再费脑子，“那就买两个？行不行？”

“行吧。”我勉强地点了点头。

“你可真厉害。”廖星挠着头傻笑。

“这就厉害啦?”我冲他做鬼脸，“你是不认识我，你要是认识我，你就等着开眼吧!”

五分钟后，我和蒋翼站在冷饮店门口，一人手里一支冰激凌，一黑一白。两人对视，哈哈大笑。

“你还剩多少钱?”我从小挎包里翻出所有钢镚。

“够给你买俩文具盒的。”蒋翼牛仔裤兜里还是有几张纸票的。

“文具盒不买也行，咱俩去游乐场吧。”

“也行。”

我和蒋翼凑份子，再加上讹诈廖星同学冰激凌省下来的钱去游乐场玩了个痛快。傍晚时候，蒋翼用最后的五块钱给我买了一个带翅膀的彩色眼镜，我就这么招摇着戴了一路，上了22路还不想摘下来。

“你说我戴着这个是不是就没人能认出我来?”

“黄瀛子你也来市里啦?”突然传来一声。

啊?是谁长了火眼金睛?

我睁大眼睛，看到方明雨正跟着辛老师上了车。

“我们去买书然后去了游乐场，坐这里、坐这里。”我和蒋翼起立问好，“辛老师好。”

辛老师笑:“咱们都往前面一点坐，后面晃，也不安全。”

老师的话必须要听了，我俩立刻乖乖坐到前面。刚一开车，我又忍不住站起来打探消息:“辛老师，到了九中能给我们都分在一个班吗?”

辛老师，明雨妈妈，九中的教导主任，态度和蔼，但是给出的答案没有任何商量余地:“分班是学校统一安排的。能不能在一个班，要看你们的缘分了。”

明雨扭着手指：“我都磨了我妈一个假期了，她也不答应！”

我叹口气，坐回来：“好在每天都一起坐通勤车，还是能天天见面。”

明雨突然站起来，小声问：“蒋翼，你知道庄远什么时候回北京吗？”

“后天。”他还真知道。

“这么快……”我又是不舍又是生气，“他怎么都没跟我说过？”

“什么事都得跟你说？”蒋翼抬头看了明雨一眼，“他这次回去也不是……”

“哎呀疼。”车子突然紧急刹车，我一个前倾，赶紧扶着额头。

“戳到眼睛没有？”蒋翼不由分说摘了我的翅膀眼镜，“下车再给你。”

“我自己拿着。”我夺回眼镜，放进小挎包。

辛老师说：“以后每天都要坐通勤车，黄瀛子你可得老实一点了。”

“哦哦。”我坐回座位，不甘心又站起来，“辛老师，真不能把我们分在一个班吗？”

辛老师突然笑了：“今天分班信息已经下发到学校了，钱老师应该都电话通知你们家里人了，等你们回家不就知道了？”

啊？

再是傻孩子也听出来这叫话里有话了。

三个小孩被这个关子卖得坐立不安。我和蒋翼下了车直奔家里，推开门就问：“妈，我俩分到哪个班了？”

“五班。”我爸正端着水果盘出来，笑呵呵说：“蒋翼也一样。”

“啊啊！”我一蹦三尺高，“咱俩一个班。”

“听见了。”蒋翼嫌弃，“小点声。”

“那别的同学呢？”

我妈接过削好的苹果：“那我们没问，就知道念慈在六班，你们隔壁。”

挎包扔给蒋翼，我急匆匆打电话给念慈。

电话那端念慈慢条斯理地说：“咱们都分在五、六两个班，你和蒋翼、明雨、郭靖一个班，我和亦菲、姗姗、关超一个班。”

“那五、六班是不是挨着？”

“是，瀛子，我问过上届的学姐了，咱们的教室挨在一起，以后你忘带课本就能用我的了。”

“太好了！”

明雨妈妈说：“能不能在一个班，要看你们的缘分了。”除了缘分，幸运的我们，还得到了一点小爱护。

因为生源体量小，所以全部子弟校的学生都被建议集中分配在了五、六两个班。而我们都知道这个建议来自谁。

念慈的电话刚刚放下，另一个电话就打了进来。

电话那头方明雨少有的兴奋：“瀛子，咱们俩一个班你知道吗？哈哈哈，咱们这三年都不用分开了！我妈真是的，竟然才告诉我！”

明雨妈妈在电话那边笑：“可别凑在一起淘气不好好学习了。”

我不等明雨说话，先拍胸脯保证：“一定好好学习天天向上！”

“行，我就记着你这句话了。”

云朵又聚成棉花糖的时候，九月就这样来了。

开学第一天，我们这一届所有的子弟在家属区门口集合，上了厂里指派的通勤车，被分批次送到了市里六所中学。

大客车一共两辆，司机师傅分别是郭靖爸爸和关超爸爸，亲爹开车送全校师生上学，他俩也算是 VIP 待遇了。

谁知关超在车下转了一圈，拎着书包转身上了郭靖爸爸开的车，我们也只好都跟着上了这一辆。

大家刚坐好，姗姗就问："关超，你爸戒酒了？我之前就听说他重新回车队了。"

"谁知道。"关超根本不在乎，"这俩月是没喝，估计他忍不住。"

"别这么说。"亦菲碰碰他的手臂。

我脑洞又不受控制："你爸不是为了给你开校车才戒酒的吧？"

"怎么可能？"关超一脸"你可别吓唬我了"。

"没准呢。"

"你看着吧，用不了一个月他就得换岗。"

这个话题没有继续讨论下去，念慈很快问起蒋翼他爸妈从国外给他买的新电脑是什么型号，有没有搭配打印机，而我更关心能玩什么游戏。

半小时的车程很快就过去了。

大客车稳稳停住的时候，外面已经有人等着。

高挑的男生眉眼细长，干净清爽，穿着九中的秋季校服：白衬衫、黑西裤。

"是航天城子弟校的吧？我是颜昫，比你们高一届，学生会的宣传部部长，负责你们五、六班的新生接待，之后生活学习上有什么问题也可以告诉我。"

明雨小声跟我说："我知道他，上届的中考状元，物理竞赛进了全国决赛。"

念慈在车上叫我："瀛子，你书包是不是忘记拿了？"

"啊啊啊，对！"

"给。"念慈一前一后拿着两个书包下车，颜昀接过来，"我帮你拿吧。"

念慈一抬头看到他，从来恬淡如水的脸上，突然有一抹绯红："谢谢。"

高中开学那天下通勤车的时候，我不该忘记拿书包的。

后来明白那一刻发生了什么的时候，我懊悔了好久。

高中毕业那年，看着酒醉趴窝在桌边的郭靖，我小声说了句"对不起"，也不知道他听到了没有。只是我的道歉其实没什么用，郭靖要的从来也不是谁的歉意。

那还是后话。

高中开学第一天，完美学长颜昀把我们带到教室，安顿好了才离开。我们在教室门口跟念慈、关超他们告了别，进了教室，我安排明雨坐我身边，蒋翼和郭靖坐在我们身后。

他俩没啥异议，坐在后面，俩人听一个随身听，都没怎么说话。

一年级都在教学楼的最外层，透过窗户可以看到进校的主干道。我跟明雨小声说着颜昀的八卦，抬头往外一看，似乎看到一个熟悉的身影，白色的衬衫，可一闪就过去了。

他怎么会在这儿呢？肯定是看错了。

我站起来又坐下，才发现旁边有个胖胖的女孩一直在看我。

这女孩也有点眼熟。

"同学……哎呀你是不是可心？"

叶可心眼睛笑成一条线："黄瀛子你怎么才认出我来？"

可心的爸妈在我们小学三年级的时候转到了市里上班，也带了她到市里上学。当时送别她的时候我们合伙买了好大一块蛋糕，小孩子们哭得仿佛此生不复相见，谁知上了高中，又成了同班同学。

"你怎么一点也没变？可心你看这是明雨，蒋翼和郭靖你也还记得吧。"我高兴极了。

"记得。方明雨你真厉害，竟然考了中考状元。育才那样的重点，上九中的有几百个学生，都没有一个拼过你，听说他们校长今年要去子弟校挖老师。还有蒋翼也好厉害，全市前二十。"

可心声音不小，很快明雨就被全班同学围观了。

"你就是方明雨？"

"全市第一？看起来就像好学生！"

"咱们这一届真是厉害，平均分破了历史记录。"

"听说除了你还有一个从北京转回来的学生也是今天入学，海淀区的第一名，不知道你俩谁厉害……"

"海淀区的第一名怎么还回来上学了？"

"那谁知道？"

"咱们这届怎么这么多能人？"

"话说这是二十年来我们育才第一次没拿到中考状元呢！校长这俩月都没吃进去饭！"

"对了，方明雨，你妈妈是咱们学校教导主任吧？"

方明雨一把捂住脸。

所以做人真不能太优秀。

我感叹一声，伸手收费："门票五毛钱一张，请大家排队围观。"同学们都哈哈大笑，明雨又气又急，拽着我的脖领子，捂我的嘴。

这本来就是个玩笑，谁知坐在我前面的男孩突然回了头。

这是一个特别好看的男孩，各种意义上的好看，几乎是我从小到大见过的最好看的男孩，之后也没见过更好看的。

男孩大大的眼睛，黑白分明，水润且活泛，秀挺的鼻子，白皙的娃娃脸，一边一个酒窝，微微的自来卷。明明都是普通人也都有的配备，可长在他身上就好看得仿佛从西洋油画里走出来的小神仙。

这个男孩眼神一错不错地看着明雨，片刻之后，笑嘻嘻转向我问："黄瀛子是吧？"

"啊，对。"

男孩说不清是玩笑还是认真："我有五十块，咱俩换座位行不行？我想跟方明雨同桌。"

"啊？"我呆立当场。

这个脸特别好看，但是不太要脸的人是邹航。

明雨看着他，半晌认出来，满脸惊恐道："怎么是你？"

所以这俩人认识？

邹航笑起来："听到中考状元的名字，我就知道一定是你。"

我跟着全班同学视线看向邹公子。

"方明雨，四年多了，我一直想再见到你。"

劲爆啊！

视线齐刷刷转向方明雨。

明雨脸色红了又白："我不记得你了。"

撒谎，刚才还认出人家。

"可我一直记得你。"邹航眼睛弯弯，"小时候我就喜欢你，我上九中最想见的就是你。"

全班沸腾。

一片痴心被方明雨咬牙切齿地回复："你别胡说！"

这还真不是胡说。

提问：十七岁邹航喜欢谁？

答案：方明雨。

答案一百分，没有人质疑。

因为高中开学第一天，这家伙就当着整个五班的人没皮没脸地宣告了。

没有不透风的墙，没多久全年级同学都知道了五班的邹航喜欢年级第一方明雨。

后来，是整个九中连老师带同学都知道了。

再后来，是全国人民都知道了……

这个后话特别精彩。

再提问：多少钱能买和方明雨同桌的位置。

关于这个价格，邹航跟我讨价还价了三年。

直接剧透一下：高中三年他也没能如愿。不是我意志坚定，五十块对没啥节操的我是很有吸引力的。可惜的是，邹航这个人脾气不错，但是运气要么太好，要么太差。

好的是，高中开学第一天就重逢了初恋。

差的是，初恋的初恋在第一天也回来了。

班主任史老师刚进门让我们安静下来，就听见隔壁六班爆发了一阵欢呼，我能明显听见其中关超的声音。

紧接着，我妈新给我和蒋翼配的小灵通同时响起来，是李珊珊的群发短信：

——天啊，你们绝对想不到，庄远回来了！

第四章 — 回归

年少时，如果没有庄远，记忆肯定少一种颜色，甚至少一道光。好在这道光偏离了三年时间，又在高中开学的第一天回归了。

我们熟悉了环境就开始军训，直到在食堂吃午饭的时候才真正见到庄远。

这个人穿上军装的样子可口得让本来饥肠辘辘的女生们都把一双双眼睛从红烧肉挪到了他身上。关超从食堂大妈那里抢来了最后两碗小鸡炖蘑菇，端上我们的桌子后挥手喊："庄远，在这儿呢！"

"好，来了。"光晕中心庄远托着餐盘过来，坐在了明雨身边。

一刹那，我似乎听到全校学生抽气的声音。

他俩这种组合，只有一个词汇可以形容：王炸！

可惜方小王的伶牙俐齿又不知道去哪儿开小差了，光剩一个脸色绯红的小姑娘低头猛扒白米饭。

我浑然不觉气氛的变化，急急忙忙问庄大王："早上怎么没看你坐通勤车？"

庄远放下筷子，回答："我要办转学手续，得提前一个小时报到。"

"你回来念高中怎么都不跟我们说一声？"

“跟蒋翼说过。”

我质问蒋翼：“你怎么不跟我们说？”

蒋翼旁若无人地从两碗小鸡炖蘑菇里精准地挑出唯一的那块鸡腿放进碗里，还是那个经典句式：“怎么还非得什么事都跟你说？”

“嘁！”我皱着鼻子从他碗里夹起鸡腿塞进自己嘴里，蒋大爷倒是没计较，换夹了蘑菇继续吃。

姗姗问：“庄远，就你自己回来的吗？”

“不是，我妈下个月就调回航天城了。”

“啊？”我咬着鸡腿问，“那留你爸爸自己在北京了呀？”

“嗯。”庄远点点头，淡淡地加了一句：“他们离婚了。”

满桌沉默，我牙还咬着鸡腿，蒋翼抬手把骨头从我嘴里拽出来扔在桌子上，嫌弃：“脏死了。”

关超举起一块鸡蛋都没有的鸡蛋汤：“干一杯。”

庄远笑起来，跟他碰了碰汤。

亦菲这时候突然问：“明雨，邹航是在你们班吗？”

明雨脸色从红转白，气呼呼说：“可不是嘛！他怎么比小时候还烦人！”

“对了，那家伙是谁？”我摸不着头脑，早上要不是史老师进了教室，明雨差点要打他一顿。

姗姗立刻给我科普：“育才的校草邹公子啊，你没听过？因为长得好看，咱们市里所有卫生系统的海报都是他拍的，对了，他爸妈是隔壁中央医院的大夫。咱们小时候去市里参加集体舞比赛的时候见过，没想到他长得比那时候还好看。”

念慈也想起来：“我记得了，领舞的那个男生是吧？很爱笑。”

“对呀，你记得吧？明明不会跳舞，就因为长得太好看被放在第一排了，临开场前才记住舞步，可老是笑嘻嘻的，老师们都特别喜欢他。”

蒋翼一脸放空，郭靖埋头吃饭，关超倒是想起来：“他不是还想跟庄远换舞伴来着？”

“庄远的舞伴不就是明雨吗？”唯一没参加过集体舞的我记忆力还是很好的。

明雨提起这个就更生气了。

“谁要跟他跳！”

庄远说：“我没答应他。”

明雨一个飞刀眼看向我，我立马举手指头发誓：“那我也绝对不答应他！肯定不跟他换座位。”

“那为什么偷笑?!”方小王眼睛毒得很。

“绝对没有！要是偷笑，让我也遇见不想见的人！”

饭可以多吃，话不能乱说。

在食堂刚跟明雨发了誓，饭后我们一群人穿过操场回教室。北方秋季正午，清爽又晴朗，我正一边倒着走路一边比比划划，跟念慈汇报早上竟然遇见了可心，就见她一脸惊恐，喊出声音：“瀛子小心。”

我下意识转头，看见一只足球正向我飞来。

蒋翼手快，拽着我的脖领子后退两步。

不过那球倒是很有分寸，在离我两米开外的地方就已经落了地。

“谁踢的?!”方明雨顺着球踢来的方向发火，“看不见这有人？”

几十米外的地方，有人正跑步而来，一身足球服的男生冲着我笑：“同学，能把球踢回来吗？”

远处突然有几个男生吹了声口哨。

我一脸惊恐着退后："怎、怎么是你？"

"哈哈哈，又见面了，早上看见就觉得是你。刚问过关超，你叫黄瀛子是吧？"浓眉大眼的男生笑得一脸灿烂，"我叫廖星，六班的，关超的同桌，咱们这就算认识了。"

要是偷笑，让我也遇见不想见的人！

言犹在耳，报应来得特别快，开学第一天，仇家上门。

关超一脸蒙："你们之前见过呀？"

我一溜烟躲在蒋翼身后，探出头来做鬼脸："才没见过，你谁呀你？"

"我不是给你买过冰激凌？"廖星歪着头笑。

蒋翼一脚把球踢回廖星脚下，也笑："冰激凌我吃的，要不咱们认识认识？"

"也行。"单细胞动物倒是生冷不忌，伸手介绍自己，"廖星。"

"……蒋翼。"

"以后一起踢球。"

"也行。"

这就算完了？

男生们真是太随便了，就没有什么他们觉得不行的事。我摸摸鼻子，心里暗暗决定以后一定对方明雨好一点，再不编瞎话骗她了。

云卷云舒，等到明雨一抬起眼镜，我就能看到她被晒黑的一张脸孔上只剩下两只白白的眼镜圈的时候，军训终于结束了。

高中的第一个学年就这么开始了。

除了每天早晚坐半小时通勤车，学习比之前紧张，基本上维持着中考复习时的节奏，日子似乎没有太大的变化。

开学第一个月摸底考试，明雨没有悬念地考了第一，庄远紧随其后。蒋翼也进了前十，数学和物理两科还都是满分。成绩出来的当天下午，蒋大爷就单独被校长召见了，回来的时候拿了一张表格。

“要填什么？”我转头问。

“全国物理竞赛。”

“厉害了，我给你填，就你自己参加吗？”

“一共六个人，庄远和明雨也得去。”蒋翼从桌子里找出耳机戴上，任由我拿着表格在上面写写画画。

明雨听到提起自己的名字才从卷子里抬起头，转身看过表格，“哦这个，我妈说起过了……”

“初赛就是下个月，你俩来得及准备吗？”

“下周开始集训，晚上加大课。”

我咬住笔头：“那你俩怎么回家？通勤车也不能就等你们呀。”

蒋翼抬头看我一眼，又继续写题：“可能要开始住校了。”

“多久？”

“两个月，如果进了复赛的话，明年下半年继续。”

“啊？”

物理竞赛集训住校的事情很快就定了。周一早上，蒋翼妈妈给他准备了行李、送上通勤车，到了市里连学校大门都没进，就搭乘火车去了北京，转机又出国了。

倒是我爸妈请了一天假，给蒋翼收拾了寝室，买了生活用品，安顿好了又在九中转了一圈，然后打了个车，俩人逛商场去了。

中午我跟着明雨跑去她们寝室，羡慕极了。

“我也想住校呢。”我说。

“那你住。”

“可是我不想考试，哈哈哈。”

明雨烦躁：“一周才能回家洗一次澡，我可受不了集体浴室。”

这时，同寝室的女孩进来，看了我们一眼，哼了一声出去了。

我吓了一跳，看明雨脸色也僵住，只好小声安慰她说：“两个月没多久的。”

明雨捂住脸：“哎呀，好烦。”

我看她这个样子，便提议：“亦菲在学生会排练校庆节目，明年三月是建校二十周年，很隆重的。下周开始也要住校了，要不你换个寝室，和她一起住，还能互相……呃，算了算了，你还是自己住吧……”我看着明雨的脸色，声音越来越小。

明雨一把用枕头蒙住自己：“两个月快点过去吧！”

放学的时候，明雨和蒋翼都留在教室没走，我到隔壁班叫念慈一起回家，正看见亦菲跟庄远坐在一起。

庄远耐心地在她的本子上写下方程式，说：“这道题在加速度已知的时候，其实还有另外一种解法……”

阳光洒进来，好看的男孩女孩就像一幅画。

“走吧。”念慈拉住我。

操场上满是青春的身影，我踢着地上的石子问念慈：“亦菲是不是还那么受欢迎？”

“是呀。”念慈点点头，“大家都喜欢她，尤其是男孩。”

谁不喜欢长得漂亮又多才多艺的女孩呢。

我叹气：“怎样能像亦菲那样招人喜欢呢？”

念慈笑起来:“要那么多人喜欢干什么?”

“啊?”这个我倒是没想过，模模糊糊找了一个答案，“被人喜欢总是一件好事，是吧?”

“嗯，也算是吧……”

“但是……”我已经能听出念慈还有没说的话。

念慈拉起我的手:“但是，被很多人喜欢也很麻烦的，只要我喜欢的人喜欢我就好了。”

熙攘的放学路上，颜昀正捧着一摞书迎面走过来，看见念慈，颜学长笑着打了招呼:“钟念慈，你们班的板报主题明天能给我吗?”

“能。”念慈脸色仿若春桃，点头答应，“我下了第一节课就送到你们教室。”

“好，也跟你们班蓝亦菲说一声，她跟部里借去练舞的录音机我放在庄远寝室了，你让她去庄远那儿取吧。”

颜昀离开。

念慈蓦然又回头看了一眼颜昀，离去的学长，背影清隽。

我脑子里突然闪过一个念头。

“念慈!”

“嗯?”

“你是不是喜欢颜昀?”

念慈怔了怔，脸色一红，转而回答:“是呀，被你看出来了。”

十五岁的尾巴，也许是心智终于有了一丝丝成熟，也许是念慈从不曾在我面前掩饰自己的情绪和想法，我第一次猜出了别人的心思。

念慈说:“我以为自己不会喜欢别人呢，可是颜昀真的太好了。”

我点头:“我明白的，我觉得庄远也特别好。”

念慈笑起来："是呀，庄远也特别好。不过瀛子，我还是觉得你不明白呢。"

"不明白什么？"

"没什么。"念慈拉拉我的手，笑起来，"我随便说说。"

哦，原来是随便说说。我没心思探究念慈话里话外的意思，只是隐约觉得念慈有了喜欢的人是件大事，可说不出问题出在哪儿。

"黄瀛子快点，就剩你们两个了。"这时，郭靖在通勤车前面催我们。

"就来啦！"我答了一声，突然抬头，一把拉住念慈，"念慈，你喜欢颜昀，是咱们俩的秘密吧？"

"嗯？"

"是不是不告诉别人的那种秘密？"

"哦？"念慈想了想，笑说："是的，瀛子，那就不要告诉别人，你能守住这个秘密吧！"

我能，我太能了。

提问：十七岁钟念慈喜欢谁？

答案：颜昀。

十五岁开始，十七岁仍旧是进行时。

而从十五岁起，我自以为这是个秘密，一个下意识觉得一定要保守的秘密。从不会说谎的我为了保守这个秘密煞费苦心。

可十七岁那年，我才明白，我最不希望知道这个秘密的人早就心知肚明。他知道了一切，却还要配合我们演出，他才是那个最能守住秘密的人。

方明雨住校的问题没两天就爆发了。

周四一大早，我到了学校见她正趴在桌子上补觉，戳了她老半天才抬头，我看见这人眼圈泛红。

“哎呀，你这是怎么了？”

“没事……”

“你不是在哭吧？”

听到这句话，明雨忍不住了，跑出教室。我慌忙跟在后面。来给我送忘了带的水果的念慈被吓了一跳。

“哎，你们去哪儿？”

三个女生就这么跑出了教学楼。

清晨的篮球架下，空荡荡的操场还没有白日的喧闹。明雨咬了嘴唇半天，才跟我们说，原来同寝室的女生打碎了明雨的暖水壶，差点烫到她，却连抱歉也不说，明雨跟她吵了几句，气得一宿没睡。

“还讲不讲理了？是哪个班的，不能就这么算了！”我气得挽起袖子。

念慈拉住我，问明雨：“她为什么不道歉？”

“说我瞧不起她们，真是不讲理了，我都不认识她们，有什么可瞧不起的。”明雨抱住腿，“这还怎么集训啊，好累……”

“我去找她。”

“别闹了。”念慈硬拉着我坐下来，“你白天找了她，晚上你也能跟着住校吗？”

“那怎么办呢……要不跟辛老师说一声，你就别住校了，每天晚上打车回家。”我想出这么个没建设性的办法。

明雨低头：“我妈不会答应的。”

也是，教导主任的女儿反而不能任性。

三个人正沉默，却看见远处亦菲众星捧月般走过来，她看见我们打招呼道：“黄瀛子你们怎么在这儿？快上课了。”

明雨迅速抹了抹眼睛。

我应了一声：“我们这就回去上课。”

亦菲看着我们，片刻没说话，又问：“瀛子，我能借你的摸底考的作文吗？上次史老师在我们班读过一次，我还想再看看。”

“哦哦好，我回去拿给你。”

回了教室，念慈把水果交给我，嘱咐一句：“不要去吵架。”

“……哦。”我进了教室，坐下跟明雨说，“明天就是周五，可以回家了。”

明雨无精打采：“今天怎么办呢。”

“是呀，今天怎么办呢？”

我正发愁，蒋翼在后面踢凳子：“电池带来了没有？”

“带啦，哎呀，你别老踹我凳子。”蒋翼随身听的充电电池坏了，让我从家里拿备份的，谁知我在书包里翻了半天也没找到。

“糟了！在念慈那儿，早上我妈装了三份水果，电池也在那个包里。刚刚念慈把咱俩的水果给拿来了，但是包还在她那儿。一会儿下课我去拿，你听什么，着急么……”话痨来袭，蒋翼把耳机塞进耳朵。

“都没电了你还听什么听！我给你借电池去。”我转身如法炮制踹了踹邹航的凳子，他俩的随身听是同款，“随身听电池拿来。”

邹航把随身听整个甩给我，刚要回身，又转头看着旁边奋笔疾书的明雨，小心翼翼问：“你怎么了？”

明雨头也不抬地说了一句：“离远点。”

我吓唬他：“不然咬你！”

“喂！”方明雨气得叫了一声。

我和邹航立马各自缩回课桌，肩膀抖动，狂笑起来。

方明雨是纸老虎，不能咬人，是个为晚上还要回寝室发愁的小姑娘。

我想不出好办法，跟着一起发愁，转头想让蒋翼帮着出点主意，却见身后俩傻瓜突然戴着耳机爆发出一阵傻笑。

“听什么呢？”我抢过耳机，里面是一个标准的播音男声主持腔，“现在开始，东北话六级教学第二讲，干什么——噶哈。”

紧接着一个女声跟着读“噶哈”。

我：……

耳机里：“聊天——唠嗑、唠嗑；脏——埋汰、埋汰；快点——沙楞儿的、沙楞儿的……”

眼看平时一脸硬汉的郭靖也跟着蒋翼一起笑成了二傻子，我鄙视道：“还以为你要听什么重要资料。”

蒋大爷得意道：“这就是重要资料，耳机还我，沙楞儿的！”

一整天也没想出什么对策，放学铃响了，通勤车就在校门外面等着，我有点不放心，跟蒋翼说：“你下课送明雨回寝室吧。”

明雨瘪嘴：“送回寝室他也不能上楼。”

“就算能上楼，你俩想让他干吗？”恢复正常的郭靖问，“让他去吓唬人家小姑娘还是放他出去咬人？”

“怎么说话呢？君子动手不动口。”蒋翼摘下耳机跟我说，“要不今天你也留校？跟她住一晚？”

“哎？”我眼睛一亮，“也行呀！”

明雨立刻高兴了：“真行呀！”

“行什么行！”郭靖收拾好了书包，拎我的脖领子，“赶紧回家，别惹事。”

“哎哎哎哎哎，你放开我！”我拼了命挣脱，“你就上车跟念慈说一声，我今天晚上不回去了。”

“胡闹！被宿管发现了怎么办？”

“宿管每周一才来检查一次。”明雨也着急，“我们小心点不就行了？哪儿那么背就让发现了呢？”

郭靖不为所动：“你们俩在一起能怎么小心？黄瀛子要是闹腾起来你能看得住？”

明雨磨牙霍霍：“我就看得住！”

我也抗议：“我怎么闹腾了我？”

“放心，有我呢。”蒋翼起身攥住我的手腕。

他俩对视，蒋翼略微用了力气：“我看着她们。”

郭靖看了看他，松了手。

蒋翼回给他一个笑：“你让念慈别惦记，晚上我给黄叔覃姨也打个电话。”

“怎么样？我爸妈说啥了？”我趴在蒋翼的小灵通旁屏住呼吸。

蒋翼对着电话那端各种保证和发誓，合上电话：“覃姨让你不要熬夜，早点睡，明天早上再打个电话回去，还有让我给你买个牙刷。另外黄叔让咱们去吃肯德基。”

“噢耶！吃肯德基去咯！”我像出笼的小鸟满教室飞。

明雨高高兴兴收拾起练习册：“瀛子走啦，先去吃晚饭。”

蒋翼把我拎出教室，敲隔壁六班的门：“庄远，去吃饭。”

“好。”庄远拿了钱包出来，看见我有些诧异，“瀛子怎么也没回家？”

“我今天陪明雨住，咱们晚上吃肯德基！”

庄远看了蒋翼一眼，“寝室都是单人床，她俩怎么住得下？”

“哎呀，挤挤就行了，反正就一晚上。”我不等蒋翼说话，推着他们三个出教学楼，“哈哈哈，好久没吃肯德基了，我要喝两杯冰可乐！”

蒋翼懒洋洋地答：“齁死你。”

庄远的问话只是个开头，到了肯德基刚找位置坐下来，立刻就有人对我没回家发出了第二波质疑。

邹航从隔壁桌一盘子的薯条里抬起头：“黄瀛子你怎么没回家？”

“我要陪着……”我看着明雨的脸色转了话锋，“你管呢？”

邹航不以为意，哈哈笑问：“方明雨你吃什么？刚才套餐送的哆啦A梦公仔，你要不要？”

“不要！”明雨站起身就要换位置坐，却见蒋翼和庄远已经端回来满满两个餐盘，整个店满员，没有其余空位，她只好又坐下来。

我转头跟邹航说：“我要哆啦A梦。”

“那给你。”邹公子从来很大方。

“咱们的套餐也有赠送。”庄远从口袋里拿出一个公仔递给我。

“哇，这两个不一样！”

蒋翼再拿出一个公仔给明雨：“这个给你。”

“明雨说不要呢！”我虎视眈眈。

明雨转递给我：“都给你，都给你！”

我高高兴兴接过来，一点也没发觉身边气氛有些微妙，摆好玩偶问邹航：“你怎么也没回家？”

“我妈出差，我爸值班，晚上没人管饭。”

邹航的爸妈是学校隔壁中央医院的心外科医生和脑科医生，

开学体检的时候就见过，是令人仰止的高颜值、高学历的神仙伴侣。邹航的脸和脾气统统都是优生优育的体现，但是脸皮就不好说了……

一同陪他来吃晚饭的小伙伴们问：“邹航走不走？网吧一会儿就没好位置了。”

“不走了，我陪方明雨吃晚饭。”

明雨贝齿咬唇，掰断一根薯条：“用不着你陪。”

“那我陪黄瀛子吃。”邹公子从善如流。

“好呀，鸡米花分你……”不过，我看方明雨脸色一黑，又收回了鸡米花，“要不你还是去玩游戏吧……”

邹航哈哈大笑，问蒋翼：“你集训要到什么时候？《魔兽争霸 3》可要内测了。”

蒋翼痛心疾首：“下个月！万一考上了还得准备复赛，我怕要住校到学期末了。”

“什么?!”我和明雨一起叫起来。

然后，我眼见一个无论如何都要考第一的方明雨和一个无论如何都不想住校的方明雨当场打了起来，考第一的方明雨武力值满血，没悬念地占了上风。不想住校的方明雨呻吟一声：“不会吧！难道真要住校到学期末吗？”

邹航问：“你为什么不想住校呢？”

“你要是被人莫名其妙摔了暖水……”

“暖水什么？暖水壶？”

“宿舍的床太小我住不下，行了吧！”

“你这么瘦怎么会住不下呢？”

明雨抓狂：“你能住你去住！”

邹航无所谓："我小时候一个月有半个月睡医院的床位。只要不是急诊室和儿科都很好睡的，其实急诊室除了吵也很好玩，有一次我醒来的时候发现被喷了满身血，就脸上挡了件白大褂，那叫一个刺激。不知道的看到我还以为是尸体呢。"

…………

满桌沉默，我默默把鸡米花又推回去："请你吃。"

"谢谢。"邹航很给面子地吃了一个。

庄远问："明雨，你们寝室里是不是有一个同学也参加集训？"

"嗯。"明雨别扭地低下头，"叫李佳怡。"

明雨的神情让我一下子明白了那个摔碎她暖壶的就是这个人。

"这人怎么了？"邹航好奇。

"不关你的事。"我跟明雨一起说。

邹航耸耸肩："黄瀛子你去不去玩游戏？"

我来了兴趣："也行。"

"不行。"蒋翼一口回绝，"你去陪我听课。"

"我又不用考试！"

"那也不行。"

"哼！"

邹航笑问："哼是什么意思？"

"你可真烦人！"我不理他，转头指使蒋翼，"我要一个巧克力味的冰激凌。"

"没有，冰可乐你都喝两杯了。"

我厉害得很："那我就去玩游戏。"

邹航高兴："那走啊。"

蒋翼笑一声："我爸能给我弄个《魔兽争霸 3》的内测号。"

“真的？”邹航眼睛一亮。

“我问问他能不能弄两个。”

“好嘞！”

我瞪着邹航：“还玩不玩游戏？”

“玩什么游戏？”邹公子翻脸如翻书，“你们吃完没有？我也去旁听你们集训。”

我这个恨啊，这世上就没什么人能制得了蒋大爷！

我们在学校小卖部买了新牙刷又回了教学楼。

集训在六楼实验教室上课，高一高二加在一起一共十五个学生，基数太小，我和邹航还是很显眼的。白发苍苍的徐老师进了教室看了一眼问：“黄瀛子来干吗？”

我大大方方回答：“来学习。”

“呦，太阳是从西边出来了？”

我不乐意：“您干吗老打击我积极性呢？”

“我哪敢打击你呀？你主动来听我的课，我得谢谢你。”

“那您别客气。”

徐老师又气又笑：“你既然来了就好好学习，我一会儿可要提问。”

我立刻怂了，躲在高大的英语书后面，小声说：“我就是来写作业的。您看不见我……”

“怕什么，前后左右不是有三个保镖么。蒋翼，黄瀛子月考的物理成绩你负责给提到八十分！”

蒋翼拒绝：“老师您是难为她还是难为我？”

“我能难为得了你们俩谁？”老徐装模作样叹一声，“我还指着你给我得金奖呢，我可求着你呢。得了，写作业的就好好写作业，来集训的也别分心好好听课。”

可我怎么坐得住呢，教室里人刚到齐，我就扭头四处打量起来，偷偷问明雨：“哪个是李佳怡？”

明雨指了指斜后方。

我回头看一眼，和一个脸孔很瘦的女孩正好对视，她飞快扭过头去。

真奇怪，看起来也不是坏孩子，为什么对明雨那么凶？还有怎么看起来有点眼熟呢……哦对了，上次在她们寝室，明雨忧心不想在集体浴室洗澡的时候，进来的好像就是这个女孩……

老徐翻开课本开始讲例题，庄远、蒋翼和明雨专注地听课，我跟邹航专注地写纸条。

邹航：方明雨到底怎么了？

黄瀛子：不告诉你。

邹航：不告诉我，我也知道。

黄瀛子：知道什么了你?!

邹航：不告诉你。

我瞪着邹航运气，他笑嘻嘻地打开练习册写了一会儿作业。课间休息的时候，这个人就拎着书包走了，后半节课也没出现。我连个写纸条的人都没了，正强撑着两只眼睛抵抗睡神，感觉蒋翼用笔尖戳了戳我的胳膊。

迷迷糊糊低头，我看见蒋翼把自己的练习本推过来，上面画了一只毛茸茸、圆溜溜的小鸟坐在课桌边正边打瞌睡边流口水，马上要滚下椅子，看起来又蠢又可爱。

一看那个小鸟的眉眼就知道是我，我又生气又憋不住笑，拿出铅笔在旁边画了另外一只小鸟扑棱着翅膀，一本正经拿着卷尺测试同伴可能滚下椅子的重力加速度。

皱着眉头、满口物理公式的小鸟二号无疑就是蒋大爷了。

我推给蒋翼看，他也忍不住笑。台上徐老师咳嗽一声，我俩各自缩缩头，听讲的听讲，犯困的犯困。下课的时候，徐老师走出教室前警告蒋翼："下周补习要还是溜号，我就不准黄瀛子陪读了啊。"

蒋翼一本正经："那您跟方明雨说，她不是来陪我的。"

徐老师笑骂了一句："臭小子，得了便宜还卖乖。"

明雨没心思理会被栽赃嫁祸的事，慢吞吞地收拾书包，满脸写着拒绝回寝室。蒋翼和庄远送我们到了楼下，我三令五申他俩不可以睡太沉，随时准备来救驾，又跟蒋大爷演习了一遍小灵通一响他立刻起床跑到女生寝室的具体步骤。最后反过来被要求跟他保证"人不犯我我不犯人"，绝对不先吵架动手，尤其要离暖水壶之类的危险器具远一点的时候，我们终于想起来，明雨根本就没有暖水壶了……

庄远看三傻脑洞大开演了这么半天戏，终于说了句靠谱的话："我和蒋翼用一壶水够了，一会儿打好热水给你们送过来。"

我高高兴兴答应："嘿嘿嘿，那也行。"

就是这么个时候，隔着操场的跑道，有人喊："方明雨。"

我们几个人抬头，夜色里，操场上巨大的 LED 灯发出光亮，灯影下面，像西洋画里的神仙一样出现的邹航拎着一只粉红色的暖水壶，笑眯眯说："方明雨，你不喜欢哆啦 A 梦，我买了个 Hello Kitty 的水壶给你。"

明雨也不喜欢 Hello Kitty 的。

我们中间唯一喜欢过 Hello Kitty 的是亦菲，那也是很小的时候。

不过，这个水壶我在高中毕业的时候还看见过，明雨一直留着。可邹航送她的时候，明雨可没那么好脾气，她跺着脚评价了四个字："难看死了！"

邹航歪头："女生不是都喜欢粉红色吗？"

"我就不喜欢！"明雨的坏脾气在邹航面前一点也不掩饰，她甚至忘了庄远就在身边，忘了要维持她的淑女形象，"谁跟你说女生都喜欢粉红色？我就不喜欢！"

可邹航一如既往笑眯眯的。

"难看你也将就用吧，学校小卖部一个暖壶都没有了，我跑了两站地去商场才买到的。"

"谁管你跑……"

"谢谢啊。"我开心地接过来。

"黄瀛子你给我回来！"

我才不。

"这么晚都没公交车了，你怎么回家呀？"我问邹航。

"去我爸单位蹭床位。"

"……再见。"我默默脑补了被裹成僵尸的邹航抱着 Hello Kitty 的水壶跌跌撞撞追方明雨的画面，心里涌起不舍。

邹航看着明雨跺脚却没真阻拦我接过水壶，松了口气："那你们早点休息，我走了。"

我挥挥手："你也早点睡，明天见。"

如果你没变成僵尸的话。

跟男孩们道了晚安，我跟着明雨进了寝室，因为都是同龄的女孩，又穿着校服，所以没引起宿管阿姨的注意。

八人寝室里面，大部分人都已经回来了，只有李佳怡的床位还空着。我挨个儿打了招呼，分了泡泡糖给室友们，才回来听明雨吩咐："瀛子你住里面吧，我是上铺，你睡觉不老实，别再掉下来。"

"我没有睡衣。"

"穿我的吧。"

"也行，咱们先去打热水吗？一会儿刷牙得用吧。"

"我得洗个头发。"明雨困扰地说，"有好几天没洗澡了，实在忍不了了。"

李佳怡就是这时候回来的，书本往桌子上一放："有洗澡堂不用怪谁呢？"

我一听就火了，"腾"地站起来："洗澡堂我们爱用不用，关你什么事？"

"不想用就别住校，年级第一有特权是吧？"

明雨也气急了："不洗澡算什么特权？昨天摔碎了暖壶也没说你什么，你还有完没完了？"

"你还想说什么？摆那张臭脸还用说什么？"李佳怡突然脸色通红。

我更生气了："你打碎别人东西不道歉还指望给你什么好脸色？"

"我又不是故意的！"李佳怡突然大喊一声。

……我和明雨一愣，当场都没说话。

十几秒的沉默过后，李佳怡憋着气说："本来就是想借用。也没想借你的，拿刘雁南水壶的时候不小心碰倒你的了，知道你嫌弃我们住校生脏……"

“你胡说什么呢?!”明雨又气又惊。

“有什么不可承认的，那天我都听见了！你嫌学校集体浴室脏……”

“谁说集体浴室脏了？我只是不好意思去人多的地方洗澡呀!”

…………

两个女生一下子都憋红了脸。

小的时候，我们总以为可以畅所欲言地表达我们的想法，我们想说就说，想笑就笑，想哭就哭。

我们说喜欢的时候不顾一切，说厌烦的时候不屑一顾。可是我们不知道“言语”和“误会”从来都是一对姐妹，她们的美丽和敏感都那么相似，共生共长却也互相伤害。

相似的地方越多，相左的地方就越明显。相左，于是有冲突，而冲突，也不过来源于可能无足轻重的误解。

某种程度上，李佳怡和方明雨其实是一样的小孩，聪明敏感，多思细腻，只是更孤单。

九中是走读制，住校生如李佳怡一般都是外地或者附属县的转校生，家庭条件一般，学习成绩优异。这样的小孩，天生就会有些自尊敏感。方明雨教养极好，并不高傲，可生活习惯不同，又认生不爱交际，再加上年级第一的身份，随意出口的一句话，难免被误认为骄傲。而不小心碰坏明雨水壶的时候，自责和自尊都让李佳怡的道歉说不出口。

本来是一件小到不能再小的事，可在那个年纪，面对这样的问题，别说是还不成熟的明雨和我，就是早早洞察了世情的念慈也不知道如何解决。

然而未能及时解决的误会，往往会带来我们更难应对的局面。

也许是争执的声音太大，突然有人敲宿舍的门，宿管阿姨在门外斥问："怎么回事，大晚上吵什么呢？"

我陪明雨住校的第一晚，竟然真的遇上查寝。

"开门！"宿管阿姨敲门，"在里面磨蹭什么呢？"

屋子里一下子变得静悄悄的，没人敢作声。

"你们是藏了东西还是藏了人？快点开门！"

我慌张地看向明雨，明雨看向门口，护着我退后两步，仿佛这样就能把我挡住不被宿管阿姨发现。

谁知原本紧咬嘴巴的李佳怡突然张口说："阿姨，我们都睡下了。"

我和明雨一怔。

"睡下了怎么还亮着灯？别磨蹭了，赶快开门！"

情急之下，我就要往床底钻，明雨着急地一把拉住我，示意"太脏了"。我这个闹心啊！大姐现在是闹洁癖的时候吗？

可就是这么个时候，男生寝室突然音响大作，极其标准的播音男声主持腔："现在开始，东北话六级教学第二讲，干什么——嘎哈。"

女声：嘎哈。

男声：聊天——唠嗑。

女声：唠嗑。

男声：脏——埋汰。

女声：埋汰。

…………

紧接着，整个世界沸腾了。

男生寝室无数人起哄大笑，有人打开窗子喊："什么？大点声？

这么小声怎么好好学习？”

音响“从善如流”，震天动地。

男声：膝盖——波棱盖儿。

女声：波棱盖儿。

男声：摔——卡。

女声：卡。

男声：破了——秃噜皮。

女声：秃噜皮。

男声：膝盖摔破了——波棱盖儿卡秃噜皮了。

女声：波棱盖儿卡秃噜皮了。

…………

“哈哈哈，”整个寝室楼都轰动了，面对面的两所寝室窗户大开，无数男生边吹着口哨边跟着学，有人起哄喊：“哪儿卡秃噜皮了，谁卡秃噜皮了？”

“这是哪个不省心的又闹！”明雨寝室门外的宿管老师气急败坏，脚步声大响。屋里的女孩们面面相觑，外面突然传来亦菲焦急的喊门声：“宿管走了，黄瀛子快出来！”

我的小灵通同时响起来，蒋翼的声音劈头盖脸传来：“还等什么呢，出来啊！”

“啊啊啊啊啊！”

“啊什么啊，等着被抓呢！”

我一下子反应过来，打开寝室门往外跑，回头跟明雨交代一句：“宿管睡了给我打电话。”

明雨着急：“哎呀，你去哪儿？你知道下楼走哪条路吗？”

亦菲在门外说：“有我呢，放心。”

我头也不回跟着亦菲两脚生风，顺着安全通道跑到一楼，庄远已经等在那儿，看见我们立刻打电话给蒋翼："她俩下来了，你快跑。"

同一时间男寝的音响停了，楼上楼下看热闹的男同学们在露天走廊里夹道迎接宿管阿姨，非同一般地围上去热情招呼："胡阿姨，您怎么来了呀，您怎么老在女寝也不来看看我们？也是来跟我们一起学东北话的？阿姨，我波棱盖儿卡秃噜皮了，您管不管？哈哈哈……"

"臭小子们都给我滚开！"

楼上传来廖星的声音："阿姨，我们上次踢球砸坏您窗户，您说修好窗户就还给我们足球，怎么说话不算数了？"

"臭小子，你不是走读吗？这会儿还在宿舍混什么？"

"哎哟，您别上手啊，您轻点，这都多晚了我打车回家多危险啊！"

"你危险还是司机危险？"

"您这可过分了啊！"

…………

胡阿姨又气又笑，整个男寝乱成一团，宿舍后门就这时候开了。夜色里，蒋翼穿着黑T恤、牛仔裤，拎着一个录音机飞奔出来："快走！"

一刹那，我慌张的心就这么被安全地放回了肚子里，一时间急速地喘气。

"那个拿着录音机的是谁？"谁知楼上宿管阿姨已经发现了我们的行踪。

廖星："哪有人？阿姨您看错了吧。"

庄远镇定地指路：“从宿舍绕过去往教学楼后面走，有遮挡，阿姨看不见。”

亦菲说：“去我们舞蹈教室，我有钥匙。”

“发什么呆？走啊！”蒋翼一把拉住我的手，不管不顾地往前跑。

远处是同学们欢乐的喧闹，近在咫尺的蒋翼的背影突然如此真切，手异常温暖。

夜晚的风轻轻柔柔，伴随糖果的清甜，也许是跑得太快，我的心开始急速跳动，那是透明、晚熟的我从不曾体验过的躁动。

这是怎么了呢？好像有一点快乐，也有一点不安。

是谁让我快乐，是谁让我不安，或者就是这样的疑惑，让我不知所措。

庄远和亦菲就是这时候跟上来的，我们四个，就这么穿过操场，穿过九中的夜色，穿过所有年少时的懵懂生涩。

高中一年级，开学第一个月，黑衣大盗和白衣大侠重聚，曾经的良家少女也修炼为女侠，三人联手解救了误闯武林的小顽童。

从这个时候起，我的故事开始了。

在全校师兄的掩护下，我和蒋翼、庄远、亦菲成功潜逃到了晚上锁了门的舞蹈教室。

远处寝室喧嚣不停，临街马路上仍有汽车飞驰而过。三楼舞蹈教室里没开灯，我们四个进了门各自扶着膝盖喘气，半晌抬头，看着彼此大汗淋漓的模样，大笑起来。

我和蒋翼彼此什么样子都看过的，亦菲和庄远这样狼狈的时候可不多见。

这一笑，刚刚所有的胡思乱想和莫名心悸都无影无踪了，我知道似乎有什么事情发生了，可不知道发生了什么。那一刹那，我只觉得自己好快乐，可又莫名有些心慌。

这不熟悉的情绪让我归因于第一次离家不归。

车灯闪过天花板，我问亦菲："你不回寝室行吗？没准也会查寝室呢。"

"没事，我本来就是练舞的时候才偶尔过来住，宿管阿姨不管的。"

四个人，十字形排列，躺在地板上气喘吁吁，平复呼吸。

不知道外面过了几辆打双闪的汽车，蒋翼问："几点了？"

庄远抬手看表："十点半。"

这么晚了，外面竟然照旧车水马龙。

亦菲静静地说："跟家属区好不一样啊。"

我看着天花板，想起家的样子："秋天的时候，天气也是这么冷，这个时间小花园的灯都该熄了，可是每家的窗户都是亮的，里面走动的人，我都认识。"

我下意识去拉蒋翼的手，很快便被回握。可这样的安慰，更加重了我莫名的委屈。

"我想家了。"

"没出息。"话是这么说，但蒋翼握着我的手又收紧了些。

房间里一瞬间变安静，再说话的是庄远。

"我到北京的第一年秋天，最想念的就是安静的街道和那些亮着的窗户。"也许是房间太大，男孩的声音虽就在耳边，却显得有些遥远。

亦菲说："你走的这三年，我们每次聚在一起都会想你。"

我的想象力又飞了起来："你说会不会有那样的时候，你在北京想我们，恰好我们就在航天城里想你呢？"

蒋翼："他想的是亮着的窗户，你哪只耳朵听见说想的是你？"

"啪——"梦幻的泡泡一捅就碎。

我气得一下子坐起来就要打他。

"反正不想我也不想你。"

蒋翼哈哈笑，闪转腾挪："可没准就只想我呢，是吧，庄远？"

庄远没答话，可笑声终于真实了起来。

亦菲憧憬着说："要是真有那样的时候，多浪漫呀。"

是呀，多浪漫呀，王勃送别他的朋友时说"天涯若比邻"，苏轼思念他的弟弟时说"千里共婵娟"……

思念却不能相见，但隔着时空在同一刻彼此想念，伤感又美好，那种纯粹真挚，可遇而不可求。

高中第一个月，离开航天城的第一个月，我第一次住校经历惊心动魄，可我们也因为这个夜晚更加珍惜相守和相聚的人与时光，心里默默许诺：但愿人长久。

"胡阿姨查寝走了，你快回来吧。"明雨报平安的电话打来的时候，寝室外面已经一派平静。

蒋翼和庄远送我们回去，我和亦菲上楼在她寝室门口告别，进门的时候，明雨已经打了热水回来，正在准备洗漱用品，她把热水倒进自己和李佳怡的洗漱杯。

"今天太晚了，我明天再洗头发，热水还很多，你用我的吧。"

佳怡低头说："谢谢。"

误会和争执就是这样被化解的。

很多事情，不理解其实也不过因为不够了解。

我们出生在世，期望不被误解，可总是事与愿违。越是长大，承受的误解也会越多，多得无从招架，我们可能会因此伤心、愤怒、感到无所适从，还有更多的时候，我们也会无奈。因为误解带来的伤害常常并非出自恶意，反而只是一些管中窥豹的只言片语，那可能是一些小心，一些敏感，一些期待，一些刚刚长成的少女们的自尊。

豹子的爪子和豹子的皮毛，因为狭长的管道和局限的视线而被混淆，让我们无奈又觉好笑。

可在那个年纪，因为羞于解释，我们有意或者无意对彼此隐瞒了很多事。

比如，方明雨从不是骄傲，只是极度害羞，惧怕在集体浴室洗澡。

也比如，极度害羞的明雨那天在寝室抱怨不想去集体浴室的时候，李佳怡刚刚洗澡回来。

还比如，从方明雨入校第一天起，李佳怡就一直在意这个名字。

再比如，李佳怡的水壶已经坏了两天了，偏偏学校小卖部也断货，因为晚上要参加集训没有时间去商场买新的水壶，两天只能用冷水刷牙洗脸让敏感的女孩懊恼又烦躁……

明雨明白了佳怡，佳怡也不再因为这些小事误解明雨。没有谁的坏脾气会是无缘无故的，而很多让我们不开心的事情可能都来源于对方无心无意的一句话……

她们可能之后也不会是朋友，但是都愿意开始让对方了解自己，因为这样，会让彼此都开心一些。

敏感好强却也贴心善良的方明雨开始学会接纳自己不习惯的事情，留心自己的言行，照顾他人的想法。我们都是第一次从巢穴往外飞的小鸟，有时候结伴而行，有时候独自长大，经历一点点小风雨后，我们都知道了怎么做一只更好的小鸟。

然而，还有事情是明雨不知道的……

比如，前一天晚上，亦菲其实就已经听说了明雨和佳怡的争吵，担心了一夜，可第二天在篮球架下，她想关心明雨的时候，明雨却不愿跟她分享难过。那件事让她伤心了好久……

很久之后，重聚的那场婚礼上，我问：“亦菲不回来吗？”

关超和明雨都没有说话。

那一刻，我就想起那个窗外有车子飞过的舞蹈教室里，还未长大的我们挨着说话的那个晚上。

重聚的时候，我们就这样想起了亦菲，不知道同一个时刻，亦菲有没有想起我们。

亦菲是从什么时候开始和我们渐行渐远的呢，明明那年秋天来的时候我们还那么亲密。

十一放假回来，校庆的筹备和篮球队的组建也被每个班提上了日程。

周一早上学生会例会，我因为被史老师点名要写校庆主持词，所以也被叫去旁听。

九中这样的重点中学，学生里自然藏龙卧虎。我一进学生会的门就看见各式各样的服装道具已经堆满了会议桌中央。史老师看我一眼：“正好你来了，刚收上来的报名表一会儿散会带走。”

我应了一声，转身要找座位，才发现就只有门口空着一个位置。

邻座的廖星浓眉大眼，长腿占了两个人的地方，冲我咧嘴一笑。

史老师催促："干什么呢？赶紧坐下，开会。"

廖星挺直背、收回腿，我也只好坐下。

史老师随即发话："九中是省重点，学生讲究德智体美劳全面发展，学习是第一位的，但是每年都有两件盛事，一个是高一第一学期期末的校庆，另一个是高一下学期的全校篮球联赛。每个九中新生都是在参与这两次活动中慢慢成熟的。这两次活动要经历漫长的准备，我知道有的同学应该开学就已经排练训练了，不过你们也要记得，你们是九中的学生，学习还是第一位的，所以我希望不管是谁，准备活动的前提都是不耽误成绩……"

廖星小声问我："黄瀛子，校庆你有没有参加节目？"

"没有，"我摇头，"我只写主持词。"

"那你要不要参加篮球赛的啦啦队？"

"才不要。"我冲他皱了皱鼻子。

"关超就说你不会。"他竟然还挺高兴。

我莫名其妙地看他一眼，也懒得想为什么，一听说散会就一溜烟跑掉了。

结果回了教室正看到刚开会回来的两个人化成了两朵乌云。

文艺委员何冰晶对着满满一教室的同学再三地确认，几近哀求："就没有人报个节目吗？一个都没有说不过去啊，每个班三个名额，咱们不说都报满了，总要有一两个吧，要不也太没面子了。"

我们班——高一五班，是这一届的奇葩。

也不知道是什么缘分，全班扎堆的体育、奥数特长生，文艺细胞全靠从小学播音主持的冰晶一力承担，叫她苦不堪言。

可没想到的是，轻松就召集了一只精良篮球队的体育委员伍德竟然也委屈巴巴。

九中历年的高一篮球赛都是学校盛事。身为重点高中，这也是每一届学生高中唯一的体育盛事，所以备受关注。

关超第一年就入选了校队，六班因为他和廖星成为年级最强队伍。伍德跟廖星之前一直在一个班，不知道会后受了什么刺激，回来就气势汹汹地召集人马："他们班太嚣张了，你们能忍我忍不了！"

"不就是军训汇报比赛的时候赢了一把么，还真当自己全班科比了。"

冒着傻气的男生们群情激昂。

我回头问蒋翼："你参加比赛吗？"

"不参加。"蒋大爷头都不从卷子里抬起，"史老师昨天给覃姨打电话，让我最近除了竞赛别的事都先别想。覃姨也很紧张我之前汇报比赛扭伤脚的事，叮嘱我明年决赛之前不可以剧烈运动。"

"啊对……"

也不知道蒋大爷干了什么好事，随随便便一个物理集训让他成了全年级乃至全校理科老师的心头宝。二、三年级理科老师曾组团把他叫到理科大办公室围观，有几个还跟史老师提前打了招呼想在二年级文理分科的时候接班。尤其以戏特别多的徐老师最为夸张，他老人家老泪纵横、信誓旦旦地说，保证能在退休之前再培养一个国际物理比赛的金奖。不用怀疑，蒋大爷自然就是金奖本人，不管这人有没有这个兴致。

我莫名觉得蒋大爷有点可怜："'别的事都先别想'就是不能参加球赛了呀？"

“也不让打游戏。”说起这个，蒋翼皱了皱眉。

我摸小狗一样摸摸他的头：“真乖。”

蒋大爷平时当然没有那么好管，不过史老师也是厉害，竟然知道直接给我妈打电话。

自己亲妈的话可以听七分，我妈的话百分之百都会听，蒋大爷向来是很有眼色的。

当然，我妈身为临时监护人平时对蒋翼的要求也不多：吃饱，穿暖，少打架——考试的时候就加一条：少活动，别受伤。

蒋翼从来是知道好歹的，乖乖听我妈妈的话。果然伍德来游说他参赛的时候就直接被拒绝了。

伍德哪里肯放弃，带着整个班的男生把蒋翼和郭靖的桌子团团围住：“汇报比赛的时候就你上场那十分钟，关超一个球都没进去，你这次不参加，我们就没人能压制他了。”

蒋翼手不停，头也不抬：“他那是闹着玩呢，他撒开欢来两个我也防不住他。”

“那我们别人就更不行了。”伍德声泪俱下，“本来廖星一个就够难缠了，你忍心看着咱们兄弟几个让他们碾压得抬不起头吗？”

蒋翼吓了一跳：“至于么哥们儿？”

一群男生点头：“至于！”

蒋翼耸耸肩：“那我也没辙。”

伍德一脸黑线。

我看不过去：“你就上场嘛。”

伍德星星眼。

蒋翼一个冷眼看我：“那你替我考试？”

我哈哈笑：“当我没说。”

伍德这个恨啊：“你是铁石心肠、没良心的坏蛋！”

这回换蒋翼一脸黑线。

我看着金刚芭比翘着兰花指声泪俱下，实在不忍心。

“你看他都这么求你了，你就上场嘛，输赢无所谓的啊……”

伍德一秒严肃：“输赢还是很重要的！”

我：……

蒋翼再耸肩：“真帮不了你。”

伍德转脸看郭靖，眼泪汪汪。

郭靖视若不见：“上课了，回座。”

伍德：……

史老师已经进了教室，敲敲黑板：“行了，上课了。”

篮球队长不甘心地回了座位。

史老师看了他们一眼说：“我知道两个大活动同时筹备，心都散了，但是比赛归比赛，校庆归校庆，学生学习还是第一位的，上课就都给我收收心，耽误了成绩就都甭参赛了。这话说给谁听的知道吧？”

冰晶托腮置身事外。

很有自知之明的伍德没精打采地拉着长音应了一声：“知道了。”

“最近学校很热闹，竞赛马上就初赛了，明雨和蒋翼你们两个集训正是关键时候，更不要分心。我可不想听徐老师跟我这儿哭诉你们谁集训不上心，耽误他拿金奖。”

明雨和蒋翼各自应了一声。

我心里默默替伍德抹了一把眼泪，看来篮球赛场上面对关超和廖星时，他只能单打独斗了。不过关超很厉害我是知道的，廖星也打得这么好吗？

周五放学回家的时候，通勤车上，关超一屁股坐在我旁边问：“你们班篮球赛谁上？”

“伍德、陆恒、王晨……”我掰着指头数。

关超回头问：“蒋翼你真不上？”

“不上。”蒋翼耳机也没摘下去，一个人歪在玻璃窗旁边闭着眼睛，黑眼圈有点明显。

“哇哈哈哈，那就让伍德洗好脖子等着吧！”

我打开一块巧克力递到蒋翼嘴边：“吃。”

蒋翼眼睛都没睁开，张嘴、被喂、闭嘴，含着巧克力继续睡。

我又看看坐在前面的庄远，跟蒋翼的姿势一模一样，唯有明雨还在我身边背单词。学霸的世界真是没什么可羡慕的，即使当朋友，他们都太无聊了。

还好有关超。

周一下午的体育课，五、六班一起上，为了筹备篮球赛，男生组队训练，女生自由活动。明雨必然是要自习的，蒋翼也在做题，郭靖干脆睡觉。六班一群男生众星捧月着俩人经过我们班教室停下来，关超肆无忌惮地敲我们教室的门：“黄瀛子，看球去！”

一群男生起哄。

我冲他皱鼻子：“太热了。”

“给你买冰可乐。”

“想吃雪人。”

“那还不好办啊，就买雪人呗。”

我思考一秒钟起身。

后座蒋翼突然抬头问了一句：“你物理作业交了？”

“回来再写。”

廖星咧嘴笑，抬手把棒球帽摘下来扣在我头上：“这就不晒了。”

“哎呀，眼睛看不到啦！”我推高帽檐，跟着一群六班的男生出了教学楼，老远看见伍德正带着人在旁边篮球场运气。

亦菲和念慈在六班的加油区叫我：“瀛子过来坐这儿。”

我在伍德义愤填膺的目光中堂而皇之地坐过去，关超乐颠颠问：“亦菲你喝可乐还是吃雪糕？”

“可乐吧，小卖部冰柜不是坏了吗？买不到雪糕了吧。”

“校外的小商店有，念慈呢？”

“可乐就好。”

“我要雪人不要忘了呀。”我殷殷嘱咐。

“将就喝可乐吧。”

我刚冲关超挥拳头，廖星立刻说：“我去给她买。”

关超拦住他：“给她买，给她买！老大您上场训练吧，我找人跑腿。”

这几个人换了运动服才上场训练，竟然就有男生跑来送了雪糕和可乐。我打开雪人边吃边感叹：“时光飞逝，岁月如梭，一转眼连关超都有小弟了。”

亦菲看了我一眼问：“瀛子，哪儿来的棒球帽？”

“廖星的啊。”

“就知道……”

“为啥知道？”我奇怪了。可还没等到回答，老远跑来一个男生，脸红红的，手里拿着一盘CD递给亦菲：“蓝亦菲，我是二班的卢山，听说你喜欢王力宏，这是他最新的专辑，送给你。”

亦菲笑笑，说：“谢谢，不过我打算自己买的。”

卢山一边擦汗一边笑："我跑了好几家店才买到的，你就收下吧。"

亦菲想了想，笑着接过来："那谢谢了。"

"不、不用谢。"男生兴奋地跑走了。

我凑过去看："哎呀正版 CD，很贵呢吧。"

谁知亦菲叹口气。

我奇怪："收到礼物怎么还不高兴？"

亦菲问："那你收到廖星的棒球帽高兴吗？"

我更奇怪："他又没送给我呀。"

球场上，廖星起跳射篮进球，一群女生尖叫。

我喊："关超，进一个。"

关超抢断，射篮进球，又是一阵尖叫。

这家伙真当自己是国际巨星了，不要脸地在操场上跑了一圈，还拼命扭腰飞吻，引得台下女生又是尖叫又是大笑。

就这么个时候，远处颜昀在操场边喊："蓝亦菲，宣传部开会。"

"好。"亦菲起身，把关超的运动服交给我，"瀛子你给他拿着衣服哦。"

"啊好。"

颜昀和亦菲在操场边不知道说了什么，等她跑远了，颜昀自己走过来，坐在念慈身边，却看向我问："黄瀛子？"

"啊啊……"我看看英俊的学长，又看看微笑但是不作一声的念慈，莫名有点紧张，"是我。"

"校庆晚会的主持词是你写吧，史老师推荐了你。"

"对……"

"听说你文笔很好。"

“这个……”

“那我们广播站也在招新，你愿意帮忙写稿吗？当我们的特约记者。念慈是今年文化部的新骨干，广播站都是她在协助我。”

“啊啊……”我看着念慈。

颜昀嘴角忍不住翘起来：“啊啊是什么意思？”

“那个——”我问念慈，“我能去吗？”

颜昀到底忍不住笑出声来：“问的是你，怎么问念慈？”

念慈也笑起来，但是直接作答：“当然能呀。”

“哦、哦……”

颜昀觉得好笑又探究道：“那这回‘哦、哦’是什么意思？”

“行吧。”我冲着颜昀点点头，答应下来。

不就是在他俩面前装什么也不知道吗，黄瀛子，考验你演技的时候到了，你一定能做到！

学长满意地点点头：“还有晚点让你们班宣传委员去宣传部找我一下，篮球赛每个班都要组织啦啦队。”

“好好。”

这个人起身走了，我才问念慈：“念慈，你喜欢他，是怎么做到不被他发现的呀？”

念慈想了想：“我就是做得到。”

也是，这样的事，念慈从来很擅长……

“可是，”念慈悠悠地说，“我倒希望自己做不到。”

“啊？”

念慈看着远处：“瀛子，你可能不信。其实有的时候，我会希望自己不要隐藏得那么好。

“有时候我真的希望他拆穿我，问‘钟念慈，你是不是喜欢我？'。

“然后我会怎么回答呢？

“我会说是的，我喜欢你，我见到你第一面就喜欢你。

“我很高兴你终于发现了，很高兴你终于问我了。

“即使你这么问，让我不知所措。

“即使你的回答，也许就是让我死心，让我难过……

“都好。

“因为你不问，我真的不知道什么时候能说出口。

“总好过这样，只有我一个人知道。”

我看着钟念慈，一时间心疼又迷茫。

“可也就是那么想想罢了。”念慈轻轻笑起来，“我喜欢他，可是他不喜欢我，还是不要让他知道比较好吧……”

如果喜欢一个人，到底要不要让他知道呢？

十七岁来临之前，念慈决定不让颜昀知道。可她也不知道这个秘密可以守多久。

第五章 — 文艺汇演

下了体育课，我回教室跟宣传委员何冰晶转达了颜昀的话，冰晶抓住我：“瀛子，你能不能参加咱们班的啦啦队？”

“哎呀，我不了。”

“你就来嘛。”

“为啥都叫我参加？”我莫名其妙。

“因为你嗓门大呀！”

这个文艺委员跟我一样缺心眼。

冰晶抓住我：“就算不参加啦啦队，比赛的时候可都得给自己班加油，你知道吧？”

这个人不是傻了吧。

“你今天不就跑去给六班加油了吗？！”

我瞪了一眼在座位上咬着手巾委委屈屈的小媳妇伍德：“今天不是没比赛吗？”

“那正式比赛呢？”何冰晶郑重道，“总之你不能给廖星去加油。”

这都哪儿跟哪儿？要去加油也是给关超好吧！

蒋翼正这时候进门，把一张物理卷子甩在我桌子上，转脸跟何冰晶说："她周考物理还没及格，啦啦队活动和校庆都不参加。"

"谁让你做主的？"我不乐意。

何冰晶眼睛一亮跟过来："所以瀛子你会参加咱们班啦啦队的吧？"

"不参加。"说完，我跟着蒋翼跑出教室，"你上哪儿去？"

"徐老师办公室。"

"哦，那我回去了。"我刚转身，脖领子就被拎起来。

蒋大爷发话："我圆珠笔芯没水了，去小卖部给我买了送办公室来，要 0.5 毫米的。"

"0.5 毫米的我有，从教室给你拿不就行了……"

蒋大爷掏出十块钱："再买两支冰激凌一起送过来。"

"嘿嘿嘿，好！"

我兴高采烈地跑去学校小卖部买了两支冰激凌，一个香草一个巧克力。自己吃一支，又舔了舔另外一支，拎着一袋笔芯敲开老徐办公室的门。只见蒋翼坐在老徐对面的位置上写题，头也不抬。

我把一袋笔芯和半支冰激凌交给蒋翼，拍拍屁股打算走人，谁知老徐这时候起身，叫住我："黄瀛子，你们班下节自习吧？"

"对呀。"我舔一口冰激凌。

徐老师当下从抽屉里变出一套卷子："那你在这儿把这套卷子写完，不会的让蒋翼给你讲，我下课回来检查。"

"啊？"我苦着脸看蒋翼，蒋大爷坐在一边写题，一口吃完剩下的冰激凌，随手扔了包装纸，连头也不抬。

徐老师瞪眼："啊什么啊？你两个礼拜没交物理作业了，别以为我不知道，今天就在我眼皮子底下写完再回家。"说完他老人家就笑眯眯夹着教案走了，不大的办公室就剩下我和蒋翼俩人。

我不情愿地坐下来，又不死心地跟到门口，刚推开一点门缝正见着已经走出十几步的老徐突然回头，双目如炬。

我吓得屁滚尿流逃回座位上，气喘吁吁。

我喘匀气，不情不愿地摊开卷子，写几笔，又百无聊赖地转着椅子绕了一圈，趴回来："喂！"

蒋翼不抬头。

"不是真要我在这儿写完吧……"

"别咬笔头。"

"哦。"我应了一声才反应过来，"徐老师办公室有的是笔，你还让我送笔芯来干吗？害我被扣住……"

蒋翼终于放下了笔，长睫毛挑了挑，看我，"不被扣住你想去哪儿？"

"自习啊……"

"自习还是去看球？"

"……你管我？"

蒋翼不知道哪儿来的火气，"啪"地把笔拍在桌子上："就管你了！"

我也有点生气："我就去看看关超！你闹什么脾气？"

"关超是六班的！"这个人竟然也来了个无理取闹的理由。

"六班怎么了？他是关超好不好？"关超打球难道还给他对手加油么？我黄瀛子也是有常识的好吗？

蒋翼突然问："那我参加球赛怎么办？"

"啊？"我一脸蒙，对话不知道怎么竟然走到了这个方向，"你不是不参加吗？"

"我要是参加呢？"阳光从办公椅后面的窗子投射进来，晃得我一瞬间看不清蒋翼的脸。

“……那肯定给你加油嘛，你跟关超打比赛不是都给你加油嘛。”

蒋大爷表示满意，然后下达命令：“那你也不准参加啦啦队的活动。”

“哼！”我气呼呼地站起来，“本来也没想去！”

“去哪儿？”蒋翼盯着我。

“开窗户啦！什么都管，真烦！”我跺脚转身推开身后的窗子，外面操场上的喧闹声一下子就闯进来了。

深秋的北方下午，气朗天清，天已经凉了，可年轻的气息在校园里暖洋洋地铺散。

我站在窗口好半天没说话，身后也是一片安静。

再回头，蒋翼已经恢复如常，仍旧伸着长腿在写卷子。

短短的头发，长而茂密的睫毛，唇线清晰明了，是小时候就熟悉的样子。可能因为最近准备考试瘦了一些，也可能因为这个下午的风和阳光，我莫名觉得他有些不一样。

仿佛有一些我看不透的东西在他眼睛里，那是深色的潭水，暗藏焦躁和汹涌。

也许是考试压力太大了吧……

“喂。”我慢吞吞挪回来，趴在办公桌上看他写题。

这个人很少有这么在乎考试成绩的时候。

“嗯？”他不抬头，也不停手。

“那你到底参加球赛不？”他明明是很爱玩的。

“不参加。”

也行。

这个人胜负欲最强了，比赛输了要生气的，万一影响复习的心情就不好了。

“这次是不是压力很大？”我问。

蒋翼顿了顿：“老徐带过三个国际金奖，说一定要我给他凑一桌麻将才能安心退休。”

“我就知道！”这老头儿为了他那金奖，忽悠人不要命的。可蒋大爷从一开学就独得他专宠，被寄予厚望，明知被忽悠也只能乖乖就范了。

晚上通勤车上亦菲问我：“瀛子，你们班啦啦队都有谁？”

“不知道呀，我不参加呢。”

关超气道：“蒋翼不让你去的，是吧？”

“他最近考试压力好大，下午竟然乱发脾气。”我和关超告状，“害得我在老徐办公室被关到放学。”

“那你干吗非听他的？”

“本来我也不想参加，我最近一到球场上就有人起哄，好奇怪啊！”我真的超级困扰，“还都是我不认识的人，叫他们滚蛋还都笑嘻嘻的，特烦人！”

亦菲看一眼关超，关超哈哈笑，坐在我身边：“下次谁敢起哄我去打他。”

“我信你的呢！”我气呼呼发誓，“等我找出来是谁让人起哄，肯定叫他好看！”

各班的篮球队都开始训练，蒋翼虽然不参加，但是体育课也会参与打比赛。

可没想到的是，短暂地上场就仿佛扇动翅膀的蝴蝶，引来了莫名的震动。

在操场另一边排练的十二班的啦啦队竟然有三四个女生直接跑来我们阵营打听蒋翼的名字。何冰晶一派热心，回头指我："黄瀛子跟他最熟了。"

"啊哈？"我嘴里的泡泡糖"啪"一声破掉了。

一个女生兴奋问："你们觉不觉得他长得像元彬？"

泡泡糖差点噎到肚子里，这帮人莫不是瞎的吧。

"啊对对对！我就说觉得他像谁呢。"何冰晶凑过来一起八卦，"尤其是眼睛，那个眼窝深深的，跟元彬一模一样！"

那明明是最近熬夜的黑眼圈……

"发型也好酷哦，他冲过来投篮的时候，刘海晃得我心都要跳出来了。"

因为忙考试两个月没空理发……

"还有那个鼻梁也太高了吧，好洋气哦。"

蒋大爷的鼻梁明明是歪的好吗！小时候跟关超打架的后遗症！

"他不是混血吧？"

这帮女人没救了！

"瀛子是不是呀？他的双眼皮那么深，看起来是有点像外国血统……"何冰晶用胳膊肘推我。

"应该没有吧。"我边回想边嚼泡泡糖，"他爷爷确实是当年的留苏学者，不过是地道的北方人，蒋家奶奶是江南人，不过是真的很漂亮……"

"哇！怪不得他入选物理竞赛啦，长得帅学习还好，原来是书香世家呀！"

“……他政治常年不及格，历史是我们班最后一名。”

四五个女生同时捧心：“那还能进年级前十?！数理化成绩是有多好啊?”

…………

我被吓得一脸蒙。

十二班一个高挑的姑娘问：“瀛子，我大下个周六过生日，你要不要来，叫蒋翼也一起啊?”

“我可以，不过他周末应该要复习考试吧？我问问，哎！”

这时，蒋翼边擦头发边朝休息区走来，我挥手冲他问：“大下个周六你要不要去给佳瑶过生日?”

蒋翼拽下毛巾，抬头看我一眼：“那天不是你生日?”

啊?

“对哦！”我兴奋地跟蔡佳瑶说，“那天也是我生日，咱俩是一天生日呢。”

蔡佳瑶也很兴奋：“你也是十二月一号吗?”

“不是啊，我十一月二十八日。”我冲着蒋翼喊，“那天不是我生日啊！”

蒋翼翻个白眼：“你什么时候要过阳历生日?”

“啊啊啊，对啊。”我跟蔡佳瑶说，“我农历生日是那天，我要在家过生日，蒋翼也会在我家，你要有时间欢迎你来呀。”

“好、好呀……”

我不再理会新朋友，蹦到看台下面，混进蒋翼他们一群人中：“你给我准备了什么生日礼物?”

“还两周呢，着什么急?”蒋翼赢了比赛，一脸餍足。

“晚上去买吧。”

“没空。”

“那过几天你忘记买怎么办？”

“他哪一年忘记了？你忘了他都记得。”郭靖看不过去说了句。

“早买了到时候就不用再去买了。”我今天突然想较劲。

“周末吧。”蒋翼妥协。

“也行。”我满意，跳脚摸摸他的头发，“正好陪你去剪头发，太长了，都挡住眼睛了，好难看。”

“也行。”蒋翼还是这句话，把可乐递给我，“走吧，回家。我刚才厉害不厉害？”

“超级厉害！你要是参赛，关超就死定了！”

篮球比赛如火如荼地筹备起来。然而校庆汇报节目，冰晶那里仍旧颗粒无收，勉强才凑成一个诗朗诵。可排练第一次，几个男生突然又开始东北话六级教学。

冰晶跺脚捂脸，戚戚然地跟我诉苦：“改成说相声算了。”

比起冰晶这里频频受挫，隔壁班的亦菲可是成就满满。她一共拿出六个节目，在其中四个之间踌躇不定，无法确定选哪个。另外六班的啦啦队选拔也异常顺利，姑娘们异常踊跃。

冰晶为此很是惆怅。

热热闹闹的高中生活就这样走进了第一个冬天。

圣诞节快到来的时候，蒋翼因为准备物理复赛忙得昏天暗地，再加上一次体育课触发了脚踝之前的旧伤，眼见着越发精瘦。

周末我吵着让爸妈买了他最喜欢的牛骨来炖汤，自己喝了一碗，又盛了满满一大盒外加一大块多筋肥牛骨给他送去。

谁知开门的竟然是蒋翼妈妈。

“冯姨，你什么时候回来的？啊，叔叔也一起回来了？”

阿姨摸我的头说：“昨天半夜回来的，刚跟你爸妈通过电话，一会儿去你家。”

“怎么突然回来了？”

“今年圣诞节会多在国内停留一阵子，有一个月的假期，对了灜子，阿姨给你买了巧克力，还有裙子，打开看看喜欢不。”

“哇真的吗！”我立刻忘了是来干吗的，把餐盒交给蒋叔叔，接了裙子展开来比量了几下就往蒋翼屋里跑。

蒋大爷还在睡懒觉，我高高兴兴进屋，裙子放在一边就趴在床边看着蒋大爷的睡颜。

这个人的睫毛可真长，小时候怎么都没发现呢？有点像小鸟的羽毛，所以风吹过来的话，他的睫毛会不会飘起来呢？

“呼。”我从来是行动派，想到做到，鼓气对着蒋翼的睫毛吹了一下，可还没来得及看到睫毛是不是会飞起来，就对上了一双带着睡意却异常明亮的眼睛。

蒋翼就这么醒了，一瞬不瞬地看着我。

恶作剧失败，我不好意思地小声打个招呼：“嗨。”

谁知蒋大爷突然蹙眉，我以为他要撒起床气，刚要逃跑，却听这人莫名叫了一声，似痛苦又似烦躁。紧接着，我只觉得眼前一黑，呼吸不畅，反应了几秒才发觉自己被蒋翼掀开的被子给整个蒙住了！

“啊啊，蒋翼，你干什么啊！”我尖叫，却被这个人裹进棉被拖到床上。

隔着被子也能听见蒋大爷气急败坏的声音：“不准掀开！”

“啊，你干吗啦！你神经病啊！”我一个人在被子里挣扎。

“你才神经病！谁让你进来的？”

“我凭什么不能进来？”真是反了！他的房间我还不能进了？

“你给我松开！！”

蒋翼喘着气：“我没穿衣服，你愿意掀开就掀开。”

“又不是没看过！”

“一件都没穿！”

我立马就安静了，小蚯蚓一样往被子里缩：“你、你、你！那你快点穿！”

下了床的蒋翼单脚点地，本来就刚睡醒又行动不便，更加跌跌撞撞，似乎是在匆匆忙忙找衣服，却仍旧难掩气怒：“大早上的你跑来干吗？”

“早上我怎么就不能来了？你、你、你干吗一件都不穿?！”

蒋翼更气了：“我自己睡觉想怎么穿就怎以穿，不行？”

“啊啊啊啊啊，我不听、不听、不听！你、你、你穿好了没有？”

“没有！不许给我出来！”蒋翼在外面一顿折腾，直奔了卫生间，“砰”的一声关了门。

“喂！”我小心翼翼地试探一声，“我、我出来了啊？”

卫生间里立刻传来愤怒的水声。

小蚯蚓一点一点蹭出来，鼻息里混杂着白药和蒋翼的味道，熟悉中又多了些什么。我跳起来，又抱着被子跌进床里，心里觉得蒋大爷今天怪怪的，可又说不清是哪里怪。

算了，管他呢。

要能想明白这些事我就不是黄瀛子了。

我高高兴兴跳下床，打开鹅黄色的窗帘，满室的阳光中，拆了巧克力的包装，吃一块，又跑到画架翻蒋翼最近画的素描稿……

这个人怎么这么慢?

我就要不耐烦喊人的时候，一身水汽的蒋翼头上挑着毛巾出来了，穿着一身白色的运动服，他最近似乎又长了个子，露出一截脚踝，越发显得瘦了。

“干吗大早上就洗澡?晚上没洗啊?”我奇怪道。

“你管我。”

我才懒得管，指着他画的一个带翅膀的神仙问:“你画的这个是谁?”

蒋翼擦着头发瞄了一眼:“雷震子。”

“哇，雷震子这么酷的吗?”我又指着素描上的一只手的特写说，“这手看起来怎么有点眼熟，是谁的呀?”

“……谁的也不是。”蒋翼一见就夺走画稿，闷声说了句。

“蒋翼。”蒋叔叔敲门进来，“我和你妈去瀛子家，黄叔给你煮了牛骨汤，在家里趁热喝掉，晚点你俩也过去，中午在瀛子家吃饭。”

这本来是我们都习以为常的安排，谁知蒋翼突然扔了毛巾，面无表情说了句:“一起走。”

“啥?”

“咱们四个一起过去。”

“啊?”蒋叔叔莫名其妙看了他一眼，“我们过去先做饭，你俩在这儿写作业更安静……”

“不用。”

“那你不喝汤了?干吗着急现在就走……”

“我……”难得蒋翼竟然词穷。

蒋叔叔笑："喝了汤，一会儿让瀛子陪你过去不就行了？"

"不用！"

这人今天真是反常。

我和蒋叔叔互看一眼，就听蒋翼咳嗽了一声，迅速说："我腿疼，她扶不动我。"

"嗯，也对。"蒋叔叔笑起来，"那汤怎么办？"

"我家还有呀！"我跳起来，"走吧走吧，去我家喝！"

蒋翼爸妈一回国，我们两家照例就要一日三餐聚在一起。

俩爸爸在厨房做饭，俩妈妈在主卧里拆带回来的礼物，试新买的衣服，我和蒋翼俩人在我的房间里写作业。

这样的生活从我们出生开始就是这样，仿佛这么多年都没变过。

蒋大爷的起床气终于消停了，他做题时又恢复了平日里的样子：懒洋洋窝在我对面的写字椅里，手里写写画画，神色专注，不发一语。

可我坐不住啊，蜷在转椅里来回蠕动，一会儿跑去厨房看看饭好了没有，一会儿起来抱一抱猴子玩偶，等换到第六支圆珠笔的时候，蒋大爷终于做完了一张卷子，按了按自动笔，抬头问了句："你作业都写完了？"

"还差一点。"我刚要起身去拿水果吃，被这人长腿挡住去路，"练习册拿出来，我看看还有多少。"

"那、你吃不吃橘子？"我坐下来眼巴巴问。

"不吃。"这人翻开练习册，扫了一眼，"先做这一道，月考应该要考。"

“……哦。”我扭着身子坐好，趴在写字台上刚写了个“答”，电话响了，蒋叔叔在客厅接起来，喊了句：“瀛子，找你的。”

“来啦！”

“用这屋的分机接。”蒋翼还要抬腿拦，被我跳过去。

“不要！”我像抓到救命稻草，慌张地从卧室跑出来，“谁呀？明雨吗？”

蒋叔叔笑：“不是哦，是个男孩。”

身后的蒋翼也迈着步子跟出来，顿了一下，转脸问同样从厨房赶出来的我爸：“黄叔，饭好了？”

我爸没空理他，举着炒勺问：“男的？谁啊？郭靖还是庄远？”

“听起来都不是。”蒋叔叔边笑边看到旁边的蒋翼面无表情。

我爸声音不小：“告诉他再打电话过来，我就去学校打断他的腿。”

“哎呀，你干吗这么吓人呀！”我气得不行，从蒋叔叔手里夺电话，“谁呀？”

“哈哈哈。”爸爸和蒋叔叔笑得前仰后合。

电话里廖星的声音发怯：“黄、黄瀛子？”

“啊，怎么是你？你怎么知道我们家电话？”

蒋翼面无表情地去了厨房。

廖星说：“关超告诉我的。”

我就知道！

“打电话干吗？”我被家长们调侃正生气，语气很冲。

“没、没什么，就是亦菲说校庆的主持词要你写，我们班的节目刚修改了，下周一例会，说是要提前跟你说一声。”

好吧，还算是正事。

“你们改了什么节目？”

“合唱曲目没变，还是《明天会更好》，原本的相声不上了，换成一个独舞《胡桃夹子》，一个京剧选段《定军山》。”

“知道了，那周一把演员名单给我吧。”

“行，《定军山》是我唱。”

“你会唱京剧呀？”

“嗯，我小时候在少年宫学的。”

“好厉害，我小时候也在少年宫学过唱歌呀……”我刚想继续聊下去，蒋翼在餐厅那头喊：“黄瀛子，吃饭了。”

“啊不说了，我吃饭了。”

蒋大爷一个命令，我一个动作。

“哎，瀛子……”廖星欲言又止。

“怎么？”

“……没事。”

“那拜拜。”匆匆放下电话，跑进餐厅，桌子上堆叠着满满的碗盘，我坐在位置上不忘教训我爸：“你刚才干吗吓唬人？烦不烦人？”

我爸跟我皱鼻子：“就烦人了怎么着？”

蒋翼抬脸看我一眼：“怎么就算吓唬他了？”

“你！”

蒋叔叔跟两位女士播报：“有男孩给咱们瀛子打电话。”

我妈挑眉：“不是庄远他们吗？”

“应该是新面孔。”

冯阿姨问蒋翼：“你没这么去撩闲别人家的女孩儿吧？”

我爸转头笑呵呵跟蒋翼说：“你要是敢，我也打断你的腿。”

蒋翼埋头掰螃蟹：“我才没那个空。”

我爸满意："有出息。"

蒋大爷抬头撇嘴："黄瀛子一个都够烦了。"

大人们哈哈笑，我气得在桌子底下踢他："谁烦呀?！你才烦呢！嫌烦你就走远点！"

这话正说着，蒋翼的小灵通就当着我们的面响起来，显示三个字"蓝亦菲"。

大人们立刻闭嘴。

蒋翼手里抓着螃蟹，瞥了瞥，长腿反过来在桌子底下踹我："你接一下。"

我闹脾气："自己有手自己接。"

蒋翼看了我一眼，用关节按了免提。

亦菲的声音轻柔："蒋翼?"

"嗯，有事?"

"校庆每个年级还要出一个节目，我想策划一次交谊舞，你一起来参加吧?"

"我要去上个厕所。"我突然站起身。

蒋翼吓一跳，看着我，嘴上回答："不行。"

亦菲显然一怔。

蒋翼意识到不太礼貌，加了一句："我不会跳。"

"你在哪里呢?"亦菲问。

"黄瀛子家。"

"……交谊舞咱们小时候都跳过的。"

"都忘光了，你找别人吧。"

"香港回归的时候咱们汇报演出过很多次，很容易想起来。"

"想不起来。还有别的事吗？没事我吃饭了。"

“好吧，那明天学校见面说。”

电话挂断，我立刻坐下来。

蒋翼挑眉道：“你不去上厕所吗？”

“你管我！”我抓起一只螃蟹，狠狠地掰开。

大人们面面相觑，倒是蒋翼低头，突然抖动着肩膀笑起来。

莫名其妙地暴躁，又莫名其妙地发笑，不管是男生女生，真的都好烦啊！

周一的学生会例会上，我把基本上定型的主持词交给了颜昀。

亦菲认真地汇报了全部的节目流程，然后提出了高一年级节目要编排一次集体舞的想法。

“我们小学的时候排练过，全市这一届的小学生一起的汇报表演，是专业的舞蹈老师编排的，还有录像。很多同学当时参加过，现在重聚在九中一起跳这个舞，会很有意义。”

颜昀点头支持：“那就尽快确定人选排练吧，年前定了人选，寒假还可以组织大家来排练。”

“好！”亦菲清脆地答应。

散了会，她跑来找我：“瀛子，集体舞你也来参加吧？”

我吓了一跳：“不了不了，我肢体不协调的。”

“多练习几遍就好了，动作都很简单的。”

我慌忙摇手：“我练不会，也没时间，而且我主持稿还没写好，你还是找别人吧。”

亦菲咬咬嘴唇说：“我想让咱们子弟校的同学都参加。”

我苦恼：“可是我真不会跳舞，小学那次都没参加，你还是找别人吧。”

亦菲不甘心地还要说话，颜昀正和念慈一起出了会议室，他叫住我说："瀛子，咱们学校的篮球队上个月参加了省队的选拔，成绩很优异，要写一篇报道发在校刊和日报上，你抽出空采访一下各班的篮球队，下周交稿可以吗？"

"哦，要多少字的？"

"三千吧。"

"行。"我应了一声，回头看见还在等我说话的亦菲，苦着脸，"我真不会跳。"

谁知亦菲说起别的事："采访篮球队？每个队员都要采访吗？"

"是吧。"

"那也要找我们班廖星吗？"

"廖星也参加校队了？"

"他篮球也很厉害呀，今年校队就进了三个大一的，你们班伍德、我们班的廖星，哦，对了，还有咱们关超。"

"啊，那……那学长我能不能不写？"我这才反应过来，可颜昀他们早下楼去了。

亦菲偷笑："采访廖星那么可怕？"

我皱皱鼻子："不想单独找他，有点烦人。"

"哪里烦人？"

总不能说之前敲诈过人家一支冰激凌有点心虚，还有，可能蒋翼见着他就对我冷脸这事让我更烦。

亦菲看着我的眼睛："瀛子，你不是真不知道吧？"

"知道什么？"我迷惑。

亦菲想了片刻，到底下定决心说出来："廖星，他喜欢你呀。"

"哦，他也挺好的。"我无所谓地说。

亦菲气得笑出来:“瀛子，我说的喜欢，不是咱们喜欢小伙伴的那种喜欢。不是你对明雨、念慈、郭靖、关超的那种喜欢。”

“那是什么喜欢?”

“是男生喜欢女生的那种喜欢。”

“什么意思?”我愣了一下，有什么区别。

亦菲想了想说:“是明雨喜欢庄远的那种喜欢。”

“哦，是吗……”

“就是像明雨喜欢庄远那样，廖星喜欢你。”

“什么?”我反应了片刻，脚下一绊，“什么呀，你、你、你别开玩笑了!”

“我没开玩笑。”亦菲叹口气，“咱们两个班的人恐怕都知道了吧，他跟关超问了好多你的事，平时总去你们班，有事没事就找你，表现得那么明显，你真没看出来?”

“看出来什么呀?!”我又是气又是恼，“你别胡说，他怎么可能喜欢我?他就是喜欢撩闲，喜欢恶作剧!”

亦菲问:“瀛子，你想想你真的不知道吗?你要是真不知道他喜欢你，为什么害怕单独采访他?”

“我才不是怕他喜欢我!”

“那怕什么?”

“我……”我不过就是暑假欠了他两支冰激凌，竟然惹出来这么多麻烦!

我跺跺脚:“他可真是个小心眼，这次非得找他说清楚不可!”

我不理会亦菲在身后“哎哎”地叫，“咚咚咚”下了楼，直奔六班的教室。可跑到一半突然又犯怂，转身往二年级的教室跑，我得先去找颜昀，这个稿子我不写了!

谁知迎面正遇上返回来的念慈，她见我气色不对，慌忙拦住去路："瀛子怎么了？"

我见了念慈可算是见到主心骨了，一时间太委屈了，跑过去就告状："亦菲、亦菲说廖星喜欢我！"

念慈的表情太精彩了！

想笑但觉得不厚道，想安慰又觉得没必要，可不做点什么感觉也不够义气那种——传说中文采飞扬的我也形容不出一二。

少女念慈勉强甩掉额头上三撇黑线，拽住我："他喜欢你又怎样？那你现在是要去干什么？"

"我去找颜昀。"

"廖星喜欢你，你去找颜昀干吗？"

"他才不喜欢我好嘛！我跟颜昀说不去采访了。"

"瀛子。"念慈扶额，"那是两回事。颜昀问你为什么不采访了，你怎么说？难道说因为廖星喜欢你？"

我转身又往六班跑："那我先去找廖星。"

"找他干什么？"念慈气。

"让他不准再捣乱，不准喜欢我。"

念慈慌慌张张抓住我，又气又笑："黄瀛子，哎，你让我说你什么好？这是你不准，他就能不喜欢的事吗？"

"他才不是喜欢我，就是我欠他两支冰激凌，他就故意恶作剧，我跟他都不熟，他喜欢我做什么？"

"喜欢谁不是熟不熟的事呀……"

"我就不准！"一贯好性子的我周末被家长调侃，刚刚再被亦菲质问，终于发作起来，跺脚发誓："我喜欢庄远，我不让别人喜欢我。"

“好了，好了，我知道。”念慈连声安抚，“亦菲就是那么一说，也许他不喜欢呢。”

“就是不喜欢嘛！”我惶惶看向念慈，“那采访怎么办？”

“……总之你先跟我回教室，马上要上课了。”

“我不想去找他。”

“不去就不去，要不让蒋翼他们谁替你去采访？”

“……能行吗？”

“能行，有什么不行的。”

我又气又蒙地被念慈带回教室，上课铃响了她才不放心地回去。

老徐正跟她迎面走过来，吓得退出去看了看门牌才进来：“以为我走错教室了呢。”

整个班都笑起来，就我板着脸。

老徐一眼看到，问：“黄瀛子跟谁较劲呢？”

明雨碰碰我的胳臂，我运气，不说话。

蒋翼在后面说：“她智商低走错教室了，在犯白痴，您甭理她。”

整个班又笑起来。

我眼前的雾一下子散了，回身抄起他的课本扔过去打人：“你才白痴呢你！”

蒋翼接住课本，边贱笑边摆出学霸脸：“上课了啊，你不听讲别打扰我学习。”

男生真的都太烦人了！

我心情低落，物理课又仿佛听天书，下课的时候坏情绪到了顶点。采访可怎么办呢？明雨跑去问题，我抱着笔记本就跑出了教室，到了六班，探头想叫念慈出来，谁知迎面正碰见廖星。

我转身就跑，廖星在后面叫喊让我等一下。

我才不等呢！

真可惜，腿不如人长……

没几步，我就被廖星追上了，骨骼挺拔的廖星挡在我面前说："黄瀛子，我正要去找你。"

"干吗？"我冲他龇牙挥拳头。

廖星吓了一跳："没、没什么。"

我瞪他。

"就、就是节目的事情，要给你我们班的演员名单。"

"哦、哦对。"我低头，伸手，"拿来吧。"

廖星迟疑一下，递给我一张打印好的纸。

我接过来，扫了一眼，收起来，却没马上走。

廖星也没动，仿佛知道我还想说什么。

身边是来来往往的同学，但是大部分没有太注意到我们。

我要不要现在跟他说采访的事……

可就这一会儿，身后突然响起一声口哨，关超不知道什么时候跑了过来："你俩在这儿干吗呢？约会啊？"

我一股火"腾"地烧到了头顶，眼前一片火光，不分青红皂白照着他俩的脚狠狠踩了一下，转身就跑了。

廖星算是无辜到了极点，却只疼得吭了一声，倒是关超在后面气得喊："怎么还学会踩人了？还有没有人能管管你了?！黄瀛子，你往哪儿去?！"

我又气又烦，一溜烟跑回自己班教室，谁知正听见老徐在讲台前跟蒋翼说："你回去准备一下，明天去北京集训，十天左右时间。"

“嗯。”蒋翼没所谓地答应了一声。

“明天去？”我一惊，问明雨，“你和庄远不去吗？”

“跟英语竞赛的时间冲突了，而且那边就一个名额，就蒋翼自己去。”明雨问，“你刚刚去哪儿了呀？今天怎么不高兴？”

我没心思回答，掰着手指头算：“可是下周二就是圣诞节了呀。”

徐老师正听见这话，探过头来八卦：“怎么，圣诞节你们还有啥节目？”

…………

我指着蒋翼：“他爸爸妈妈回来了，圣诞节之后就回美国了。”

老徐点点头：“这么回事啊。那正好，蒋翼你节后就留在北京，直接送你爸妈出国。”

这是重点吗？他爸妈回来是为了让他送机的吗？这老头儿模糊重点的功夫真是一流。

好不容易今年蒋叔和冯姨都回来了，我们两家好久都没有一起过节了，而且他还得留下陪我采访呢，下周才回来就都来不及了呀……

可眼见着老徐虽然笑眯眯的却没得商量，蒋大爷也没什么反抗的意思。我一下子趴在书桌上，想着采访没有着落，本来都定好的家庭聚会又泡汤了，心里又委屈又孤单。

就这么迷糊着、委屈着到了中午，和明雨一起去食堂的路上，禁不住她问，一五一十交代了亦菲的话，还有采访的事。

明雨皱皱鼻子：“这事明明好办，蒋翼不在，你叫关超带着采访提纲去找廖星，写完了给你不就行了？”

“嗯。”我心不在焉地踢地上的石子。

“那你还烦什么？”

我不说话。

明雨看着我："怕廖星真的喜欢你？"

我抬头问明雨："他不会吧？"

明雨看我："要是真的怎么办？"

"……我不知道。"我继续踢石子，"我就跟他说，让他别喜欢了！"

明雨怔了怔："那不行。"

"怎么不行？他干吗要喜欢我？"

明雨低头："瀛子，你怎么能这么做呢？"

"为什么不能？"

"因为他会难过。你不喜欢他，还不允许他喜欢你，那太糟糕了……"

远处，庄远手里搬着一摞试卷："明雨，瀛子，帮我打一份饭到教室行吗？我给史老师送完作业还要去教务处，可能来不及去食堂。"

"好，我一会儿给你带回去。"明雨用力点头，看着庄远的眼睛水亮而清透。随后她转过头跟我说："瀛子，你不喜欢他没什么关系。可是至少，在他还不能整理好自己的心情之前，要允许他喜欢你。"

我似懂非懂。

明雨轻声说了一句："这样的话，大家都不会太难过。"

我从小最怕别人难过，可是现在，我自己已经有点难过了，怎么办？

晚上回家的时候，下了通勤车，蒋翼跟我回家拿出门用的行李箱。我进了家门，书包也不摘就抱着我的悟空窝进沙发里。

我妈把手边的杂志放下，问：“谁惹你不高兴了？”

我噘着嘴不说话。

蒋翼跟着我爸从房间里出来，穿鞋出门之前问：“想没想好要什么，从北京给你带回来。”

我一下子把脸埋进悟空的后背里，挡住视线，不说话，耳朵却竖起来，听着外面的动静。

蒋翼一开始没动，紧接着门响了。

还真走了?! 我气呼呼一把掀开悟空。

却正对上蒋翼痞笑的脸：“哈哈哈，连一秒都忍不了还赌气呢?!”

我眼前一片红雾，抓起悟空照着这人打过去。

这个人挨打却还笑得出声，也不知道高兴什么。我更气了，手上没轻没重，却还是被他反抗成功，一把拽走了悟空。我气得乱叫，想起身又被他按回沙发。

这个人居高临下，一手抓着悟空，一手按着我的头顶，得意扬扬：“在家乖乖上课，回来给你带好吃的。”

我气急了，缩着身子从他手里挣脱出来，背着书包跑回了自己房间，“砰”的一声关上门。

趴在床上的时候才觉得书包好沉，压得我喘不上来气，只觉得更加委屈。

蒋翼在外面敲门，终于不再嬉闹了。

“黄瀛子。”

他叫我名字，连名带姓的。

我不吭声。

他沉默一会儿说："我一周就回来了。"

明明是十天。

我爸也过来敲门："大姑娘怎么了？要不爸给你请假，你跟着蒋翼去北京玩一圈？"

我妈客厅里发话："你别惯着她啊，马上就月考了还去北京呢。"

"我才不想去呢！"我一翻身坐起来喊。

蒋翼声音少见地有了些许烦躁："那你闹什么脾气？"

"不关你的事！"我重新趴回床上。

蒋翼转门把，发现上了锁，当场急了："你给我打开。"

"不开！你走！"

"那你到底想怎么样？"

"你走！"

"不是因为我去北京，那为什么生气？"

我捶床不说话。

不是不想说，是真的自己也不知道。

不知道为什么生气，不知道为什么闹脾气，甚至不知道为什么委屈难过。只是很无措、很慌张、很懊恼，很多事不知道怎么办。

蒋翼毫无义气地在这个节骨眼儿上去了北京，留下我自己一个人面对这些乱七八糟的情绪，我突然发觉自己可能真如他所说，是个智商低走错了教室的笨小孩，什么也不会，什么也不懂，什么都做不好。

我爸在门外说："蒋翼回去吧，明天还得早起赶车。"

蒋翼停了一会儿，叫我："黄瀛子。"

我不说话。

片刻的沉默后传来——"那我走了。"

然后是脚步声，大门这回真的打开又关上了。

他就真走了？

我坐起来看着门。

走就走！我还不信有什么事我自己搞不定。

2001 年之后的每个圣诞节，我都会想起廖星。

不管是分开的时候，还是在一起的时候。

蒋翼去北京之后的两三天，我都忙着去各班找篮球队采访，再加上即将到来的月考，反而比之前乖顺了好多。

明雨给我讲题比蒋翼耐心，我听得也专心，数学小考竟然过了八十分，心情也就没有那么低落了。

不过眼看着其他班级的篮球队都已经采访完毕，就只剩下六班了，我思来想去还是犯了怂，没有亲自去采访，拟了个提纲，打算让念慈帮我转交。

这事肯定不能让关超做，要不又要被他调侃，很烦。

谁知晚上通勤车上，庄远走到我旁边隔着一个空道的位置坐下，主动问起来："瀛子，你的采访怎么样了？念慈说你想让我转交一份采访提纲是不是？"

啊？我还没……

我突然想到肯定是念慈不想我发愁，去跟庄远提了。

我怎么忘了庄远也可以呢，还是念慈主意多，我眼巴巴看着他："行吗？你能帮忙转交不？"

庄远笑："当然行。"

我仿佛碰见救星，连忙从书包里拿出打印好的提纲递给他："这是廖星的，还有关超的。"

关超从后座探出脑袋来：“我就在这儿，为啥不当面聊？其他班你不是都当面采访还录音了？”

“嫌你聒噪，不想听你讲话。”坐在我旁边的明雨抢白他。

关超气：“我很会说话的，为什么不采访我？”

我本来就气他，站起来要夺回提纲：“不想写算了，不采访你了。”

“我写我写我写！”关超连忙抽回，嬉皮笑脸，“怎么这两天脾气这么爆？蒋翼不在家没人制得住你了，是吧？”

我抽出物理课本就砸他：“我先制住你！”

“饶命！瀛子大哥，啊啊啊饶命，黄瀛子我告诉你，我跟蒋翼告状了啊！等你家‘童养媳’回来收拾你！”

我气得眼前冒火，用了蛮力，恨不得把他砸到车底下，庄远连忙从背后拉住我：“好了瀛子，马上开车了，别摔着。”

关超一脸悲愤地被解救出来还不长记性，一边整理头发一边凑过来笑：“其实廖星人不错，你干吗不想和他说话呢！”

我“腾”一下站起来，这回不打他了，直接就要下车。

关超慌忙拉住我。

我眼圈立刻红了。

关超吓了一跳，手忙脚乱：“别、别，黄瀛子你怎么了啊？哎你别哭啊！哎我错了、我错了，以后不开这个玩笑了还不行么，你别哭啊。”

我才不哭呢！

可是关超你真的很烦人知不知道？

“别、别哭！”关超要来擦我的眼泪，被我抓起他的手咬了一口。

“靠！”关超吃痛却不敢大声喊，只牙缝里挤出一个脏字，“等老子见着蒋翼咬回来！”

大概是被我吓到了，关超没敢从我身边离开，拨开本来要安慰我的庄远，把我推搡到靠窗的位置坐好，自己坐在我旁边，一边看我脸色一边小声问：“有没有纸巾，我满手都是你口水……哈哈‘别瞪了’当我没说。”这人一边傻笑一边没啥素质地把手在椅背上蹭了蹭。

我嫌弃地靠到窗户旁边生气。

那边庄远便在我之前的位置坐下来，问身旁的明雨：“竞赛的题库你今早拿到了吗？”

“拿到了，我中午做了几道题，有一个还不太明白。”

“是不是地心引力那个？”

“对，用极限法能想得明白，但是计算的结果有偏差……”

一个学期下来，明雨面对庄远的状态似乎从容了些，不再那么局促，或者那么小心。虽然不像跟我在一起时的明雨那么生动甚至有些刁钻，但这个缱绻聪慧的少女其实才是她长大后常常示人的样子。

这样的明雨，难怪邹航会那么那么喜欢。

可是庄远怎么想呢？男孩他的心仿佛透明的冰雾，纯净冷淡得让人什么也看不见。

庄远知不知道他被这么多人喜欢呢？

庄远喜欢明雨吗？

如果喜欢的话，他是怎么做到不被人发现的呢？

如果不喜欢的话，他又是怎么做到这样仿若无事的呢？

关超见我出神，半晌不说话，小心翼翼问了一句：“蒋翼打电话来没有啊？”

我一听更生气了，一把扣上羽绒服的帽子闭上眼睛，再也不理他了。

采访稿子还没收回来，念慈下课经常到我们班来陪我。

周五中午，我和她去了市中心的商场吃午饭，年底念慈想给奶奶买一身新的保暖内衣。熙攘的专柜前面，我们在大红色和墨绿色里面选了后者。

念慈把脸蛋贴到布料上，满足地说：“真暖和。”

“奶奶一定很喜欢。”我一手攥着刚买的冰激凌，跟着她去结账，却在收银台看到了一个熟悉的身影。

“学长？”

颜昀看到我们也很惊讶，他手里拎着一个硕大的蛋糕和一个礼物袋。

“谁要过生日吗？”我好奇跑过去问。

“对。正好下午咱们还要开校庆的筹备会，就请大家吃蛋糕。”颜昀笑起来。我没注意到他其实没回答谁过生日这个问题，又听他说：“你们怎么在这儿？”

“我给家人买些东西。”念慈神色如常，视线只在那个礼物袋上停留了一秒。

颜昀说：“一会儿怎么回学校，我要打车，带你们一起走吧。”

“好耶！”我立刻答应，刚要推着念慈走，突然又想起来，“啊不行，我俩还没吃饭。”

颜昀笑起来：“我也没吃午饭呢，请你俩吃肯德基？”

“那个……”我很纠结，下意识觉得应该答应，可是又不是很想撮合这顿饭。

念慈答应了一声："那谢谢学长了。"

我低头踢鞋尖，心想我还是拦了一下的，但是真拦不住。

三个人下到一楼的时候，我路过滚梯旁边的首饰专柜，突然发现一个眼熟的 Logo："哎，这个就是学长……"

买的那个礼物啊。

话没说出来，被念慈打断："肯德基是不是出了新套餐？"

"是呢。"我的注意力立刻跑偏，"不过哆啦 A 梦我已经集齐了。"

颜昫诧异失笑："集齐了？那你是吃了多少顿汉堡呀？"

念慈叹气："我们这半年为了给她攒玩偶，几乎全部聚餐都在肯德基。"

我忙回头问："今天想吃别的吗？"

"不想。"念慈揉我的头，"我们就吃肯德基吧。"

我傻乐："我想喝冰可乐。"

"不是想吃汉堡吗？"颜昫奇怪。

"她有可乐就行了呀！"念慈笑起来。

我后来才知道这件事让颜昫的印象有多深刻。

那是很久之后，我和他在国外重遇，做学长的照例要请客，问我想吃什么。

"师兄请吃大餐吗？"我问。

"请啊。"颜昫笑，又感叹，"你现在不是为了冰可乐去吃肯德基的年纪了呀。"

我低头，也笑起来："现在知道了，想喝冰可乐，单独买就行了，不一定非要去肯德基搭配汉堡。"

这个道理，我明白得太晚了。

下午的校庆筹备会，我跟着念慈和亦菲早早到了顶楼的大会议室。屋子就已经快满了，她们俩都坐到发言席的大会议桌旁边了，我在靠门的地方找了个位置坐下，拿出笔记本来继续写主持词。

三点的上课铃响起来的时候，教导主任辛老师也就是明雨妈妈刚走上台要说话，门又开了，廖星从外面风风火火地推门进来，慌忙鞠躬："老师抱歉，校队中午去外面拉练才回来。"

"找位置坐吧。"

靠门的地方就只有我旁边还有一个空位，往里面走的话很可能要打扰很多人……

我咬着嘴唇低着头，廖星站在门口，迟疑了片刻。

"看什么呢？快找位置坐下，马上开会了！"辛老师催促。

廖星犹豫了一下，坐在了我身边。

辛老师说："那就开会了。我就简短说几句，校庆每年都是高一的重头戏，明年的尤其重要，是建校三十周年。市电视台会带摄影团队来支持录像，舞台设备学校都给了充足的资金支持，你们能赶上这一次非常不容易，但同时肩负的压力也很大，希望你们能给学校带来别具一格、载入史册的庆典……"

我随便记了几个要点，突然发现旁边的廖星也拿出纸笔不知道在写写画画些什么。想看可又觉得别扭，只好又转过脸胡乱在自己的本子上写东西。

老师动员结束之后，每个班级都口头汇报了正在准备的节目，我一一记录重点。

到了六班的时候，廖星被问起来是不是要唱《定军山》，辛老师显然很有兴趣，问：“要扮上吗？”

廖星说：“有化妆的地方，我就带行头来后台抹脸。”

辛老师说：“那就都带来！”

廖星点头坐下，又开始写画。

下课铃响的时候，讨论也基本结束，辛老师收拾了东西出门。我刚要站起来去找念慈他们，廖星突然叫住我：“黄瀛子。”

我站住，对面男孩没有我常见的那种带着傻气的笑，他个子高高的，却低着头，把手里刚刚一直在写的纸递给我。

“篮球比赛的采访。”

我怔了片刻，接过来，他原来是在写这个。

男孩仿佛松了口气，可仍旧低着头快速说，“这几天校队有训练，刚写的，你看哪儿不合适随便改吧。”说完头也不回就走了。

我抓着那张A4纸，看着上面龙飞凤舞的大字，心里越发地难过内疚。

念慈在远处叫我过去搬东西。

我轻轻地叹了口气，把采访提纲小心折叠好放回口袋，跑到她身边接过装满画笔的箱子，同时汇报：“廖星把采访提纲回答好给我了。”

念慈笑起来：“这不是挺好吗，这下所有人都采访到了吧。”

我点点头：“可是他看起来不太高兴。”

“不会的，瀛子，他不会对你不高兴。”

“他都没怎么笑……”

念慈想了想说：“我想他是有点难过，可是他难过也是没有办法的事，对不对？”

“为什么没有办法？”我抬头问，“能不能所有人都高兴呢？”

念慈叹口气，拢了拢耳边的长发："瀛子，长大了就是不能让所有人都高兴。"

是这样吗……

"比如说，廖星喜欢你，可你不喜欢他，还希望他不要难过，这就不太可能。"

我迟疑："可是我喜欢庄远，他不喜欢我，我觉得也没有关系。"

"所以瀛子，你是真的喜欢庄远吗？"

"什么？"

"好了，别想这些了。"念慈无奈地笑，低声说，"这些事不是我应该和你说的……"

我越发糊涂了。

"没什么。有人可能也不希望你早明白……"念慈还要安慰我，远处颜昫正走过来。

学长看到我们托举着重物，忙紧走几步伸手过来接，谁知他的手指却正好压住了念慈的头发。

"抱歉，疼不疼？"

"没关系。"念慈微微蹙眉，顺着颜昫的力气，抽出发丝。

这两个人调整着姿势，一起把手里的东西放在会议室隔壁房间的桌子上。

颜昫四下找寻："一会儿还有好多道具要搬过来呢，念慈你要不要把头发束起来？"

"我没带发带。"念慈因为搬重物，脸颊泛起轻微的粉色，直起身来从口袋里拿出纸巾擦手和脸。

"我给你找个能替代的东西……"颜昫突然发现中午买的蛋糕上绑着一条橘色的丝带，伸手抽出来，"这个行不行？"

“……可以呢。”念慈接过来，对着午后窗子里自己的倒影，把一条橘色的丝带高高地束在脑后，纤细的手指不知道施展了什么法术，转瞬把过长的丝带变成了一个无比雅致的蝴蝶结，和长发一起垂落。

女孩露出洁白的脖颈、线条细腻的脸颊。

我一下子忘了方才的纠结，眼睛里冒出晶莹闪亮的星星：“真好看。”

念慈真好看！

她打的蝴蝶结也好看！

念慈笑起来，抬头，颜昀也正看过来。

这个比我们年长一岁的男孩怔愣了片刻，转瞬轻声称赞道：“确实好看。你的手，可真是灵巧。”

颜昀这样闪耀的学长，钻石一样光彩夺目，完美到仿佛没有裂缝。

唯一的缺点是：当你喜欢他，而他不属于你的时候，光芒可能会刺痛眼睛，坚硬可能会割伤手指。

念慈喜欢这样的男孩，带着盲目和热情，然而这样浓烈的喜欢，却被她隐藏得滴水不漏。

只有我知道。

我辛苦地守护着这个秘密。然而更辛苦的是从来温雅雍容的念慈，就那么把一切汹涌压覆在平静的湖面之下，其实也不过是少女的无计可施。

这是念慈喜欢一个人的方式，或者说，这是念慈喜欢颜昀的方式。

颜昀是不是值得这样的喜欢呢?

我不知道。

因为那是念慈才能判断的，我能做的只有陪伴她了。

深冬的午后，阳光很暖，学校的大会议室里，颜昀把硕大的蛋糕切好分给筹备校庆的同学们。

蛋糕是纯奶油的，甜丝丝的。

但是也有人能拒绝这样甜蜜的诱惑，亦菲正在减脂，绝不看一眼任何高热量的食物。

“吃一口昨天晚上就白跑步了。”

旁边有女孩笑起来:“亦菲你都这么瘦了，真没必要再减肥。”

说话的姑娘没穿校服，而是身着深紫色的练功服和同色系的芭蕾舞鞋。

我看向她，觉得莫名有点眼熟。

亦菲见状介绍了一句:“念慈、瀛子，这是金媛媛学姐，我们都在文艺部，新生晚会的时候她跳过《天鹅湖》的，你们记得吗?”

想起来了，那曲《天鹅湖》之后，关超就奉她为女神，接送亦菲去练舞特别积极，还主动问了人家的 QQ 号码。

“你们好，黄瀛子是吧？我听说今年晚会串词是你写，之前兰溪学姐写的几版稿子都在我这儿，要不要给你参考?”

我摇摇头:“不用啦学姐，颜昀学长给我了。”

“也是，他肯定比我想得早。”金媛媛低声笑起来，“那念慈，你需要之前的舞美效果图吗？不过我猜颜昀也先给你了吧。”

念慈此时才抬起头，看了看金媛媛，眼睛扫到她盘起的头发的时候，停顿片刻，转而笑笑:“是的，之前拿到了。”

有趣的是，金媛媛也看着念慈的长发，“你的发带真漂亮，能不能教我怎么能系出这样好看的蝴蝶结呢？”

连迟钝如我都发现了，这位学姐突然的搭讪，别有意味。

念慈顿了顿，笑笑说：“随手束的，很简单的。”

亦菲称赞金媛媛说：“学姐的那个蝴蝶结也很好看呀，我记得之前在商场看到过这个牌子的专柜，很抢手。”

金媛媛摸摸脑后，笑起来：“中午从颜昫那里拿来的。”

空气里瞬间安静了。

我扭脸把叉子递到亦菲面前：“吃不吃？”

亦菲顿了两秒，乖乖把蛋糕吃了。

我三口两口解决掉剩下的，问念慈：“没别的事了吧，走不走？回去太晚我妈就该念叨了。”

我帮念慈拿着书包，她自己拎着画笔，我们跟亦菲道别后就离开了。

出了教学楼，我跺跺脚：“中午那个礼物是给金媛媛的！他竟然买礼物给别人！今天过生日的是金媛媛，对吗？所以他才去买蛋糕请大家吃？”

念慈突然笑起来，从后边抱住我，头放在我肩上：“好了瀛子，这也想得到……”

“亏我中午还让他请我们吃饭了！以后再也不让他请了……”

“哎……”

“念慈，你别叹气……”

我俩正说话，谁知颜昫穿着单衣老远跑过来，就要从念慈手里接过画笔箱子：“要回家了吗？你们是不是得打车，我陪你们去。”

“不用！”我还在气头上。

念慈笑笑：“没关系学长，你快回去吧，门口的出租车司机是经常跑这条线的，都认识，很安全。”

“看你们上车我才放心。”

“不用了。”再次拒绝的话不是我们两个说的。

郭靖穿着羽绒服在校门口等。

男孩走过来，一只手就接过了两个书包和一箱画笔，抬头看了念慈一眼，问：“天这么冷，怎么不戴帽子？”

念慈笑了笑：“头发束起来戴帽子不太舒服……”

郭靖伸手，轻轻一拽，丝带松开，长发散落。

“这不就行了？”他下一个动作是扣上了念慈羽绒服的帽子，然后转身说，“走吧，回家。”

我忙跟上，回头见念慈跟颜昀在道别：“那学长，明天见。”

颜昀点点头，看着我们走出了校门，才匆匆回了教学楼。

蒋翼去了北京之后一直都没打电话回来。

周末两天，我哪儿也没去，乖乖留在家里写作业。

星期天晚上十一点，我妈来催我：“行了早点睡吧，一次月考而已，什么名次都不重要，别熬夜了赶紧睡觉。”

我这才起来洗漱准备睡觉，躺床上时，手指放在床头灯开关上关了又开。

不行，还是怕黑。

我“咚咚咚”跳下床，把悟空抱回来，眼睛埋在悟空的背后，有些沮丧。就这么翻来覆去地，竟然到了后半夜才睡着。

平安夜是周一，我顶着两个硕大的黑眼圈，上了通勤车就睡得昏天暗地，直到念慈来推我：“瀛子，到学校了。今天晚上我要留在学校把圣诞的板报出了，已经跟郭叔叔说了晚上不坐通勤车，你就别等我了。”

“今天吗？”我揉揉眼睛起身跟着下车，“那我陪你吧，你晚上一个人打车也不安全。”

“郭叔叔派小车来接。”

“那我陪你就更不怕了。晚上蒋叔和冯姨去我家过平安夜，我爸妈他们四个估计吃了饭就是打牌，我也怪没意思的。”

念慈回头看我：“蒋翼哪天回来？”

“周末吧，他出了门就没消息了，还是老徐给他爸妈打了个电话报平安的。”

“集训肯定挺累的。”

“是吗。”我有一搭没一搭地跟念慈说话。

累到连打电话的时间都没有？谁信呢！

放学后，我带着作业陪念慈在学生会会议室出板报。

还没写上两道题，门被人冒冒失失地推开了，廖星迈腿进来，又迟疑了片刻退了出去。

“你找谁？”念慈问。

“颜昀让我在这儿等他。”廖星回答着话，手掌在裤线前后摇摆晃动，解释了一句，“学校新给校队做了一套队服，辛老师让我跟着一起定款式。”

念慈看看我，顿了片刻说：“那你在这儿等他？”

“……不了。”廖星还是看着我，“那个，念慈，一会儿颜昀回来，你给我打个电话行吗，我先去打球。”

我迅速低头，笔尖在纸上戳了个窟窿。

他那边刚把门带上，我就发作了：“他什么意思？又好像很不熟的样子，我怎么他啦？”

念慈对着黑板不回头：“你前两天不是也躲着他来着？”

“我……”我张口结舌，“那我，那我有什么办法嘛……”

“全校的篮球队都采访了，因为一个人连整个六班都躲着，现在这个态度他已经算很礼貌了。”

我低头皱鼻子：“我不知道怎么办，每次单独跟他说话都有点慌……”

念慈转身，眼睛紧紧看着我：“为什么慌？”

我没说话，总不能说欠了那两支冰激凌之后觉得心虚。

我正烦躁地咬着笔，外面一阵子喧哗，淡淡的香味飘过之后，一群舞蹈队的女孩涌进来：“要不先在这儿练？”

金媛媛进来看到我俩，说：“念慈，你们怎么在这儿？舞蹈教室的暖气坏了，正在维修，我们得换个地方练舞，你们能换个地方吗？”

没等我们说话，已经有姑娘上手收拾念慈的画笔了：“哎，这个能不能放在旁边？”

我“腾”一下子站起来。

“不能呢。”

可说话的不是我。

看起来一贯温和的念慈仍旧拿着画笔，说了这三个字。

有一种锋芒，柔软透亮，但从不避让。

“念慈？”金媛媛诧异地看过来，似乎没想到会有人拒绝她。

这么优秀的女孩子有多久没有被拒绝过了呢，何况是这种软中带硬的拒绝。

“学姐抱歉，你们可能要找别的地方练舞。这个房间我申请用到晚上八点半，你们可以到时候再来练舞。”念慈的微笑让人几乎看不出这是在拒绝。

本来还跃跃欲试的舞蹈队员们终于安静下来，静静看着两方。

金媛媛思忖片刻，同样微笑，试图说服：“隔壁的录音室空着，虽然小一些，你先在那里画可以吗？我们人多，过去不方便。”

念慈照旧回以微笑：“录音室的灯光是黄色的，会有色差，况且颜料不能进入放有那么贵重设备的地方。”

“你们班的蓝亦菲也是舞蹈队的，这个节目是她的创意，一会儿也会来参加排练。”

“那相信亦菲也会遵守规则。”

金媛媛没说话。

她身后有个姑娘笑了一声：“你这是不打算让了？”

“我们没必要。”我说。

那个女生转脸冲我问：“那你用会议室是谁批的，颜昀吗？”

女生盯着念慈：“应该是颜昀批准的吧？今年学校的活动多，场地都是他在调配。”

“是他批准的。”念慈平静地看向金媛媛，“学姐为什么问这个呢？”

金媛媛不说话，任由身后的女孩昂着头展现骄纵的优越感：“我们这次的集体舞是校庆的重头节目，谁也不能耽误我们排练。”

那个时刻，我记得自己的第一反应是吃惊。

原来这个世界上真的有这样的人，真有人这样说话。

生长环境的单纯让我处事习惯宽厚且公平。

特权、利益、争夺都是书本的词汇，是巴尔扎克百十年前的《人间喜剧》，是受到现代文明滋养的纯良的小孩子不须见识的畸形。

然而总有孩子急于成长，迫不及待套上成人华丽却艳俗的外衣，应用世俗的规则，成全自己的企图。

风波乍起，念慈的神色照旧：“这个跟我关系不大，我只负责出好这期板报。”

那女孩接连撞上软钉子，声音带了急怒：“我要去问问颜昀，到底我们这个舞蹈和你的板报哪个重要。”

“那你就去问。”我站在念慈身边，“不过没问到之前先别在这儿碍事。”

“问什么？找我吗？”颜昀来得可谓一个巧字。

男孩他推门进来，看了看四周紧张的氛围，没再说话。

片刻之后，他问：“舞蹈队怎么在这里？不排练了？”

金媛媛看了看他，神色温婉：“没什么，舞蹈教室的暖气在维修，我们本来想看看能不能在这里排练。”

颜昀看了一眼念慈，又回看金媛媛，然后做了裁决：“没必要在这里，你们换个地方吧。”

金媛媛脸色瞬间难看。

颜昀迅速做出判断，甚至也不多问什么，我和念慈同样有些诧异。

颜昀就事论事说：“板报明天必须出，会议室也是早就批给美术部的，舞蹈队去别的地方吧。”

“凭什么不能调换一下？”那个女生仍旧不死心。

颜昀看了看她，到底解释了几句：“先来后到。而且即使有必要调整，也不是美术部离开，这么多颜料、纸张，换地方太耽误时间了。体育馆的排球教室空着，你们直接过去，我给体育馆的老师打个电话，给你们开门，在那里练舞吧。”

颜昫就这么三下五除二做了安排，没有半分可质疑的空间。

念慈没说话，转身拿起画笔。

“颜昫，我们这个舞蹈很重要。”金媛媛终于说话。

“这是两回事，并没有不让你们练。”颜昫回看她，“排球教室如果你们需要，之后一周都可以用，一直到舞蹈教室的暖气恢复。”

“颜昫，你……”

金媛媛制止了身后女孩焦急的话，微笑道：“好吧，就听你的。”

颜昫揉了揉眉心，说了声谢谢。

“不好意思，念慈，打扰了。”金媛媛仿佛什么争执都没发生过一般地微笑，见念慈大度没计较，便招呼舞蹈队离开。

出门之前，她转头问颜昫：“你要跟我们一起去排球教室吗？我们新加了几个动作，帮我们看看好不好？”

颜昫摇头笑了一下：“我是外行，你们决定的肯定就是最好看的。而且我还得留在这儿给校队选新队服。”

金媛媛神色里终于有了一丝不愿，但到底隐匿在了得体的笑容之后，淡淡点头说了句：“也好，我练完舞来找你。”

“嗯。”颜昫已经低头开始翻看摆在桌子上的图样，嘴里答了一句，转头问念慈，“廖星刚才拿过来的是这本画册吗？”

“他没拿东西过来，这本画册下午就在这儿了。”念慈转头，帮他寻找，“是什么样的画册？”

颜昫和念慈慢条斯理地说话，金媛媛离开前还跟两个人说了“再见”。

我心里疑惑：这三个人真是神奇。

他们到底是怎么做到把那样汹涌的暗潮全部覆盖在冰层之下

不见丝毫端倪的。明明是剑拔弩张的氛围怎么一下子就天下太平了呢？

怎么有人可以这么厉害？

还有，颜昀和金媛媛又是怎么回事呢？怎么看起来特别熟又特别客气呢，真是神奇……

会议室就剩我们三个，我推开作业本又有了聊天的心情，问颜昀："学长是来找廖星的吗？"

就这会儿门打开了，廖星和王晨他们抬着两三个大箱子进来问："放哪儿啊？"

颜昀抽空回答我："对，我给咱们明年的篮球比赛和校庆各谈了一个品牌的赞助，今天赞助商送了商品过来，年后可以在校园义卖。对了，参加校庆的同学都有一份礼品当作纪念。"

"哇，我们也有吗？"

"当然，参加的同学都有。"

"是什么呀？"我不等他回答，跑过去拆开箱子看，瞬间呆住。

嗯……这个品牌的 Logo 和发夹，最近出镜率有点高。

颜昀从商场拎回来的是这个，金媛媛头上的也是这个。

"那个，"我努力地串联起最近发生的事情，惊呼一声，问到了重点，"那天咱们在商场遇见的时候，学长你是去谈赞助？"

"对。"颜昀点头，一边翻找一边自言自语，"怎么感觉跟那天我带回来的样品不太一样……"

"……你那天带回来的是样品？"

"是啊，因为拿着个发夹还被他们几个嘲笑。"

王晨哈哈笑："我就说嘛，你头发这么短也戴不上。"

廖星挠挠头说："我以为是你要送给谁的礼物。"

我也这么想来着。

“样品哪儿去了来着？”颜昀翻找旁边抽屉，“算了，大概也差不多……”

我看看仍旧一派淡定地画画的念慈，心里焦急，趴在桌子上问：“那蛋糕也是赞助吗？”

“嗯？什么？”颜昀随口答，“蛋糕是我买的。”

我想了半天怎样能问到重点又不太明显，急中生智：“那你过生日的时候是不是还要请我们吃蛋糕？”

“你不是吃到了吗？我的生日上周过了呀。”

哈哈，还真被我问出来了！

“上、上周是学长你过生日？”我替念慈高兴，“那你怎么不说一声呢？”

“说了你要送我礼物吗？”颜昀笑着看向我。

“当然啦！你喜欢什么？我喜欢可以变身的手办和精装书！好看厚实的纸也喜欢，哦，还有笔，还有孙悟空、灌篮高手、大黄蜂、哆啦 A 梦……”

“可以变身的手办是什么？”

“就是能动、可以组装的手办呀，变形金刚还有钢铁侠。”

颜昀笑：“好，那我知道你生日的时候送你什么了。”

“哎……跑题了，所以学长你喜欢什么？”

“我喜欢拍照片。不过下次生日你再送我礼物吧，这次都过去了。”

“也行。”

原来过生日的不是金媛媛！颜昀没有送给金媛媛礼物！他请大家吃的蛋糕是在庆祝自己的生日！这个真相仿佛圣诞节礼物一样让

人高兴。

我一脸蒙地消化新鲜的八卦时，颜昀转身去看板报的进度，还帮忙给专心画画的念慈递画笔，却拿错了方向，蹭了一手的油彩。

这个人下意识要往旁边的画纸上擦，却被念慈慌忙叫停：“不行，那个纸我还有用！”

颜昀一手的黏腻没处擦拭，笑起来：“那给我张纸巾擦手，行不行？”

念慈忍住笑：“纸巾擦不掉的，等一会儿我用松节油给你洗一下。”

“糊在手上怪难受的。”颜昀翻找念慈的颜料箱，问：“哪个是松节油？”

念慈放下画笔：“我来帮你吧。”

“谢谢。”

头挨着头清洗手指上颜料的少男少女，仿佛已经入了画。

我心里轻轻地叹口气。

他们是真的厉害呀，明明一个人喜欢另一个人，有那么多的期望和不安，却还能那么自然又开心地相处。

多少年后，我自认已经是个大人了，可回想起那时的念慈和颜昀还是免不得感叹：那是多好的两个人，多聪明，又多可爱。

他们在那样敏感的年纪，就可以轻松舒服地处理好那样的情感和纠葛，可能是成熟的大人也不一定能做到的。

即使做不到这样也没有什么可指责的，因为爱本来就有一点点小幼稚。

爱一个人的时候，我们总是希望能得到回应，希望爱如我所愿，希望两情相悦，可现实是有多少情感是错位的呢。因为懵懂，那些情感里的急切、燥热、混乱、不加节制，生生把爱从美好变为困扰。

恰当地表达爱和拒绝并不是一件容易的事，不是每个人都能做到。

念慈和颜昫在远处一边画海报，一边调整内容和设计，默契且从容。我正傻兮兮地替自己朋友高兴，一抬头正看见廖星。

他冲我笑了一下，但是没说什么。

这个人被讹诈了冰激凌，除了偶尔喜欢撩闲，平时见到还是高高兴兴的，是不记仇又很有趣的小伙伴。可我却因为亦菲一句话，连采访都没有好好给他做。

我心生愧疚，想要好好道歉："那个……"

对不起，暑假的时候，我不该讹诈你的冰激凌。

话没说出来，觉得有点尴尬的时候，廖星的肚子突然叫了一声。

我俩沉默了片刻。

他的肚子"咕噜咕噜"地再次叫起来。

我们互看了一眼，突然爆笑起来，惹得念慈他们都看了过来。

廖星不好意思地挠头："我晚上光顾着打球，还没吃饭。"

所以是饿了吗?

这个就难不倒热爱投喂的我了。我立刻从口袋里翻翻找找，递过去一块奶糖："给你吃。"

廖星眼睛明亮起来，接过来，糖塞进嘴里的时候才含含混混说："谢谢。"

可我的糖不能白吃。

我声明："这块糖就当是还了暑假的冰激凌了。"

廖星低头笑起来。

“笑什么笑?!”

他立马跟我承诺：“我弄脏了练习册，那支冰激凌本来就应该买给你。”

那倒也是。

“明天晚自习之前，我去你们班给你和关超做采访吧。”

“好。”廖星眼睛亮晶晶地冲着我笑。

这个男孩有着小麦色的皮肤，可整个心都像是透明的，简单又明亮，明明可以做好朋友呀。

我很大方又分给他一块糖。

廖星接过来，笑：“所以给我这块糖又是为什么?”

“嗯。”我想一想，笑眯眯抬头，“廖星，平安夜快乐。”

廖星回看我，真诚坦然：“你也是，黄瀛子，平安夜快乐。”

那年的平安夜，我用两块奶糖摆平了女生的小纠结。回到家的时候，四个大人倒是没有打牌，还在餐厅聊天，满满一桌子的饭菜，还有蒋叔叔自己研制的号称不输给肯德基的“蒋氏炸鸡翅”。

我洗了手，坐下来啃炸鸡的时候看着窗户上被贴成圣诞树形状的彩灯，心情还是难免低落。这几年每次两家团聚都是圣诞节，可是今年少了一个人。

我妈习惯性地伸手过来摸我的额头，问：“怎么看着不高兴?”

我在她手心里蹭了蹭，不说话。

“想蒋翼了吗?”蒋叔叔笑。

“才不想。”我小声哼了一句，抱起炸鸡跑回自己房间，把大人们的笑声关在门外。

炸鸡有点凉了，可是照样好吃，我没开灯，趴在窗台吮吸自己的手指头，心想：我有这么好吃的炸鸡，我谁也不想。

可窗户突然一响。

我心里一动，急忙起身看向窗外。

雪花不知道什么时候飘起来了，平安夜的小花园里，五彩斑斓的灯光在闪烁。楼下扶着行李箱的男孩仰头看着我笑。

厚实的围巾，清晰深刻的眼窝，一颗小石子在他手里被抛在空中又被接住。

我的心和那颗小石子一样，翻滚着跳跃。

我一把打开窗子，蒋翼吓了一跳，大声喊："零下十几度你傻啊，快点关窗！"

"你才傻呢！"我迎着冷风冲他喊，嗓子都哽住了，"你回来怎么都不说一声？"

蒋翼得意："惊不惊喜？"

我转身开了门穿鞋就往外跑，我爸听见响动跟出来："大姑娘要上哪儿去？"

"蒋翼回来啦！"

"蒋翼回来了？他怎么回来了？瀛子，你穿上衣服！外面冷！"

我一口气跑到二楼，正对上拎着箱子匆忙跑上来的蒋翼。

他穿着厚厚的羽绒服，冰凉凉的，软乎乎的。

可这个人见我一身单薄，当即劈头盖脸教训："你跑出来干吗，大衣都不穿就往外跑，你做什么？"

我一个跃起，扑向这个人，蒋翼下意识扔了行李箱一把抱住我。

他身上带着凛冽的寒气，呼吸却温热得发烫，连肩膀上的雪花都可以融化。

我脸孔埋进他的肩窝，他手臂紧了紧，在我耳边笑："哎，你干吗啊，男女授受不亲懂不懂？"

我气得推他要跳下来，却被这人一把紧紧按在怀里。

我吸吸鼻子，不再抬头。

我们不是没有分离过，毕竟出生至今，在一起太久。

可从来没有一次分开让我这样想念，没有一次重聚让我红了眼圈。

蒋翼抬头，和从楼道缝隙里探出头的家长们打了个招呼，才问："黄瀛子，你是不是又胖了？好沉！"

"才没有。"我小声反驳，闻了闻他的脖颈，确认还是我熟悉的他的味道："这酒店的沐浴露跟家里的还是一样的吗？"

蒋大爷恬不知耻："不知道，我三天没洗澡了。"

"啊，你脏死了！住酒店还不洗澡！"我一下子跳下来，转身就往楼上跑。

蒋翼在后面拎着箱子哈哈大笑："你都跑下来了还不给我拿箱子啊？礼物还要不要？"

"礼物留下，人赶紧走，回家洗了澡再来！"我快乐地喊。

礼物不要也行，你回来了，我好像已经收到了最好的礼物。

平安夜，真的快乐。

蒋翼在我家洗的澡。

爸妈们怕他着凉，怎么可能让他来回折腾，四个大人重新开灶，端茶送水，问寒问暖。再等这个人擦着头发、穿着一身运动服出来跟我抢炸鸡的时候，我就恨不得他继续留在北京别回来了。

冯姨问："你姑姑还说这几天能回一趟北京，想和你见见，你倒先回来了。怎么这么些天都不来一个电话？"

"没空。"蒋大爷打个哈欠，"我说要早回来，老徐就把我的课程从早上七点排到了晚上十一点，连辅导老师都熬不住了。我在火车上睡傻了，差点坐过站。"

我爸心疼："怎么没叫我们去接呢，你跟徐老师一起回来的？"

"他家人从美国回来参加一个什么研讨会，留他在那边度假了。"

老徐的儿子是普林斯顿的高材生，毕业后和太太一起留在美国顶级的制药公司工作，这几年一直说要接他们老两口出国，老徐却选择接受返聘，一家人一直没能团聚。

冯姨说："我们在国外见到过徐哲，他学生物工程的，跟你外公很聊得来。"

蒋翼显然对这个话题没兴趣，冲着厨房的蒋叔叔喊："爸，炸鸡火候大一点，我想吃脆的。"

冯姨转头问我："瀛子也喜欢美国是不是？"

"啊？"我满嘴凉炸鸡，下意识抹了抹腮帮上的油渣，"我想去迪士尼玩。"

冯姨满意："迪士尼在加州呀，我们就在那儿。加州理工是好学校，当地也有很多有名的文科学院。"

我妈笑："就她那个自理能力，连洗衣粉和白面都分不清，出国可还是算了吧。"

啊？算了啥？这是啥意思？

"要去美国玩吗？"我眼睛放光。

蒋翼嫌弃地扔了纸巾给我："玩什么玩，给你卖到美国去。"

我一边擦嘴一边冲他皱鼻子：“所以是不是去玩？”

蒋翼夺过纸巾，在我嘴上没轻没重地抹了一下：“嘴巴都擦不干净就知道玩！”

蒋翼回来了，第二天中午我们的午饭大军又恢复了人数。

可亦菲却迟迟没到。

我们帮她打了一份饭菜带回六班，空荡荡的教室里，亦菲一个人整理着桌面，眼圈有点发红。

“怎么了？”我们见状都没回教室。

亦菲低头说了一句：“年级集体舞被取消了。”

所有人都是一愣：“不是之前已经定好了吗？”

亦菲顿了顿说：“金媛媛带着高二策划了一个集体舞，参加的都是原来少年宫的专业选手，今天校领导看了名单，觉得两个节目重复，我的就被取消了。”

我愣住。

念慈一时间也没说话。

姗姗莫名：“金媛媛不是已经有一个舞蹈节目了吗？她练得过来吗。”

几个男孩也围坐过来，关超不明就里地问：“那咱们换个节目行不行？”

亦菲摇头：“这个舞蹈是咱们小时候的记忆，我一直想重新复排的。这次又有市里的录像，我本来还希望咱们都参加，会特别有意义。”

关超急了：“那必须得上！”

“已经被刷下来了，懂吗？”明雨无语。

“不走年级舞蹈的名额，重新报一次呢？”

所有人都看向说话的念慈。

念慈想了片刻，说："每个班可以选送三个节目是吧，瀛子，五班还没报满是不是？"

"没报满。"我答，"冰晶昨天还跟我说只报了两个节目，好发愁。"

"那就行了，我们两班一起报第三个节目。"

"每个班报的节目不是要经过选拔的吗？如果和他们的节目比较，很大可能还是会被刷下来。"明雨说。

"换个形式呢？"念慈说。

"怎么换？"

念慈想了想："咱们不叫集体舞，但是把舞蹈编排进去，形式更丰富一些……"

冬日的中午，我眼看着念慈的脑子仿佛电脑，飞速运转，整理信息，迅速得出结论："做个音乐剧，把集体舞编排到里面。"

音乐剧？我脑子里第一时间想到——

"《音乐之声》最合适了！"亦菲眼睛突然亮起来，抓住我，"瀛子，这个电影你熟悉，剧本你来写行不行？"

"行。"我想也没想，立刻答应，"我这就写。"

蒋翼嫌弃："这就写？你有笔吗？"

"这是夸张修辞懂不懂？你语文及格了吗？"我怼回去。

念慈按住我的手，不让我们继续争吵，迅速做了安排："就是《音乐之声》了，可以综合舞蹈和声乐。亦菲你负责导演和编舞，姗姗协助，瀛子负责剧本，服装交给我，郭靖负责道具，蒋翼来画背景。明雨演 Maria，庄远演上校，负责主唱；亦菲演 Liesl，关超演 Rolf，负责主舞；其他的孩子们还有男爵夫人这些角色等周一上了学，叫上伍德、冰晶咱们一起商量。”

事情突然就被这么决定下来。

一时间大家纷纷点头，念慈叫蒋翼：“我刚才说话听见了吧？”

郭靖答了一句：“他听见了。”

蒋翼挑挑眉毛没说话，算默认。

亦菲立刻又恢复了精神，按着念慈的预想开始排兵布阵。

我捧着亦菲的饭盒，心里突然想到，怪不得念慈喜欢颜昀，他们认真时的模样真的好像啊。

我第一次看《音乐之声》大概才四岁。

冬天，电视台的译制片转播。

幼儿园放了寒假，爸爸出差，妈妈休假在家带我玩。接连两天下午，厂里的电视台放了同一部电影，我就窝在妈妈的臂弯里接连看了两天电影。妈妈搂着我，同时还要护着我以免被她织毛衣的竹针扎到，却丝毫不会慌乱。

那时候，我们还没有搬到十三号楼，还住在爸妈进厂就分来的一套不到五十平方米的一居室里。

虽然小，但是因为有朝南和朝西两扇窗户，所以特别温暖明亮。

冬日里，北方下午的风被锁在外面的世界，凛冽的呼号被隔绝在厚实的玻璃后面，唯有暖和的光铺洒进房间。

我是记忆力很好的小孩子，记事极早，所以音准也好。

电影看第二遍的时候我已经可以跟着哼唱《Do Re Mi》了，等到片尾音乐第二次响起的时候，我妈把竹针从红色的毛茸茸的线团里抽出来，在我身前比量一下说：“新毛衣，穿上试试。”

我妈不是手巧的妈妈，爸爸不出差的时候，她连厨房都很少进。毛衣自然也没什么花样，就是简单的平针，但是胜在舍得用好线，所以特别厚实。

我费力地从领口探出脑袋，在地上转了一圈爬到我妈的膝盖上："妈妈，有毛毛扎我。"

我妈用手掌在毛衣里面摩挲了一下："新毛衣都这样，穿几天就好了。"

那件毛衣我穿到上小学，后来放在了我家楼上的樟木箱子里，小小的一件，一直被妈妈留存着。可是《音乐之声》那部电影之后很久都没有再次在电视上播放。

我因为喜欢和想念，所以经常会跟小伙伴念叨想再看一次。

十六岁生日的时候，念慈跑遍了全城的音像店，送了我这部电影英语原声的光碟。

我不知道有多开心，带着一群小伙伴挤在家里的沙发上重温儿时快乐的记忆。

真的是好看的电影，到了最后一幕，上校一家出逃的时候，即使坐不住的男孩们也跑来和我们一起屏息看完。

那个时刻太美妙了。

我突然莫名想到：也许小时候美好的记忆就好像一间温暖的房间，是我们成长阻抗风雨的一间安全屋。

此刻这间安全屋再次开放，我们决定在里面排一部音乐剧。

不知金媛媛是出于什么目的又提交了一个交谊舞来替换亦菲的节目，单纯厚道的孩子们没有过多揣测或者谈论，只是很快把精力放在了做一个好看的节目这件事上。

所有人这次都特别投入，包括几乎不太参加集体活动的明雨和一贯不喜欢按照要求画画的蒋翼。我就更不用说了，考试之前，剧本已经基本上完稿。于是不出意外，期末考试数学和物理我都没及格。

老徐从北京回来第一时间把我和蒋翼拎去办公室批改卷子，唉声叹气:“这几个题型都讲过的，怎么都没记住?”

蒋翼嗤笑:“您问她上课听过讲吗?”

老徐正色:“再这么下去我就请家长了，你又不是学不会，怎么就这么不上心?”

“我听讲了，听了、听了!”我着急地用手指捏蒋翼的腰，他疼得抽了一口气，咬着牙跟老徐保证:“明年第一次月考保证她物理上九十，要是到不了，您再请家长。”

“不行，我怎么可能考九十……”我惊慌地捂住他的嘴，却已然来不及，老徐郑重其事点了头:“君子一言。”

蒋翼的嘴挣脱开我的手，回了一句:“驷马难追。”

得，我考试的成绩他倒是做主了!

我气呼呼地从办公室跑掉，蒋翼在后面追:“不就是九十分吗，有什么可怕的?”

“那是我去考好不好！你不怕我怕啊!”

“我考前告诉你出哪道题，你背下来不就行了?”

我站住:“你能押中?”

“我什么时候骗过你?”

也是，我脚尖踢地面:“可是九十分也好难……”

“你傻的吧。”蒋翼胡撸一下我的脑袋，“只要下次考得好一点，及格了，他还哪儿那么多闲心请家长，他就是吓唬你。”

还真是!

我怎么没想到！

蒋翼嫌弃："脑子也不知道长来干什么了。"

"那万一他说到做到呢？"我还是有点担心。

"那也总比这次就请了他们来的好吧。缓兵之计懂不懂，再说万一你就考了九十分呢？"

真烦，还跟我显摆他懂三十六计。

我低头："我不是考不到嘛……"

蒋翼没立刻回怼我，半晌在我头顶问了一句："你一直物理不及格，咱们文理分科怎么办，你要学文吗？"

我一下子抬头，蒋翼就看着我，神色里所有的波澜都隐藏在漆黑的眼睛里："我肯定要学理，你要是学文，咱俩要分班吗？"

我之前还从来没想过学文还是学理，更没想过要和蒋翼分两个班。

和这个人出生开始就同手同脚，如果高一就分开倒也算了，现在让我们自己选择……

突然被问到这样的问题，我莫名惆怅，抬头看向他。

蒋翼看我懵懵的样子叹口气："算了，到时候再说吧。总之这次物理先及格了再说。假期每天给你讲一个小时作业。"

"假期咱们的剧就要排练了。"我低头揉揉鼻子，不再想那些心烦又想不明白的事，"你背景画得怎么样了？"

"还行吧。"蒋翼明显没兴趣多说，"你们排练之前就能画完。"

"你要听念慈的话啊，她跟我说昨天让你把夜色画成湖蓝色的，你非要画深蓝的……"

蒋翼咬牙："她是个控制狂！"

“不许这么说念慈，”我不愿意了，“她控制谁了？”

蒋翼更气：“她控制谁？你跑我这儿来说这事儿是谁的主意？”

“念慈才没说让我来找你……”

“她用得着说吗？”蒋翼突然就发作，“她想让谁听话，她用得着说吗？郭靖对她就言听计从的，你也……”

“我怎么啦我？”我烦躁极了。

念慈和蒋翼这两个人从小就是这样，一个比一个主意大，偏偏一个喜欢体面，一个自认大男人，绝不肯多解释一句，每次意见分歧的时候表面上风平浪静，然后暗地里殃及池鱼。郭靖和我夹在中间不知道受了多少气。

“你是听我的还是听她的？”蒋翼最近也是莫名其妙，总爱乱较劲。

“神经病！我谁都不听！”我甩开蒋翼的手，刚要逃跑，转头又问了一句：“夜色到底画什么颜色？”

蒋翼再次咬牙，眉峰蹙起来，仿佛被围堵在垓下的霸王。

“快点，画什么颜色呀？”楚歌四起。

“湖蓝行了吧。”

“行。”

见好就收，鸣金收兵。

谁还不会几个成语呢？

不过蒋翼说得其实没错，念慈是个温柔的、不动声色的控制狂。

只是因为我们太过亲密，所以我察觉不到。等到长大成人、真意识到其实被这个人管了十几二十年的时候，我已经完全自暴自弃了，因为也离不开这种游移在保护和操纵之间的庇佑了……

蒋翼是最不服管的，所以对念慈总是敬而远之。

但某种程度上，蒋翼和念慈是同类，都很自负，甚至执拗。所以两个人有分歧的时候，我们这些人，尤其是我就难免被误伤，然而当他们目标一致的时候，战斗力又极其可怖。

如果再加上一个处处要求完美的亦菲，事事要拔尖的明雨，还有时时捣乱的关超，哪儿哪儿都蒙的伍德……

排练音乐剧一开始几乎就是个吵架大会，不过好在念慈四两拨千斤的调配之下，也算跌跌撞撞步入正轨。

因为开学就要校庆，所以学校定在除夕前一周让所有参加表演的学生返校联排，选拔出最后的节目。

时间紧张，考完试，廖星、邹航、冰晶、可心、伍德等两个班十几个人就每天早上坐车跑到厂里来，开始反向通勤。

我们回子弟校借了舞蹈教室，专门用来排练。

剧本我一共做了四幕：Maria 初到上校家，扮演 Maria 的明雨带着孩子们郊游唱《Do Re Mi》，扮演上校的庄远带领一家人合唱《雪绒花》，最后是扮演 Liesl 和 Rolf 的亦菲和关超领跳华尔兹《Sixteen Going On Seventeen》。

除了第一幕全部是文戏，其余每一幕都是歌伴舞。最后一幕参加的人有二十几个，扮演七个孩子的分别是：亦菲、廖星、姗姗、念慈、邹航、冰晶和可心，伍德扮演麦克斯叔叔，没有唱段，但是要担当最后的集体舞的领舞。

舞蹈部分特别重，大家又都没有基础，亦菲排练得焦头烂额，动不动就发火。更糟糕的是，明雨明明是领唱，可不知道是因为太紧张还是怎么，嗓子老是压不下来，唱不出女中音。

我带着作业在一边陪练，随时要修改剧本，还要给明雨打气。

蒋翼交了背景画之后就基本上不来现场了，除了在家学习、打游戏，就是拐走给我们做后勤的郭靖去打篮球。

关超他们被亦菲的高压压得受不了的时候就会悄悄逃走，跑去跟那两个汇合。经常是我们一打算正式排练，发现教室里就剩庄远一个男生。

亦菲这时候就会脚下带风，直直奔向窗口，三两下推开窗子，不管外面的冷风吹进暖乎乎的教室，尖着嗓子冲着楼下的篮球场大喊一声："关超，给你三分钟，把人都给我带回来！"

那个气势，我甚至觉得整个子弟校都在给这个代表月亮伸张正义的美少女伴奏回声。

然后楼下就会传来兵荒马乱的声音——关超求爷爷告奶奶以及和蒋翼互殴的声音。

当然，蒋翼也不是总那么爱捣乱，每天下午两点半他会准时到排练场来——看着我写一个小时的物理作业……

雷打不动。

众目睽睽之下，任我讨好、哭闹、撒娇、抓头发、跺脚、踩他、咬他都没用。

物理练习册摊开，重点啪啪啪画出来，我怄着气有时候甚至是抽噎着做一道，他面无表情甚至是不耐烦地讲一道。

也不知道我俩谁更受折磨。

好在这位大爷说一个小时就是一个小时，一分钟不少，也多一分钟都不会停留。

这个生物钟变态般准确的人，会突然抬头问庄远："几点了？"

“三点二十九。”庄远抬手腕，精确报时。

蒋翼于是夺过被我咬烂的笔，用半分钟再次批批改改，指着勾画的几道重点题说一句：“这几道重新做一遍，晚上回家我再检查。”然后抓起篮球，跟郭靖一扬下巴就往球场走了。

关超眼巴巴地看着他们去玩，然后和目光涣散的我交相呼应，被拿着相机的可心拍了很多蠢照片。

后来参加那次婚礼的时候，这些照片都被她洗出来，做成一本相册带给了我们。

围坐在一起看的时候，看着傻傻的小小的自己，大家都笑成一团。其中有一张，大概是排练休息的时候，我躺在念慈的腿上手舞足蹈。

可心凑过来说：“我一直想问你那时候在说什么？怎么气鼓鼓的样子。”

“想不起来了呀。”我绞尽脑汁地想，“你拍的照片你不记得了吗？”

“这张不是我拍的。”可心看看我们，“是颜昫拍的，你记得吧，他有一次也跑来看咱们排练，还带了相机。”

颜昫来看过我们排练吗？

对了，是来过的，跟廖星他们早上一起到的，好像还带了一袋子零食。

那天早上天很晴朗的样子，东边的云却是透明的红色。

那是朝霞，预示有雨。

忘了蒋翼为什么也那么早看我们在排练室陪练，只记得他跟颜昫在窗户旁边高高的一摞练功垫上盘腿坐着，两人聊了好久，不知道说了什么。后来，颜昀没留下来和我们一起吃午饭就走了。

记忆力那么好的我，那一段回忆却有点模糊。

但在可心的提醒下，我终于想起拍照片时和念慈在说什么了，其实都是小孩子中二的气话。

我当时应该说的是："我打算离家出走。"

念慈边修改剧本边问我："走去哪儿？"

"去你家。"

"好远。"

我伸手想抓剧本，被她轻巧闪过。念慈按着我的手，眼睛仍旧看着剧本："晚上来我家住？"

"你怎么都不好好听我说话？"我挣扎着要坐起来，又觉得累，重新躺回去，"念慈，我说真的呢！我再也不想做物理题了！"

念慈随口说："那你用不着离家出走，只要不让蒋翼去你家就行了。"

"那他去哪儿吃饭？"

念慈嘴角带笑："甭吃了，饿就没力气让你做物理题了。"

"有道理啊。"我一骨碌坐起来，喊："蒋翼！"

"干吗？"蒋翼在颜昀身边侧头，眼睛挑了一下看我。

"……没事。"我一下子又躺回去，转身双臂搂住念慈的腰，哼了一声："我还是离家出走去你家吧。"

念慈笑，任我小乌龟缩壳一样缠着她，悠然地说："晚上奶奶做蛋饺，给你们都带一份。"

"才不给他带！"我闷闷应了一声，"好想吃蛋饺，都把我说饿了。"

话刚说完，鼻端闻到一阵香气，肩膀被一根手指戳了戳："吃不吃？”

我翻身，廖星大型金毛一样眨巴着眼睛蹲在旁边，手里是一份热气腾腾的煎饼果子，散发着葱花和面酱的香味。

有点心动。

我从念慈腿上滑下来，跟廖星一起并坐在地上，探头看他手里冒着热气的袋子：“校门口的小餐厅买的？”

“对。”

“加了几个蛋？”

“两个，还有香肠。”

“葱花香菜呢？”

“都加了，没放辣。”

嗯，基本符合要求。

“油条还是脆皮？”

“脆皮。”

我又有点嫌弃：“今天想吃油条。”

廖星这就要起身：“我给你重新买一个。”

“哎哎哎，不用啦！”我一把拉住他，“我早上吃了很多的，其实不怎么饿。你早上没吃饭吧？”

“今天早上起晚了，没来得及。”廖星坐回来，“你先吃，剩下给我。”

“一起吃吧。”我掰了一块塞进嘴里，又分给他一块，“你早上起不来啊？”

“困。”

“明天叫我爸给你带一份早餐，你喝牛奶吗？面包、牛奶、鸡蛋，行不行？”

“我家早上都吃豆浆、油条、咸菜。”

“只有牛奶、面包，你吃不吃？”

“吃！”廖星忙答应，“我吃！”

算他识时务。

亦菲在场地中间喊：“来，咱们这就再排一遍。”

大家都开始上场，廖星急急忙忙往嘴里塞了一口食物，我怕他噎着，忙递给他水，又拍拍背：“慢点。”

廖星匆匆忙忙跑去站队。

庄远的口哨响起来，亦菲带头排队，明雨饰演的 Maria 推门进来，音乐剧就开始了。

我坐在录音机旁调控音乐。

教室另一边，蒋翼突然起身走过来跟我说：“下午回家复习物理。”

“为啥？”

“我下午要等一个美国的电话，不能来学校。”

“那今天不复习行不行？就一天。”我眼巴巴看着他，手里还举着半个煎饼果子。

“随你。”蒋翼面无表情转身就走，颜昀见状起身，也没和别人打招呼就跟了出去。

我有点被吓到，站起身来，不知道为什么想跟着，却觉得自己犯傻，想了好半天才回到录音机旁接着操纵按键。

中午的时候，颜昀回来和大家打了招呼就走了。

我心不在焉地跟同学们在学校门口的餐厅吃了一碗麻辣烫，等跟着大家打打闹闹进了门，才看见蒋翼已经等在教室里了。

他居高临下坐在堆砌的垫子上，侧脸翻着我的练习册。

“你怎么回来啦？”我问。

他没抬头，打个指响，一根手指勾了勾：“过来。”

我不情愿地跑过去：“你不是要等电话？”

“一会儿回去等。”他没抬头，吸吸鼻子。

“感冒了？”

“没有。”蒋翼手上写画着，“这几道都没做，昨天不是都讲了？”

“可是，可是……”

“别咬手指头！你——”蒋翼上手要拨开我的胳膊，谁知半路却被人抓住腕子。

廖星慌了一下，忙松手：“我、我以为你要打……好好说话，别上手。”

蒋翼面无表情，眉心都不曾动一下。

这情况太诡异了，我勉强咧嘴笑了一下：“那个……”

“跟我回家。”蒋翼起身。

“啊？”

“走不走？”

远处亦菲叫我：“瀛子，明雨的这段台词能不能改一下？说起来好拗口啊……”

“哦哦，我这就来。”我缩着头慌忙绕过这俩人跑到其他小伙伴那里，等再得空抬头的时候，蒋翼早就不在那里了。

廖星看了看我，没说话。

我想了片刻突然转身，跟念慈说了一句：“我一会儿再陪你们排练。”

伍德他们似乎没听见：“黄瀛子，去哪儿？”

我没回头。

念慈直接叫郭靖：“郭靖，你一会儿帮我们控制一下音响吧。”

“行。”郭靖答了一声。

我直奔蒋翼家里，可到了楼下就又转回了十三号楼。

一步没停到了四楼，拿着钥匙开门。果然，客厅沙发上背对着门的方向，那个人曲着长腿侧身躺着，脸冲着靠背，呼吸平稳，似乎是睡着了。

蒋翼这两年抽条得厉害，只是不太长肉。除了肩膀宽厚了许多，仿佛全部吃进去的营养都给了脑子和腿。家里靠近落地窗的沙发完全装不下他，腿弯挂在一边扶手上。旁边明明就是宽敞的三人沙发，可这个人从小在这里午睡，从未改变习惯。

我关了门，放轻脚步坐在沙发旁的地毯上，才在旁边茶几上拣了一个苹果，放在嘴里咬了一口。

“咔嚓”一声。蒋翼翻个身平躺，但没睁开眼。

“吵醒你啦？”我起身趴在沙发边沿，摸了摸他额头，“你今天怎么看着没精神，没发烧吧？”

他蔫蔫地任我摆弄，仍旧没吭声。

手心所触冰凉，我松了口气，又咬了一口苹果问：“你午饭吃了吗？”

阳光洒落在他的睫毛上，是透明的颜色，他哼答了个字：“嗯。”

我继续吃苹果，房间里安静得能听见我们彼此的呼吸。

手里只剩下小小的苹果核的时候，我抹抹嘴巴，叫了他一声：“蒋翼。”

“嗯。”他回答的频率没什么变化。

“蒋翼。”

"……嗯?"

"蒋翼!"

"狼来了"喊到第三遍没人理了。

蒋翼不再吭声,我停顿良久说:"高二分班,我可能会选文科。"

蒋翼静了半晌,终于睁开眼,看着天花板说了一句:"我知道。"

也许是才睡醒,也许是真有点感冒,也许只是因为躺着说话声线受到阻压,他这一声听起来有轻微的鼻音。

"我大学要学中文,毕业后去做记者。"我一字一顿、一字一顿地说。

"我知道。"他还是那句话,我猜不透他在想什么。

"你爸妈想让你去美国读大学是不是?"我到底还是问了出来。

我是单纯,但不傻。有些事,一时半会儿想不明白,但总有想明白的时候。

蒋翼被我这样问,没说话。

我的心仿佛被蛮横的小鸟啄了一口,很疼。

我知道我猜对了。

"你要去就去吧……"

蒋翼突然吸了吸鼻子。

"在美国读书挺好的,反正……反正毕业你也会回来的……"我犯了话痨,身体迟疑着,不知道该离开还是等他回答,手里的苹果核无处可放,"你会回来的吧?"

停了好久,蒋翼突然转过身,侧卧着直直地看着我。

我也看着他的眼睛,张张嘴,不再说话。

连彼此的呼吸都能搅动心跳的时候,蒋翼带着鼻音轻声问:"你跟我走,行不行?"

我的心紧成一团，回问：“你不走，行不行？”

他眼里的光瞬间消失了，垂下眼睛。

我忙说：“那我等你回来，行不行？”

这话问得没有逻辑，我自己也知道。

可那是我的真心话。

我不能跟你走，但我想等你回来。

我愿意等，多久都愿意。

可我得问，行不行。

他准不准许。

蒋翼再次抬起眼睛，神情复杂。

我一下子低了头。

“……没、没事的。”我有点慌张，磕磕绊绊，声音干涩，几乎语无伦次，“我就说说，去、去美国是好事，冯姨可以不用两边跑，也可以跟蒋叔叔还有你外公外婆他们团聚，你舅舅他们不是也要去美国了吗，一家团圆……那个我刚才说的意思是，你每年要是回来过节就提前和我说，我就让我爸给你做锅包肉……”

“我不走。”

我猛地抬起头。

蒋翼眼角柔和地垂下来。

“……什么？”

“我不走。”他重复了一遍。

“真的吗？”我急切地转身。

“嗯，真的。”几丝刘海滑下来挡住了他的眼睛。

我看不见他的眼神，只听到一个声音仿若叹息：“你在这儿，我哪儿也不去。”

蒋翼总算放了我一马，物理复习变成了每天晚上检查作业。

也许是排练的时候太忙了，我的记忆时常是模糊的。只有几个片段清晰异常。

伍德踩脏了冰晶两双鞋后带了一盒白色粉笔来，发誓要还冰晶一双干净的舞鞋。

关超的前女友来看彩排，高高兴兴来的，不知道为什么就哭着跑出了教室。关超追出去哄了一下午，前女友就又变回现任女友了。

亦菲因此和暂时替换关超的庄远演示了一遍标准的华尔兹，每一帧定格都像时尚杂志封面。

也就是那天下午，姗姗压腿的时候受了伤，缺席了之后两天的排练。

始终无法压下嗓子的明雨压力太大，在一个傍晚趁着大家不注意逃出了练习室。等我在操场找到脸缩在手心里的人时，邹航已经坐在她身边，手里是一张被打湿的纸巾。

蒋翼照旧过来给我补习物理，题面难度降了些，脾气好了些，他跟廖星仍旧是不多话，但是休息时会一起打球。俩人被分在一个队伍的时候，竟然配合默契，把关超和庄远逼得穷途末路。

念慈熬夜给所有的女孩手工缝制了一条裙子，不参加演出的我也有一条。裙摆飘飘，美丽的纱如同念慈的手，牵起来细腻又柔和。

郭靖的道具在联排前准时完工，配合着湖蓝色的夜空，硬纸板做成的庭院幽静、宴会厅华美异常，最让人爱不释手的是那只可爱的小羊提线木偶。

我和明雨都想在节目结束之后牵羊回家，为此争执不下，只能在郭靖的主持下猜拳定胜负。

我的石头被这个人的布包裹，跺脚生气也无济于事，只能眼睁睁看她得意扬扬地宣布施舍给我玩一个假期。

吵吵闹闹，哭哭笑笑，就这样，一幕戏排练得有了模样。

春节前的一周，联排就要开始了。

早上，厂里特意给我们派了一辆大客车，郭靖爸爸载着满满的物料和我们几个人一起去往九中，参加选拔。

亦菲早上化了淡妆，美丽得让人无法移开眼睛。

我坐在她身边吸了吸鼻子，引来她紧张兮兮地问："你不是感冒了吧？没发烧吧？音响调控可不能出错！"

"没有啦，就是有点伤风，你别紧张啦！"

"我才不紧张。"说不紧张，可来摸我额头的手冰凉，她转头又冲着在一旁打游戏的关超发作，"你能不能安静一会儿？"

关超立马就按了关机，一屁股坐过来，被推开也不生气，笑嘻嘻地问："蓝小姐有什么吩咐？"

亦菲吩咐："舞步一定不能出错。"

"放心，错一个给你跳十遍。"

"你错一遍我们就完了！"

"行行行，肯定不会错，错了一辈子任你使唤。"

"我用不着，这话跟你女朋友说吧。"

关超怔了一下。

亦菲飞快地转头看向我："瀛子，你真没发烧吧？"

我往窗口缩缩，我没有，但是我不太想坐在这里。

关超勉强笑笑，还要说话。蒋翼突然从后面走过来，把小灵通递给他，神情微妙："找你的。"

关超疑惑地接过来，问："谁啊？"

那边说了一句什么。

关超一下子站起来。

男孩他嘴唇开合几次，叫了一声："妈。"

那边似乎还在说话，关超却慌张地把小灵通塞给蒋翼："蒋翼怎么回事，我怎么听不见我妈说话了？这电话坏了是不是……"

"是不是信号不好？"蒋翼忙接过小灵通，下意识按了免提。

那边是一声清晰的抽泣声。

信号没有断，年长的女士只是哽咽得好半天才勉强说出完整的话："关超，我转车路过，在火车站停留两个小时，你能来见见我吗？"

关超胸口起伏，紧紧闭着嘴唇。

那边的母亲颤着声音呼唤了一声："关超……"

"他这就过去。"蒋翼接过电话，跟对面说，"阿姨您在候车大厅等，他拿着我的小灵通，你们可以随时联系。"

"前面路口离火车站不远，我刚跟我爸说了在那儿停。"郭靖推着关超，"走吧，见完面回学校跟我们会合。"

车子停下，庄远拿出钱包塞进关超的口袋："跟阿姨吃一顿饭。"

关超被推下车，突然回头，犹疑地看着亦菲："一会儿的选拔怎么办？"

亦菲眼睛瞬间发红："没事，你别管了，这个不重要……"

"我、我不能不管……你要我一辈子听你使唤吗？"关超突然没有逻辑地说了一句，"你又不要，我知道你不要……"

亦菲不出声。

所有人静静等着他们。

庄远开口："蒋翼会替你的。"

关超看着亦菲，亦菲还是不说话。

关超转而问蒋翼："你能行吗？"

蒋翼顿了顿。

"你记得住舞步吗？"关超低头语无伦次道："你就看过几遍你能记住吗？你错了一步，亦菲就得一辈子使唤我了，我不能让她这么干……"

"我记得。"蒋翼看着他，一字一句地说，"我看一遍就能记得清清楚楚，而且我小时候练过的。你放心，我一步都不会错。"

蒋翼的话从来都让人放心，关超嘴角咧了一下，头也不回地下了车，通勤车再次启动。

好一会儿，车里没有人出声。

蒋翼在靠门的座位坐了片刻，起身走到亦菲身边："那个舞步，我记得是四个三步，两个旋转，交换舞伴，再一小节跳两步，一小节跳四步，之后再旋转……对吧？"

"对。"亦菲站起来，把耳机给蒋翼戴好，手搭在他肩膀，"我们跟着音乐找一下节奏。"

蒋翼配合她记舞步，神色专注。

我看了两眼，便移开视线低头在书包里翻找。

"要随身听吗？"我耳朵里被塞了一只耳机，是庄远。

这个人替代亦菲坐在我身边，问："听音乐？"

我顿了顿，从侧面的小兜子里翻出一袋棉花糖，打开递过去："吃不吃？"

庄远接过糖。

我又在书包里翻："怎么就这一袋？我记得还有一袋……"

“别找了，我只吃一块。”

“你都吃了吧，都给你。”

“灏子。”庄远突然叫我名字。

“啊?”我抬头。

庄远眉眼细腻如画，白色的毛衣纤毫不染，眼神安稳。

他说这几个字:“我在这儿呢。”

“我……”

我知道，可是我还是心慌，可我，为什么慌呢?一定是太担心选拔了……

“我、没事。”

“那就好。”

我低头，吸吸鼻子，心想：一会儿控制音响可真不能出错，还有，我可能真的有点伤风了。

蒋翼的运动神经和记忆力有多好呢?

他和亦菲在车上顺了步伐，到了学校在选拔的会场外整体排练了一遍就上场了，然而就如同他跟关超承诺的，一个舞步都没有错。

不知道是不是巧合，我们的节目在金媛媛的舞蹈之后参加选拔。也许是形式新颖，内容丰富，华美的背景之下，演员一亮相就引来阵阵掌声。

站在音响旁，我跟着所有人一起鼓掌。

也就是这个时候，突然关超站到我身边。他大概是一路跑来的，喘气还不均匀。

他额角带汗，眼角发红，脸上却仍旧是嬉皮笑脸的。

“没有我好像更顺利了啊，蒋大爷真是深藏不露啊。”关超伸伸懒腰，“有没有觉得？这么多年，其实他们俩的舞步才最般配。”

我没说话。

关超胳臂搭在我的肩膀笑：“你学不学跳舞？我带你，其实我真跳得不错，带肢体多不协调的都没问题。”

“谢谢你啊，用不着。”夸自己还要损我，谁要跟他跳舞。

我问：“阿姨走了吗？”

关超点点头，眼神暗下来：“不知道下次什么时候再见面。”

“会见的。”

“嗯。”关超笑道，“但愿吧。”

十年后的婚礼前夜，我在礼堂外接了个电话，突然看到楼下走上来的年长女士，忙迎过去。

“您怎么来了，今天就是彩排，我们估计要好晚。”

关超妈妈腼腆笑笑：“在酒店也睡不着，不如来看看你们，有没有什么我能帮忙的。”

“什么事都没有，同学们都在呢，您不用操心。”

“这么多年也就操心这一回，能做什么就让我做点什么吧。能看着他结婚，还娶到这么好的姑娘，我真的知足了。”

就在这时，有婚庆的工作人员正抬着硕大的背景板上楼，底下一行字——新郎：关超。

新娘的名字被人影遮挡住，看不清楚。

楼上的回廊，关超手指在肩膀上拎着一件礼服探出身来笑：“妈，你怎么来了？”

“我来看看你们。”

“黄瀛子快上来，他们选明天跳舞用哪首歌，这回跳舞你可逃不了啊！”

“我才不跳呢！”我烦躁跺脚。

“哈哈哈，别啊，我带你，我真跳得挺好的，带肢体多不协调的都没问题。”

是不是肢体协调的人才可以一起跳舞呢？

我在台下看着蒋翼和亦菲的舞步，很难得地开始思考这个问题。

然而也没思考多久，因为台上突然有了状况。顺利完成了《Do Re Mi》的明雨，在台上《雪绒花》里 Maria 的唱段音乐刚起来时，莫名顿了一下。

我心里一惊。

明雨在该发声的时候没有出声，难道她又失声了！

庄远反应迅速，当即接过唱段。因为是二重唱，不知情的人一时听不出突兀。可不能整段都变成独唱，明雨还能表演，但似乎就是无法出声，她仓皇看向台下，突然对着我抚摸了一下嗓子。

我瞬间明白了她的意思，当机立断切断台上她的话筒，推开自己手里备用话筒的声音键，在庄远的一句尾音加入和声。

庄远瞬间看向我，把后面的唱段让给我，最后一起和声。

这是我们小时候在合唱团唱过很多次的歌，这么多年，默契不改。

这可能是最仓促的一次和声，也是最好的一次。

也就是在那个时候，蒋翼在幕后候场。

我紧张得无法看他，只是觉得他似乎在那个位置站立了好久。

《Sixteen Going On Seventeen》的音乐响起的时候，蒋翼和亦菲准确地从两侧带领其他所有男孩女孩上台，领最后一支舞。You are sixteen going on seventeen。Baby，it’s time to think。

最真挚的情愫要在十六岁和十七岁之间说出来。

十六岁的时候，你还可以借口懵懂，然而一年之后，你就已经是个大人，一定已经知道了十七岁你喜欢谁。

联排结束，所有演员都到台下坐好等选拔结果。

我们入座的这一排正在金媛媛的后面。颜昀从台上下来，跟她耳语了几句，又回到台上。

念慈神色如常，我低头不去看。金媛媛在宣布结果之前起身，跟她的两个朋友一起走了。姗姗奇怪道：“她不听结果了吗？”

这时，颜昀上台，开门见山说：“就不多说了，我报一下入选节目的名单，按照彩排顺序。”

亦菲一下子抓住了念慈的手，直到颜昀说出《音乐之声》的那一刻一把抱住她：“太好了，太好了！念慈，谢谢你！”

大家欢呼。

冰晶小声说：“金媛媛的节目在咱们之前彩排，刚才没听到她们的节目名，是不是没选上？”

姗姗恍然大悟：“怪不得她早走了，颜昀提前说也是怕她没面子吧。”

颜昀一贯体贴周到，或者还有其他情愫，除了当事人，没有人明了。

我们一时间都没说话。

我想起金媛媛临走前的温柔神色，是被安慰和保护的愉悦，就更无法探究颜昀的深意了。

我看向念慈，她看着前方的舞台，笑了笑：“瀛子，有一件事特别好玩。”

“什么？”

“我想要的，我总能得到。只除了我喜欢的人。”

“念慈……”

“也可能是，我所得到的一切都是应该我得到的。而喜欢一个人需要被回应，从来不是理所应当。”

念慈从不轻忽自己的想法，如果想要就会努力争取。

可这世界只有一件事，无关乎努力，无关乎真挚，无关乎你的迫切。

爱情是一个人的事，我的喜欢，只是我的喜欢，再刻骨铭心，也只是我一个人的事。

你只会这样轻描淡写地走过。

这也是理所应当。

台上的颜昀仿佛在另一个世界里，意气风发，对所有的青涩善感无知无觉。

他宣布完结果，笑着说：“今年的校庆节目质量是我见过最好的，当然我也就经历过两届。所以你们要是比我们这届差，也就是我见过最差的了。”

观众席有人笑，有人吹口哨。

颜昀笑着压手，示意可以了，又补充了一句：“还有一个月，希望大家努力加把劲儿，在校史上写一笔，至少得让这次校庆是我见过最好的！预祝大家排练顺利！”

这话颜昀说对了，我们那一届的校庆，几乎是后来十年九中所有晚会的典范。

其中《音乐之声》的录像每年都会被学弟学妹翻出来，甚至还被多次复排。

不过联排过后，我和蒋翼莫名大吵了一架。

那段时间我们似乎总是在吵架，因为丁点的小事就会冷战。那次是我们在录音棚录音，中午时所有人都去吃饭了，只剩下我和郭靖还在调试设备，庄远突然折返回来。

郭靖有点奇怪问：“你怎么没去吃饭？”

庄远手里拎着三份米粉：“多带了几份回来，你们俩趁热吃。”

“你也一起吧。”郭靖过去摆碗筷，庄远和他换了个位置，摆弄一下话筒，唱了《雪绒花》的第一句。

声音是深冬的风，冰冷清爽。

我随口和他和唱，仿佛那天在台上一样自然，互看的时候却莫名想起小时候被声乐老师操控的窘迫，不觉都笑起来。

郭靖招呼：“来吃饭吧。”

我跑过去，看着打开的餐盒有点为难。庄远买的是尖椒猪肝炒码粉，平时是我最爱吃的，可今天大姨妈造访，吃辣会肚子疼……

“我记得你喜欢吃这个是吧？”庄远问。

“嗯，是呀。”我跟他笑，挑了一口米粉塞进嘴里。

录音棚的门就是这时候被打开的，蒋翼和亦菲走了进来，蒋翼手里拎着一只硕大的袋子，扫了一眼我们和桌子上的米粉，没表情地把食品袋放在旁边，身边的女孩笑盈盈献宝：“来吃煎饼果子和奶茶，好重呢，多亏蒋翼陪我买，要不都拿不动。”

我因为走神咬到一块辣椒，瞬间辣得眼睛发红，嗓子发哽，急急忙忙找水。

“喝这个。”蒋翼递过来一杯可可。

我不理，一手推开，跑到饮水机前面接了热水，可太急了又烫到舌头。

蒋翼几步走上前，蹙着眉，语气不善："你长脑子做什么的，能不能小心点！烫到哪儿了？"

"不用你管！"

蒋翼气急了捏着我的下巴就要看，我一把推开他，舌头疼得说不出话，却咬着牙一颗眼泪也不掉。

两个人面对面，我疼得喘气，他脸色铁青也是呼吸紊乱。

郭靖重复了一遍之前的话："来吃饭吧。"

我拿了衣服转身出门："你们吃吧，我去找念慈他们。"

蒋翼没跟上来。

我沿着录音棚的小路漫无目的地走，心里乱糟糟的，不明白到底怎么回事。

这么点小事，怎么突然就闹了别扭呢？

那之后两年，我才懂得自己为什么会难过，然后是再之后很多很多年，我才明白，我们就是从那时候起开始真正长大的。

我和蒋翼，从出生就同手同脚，到了这个年纪，突然意识到自己是独立的个体，不属于彼此，不会完全按照彼此的意愿生长，有太多的事情不可妥协，于是仿佛是从身体里抽出肋骨、幻化出完全不受控制的另一个人一样疼痛。

被剥离，失去控制，疏远了，生长痛不只发生在夜里的骨骼，还会撕扯青涩鲜活的心，让我们束手无策，心慌意乱。

我没吃饭，饿着肚子回了录音棚才知道蒋翼先回家了，心里更加空空的。

那年过年，蒋翼去了美国，我录音结束的第二天就带着寒假作业去了奶奶家，没有网络，不能登录QQ。冷战的期限就这么被拉长了。

除夕的夜晚，赵本山不卖拐，升级成卖车了，和前一年比仿佛什么都没变，又变了很多。

零点的时候，爸爸的电话准时响起来。

蒋叔叔仍旧是温文尔雅的声音，这么多年不曾变化，问候的语句也不变："哥哥嫂子春节快乐，身体健康，顺心顺意。瀛子开开心心的，健康长大。"

我爸说："你们也是，也给长辈带好。"

他们是兵营里锤炼出的莫逆之交，一级战备的时候，彼此交付过性命和家人；岁月静好之时一起进入航天城，和聪明漂亮的姑娘谈恋爱、成家、立业、生养小孩，然后照旧一起喝酒烧菜，打牌聊天。

只是两个人变成了两家人。

神枪手和小诸葛就这样收敛了神通，主要技能升级为陪太太逛街和做锅包肉、炸鸡翅，摇身一变成了我和蒋翼睡前故事的主人公。

蒋翼，我想起蒋翼，趴在电话旁边听那边的动静。

蒋叔叔喊："蒋翼过来拜年。"

那边是脚步声，紧接着蒋翼的声音传来："黄叔覃姨，新年快乐。"

"你也是。"妈妈笑着应了一声，爸爸连应了几声好，要把电话给我，我没接。那边蒋翼静默了片刻，径自说了一句："黄瀛子新年快乐。"

外面爆竹喧天，那边蒋翼的声音却异常清晰。

我鼻腔蓦然酸疼，一时间却说不出话来。

奶奶在厨房召唤：“素饺子出锅了，瀛子来吃第一口，一年都清清静静的。”

电话那边，蒋翼呼吸声顿了顿，再紧接着，话筒那边说话的换了人。

我坐在桌边，从白瓷碗里挑了颜色鲜艳的素饺子吃，心里却是一片空白。

除夕夜未能问候，春天到来之前，我和蒋翼都没再见到彼此。

蒋翼从美国回来已经是开学半月之后。

校庆当天，他仍旧没回来。

我们的节目在最后一个，湖蓝的天空背景在台上被安装完毕，我趁着幕布没有拉起轻轻叹了一口气，急急忙忙下了场。

明雨上场之前向后台观望，我拿着话筒在音响旁边跟她比了个OK，她回了我一个略微拘谨的笑才上了台。

不过我们也担心。双子座方明雨敏感、求全、爱崩溃，可毕竟是方小王。方小王从不打无把握的仗，她若有心，万事都要俱备，东风也要乖乖听话。

那一场明雨发挥极好，文白和唱段都超常表现，极富感染力，台下掌声阵阵。终于到了最后一曲《Sixteen Going On Seventeen》，集体舞开始，亦菲和关超带着两支队伍从幕后相对而出，节奏轻快，乍一亮相，台下便是一阵欢呼。

我心知自己替补和操控音响的任务都已经完成，松了口气，起身刚退回后台，却正和一个人对上。

几个月不见的男孩手里扶着一只行李箱，穿一件黑色风衣，有些松垮，但垂感很好，身上干爽的味道糅合了从高空归来、跨越了陆地和海洋的风。

他仿佛仍旧是从前的模样，高挑明朗。

可大概因为那个时候每个月都会长高一厘米，又经历旅途疲劳，这个人神色倦怠，仿若寡言，看起来又有些不太一样。

我看着这样的蒋翼，眨了眨眼睛，莫名觉得陌生，有点发怯，就退了一步。

这半年，我好像一直在等他归来。

十六岁到十七岁之间的这段时间太磨人了，每次变化都连着血肉，皮肤伸展，心脏紧缩。

我们就这么静默了几秒钟，蒋翼跟我伸出手，说："我回来了。"

我不动。

他叹口气，走了几步过来抓我的手。

我躲避着打掉他的手，用了力气。

他吃痛，却不退让，动作坚定，我到底被他捉住两只手带到了身前。

我气得想咬他，又被他钳制着，就盯着他一动不动地磨牙。

他柔和了神色，竟然被逗笑了。

我更气了，愤愤地用力挣扎："你，你走！"

"我刚回来你让我往哪儿走？"

他还敢笑！

"你不说一声就跑！"

"那下次说一声再跑。"

"不用下次！你现在就走！"

他听这话时手突然用力紧握："你说让我走，我就走？黄瀛子，你能不能讲讲道理？我怎么把你惯得这么坏？！"

我怎么就被惯坏了？怎么就变成我不讲道理了？

我一时间发蒙，嘴就拙了，莫名想到一句“我说不让你走，你就不走吗”。

他怎么总这么厉害？说话做事一点亏也不肯吃的。

蒋翼似乎也被一口气堵住，攥紧我的手，竟然咬着牙恶狠狠重复了一句：“你！你还哭！黄瀛子！你能不能讲讲道理？”

台前的音乐终止，掌声经久不息，兴高采烈谢幕中的同学们从前台涌进，正带头咋呼的关超见了我们当下刹了车。

“蒋翼你什么时候回来的？”关超笑：“怎么你俩还拉着手，跑后台跳舞来了啊？”

“关你屁事！”我和蒋翼异口同声。

“靠！”关超骂了一句，回头把其他人往外撵，“走走走，都出去！血腥暴力少儿不宜！”

伍德大叫：“让我们上哪儿去啊？谢了幕还返场？我不走，不走！”

邹航跟着起哄：“不走，不走！”

“行，都不走是吧？都不走我走！”我一把挣开蒋翼，不顾明雨和念慈的呼喊，拨开人群就跑了出去。

出了礼堂，喘了口气，擦了擦眼睛，这才发觉自己最近动不动就要哭闹、发火，真是莫名其妙。

蒋翼回来我本来挺高兴的，可是见了面就是不能好好说话……

这一年，我们仿佛是被生长痛折磨得不知所措，敏感又惶恐，莫名其妙吵架的次数超过了十几年的总和，原因都仿佛是儿戏，却不能像小时候那样握握手敬个礼就重新做回好朋友……

校庆刚刚散场，晚间的操场上人来人往，我茫然地踢着地上的石子，前面一颗后面一颗，前面一颗后面又一颗……

“哎哟！”

我慌忙回头，看到廖星正揉着小腿，龇牙咧嘴道：“你后脑勺长眼睛了？背对着我还能踢这么准……”

“你跟着我干吗呀？”我气结。

“刚看你慌慌张张跑出来有点担心，谁知道你任何方位都能对我精准打击……”廖星不无委屈。

我跺跺脚回到他身边，跟他一起蹲下来：“不疼吧？”

“不、不疼！”他也咬着牙，跟刚才蒋翼的样子有点像。

不疼就不疼吧……

我这一天实在是累了，不再追究是不是真的，也不管会不会弄脏衣服，一屁股坐在才刚刚露青的操场上发呆。

廖星见状也跟着坐下来，揉着小腿问：“你怎么跑出来了？”

“你刚在后台没看见啊？”

“看见什么？我跳完舞就去找颜昀取相机了。”

“没事……”

“到底怎么啦？”

“蒋翼回来了，我跟他吵了一架就跑出来了。”

廖星抬头看着远处：“为什么吵架？”

“我也不知道……我觉得很委屈，很生气，可是不知道为什么。”

廖星按揉小腿，没说话。

我自暴自弃道：“就是觉得他很可恶。”

廖星用力过猛，吃疼一般抽了口气。

我有点担心：“不会真踢疼了吧？”

“不疼。”他若无其事地起身，伸手拉我起来，“想不明白就别想了。”

也是。

我站起身，廖星的手却没松开。

他的手干燥温暖，我疑惑得抬头看着他。

他看着我问：“黄瀛子，你不喜欢蒋翼吧？”

我吓了一跳：“别瞎说！”

廖星看着我：“所以你不喜欢他？”

“当然不喜欢！”谁会喜欢蒋翼啊！自大狂，脾气又差，我又不是傻，“我才不喜欢他！我喜欢庄远！”

喜欢庄远又开心又不会被管东管西，谁要喜欢蒋翼呢？喜欢被管着被欺负么？

“嗯。”廖星低头，“那挺好。”

“什么叫那挺好？”我莫名其妙。

“你不喜欢蒋翼挺好。”

“为啥？”我彻底发蒙了。

廖星认真地看着我：“因为我喜欢你。”

第六章 — 被告白

提问：十七岁你喜欢谁?

廖星回答：黄瀛子。

十五岁的盛夏第一次见到就喜欢，十六岁告白，十七岁仍旧是进行时。

我的第一次被告白就是这么来的。

一天里遭受的冲击太多，我呆愣愣坐在原地，嘴巴合不上，脑子一片空白。

不是说好用奶糖还了冰激凌的人情，以后就不追究了吗?

为什么还开这样的玩笑?

或者，原来亦菲说的是真的，原来他真的喜欢我……

我呆愣了好半晌，傻乎乎问了一句:“你，你怎么说出来了?”

廖星了然地点点头:“哦，你果然知道。”

我……

二连击。

“可、可是你为什么要喜欢我呢?”

我实在是太混乱了，一时间只能想出这个一直不明白的问题。

“我也不知道。”好在他也糊涂，不是什么特别明白的人。

“男生们不是都喜欢亦菲吗？”我挠挠头。

他平静地回答：“男生那么多，怎么可能都喜欢一个姑娘的？”

哦，原来，我是个姑娘。

三月底的夜晚，虽然有凉意，但总有春天的气息跃跃欲试，蓬勃躁动。然而这一切却无助于我变得足够聪明、成熟，可以从容处理这些青涩的烦恼。

他喜欢我，可是怎么办呢，我现在应该做什么呢？

他说他喜欢我，可我也知道他此刻是局促的、忐忑的，不是开心的、雀跃的。

喜欢一个人不该这么难过。

喜欢我这件事为什么会让他这么难过？我要做点什么才能让他高兴起来呢？如果他不喜欢我，是不是就不会难过了？

我深呼吸了一下，却仍旧觉得脑子缺氧，紧张地问出了那句：“你能不能不喜欢我？”

我满怀期待地看着廖星。

他回看我。

九点，操场的灯突然关了，男孩眼睛里的光也就这么消失了。

他低下头。

十六岁的我还不知道，自己一厢情愿提出了多无理取闹的要求。我心里的热切从来只有一个方向，尽管那时候也还糊涂着，丝毫不明了那个方向通往的是什么未知的目的地。可那热切太过天然，于是无法匀出一点缝隙给别人，于是浑然不知自己懵懂的残忍。

好在，我面对的是更加纯良温柔的男孩。

他从不擅责怪。

逐渐恢复寂静的早春的校园里，身边的人潮渐渐退却，只有两个人的操场中心，廖星抬起头看看我："瀛子，这个不是你能说了算的。"

"……什么？"

操场另一头，小伙伴们已经从礼堂出来，明雨隔着早春的夜色跟我招手："黄瀛子，通勤车到了，回家啦。"

蒋翼站在其中，远远的，高高的。

廖星攥了一下我的手若无其事地松开，拍拍腿上的尘土："他们叫你回家了。"

不是，你还没答应我。

蒋翼推着行李箱转身就往校外走了。关超慌忙跟上，喊："蒋翼等等，我帮你拿东西。"

郭靖在远处喊了一句："黄瀛子，快一点。"

"你快走吧，改天再说。"廖星催促。

我心里很乱，走了几步回头看着廖星。

男孩笑着挥手："走吧，明天见。"

说是要改天再说，可是我和廖星再次见面也都只是沉默，对那天晚上的对话只字不提。

我和蒋翼的冷战一直到春末，才略微被温和的气候缓解。

可我们仍旧不那么爱说话，平时上课讲题有事说事，在家各吃各的，一张书桌头对头写一下午卷子也能不发一句，但是说吵起来就是分分钟的事，理由鸡毛蒜皮，没有丝毫预兆，火气一点就着，谁也不肯让步。

我爸妈也发现了不对，见我们吵凶了偶尔会制止两句，但也不大管。

只是有一次，我俩正闹得不可开交，亦菲突然把电话打到我家里找蒋翼。这个人转身就去接电话，我气得发抖，火气撒不出来重重摔了门跑出去，晚上回去又被我妈教训了几句没有规矩。

我妈的原则是，吵架可以，摔门不行。

本来蒋翼若是存心气人，就根本没人能招架，又会卖乖，就难免更气人。何况我吵架无能，经常张口结舌，事后才能想明白怎么回击，却已经错过时机，于是更加懊恼。再加上他从来不摔门，所以很少挨骂，这也是他更可恨的地方。

另外，蒋翼的物理竞赛过了初试，复赛复习又是紧要关头，所以即便他心情阴晴不定，家长们也难免偏心，我根本讨不到便宜。

这个人回国没多久，物理竞赛初试的成绩就出来了，明雨他们都得了名次，进了复赛，蒋翼更是直接进了国际组前三名，是全国整个高一年级唯一一个。

也就是因为这个，他们几个又开始住校，复习得昏天暗地。我们分开了一点时间，总算彼此都喘过一口气。

到四月初，天气刚刚暖和，酝酿了近一年的篮球赛就这么拉开了帷幕。

我们班的训练还算顺利，但是伍德从来没有放弃游说蒋翼和郭靖参赛。

这两个人对金刚芭比的眼泪无动于衷，可谓铁石心肠。

我有一次实在看不过去，问冰晶："他干吗非要蒋翼参赛呀？"

"伍德说过咱们班投篮命中率最高的就是蒋翼了，技术也好，少了他可能真没胜算。六班真的很难对付，他跟廖星是老对头了，输不起。"

六班到底有多难对付，我们很快都知道了。

篮球赛制是全校高中十二个班分为三组，两两角逐，得分较高的两支队伍进入淘汰赛，六支队伍按照净得分高低再排列比赛，最后胜出的三支队伍，净得分第一的直接进入决赛，二、三名争夺决赛资格，决出最终冠军。

开场对决的是六班和七班。

那场比赛对七班来说，太残酷了……

整场几乎就是六班的表演赛，从上场开始，六班就碾压式地占据了全场的胜利，开场十五分钟，七班才进了一个球，上半场比分是32比6，比赛结束的时候变成了67比11……关超只打了上半场，比赛结束前十分钟廖星也被换了下来……

我从宣传部写完稿子回来正看到廖星下场，关超和他击掌，全场欢呼。

回到教室，伍德正两眼呆滞地坐在那儿一动不动，冰晶安慰他："明天是咱们跟八班的比赛，先赢了这场再说。"

王晨说："对，没啥可怕的，没准碰见他们之前咱们就淘汰了呢。"

全班沉默。

陆恒说："那不能，毕竟咱们是一个小组的，肯定要打一场……"

全班再次沉默。

伍德狠狠地瞪了他们一眼："你俩能不能有点出息！五班必胜！"

"……必、必胜！"

愿望是好的，然而八班并不比七班逊色更多。第二天比赛，伍德他们奋战到了最后加时赛，才凭借一个罚球胜出，但是净得分只有 39 分。而且，赢了比赛没什么可高兴的，因为下一场直面的就是六班。

相比对方兵强马壮，主力完整，我们班在第一场比赛耗费了太多精神，果然过了上半场的胶着期，下半场落后的态势就基本上不可挽回了。最后比分停留在 53 比 37。

虽然没参加啦啦队，我还是跑去看了比赛，结束的时候，伍德趴在球场上半天没起来，很有一种英雄绝路的悲壮。

我不忍心看，提前回了教室，郭靖在睡觉，蒋翼不在，估计又去了徐老师办公室，明雨抬头问："比赛赢了吗？"

"没……"

明雨叹了口气。

"明天对七班，赢了还是能进淘汰赛的。"

"伍德不至于这么输不起，他想赢的是廖星，不过这次是没希望了。"何冰晶回来了坐在我旁边的位置，叹气，"蒋翼要是上场，倒也不一定会输。"

我看着后边空荡荡的座位，心想：蒋翼这次也输不起。

我问郭靖："你上场试试？"

郭靖起身喝口水："算了，连我都去比赛，蒋翼就更坐不住了。"

也是……

"你干吗去？"我拉住他。

"念慈让我去宣传部帮她送物料。"

"哦……"

我松了手，心想还好有郭靖，总是在你需要的时候陪在身边，靠谱又够朋友。

只是有人如郭靖这样够意思，就有人双商欠费还欠揍。关超带着人从球场回来，兴高采烈地敲我们班门："黄瀛子，晚上我们去吃肯德基，你一起来！"

我瞪他，还没说话，廖星探出头来："黄瀛子，比赛怎么没看见你？"

"噢噢噢噢！"他身后的男生突然又笑又叫。

这种起哄声音这一年太熟悉了，我心烦意乱，气冲冲地站起来："噢什么噢？再叫撕了你们的嘴！"

关超大笑，指着廖星："跟你说多少次了，她厉害着呢！"

廖星笑："我早就知道呀。"

好啊，原来关超早就知道为什么有人起哄！

我气急了，跑出去左右各自给了他俩一拳。关超被打的经验丰富，早有准备，笑嘻嘻地及时跳开，廖星结结实实挨了一拳，谁知他竟然低头笑了起来。

"有什么好笑的？你是不是有毛病？"我这个生气啊。

廖星笑："要一会儿去吃肯德基吗？给你买一个香草一个巧克力味的，行不行？"

"谁要跟你吃?！"

"我想请你吃。"

我看他那一脸笑就更生气，上前又一顿暴击："笑什么笑，烦死了。"

廖星被怼得没办法，抓住我行凶作恶的手，认真说："哎，别打了，你讨厌他们起哄，我一会儿教训他们，行不行？"

"你松开我！"

"哦。"廖星听话松手。

我跳起来敲他头："谁让你抓我的？"

"怎么还打。"廖星边躲边笑，却突然用力，一下子把我拉到他身边，低头看着我："黄灜子。"

"干、干吗？"

廖星笑问："去看我下一场球赛，行不行？"

"谁要看你比赛，你给我松手！"我突然感觉哪里不对，想急速后退却不能，慌忙转脸叫喊不远处一脸看好戏的关超，"关超，你把他给我弄走！"

"她叫你松手。"

关超没来得及跑过来，有人在我身后出声。

蒋翼一手拎着卷子，一手插在牛仔裤兜里，斜眼瞪着廖星握着我的手："松手，听见没？"

场面一时间是让人心惊胆战的冰冷。

我低头没说话。

廖星顿住，我顺势从他手里逃了出来。

蒋翼看了我一眼，抬手指了指教室，对我说："去拿我的书包，回家。"

我抬头，想说要你管，可开口却成了："你今天不去集训了？"

"不去了，回家。"

"哦。"我走了两步，又有点不放心，"那你……"

别打架。

"快点。"

廖星没再说话，蒋翼冷着脸和他擦身而过。

关超跑过来劝解："蒋翼你别生气，廖星不是那个意思，他……"

蒋翼脚步没停，头也不回："关超。"

关超立正：“到！”

“再有下回，你们俩我一起收拾。”

蒋大爷一句话，整个一层楼的走廊瞬间冻成冰。

只有关超不当回事：“别气啊，我在旁边看着呢，什么事也没有……”

他嬉皮笑脸跟着进了我们教室，谁知正赶上伍德他们也回来，见着关超和廖星就急了：“你来干什么？”

关超只在蒋翼面前犯怂，见了伍德就嘲讽地笑：“我当是谁呢？伍队长刚才被修理得不够惨是吧？”

伍德气得跳脚：“你上我们班来找揍是吧？”

这回换廖星来劝架：“别吵了。”

邹航正好进教室，见状忙帮着把两边拉开：“这是怎么了？”

六班有人笑：“邹公子你别管，你们班打球太菜输不起。”

“谁输不起？咱们决赛再分晓！”王晨立马翻脸，“就赢了一场，跑我们班来找揍？”

“哈哈哈，说大话谁不会？”

陆恒跳起来：“下场比赛打得你们满地找牙！”

六班的人哈哈笑：“下场你们就该被淘汰了吧？”

邹航努力分开两边：“哎哎哎，都冷静点！不就是个球赛，至于吗？”

“怎么不至于？”两边一起喊。

邹航无语，退了一步：“好好，你们继续。”

伍德气得脸色铁青：“你们给我等着！”

“我还真就等着了！”关超最听不了这话，“等你打球还是打架？”

伍德急了：“我看你就是想打架是不是？”

“来啊！”

“你俩闹够了没？”廖星喝了一句，“咱们球场上解决行不行？”

“行。”

一道男声终结了这场纠纷。

整个教室瞬间静了，因为说话的人之前一直站在旋涡外。

本该冷眼旁观的蒋翼单手插兜，面无表情说了一个“行”字。

所有人屏住呼吸看向他。

他平静站立，神色泰然，完全不像是刚才发了狠话的人。

廖星一怔。

伍德颤巍巍问：“蒋、蒋翼，你说什么？你要上场比赛？”

“对。”蒋翼回答，眼睛看的是廖星。

五班男生陷入狂欢。

这可是谁也没料想到的神奇走向，我上去拽蒋翼的袖子：“你还要考试呢！哪有工夫训练？”

谁知身后的廖星来了一句：“好，那咱们决赛见。”

我这个气啊：“谁跟你决赛见呢！他才不参加！”

明雨担忧说：“蒋翼，竞赛复习的时间也很紧张。”

邹航也摇头：“老徐和大史都发话了，你去比赛要挨说的……”

伍德一把捂住他的嘴：“蒋翼，你可说定了？”

蒋翼点头：“说定了。”

我们班男生再次欢呼。

关超这会儿可知道急了：“蒋翼，你跟他们几个废物凑什么热闹？”

伍德笑：“哈哈，他还没上场你就怕了！”

“呸！我是怕我哥们儿因为你们几个家伙耽误复习！你们赔得

起他的世界金奖吗？”

“金奖和冠军我们都要！”王晨不用考试，那叫一个自信。

六班有人挑衅：“高兴太早了吧？以为他上场你们就能赢？”

“那要不就上场试试！”陆恒叫。

关超气道：“不如现在就试试！”

到底哪来的一群傻蛋啊！

眼看局势又要控制不住，各自就要抄家伙动手，明雨拼命拉着我：“黄瀛子离远点，别被他们碰到。”

我又气又急：“他脚伤一直都没好利索，考试复习得昏天暗地的，参加什么比赛啊。”

可就是这时，救星出现了！

一个高大的男生突然出现在门口：“这是干什么？”

屋子里立刻又安静了。

我几乎热泪盈眶：总算有人来治治这群傻蛋了。

所谓倚天一出，谁与争锋，武林至尊，号令天下。

郭靖进门，环视了一下四周，只问了一句：“刚打了球不累？又要打架？”

这个人光站在那儿就气场全开，震慑得两边立刻都噤声了。

一时间没人回答，六班的看关超，五班的看伍德，谁知这两个本来已经撸胳膊挽袖子的人，突然都化身小绵羊，闭了嘴，老老实实给郭大侠让路。

教室中央，唯有蒋翼说了句：“我下周参加篮球赛。”

我又问：“那物理竞赛怎么办？”

蒋大爷理也不理。

郭靖看了蒋翼一眼，又看看门口的廖星，问了一句：“改主意了？”

“你一起。”蒋翼没直接回答，说了句，“杀他们个片甲不留。”

“……片甲不留。”邹航有点无语，“你这哪儿来的邪火？”

谁知郭靖答应了一声：“嗯。”

邹航惊恐：“‘嗯’是几个意思？”

郭靖平铺直叙：“一起，杀他们个片甲不留。”

邹航：“……你们冷静点。”

蒋翼：“我很冷静。”

“……行，你冷静。”

郭靖交代邹公子：“下礼拜开始借你爸医院的体育馆训练。”

“……得。”邹航抹一把脸，“今天晚上我跟他说。”

我彻底翻了个白眼：这可好了，傻蛋们算都凑一块儿了。

好在郭靖虽然名列傻蛋一席，可照旧不改老大本色，收拾了书包问关超：“通勤车要来了？你不去拿书包？”

“啊啊，那我这就回去……”

郭靖把手里的画笔递给他：“把这个给念慈，颜昀给的。”

“哦……”关超乖乖接了东西，对着自己的喽啰招招手，六班的人只好就这么撤了，廖星也没说什么，看看我，转身走了。

和明雨告别后，我们三个收拾好东西往校外通勤车走。

我踢着路上的小石子，踩着地上的残雪，追上郭靖的影子，快到通勤车了才跟一直不发一言的蒋翼说：“你要打球这事先别跟我妈说，不然她肯定要念叨。”

“嗯。”蒋翼头也不回地上车。

郭靖在我后面说：“打了第一场史老师就会给家里打电话了。”

我跟上，气呼呼问：“所以蒋翼你干吗非要参加嘛！”

“我乐意。”

“啊？”我真是被他气到了，“你还乐意？你是不是傻？要是没有名次老徐要跟你拼命的！物理竞赛获奖，高考有加分的。咱们班篮球实力也就那样，你上场又不一定能赢，输了又要不开心……”

蒋翼猛地回头，吓了我一跳。

“干吗？”

我抬眼正好对上这个人的胸口，那里仿佛压抑着什么似的起伏，却硬生生被收敛得一声不响。

这是这一年多来，我们经常突然出现的情景，急迫又难挨。

我们上车早，前两排座椅还都空着，后面的郭靖就那么等着，抱着肩膀不发一言看戏。我看着蒋翼被夜色映得发青的脸，心烦意乱：“干吗？你要坐这儿？不坐最后一排了啊？”

我们平时人多，所以先上车的会坐到最后一排，今天也不知这位大爷停在半路是什么意思。

蒋大爷就这么一言不发。

“那坐这儿呀？你要不要靠窗？”我实在受不了低气压，主动认怂。

他还是不说话。

我咬牙，真是没完了。算了，要考试的人最大，我决定好脾气地谦让：“那你坐里面？”

“黄瀛子。”蒋翼似乎是咬着牙念出了我的名字。

“啊？”我抬头。

这个人的表情又可怕又可笑，不知道他想撕碎的是自己马上就要脱口而出的话，还是眼前莫名烦躁的我。

真是难伺候。

“不坐？那我坐里面了啊。”今天真的好累，不想再拉锯，我进了靠窗的位置坐下来问他：“你坐不坐？”

蒋翼瞪我。

郭靖抱肩看他：“你不坐我坐了。”

蒋翼瞪他。

郭靖作势要坐，蒋翼抢先一步。

郭靖笑起来，往车后面走了。

我拿出随身听刚要插上耳机，被蒋翼拽掉了线。

“又干吗?!”我也有点火了，“你自己不是有随身听嘛!”

蒋翼看也不看，把耳机插进耳朵里，闭眼睡觉。

我生气，可一眼看到他的黑眼圈又有点不忍心，只好气呼呼翻他的书包，谁知突然眼前一黑。

“哎呀！别捂我的眼睛！你怎么这么烦人!”

我被这人单手按回靠背上，正在挣扎，耳朵里突然被塞进另外一只耳机，里面是我刚刚听到一半的那首歌，来自那年梁静茹的最新专辑：

> 喜欢复杂还是习惯单纯，我愿尽力完成
> 你在我心中几分，难以形容的责任
> 一路到夏天的尾声，无所谓到过于激动
> 我们有笑容，我们曾心动，不再是无动于衷
> ……

蒋翼的手很温暖，有松木铅笔的味道。

我放松下来，蜷缩在座位里。

有多久没这么头挨着头听歌了呢?

这个人的手离开的时候，我困倦地想：这样的歌，其实还挺催眠的，而且，两个人听一首歌，其实也不错。

迷迷糊糊中，念慈、亦菲、关超上了车，关超蹲在蒋翼身边磨了好久，确认他不生气了才笑嘻嘻地在后排坐下来。

通勤车就这么悠悠哉哉带着我们驶出市区，穿过唯有星星闪烁的夜晚，回到每一栋楼都有温暖熟悉的灯光闪烁的家属区。

我被蒋翼推醒："走了，下车。"

"到家了?"我揉眼睛。

蒋翼揉肩膀："到了，回家。"

我满血复活："好饿，去不去吃烧烤?"

蒋翼面无表情："不去。"

"那我跟念慈去!"

"……随你。"

"你把书包给我送回去，跟我妈说一声，我晚点回家。"我蹦起来招呼，"念慈走呀，去郭靖家吃烧烤。"

"好呀。"念慈在最后一排笑眯眯答应。

在郭靖家的烧烤店，我俩刚点好了烤串，郭叔叔也交了车回来，看见我俩，说一句："今天新做的卤兔子，一会儿给你们爸妈带回去。"

"哇，太棒了吧。"我兴冲冲地应了一声，见他要去后面厨房，忙叫住他，"郭叔叔，我要和你说件事!"

第二天一早，通勤车上，蒋翼拎着书包迷迷糊糊上车，郭靖爸爸起身到我们最后几排，跟他和庄远还有明雨说："下周车队派一辆小车，晚上接你们集训回来。"

"啊？"蒋大爷哈欠打到一半。

"啊什么啊？今天把寝室退了，周末我安排辆车，把行李拉回来。"郭叔叔说完就回了前面驾驶座。

"太好了，每天都能回家啦！"明雨最先开心叫起来。

庄远笑了笑，看不出情绪。

蒋翼合上嘴巴，看郭靖："这怎么回事？"

郭靖指我："问她。"

我冲他皱鼻子："快谢谢我，磨了一晚上，看我面子郭叔叔才答应的！"

蒋翼嘴角微翘，伸长双腿："我愿意住校啊。"

"那你就去住呀！"

我气呼呼想换位置，被蒋大爷伸着长腿挡住。

还有比这个人更烦人的吗！

前一天晚上我在烧烤店晓之以理动之以情、卖萌讨好、撒泼打滚才得到的待遇，他还不领情？

"我叫郭叔叔不要去接你！只带着明雨和庄远回家就行了！"

蒋大爷横着胳臂把我按在座位上，照旧懒洋洋从我耳朵里摘过一只耳机，塞在自己耳朵里，闭了眼睛要睡觉。

我抢回耳机："听你自己的！"

我正要翻蒋翼的随身听，谁知被这人的长手夺走书包扔到后座。转瞬，我耳朵里又被抢走一只耳机，蒋大爷闭了眼吩咐，"到学校叫我。"

这人真的好烦啊！

蒋大爷睫毛浓密，黑眼圈颜色更深了，估计昨晚又熬夜复习了。

我瞪着他，接连深呼吸，再三跟自己说算了！他要考试他最大！能让着他就让着他！等考完试跟他算总账！

反正，两个人听一首歌也不错，似乎还是昨天听的那首……

七年后，2008年，重聚的那个婚礼。

去帮忙搬东西的蒋翼忘在桌子上的手机突然响起来，我划开屏幕接听，义正词严帮他拒绝了一个股票投资的骚扰电话，然后发现快没电的手机里播放器竟然还在后台运行。

我轻车熟路输入密码，突然好奇蒋大爷会听什么歌。当我打开播放器，里面除了几首标注他正在筛选的电影配乐Demo，空空如也——而收听记录中只有一首歌，那是梁静茹的《无条件为你》。

我突然愣了片刻。

无条件为你，不顾明天的安稳

无条件为你，放弃单独的旅程

我的灵魂如此沸腾，为我爱的人

无条件，越爱就越深

永远不分

……

廖星看过来，揽着我的肩膀笑："梁静茹的？这么甜，不像蒋翼的品味啊。"

我恍惚想起什么："我从前很喜欢这首歌。"

"从前？"

"现在，也喜欢吧。"

廖星笑起来："是吗，那你这么说，我也喜欢。"

争强好胜的结果就是睡眠不足。

蒋大爷夸下海口要带着五班进决赛，生活里就剩下学习、训练、睡觉三件事了。

第一件事就是恢复体力——每天早起先在子弟校训练一小时，回来洗澡吃饭再坐通勤车上学，午饭前训练一小时，晚上集训前全班男生留下来一起打练习赛，然后回家复习到深夜。

也因为这个，我们的冷战算是宣告结束。我开始陪着他训练，晚上也跟着旁听他们的集训，再一起回家。

好在下一场比赛对战的七班不算难打，蒋翼上了半场，找了找比赛的感觉，确定这场不会输就下场了。

然而这一上场，也就算是给老徐和史老师下通牒了。

没等晚上集训，蒋翼就被史老师请进了办公室。伍德一群人在门外扒着门缝，惴惴不安地等消息。

蒋翼出来的时候，没说话，只比了个 OK。

一群人立刻欢呼。

史老师从办公室跟出来，瞪他们："大呼小叫的干什么？要是集训的进度有一点耽误就立刻给我撤出来。"

伍德立正敬礼："向组织保证！一定不耽误老徐的金奖，学校的荣誉！"

"还有不许受伤，你那脚伤本来就时好时坏的。"史老师皱皱眉，"真是爱凑热闹，这时候搞什么比赛……"

没人敢反驳。

"您放心，我们一定保护蒋大爷安全！"

“我信你！”史老师叹口气，拍拍蒋翼肩膀又嘱咐了几句才回办公室。

一群人浩浩汤汤回了教室，我问蒋翼：“你怎么说服他的呀？”

“这是说服就行的事吗？”蒋大爷坐下，轻车熟路地打开卷子。

“那怎么办到的？”

蒋翼看我一眼：“就保证考试肯定能得奖不就得了。”

我心里一惊：“哎呀，你是不是傻了，那是你能保证的吗？！”

蒋翼挑挑眉没说话，我心里一下子明白，其实他也没底，不过是硬撑着。也不知道这次他能不能撑得住。

淘汰赛六支队伍，我们班对战初赛净得分第二的十二班，六班对战净得分最低的三班，中间两支队伍一班和九班比赛。

虽然遭遇强敌，可蒋翼和郭靖上场之后，整个球队水平大踏步提升。而更精彩的是，上半场胶着过后，下半场刚开局，蒋翼接连带球上篮，外加一个三分球，十分钟内一人连得十七分，当场锁定了胜局。

因为惊喜来得太快，我们班的啦啦队嗓子都要叫破了，场外体育老师更是嘴张大了好半天，被提醒才想起翻分数牌。

然而场上这个人除了跟队友击掌，一个浮夸的动作都没有，一派淡定。

我一边吹泡泡糖，一边不忘教育在我身边观战的关超：“学着点，别每次进个球就臭嘚瑟，丢人。”

关超立马“呸”了一声：“别人不知道你还不知道？他那还不是装的！心里不知道怎么跩呢……”

“装也比你装得像！”

“你讲不讲理。”

我给他个白眼：“我乐意！”

“乐意个屁，鬼迷心窍！”

比我鬼迷心窍的大有人在，以十二班的佳瑶为首，一群姑娘后半程竟然挤在我们班的啦啦队里，叽叽喳喳为蒋翼加油，算是彻底无视了自己班的篮球队。

终场哨声就是这时候响起的：47 比 39。十二班虽然后来奋起猛追，但还是小输。

比赛酣畅淋漓，男生们场上握手碰肩，伍德很有大将风范，淡定从容接受对方球员祝贺，然而转头下了场就抱着蒋翼痛哭流涕：“没你这场就完了！”

关超在一旁撇嘴，拎着运动服跟我说一句：“我回了。”

“明天比赛加油。”我跟他挥挥手，问冰晶，“咱们班这场赢了的话，下次什么时候碰到六班？”

“肯定要到决赛了，他们明天比过之后估计就直接进决赛了，咱班得和一班或者九班再打一场，争决赛资格。”

“哦这样呀……”

冰晶问：“蒋翼都来参加比赛了，你要不要来啦啦队？周末跟我们一起训练吧。”

“下周明雨生日，我周末要给她买礼物去。”

我跑到台下，递给郭靖他们一人一瓶可乐。

蒋翼接过来，懒洋洋地问我：“我刚才厉不厉害？”

“超级厉害！哈哈哈，关超吓得都不敢看，半路跑掉了！决赛杀他们个片甲不留！”

所谓有人欢喜有人愁。

我们班胜了十二班，隔天六班的比赛却是前所未有的艰苦。

小组赛净得分倒数第一的三班异常顽强，比分一直咬到最后，关超和廖星都打了满场，进入加时才凭借廖星的反攻——三步上篮险胜。

而更出乎意料的事发生在第二天。

九班和一班的比赛刚结束，姗姗的短信来了：完了，下场比赛就是咱们两班了！

我“腾”一下子站起来。

明雨吓了一跳：“怎么了？”

“六班净得分没超过九班，没进决赛，下周和咱们班争决赛资格。”

话音刚落，伍德他们吵吵嚷嚷地回了教室：“下场解决了他们，让他们决赛都进不去。”

姗姗第二条短信进来，我继续播报：“六班小前锋彭松还伤了，上不了场。”

邹航回头跟我说：“他们这次元气大伤，下周比赛咱们班还真没准能赢。”

“我去六班看看关超。”

我才起身，伍德兴冲冲过来揽住蒋翼肩膀：“让他们狂！这次咱们稳赢！”

蒋翼抬头看了他们一眼，没说话。

“你咋不高兴呢？”王晨傻头傻脑地问。

蒋翼继续算题。

邹航说了句：“笨！稳赢那就没意思了！”

可算了吧，蒋大爷我太知道了，参加比赛就是为了赢，稳赢也是赢，总比输了好。

蒋翼周六集训，陪我给明雨买礼物的任务落在了关超头上。

我俩用蒋大爷给的钱吃了一顿肯德基，我除了给明雨买了她喜欢的八音盒，又给自己买了一个能变身的大黄蜂手办。关超倒看不出情绪低落，还有闲心在商场给亦菲买了一条粉嫩嫩的围巾。

我质问："去年生日礼物为什么都没给我买！"

关超理都不理，直接掏钱："买两条。"

"哼！才不要。"

"不挺好看的吗？你俩一人一条。"

"我要黄的。"

"早说啊。"

我乐颠颠地买了自己喜欢的围巾，又给关超参谋："亦菲也不喜欢粉红色，她喜欢蓝色。"

关超撇嘴："蒋翼才喜欢蓝色。"

"他才不喜欢，他跟我一样喜欢黄色。"

"你可得了吧，你还不如说他喜欢粉红色。"

"他就是喜欢嘛。"我掰着手指头数，"他的新窗帘和床单都是黄色的。"

关超翻白眼："大姐，那都是你让覃姨给他买的，好不好？你最近是不是有毛病？怎么总管东管西的？他老人家原来那套蓝色的让你丢哪儿去了？"

"我哪儿知道？都是我妈收起来的。"我又把跑偏的话题带回来，"反正他不喜欢蓝色。"

关超“嘁”了一声：“亦菲才不喜欢蓝色，她就是喜欢粉红色。”

我俩磨磨叽叽吵了一路，结账坐车回学校去跟下课的蒋翼他们会合，快到站了我才得空问：“下一场篮球赛你们班少一个人怎么办？”

“那你甭操心。”关超拽得很，“我们有的是替补，照样能赢。”

“嘁，你们就一个能打小前锋的彭松，他伤了就没人替换了，别以为我不知道。”

“我还有秘密武器呢！”

“就吹牛吧你。”这人就是死鸭子嘴硬。

“吹什么牛啊？”关超一贯输人不输阵，“让你们班洗好脖子等着，等我亮出大招杀你们个片甲不留！”

“啧啧啧，鬼才信你！”

反正两边都撂狠话了，就看看这次到底是谁片甲不留。

转眼就到了周二下午三点，五班和六班争夺决赛资格。

这场比赛备受关注，本来被看好要争夺冠军的两支队伍就这么提前相遇了，吸引了全年级甚至全校的师生。第一节还没下课，看台就已经坐满了。连一直复习的明雨都放下了笔，跟着我和可心一起下楼来观战。

我们都没参加啦啦队，好在亦菲事先给我们留了两班阵地前排的中间位置，视野好，还能和念慈、姗姗坐在一起。

上高中之后，我们好久没聚得这么齐了。当然不只我们几个，还有何冰晶、蔡佳瑶好多新朋友。

蔡佳瑶事不关己地开盘押宝：“来，你们说这场谁能赢？”

姗姗先下一注：“肯定我们班啊！关超从小一人单挑郭靖和蒋翼

两个都不怕的。”

“他倒是不怕，但是也没胜算。”可心悠哉地说出事实。

这话不错。

蒋翼技术好，弹跳力极佳，胜负欲极强，最爱在对方篮下肆虐，接传球转身灌篮是他拿手好戏；郭靖正好相反，是绝佳的防守队员，除非远距离投射，否则篮下冲撞没有人过得了他这一关。这两个人点对点、背靠背搭档，是以速度见长、擅长打反击快攻的关超的克星。

“我们还有廖星呢！”姗姗不服气。

“他跟蒋翼位置一样，擅长篮下得分，但是多半会被郭靖和伍德联合钳制。”可心耐心解释，“相反你们班就没有这样的金刚防守组合了，虽然两个后卫跟王晨、陆恒他们基本上算势均力敌，但少了彭松，总体赢面不大。”

“可是关超的速度没人赶得上，每次打闪电反攻都能得分。”姗姗还是不死心。

“首先呢，蒋翼篮下很少失球，关超即便找到机会反攻，回了自家半场也十有八九要被郭靖他们挡回去，廖星再被伍德缠住，根本不可能跟他打配合，你们没了彭松那样好的小前锋接应，我们用点对点盯人，你们就没有赢面，除非……”

篮球解说员叶可心眉头一皱，突然想到了什么。

“除非什么？”一群女生求知若渴。

“除非他们班有一个擅长投射，尤其是远距离的射手。”一直坐在我们身后的邹航突然说。

射手？我心里“咯噔”一声。

邹航解释：“咱们班的篮下压制力量强，但是中场空虚，关超擅长快攻反击，如果有射手在中场接应，廖星就可得分可防守，那得分优势就很大了。”

可心听到这里得意道：“可是他们班没有啊，哈哈哈。”

“他们班有。”我默默地说。

明雨迅速和我对视一眼。

他们班还真有一个最擅长远距离的射手！超级棒的射手！三分球几乎百发百中的神射手！

所有女生一脸好奇看过来：“谁？”

就在这个时候，六班候场的队伍一阵欢呼。

念慈看过去，突然笑起来：“这次比赛可好看了。”

众星捧月之中，个子高挑的、阳春白雪一样的庄远鲜少地换了运动服，跟关超和廖星各自击掌，开始准备热身。

庄远竟然被说动了参加比赛！

关超说：我还有秘密武器呢！

这家伙这次还真不是忽悠人的！

庄远突然参赛，场上变数突生。

所有人议论纷纷。

我们班准备区气氛陡然紧张。

“我去看看！”我起身跑到我们班的热场区。何冰晶正给伍德打气：“还是跟上一场一样正常发挥，蒋翼、郭靖他们都熟悉庄远的套路，肯定有办法的是吧，不用太担心。”

就是熟悉才担心的呀！庄远的三分球根本就是决胜关键好吗！从前他们打比赛势均力敌的时候，基本上庄远在哪支队伍，哪边就赢面大的好吗。

我给蒋翼按按手臂，讲了个老梗：“你叫不紧张。”

蒋翼本来还抿着的嘴唇微微上翘，指挥道：“捏捏肩膀。”

“那你低下来点。”我拽下这人的脖领子，踮起脚尖给他松弛肩膀，絮絮叨叨嘱咐，“关超不敢正面跟你冲撞的，碰到他不用怕，庄远如果拿了球就交给王晨他们应付，反正篮下还有郭靖……”

谁知正懒洋洋听我说话的蒋翼眼神突然变得锐利。

紧接着，我只觉得一阵子旋转，被这人揽着腰后撤一米远。

同一时间，蒋翼举起一只手，单手稳稳地接住了那只本来奔着我后脑勺飞来的篮球。

“谁！”我气得从蒋翼怀里挣出来跳脚，不会又是廖星那个混蛋吧！

出乎意料的是，廖星在不远处拿着可乐，看过来的脸上也有一丝惊讶。

篮球来自另一个方向。

“抱歉，瀛子，手滑了。”一贯温润的庄远隔着半个操场，跟我弯一弯嘴角。

“没、没关系！”可恶，这家伙竟然说樱木花道的台词！

庄远狭长的眼睛带笑，是当惯了好孩子的他少见的样子。

蒋翼没说话，手腕用力，球直线飞回去。

庄远稳稳接住，冲蒋翼招手：“好久没玩了，来陪我热身。”

蒋翼一手把我推回看台：“来就来！”

啊？这俩人怎么一上场就杠上了？所以现在到底是什么情况？

也不知道男生的火气怎么能说来就来，蒋翼几步就到了篮下。

庄远眼睛跟着他，冲篮板扔了个球，蒋翼一个飞身接住，空中回身，单手扣篮。

场下一群女生尖叫。

然而还没完，蒋翼落地同时持球，疾速回传。庄远稳稳接球，原地转身，三分线外一米，中场位置起跳。

“不是吧，在这个地方投篮？”伍德在我身边张大嘴。

“这么远肯定不能进啊。”王晨是同一个痴呆造型。

我再次默默地说：“能进。”

“啊？”

果然，同一时间，篮球在空中划出美好的弧度，空心入篮，声音好听得不可思议。

看台上不只女生，连男生都沸腾了。

“天啊，这是什么配合？”

“这俩人的臂力都太强了吧！”

“也太厉害了吧！”

“他们俩要是一伙儿，这么搭配就可以进球了啊！”

“这是要配合过多少次才有的默契？”

…………

我默默捂脸。这种从小玩到大的把戏干吗要今天拿出来显摆呢？所以他俩到底是在比试还是在炫耀呢？男生为什么到了球场上就都变了个人呢？蒋翼这种输不起的就算了，庄远这种一贯低调的人今天是怎么了呀，干吗要出这种风头啊！

关超哈哈哈地大笑，伸手指着伍德：“今天就是你们最后一场比赛了！”

“你们最后一场比赛！你们全家都最后一场比赛！”伍德没新意地跳脚回骂。

廖星无奈扶额，跟裁判说：“早点开场吧。”

这点我非常同意，早点开场，少丢点人。

两支队伍本来就有各种瓜葛过往，本以为夺冠才会碰面，没想到提前相遇，还要争决赛资格，更是都憋着一口气。

还没开打，蒋翼和庄远，火药味已经十足。

我回了看台，拿出一袋薯片分给大家吃，袋子打开的时候，开场哨声响起，廖星和伍德跳起争球。

不过伍德大概是被关超气到了，出师不利。

廖星明显更冷静，弹跳惊人，争球成功。

而出乎意料的是，向来注重团队合作的廖星没传球，反而自己单手接球落地，转身独自杀进我们班的半场。

“哎呀，他要干什么？”我顾不上嘴里的薯片，叫出声来。

郭靖迅速反应上前阻拦，却遭遇嬉皮笑脸的关超。

王晨和陆恒后撤接应，然而速度不及廖星。

这个人长驱直入，篮下起跳，然而，前面还有阻挡！

谁也没想到蒋翼竟然早早回撤到了自家半场，跟廖星同时起跳，争夺篮板。

“干得好！”

我才叫出来，可场上变故再生，廖星起跳却不是投篮，而是转手回传给了早等在三分线外的庄远。

篮下，蒋翼和廖星先后落地。

同一时间，庄远起跳，修长手指用力，三分球飞出，稳稳进篮。

关超举起三根手指：“好球！”

廖星回撤和庄远击掌。

“三分！三分！三分！”场下都沸腾了。

六班开场的一个三分球立刻燃爆了整个球场。

蒋翼、郭靖和伍德，三角形站立，互看彼此，胸口各自起伏。

看台上，念慈拿出纸巾擦擦我的嘴巴，托我的下巴：“嚼，别含着。”

我这才记得合上嘴嚼碎了薯片，含含糊糊说：“完了，感觉要输。”

“廖星真是一如既往地稳啊！”可心嘴里鼓囊着说，“而且他太全面了，可攻可防，虽然平时打中锋，必要时候，连后卫的事也可以做。”

佳瑶兴奋：“对呀，别看他平时又二又冒失，到了球场上就换了个人，超级好用！”

“啧啧。”冰晶挤对她，“你怎么又死灰复燃了？”

“才没有。”

明雨疑惑说：“庄远今天跟平时好不一样呀。”

说起这个我难免有些生气：“他要参赛都不告诉咱们一声！”

“两班比赛凭什么先跟你们说。”姗姗兴奋得不行。

“比赛前都不敢亮阵容，还不是怕输！”我一句不让。

“你以为谁都是蒋翼呢？输了比赛就摆脸色！”姗姗也不退让，“庄远就是去玩玩。”

“不一定吧，庄远今天看起来也有点较真。”念慈无所谓地说了一句。

可心看着场上，斩钉截铁宣布：“他今天不是玩玩，他是玩命。”

冰晶吓一跳：“不至于吧。”

我们这边说着话，球场上已经有了变化，伍德找回状态，死守中场，蒋翼攻入对方禁区，上篮得分。

我站起来喊：“好球，蒋翼加油！”

何冰晶第一次看到庄远打球，有点惊叹：“没想到他看着那么斯文，上了场竟然这么猛啊。”

佳瑶感叹说：“五班有蒋翼，六班有庄远，你们子弟校还有一个年级第一方明雨，真是厉害！”

“也就他们三个厉害吧。”我指着了不起的明雨说，“这个就是方明雨。”

“啊，你好，你好。”佳瑶跟人是自来熟。

明雨在新朋友面前很是腼腆，红着脸说：“你好。”

佳瑶仔细打量着明雨：“我一直听人说起你，我们育才的邹公子喜欢的就是你吧？”

突然有人从后面探出头来：“是说我吗？”

…………

说话的正是一直坐在我们一群女生中间的邹航。

明雨气得推走他的脸：“你能不能离远点？”

佳瑶吐吐舌头：“刚才一直看蒋翼都没看到你。”

邹航笑眯眯地说：“没关系，我刚才也一直看蒋翼来着。”

可心回头问：“邹公子，怎么都不见你参加体育比赛呢？”

“太粗鲁了。”邹航笑出两个酒窝，“而且我比较懒。”

重点是比较懒吧。

我也很少见到这么不爱动的男孩，能打车就不骑车，能骑车就不走路，能坐着绝对不站着，能趴着就绝对不坐着……听课的时候都半窝在座位里。这个行动仿佛树獭的家伙，跟他那灵活的脑筋正好是两极，再加上长得一副眉清目秀的好皮囊，脾气又好，所以很多时候我对邹航的定位都是“好姐妹”。

不过“好姐妹”喜欢我另一位好姐妹这件事，让我真正的好姐妹明雨比较抓狂。

好在今天庄远上场，明雨没空理会邹航。

而今天邹航也比较有眼色，没怎么撩闲，只在我们身后静静坐着，偶尔被点到才说一两句话。

蔡佳瑶小声跟我八卦：“方明雨不喜欢邹公子吗？”

“不喜欢。”我斩钉截铁。

“那她喜欢谁？”

“哎？”我迟疑后反问，“那你喜欢谁？”

“初中的时候喜欢廖星，现在喜欢蒋翼。”佳瑶同样斩钉截铁。

啊？

姗姗好奇：“你跟蒋翼都没说过话吧？”

“上学期看他打球时一见钟情。”

……还真是情感丰富的同学。

感情丰富的佳瑶问：“蒋翼没有喜欢的人吧？”

所有人齐刷刷看向我。

“当然没有，”我再次斩钉截铁道，如同史老师考试后公布正确答案，“他考试和打球都忙不过来，哪有空喜欢别人。”

“那庄远有没有喜欢的人？”何冰晶突然问。

就在这时候，操场上一阵呼喊，球突然飞向看台，正落在亦菲脚下。

全操场的眼睛都盯了过去，男孩们的起哄声都带着跃跃欲试。

年轻的荷尔蒙声浪中，光彩照人的亦菲笑着捡起球，冲着球场扔过去。球的弧线牵动一操场人的视线。

同样光彩照人的庄远在赛场上接过球，笑着跟亦菲互看一眼，带球还给裁判。

两个光源有一瞬间重合了。

比赛继续。

“庄远喜欢的，不会是蓝亦菲吧？”何冰晶在我身边喃喃说了句，“还真般配。”

庄远是不是喜欢蓝亦菲，谁也没有准确答案。别说是九中，就算对在子弟校从小跟他们玩到大的我们来说，这都是个谜。

然而很显然，如果庄远喜欢一个女孩，那最有可能的一定是亦菲。

他们青梅竹马一块长大，两位妈妈走得也近，在没有搬到 13 号楼之前，基于家庭的种种原因，庄远基本上都不太去幼儿园，所以很长时间都只有亦菲一个小伙伴。而随着年纪长大，两个人出落得仿佛少年与花儿，是众望所归的金童玉女。

可是真正了解两个人的又知道，他们的交集几乎就是我们的集体活动，从不私下见面。亦菲对庄远很好，可似乎对关超更好些，庄远对亦菲很绅士，可对念慈、明雨和我也是一样。

然而总有一些时刻，比如刚刚在球场上，两个人会突然进入一个结界，有一些很亲密的举动，让人难免迷惑。

如果他们大大方方地表示互相喜欢倒也还好……

我看看明雨，又想起我也是喜欢庄远的人，顿时改变主意，觉得他还是不要公开自己喜欢谁比较好，不然我们都会不开心。

可心问：“所以，你们都喜欢庄远这样的男生吗？”

冰晶突然羞涩：“他长得真好看，性格也好。”

“他很聪明。”明雨叹口气，“聪明得又不让人觉得讨厌。”

冰晶捧着心加一句：“我从来没见过比他更温和的男孩，上次我去六班找廖星，他帮我叫人出来，男孩子怎么会那么温柔。”

我突然想起小时候他陪我做听写时重复念“桌子”的样子……

好吧，也算很温和……虽然也很执拗，但总比蒋翼耐心又细致。

“可是他的温和有时候是冷冰冰的。”可心说，“除了跟你们几个在一起时，我很少看他对谁笑的。”

“我觉得他挺爱笑的呀。”我回想。

“那个叫微笑，礼貌到了极点，就是疏离。”

“总不能谁都像关超那样一天天傻笑吧。”我皱鼻子。

“关超怎么啦？”姗姗不乐意了，“总比蒋翼一天到晚臭着个脸强。”

蒋大爷什么时候臭脸了！

我还没说话，佳瑶先抢白姗姗：“蒋翼就是不爱笑才好看！超级酷的！”

“当初你不是喜欢廖星那号爱笑的吗？”冰晶奇怪。

“廖星都有喜欢的人了。我干吗还要喜欢他！”佳瑶理直气壮，“是吧，瀛子？”

有道理，不过……

“问我干吗？”我烦躁。

“你不喜欢廖星吗？”

“我喜欢庄远！”

明雨一脸黑线，念慈笑起来：“你们专心点看球吧。”

赛场上蒋翼正进了个球，佳瑶顾不上我，跳起来喊：“哇哇哇！

好球！蒋翼好帅，好帅！”

女孩们八卦期间，两班几乎势均力敌，比分差距从没超过 3 分，此刻是 11 比 9，六班稍微领先。

蒋翼和关超是少见的认真模样，廖星和伍德是老对头了，再加上一个不明原因玩命的庄远，场上莫名燥热。唯一来陪玩的郭靖中场带球，稳住节奏，举起左手喊：“再进一球！”

不等他话落，关超已经正面冲撞过来，郭靖手上微微换了方向用力，篮球脱手，飞向陆恒。陆恒迅速转身，直面的正是早等在那里的廖星。两人冲撞，陆恒势弱，廖星刚要抢球，却不想陆恒突然向身后传球。

蒋翼如同幽灵一样接应在陆恒身后，接球后迅速切入六班禁区，带球上篮。

看台上众人惊呼：“好快！”

然而还有更快的！廖星此时竟然已经撤回篮下，迅速起跳阻拦。

众人惊呼，谁知蒋翼丝毫不乱，起跳也比平时更高，看台上邹航突然叫了一声：“灌篮！蒋翼要灌篮！”

果然！篮下两个男孩激烈冲撞，可早已坚定信念的蒋翼更决绝，球狠狠地被单手扣进，廖星和他双双落地，彼此作用力太强，各自都退了几步。

满场哗然。

开场十分钟，蒋翼灌篮得分，两边比分追平。

身边已经尖叫成一片，我跟着一起跳起来喊：“蒋翼好棒！”

一直没有表情的蒋翼终于笑起来，冲着看台比了一个胜利的手势。

蒋翼进球鼓舞了士气，我们班接连得分，六班叫停。

场上众人兴冲冲跑回看台，伍德大笑：“就这么来，王晨和陆恒两个在禁区外看住庄远，他们就没什么可怕的了。”

蒋翼只想喝水，四处翻找：“我那瓶冰可乐呢？”

我举起手里见了底的空瓶子：“是这个吗？”

“你的那瓶呢？”

“喝掉了呀。”

“就这么一会儿你喝了两瓶冰的？”蒋翼刚要发作，郭靖把自己的健力宝递过去，“喝这个吧。”

蒋翼皱眉头只喝了一口，就递了回去。

“是不是只想喝可乐？等着，关超那里还有一瓶，我去给你拿。”

“不用……”

我蹦跳到了六班，谁知迎面就是一阵起哄，我当下瞪着眼睛：“哦什么哦？我看看是哪个嘴欠？撕烂你的嘴！”

“哦——”男孩们越发来劲儿。

“行了行了。”廖星还没喘匀气便呵了一句，又问我，“瀛子怎么了？找什么？”

“关超，我给你买的可乐呢？”我从关超嘴里夺走他喝了一半的可乐，不理他的叫唤，冲廖星发火：“下次再有人冲我起哄就找人揍你！”

廖星没跟往日一样逗我，倒是把瓶盖递给我：“盖上，别洒了。”

好烦，怎么这么有礼貌？就不能讨厌我一点吗？

“……谢谢。”我拎着可乐，头也不回跑回去，却见蒋大爷手里早又有了一瓶才开封的，“这瓶哪儿来的？”

“亦菲送来的。”蒋翼面无表情地说。

“是吗？”刚刚跑去抢劫的我有些不好意思，“我把这瓶还给关超……哎，你干吗又拽我脖子！”

蒋翼抿着嘴唇把我拎到自己班的看台：“给我老实在这儿坐着，比赛结束之前哪儿也不许去。”

“你发什么神经？”我刚要起来就被蒋翼按回。

“给我留在这儿！”

“凭什么？”他怎么越来越烦人了，还讲不讲理？

“坐好！”

“那要不要手背后？”我也怒了，跳起来又被按回去。

“那就手背后！”

他还真把我当幼儿园小孩儿管了！

“我偏不！”我跳起来想扳开他的手，可谁知蒋翼今天脾气坏得不同往日，真用力，丝毫不肯让步。

我气急了，也使出了从幼儿园起练就的看家本领，抓住他的手就咬，蒋翼气得叫：“又来这一招？你给我松嘴！你有没有长进？”

“你俩有没有长进？”郭靖在我俩身后，冷冷地说，“瀛子松口，蒋翼得上场了！”

“你让他先松手！”我较劲，却发现一说话就已经松了口。

郭靖又气又觉好笑。

“智商低没救了！”蒋翼满脸嫌弃地松了手，“脏不脏啊？都是口水！纸巾呢？给我纸巾！”

“没有纸巾！哎呀，你起开！”我躲开他要在我衣服上擦口水的手，“念慈不要给他！”

“总不好一会儿抹在篮球上的。”念慈慢悠悠地递过纸巾。

蒋翼擦了手，回头警告我：“给我老老实实坐着，别乱跑。”

“你管我！”

“走了，蒋翼。”郭靖唤一声。

哨声响起，蒋翼冷着脸跟上去，念慈招招手：“好啦，瀛子过来坐，别气了。”

“他到底还想怎么样？还有比他更烦人的吗？”我气呼呼抓头：“一点小事就发火，参加个物理竞赛他就了不起了是吧？”

明雨撇嘴：“你比竞赛了不起。”

“关我什么事？”我坐下来，“我又不想惹他。”

蔡佳瑶也是被吓到了：“蒋翼脾气这么大的呀？”

“他从小就不讲理的，现在真是越来越烦人！喝了他一瓶可乐也值得这么生气?!”

“他那是因为可乐生气的吗？”明雨凉凉地说了一句。

我当场急了：“那要不还因为什么？”

一时间没人回答。

我这一年的恶气都往上涌：“他这一年越来越烦人，还有完没完了？说发脾气就发脾气！所有人都得陪着他、围着他转才行！他一个人考试能折腾得全家不消停，我爸我妈恨不得给他供起来！什么事他都要做主。”

我气急了就开始翻旧账：“他小时候就招人烦，他说打篮球就打篮球，他说捉迷藏就捉迷藏！被送去学画画也非要人陪着，我明明想去学唱歌的……”

“你后来去学唱歌他不是也被逼着陪你去了？”明雨再次提醒。

“他五音不全，上课还捣乱，没两节课就被老师撵回去了，好不好?！学费都交了！后来我妈怕浪费钱就近从隔壁抓了庄远去上课！”我提起这个就更生气了，“庄远唱得比我好多了！少儿合唱团的水平好吗？根本不知道他答应去学声乐干吗？就为了把我对比成蘑菇吗？啊啊啊啊啊，这些人都好烦人！”

当惯了蘑菇的我，被刚刚这一根稻草压得情绪爆炸，念慈慌忙拉住我：“好了瀛子，别气，还要看比赛呢！”

“不看了……”

“下次他们比赛不一定什么时候呢……”

我心烦意乱，虽然知道念慈说得对，却仍旧压不住火，远处颜昀突然招手：“黄瀛子，你跟我来团委一趟。”

“我……吗?”我努力喘气，平定心情。

“有人叫你就快去呀，这回可不用看球了！”方明雨偷笑的脸此刻看起来特别可恶。

我强自平息心绪，看了看操场，又看了看学长。

那边篮下争夺正厉害，偷跑掉确实也不会有人发现……

“快来。”颜昀催促。

“哦、哦来了。”我迎面跑过去问，“学长怎么了?”

“兰溪学姐回来看老师，之前三年校庆的稿子都是她写的，史老师叫你过去认识一下。”

“哦好。”我一步三回头，好吧，这位考上了中国传媒大学编导系的明星学姐当初是学校的风云人物，也难得一见，球赛什么的不重要了……

我心里边嘀咕边跟着颜昀走，刚到了教务处，手机就响起来了，里头传来姗姗焦急的声音：“黄瀛子，你快回来！蒋翼受伤了！”

颜昫在身后催促我走快点，我听不见他的话，甚至听不见别的声音，转身就往操场跑。

什么学姐，什么北京，什么传媒大学都被我丢在脑后。

那边篮球场边围着许多人，我不管不顾拨开围观人群："怎么了，蒋翼呢？伤到哪里了？"

人群中间，蒋翼坐在地上，脚踝裸露着，校医正在扭动他的脚腕："疼不疼？"

"咝——"蒋翼抽气，勉强收敛表情，抬头看了我一眼，没回答。

"肯定疼呀！您手轻点，他旧伤还没痊愈……"我急忙蹲在旁边问，"扭到了？怎么我才走一会儿就伤了……"

蒋大爷蹙眉盯着我，答非所问："你去哪儿了？"

"啊？"我蒙了一下，"兰溪学姐返校，史老师叫我去认识一下。"

"不是让你哪儿也别去？"

"史老师叫我怎么能不去？别说这个了，我陪你去医院？"

"不用。"蒋翼说着就要站起来，"继续比赛。"

校医此刻下了诊断："骨头没事，应该是扭到了，但是你不能再上场了。"

"没事。"蒋翼看了看红肿的脚踝，"用绷带给我绑一下。"

"不行。"我制止，"去医院。邹航呢？邹航！"

邹航挤进来："来了，现在走？得用自行车推着走吧……"

"我要上场。"蒋翼跟校医说，"给我把脚腕绑起来。"

庄远扶住他："蒋翼，别逞强。"

"没事。"

"不行，你已经受伤了，不能再上场。"体育老师说。

“给我绑起来。”

“这次听老师的。”郭靖说。

蒋翼催促校医：“没事，快点给我包扎。”

“不能给他绑。”我拦住。

“那就不用绑了，我就这么上场，比赛继续。”蒋翼冷着脸就要站起身。

“你要干吗？”我这一下午憋着的气再也忍不住了，“受伤了干吗还逞强？”

“我没事。”蒋翼冷着脸。

“没事你说话干吗抽气？”

“不用你管。”

“你?!”我气得说不出话。

“给他绑好绷带，让他上场。”人群中，关超突然说。

“关超，你干什么?!”我一肚子的火都冲着关超撒出来了。

关超不理会，跟校医说：“给他绑起来。”

“不准！”

校医和老师都在一旁犹豫。关超看了一眼，不再要求，自己拿过绷带，跟旁边的廖星说：“过来帮忙。”

廖星迟疑了一下，便蹲下来和关超一起给蒋翼包扎。

我还想制止，亦菲一把拉住我：“没事的，蒋翼不会胡来。”

我愣住，没说话。

“好了瀛子，”念慈紧紧攥住我问，“颜昀呢？”

“……不知道。”我脑子一片混乱，“我听说蒋翼受伤了就回来了……”

念慈此刻在我耳边说：“他今天不会听你的，刚刚你没回来的时候已经发过火了。”

我紧紧盯着关超他们熟练地包扎，说不出话。

蒋翼那边已经站起身来，脚踝上的绷带紧且厚实。关超扶着他的手，两个人走了几步，蒋翼松开他：“走吧。”

他们就这么从我们面前经过。

亦菲叫住蒋翼。

蒋翼回头，没有表情。

亦菲温柔地说：“小心点。”

“知道。”

我所有想说的话都被吞咽了回去。

小孩子想哭就哭，想笑就笑，所有的反应都是直球，不加掩饰，无处隐藏。而就是在那一刻，从来直来直去甚至傻乎乎的小孩子第一次发觉：有些人不是这么直白的。

或者说，蓝亦菲跟黄瀛子是不一样的。

已经成长为少女的亦菲，拥有女孩特有的能量，柔美得让人着迷，可以安抚一切青春燥热的疼痛。

这是不容拒绝，也不可能被拒绝的温柔的力量。

蒋翼在她如水的眼神里说：“知道。”

从来如新出鞘的钢刃一般锐利的蒋翼轻声说，知道。

他听从了这种力量。

我目睹一切，懵懂间，第一次体验到柔缓却酸涩的无力感，瞬间无法动弹。

明雨揽住我说：“走吧，瀛子，咱们回看台。”

我茫然跟着坐回去，不知道是因为担心还是生气，脑子有些空白。

球场上很快再次热烈起来，关超非同一般地投入，蒋翼除了最开始行动有些僵硬，很快也重新进入状态。

我有点心不在焉，蒋翼在闹脾气，关超和庄远对这场球赛的胜负心也太强了，这些状况让从来心思简单的我不能理解。

看台上好一阵沉默，最后是明雨安慰道：“别太担心，他就是不想输。”

我说不出话。

姗姗疑惑地问道：“可是，关超为什么也那么较劲呢？他一开始不是最怕蒋翼上场吗？”

念慈说：“九中的高中篮球赛只有高一能参加，这样正式的全校比赛以后都没机会了。他们从小玩到大，可是上了高中，重心不一样了，能在一起打球的机会越来越少，所以都很珍惜这场比赛吧。蒋翼的主业本来就不在这些事上，能打的场次本来就不多，如果现在下场，也许就是这次联赛最后一场比赛了，没能分出输赢，他们都会遗憾。”

这些我都懂，可是……

“他怎么伤到的？”我问。

可心回忆：“刚才打球好像有点溜号，他眼睛老往看台看，落地的时候想躲避过来冲撞的廖星，不小心就伤了……”

廖星，他们俩这对冤家是解不开了。

篮球场上的比赛就这样进入白热化。

蒋翼受伤后进攻略微迟缓，得分能力受损，六班也不因此放水，尤其是关超，丝毫显现不出受到影响，带球指挥：“压到他们前场！”

当一声令下，所有人位置前倾，只留下廖星回撤到自家禁区一人单挑防守重任。

庄远稳稳守住三分线。

廖星正面对上蒋翼，跟他道歉："抱歉。"

"别废话了。"

两人对决，蒋翼明显落入下风，六班士气大振，凭借关超的快击和庄远的三分球一度把比分拉开到十分之上。

中场休息，大家一阵沉默。

蒋翼闭着眼抿着嘴唇，任由校医给他重新绑绷带，额上是细密的汗。

伍德抹了一把脸："今天拼了，蒋翼下半场你不要离开篮下，减少跑动，尽量得分。"

"嗯。"

"我退回到咱们班篮下，篮板你们不用担心。郭靖咱俩交换位置，你在禁区外防守，给蒋翼打掩护。陆恒你一个人盯住庄远没问题吧？"

"没问题。"

"王晨在郭靖和蒋翼之间接应，传球务必不能失误。"

"得令！"

"蒋翼的脚伤了，他们肯定会抓住这个点，咱们跑动起来，减少篮下的压力。"

"行！"

一贯任人蹂躏的金刚芭比突然正经起来，利落地排兵布阵，竟然很有队长的样子，让人信服又放心。

一席话后，男孩们的信心重新开始涌现。

“进攻就是防守，不到最后一刻，绝不放弃！”

“不放弃。”

“五班必胜！”

全场躁动，我站在看台上，远远看着他们就要上场，忧虑发愁，却赌气说不出话。正值心乱，明雨突然推我：“他找你呢。”

我仓促回看，蒋翼突然转头，新剪的头发清爽利落，睫毛却被汗水打湿，眼睛越发明亮。

四目相视，我们各自都愣住了。

蒋翼嘴唇微张，但没发出声音，但是我知道，那一刻他想说，没事。

我瞬间更加委屈，咬着嘴唇，说不出话。

这个人，太讨厌了！

哨声响起，五个男孩仿若即将赶赴战场，围成一圈。

伍德高声：“我就不跟大家说什么‘输赢不重要’的狗屁话了，咱们比赛就是为了争个高下，高中就这么一次联赛，咱们痛痛快快打一场！爱谁谁，管他对手是强是弱！我们照打不误！我们是谁啊？五班！五班必胜！”

下半场开球，郭靖起跳争球成功，高空传球，王晨接应，用假动作晃过廖星和庄远，带球到篮下，传球给蒋翼。关超起跳阻拦，蒋翼假动作带球落地，二次起跳，三步上篮，得分！

全场沸腾。

“五班必胜！”冰晶尖叫着带领全班摇旗呐喊！

九中每个学生都会记得的高中篮球联赛，因为只有一次，仿若我们的青春，一期一会，适逢初生，崭新发亮，无可回头，唯有向前。

这其中的较量、纠葛、热血、牵挂是我们年轻的颜色。

不论输赢，都是我们一辈子都不想有的遗憾。

而那一年那场球赛的下半场，是九中那三届所有人的回忆。

“2001 年的篮球半决赛你去看了吗？”

“看了后半场！太精彩了！”

“学生比赛少见的超高水准啊！”

“打得精彩也干净！”

“关超、蒋翼、廖星、伍德、庄远、郭靖、王晨、陆恒……每个都是那个年级的风云人物……”

“他们那两个班的感情后来到了毕业都特别好，也是那场比赛打出来的。”

“就是那场比赛后来出了两个国家队的选手吗？”

“对，伍德就是那场比赛出来的，另一个是谁来着？”

…………

之后我无数次和散落各地的校友见面的时候，听说我是 01 级五班的，大家都不约而同提起那场比赛。那是酣畅淋漓挥洒的青春给我们留下的最美好、最真挚的认可，让我们一生难忘。

而整个比赛最精彩，也最让人难忘的无疑是最后一分钟。

当时场上比分 57 比 59，我们班仍旧落后两分。

此前场上胶着了十几个球，比分仍旧拉不开差距，男孩们的后背都已经湿了大片。

庄远持球，抬手稳定军心。

“再进一球。”有人叫道。

“还差一球，进了加时还有机会！”冰晶喊。

“没有了。”邹航蹙眉，“蒋翼的伤很严重，必须这一分钟解决问题，加时咱们班没有机会。”

场上王晨突然近前要夺球，被庄远躲过，庄远转手传给廖星，两人同时进入禁区，郭靖上前阻拦，两边冲撞，廖星拦住伍德，庄远带球晃过陆恒传球，关超突然出现接应篮下起跳，又进一球。

倒数57秒，比分57比61。

四分落后。

我的心一紧，五班和六班的看台上全部观众都站了起来。

伍德迅速反应，持球在中场直接传到六班篮下——这是开场庄远和蒋翼玩过的把戏，只是换了人！

而此刻，六班后场正在空虚，蒋翼闪过刚刚后撤回来的廖星的防守，空中接球上篮得分。

倒数31秒——59比61。

全场起立，呼喊震天。

场上廖星持球，回传庄远，然而谁也没想到的是，下半场一直避免跑动的蒋翼竟然出了禁区等候，而接下来是一连串出人意料的动作。

蒋翼起跳，篮球在半空中被稳稳截住，落地，却没有再次跳起，而是转手传球给了回撤的郭靖。

廖星和庄远见状都立刻下意识到篮下回防，却不想郭靖并未上前，再次转手传球，但，不是传往篮下！

全场惊呼。

篮球就这样飞出了禁区，三分线外，被汗水浸湿额角的蒋翼已经等在那里。

没有片刻停顿，蒋翼接球起跳，手腕轻缓推进，姿势漂亮得仿佛专业选手。

“砰！”篮球入网。

同一时间，终场哨声响起。

62比61！

绝杀!

三分球绝杀!

赢了！我们班赢了!

一期一会的高中篮球比赛，就这样赢了!

带着伤的蒋翼就在最后57秒，连进两球取得了决定胜局的五分。

整个五班，或者说整个学校都疯狂了!

我顾不得全场的沸腾欢呼，“哇”的一声哭出来。

呼喊的中心，三分线外，是精疲力竭、站立不稳就要跌倒的蒋翼和疾速赶过来一把扶住他的关超。

整个五班的男生涌入球场中央，伍德跪在地上抱着嘴唇发白的蒋翼痛哭流涕：“我就知道你行的！我就知道你行的！我们赢了！咱们进决赛了！”

“滚一边哭去！”关超拨开他，抓过蒋翼的腿，“伤怎么样？”

“靠！”蒋翼隐忍许久，此刻终于松开牙关，低声咒骂一声，“把绷带给我松开？疼死老子了！”

“让你逞能！”关超跟他对着骂骂咧咧，方才球场上的风度全都不见了，“带伤还上场，就显得你能耐了！”

“靠，你轻点，要疼死我啊你！”

“赢了老子，老子还得伺候你！还有没有天理？”

“轻点，不会拆就给老子滚一边去！”蒋大爷赢了比赛本来心情大好，却挨不住疼，此刻也不要脸了，疼得叫唤，“郭靖呢？郭靖！给我把他整走！你给我换绷带！”

关超也火了：“伺候你还嫌老子手重？给我老实点！”

蒋翼火更大：“你轻点！郭靖！郭靖呢？”

“郭靖去给你找自行车去了，咱们这就上医院。”庄远实在受不了他们靠来靠去、老子来老子去的，上前接手，“行了关超，你让开，我来。”

“靠！惯得他！”关超骂了一句还是松了手，交给庄远。

被两只对骂的暴龙镇得发傻的校医立在旁边，此刻才缓过神来，颤巍巍问：“要、要不，我来？”

“不用，”庄远淡淡说道，“他一会儿发了狂咬人。”

“你才咬人，啊，疼疼疼疼疼疼，庄远你轻点！”

校医惊恐跳出三米远：“你……”

“我打过疫苗。”庄远一本正经拆卸下最后的绑带，抬头笑一下，“而且，我有逗猫棒。”

“你说谁是猫？”蒋翼这次是真急了。

“不是猫，你是老虎行了吧？”庄远站起身，看着外圈，“自行车还没来？”

“来了！”

人群散开。

比赛过后仿佛从水里捞出来的蒋大爷，不，是蒋大猫，他更气了：“我不坐他的车！”

同样汗涔涔的廖星在不远处骑着单车笑起来：“也行，那你就走过去，也就一公里。”

庄远理性思考了一秒：“走过去腿应该也不会废掉。”

关超冷笑：“也就是疼死。”

蒋翼的嘴多硬啊，冷笑一声：“我宁可疼死！”

郭靖揉了揉眉心：“行了蒋翼，别闹脾气了，我骑车带你。快点过来，黄瀛子一会儿要哭背过气去了！”

“你才背过气去了呢。”

我委屈道，又看到蒋翼红肿的脚腕，再看他忍疼都咬破了的嘴角，刚刚忍住的抽噎又变成了哗哗的放声大哭：“就、就跟你说不要上场！还骗人说没事！现在这么疼怎么办。”

蒋翼扶着庄远的肩膀站起身，又疼又气得笑出来：“你能不能安静会儿？让你吵得我头比脚还疼！”

我哭得缺氧，更气了，这也能怪我?!

可还有更气人的。

“我去医院，你别跟着。”蒋大爷命令。

“才不。”

“回去自习。”

“我不！”

眼看我俩又要吵起来，念慈及时说话：“行了蒋翼，就一起去吧，要不我们也不放心。”

蒋大猫被按着头顺了一下毛，勉强点了点头。

郭靖骑车，蒋翼侧坐在后面，被起哄“像个姑娘”也没生气，庄远和关超一边一个，廖星跟在后面，整个六班和五班的篮球队护送，念慈带着我们几个也跟了过去，一群人浩浩汤汤地到了医院。

邹航在急诊楼下推着一辆轮椅，看到这个阵仗气得笑出声来：“你们是来看病还是来打群架？”

“别废话了。”郭靖被这一路的吵嚷正闹得心烦，“快点送他去看看。”

“行，你跟我上去，别人都等在外面吧。”邹航嫌弃地看看我，“尤其是黄瀛子，哭得太难看了，进去要被大夫骂的。”

“你才难看！”我哭得打嗝。

明雨说话：“我俩都上去。”

邹航当即点头：“走吧，上楼。”

…………

在方明雨面前有原则就不是邹公子了。

一群人浩浩汤汤进了门，陪着蒋翼拍了片子，又推他回了诊室。

被邹航叫作舅妈的骨外科主任踩着高跟鞋进来，推推金边眼镜，抬手甩了两下片子，扫一眼，三下五除二开了药剂，不理会嗷嗷叫的蒋翼说了句：“算你走运，没伤到骨头，扭到了还敢打球真是不要命了，三个月内不要剧烈活动。”

蒋翼一听着急了：“我明天还得上场打球呢！”

舅妈眼皮都不抬：“行，那就叫你爸妈准备一副拐杖，结实点的，一辈子都用得上。”

…………

这句听得出不是玩笑，全体沉默。

蒋翼明天势必不能上场了。

王晨小声说了句：“那明天比赛可要悬……”

谁知伍德突然说：“明天再说明天的，今天咱们不是赢了吗。”

在场所有人都是一怔。

这个经常用力过猛、恨不得把“必胜”两个字刻在额头上的篮球队长，此刻竟然放下一切争强好胜，真情实意地安慰、鼓舞自己的队员：“今天这场比赛，咱们打得精彩！六班输得也不算丢人，哈哈哈。”

“我那是让着你们！放水了知不知道？”关超气。

“都红眼了还放水？你这水放得够激动的啊！”陆恒立马回嘴。

眼看又要杠起来，伍德哈哈笑：“行了行了，都厉害，都厉害！晚上我请客！肯德基！”

“不去！”关超起身要走。

蒋翼忍疼笑起来，拽住关超的胳臂：“没劲了啊你。”

关超撇着嘴，任由蒋翼撑着自己的手腕站起来，两人切近，其他人不注意的时候，蒋翼搂住了关超的肩膀，轻轻拍了拍他的后背，没说话。

关超的表情终于渐渐松弛，仿佛有一颗心放回了本来的位置。

目睹一切的我又忍不住哭了。

方明雨吓了一跳：“哎呀，今天你这是怎么了，这么反常？”

我才不反常。

我从来没心没肺，泛滥的眼泪自然不仅仅是因为心疼蒋翼的伤，只是看到了别人没看到的景象。

年少的时候，我们都有一件输不起的事情——篮球比赛之于关超，物理竞赛之于蒋翼，廖星之于伍德……或者因为热爱，或者被赋予厚望，或者只是青春年少，本来就是不服输的年纪。

可输赢从来都只能各执一面。悲喜相望，才是世态寻常。

那场篮球比赛就这样收尾了，蒋翼不负众望，带伤上场，绝杀逆转。

可那只是大家都知道的。

在不起眼的角落，从小见了他们太多场比赛的我，却清楚地看到了那一幕：比赛最后关头，廖星和庄远虽然被郭靖引到篮下，关超却已经预料到了蒋翼和郭靖的招数，早就撤回等在三分线回防。

如果那一刻，关超起跳阻拦，六班未必没有机会。

想要去争球的关超就是在蒋翼投球后落地的一瞬间发现了蒋翼神色有异，那是忍耐到了极限再也撑不住的信号。

蒋翼在那一刻，甚至没有伸手支撑平衡的能力了。关超在那一刻判断出，那样摔倒可能会有危险。

于是，就在那一瞬间，全场最讲究运动精神的关超，最看重这场比赛的男孩，就那样洒脱地转身，放弃了输赢，一把扶住了蒋翼。

如同小时候，在那个被独自留在家里的夜晚，蒋翼站在被反锁的门窗外，稳稳接住满身伤痕的关超，带他去包扎、疗伤一样。

输赢胜负的一瞬间，关超放下一切，要和蒋翼站在一起。

他们两个，只要彼此都在，就谁也不能摔倒。

跟为了赢不惜以健康为代价的蒋翼不一样，最看重比赛的关超其实最不在乎输赢。

从很小的时候，关超就知道输赢和人的心没有丝毫关系。为了吵架能赢甚至动用武力的父亲是他们这个家庭最大的输家。

关超不要像他那样。

看起来游戏人间的关超在乎的从来只有温情的时光和时光里那些相伴的人，他才是真正知道赢的意义的人。

况且，一时一刻的输赢，仿若四季花开，无有定数。

赢了六班，也不代表夺冠。

第二天对战九班，伍德带队在场上拼尽全力，然而前一场的巨大消耗，外加主力没到齐，我们在决赛惨败九班。

蒋翼和昨日的对手关超、庄远、廖星，四个人排成一排坐在台下，看着比分的差距渐渐拉开，一同目睹着高中三年唯一的一次篮球联赛的冠军，没有属于他们任何一个人。

高中篮球冠军赛，他们都不是冠军，可是他们也都没有输。

四个男生在比赛结束之时一起站起来鼓掌迎接队友归来。

他们拥抱，彼此说了一句：“特别棒！”

真的特别棒。

当你真正长大，那你就一定知道的：输赢从来就是一瞬间的事，不管经历了多激烈的拼抢。能坦然面对这一切的人，必然都曾经全力以赴过。

此刻花开，彼时花落，青春有期，可每天的太阳都是新的。

况且，经历了输赢，我们往往还会有意想不到的收获。

篮球比赛结束的第二天早上，通勤车刚刚停到校门口，庄远和郭靖正在商量着谁拿书包、谁扶着蒋大爷进校门，车门口热闹起来，一辆崭新的自行车停在通勤车门口。

郭靖爸爸熄了火看了一眼，问：“这是找你们哪个来打群架的？”

关超哈哈大笑，率先跳下车：“不是打架！是抢劫！”

车外，在一群男生的簇拥之下，廖星新剪了头发，浓眉大眼显得越发挺俊。

他骑着单车，单腿落地，冲着蒋翼一笑：“走吧，从今儿起，我接你上下学。”

整个通勤车的人一阵安静，随即起哄声四起。

蒋翼狠狠地咬牙："不用！"

"用不用你说了不算！"关超大笑，不顾蒋大爷的粗话，一把背起他按在自行车座上，手臂一挥，"都给我听好了，起驾！上学去！"

"走嘞！"廖星抬腿猛蹬，一群男生风驰电掣地进了校园。

我还在发蒙，方明雨笑得气都喘不上来，拽着我的胳膊半晌才直起腰来说："真别说，他俩真挺般配，加上关超，简直就是一家三口。"

我满头五音不全的小鸟绕着唱歌，全不在调上。

这都哪儿跟哪儿啊？

年轻的孩子变成朋友真是太容易了。

那年八月份，蒋翼十六岁生日，家里要给他准备一个派对，爸爸问我："除了厂里的小伙伴，还有要邀请的吗？"

"有，"我掰着指头数，"冰晶、佳瑶、伍德、陆恒、王晨，哦对了，邹航说要带一只小狗来，爸爸可以吗？"

"有什么不可以的，所以一共多了六个小伙伴加一只小狗？"

我蹙了蹙眉，不情愿地加了一句："还有一个人……"

"谁？"

"嗯，他叫廖星。"

廖星，我们的新朋友。

这一年，我们进了高中，有了新朋友。

第七章 — 升学

高一年级的最后一个月份，就这样来了。

立夏之后，有些花儿谢了，青桃在树上结果，仿佛已经可以闻到香甜的气味。

高一已经接近尾声，期中考试刚过，即将文理分科。下午是体育课，教室只有两三个人，少见的松弛静谧。

明雨在做题，我有一搭没一搭地和她说话，外面突然有人跑进来喊："乐山峰来咱们学校取景，有明星跟着他来，就在后面的图书馆！"

我站起来拉明雨："哇，乐山峰好厉害的，国外获奖很多，我爸妈都喜欢看他的电影，走走走，去看热闹！"

"不了吧，好吵……"明雨不情愿地被我拖曳着出了教室，谁知到了一楼，我们迎面跟一群围观后撤的同学相遇。

人太多了，我没拉住明雨的手，紧接着就听她慌张地喊了一句："哎呀，别踩我的鞋！"

我急忙去找她，却正看见跳着脚从人群里杀出来的方小王："哎呀，我的鞋被踩丢了！都赖你，都赖你！"

她本来就白净，这样蹦蹦跳跳好像一只小兔子，我笑得忙扶住她，她气急打我手背："你还笑！快去给我找鞋啊！"

"怎么了？"邹航正从教学楼匆匆赶过来。

"我的鞋被踩丢了！都赖黄瀛子！"

我连忙哄方小王："我去给你找，行了吧。"

"你扶着她，我去找！"邹航匆匆返回人群，艰难杀进去，没头苍蝇一样好一阵子乱扒，刚开开心心地喊了一句，"我找到你的鞋了！方明雨……"

话就被人打断。

"同学，你是九中的学生？"

人生总有奇遇，奇妙的缘分可能会改变一生。

邹航被乐山峰第一次抓住的时候，穿着九中松垮的校服，领子被拽得七扭八歪，将将直起腰来，手里还拎着一只女高中生的帆布鞋。

很滑稽，但是挡不住好看的脸和生动的表情。

乐山峰做了半辈子的电影，戏当然拍得好，但是比戏还精彩的是，江湖传说他有一眼识"角"的本领。

因为每一部他的戏必会出一位爆红演员，从无例外。而这些幸运儿在此之前可能就是淹没在人群的普通人。

电影《天长地久》去九中选景的时候，邹航也是这样一个普通男孩。家境不错，脑子聪明，脾气好，也许只是多了一张很好看的，或者说特别好看的脸。

但除了这张脸，本来无意寻找演员的乐山峰肯定看到了点什么别的东西。

后来他说是因为第一眼就发现这个男孩身上有一种悠然自得的气质，特别与众不同。

其实这一点我也发现了，根本用不着这么文绉绉地甩四个字的词，这个人说白了就是“不要脸”。

邹航被乐山峰抓住，当场就遭遇一番盘问，姓名、年龄、兴趣爱好、家庭住址、祖宗八辈……眼看没完没了。他手里捏着明雨的鞋，打断对方的盘问：“要不您先等等，我把鞋给我女朋友送过去再跟您聊天。”

“谁是你女朋友？”

“谁是你女朋友？！”

乐山峰和明雨同时发问。

邹航当着全校师生嘻嘻一笑，乐颠颠地把鞋给明雨送过来，还蹲下来作势要帮她穿，但被方小王一脚踢开。

明雨脸色绯红，穿好鞋转身就跑，还不忘了紧紧攥着我：“还不走？！”

我其实很想留下来看热闹，但非常忌惮很不好惹的方小王，只能被拽走了，边走还边问：“乐山峰不会是想找邹航拍电影吧？那他真变成大明星了，你会不会喜欢他？”

方明雨小脸跑得嫩粉，怼人却一秒都不迟疑：“我最讨厌吵吵闹闹的了，他最好别当什么明星，否则朋友都没得做！”

当天放学的时候，全九中都知道了：大导演乐山峰来给电影《天长地久》选景发现惊喜，一眼选中邹航当男主角。

电影在七月底拍摄，但是六月初邹航就要去北京进组培训，走之前回学校收拾东西时，他转头问在写卷子的明雨：“我期末考前才回来，你高二选文还是选理，我提前填表，免得回来和你就不是一个班了。”

方明雨头也不抬："我还没定。"

邹航把表放在她桌子上："你定了帮我填一样的，行不行？"

明雨用手指推开表格："我不能给你决定这种事。"

明雨咬着嘴唇，手上计算的速度慢下来。

我抽过表格，收进笔袋："我帮你填吧，填跟她一样的。"

"黄瀛子！"明雨握着圆珠笔捶了一下桌子，我一脸慌张，邹航眼睛眯起来笑："那谢谢啦！对啦，你选文还是选理？"

我刚想说选文，嘴巴动了动，没出声。

明雨奇怪地抬头看我："你打算改主意学理呀？"

"没、没有……"

我下意识看向后面的座位，蒋翼也在写题，运算的速度飞快，笔尖都要把纸面划破了，周身像是布了个结界，印着"离我远点"四个大字。

我一下子趴在桌子上。

方明雨推我："你不会真改主意了吧？"

"我不知道！"我一脑袋浆糊，"别问我，让我静一会儿。"

那天的体育课我们和六班一起上，念慈给我压腿做仰卧起坐的时候问："怎么听方明雨说，你又不打算学文了？"

我气喘吁吁："没……就瞎想想……"

"为啥瞎想？"

一分钟到了，我坐起来，一边平复呼吸，一边把头埋在念慈颈窝蹭了蹭："不想再和蒋翼吵架了，他最近一提起分科就不高兴，太难搞了……"

"因为他难搞你就改学理了？"念慈推开我的脑袋。

“也不是，我就是想想，就是不知道还有什么别的办法不吵架嘛……”我跟念慈换了位置，她做运动的时候不说话。

我抱着她的腿发呆，男孩那边打球的吵嚷声传过来，关超喊：“蒋翼好球！”

操场中央，蒋翼的腿刚好，手上的技术却丝毫没有减弱。他没什么表情地看着篮筐，转身又开始跑动了。

明雨在旁边说：“他难搞又爱赌气才不是因为你要学理，你换了也是白换。”

我很想打她，可还要给念慈压腿，只好放她一马。

谁知一分钟到了，念慈坐起来说一句：“你根本不会换。”

行行行，就你们明白，行了吧！

我气呼呼站起身，跟体育老师请了个假去厕所。

“哦，你去吧。”刚毕业有点软萌的老师自从看到我在篮球比赛时泪洒现场之后，就始终对我非常友好。

我大步流星穿过操场回教学楼。

关超在一群男孩中央嬉皮笑脸地喊：“黄瀛子上哪儿去？还上课呢，知不知道？”

我不理他。

关超在后头锲而不舍：“你逃课请假了？我打你小报告去！”

我跺脚回头，瞪眼冲他比了个中指。

关超噎住，骂了一句：“靠！谁教你这个的？你知道那是什么意思嘛你就比划，蒋翼你管不管她？”

蒋翼仿若未闻，带球上篮得分。

我头也不回就跑，进了空无一人的教室擦了满脸的汗，感觉有点渴，却懒得动，哼了一声趴在课桌上，却突然觉得脖子上一凉。

“哎呀，烦死人了?!”我以为是关超追过来，坐起来就要打，手举到半空才发现是蒋翼。

他没什么表情，额角的头发湿漉漉的，拧开手上冰冻的可乐，递过来：“喝不喝?”

我们俩虽然篮球赛之后和好了，可是莫名其妙地老吵架，上周末才因为期末考应该买哪个牌子的 2B 铅笔吵架，非常激烈，摔门、翻白眼，差点没互殴，至今还没恢复邦交，更别提友好互动了。

我不想被收买，但是想喝可乐……

我接过来喝一口：“你怎么不上课了?”

蒋翼若无其事地坐回座位，接过我递过去的纸巾擦汗，翻开卷子：“想起还有作业没写完。”

我“哦”了一声，又趴回桌子上，听后面他问了一句：“你文理分科表写了没有?”

“……没。”

他再次沉默，教室里就只有笔尖在纸上划过的“唰唰”的声音。

我在桌子上趴了一会儿，闷闷说一句：“我学理，行不行?”

纸笔交接的声音停了片刻，蒋翼说了一声：“不用。”

我气呼呼转头：“你干吗这样?！我都让步要学理了……”

蒋翼在一道大题的末尾写上答案，平静地说：“我选文了。”

“什么！”我一下子站起来。

“我学文，分科表都交上去了。”

“你、你干吗呀你！”

“没干吗。”

我挠了挠头发："谁让你学文的？你跟谁说了你就学文？谁同意了你就学文？你就是想让我歉疚，是不是？"

"跟你没关系，我学什么都无所谓……"

"打住、打住、打住！"我急忙在他桌子上翻文理分科表，"分科表在哪儿呢？你不能交上去……"

蒋翼低头算题，任凭我翻找："上周我就交了。"

"你、你给我要回来！"

"这怎么要回来？"

我拽他的脖领子："你去要，你现在就去！"

"我都交了一周了，哪可能要回来？"他又是一脸的那个"你无理取闹"的表情。

我转身就往教室外跑："我去给你要回来！"

"黄瀛子，你给我回来！"

我根本不理会他在身后的喊声，撒腿就往史老师的办公室跑，进门正和老徐迎头遇上。

他笑眯眯问："呦，这不是黄瀛子吗，慌慌张张干吗呢，是哪张答题卡忘了填还是作业没写名字呀？"

我气急攻心，他这是还不知道蒋翼学文呢，要不他还有闲心调侃我？

不过这事还真不能让他知道，他没准要找蒋翼拼命的……

"我……找史老师，不找您……"

史老师："找我什么事？"

……要文理分科表。

我当着老徐的面不敢说，可是又着急，一时间张口结舌。

蒋翼这时候已经进了办公室，拎着我就往外走："没事，她发神经，我把她领走。”

“我、我不走！”

我挣扎不过，被拖着快出门时听见老徐笑眯眯地说：“蒋翼，你这一个礼拜都没往我办公室打照面了，是躲我呢？”

蒋翼的后背僵住：“没躲您。”

“没躲就行。”老徐迈着八字步过来，拍拍他肩膀，“我觉得凭咱俩的交情你也是不能躲我的，你说你都选了文科了，下学期万一真分班，咱爷俩也没什么机会见面了不是？”

这老狐狸竟然知道！

他都知道了还能装这么久，可真能沉得住气啊……

我从蒋翼手里挣脱出来，挡在他身前：“他填错了，我就是来给他要表格重新填的。”

史老师和老徐都笑起来：“他让你做这个主吗？”

“不让也得让！”

蒋翼语气决绝：“没她的事，我自己想学文。”

这会儿也没必要藏着掖着了，我跑到史老师办公桌前，搓着手想自己翻表格：“您把分科表给我吧，我给他重新填。”

“要那个干什么？不用重新填……”史老师的话让老徐打断了，他问我，“他学理了，那你怎么办？”

“什么怎么办？”

“你学文还是学理？学文你们可就分班了。”

“我……”我跺跺脚，“我的事您甭管！”

老徐气得鼻子一歪，冲着蒋翼骂了一句：“没出息！还没个小姑娘有主见，为了不跟人家分班就学文，人家领情吗？”

“这事您甭管。”蒋翼也是这句话，探手擎住我的腕子往外拽，

“别在这丢人。”

我还就非丢人了，蹲在地上一手拽住办公桌腿一边磨史老师：“您把分科表放哪儿了呀，给我吧，他犯神经呢！他历史、政治两科加在一起都不及格，上课就睡觉，学什么文啊，您给我、给我吧……”

“哎，黄瀛子你起来，像什么样子？”史老师又气又笑，“一会儿别的老师下课回来，你羞不羞？”

“不羞、不羞、不羞，您把表格给我吧！”

“不给她，就让他们俩都去学文！”老小孩闹起脾气来也很不好惹。

史老师被三个小孩气得笑起来：“您老跟他们两个孩子较什么劲？”

“我就较劲了！连声招呼都不打就学文，他眼里也没谁了，高二甭想上我的物理课！”

“他上、他上、他上！”我拽着桌子腿表忠心。

谁知蒋大爷索性气人气到底：“我学文也上不着您的课了。”

“你要是敢来，我就给你踢出去！”

“您请我，我也不去！”

还有更气人的吗？

我踢蒋翼一脚：“你给我闭嘴……”

史老师突然笑起来：“蒋翼，你不去上徐老师的课，是想旷课还是想休学啊？”

这话里有话。

我俩都停住折腾，蒋翼蹙眉说：“我就是学个文……”

“你是自己想学文吗？”

"……我自己想学。"

"想学也没辙，你们这届考大综合，文理不分科了。"

我：?

蒋翼：……

老徐：哼!

蒋翼：您就是打断我的腿，我也必须听您的课!

老徐：滚!

蒋翼：您看看，您当老师的怎么能说粗话呢?

老徐挥拳头：我当老师的还揍你呢!

我傻愣愣看着蒋翼跟老徐斗嘴，好半晌终于弄清楚发生了什么，无力地坐在史老师对面的椅子上。

可不是吗，蒋翼这种中二的分科表交上去一个礼拜都没动静，自然是因为交上去也没用啊。不过这些老师太坏了，竟然一声不吭看我们纠结、看我们演戏。

老徐跟蒋翼比划了半天拳脚，正色说道："这事我今天就算了，不过你可记住了，没有下次。"

蒋翼随意应酬了一句："知道了，以后先和您说。"

"不是跟我说不说的事，是你自己也得知道自己在干什么!这种对自己不负责任的事也做得出来，你们是小孩子吗?因为不想分班就这么闹……"

蒋翼没说话，没有半句反驳，他一贯吝啬解释。

然而两年后我们才都知道，老徐其实冤枉了蒋翼。

这个人从小到大对任何他力所能及的人或者事负责，只做自己觉得对的事。这是后话，不是那么开心的后话。

可那一刹那，我们都仿佛卸下了重担，虽然不免被史老师敲打了几句："知道你们从小一起长大感情好，不过也都老实点，要是有别的心思趁早都给我收一收。"

"什么别的心思？"我懵懂地问。

史老师咬着牙瞪了蒋翼一眼说："如果耽误了成绩我就请家长来，到时候别说在美国，在外太空也得给我回来。"

老徐插话："对了，你的竞赛准备得怎么样？"

"还行。"

"别跟我还行，我就等你这个金奖拿到手就退休呢。"

我一听就气急了："您这不是给他压力呢吗？"

"我就给了，怎么着？"

"您也太过分了吧……"

"行了，走吧。"我稀里糊涂被蒋翼拎出办公室，迎面是抱着一摞卷子的庄远。

我立马忘了办公室的事，迎上去播报新消息："庄远，咱们文理不分科了，你知道吗？咱们这届考大综合！"

庄远点头："听说了。"

蒋翼一顿："你什么时候知道的？"

"你交分科表的那天。"

蒋大爷当场发作："都一个礼拜了你不告诉我！"

"怎么还什么事都得让你知道？"

庄远面无表情地抢了蒋翼每次怼我的台词："让开，我交作业。"

哈哈哈，真是出来混早晚要还的！

蒋大爷震惊得一脸匪夷所思，被我拽起袖子："走啦，瞪他也没用，这轮你真输得好丑。"

“谁丑了？‘输得好丑’是病句，知不知道？你语文及格了吗？”

“及格了呀，你才没及格吧？”

蒋翼一把抽回胳膊，大步流星越过我走了。

留下我一个人在身后傻笑。

接下来的两年都不用分开了。

真的好开心呀。

我们就这么稀里糊涂地逃过了分离这一劫，不知被哪位慈爱的神仙眷顾，得以继续挥霍这莫名深厚的缘分。

暂时要离开的是邹航。

邹公子出发前在肯德基请我们吃汉堡大餐。

明雨要参加英语竞赛集训没出现。

第二天中午，我们没吃午饭就去机场跟邹航送别，她也没到。

邹航笑眯眯跟每个人击掌告别，轮到我的时候，他想说什么，到底没张口。

这不像是邹航，没皮没脸的人突然深沉寡言，仿佛是被薅掉了一把软毛还不会叫疼的小动物，让人心疼。

我想让他宽心，但是人的心意哪能由我左右，只好安慰道：“你不用担心文理分科了，回来还是一个班。”

邹航低头笑：“是啊，我可放心了。”

男孩穿着干干净净的格子衬衫、球鞋，背着旅行包。他爸妈一整天各自排了两台手术，谁也没来送行，他也看不出难过，笑嘻嘻地挥手说：“拜拜，等我回来给你们带好吃的。”

“北京哪儿有好吃的，”蒋翼说了句，“你早点回来就得了。”

“行！”

我看着他孤单的背影，鼻子竟然发酸。蒋翼一脸嫌弃，转身就走：“行了啊你，当着这么多人，别说我认识你。”

一群人打打闹闹回了学校，快上课了，明雨却没在教室。

下午第一节是体育，我换了运动鞋，拎着她的鞋出了教学楼，绕到实验楼背面，抬头正看见天台有人坐在那里的栏杆上。

那是明雨的小天地。

分数不理想会去，人际关系紧张会去，庄远被传有女朋友会去……

今天是因为什么去呢？

我爬上楼顶，上课铃正好响起来，潮水一样的人涌回教学楼。正午的阳光温暖过度，晒得人迷迷糊糊的。

我把运动鞋扔在一边，走过去趴在明雨旁边的栏杆上：“快上课了呀。”

明雨晒得小脸通红，似乎有点犯困，迷迷糊糊回答了一句：“知道。”

然后我们两个人都没动。

“他走了？”明雨突然问。

“走了。”我回答，“开学他就回来了。”

“谁管他什么时候回来呢！”明雨接得飞快，又突然说了一句，“他回来，也许就不是我认识的人了。”

我很困惑，想不明白她的脑回路，随便应承了一句：“反正你现在跟他也不熟。”

明雨恨恨地瞪了我一眼，无力地说：“真是的，为什么不熟……”

我哪知道，你年级第一都不知道，我怎么知道。

不熟大概是因为还没长大。

那年的夏天，世界杯再次来临，日韩主场，一次少见的没有时差的世界杯。阵容青黄不接、赛前不被看好的德国队竟然一路拼到最后一轮，而决赛之夜，却败给了罗纳尔多两次出乎意料的进球。

九十分钟终场，已经知道什么是越位的我还是不愿意相信结果。

解说员说："整场比赛，明显德国队不管是控球还是战术都做得更好，但是很可惜，我们总有无法预测的结局。"

我有一刻恍惚。

长大也可能意味着失序。

从生下来就在一个班级念书，一直到高中毕业，是小概率事件。

高考几十年，省里只有我们这一届和下一届文理没有分科，考大综合，概率是几十分之一。

还有更奇妙的遭遇，比如给喜欢的女孩找鞋子时被大导演看中，之后出道拍电影变成大明星……

邹航那一年还只是坐在我前面，喜欢我的同桌，也喜欢让她抓狂的男孩。

总觉得那时年纪还小，可转眼一年过去，我们都十七岁了。

一年半后，二月底的天气乍暖还寒，云层厚密，不见天日。

高考前最后一次假期结束，返校的日子就这么来了。

补习了整整一个假期，并没有再次回到学校的新鲜感。我在通勤车上睡得天昏地暗，下了车被冷空气激了一下，才有点清醒过来。念慈看我一眼忙提醒："瀛子，帽子是不是又忘车上了。"

"哦，对……"我趺趺撞撞地要逆着人群上车时眼前一黑，迎面下车的蒋翼胡乱把毛线帽子扣在我头上说了句，"怎么没把你自己给忘了。”

我皱皱鼻子，戴好帽子嘀咕了一句：“自己怎么忘嘛……”

“瀛子快来，要迟到啦！”念慈已经在校门口叫我了。

我几步赶上去，一眼扫到校门口海报上大大的颜昀的照片：“哎，颜昀是今天要回来吗？”

“对。”念慈脸色红润，“你忘了呀，他还没开学，被叫回来给咱们开考前动员会。”

颜昀学长一直到毕业都维持着一贯优秀的人设，去年以全市第五、全省第七的好名次考上了清华。

这是他上大学之后第一次回来，念慈几天前和他在 QQ 上碰见，知道了这个消息就告诉了我，却被我忘得一干二净。

“你最近是不是有点累呀？还好今天不上课，你早点回家补补觉。”念慈摸摸我的额头，“还有三四个月呢，考前突击也不能太累着。”

我迷迷糊糊应了一声。按我的成绩上一个差不多的中文系是没什么问题的，但是如果想考北京的院校还是要再努力些。

“瀛子，你一定要去北京吗？”念慈突然问。

“对呀，咱们不是都去吗？”

蒋翼和庄远都打算考清华，明雨要考她姥爷的母校北大，亦菲和邹航艺考都过了初试，关超也有可能保送体院，都是北京的院校，除了郭靖还没定，基本上全员奔着北京去的。我除了打算念中文系，别的一概没想过，小伙伴们都去了北京，自然也跟着调整了目标。

“颜昀也在北京，你难道不想去吗？”我揉着眼睛问。

念慈低头笑了笑，半晌说：“想，那就一起去吧。”

等到了教室我才发现，先一步进来的明雨正对着一张纸发呆。

“怎么了？”我凑过去看，“哎，你的保送名额下来了呀？哇，厉害了！复旦？复旦不是在上海吗？”

明雨说：“我去年就是试一试，没想到竟然考上了。我是要考北大的，我都答应我妈了……”

学霸说这种话的时候都不知道自己有多招人烦。

邹航迅速转过头来，盯着那张纸问：“方明雨你不会去上海吧，我上海的学校可是一家也没考。”

“你不考关我什么事。”

“不是你说一定去北京吗？”邹航真有点急了。

明雨低头皱了皱鼻子：“我又没说不去。”

邹航一句话便被安抚了，嘿嘿一笑：“去就行。”

这人笑嘻嘻地转过头复习了，我又戳他：“话说你的电影还上不上了，怎么没动静呢？”

邹航第一部电影就当男主角，谁知上映时间居然一波三折。乐山峰后一个项目都要杀青了，这一部上映还遥遥无期。

“说是今年暑期能上，谁知道呢。”邹航不太在意，“不过我爸有点意见。”

邹航跟乐山峰签约电影的同时，也把经纪约签给了他女儿乐欢盈的经纪公司，《天长地久》之后紧接着拍了两部戏，其中一部还是跟风头正盛的青年导演江河合作。不过每次拍戏都会耽误他小半年的课程，高三回来总成绩直接出了年级前二百。眼看考他爸妈毕业的医科名校是彻底没戏了，这人只好曲线救国参加了艺考，可谁知三部电影却一个也没上。他那两位素来两耳不闻窗外事、奉行“平等对话”的医学家父母终于开始操心儿子的前途，甚至问他是不是要复读，重新选择考医科。

“如果一直不能上映你怎么办?”我也免不了替他操心。

“不知道，欢姐说还要我再拍一部，不过他们现在都在传我可能跟这行犯冲，三部戏上院线都被拖延是很少见的。据说老乐这辈子没碰见自己的片子被拖这么久的情况，估计也没哪个导演敢再找我拍了……”

“他们怎么这么迷信。”明雨少见地抬头参与我俩的对话，“不能上映跟你有什么关系。”

邹航笑眯眯道：“不过别担心，我跟欢姐说，要是我以后拍不了戏他们也不白养活我，她要是有啥仇人，就把我送去给他免费演一场戏，作法让他们上不了院线。”

“没正经。”明雨瞪了他一眼，又低头写卷子了。

邹航还想说什么，冰晶进来拍着教室门说：“走了，到大礼堂集合，开学典礼马上就开始了。”

这是高中三年最后一次大型活动，老师们都感慨良多。可高三的学生明明是主角，却各个没精打采，都是一副没睡醒的样子。老师们各种动员也没能让气氛热起来，直到上届优秀毕业生代表颜昀出现在台上。

全体起立鼓掌，关超、伍德他们几个更是带着头吹起口哨，喊：“师兄，牛!”

辛老师瞪了他们一眼，拍拍话筒：“再乱说话就给你请出去。”

关超他们这才不喊了，只是口哨声却更响了。

颜昀笑：“你们这么欢迎我，我还以为我是这届高考出题人呢。”

有人喊：“师兄，押几道大题吧!”

“没问题。”颜昀笑，“要说就说点干货，我还带了我们这届各科状元的笔记回来，一会儿交给辛老师，影印了发同学们每人一份。”

底下瞬间掌声震天响。

“你们这届是大综合，我学理，一会儿多说几道数学和英语的，其余的学科找你们年级的猜题高手在考前给大家服务。是吧蒋翼，回头数理化你可别藏私。”

蒋翼笑：“哪能啊。”

“那就行。”

“一道题一顿肯德基。”蒋翼又说。

“要求不高啊。”颜昀笑，“一会儿我替大家请客，考前你可别赖账。”

“那必须不能。”

全体起哄尖叫。

方明雨在我身边突然感慨：“这个人好厉害啊。”

“为啥厉害？”

“他要是在美国出生，应该去竞选总统。”

啊？我脑内出现念慈跟着颜昀与选民握手的尴尬场景，又想起马克·吐温的小说，坚定地摇头：“幸好他是中国人，是吧念慈。”

念慈被我逗笑，没接茬，说：“对了，瀛子，典礼之后你陪我去一趟学生会，我得把留在那里的画笔带回家，开始上课就没空去收拾了。”

“行。”我乖乖答应，典礼一结束就要跟着念慈走，被后座蒋翼拽住脖领子，“去哪儿？颜昀叫我们一起聚聚。”

“你还真让人家请客呀，要不要脸？”我很是不耻。

“都哪儿跟哪儿？”蒋翼气得笑，“他老远回来跟咱们聚会，在美乐迪定了包厢唱歌，咱们直接过去。”

“行吧，我跟念慈收拾了东西就过去。”

“那你俩快点啊。”

我跟着念慈出了礼堂的门，吐槽蒋翼：“他最近越来越磨叽了，都高考复习呢，也不知道哪那么多闲工夫管我。”

“他这两年总跑美国，每次回来还不得过过瘾。”

“合着他是管我上瘾了是吧？”

我跟着念慈进了学生会还有一句没一句地跟她吐槽，念慈应付我几句，没停下找东西的手：“瀛子，你去小仓库帮我看看有没有我的那套国画笔。”

“布盒子装的那个吗？”

“对，绸缎面的，大概比你的文具盒大两倍。”

“记得呢。”我应了一声进了隔壁储物间，在架子上翻找，却也没有。这时，外面的门似乎开了，有人进来。

两边似乎都是一怔，还是念慈先开口：“学长。”

“念慈，好久不见。”

“还以为你跟蒋翼他们聚会去了。”

“是要去，不过廖星之前跟我借了一套镜头，说放在这儿了，我过来拿。”

来的人，是颜昀。

我刚想出去打招呼，突然就顿住脚步。

颜昀上大学之后是第一次回来，他们好久没见面了，念慈会不会想和他说些什么。

我乖乖地继续在架子上翻找画笔，没有出去。

外面的声音断断续续传来，这两个人很久没见面，虽然不至于尴尬，但有些莫名的生疏。

念慈似乎是帮颜昀找到了镜头，两人又说了几句闲话，念慈问颜昀大学生活怎么样，颜昀便问念慈高三复习是不是顺利……

“我听他们说你要考金融？”颜昀问。

“嗯，去年暑假听了一位学者的讲座，觉得挺有意思的。”

“我还以为你会选一些文艺类的专业。”

念慈笑起来：“画画就是爱好。”

颜昀也笑：“想好考哪所学校了吗？”

念慈迟疑了片刻才说：“应该会去北京吧。”

颜昀当下没说话，时间仿佛停顿。

我的心莫名紧缩，不能控制地回头从门缝里往外看。

明亮柔和的灯光下，念慈的神色平静且坚定。

她问：“学长，北京怎么样？”

这句话说得很淡，但是似乎别有意味。

学长，北京怎么样？

学长，我也去北京，去找你，怎么样？

颜昀的侧颜线条清晰，他垂下眼帘：“北京，当然很好。”

但是……

连我都听得出颜昀还想说什么，但他打住了，反而转了个话题：“对了，念慈，这个给你。”

“是什么？”

颜昀拿出一直在手里拎着的一个透明文件袋：“我去年高考时候用的文具，2B铅笔都削好了，黑色签字笔也很好用。你到时候直接把准考证放到这个袋子里就行。”

真奇怪，这个人不是来找镜头的，而是特意来见念慈的吧。

可是他千里迢迢地就是特意给念慈带来一套文具吗？

“谢谢师兄。”念慈似乎也没想到，接过透明文件袋后从里面拿出了两张纸，“这里面是…… 两张准考证？”

“嗯，这套文具是我上届的学长留给我的，里面有我和他的两张准考证，你记得到时候不要带到考场。”

念慈看着准考证上的照片和名字，眼睛微张：“这是叶燚的准考证吗？”

颜昀笑一笑：“对，你知道他吧，咱们学校的传说，那年高考的黑马叶燚。”

自然是知道的。

这位叶师兄的故事特别精彩。

当初他中考以全市前十的成绩进了九中，会吹萨克斯，长得也帅，是天之骄子。谁知高一下学期，他父母因为商业利益产生分歧，对簿公堂直接离婚分家。叶燚因此一蹶不振，逃课、打架、玩了一年半游戏。直到高三上学期期末考，留着一头长发的不良少年被老徐从网吧揪回到考场上。

据说，他被按在座位上后对着卷子面无表情静坐了一个半小时，一个字也没动，铃响交了白卷之后扬长而去。就在所有人都替老徐不值，以为这个男孩再也不可救药的时候，剪短了头发的叶燚竟然在最后一学期开学时准时出现在了教室。这个人重整旗鼓，从此埋头苦读，第一次月考就冲回百人榜，之后成绩进步速度势如破竹，后来如愿考到中国政法。

颜昀跟他很熟，只是念慈没想到颜昀会把他高考的文具送给自己。

颜昀似乎看出了她的疑惑，说："他的事你们应该都知道，不过他最厉害的不是这个忽上忽下的成绩。我跟你说个八卦，这个人有点神。"

念慈似乎有些好奇。

"你不知道吧，他有个小名，叫叶恰恰。"

两个人一下子都笑起来，那样不羁放荡的叶师兄竟然有这么婉约的小名也是没想到。

"据说是他奶奶起的，希望他经历的所有事都恰到好处。"

这可真是个有意思的名字。

"真的灵吗？"

"你信不信，他要是认准的事，没有不成的。"

空气里本来的紧绷感消散，从来一本正经的颜昀讲起这种怪力乱神尤其好玩。

"你别笑，是真的。"颜昀仿佛讲故事哄小朋友一样，"比如要去参加市里的萨克斯比赛，明明报名时间过了，他就拎着萨克斯跑去主办方单位吹给他们听，还真就混到一张入场券，最后得了第一。"

"还有，比如打麻将他想漂胡，就肯定不会清一色。"

"什么呀……"

颜昀哈哈大笑，又正色说："其实那年高考他因为耽误太久，虽然成绩赶上来不少，但是离目标中国政法还差一截。尤其前一年政法的成绩高得离谱，所以报志愿的时候大家都劝他低就，去别的学校。但是你也猜到他那个脾气根本不听任何人的话。谁知高考还真让这个人捡了漏，他本来就是超常发挥，成绩进步了一大截，又偏偏那年就赶上了政法是'小年'，他以最后一名提档进了自己喜欢的院系。”

这个故事我们也听说过。

“我跟叶燚从小一个学校，很佩服他。这人从来不将就，不退而求其次，最厉害的是他从来都如愿。这套文具就是他送我的。”颜昀微笑，似乎想起了和叶燚的种种过往，“高考当天，他去考场时被曾经结过仇的小混混堵在路上，好不容易到了考场，却发现除了准考证和身份证，其他东西都丢了。幸运的是，邻座的女孩竟然带了一个备用的文具袋，里面有全套文具，借给他就没再要回去。我考试的时候，他就把这套文具给了我，说要把这个好运传给我。不知道是不是因为借了这份幸运的福气，我高考两天都特别顺利。念慈，现在我把这套文具送给你，也希望你一切顺利。”

念慈静静地没说话，颜昀看着她的眼睛，片刻之后，仿佛终于下定决心：“念慈，我下学期就要去美国做交换生了。如果以后不能经常见面，走之前，我要给你一份幸运。”

我一怔，他要去美国了？所以，他这次回来，是来告别的？

念慈突然抬头，就那么看着他。

颜昀回看着她，一字一顿地说：“念慈，高三毕业的时候我就想和你说谢谢，这两年你给了我太多支持和帮助。这次咱们可能要分开很久了，走之前，我想跟你说保重。我希望你之后的人生所见、所遇都是你想要的，一切都是恰恰好。”

念慈的眼睛一瞬间低垂下来。

我心里一疼，害怕她会流眼泪。

颜昀也不再说话。

冬日的正午，苍白的日光，尚未出口的告白被未期而至的告别阻挟，惨淡得令人窒息。

念慈抬起头的时候，我看到她的睫毛微微颤抖，却并未淋湿。

她没有哭，只是停顿了许久，许久。

再开口，声音已然恢复平常那般安宁："我知道了，谢谢师兄。"

念慈的初恋是三月白桃的花瓣，没有经历春暖，便已经随风不见。

颜昀是温柔的男孩，他没说的话是"如果不能给你我的喜欢，我要给你一份幸运"。

念慈是聪明的女孩，披荆斩棘地爱了两年，她知道自己此刻终无前路。

十七岁的她，只能接受这份幸运，然后，她的初恋就结束了。

高三寒假的最后一天，颜昀向我们告别，他即将前往美国，走之前请我们吃饭唱歌。

念慈拗不过，被拉进昏黄的包厢里，被逼着跟关超合唱了一首《一生所爱》。她声音一贯柔和温婉，可关超唱不出卢冠廷的味道，仿佛是罗家英在念经。整首歌一塌糊涂，念慈也没有坚持唱完。

郭靖没参加聚会，晚上的时候跟着车来接我们回家。

念慈上车的时候，可能是太疲惫，背包带子从肩膀滑落，郭靖如往常一样伸手接过，先一步上了车。

念慈想说什么，终归没开口。

蒋翼在我后面推我："快点走啊，发什么呆？"

"知道啦！"我被推搡着三步两步跑上车，心想，明天就正式上课了，高考可就真的来了。

仿佛是喊了太久的"狼来了"，高三最后一个学期虽然紧张，其实也和之前的学习节奏相去不大。

蒋翼基本上都留在我家过夜，我爸为了让他睡得舒服，特意换了个两米乘一米的可折叠沙发。这个人之前两年常跑美国，成绩倒是没怎么耽误，始终保持在年级十名左右。

庄远妈妈出差的时候，庄远也会在我家吃饭。

所以十三号楼的日常又仿佛恢复了小时候那样，晚自习回来聚在念慈家写作业，四个人一起复习，吃念慈奶奶准备的夜宵，困了就回家睡觉。

明雨已经决定了放弃复旦的保送名额，全力准备北大，每天都复习过午夜。

早上看到她基本上都是黑着眼圈，我自己虽然也迷迷糊糊的，但看到她还是有点担心。

“你这成绩考北大也没啥问题吧，干吗压力这么大？”

明雨从卷子里抬起头，眼神过了一会儿才聚焦，说：“考不上我妈肯定要失望，她当年就差一点没考上。到现在还经常梦见小时候她跟我姥爷回学校，说春天的时候，花开得特别好……”

我没说话，学霸的压力听起来气人，但其实跟普通人的一样难抗。

不过也有不务正业的，高三开学，关超又换了个女朋友。

照例又是学妹，高一文艺部的骨干，接了亦菲的班，跳民族舞的，一字马说来就来，人气极高。

关超每天中午都带着学妹跟我们一起吃午饭，得意扬扬的劲儿看着很欠揍，有时候晚上还不跟通勤车回家，一次两次还好，次数多了免不了让人担心。

有一天晚自习下课，蒋翼先一步出门，我跟在后面看见他在六班门口堵关超：“你今天晚上还不回家？你爸这几天问了好几回了。”

关超照旧嬉皮笑脸：“我网吧约了包宿，你去不去？”

蒋翼挥开他要过来搂自己肩膀的胳臂，反手拽住他腕子：“你最近怎么回事？”

关超顿了顿，说：“你甭管。”

蒋翼被激怒：“我还就管了。”

“你管不着！”

“你有完没完？”

“我回去家里也没人！”

关超挣开蒋翼，两个人力气都不小，分开的时候脚底下都不太稳当，蒋翼不管不顾地又去抓关超。

我和廖星赶过来以为他们要打起来了，赶紧分开他们俩：“都好好说话。”

我忙过去拉蒋翼的手，“没伤着吧？”

关超没说话，看了看蒋翼又看了看我，学妹已经等在楼梯口，兴高采烈摇手叫他名字，这个人转身就要走。

我突然来气，也叫了一声：“关超！”

他脚步顿了顿，却没回头。

我更气了：“你什么毛病？越大越没劲了是不是？能不能好好说话？跟我们发什么脾气？”

关超的身影已经下了楼，我气急，跺脚喊他的名字：“你给我站住！”

“瀛子……”同一时间有人喊我，声音虚弱且无力。

是明雨的声音。

我慌忙回头，明雨脸色苍白扶着墙壁刚出了五班的门，一见到我回头就再也站不住了，“扑通”一声倒地。

“明雨!!”我脑中一片空白赶到她身边，想要抱起她却不够力气，全身哆嗦：“你怎么了?”

“怎么了！哪儿难受?”邹航一个箭步窜出来，从我手里夺过额角冒着汗的明雨。

“肚子、肚子好疼……”明雨勉强说出一句话。

郭靖从教室里出来，看了一眼当机立断：“马上去医院。”

廖星慌忙赶过来：“我去找一辆自行车来，到校门口走不过去！到了校门口再打车……”

蒋翼转身就走：“不用打车，我去叫通勤车送咱们。”

邹航背起明雨，咬着牙说一句：“没事的，没事的，你放心，有我在，没事的。”

出生后的十七年里，我从来没有走过那样一段漫长的路。

只是从教学楼到校门口，我一路都在掉眼泪，一面拉明雨的手，一面叫她的名字。

校门口，念慈和亦菲已经等在那里，关超的父亲搓着手：“慢点，在最后一排坐好。”

我们急匆匆上了车，大巴车尽可能快地疾驰着，可明明只有一两公里的路程却远得仿佛在天边。

等在病房外的时候，我才发觉自己腿在抖，念慈拉住我说：“瀛子，坐下、坐下，你站不稳。”

我听不进去，语无伦次地问：“不会有事吧？不会吧，她这几天脸色就不好……”

医生从里面出来说：“是急性阑尾炎，这会儿已经挂水了，家长在哪里，得尽快手术。”

闻讯赶来的辛老师匆忙签了字，问医生：“要紧吗？”

“送来得及时，小手术，割掉就好了。”

我这才觉得眼前的雾气散了，一下子坐下来，躲进念慈的怀里，眼泪“吧嗒”掉下来：“还好……”

念慈紧搂住我。

然而这个晚上，慌乱和忧虑都刚刚开始。

跟着郭靖一起去办住院手续的蒋翼是一个人回来的，丝毫没有比方才松弛，反而整个人气色都不对了。

“怎么了？”我一下子站起来。

蒋翼抿了抿嘴唇，半晌说出一句：“郭靖他爸也住院了，明天手术，他刚才见到叔叔阿姨才知道。”

所有人都顿在当场。

在郭叔叔的病房外，我看到了从未见过的郭靖。

从来如山一样沉稳的男孩坐在病房门口的长椅上，丧气地将头埋进手臂：“如果今天我没看见，你们打算瞒我多久？”

郭靖妈妈坐下来，抹掉眼泪，搂住儿子宽厚的肩膀：“怕耽误你考试，不是想瞒着你，你是大人了，妈知道。”

郭靖的爸妈不只没有告诉自己的儿子，连整个航天城也没有什么人知道，他爸爸请了长假，跟郭靖说是外派，他妈妈关了烧烤店，白天照顾他父亲，晚上回到家属区陪伴郭靖复习。

向来勤劳朴实的夫妇打算就这样不声不响地扛过这样大的人生难关。

“我以为你们是因为我高考才关了店……”郭靖声音发颤，“这么大的事，至少得告诉我。”

郭靖妈妈搂着他掉眼泪：“明天、明天一早的手术，你爸爸其实特别想看看你。”

郭叔叔从病房里走出来，从来厚实高大的人，此刻在病号服里却显得消瘦，他抚摸郭靖的头：“没什么事，明天还得上课，早点回家。”

“他明天上课也不安心，就留在这儿陪一晚吧。”辛老师跟过来说，又看看我们，“你们还得复习，都回去吧。”

走廊里七七八八站着我们所有人，没有人动。

辛老师叹了口气：“要陪，就都陪着吧。”

在那一刻，我们真切地感受到自己的渺小和无助。

也似乎就是在那一瞬间，我们不再是孩子。

邹航的父母帮忙给我们找了一间空着的病房，让我们在里面休息。

我和念慈挤在一起，躺在床上却睡不着，折腾了几番还是起了床。

念慈问：“去哪里？”

“睡不着，透透气。”

“别买零食，吃了更睡不着。”

“哦。”

路过郭靖父亲的病房，蒋翼还陪着郭靖守在门外，两个人都没睡着，有一句没一句地不知道在说什么。

我心里很乱，一个人出了病房楼，在楼下的便利店买了一根酸奶雪糕，拆包装时看到了大堂外台阶上坐着的身影。

昏黄的夜灯下，我认出那是关超。男孩的身影和树影混杂在一起，显得狰狞又破碎。

晚间的医院仍旧有人匆匆往来，我在大厅门内停了下来。

关超仿佛感应到我的目光，回头笑了起来："你又偷吃雪糕，一会儿告诉蒋翼。"

我累了一天，眼睛还疼着，听了这话转身就走。

关超在后面叫我："黄瀛子，陪我待一会儿。"

晚自习下课叫他的时候他怎么不停，我心里还有气，便不肯停下脚步。

关超在身后说："我体育大学的保送机会没戏了。"

"什么？"我急促转头。

关超一边笑一边向我走过来："我以后都不打篮球了。"

"为什么?!"

"不为什么。"

我转身就走："不说算了。"

关超在后面说了一句："雪糕给我吃吧，我晚上还没吃饭。"

我气呼呼转头，这个人嬉皮笑脸走过来，从我手里拿过雪糕径自咬了一口，又递回到我嘴边："分你一口。"

"脏死了！"我嫌弃地一把推开他。

这个人笑着拽我的手腕坐在他身边。

"好凉。"我坐下来打个寒战。

他咬着雪糕脱了运动服铺在地上："坐这儿。"

我累得消了气，坐下来陪着他发了好半天的呆，想了想决定告诉他："郭靖爸爸明天手术。"

他没说话。

“明雨是阑尾炎，应该没什么事。”

“……嗯，我刚在病房外看见她睡着了。”

“所以你到底怎么回事？”

关超吃干净了雪糕，把雪糕棍空投进了垃圾箱：“我去测了身高，应该是不会长个了，一米八三，离体大的要求还差一点。”

“可你的技术最好呀！”

“也没好到值得忽视身高的地步。”关超说得倒是很冷静，“国内的篮球圈还是拼身高的。伍德那家伙竟然会长到两米零六。怪不得他就那个智商，原来是长太高，营养长不到脑子里。”

关超说着笑出声来：“还有王晨，现在就已经将近一米九七了，估计可以直接进省队打比赛。”

“别笑了。”我看着他说。

他站起来问：“有没有钱，再买根雪糕。”

我翻出兜底的十块钱给他，他接过来，又坐下了：“算了，有点冷。”

“那你高考怎么办？”我问。

“体大给的建议是考体育管理，我没答应。”

也是，这人跟管理俩字绝缘，他需要的是被管理。

“高考估计最好也只能上个一般的二本，弄不好就要走三本，我想要不就算了，随便找个工作再说。”

“这怎么能行……”我直觉这是坏办法，可心里也没主意，“这事你爸怎么说？”

“能怎么说？”关超哼笑了一声，“说他早就知道我考不上，他跟我妈都没那个身高，我早就应该放弃。”

……这么说太让人灰心了，怪不得关超这几天心情这么糟。

我很想拉着关超的手说，一切都会好起来，可是那么渺小的我，承诺也是无力的。

关超说：“我不能和你们去北京了。”

“亦菲知道吗？”我莫名问了一句。

关超半晌点点头：“她让我别难过，说每年放假回家都可以见到。”

这是典型的亦菲会说的话，合情合理，却也不温不火，不冷不热。

只是没想到她会这么跟关超说，这两个人，从小关系就特别，会分享别人不知道的更隐秘的事。可不知道什么时候起，亦菲似乎离我们越来越远了。

我突然想起那年在我家楼下，给关超包扎伤口的亦菲，她和我们这群人玩在一起真的已经是很久之前的事了。

分离势在必行，可其实有些人早就已经走远，在我们还都没意识到的时候。

第二天，算上邹航和廖星，我们十个人都逃课了。

在手术室门口守着的还有我们的父母。

念慈妈妈搂住郭靖妈妈：“怎么能连我们也瞒着呢，大家一起总有更多办法。”

明雨早一步出了手术室，她没用全麻，所以还清醒着，小声问我：“郭靖爸爸没事吧？”

我摇头抹眼泪，嗓子哽住说不出话。

念慈拉住她的手：“还没出来，你先休养，我们都在，别惦记。”

郭靖始终在手术室门口站着，除了早上被蒋翼逼着喝了一口水，再也没有吃东西。

直到手术室的灯暗下去的那一刹那，医生从里面出来，摘下口罩，微笑了一下：“手术很成功，之后好好休养。”

郭靖仍旧一动不动，身体却晃了晃。

蒋翼和关超一把搂住他，男孩的肩膀剧烈抖动，却没有声音传出来。

庄远起身，拍了拍郭靖的后背，轻声说：“好了，没事了。”

长大，并不是一件容易的事，我们都是从那一天开始才知道的。

“瀛子，你这是去哪儿？”亦菲在校门口问我。

“我跟念慈去看郭靖，给他补课。”

“明雨好些了吗？”

“好多了，她下周就能出院了。”我问亦菲，“你跟我一起去看她吗？”

“我明天和姗姗一起去。”

明雨的病床边摆满了鲜花水果，她倚着床，手边拿着一本书，是普希金没完结的那本《叶甫盖尼·奥涅金》。

“你作业写完了吗？”我蹦蹦跳跳坐在她身边，拿了个香蕉剥开皮，“你吃不吃？”

“你吃吧。”明雨还是看书。

我从书包里拿出作业：“今天新发下来的卷子，给你放这儿了，要是有什么不知道的，一会儿庄远过来给你讲。”

“放那儿吧。”明雨还是没抬头，倒是问我，“你月考的成绩出来了吧？”

“出来了，还行，比上次提了 30 名。”我吃着水果问：“你怎么不问你的成绩？”

“我妈跟我说了，没什么变化。”

对，没变化，第一名能有什么变化。

念慈重新摆放了鲜花说：“我给郭靖送作业，你跟我一起过去？”

“那一起！”我“腾”一声站起来，“明雨，我们一会儿回来。”

“哎呀。”方明雨突然很造作地喊了一声，放下书拉住我的手，“我想去卫生间，你陪我去吧。念慈你先过去，瀛子一会儿再去。”

念慈点头：“也行。”

念慈远去，我要扶明雨：“那咱们走吧。”

方小王施施然地重新坐回床上，盖了盖被子：“走去哪儿呀？”

“不是上厕所吗？”

明雨重新翻开书：“谁说我要上厕所？”

我这个气啊，还讲不讲理了？刚才怎么没给你录音呢？

“念慈去给郭靖补课，你凑什么热闹？”

“不是叫我一起去嘛……”

“……哎呀，你可什么时候能开窍呀。”

“又怎么了。”这人真是越发难琢磨了，我也懒得跟她费脑子，拿出一张卷子问，“这道题你给我看看怎么回事？答案是对的，为什么还是扣了两分？”

明雨终于又放下书，仔细看了一眼说：“有一个步骤没写全，演算都对了。你看，这里要加上……”

我咬着笔仔细听她讲话，明雨似乎蛮欣慰的：“最近进步很大嘛。”

我按着她说的写全了步骤，问道：“你怎么不复习了？”

明雨停顿了片刻，刚要说什么，房门被推开，进来的是庄远。

他显然也没料到只有我们两个，递过手边的花笑："我以为他们都到了。"

"今天都来了？"我跑过去接过花来。

庄远坐下来说："厂里好多人都来看郭靖爸爸，晚上坐通勤车一起回。蒋翼他们就也跟着来了。明雨你好些了吧？这些天没上的课晚点我给你补上。"

明雨点点头说："谢谢。"

庄远似乎也看到了那本《叶甫盖尼·奥涅金》，目光停在上面。

明雨想了片刻，看着我俩说："我打算接受保送名额了。"

"啊？那你不考北大了？"我吃惊。

"不了，我打算去上海。"

邹航他们就是那一刻进来的，本来嘻嘻哈哈的男孩瞬间停了声音。

庄远回头看看他们。

从不生气的邹航，脸色在那一刹是我从没见过的糟糕。

这一年，他继续抽条，西洋画里的丘比特长成了大卫，本来还略微能看到婴儿肥痕迹的脸颊，虽然仍旧柔和，却莫名多了些锋利的线条。

然而和样貌越发出挑同步的是他的耐心逐步告罄。

明雨的任性和敏感，邹航全部都喜欢，但是喜欢就会期待拥有，拥有了一毫必然奢望一寸，有了一寸便要全心全意。

某些时候，这个人的焦躁愈演愈烈，明雨的城池肉眼可见地失守，但邹公子喜欢太久，仍旧只觉得彼此太远、太慢。

一起去北京上大学，是邹航唯一的念想。

可明雨刚刚跟庄远说："我打算去上海。"

邹航的脸色一点一点阴冷，三秒钟后，他转身就走，蒋翼拽住他肩膀："别赌气，这种事用得着发脾气吗？"

"怎么用不着？都说好的事。"邹航从来没这样失控过。

蒋翼紧紧蹙眉："说好的就不能变是吧？"

"凭什么说变就变？还有，这话你是在跟我说还是在跟你自己说？"

蒋翼神色一敛。

"说走就走的人，早说晚说都是混蛋。"邹航一把甩开他的手，头也不回走了。

我有点蒙，问蒋翼："他怎么回事？为什么还跟你发脾气？"

"……没什么。"蒋翼脸色也不好，深深吸了口气才说，"我去看看他。"

明雨低头看着床边的花，叹口气。

我坐回去："怎么突然这么决定呀？"

明雨侧坐，和我头挨着头："我好不容易自己做一次决定，瀛子你说，我没做错吧。"

我不知道。

我也不知道明雨到底为什么突然改变了主意，那一刻我能做的只有一件事，抱住她，没有说话。

方明雨松弛了肩膀。

明雨是后来跟我说了为什么做这个决定的。

那时候她已经出院，办好了所有的保送手续。

下课的时候，她在我们常去的天台等着我。

初春的天气，云丝如线。

明雨说："我有点想把自己从生下来就一直在身上的压力卸下来，教导主任的女儿是年级第一这样的刻板印象真的让我太累了。这么多年，我好像就为了考个好学校而努力，可也不知道为什么要考北大。为了我妈？为了我的自尊？为了不让人失望或者不被人指指点点？

"可是为什么要这么做呢？如果只是学习，我其实已经做得不错了，是不是？那天来医院的路上，我疼得太厉害了，迷迷糊糊地就突然想到，如果我已经接受了录取通知，现在的我会在干什么呢？我其实真的好想去读一本喜欢的书，看一场电影，去 KTV 唱歌，去逛逛街……

"我不是什么天才，不能像蒋翼那样一边画画一边还把成绩弄得很好看，也不能像他一样，对自己政治 30 分的卷子一笑了之。我要花很大工夫让自己当第一，让卷面整洁又好看，可是我好累。我其实根本不想当什么第一的啊。

"我为什么要把时间花在一个我其实也不太明白为什么一定要去做的事上呢？

"我希望自己是很好的方明雨，可是这种'好'甚至不能取悦我自己，那我这样做到底是为了什么呢？

"拿到复旦录取通知书的时候，我其实松了口气。可马上又因为这样的松懈责怪自己，然后又因为这样的责怪而再次责怪自己为什么不能坦诚面对自己，我明明觉得这样真的已经很好了，我就是想学个外语专业，以后看看书就很满足了，可为什么还是不能停下，为什么还是觉得自己很糟糕……

"那种循环往复，真的让我好累……

“有一天晚上我复习得头晕，趴在桌子上的时候不知怎么突然想起我小时候去过复旦的校园，春天也有花开得很茂盛，虽然不是姥爷的母校，可是我也很喜欢那里。

“那一刻，我突然很想知道我这么努力是为了什么？

“方明雨这么努力是为了什么？

“还有，方明雨到底是谁呢？

“不考第一的话，我还存在吗？

“不考第一的话，方明雨仿佛就是个透明人了。

“那可太糟糕了。

“我活着，重要的不是哪里的花开得更好我就去那里，重要的是，我自己是谁。

“如果还不知道我自己是谁，那我想让自己开心一点，放松一点。”

明雨从来不会说那么多话，她大部分的时候都在埋头赶路，或者对我的一派天真叹气。

而这一刻，是从来亲密无间的我们的心贴得最近的时候。

因为这一刻，我们都在彼此的眼睛里看到了自己。

“辛老师同意吗？”我晃荡着腿，故作轻松地问。

“她很失望，但是很快就同意了。”明雨眼神有一瞬间的恍惚，“我也没想到。”

“前两天，我出院坐在回厂里的车上，不小心睡着了，醒来的时候发现她还是像我小时候一样让我躺着肩膀，可是已经抱不动我了。

“走回家的路上她才跟我说，她很矛盾，看到我拿到保送名额的时候其实很想跟我聊一聊，但是不知道怎么说。给我打气考北大怕给我压力；劝我接受复旦的保送名额，又怕我觉得她不信任我的能力。”

明雨说到这儿眼圈微微红起来：“她说，她当然希望我去姥爷的母校，但她希望我成为什么样子其实都不重要。重要的是我喜欢我自己的样子，那她就高兴了。原来这么多年的压力都是自己给自己的。”

明雨的释然就这么到来了，可我有点惆怅，和邹航一样的惆怅：“这样你就不会跟我们一起去北京了。”

“是啊。”明雨点点头，“这也是唯一让我舍不得的。但这样，也许我就真的可以放开庄远了。”

我怔住。

十七岁你喜欢谁？

双子座的方明雨在自己生日快到来的时候做了两个决定，她不再坚持要当第一，也不再喜欢那么好、那么完美的庄远。

她更喜欢自己多了一点。

- 外传 -

石榴

是大二那一年，刚开学，九月份的时候，邹航和几个同学想方设法淘了点钱，开始排一出舞台剧。

不是什么大制作，两三个演员，小众的文艺作品改编。原著作者很慷慨地给了版权，可一群学生几乎拿不出一件像样的道具，排练厅都是黄瀛子求兰溪帮忙联系的相熟美术馆的闲置仓库。

邹公子却很是来劲，背着乐欢盈，每天起早贪晚，恨不得住在排练场。

他的电影快上了，前途未卜。

十月末的时候，邹航深夜给黄瀛子打电话：“你过来看我的戏，叫上庄远。我觉得我这回要成了！”

黄瀛子在电视台熬大夜，午夜的演播厅里，年轻的实习生跑动着传送物料，勉强分神消化邹公子的心思，便只有一句话：“我没空，你自己叫他去。”

邹航想一想说：“美术馆后院有颗石榴树。你记得吧，这个季节，石榴都熟了。我昨天去看，有鸟儿啄了半个果子，剩下那半个，像被枯萎的叶子包着的红宝石一样，特别好看。”

黄瀛子停住脚步，若有所思：“所以呢？”

邹航：“所以你叫庄远来看我拍戏，我请你俩吃烧烤。”

黄瀛子干脆利落答应道：“行吧。”

黄瀛子说到做到，凌晨回到宿舍，脸都没洗爬到上铺，睡到日上三竿，起来拎着浴筐跑到澡堂洗了澡，回来换了干净的毛衣和牛仔裤，路过食堂又买了杯豆浆，这才慢悠悠挤着地铁往北五环的美术馆。

出了四环，城铁便到了地上，天愈发蓝，云也愈发淡，树木依稀繁盛，只觉得眼睛里一片青黄灿烂。

北京的秋天是最好的秋天，因为已经在这里生活了一年，所以黄瀛子知晓冬天会猝不及防来临，于是生发了那种因为随时都可能结束，所以更值得被留恋的最好。

美术馆距离地铁站很有段距离，黄瀛子豆浆喝得很慢，等到进了院，正好看见庄远站在那棵被邹公子用来招徕了两位观众的石榴树下，他仰着头，在研究果子。

庄远天生不怎么怕冷，十几度的气温，不过还是一件白色的衬衫，宽宽大大的，被累累的石榴映衬得愈发清瘦。

他听到响动，转头笑，招手冲着黄瀛子摊开手掌，掌心是一片卷了边的石榴果皮。

“瀛子你看，是鸟儿啄掉的。”

黄瀛子凑过去，在庄远的掌心上戳一戳，笑：“真好看。”

两个人头挨着头，交换了石榴皮和豆浆。

庄远喝了剩下的豆浆。

黄瀛子拿出相机拍石榴的光影，随口说一句：“有点凉了。”

庄远看着女孩子的背影，慢慢说了一句：“没关系，我本来，也只喝冰的。”

闲置的仓库里，主创围坐在四周，年轻的导演严肃看着场中央，写写

画画。

最正中的角落，邹航正在排练，角色是《雷雨》里的周冲。

邹航念白：“哦，有一条轻得像海燕似的小帆船，在海风吹得紧，海上的空气闻得出有点腥、有点咸的时候，白色的帆张得满满地，像一只鹰的翅膀斜贴在海面上飞，向着天边飞。”

庄远和黄瀛子从排练厅角门进来，悄无声息地找了个角落的位置席地而坐。

邹航视线扫到黄瀛子和庄远，三个人点头一笑。

休息的时候，邹航走过来，坐在两人中间，冲着黄瀛子皱鼻子：“探班都不带点礼物。”

黄瀛子把那块石榴皮交给邹航，“本来带了半杯豆浆，跟庄大王换了这个。”

三个人就又笑了。

邹航又对着庄远发难：“我叫了你几回看彩排，黄瀛子要是不来你也不来。”

庄远笑，真诚得让人分不出真假：“我上半个月有个实验，昨天才结束。”

黄瀛子就没了说假话的客气：“要不是想看隔壁宁川的展，我也没空接见您。”

邹公子没跟航天城那帮小气鬼计较：“我跟你俩说，我这几天在这排练，找着巷子里一家烤串，有点儿咱们小时候在学校门口吃的那个味。

黄瀛子啧啧两声：“大中午的把我们叫来就吃烤串？”

“黄老师怎么还讲究上了？”

黄瀛子笑：“烤串这种人间精品，不配着油腻腻的白炽灯和呛人的汽车尾气，总觉得差点儿佐料，少点儿气氛。”

邹航好笑："走吧，两瓶啤酒下肚，你要啥气氛都有了。"

巷子里的小店，杯盘狼藉之后，三个人酒足饭饱，各自出神。

黄瀛子问："你怎么在演周冲？"

邹航说："今天就是排着玩儿，找找感觉。怎么样，这串儿是不是有点咱们小时候那个味？"

黄瀛子点头，又叹息："唉，我好想郭靖妈妈做的菜，你说郭靖他们家的店在咱们当地也挺有名气了，要是以后能在北京开家店就好了。"

庄远和邹航对着笑起来。

"还是那个正宗的黄大仙，想一出是一出，这可是大北京，开个店那么容易呢。"

庄远道："抽空回去吃吧。"

黄瀛子不说话。

邹航给两个人倒啤酒，"她才不爱回去呢，物是人非，回去都是伤心事，想见的人见不着……哎哎好了，别瞪眼，您谁也不想见您有理，让人那么放鸽子，您就活该无情无义无理取闹……"

黄瀛子烦躁要起身，邹航忙拦住："哎，咱仨说是都在北京，见一面也不容易，别急眼，我说错了。"

"见不着也不能赖我吧。"黄瀛子到底好哄，坐下来，"你不是在组里，就是跑上海，今年上海人家也不让你去了。庄大王呢学业繁忙，工作更繁忙……"

邹航道："最忙的还不是你，大一就开始实习的有几个？更别提赶策划的时候像个疯子，半夜突然打个视频来把人吓个半死。"

庄远看了两人一眼，不动声色问了句："有什么事半夜还要打视频？"

邹航和黄瀛子突然互相看了一眼，坏笑起来。

邹航卖关子："不好说啊，毕竟拿过黄大仙儿的封口费。"

黄瀛子毫不在乎："你想说就说，也不是我一个人丢人。"

邹航笑："那我是怕丢人的人吗？哎，说到底是咱们太忙了，还是北京太大了，我前几天看到一个笑话，就说一个外国人在德国，开一个小时车……"

黄瀛子的手机就是这个时候突然响起来。

她当即两眼放光，忙把手里的烤串整个撸进嘴里道："我先回去到美术馆见人，你俩吃饱了再过来。"

邹航生气道："就这你还好意思抱怨我俩忙？哪回聚餐不是你先跑！"

黄瀛子匆忙接过庄远递来的相机包，头也不回挥挥手一溜烟消失在门口："晚走了跟你俩抢买单吗？"

邹航转回头，冲着仍旧看向门外的庄远，笑："您怎么还没走？我还以为您得跟过去保驾护航。"

庄远转回身体，慢条斯理又倒了杯啤酒："所以，你俩为什么半夜打视频？"

邹航差点噎住，没辙地摇摇头笑起来，再痛快撸了一串，"欸，要不要听我把笑话给你讲完，就说有个人开车……"

庄远招手："老板，结账！"

要去宁川展览所在的展厅，要经过美术馆的书店，黄瀛子就是在那里绊住了脚。

一本画册的封面上是蓬勃且热烈的色彩，雷震子身姿挺拔如山，背后的双翼冲破霄汉。

黄瀛子静静站在那儿，有些动弹不得。

有人在她身后轻声询问："是黄瀛子吗？"

一个年轻男生走过来和她握手："我是宁川老师的学生，兰溪学姐和我提起你想来看展，只是老师从来不和媒体打交道，所以我来陪你看展，你看可以吗？"

"谢谢。"黄瀛子回神，"其实不用这么客气。"

男生视线停在那本画册上，说道："那是今年国际青年动画节获奖作品的合集，你喜欢？"

黄瀛子下意识摇头，又笑起来："没有，挺好看的，不过……"她沉默了片刻，笑，"太贵了，画册都太贵了。"

邹航和庄远在小饭店的门口站着吹风，邹航不过喝了两罐啤酒，竟然也觉得醉了："大王？"

庄远嗯了一声。

邹航沉默一会儿道："你知道吗？上高中那会儿，我其实特在乎你。"

饭店里有结了账出来的客人，闻言当即退回去了。

庄远无语，莫名觉得秋天的正午竟然有些热，解了解衬衫领子："你的语文水平变成这样，确定高中毕业了？"

邹航笑起来，微微出神："高中啊，真想高中啊，老徐，史老师，苏老师，付老师，真想他们啊。那时候，方明雨就坐在我身后，每次下课回头就能看见，上课的时候，文具盒的反光也能看到她，脸圆圆的，好像个红苹果……"

庄远少见的，有耐心地沉默着听朋友絮絮叨叨地怀旧。

然而邹航下一句是："明雨小时候喜欢你，你知道的吧？"

庄远顿了顿，没回答。

邹航笑："还好后来不喜欢了，可是我们到现在谁也猜不透你喜欢谁……去年同学会，你和黄瀛子不是都没回去吗，我们就不知道怎么提起

来，同学们都在猜你那时候喜欢谁，结果你猜怎么样？”

庄远无语：“你们这么无聊的吗？”

“结果就是我们谁也猜不到。”邹航笑了一下，“可是现在我才发现，不是猜不到，是答案完全在我们意料之外。谁会想到呢？”

庄远看表：“走了，跟瀛子汇合吧，下午回去还有事。”

邹航一动不动。

庄远回头，无奈，揉太阳穴：“所以你现在觉得你知道答案了？”

邹航不置可否，笑一下：“所以，听不听笑话？”

庄远叹口气，但是也没再要离开。

邹航目视前方，仍旧是他常有的笑意吟吟的样子：“就有这么个笑话，说有一个人从德国，开车一小时，到了法国，再开车一小时到了意大利，再开车一小时到瑞士……然后，就是北京也有一个人，从朝阳区开车出发，开了一小时到了朝阳区，再开车一小时，在朝阳区，再开车一小时，还是朝阳区……”

笑话说完，说笑话的人已经笑倒。

“哈哈哈，你说是不是好笑，欸，你怎么不笑，这个笑话就是形容北京太大了，朝阳区都太大了！欸，你不是没听懂吧，你这个智商不应该啊……”

庄远面无表情，又想离开。

邹航一把抓住庄远：“庄远，北京太大了，所以你听说那个没有，在北京，如果谈了恋爱不同居，就相当于异地恋。异地恋，太苦了……”

庄远神色温柔了下来：“走吧，邹航，走吧。”

邹航摇摇头：“庄远，你知不知道，黄瀛子心里也有个朝阳区。”

庄远无奈应和：“嗯，她是挺心大的。”

邹航笑：“不是心大，是有时候，一个人之于另一个人就好像是朝阳

区。”

庄远不想两人引起围观，四下看着：“这什么比喻？”

邹航突然沉静下来：“就是，他在她心里占地之广，是永远也走不出去的存在。”

庄远静止在原地。

邹航看着庄远，半晌笑了笑，拍拍他的肩膀，越过他，扬长而去。

“我先回去排练了，你要陪着黄瀛子，就去吧。”

邹航没回排练室，好像才出了巷子，就已经开始疲惫。

他在太阳下站了好一会儿，拨通手机。

方明雨接电话的速度不算太慢，语气温柔：“怎么了？”

邹航叫她的名字：“明雨。”

方明雨：“嗯？”

邹航顿了半晌，突然说：“朝阳区太大了……”

上千公里外，方明雨嫌弃得想发笑。

然而邹航眼角闪了闪，被晶亮的秋天午后的阳光占据，忍住了声音里的颤抖，他说：“明雨，我真的走不出去。”

图书馆的走廊里，二十岁的方明雨看着窗外入了秋的南方校园发怔。

真快啊，已经是秋天了，可是也真远啊，是不知道还能不能走回去的遥远。

黄瀛子在石榴树下抱着相机看自己拍的照片，女孩子就这么盘腿坐在土地上，五彩斑斓的毛衣上偶尔划过几片落叶。

庄远走过去。

黄瀛子仰头笑，拿起相机，给庄远拍了一张照片，然后笑：“三十块

一张，老板谢谢光顾。”

庄远笑起来，竟然真从皮夹里拿出三十块，递给黄瀛子。

“哈哈还真给呀！这怎么好意思。”黄瀛子说着客气的话，却已经收了钱放在牛仔裤兜。

庄远坐下来，在瀛子的手里看自己的照片，冷清清的一个男生，不明白为什么会有人愿意拍摄。

庄远挪开视线：“为什么让自己这么忙？大一就实习？”

“嗯，因为机票很贵……”黄瀛子突然打住话头，咬着嘴唇，不想说了。

“去哪儿的机票很贵？瀛子，你想去哪儿？”庄远拿过相机，看着瀛子，专注且安静。

黄瀛子不回答，只是发呆，半晌说了一句：“我哪儿也不去的。”

很多年前，有个人和她说过：“你在这儿，我哪儿也不去。”

那个人食言了。

庄远挪开视线，重新看相机里的照片，任凭黄瀛子在他身旁出神。

直到他翻到相机里有一张照片，拍的是美术馆书店。

一本画册明明被安置在角落，却被所有的光线包围，封面上的人物是他们从小到大熟悉的色彩和构图。

庄远按灭了闪烁的屏幕。

两个人就这样在庭院里坐着，像是两个没有过往的人，放空着。

庄远的声音很轻很轻：“瀛子，明年秋天，我们还来这里看石榴吗？”

黄瀛子笑了笑，点头：“好呀，明年的石榴应该会更好吧。”

也就是那年入冬，庄远同意了参加系里的交换计划，转年开春的时候，就去往德国了。

这一走，就是许久不见。

– 外传 –

把根留住

黄云庆和覃秋在唱歌，黄瀛子突然就打了电话过来。

电话接通了却不说话。

覃秋觉得不对，“喂”了两声，本来还在纵情高歌的黄云庆当即扔了麦克风，就往手机旁边凑，“大姑娘怎么了？爸在这儿呢。”

一句话惹出一众老战友们的嘘声。

覃秋好笑，作势递手机给黄云庆：“可真是亲爹，要不给你，换你说。”

可那边黄瀛子却另有主意：“没事了，不说了。”

黄云庆还要拦着，覃秋已经已然抽回手，“不说就不说吧，这几天降温，我给你重新打了一床羊毛被，下礼拜你舅舅就给你送到了，你让他把那个薄的带回来。快期末了，少逃点课，别又熬夜看小说，别减肥……”

做女儿的不出声，一边抽吸，一边安静听家长训话。

当妈本来还有千规万训，顿了顿，到底忍不住安慰：“唉，都考到北京去了，就好好念书，出国的也不是不回来……”

电话当即就断了。

黄云庆当即急了：“怎么还就不说了呢，你也不问问！”

“都多大了谁还没有点心事，不想说还让她说，不是更难受？”覃秋也恼火，冲着黄云庆撒气：“还学会撂电话了！也不知道随了谁。”

黄云庆搂住媳妇赔笑：“不好的肯定都随我啊。哎不说就不说，咱们

乐咱们的，各位老战友，我的朋友们，挚爱亲朋，今天是个好日子，能和朋友们在一起，祝大家心想事成，万事如意，我给大家带来一首我的看家歌曲，送给大家，也送给我几千公里外的女儿……”

这一天是庄远从首都机场离开的那天，也是邹航的电影办庆功宴的日子。

凌晨两点的时候，车流稀少的东二环，明亮的路灯照如白昼，一辆保姆车骤然停下。

车门打开的一刹那，邹航走下来开始干呕，半晌才直起腰缓过来，他有些迷蒙，不知身在何处。

手机就是这个时候响起来的。

邹航打开那一年最新款的苹果手机，接起那时候唯一有视频通话功能的 skype。

手机屏幕里一开始是一片漆黑，慢慢的，一个人头往后，逐渐清晰，对焦——蓬头垢面黄瀛子出现在镜头后，眼圈发黑。

邹航吓了一跳，立即酒醒：“大半夜的你浪费我的流量就为了装鬼吓唬我吗？！你不是赶进度赶得六亲不认，谁的电话也不接吗！你们寝室的人呢？也不管管你！”

黄瀛子醉醺醺对着电脑，从座位上蹦起来，手里攥着一瓶可乐做麦克风：“邹公子，邹公子！庄远离开北京了啊你知道吗！哦对，你知道，可你也没去送他，咱俩就没什么良心，一个跟后期，一个忙庆功，连送都不去送他啊！真没良心，我要是庄远，就气死了……”

“他哪儿那么小气……”

“他当然不小气，小气的是别人……我跟你说，我那时候，我就觉得，觉得我不能去送他……”

“那时候，哪时候？”

“……我怕我抱着他大腿说，别走！你走了，我都不知道我费那么大劲儿考北京来干什么！唉……可是，我要是那么跟他说了，我也就太孙子了。”黄瀛子突然捂着脸，声音也开始模糊，“邹航，庄远也走了，航天城那么多人，现在就剩我一个了，北京这么大，咱们班就剩咱俩了！可是剩下你也没什么用啊！”

邹航跌坐在马路边，看着手机，身心开始被抚平，莫名发笑：“怎么没用呢，没用你怎么给我打电话？”

黄瀛子闻言当即在对面嘿嘿发笑:“也对,有用,是有用。那为了感谢你,为了感谢如今唯一还能认真聆听的邹公子，黄大仙今天就给你表演一首，一首听了二十几年,但是今天,今天,第一次打动我的歌！让人醍醐灌顶！发人深省！痛彻心扉！感人至深！感天动地！感恩戴德！这就是，我爸的KTV 黄金曲目，我从小听到大的一首歌！”

邹航看着手机，吃吃笑起来。

黄瀛子在屏幕里语无伦次，翻找伴奏：“啊，我跟你说，我今天真的，为了给你献唱，我真的，真的，认真准备了，我今天，还，特意，第一次听了童安格的原唱！”

《把根留住》的前奏响起，女明星站起捂着额头，忧郁得六亲不认。

邹航一边发笑一边担忧：“你们寝室真没人啊？你这喝醉酒 K 歌的毛病让人看见就枉费我还在庄大王面前给你维护形象了。”

黄瀛子吃吃笑：“圣诞节，她们都出去嗨了，我就说我要实习。她们说实习也要出去嗨啊，我说实习回来就去送朋友，什么朋友啊，赶着大过节的出国……不过，咱们今天晚上就都把他们忘了……”

“他们？……”

“嘘，今儿咱们高兴，谁也不提。我这就给你唱首歌，这首歌那叫一

个经典，但是我这二十几年，就只听过一个版本，就是黄云庆老师的版本，黄云庆，不是蔡国庆，黄云庆，就是我爸，一个同样一年拥有 365 个祝福的男人。”

空间距离几千公里，却不影响父女俩同样的默契开场，同样的投入，同样的声嘶力竭：“一年过了一年，啊一生只为这一天……”

黄瀛子挥手的幅度好像身处万人演唱会：“来啊，一起来啊！让我们感谢天，感谢地，让我们感谢《把根留住》！”

那一边邹航被鼓动得热血沸腾，当即激情加入：“让血脉再相连，擦干心中的血和泪痕，留住我们的根！”

深夜的东二环，路灯下一个男孩子，在入了冬的北京，声嘶力竭，痛快地唱歌。

后来不知道过了多久，音乐停止的时候，邹航才发现，世界安静了，黄瀛子也早就安静下来。

之前好久，其实只有他一个人在唱歌。

这么几年，黄瀛子有那么多舍不得，可也只能和无关痛痒的邹航诉说。

到底他们都有一样的心病，于是总不会嫌弃彼此矫情。

邹航笑，嗓子有点哑：“怎么不唱了？”

黄瀛子也轻轻笑：“没什么，就是想到，原来有一天，我也会想唱一次我爸的 KTV 金曲。”

小时候最不能理解的旋律，以为永远不会被打动，可原来只是因为从未漂泊。

直到有一天，在异乡，一个仿佛只有我一个人的世界，我也学会了唱那一句：多少岁月，凝聚成这一刻，期待着旧梦重圆……

- 外传 -

T3

钟念慈拎着厚重的箱子下了出租车，手机就响起来。

黄瀛子的声音蔫蔫的，旁边一片嘈杂，“念慈你落地了吧，你才回来我就要出差，这会儿在机场了都。”

钟念慈好笑：“怎么这么着急？”

黄瀛子那边是过安检的广播：“要去采访一个非遗传承人，再过几天老人家就关了窑去儿女家里过年了，我就只能这几天去访。唉，一个国内航班怎么也走 T3……”

大四这一年，黄瀛子在《京客》的实习已经到了最关键的时候，似乎很有可能破了杂志社最低只招收研究生的例，所以忙得比金融精英还要夸张。

“我在你那儿住了两个礼拜，还学会了做炸酱面，就想说等你回来露一手……”黄瀛子哼唧了一声：“念慈，我都想你了。”

钟念慈拖着箱子往单元门走，好笑着打趣：“总是想我可怎么办。”

“你多陪陪我呗。”

“我介绍对象给你好不好？”

钟念慈说完这句话，就觉得背后凉凉的，脚步在门口停了停，突然回头。

电话那边，黄瀛子很是刚烈：“我不要对象，我就要你。”

钟念慈看着身后不知道已经停了多久的老爷车上下来的年轻男人，嘴

角微微翘起来，“哎呦，黄记者平时采访不会也这么撒娇的吧？”

“哪有撒娇嘛，我可从来不撒娇的呢。”

“真的吗？”

“真的呢！”

钟念慈笑：“所以，真不用我给你介绍对象吗？”

眼见着对面有人额头青筋暴起，手机里还有人不知险恶地高声，“都说了不要对象，要你！”

钟念慈笑：“我也只要你呢。不闹了啊，你好好去工作，回来给我煮炸酱面……嗯，要是你回来了我又出差了怎么办呀？还真没准儿呢，那就只好给你介绍男朋友了呀。”

钟念慈安抚了全世界只要她的小朋友，悠哉地挂了电话，看了一眼对面攥着拳头的高大男生，笑吟吟问了句：“有什么意见吗？”

蒋翼斩钉截铁：“有。”

钟念慈：“憋着。”

蒋翼当即脸色铁青。

钟念慈打量了几眼许久不见的老同学，到底笑起来，和蒋翼抱了抱：“好久不见了，蒋翼，什么时候到的北京？”

蒋翼也柔和下来，回抱念慈：“上个月。”

“呵，真够久的。”钟念慈当即松了手，转身进了楼门，指指地上的箱子：“我家三楼，箱子有点重，麻烦了哦。”

蒋翼被扔在原地，咬了咬牙气笑了，没脾气地拎了箱子跟上去。

蒋翼回国的事，郭靖第一时间就告诉念慈，然后迟疑着清了几次嗓子：“要不要，你看，要不要和瀛子说一声，嗯，要不要说一声。”

“他自己怎么不说？”

钟念慈当然不当这种传声筒，尤其是今天见了，更不打算说。

前阵子蒋翼等在小区门口的车委实让她担心，甚至怀疑瀛子做采访惹了什么人被跟踪。

好在不是她敏感，跟踪的人也没什么坏主意，嗯，可能没有……

老式的楼房挑空高，老同学相聚，一前一后，说了几句有的没的，到了家门口，念慈边找钥匙，边问:“你这会儿不是假期吧？什么时候回去？”

半晌没说人话，钟念慈疑惑回头，蒋翼脸色平静：“念慈。”

“嗯？”

“你把我介绍给她。”

“什么？”

蒋翼只别扭了一秒钟：“介绍对象。”

钟念慈这才恍然有人还惦记着刚和瀛子的通话呢，忍不住哈哈大笑：“她刚说的你没听见？她只要我呢。”眼见着蒋翼脸色不好，更悠哉地在火上浇油，“你可真行啊，还真是抱着这个心思回来的啊？瀛子知道你打的是这种坏主意吗？”

蒋翼眯起眼，这是他要冷脸之前的征兆。

钟念慈歪歪头，不吃他那套。

蒋翼后来发现，黄瀛子不知道什么时候，也开始喜欢做这个动作。

他离开的那段时间，瀛子和她的朋友还在同步生长着。

“不过你们现在确实不是想这些事的时候。”钟念慈道。

蒋大爷一言不发。

钟念慈笑吟吟：“你们俩多少事没说清楚呢？当初连个好好的告别都没有，这么久了一次都没回来，如今见了面就要旧梦重圆，你是不是想得太好了？”

蒋翼的手陡然握紧。

钟念慈笑得有些故意：“还有，你哪来的自信她就喜欢你？当然了，你在她心里很重要，你当初走了，她很舍不得，不过呢，想一想，我没来北京，她也很舍不得我呢？”

蒋翼本来还气怒的脸几近无奈。

“而且，我也没很混蛋的不声不响走了三年。”钟念慈收回笑意：“我也没让她一个人跑去北京送一个混蛋，看着对方头也不回就入了关，之后每次去 T3 都有阴影。”

蒋翼怔在当场：“什么？”

钟念慈笑一下，不回答：“没什么，懒得和你说，箱子放这儿，赶紧走人，瀛子出差了，一时半会儿不会回来了……”

“你怎么知道我没回来过？”蒋翼在门外，声音平静。

即将关闭的门戛然静止，钟念慈当即吸了口冷气，再推开门，男生已经转身下了半层楼。

钟念慈问：“什么时候？”

“你问哪一次？”

男生没回头，挥挥手便消失在了拐角处。

钟念慈一个人站在门口，半晌笑起来，关了门。

真好，又要有热闹看了呢。

蒋翼不知道自己被等着看戏，他那天下午没什么事，开着车，一个人漫无目的地开了不知道多久，才发现自己到了黄瀛子的学校，小小一个校园。

那是从小和自己亲密无间的女孩和自己分开后，生活了四年的地方。

蒋翼对这个地方，也有一点熟悉。

钟念慈问蒋翼什么时候回来过，蒋翼想，他其实也不是记得很清楚了。

只觉得每次回来都很狼狈，每次回来，都愈发伤痛，所以不愿回想。

第一次回来是出国第一年，十一月末的时候。

那时候他好像才开始适应了时差，也不再像刚出国那段时间那样每日每夜失眠，很多事不去想就会忘记。失眠症好了之后，失忆症开始让他整个人松弛了下来。

蒋翼在那年八月份自己的生日那天离开了黄瀛子，较劲了五个多月，似乎也开始享受大一新鲜人的生活，蒋翼念书的国家迎来了一个很重要的节日。

有一天早上，室友虽然得知他本打算飞到西岸和父母团聚，还是做着最后一次努力，邀请他一起加入感恩节派对。

可能是没怎么睡醒，蒋翼在匆忙赶去上课之前答应说好，然后到了教室里，习惯性地在自己的日程上标注日期，然后就看到临近日期的某一天是：十一月二十三号。

蒋翼当天晚上就订了最近的机票回国的，推掉了所有聚会，请了假，甚至等不及一个月之后就到来的圣诞假期。

候机的时候，蒋翼想起前一年的冬天，那时候正是高三复习最紧要的时候，黄瀛子的生日当天，自己收到了提前录取的通知。

他们所有人聚在瀛子家里庆生的时候，母亲打跨洋电话给自己，说起外婆的身体，说起对他的想念，说起团圆的愿望，说起蒋翼自己的梦想，也说起预想的对瀛子的安排……

母亲问他有没有劝瀛子跟他一起出国，本来一言不发的蒋翼突然反问：“她想学中文，我怎么劝？去给我陪读？还是跑到外国学中文？她又不是方鸿渐……”

话说到这儿，蒋翼突然哽住。

冯澜和蒋宇忱在电话那头不再催促，静静地等待儿子平复呼吸，才听

到年轻男生疲惫低哑的声音：“我要去我喜欢的学校，就不让她去学她喜欢的专业，我好像做不到……我本来以为，我能做到的。”

隔着遥远的海洋，蒋翼好像笑了一下，“不说了，她还复习呢，现在都未必考上一志愿，等她高考之后再说吧。”

放下电话的时候，蒋翼隔着阳台看向被亲人和朋友簇拥着的瀛子在拼命冲他招手，等着和他一起吃第一块蛋糕，开朗得仿佛被最温暖灿烂的阳光照耀着。

蒋翼想：黄瀛子，我想你一直这样笑。

据说，如果想要被爱，要先做好自己。

爱不是束缚，没有谁是谁的附属，谁也不可以决定谁的生活。

我想你一直这样笑，我一定能做得到。

可那时候我还不知道，从同一个根系生长的两个人，一旦决定分开旅行，就要遭遇伤筋动骨的疼痛。

从首都机场出发的那一天，蒋翼发着高烧。在 T3 的航站楼，告别了覃秋和黄云庆，他觉得自己不能回头，因为但凡一个转身，便再也不能离开。

然后，好像是从高考结束的那个夏天开始，蒋翼就会时不时发热，身体也没什么问题，只要是着凉，疲惫，甚至愤怒和兴奋过度，就会发热……可那一年，就是翻来覆去的愤怒，混乱，愤怒，疲惫，愤怒，伤心……

每天晚上醒过来蜷着身体也没办法让自己不感觉那么空，可即使这样，也只想较劲，想被在乎，想被想念，可不想让任何人知道……

蒋翼那一次回国，除了他自己，没有让任何人知道。

那一天飞机落地北京的时候，他低烧得有些迷糊，所以坐过站了，只好在那一年还有终点站的十号线告别最后一班地铁，打车到黄瀛子的学校；没有人知道，他在黄瀛子的宿舍楼下等到凌晨，先等到的却是庄远。

庄远带着蛋糕，黄瀛子在凌晨匆忙结束实习赶回来，两个蒋翼最熟悉

的人在宿舍楼下头挨着头点蜡烛，说心愿，笑闹得仿佛这个世界上别人不存在都没关系。

黄瀛子分了第一块蛋糕给庄远，始终在暗影里找不到出现时机的蒋翼掉头就走。

蒋翼想，自己连一颗糖果都忘记买，所以吃不到第一块蛋糕，这不怪她。

后来好像还回去过几次，距离最近的那一次，庄远也出了国，黄瀛子红着眼圈在午夜回来。

一楼不隔音的老旧宿舍窗外，蒋翼看见黄瀛子声嘶力竭的演唱，想笑，可是笑不出来。

小时候觉得离开很难，可现在才知道，想要回来，更不容易。

可他总要回来的。

黄瀛子也总要回到蒋翼身边。

这一年回国的时候，蒋翼在之前做了许多准备。

蒋翼想，这次他要慢慢来，他不会立刻就出现，他要找一个恰到好处的时间出现，要找一个绝对不会被拒之门外的时刻，要找一个，只要回来了就再也不会离开的时刻……而那个时候，不管黄瀛子的笑还是泪，都只是因为自己。

还有这一次，只要重逢，我们就再也不要分开。

– 外传 –

恋一世的爱

下午两点的使馆区，一家老牌俄式餐厅旁边停着一辆古董车。

等候的时间有点久，蒋翼从车里出来到路边透口气，也不过是半盏茶的时间，竟然就被搭讪。

黄瀛子微醺着从餐厅出来，和朋友们笑着拥抱告别后，便搜索到了老爷车旁边被街拍团队指指点点一脸烦躁的蒋大爷。

拿着相机的少女上前，嬉笑着道："先生能不能请你和我们一起拍组照片？"

蒋翼扫了她一眼："你哪位？"

黄大记者笑出声，歪着头，随便在店外的橱窗台阶上坐下。

蒋翼闻声转头，气不打一处来："我就说我讨厌三里屯。"

"先生哪位？"黄少女捧着脸，酒精在深秋的天气里发酵，说出的话凉凉的，脸却热热的。

蒋翼气得笑了，过去拉黄瀛子的手，又有点嫌弃："走了，到底喝了多少？"

"又摆这种脸色。"黄瀛子从蒋翼身后探出头，"你真不去拍照吗？"

"差不多得了。"蒋翼警告，"走了，开车过去要一个小时，一会儿太阳下山也不用看叶子了。"

黄瀛子攀附上蒋翼的脖颈，小小叹口气："真好，你凉呼呼的。"

黄瀛子每年都要去看植物，入了秋，两个人念叨了好久去西山玩，可这一年两个人都忙得像陀螺，到底赶在黄瀛子这个中午的应酬结束，才抽出这么半个下午。

车入了山,黄瀛子便开始指路,她明明路痴,记玩乐的地方却从不出错。

“那年还在杂志社实习，我们到这边团建，有一条小路，两边的树木交织着，天空只能透过叶子和叶子之间的缝隙看，满地的金黄，都看不到路，更看不到尽头。太美了，后来好多年都没再看过……”

黄瀛子絮絮叨叨说着话，旁边蒋翼却不出声。

黄瀛子好笑：“不是吧蒋大爷，每次我喝了酒你就摆脸色，怎么还不让喝酒啊？不是要说什么女孩子喝酒不好的话吧？”

“没有。”蒋翼没说话，看后视镜：“是这里吧？我去停车，咱们走上去。”

工作日，又是偏僻的山里，世界好像只剩下了被铺天盖地的金色覆盖得看不到尽头的路。

蒋翼回来的时候，就看见黄瀛子捧着叶子扬向湛蓝的天空，然后又用手去接，在旋转飞舞着降落的叶子里咯咯笑。

蒋翼也跟着笑起来，拿出手机给玩疯了的人拍照。

黄瀛子过来看照片，又四下看看，“这会儿怎么没有街拍的了？你让他们拍几张也好，也能请他们给咱们拍一两张合照。”

蒋翼气：“为了找人拍照就把我卖了。”

“我就是想和你合照嘛。”

一句话便哄好了蒋大爷。

几块石头，一些枯枝，几个操作，七秒延迟，连拍，两个人就拥有了一个不会让人吃飞醋的摄影师。

照片里的两个人是年轻的样子，嬉笑着，搞怪着，肆意着，美好着。

好像因为彼此存在，也可以这样年轻一辈子。

黄瀛子气喘吁吁趴在蒋翼的肩头看照片，再次开启话头：“我学摄影的时候，看过很多纪实照片，有一组特别喜欢。是国外的同行拍了我小时候很喜欢的女演员和她当时演肥皂剧的男朋友。虽然他们就恋爱了两个月，可正好赶上了秋天。那组照片很好玩的是，两个人都没穿鞋子，女生光着脚，男生也是，两个人就踩在叶子里。好随意啊，好舒服呀，那样踩着叶子一定很快乐吧。”

“我们也可以这么快乐。”蒋翼突然转头看着黄瀛子。

黄瀛子哈哈笑道：“我们也可以吗？”

“嗯。”蒋翼亲了瀛子一下，脱了鞋子，率先起身踩在叶子里，“哈哈，好凉。”

黄瀛子跟着笑，光脚接触到冰凉的叶脉的一刹那，仿佛是有什么酒，熟透了发出咕嘟咕嘟快乐的泡泡。

两个人掀翻了整条路上落叶，互相投掷着，笑到精疲力竭的时候，蒋翼亲黄瀛子：“我们什么都可以。但是我们不只要恋爱两个月。”还是很严谨的蒋大爷，“我们要恋爱一辈子。”

黄瀛子哈哈大笑，歪着头逗弄他：“嗯，这样也可以吗？”

“我说可以就可以。”

黄瀛子搂上蒋大爷的脖颈：“以后不管谁给我拍多少张照片，都不换蒋大爷了呢。”

黄瀛子说起这种肉麻话都不带眨眼的，也不曾想遭遇高手。

“你也就这点良心了。”

“因为我的心大部分都给你了嘛。”

蒋翼笑起来，“那我岂不是没心了。”

“哈哈，这也要赢啊，好幼稚啊蒋大爷。”

对于没多少良心的黄瀛子来说，蒋翼在这个世界上太珍贵了，因为他们在一起，世界就在没有限制，就什么都可以。

“所以为什么讨厌我喝酒？”没良心的人还很擅长突然发问。

蒋翼顿了片刻，刷了一下黄瀛子冻红了的鼻尖，把人搂进怀里：“想太多，你下次喝成酒鬼我都不管。”

蒋翼抱着瀛子，突然很想告诉她：我不讨厌你喝酒，我甚至有点喜欢。

醉醺醺的一只小猫，疯玩疯闹的时候，就像你小的时候。

可为什么还是会不高兴呢，可能，只是讨厌所有我不在你身边的时候你的变化。

我们分开的这几年，你学会喝酒，变得很独立，不再粗心大意，很有主意，成为强大的黄瀛子，可你也学会忧愁，学会隐藏，学会假装不在意，学会口不对心。这一切变化，都在提醒我这几年错过了什么。让我每次想起会觉得有点心口发紧，喘不上气。那是就算知道此后还有一辈子相守，都无法弥补的后悔。那是每每想到，就只能更紧拥抱的心情。

落日之后，天气就冷了，两个人在车后座里依偎着，仍旧光着脚，看着窗外星斗逐渐鲜明的天空，静静出神。

就在瀛子快要睡着的时候，蒋翼突然说：“明天，我们就不恋爱了吧。”

黄瀛子揉揉眼睛：“不是才说要一辈子。”

蒋翼低头亲了亲黄瀛子的发顶：“我们明天就去结婚吧。”

怀里的人也就停顿了两秒，肩膀动了动，是在笑。

蒋翼握紧手指和瀛子十指交扣，“结了婚，好谈一辈子恋爱。”

“嗯。”她答应了。

恋爱的最后一天，是厮守一生的开始。

我用我们都倾尽所有给了彼此、所剩无几、但是仅存且坚定的良心发誓：此前多少遗憾，都是过往，此后惟愿，再不分离。

十七岁

SHIQISUI
NIXIHUANSHUI

你喜欢谁

（下）

樱十六 著

九州出版社
JIUZHOUPRESS

目录

十七岁你喜欢谁

（下）

第八章　—　烧烤店

邹航的脾气一直闹到高考。

然而比他更烦躁的其实应该是我——因为我的学霸同桌虽然不用高考了，但是她还是要来上课——因为在家里很没意思。

美其名曰上课，但方明雨的主要业务其实是：监督我学习。

你试过做每一道题都被学霸盯着是什么感觉吗？

只要稍微错一个数或者字母就立刻伴随一声叹气“哎”，或者“不是讲过了吗？”

“这种题还能错？”

…………

我捂住卷子：“你走开、走开、走开！”

“我走开你就能做对吗？早知道你是这样写题的，之前就该管住你！”

“你之前又没管！”

明雨的眼睛“唰”一下就红了：“我之前都在复习，没照顾到你，是我不好，我现在管来不及了吗……”

…………

我捂脸，有气无力地说：“让你管行了吧。”

“那我重新给你讲一遍这题。”方明雨瞬间收起眼泪：“这是排列组合的基本题，很简单的。竟然现在还会出错，蒋翼到底是怎么教的？”

蒋翼愤然在后座踢我凳子。

我转头冲他挥拳头：“是她说你！你踢我凳子干吗！”

方小王拎着我转过头：“专心听讲！”

这日子还怎么过？

好消息是郭靖的爸爸恢复得很好。还有更好的消息是，因为郭靖妈妈每天厂里市里两面跑太辛苦，烧烤店停了也很可惜，所以几家坐在一起商量了一下，决定合伙出钱在九中校门口不远的地方兑下来一处店面，重新开张。

我们从小就喜欢在那里聚会的烧烤小店不会消失，似乎还会越做越好。

新店开张异常顺利。

五月份，高考前一个月，双子座的方明雨就要过生日的时候，郭靖、念慈、明雨、关超、蒋翼还有我，六家一同参股的新店开了张。

开店当天，我们晚自习一下课就都跑去吃烧烤。

竟然又是一个雨夜。

我们所有人围坐。

已经恢复粉嫩脸色的明雨说：“不知道怎么，我刚刚突然想起九八年那个夏天，烧烤店开张、下大雨、咱们在念慈家过夜的那天晚上。”

“庄远就是那天告诉你们他要走的，你俩当时哇哇大哭。”蒋翼嫌弃。

庄远笑：“我的《灌篮高手》那天彻底送给黄瀛子了，她每次都说还我，可是我要借看都不行。”

“借看当然可以，但要有借有还。”我是彻底不要脸了，笑嘻嘻说，“我的影碟不是也借给你了嘛。”

“中考那年也是考前一个月，开动员大会。”关超突然说，“我妈回来了，你们陪着我在操场上走。”

“对呀！”我说，“那两次回家的时候，念慈奶奶都给咱们准备了牛奶炖蛋，甜丝丝的。”

奶奶这时过来敲门，她笑眯眯问：“郭靖，鸡蛋在哪里？我给你们做个点心。”

郭靖一愣，之后若无其事地站起来说：“我拿给您。”然后就跟着出去了，下楼的时候还扶着老人。

念慈仍旧坐着没说话，一动不动的。

“念慈，怎么了？”明雨侧着头问。

“没……”

“你怎么看着不开心呀？”我问。

念慈想了片刻，才说：“我们上楼之前，郭靖刚刚给奶奶指了鸡蛋在哪儿。”

所有人在那一刹都没说话。

“前几天，奶奶晚上给我做炖蛋的时候，也想不起来放没放糖，所以加了两三次，”念慈鲜少会这样表露她的情绪，尤其是恐惧和无措，“我怕她有一天会把我忘了。”

所有人的眼圈瞬间红了，一时间不知道说什么。

我想说不会的，可却不敢开口。

我们都过了骗自己的年纪。

可是还不知道对自己坦诚了，又要如何应对黑白相映的世界。

烧烤快结束的时候，廖星的电话突然打过来，屋里吵闹，我跑到门外接起来，他中气十足地笑："黄瀛子，明天体育测评，别忘了穿运动鞋。"

"你不说我还真忘了。"我拍拍脑袋。

"我就知道！"他得意地笑，"你回家了没？这会儿雨下大了。"

"没有呢，你在哪里呀？"

"我刚到家。你有没有伞？"

"有呢，跟大家在一起，晚点坐通勤车回家。"

"那就行。"

我放下电话，回来的时候看见蒋翼和庄远他们已经开始玩三国杀了，蒋翼问："谁的电话？"

"……廖星。"

他顿了顿，吩咐："去厨房拿两瓶可乐来。"

"又使唤我……"我嘟囔了一声，还是乖乖跑到厨房，谁知一推门正看见坐在里边的念慈和郭靖的背影。

我刚要出去，被念慈叫住。

郭靖回身看到我，下巴指了指念慈旁边的座位："坐那儿，我做了点心。"

是牛奶炖蛋。

一小碗，郭靖拿了两只小勺子："尝一尝，我刚刚学的，味道和奶奶做的是不是一样。"

念慈舀了一小勺送进嘴里，一滴眼泪就这么掉了下来。

从颜昫的离开到奶奶的遗忘，念慈一直忍着的眼泪，就这么掉了下来。

吃货如我，一时间也没了吃甜品的胃口。

郭靖坐在我们对面，说道："试试口感是不是一样？"

"嗯，一样，火候都一模一样。"念慈点点头。

"有的事情奶奶忘记了，还有我们记得。"郭靖轻声说，"她也许会忘记一些事情，可没关系，我们陪着她制造新的回忆。"

"奶奶走得慢，你们先走吧。"无数次，奶奶总是要说这一句话，怕拖累我们。可我们从来想不到，有一天，她可能不会再赶上来。

往前冲的小孩子终于知道要回头四顾。

奶奶，您别忘了我们，我们还没被您爱够，也还没好好爱您。

我们慢慢走，等您一起，吃您做的点心，跟您学您的手艺，也做给您吃，还来不来得及？

念慈和我把一碗牛奶炖蛋分食得干干净净，洗碗的时候，念慈跟我说："瀛子，我应该会报考省内的大学，我不去北京了，要留在这里陪着奶奶。"

回家的通勤车上，我跟蒋翼坐在最后一排。

他一上车就摆弄手里的 PSP，戴着耳机打游戏。

我有点困倦，可是不想睡，往他身边依偎了一下。这个人下意识伸手想圈住我，突然和回头看我们的辛老师对上视线，又松了手，但是矮下身子，让我靠得舒服些。

"音乐好吵。"我仍不知足，挑三拣四。

这个人头不抬眼不睁："戴着耳机你也听得见？"

“靠着你就听得见。”

“行吧。”他随手开了静音。

我无语，绞尽脑汁挑别的刺，在一旁扭来扭去，总找不到舒服的姿势。

蒋翼一把关了 PSP，问：“你怎么回事?”

“没事。”

他作势又要开机，我忙说：“明雨不去北京，念慈也说不去了，只剩下咱们了……”

蒋翼怔了怔，没说话。

“还好你和庄远都定了，不然我都不知道当初选去北京是为了什么。”

我这时真有点困了，把头埋在他肩上，睡得迷迷糊糊的时候，感觉蒋翼伸手把我揽进了怀里，他莫名揉捏了一下我的肩膀，最后只说了一句：“明天体育测评，别忘了穿运动鞋。”

我困劲儿上来，也不知道有没有答应他。

只记得睡梦中似乎听见身后关超的声音，也不知道是不是梦。

“你什么时候和她说?”

蒋翼没回答。

“你舍不得也没用，拖了这么久，到时候知道了更难受。”

我枕着的蒋翼的手臂猛然抽紧。

这是在说什么?

关超的声音听着莫名焦躁：“你到底在怕什么?”

蒋翼半晌才说出几个字：“她可能要大闹一场吧。”

这是在说谁?

“发脾气、摔东西，赌咒发誓说再也不想见我了……”

这是谁这么泼辣？怎么让蒋翼这么害怕！除了我还有人敢这么欺负蒋大爷可不行！我心里气急，可是脑袋迷糊，却听见关超倒是比我还生气："你当鸵鸟拖着，她就不会闹了，是吧？"

好半晌，蒋翼才说了一句："等，她高考之后吧……"

我努力想听，可实在是太困了，无论如何都睁不开眼睛，到底陷入梦里，沉沉睡了过去。

考前的一个月，不知是不是被紧张氛围感染，蒋翼变得越发不爱说话，同样话少的还有其电影终于确定定档在国庆假期的邹航。

不过邹航还是不跟明雨说话。

明雨似乎没有太在乎，如果不来学校给我补课，就会带着书去图书馆一坐就是一整天。

一切都没什么变化，一切都等高考之后再说吧。

高三的最后一个月，漫长又飞快。

我几次摸底考成绩都直线上升，也不打算报考太高不可攀的院校，考试虽然有压力，但基本上不算太紧张。不过爸妈还是和其他家长一样如临大敌，早早在市内订好了宾馆，免得我们第一天考试还要回厂里，影响休息。

郭靖妈妈早早备菜，打算当天给我们送到宾馆，全部家长都进入紧急动员状态。

我很想说服爸妈不用订宾馆，但这根本是徒劳。

考前一天又说起这事，我妈给我削好五支铅笔，装进笔袋说："这些事就不用你操心了，怎么安排你听着就行了。"

我噘嘴，推了推蒋翼："你说话呀。"

“嗯?”蒋翼不知道在想什么，缓过神来，“说什么?”

我无语。

这家伙竟然也这么怂，还没见他考试这么紧张的。

“对了，你准考证怎么没在这里?”我在他笔袋里翻了几回，“考试的时候可别忘了。”

蒋翼顿了顿:“在书包里。”

“你是哪个考场来着?”

“……十五。”

“那跟我不是一个楼，咱们班是不是就你在十五考场?”

“嗯。”

“六班有没有人跟你一个考场？一个认识的人都没有，忘记带东西了怎么办?”

我妈看不过，收拾了文具，起身道:“谁都跟你一样丢三落四吗？行了，都早点睡吧，明天还得早起。”

我听话先去洗漱，出来的时候发现蒋翼一个人坐在沙发旁边的地毯上发呆。

这个人也是可怜，高考这么大的事，他爸妈一个也没回来，也不知道是信任他还是根本没当回事。

我擦着头发，坐在他旁边:“你不会是紧张吧?”

蒋翼低头看我，眼神过了好半天才聚焦，摇摇头:“不是，你怎么还不睡？明天考试别没有精神。”

“我觉得你好像有心事。”我看着他的脸说，“你有事情没说的时候就会这个样子。”

但是那些别人不说的事，我从来都知道。

可这次好像不太一样。

“……没有。”蒋翼顿了顿说，“我就是在想考试的事。”

他没说实话。

我坐着没动，他起身，隔着毛巾揉了揉我的头发：“行了，我去洗漱了，早点睡，明天一切顺利。”

有一根叫作“失控”的芒刺在我的心尖扎了一下，让我几不可见地哆嗦了一下。

这是这两年我们经常有的情况。

我不能看到完全的蒋翼，也不知道如何跟他坦白完全的我。

“蒋翼。”我叫住他。

他没回头，顿了顿说：“有什么事，考试后再说。”

航天城只有我和蒋翼在五中的考点，早上厂里派了通勤车把我们直接送到考点。

第一天上午考完语文，我自己感觉还可以，铃声一响就交了卷。

谁知道出门却发现蒋翼竟然比我出来得还早，跟我爸妈一起等在门外。

“你作文写完了吗？”我考完一科，轻松不少，笑嘻嘻问他。

这个人恢复如常，拎着笔袋怼我：“下午就考数学了，你到时候别哭着从考场出来。”

“走吧，郭靖妈妈都把菜送过来了，赶紧吃饭，中午睡一觉。”我爸催促我们回了宾馆。

我吃饱了就睡，昏沉中是被蒋翼用笔尖戳醒的，他把一张卷子按到我脸前面，快速地说：“你把这道题再背一遍，我觉得很有可能考。”

我没睡醒，很不耐烦地揉眼睛："之前都背过十道大题了。"

"这道之前忽略了，快点起来，路上我再给你讲一遍。"

"哎呀，烦不烦呀，"我一边洗脸一边听他给我拆题，"又不会真的考……"

"肯定考！"

我迷迷糊糊到了考点，路上重复了一遍解题思路，他满意了才放我进校门，我回身，突然发现这个人没跟我进学校："你干吗去？"

"我想喝可乐，你先进去吧，我买好了就去。"他神色如常。

我点点头，他突然又在身后问："刚才那道题背下来了吧？"

"哦，记得呢。"我迟疑，"你不快点去买可乐吗？别迟到了。"

我妈挥手："快进去吧，你别迟到了就行。"

又说我！才不管他了。我跺跺脚，头也不回地往考场去了。

然而等看到数学最后一道大题的时候，我心都快跳出嗓子眼儿了！

蒋翼这个人神了！

他不是看过试卷了吧，最后背的那道大题竟然基本上是原题出现。五道大题，他押中三道，另外两题也很基础，我应该都能答对！

我差一点在考场里尖叫，写答案的时候心想我可一定要答对，不能马虎，不能白费了蒋大爷的押题神功！

这种心中有数的感觉太好了，交了卷我第一时间疯跑出考场，出了校门老远就蹦到蒋翼身上："啊啊啊啊啊，蒋翼你太厉害了！全都押中了！我觉得我这次没准能过 120！"

蒋大爷哈哈大笑，说话依旧很跩："还不快点谢谢我！"

"谢谢你！你最好了！"

“行了。”我爸笑着说，“校门口这么多人呢，像什么样子？赶紧回宾馆吧，明天还有一天考试呢。”

我吃到甜头，晚上逼着蒋翼又押了大综合的题，闹到好晚才睡了。

睡前想起来就跟他说：“对了，我把数学选择题的答案记下来了，还没跟你对答案呢。”

蒋翼要回自己房间，说了一句：“明天都考完再说吧，不着急。”

“行。”

怀揣着有押题大神庇佑的信心，第二天的英语我自觉也发挥不错，交卷的时候铃声才刚刚响过，操场上都没几个人。

我出了考场，想说这次蒋翼肯定快不过我，于是转头往十五号考场去接他，可眼看着教室里人都走差不多了却还是没见到他。

这个人竟然又比我快，正在校门口得意扬扬地等我出来，还不忘嘚瑟：“怎么这么慢？”

我冲他皱鼻子：“下午一定比你快！”

“还是算了吧，你就好好检查一下吧，别出来才发现没写答题卡。”

“你狗嘴里能不能吐出颗象牙？”

“狗嘴里能吐出象牙才怪，你有没有逻辑？”

我们边斗嘴边回了宾馆，休息好了才想要出来，在大堂却一眼看到了熟人。

廖星一怔：“瀛子，蒋翼，你们也住这儿？”

“……啊对。”我不知怎么莫名有点紧张，蒋翼和廖星这两年的关系总是不温不火，“你也在五中考试？”

“对，我之前和你说过来着。”

是了，我怎么给忘了……

我有点尴尬，忙跟爸妈说："这是廖星，六班的，念慈和庄远的同学。"

爸妈点点头："那一起去考点吧。"

路上说话的人不多，五分钟的路竟然格外漫长，我着急忙慌进了考点，才发现蒋翼又没跟上来。

这个人从廖星出现就没说过话，我怕他不开心耽误下午的考试，忙回来问："你怎么不走了？"

蒋翼没表情地说了一句："我想喝可乐，你先进去吧。"

"哦……"我一步一回头，叹着气跟着廖星一起进了校园。

廖星问："他怎么不进来？"

"要去喝可乐……"我总觉得哪里不对，可没时间细想，这时老远有道声音传来："黄瀛子！哎呀，你竟然也在五中考试！"

我忙抬头，迎面是高高壮壮的刘鑫，我大叫："哎，刘鑫你怎么在这儿？"

"你看你这话说的，我肯定是来高考啊！"中考之后，刘鑫爸妈外调到市里，所以不常回航天城了，不过几年不见，我们没有任何生疏，刘鑫笑，"子弟校就咱俩在五中考吗？"

"不是，还有蒋翼。"

"那怎么没看见他！"刘鑫捶手，"他哪个考场的？"

"十五。"

"那不可能。"刘鑫莫名其妙。

"怎么不可能？"

"我就是十五考场的啊，我怎么没看见过他。"

我一下子顿住，那些一直在头脑中徘徊着的不对劲连成了线。

“我想喝可乐，你先进去吧。”

“明天都考完再说吧，不着急。”

“你准考证怎么没在这里？”

“在书包里。”

…………

我突然头疼：“不、不可能，他就是十五考场的，你是不是记错了你的考场？”

“怎么可能？你也太小看我了！”刘鑫愤愤不平。

“你的准考证呢？”我不管不顾地抢过刘鑫的笔袋，翻出他的准考证，明晃晃的阿拉伯数字“15”。

不对！不对！

“黄瀛子，你怎么了啊？”

“你不可能是十五考场的！你是十五考场的，你怎么会没看见过蒋翼呢?!”

“他就不是我们考场的，不信你问这哥们儿，他也是我们考场的对吧？你就坐我斜前角是吧？”刘鑫指着廖星。

廖星似乎已经明白了真相——我一直不愿意相信的事，他没回应，只轻轻跟我说：“瀛子，先考试吧。”

不行！不行！蒋翼怎么能不在十五考场，是不是我记错了?!

我不管身后他俩的呼喊，逆着人流就往校门外跑去。

他不要在那里，不要在那里！一定不要！

我跑得喘不过气来，心里还在一直默念祈祷，他一定已经进了考场了，是我记错了，一定是……

可是蒋翼就那样站在门口，跟我爸妈站在一块儿。

我们隔着校门互相看着彼此，心里想的是一件事：一切都完了。

“瀛子，你怎么回来了？”我妈惊呼。

我一步一步走过去，隔着铁门问：“你是不是不高考？你是不是要去美国？那些传言是不是真的？”

问出这些话的时候，我的眼圈已经红了。

蒋翼抿着嘴唇，看了看后面跟出来的廖星，勉强说：“你别瞎想，赶快进去考试，我这不都到了吗？”

“那你也进场啊！你进场啊！”我不管不顾地从校门里探出手拽他的笔袋，“你怎么不进场？你的准考证呢？你的准考证在哪儿？”

“瀛子，这么多人看着呢！”我爸终于看不过，低声呵斥我，“别闹，蒋翼去美国的事情早就定了。”

终于！这些人终于说了！他们终于说了！

“早就定了你不告诉我！”我声嘶力竭地冲着蒋翼喊。

他不发一言，嘴唇干裂。

他确实应该喝一瓶可乐。

“他怕影响你复习才没说。”我妈试图分开我们。

“现在说就没影响了，是不是？”那根芒刺陡然锋利，被一只手狠狠地按进胸口，血肉模糊。

蒋翼脸色苍白，突然说：“我去美国，你有这么在乎吗？”

我心口一阵子翻涌，疼痛之外，某些秘密被揭穿的局促让我迷惑焦躁，伤心愤怒。

“我……我才不在乎！”我要冲出校门，被校门口的老师拦住，“同学，马上就开始考试了，你出去可就不能回来了。”

“黄瀛子。”我妈突然叫我的全名，“去考试。”

廖星紧紧拉住我：“走吧，瀛子，最后一科了，考完了再说。”

我紧紧盯着蒋翼，他看着我，咬着嘴唇，突然又问：“你现在知道了，那会跟我走吗？”

我睁大眼睛，退后几步。

蒋翼面无表情看着我：“反正不管怎样你都不会跟我走，那你知道了有什么用？”

我心里一阵尖锐的疼，紧紧看着他：“你爱去哪儿去哪儿，再也不回来才好！”我一转身抹着眼泪往自己的考场跑了过去。

已经坐在考场里的时候，我还是一直忍不住眼泪。

答题卡都发下来了，我才勉强擦干净模糊的双眼，心里恨道：蒋翼这个王八蛋！从来说话不算话的王八蛋！我才不会跟你走，这辈子都不会！

最后一科考试的记忆有些模糊了，我只记得铃声响起的时候，我交了卷子，收拾了东西，去了卫生间才发现自己眼睛都哭肿了。

我竟然就是这么一边哭一边答完了高考最后一科的。

我十七岁最重要的事情，我的高考，最后一科，我哭了两个小时。

然而一切就这样过去了。

三年的高中，用那样出人意料的方式跟我告别。

在卫生间耽误了太久时间，出了教学楼的时候，考生基本上都散尽了，校园已经归于平静。

夏至将至，天长日暖。

我眼睛发疼，有一瞬间的恍惚。

高考就这么结束了吗？仿佛从生下来就被定好了最重要的事情，我就这样走过了吗？

“瀛子。”有人在我身后叫我。

我吸吸鼻子回头，是廖星。

高三就要毕业，比起高一认识他的时候，他又晒黑了好多，也高了好多，可还是我熟悉的样子，温暖的，坚定的。

其他我熟悉的人，一个个都要离开了。

他走过来，眼里有一丝担忧：“你不是哭了一整场考试吧？”

我眼泪又忍不住。

廖星一把拉起我的手。

我刚想挣扎，男孩在我头顶问：“瀛子，蒋翼走了，我陪着你，行不行？”

我怔了一下，一边掉眼泪一边摇头。

“为什么不行？”廖星问。

为什么呢？

我哽咽着说不出话来。

不行就是不行。

如果非要说原因……

比如，你买的煎饼果子火候差远了，你不会画小鸟让我配文字做成漫画，骑自行车郊游你也不会算加速度，还在自行车后座绑小垫子引来全学校的嘲笑……

蒋翼……

蒋翼真的是个混蛋！混蛋！蒋翼……

然而，廖星没有给我继续想下去的时间，他说：“黄瀛子，我喜欢你。”

我肩膀轻轻颤抖。

“咱们一起去北京，我陪你上大学，是不是就行了？”

你也去北京吗……

我抬头，模糊的视线里，迎上的是我见过的最坦诚的眼睛。

我顿了顿，还是摇头。

他没有动摇，仍旧一字一句说：“我一直陪着你，谁走了，我也不会走，这样行不行？”

那一刹那，我始终拧巴的心，终于有了一线的喘息。

长久以来我想要的，不过就是这样一句话。

十七岁的六月，高考结束的那个傍晚，廖星跟我说：“瀛子，我一直在你身边，只要你愿意，我就永远不离开，这样行不行？”

我仿佛溺水的人抓到了救命绳。

溺水的我一直在说，好可怜、好辛苦、好难过，却无人来搭救。此刻终于有人好心施舍了一根救命的绳子。

我终于不再挣脱他的手，心和身体一时间都晃了晃。

就是在那个时候，混乱中，恍惚中，我似乎穿过廖星的肩膀看到了蒋翼的身影，修长的、形单影只的身影……

可再眨眨眼，却只是一片暮色空白。

而廖星，从来温和的廖星，此刻却突然强硬，他抬手转过我的脸，一字一句问道：“瀛子，你不喜欢蒋翼，对吧？”

我一时间慌了：“才、才不喜欢！”

那个名字仿佛萃了让人疼痛的药，我一时间只想躲避。

廖星轻轻地点头，放心地又紧紧地攥住我的手：“那你喜欢我吗？”

“我！”我哽咽着，“我不知道……”

他点点头：“那就行了。”

一句“不知道”就让他的心安定了。

我哭得一塌糊涂，心乱成一团。

在真心待自己的人面前，也开始说谎，我就这样长大了。

出了考点，爸妈在等我，蒋翼和他的可乐都不见了踪影。

我哭得眼睛发疼，在人群中站立了好半天，明白了一件事：从今天起，我可真的是一个人了。

射手座 A 型血、最怕孤单的黄瀛子，终于要独自长大了。

我的朋友，有的留在原地，有的去往远方，但是和我都不是同一个方向。

“那我……走啦，”廖星看到我爸妈，有点局促，“晚上给你打电话。”

“不用。”十七岁的我一把拉住廖星的手，走到爸妈面前，眼泪还没擦干便一股脑儿地说：“你俩回家吧，我跟我男朋友去吃肯德基。”

提问：十七岁的黄瀛子喜欢谁？

我迷迷糊糊回答：是廖星吧。

十七岁，被告白了两年之后，我有了人生中第一个男朋友。

第九章 — 报志愿

之后的三个月，炎热又空荡。

我仿佛是在梦里估了分，报了志愿，出去旅游，在路上查了分数，过了提档线，收到了录取通知。

得知自己被录取之后，我就去了奶奶家，等回来九中取通知书的时候，已经临近开学。

同样和我在一天取通知书的人是邹航。

这个人高考一结束就去了南方，补拍了几个镜头又重新配了音，刚刚回来。

我俩在史老师的办公室外面碰到，互相看了彼此的通知书，都有点无精打采。

“忙活了老半天，最后咱俩一起去了北京。”邹航分我一块口香糖，很有点难兄难弟的意味。

“你家同意你不去复读啦？”我问。

“同意了，大概是觉得复读了我也考不上什么好的医学院。而且我自己觉得拍戏还挺好玩的。”

“那电影能不能上映？”

“应该能吧，欢姐说可能会上贺岁档。”

之前从暑假推迟到国庆，所以现在又要推迟了吗？

他坐在学校的天台上，是明雨也喜欢的位置："那你去不去美国？"

"不去。"

一个假期我被多少人问这个问题已经数不过来了，包括我爸妈。不过他俩更关心的是，被突然通知自己的小孩成为航天城我们那一届第一个官宣谈恋爱的。

好在这俩人比较沉得住气，表面没太大的反弹，就仿佛是为应对我迟来的叛逆期装出的样子。

除了每天出门都要报备，晚上八点之前必须到家，隔两个小时就有一个电话查岗。

蒋翼八月初去了美国，先跟父母团聚，然后直接去念书。

邹航那时正好在北京，所以去送了机，跟我说："他都瘦了。"

"他每年夏天都会瘦。"我看着即将告别的校园说，"过了立秋就好了。"

邹航打住了话题，隔了老半天才问："你几号走？咱们买一趟车？"

"嗯，庄远和亦菲应该也跟咱们差不多时间，晚上 QQ 群里说吧。"我转回头跟他说，"明天明雨就走了，先去她外婆家住两周再报到，你去不去送她？"

邹航收敛了平素的温和："明天再说吧。"

一贯好脾气的邹航在这件事上异常的执拗，很多人都不明白，我却从不说什么。

因为他的难过，我完全明白。

我很怕分离，可是更怕的是，在你决定离开的时候，我是最后一个知道的。

十七岁之前，我和蒋翼有很多次分离的可能。

小时候奶奶曾经心疼爸妈工作忙，想把我接到身边，妈妈舍不得，和作作伴的是同样双职工家庭的小孩蒋翼。

后来上了小学，因为一唱一和调皮捣蛋，金老师威胁了几次要把我们分到不同的班级，最终也没有舍得。

再后来，爸爸曾经被南方的航天企业借调，对方希望我们全家过去，条件优渥，爸爸考虑之后没有同意。

再再后来，蒋叔叔常驻美国之后，也想过直接接蒋翼出国念中学，最终也没成行。

之后是文理分科，物理常年不及格的我打算学文，政治全靠猜的蒋翼打算学理，但最终又有了大综合让我们不必分离，当时我们是整个省里唯一一届文理不分科的学生。

其实那也只是因为，我们不想分开。

而只要有一个人决定离开，也就真离开了。

我从学校回了航天城就直接去了明雨家，她竟然还在整理行李，一见我进门就急忙招呼我："瀛子，快来帮我压一下，这个箱子都关不上了。"

我跑过去整个人趴在她的箱子上："怎么样？"

"哎对对对，你可别动了，太好了锁上了！"方明雨脱力一样坐在箱子旁边。

我翻身，整个人仰躺在箱子上，四楼的窗外有小鸟的叫声。

明雨靠着我和箱子，两个人都没说话，只有轻微的女孩的呼吸声。

簌簌的，夏末的风一样。

明雨说："你明天去送我吧？"

"嗯。"我看着窗外，"不过我这次可不哭了。"

送关超走的时候，我在车站差点哭到脱力。

不全然是因为分别，其实也有心疼。

从考场出来，每个人都即将面对分离。

高考之后的关超就仿佛是被剧烈摇晃过的易拉罐，开启封盖的时候，就是"砰"的一声巨响。

关超的父亲跟厂里签了合同，去非洲五年，月底他出了成绩就走。而这项工作的福利之一是子女大学毕业即可进入航天城接班。

关超是在报志愿的最后一天才知道的这件事。

他父亲当时执拗地要求他必须报考本科，三本自费都无所谓，但是必须有本科文凭。

"专科给你丢人？还是我给你丢人？"关超怒喊，摔门要走的时候，男人突然跪下来。

关超整个人僵住。

男人急迫说："我求求你，行不行？你就听我这一次，以后我都不管你了。"

关超背对着他，好半晌问了一句："你以前是管了还是怎么？"

男人当时抱头痛哭："我对不起你，是我对不起你。可你就听我这一次，行不行？考个大学就行，我去非洲五年，给你换了这个接班的名额，可能也不是什么好出路，但算我赔给你的。"

关超此刻才知道父亲即将去往非洲。

他急促转身，看到的中年男人颤抖的头顶，是一圈灰白的发。

"我就这么点本事，不能帮你什么，就想给你换个一辈子的保障，也许也不是什么多好的出路……可大学文凭怎么说都有用些，你毕业了不回来也没事，想回来至少有个工作养家糊口。你小时候我打你是我不对，我对不起你……对不起！现在说什么都晚了，想弥补什么也做不了，你不用原谅我，可这次，能不能听我的……”

关超退了几步，眼泪扑簌簌掉落，却发不出一点声音。

男人缩在地上哭成一团。

关超转身踢翻了家里的茶几和桌子，不顾一切跑了出去。

那天窗子响起来的时候，已经是深夜。

我在小花园角落的凉亭里找到关超，他已经不知道在那里待了多久。

仍旧是我们小时候经常流连的地方，捉迷藏的时候被抓到，受了伤又躲在这里，只是这次蒋翼和亦菲都不在。

我双手撑着就坐上了高高的大理石窗棱。

我长高了，已经不需要蒋翼扶着就可以做到一些事了。

月光下，关超手里摆弄着两块石子，侧脸见我来了，眼睛还肿着，却仍旧是嬉皮笑脸：“我和蒋翼小时候比看谁能从这里扔石子到你家窗户，输了的请可乐，你猜每次都是谁赢？”

我不想说话。

“都是他赢。”他笑，“但是每次也是他请可乐。不是他输不起，是因为我的钱总不够花。”

他又有些出神：“其实，那人也没少给我零花钱，也不知道怎么就是不够花。”

“你不会喝酒了吧？”我闻到他身上的酒味。

“没有。”关超低头闻自己的 T 恤，“下午郭靖家进货，我去帮忙搬东西来着，有一瓶啤酒洒了，也许弄在衣服上了。”

“怪不得。”我又出神。

关超怔了怔说：“我跟我妈还有亦菲保证过，这辈子都不喝酒。”

“你说话算话，我是知道的。”

“可是亦菲应该用不着我保证。”关超说到这儿突然跳下窗台，从旁边推出自行车，“走，跟我去找亦菲。”

“做什么？”

他不回答，就看着我。

我也不再问。

自行车的后座在夜幕里有些凉，男生的 T 恤如薄薄的鼓，随风发出窸窣的声音，一往无前驶往六号楼，不回头。

亦菲、明雨、姗姗还有郭靖，他们都住在那里。

夏天的午夜，凉意丝丝缕缕地从地面蒸腾。

我跳下车子，关超自己往前走了几十米，孤零零一个人站在楼下，不管不顾地在深夜里喊了一声：“蓝亦菲！”

我没想到会这样，慌忙跑过去捂他的嘴：“你做什么，你这么喊把别人都叫醒了！”

“蓝亦菲！”关超闪躲地喊，却异常坚定，“你出来，我们见一面。”

六号楼的灯一盏盏地亮了，有人气恼，有人看戏。

“喊什么喊？”

“几点了知不知道？”

“这不是关家那小子吗？”

“大半夜怎么跑这儿来找蓝家姑娘啊？”

…………

我阻止不过，脸上发烧，可这时候跑了也太不讲义气了。犹豫几番，我破罐子破摔在旁边席地而坐。

他爱干什么就干什么吧。

亦菲家的灯光可能是那栋楼里最后才亮起来的。

亦菲妈妈美丽的脸庞从窗口闪过，没说话，是亦菲的爸爸打开的窗，声音冷静。

他说："关超怎么了，有事吗？亦菲睡了，要不明天早上你再来？太晚了别打扰邻居休息。"

关超那个时候，已经在楼下站立了将近十分钟。

仿佛是被夜露侵扰，他微微颤抖，半晌笑了笑："没事，没事，明天早上，我也不来了。"

他说着后退，又突然停住，冲着亦菲的窗子喊："亦菲，我找你，想说的话你都知道，但我也不打算说给你听了。可是我想问你，你是不是从来没喜欢过我？你，你到底喜欢谁……"

他到底问出来了。

我心里酸酸的。

亦菲这两年和我们莫名疏远，关超的挽回里面掺杂的感情我们都看得见，可注定无济于事。

亦菲房间的灯，不会为了他亮起来。

"我知道你没有，你肯定不会喜欢我。"关超怔怔着说，"我这么糟糕，谁也不会喜欢我。我今天来只是告诉你，我也不喜欢你。"

"蓝亦菲，我不喜欢你，从来没有喜欢过。从小到大，我扯你的辫子，讨厌你穿蓝色的裙子，要你帮我包扎伤口却从来都不说一声谢谢，就是因为我不喜欢你……从前没有，以后也不会。

"你那么好，以后肯定会越来越好。我只要你记得，要越来越好。还有就是我，从来没有喜欢过你！”

碎裂的眼泪映射着深夜的路灯，关超抹抹眼睛，转身跑进夜色。

他那样急切，不敢回头，仿佛夜色是他逃不开的伤口。

我一个人在楼下坐着发呆，半晌才起身，六号楼的灯已经都熄灭了。

只有一盏还亮着。

站在窗前的姗姗哭得没有声音。

她说不出话。

十七岁你喜欢谁?

关超：我不喜欢蓝亦菲，从来没有喜欢过，以后也不会喜欢。

关超北上参加了一所航天院校的本科提前批招生，因为特别优秀的身体素质，很幸运地被录取。学校采用全军事化管理，提前两周开学。

我特意从奶奶家跑出来到车站送他，亦菲没有出现。

关超的父亲佝偻着提着行李。他转天也要前往非洲，再三地争取晚几天走，给关超送行，但是也无法陪他去学校。

关超上车之前迟疑了片刻，但没回头去拥抱他。

车子开启的时候，姗姗在我肩头痛哭出声。

关超看着我们，疲惫地笑笑，挥了挥手。

他无声地做了个口型，说：“都保重。”

那一年，关超离家的时候，其实有很多话没有跟父亲说。

他几次张口，但最终都没出声。

他们交谈得太少，为彼此做的事情，给对方的伤害，都那么难以启齿。

可是关超很想告诉他：你做的一切，我都知道。

他想说：我知道，中考的时候，航天城的子弟校规模小，人数少，本来是没有体育特招生名额的。当年是你拉下还剩下的唯一一点面子，去求当了分管生活的副厂长，那是已经十几年不说话的老同学，你逼得他没办法，到市里又给咱们厂争取了个体育特招生名额。我才上了九中。

他也想说：我去了九中，你就戒了酒，回了车队，三年送我上下学，一次都没有落下，我都知道。你从前是个糟糕的爸爸，可那时候你是真的想做好。我知道。

他还想说：我知道，也许如果能行的话，你也想当个好家长，好爸爸。也许你只是那时候没有这个能力，也许是你那时候也不懂事。不过都过去了，你为我做的一切，错的、对的、伤害、爱护，都过去了。你从前打我，你说对不起，今天我都原谅你。

还有……

你是爱我的，我也都知道。

可是我爱不爱你，我要晚一点才告诉你，我现在还太小，曾经受过的伤害还没能痊愈，此时此刻，我说不出口。

还没有分开的时候，我们以为每日的相聚都是理所当然，然而想不到说再见的时候，有时真就是好久不会再见。

五年啊，五年。

等你回来，就真的老了。

可是不要紧，等你回来，我也就真的长大了。

关超这一走，就是三年，假期从未回过家。

这个人从小到大第一次开始专心学习，联系最多的时候都是让我帮他从北京的图书馆影印专业相关的资料。

除此之外，就是节假日会有短信，偶尔会打来电话，生日礼物倒是一年也没落下。

大三那年暑假，我跟着导师接了一个度假景区的宣传，去往关超上大学的城市。

炎炎夏日也有冰泉流淌的地方，关超开车带着朝鲜族的女朋友来接我。

他肩背更加挺拔，简单的黑色 T 恤，迷彩服的裤子紧紧束着小腿，比高中的时候结实了些，别的却没有丝毫变化。

身边的女孩眼睛笑起来像新月，手指细白得像新葱，皮肤柔嫩得像新雪。

我们在烤肉馆用紫苏叶卷着辣白菜和五花肉正吃得忘乎所以的时候，关超得意扬扬地说："我们毕了业就结婚。"

我差点咬到手指头。

"日子定了，明年四月份。"女孩用力点点头。

"你们还没毕业呢！"

"本来也想等等，至少等我爸回来的。不过她妈老早之前给她算了命，大仙说她过了 22 岁三年内不能完婚，明年她 21，过了法定年龄我们就结。我爸也让我们快点，赶早不赶晚。"关超还不忘嘲笑我，"你怎么这么大了还这点出息啊，哈喇子别掉汤里。她跟我一起回厂里，我问了金老师，学校还招音乐老师，她面试都过了。"

我一时间说不出话。

"我过年回去让郭靖帮我找人装修一下房子，再过两年，我爸也该回去了，到时候什么都是现成的，就不用他操心了。"

我突然眼圈有点红。

关超笑了笑，跟我说：“瀛子，我要回家了。”

关超是我们中间唯一一个从航天城走出去，最终又走回来的。

唯一一个。

其他的，我们所有人，在高中毕业的那一刻，便已经四散分离。

这一次，不再是三天五天的不见，有的人，分开就不知道什么时候再见。不再是中考之后的分班，还有机会把我们联结在一起。

这一次，即使明雨再撒娇请求，明雨妈妈再舍不得，我们再不愿意，面对这样的分离，也无能为力了。

爸爸妈妈能给我们的庇佑就这样看到了边界。

我们都长大了，必须学会平静接受这样的分离，即使我们不想、不愿意，也唯有接受。

好在高中三年，我们都没有白过。

明雨融化误解，蒋翼看轻输赢，念慈开始去爱，郭靖放下被爱的执念，邹航有了梦想，关超学会了原谅……

成长的最后一课叫作别离。

这是我的课题。

不管哭闹或者不愿，我在那个时候清楚地知道，自己终将和我的航天城，我的家属院，我出生至此时不曾分离的小伙伴，始终包裹着我的晶莹甜蜜的糖衣剥离，一个人启程。

我那么舍不得，还有一点害怕。

可小孩子总归要变成大人。

而当分离之后，我们才会明白，这样的无可奈何也许才是生活的常态。

明雨妈妈送我们的时候说："想要重聚，之后就只能靠你们自己了。"

可有时候，有的人就那样走远了，再不可回头。

大学毕业之后三年，开始流行微信，我们后来有了一个子弟的群，不知是谁把亦菲拉进群里的，然而她始终没有加过我们任何人为好友，有人主动去加也没有被通过。

高中三年到底发生过什么，让亦菲就这么决定离开我们？我很多年都不知真相。

最后一次见亦菲，是大一下学年，作为交换生的庄远假期从美国返校办手续，我们接机回来在东三环吃了个铜锅涮肉。

那年的夏天，火烧云每天都镶嵌在天边。

邹航的助理开着保姆车顺道来接我，之后送我们去接机。可车才把我们送到机场就被邹公子撵走了。

我不乐意："一会儿再让车送我们回市区嘛！"

邹公子刚拍完一个杂志收工，刚刚洗掉发胶的头发垂在额前很是柔顺，浅色 T 恤，牛仔裤，脸上也算清爽。

这个今年爆红的大明星慢条斯理地跟我说："弄那么个车来接送庄远没准以为我跟他示威呢，犯不上。一会儿打车送你们回去。"

我翻白眼，这人的脑回路真是走向奇异，不过他也可能是让方明雨逼疯了。

高考之后，这俩人分隔两地，也不耽误他们分分合合、打打闹闹。邹航只要不在戏上或者不上课就往上海跑，只可惜到现在连个男朋友的名分也没有，真可怜。

我啧啧两声："庄远才不在乎你开什么车。"

大明星笑眯眯道：“我自己在乎。”

说话间已经有人似乎认出了邹航，我嫌弃道：“离我远一点，别再被报纸写成你的绯闻女友。”

邹航爆红的这一年，粉丝的狂热让人心惊，几乎他每次出现在公共场合都会引起围观。最气人的是，同在北京经常跟他聚会的我因为出现在粉丝拍摄的照片里的次数过多，曾经被报道过是某“圈外女友”，在学校收获了无数白眼问候，反而是正牌女友方明雨毫发无伤。

眼见机场的人群聚集越来越多，风暴中心的邹公子压低了帽子，现场炫技表演了一段“我不是明星，我就是很帅，你们眼神不好，你们都认错了”。

很逼真，也很二。

等庄远从接机口出来的时候，人流已经有些拥挤了。邹航的粉丝会似乎得到了消息，网上已经有了他在机场的照片。

庄远推着行李出来的时候，人群中竟然有人呼喊了一声。

他看到我们后笑起来：“没等很久吧。”

变成熟的庄远脸庞白皙，嘴唇通红，眼瞳漆黑，双眼皮深深陷进眼眶里，头发微微有些自来卷，像极了最近当红的地狱使者李栋旭。这会儿他穿着简单的冷色衬衫，牛仔裤，跟一身温暖的邹航站在一起，仿佛是路西法和加百列，难怪会引起围观。

我们都意识到了可能会引起骚乱，各自缩缩脖子想要尽快撤退。邹航帮庄远推着箱子就要往停车场走，庄远拦住说：“咱们到出发层吧，亦菲打车过来接咱们。”

那是我上了大学之后很少见到的亦菲。

大一的时候，我们还结伴往返家里和北京，尤其是第一学期。庄远当时已经早一点回到了北京的家里，所以从车站接到我们之后，挨个儿给我们送到了学校，但没在亦菲的学校停留。

她不让，说："你先去送瀛子吧，我自己收拾就行。"

我很听安排地让庄远送到了寝室。

他帮我买好日用品、铺了床、挂了蚊帐，还被新室友误认为是我男朋友，之后才用我新办的饭卡在楼下食堂吃了一顿饭，两个人总共花了九块七毛钱。

庄远那时候还答应之后每周都来我们学校请我吃饭，那一学期也真就从未爽约，结果转眼下学期，这个人就被选中成了交换生，跑到美国东岸去了。

那之后就更少见亦菲了，再见到的时候，她变得我几乎认不出来，可细想又觉得没什么变化。

漂亮年轻的女生身着海蓝色的贴身长裙，细高跟的鞋子，卷曲的长发，金属穗子的耳环，淡淡的妆容。

变化得越发精致美丽，不变的是亦菲永远都在越来越美丽。

相比之下，我身上是加大码的柠檬色卫衣，破洞牛仔裤，脏球鞋，刚刚剪过不久的齐耳短发被棒球帽压住，因为熬夜赶稿所产生的黑眼圈显得没精打采，两条细瘦的手臂被长长的袖子包住，本来就不算凸凹的身材，如果不是有一米六五的身高，看起来就像是个没发育的孩子。

也说不上自己有没有变化。

到了饭店，在冷气开得很大的空调房里坐下来，亦菲才跟我说："瀛子，你怎么瘦了好多？"

我叹气："课程好多，书看不完。前两个月被学姐带进电视台跟项目，几乎没怎么睡过觉，刚出了组又要赶一个采访，还有天气热了，也不爱吃东西，立秋就该好了……"

邹航说："还有谁也这么苦夏来着？"

我不说话。

"每个人加一碗冰粉。"庄远点好菜说，"瀛子，你吃不下羊肉就多吃点菜，改天带你吃点清凉解暑的。"

我应了一声。

邹航看我："你热不热啊？在屋子里也戴着帽子，一会儿出了空调房怎么办。"

"新剪的头发太傻了。"我抱着冰凉的北冰洋皱皱鼻子，可也摘了帽子。

邹航突然发现了什么似的，朝帽子凑过来问："这是什么字？是个签名吧？"

"不是花纹吗？"我也凑过来。

邹航念了念几个字母："好像是签名，这哪来的？"

我往嘴里塞了一颗麻薯："十六岁生日的时候，廖星给我的礼物。前几天回家找不到帽子，我妈找给我的。"

庄远扫了扫那个帽子，眼神突然变了，但很快如常从背包里拿出给我们的礼物："这次回来得匆忙，也没给你们买什么。"

送亦菲的照旧是发卡，送我的是书本。

这次的礼物是爱伦坡的故事集，出版日期写着 1838。

"不会很贵吧？"我小心翼翼翻开扉页。

"我爸去看我的时候逛古董店买的，他买单。"

那行吧。反正从小到大收他的礼物，更贵的也不是没有……

我随手翻着，书页里突然有一张照片掉了出来。庄远想捡起来，但是没有我手快。

照片上是蒋翼。

加州的阳光很好，热闹的游乐园门口，高高大大的男生一个人站着，没什么表情。

“你们见过面了？”我慢慢站起来，把照片放到桌子上。

“嗯。”庄远坐直身子，如常夹菜，“见过几次，之前开车去那边玩，我俩去迪士尼玩，照片就是那时候拍的。”

亦菲看过来，轻轻说了一句：“他看起来没什么变化。”

有变化的。

他不笑的样子看着更冰冷了。

以前不管多不情愿，拍照的时候，这个人还是会配合着咧咧嘴巴。可这张照片严肃得根本不像是在玩，亏他是站在迪士尼的门口拍的这种照片，也不怕吓跑小朋友。

火锅端上来了，我们没再多说什么。

吃了饭，庄远的堂哥已经开了一辆车子过来。庄远要送我们回学校。亦菲说还有事，邹航跟我们挥挥手招了一辆出租车就走了。

于是只有我上了这辆车。

车开上三环的时候，庄远边打方向盘边说：“我背包最后一层还有一个给你的礼物，蒋翼让我带回来的。”

我一怔，趁着等绿灯的时候解开安全带拿过背包，掏出一个盒子，里面是一个黑色的米奇钱夹。

“我们逛迪士尼的时候他买的，我要走的时候才说是给你的。”庄远似乎觉得好笑，“我开始还觉得奇怪，以前说去逛迪士尼，他都很嫌弃，那次主动提出去逛，闹了半天是要给你买礼物。”

算了吧，一整年没回家的人才不会特意去给我买什么礼物。

庄远看着前面，专心开车：“你不问问他现在怎么样？”

我吸吸鼻子，不说话。

他也就没再多说什么。

到了学校门口我下车之前才想起来，从书里把照片拿出来：“这个你拿回去。”

庄远笑起来：“你留着吧，本来这张照片就在钱夹里，可能是蒋翼放的。”

我低头看看照片，没说话。

他可真奇怪，送人新钱夹干吗要放一张自己的照片，还不是什么帅照。大概是要跟我显摆去了迪士尼，无聊。

庄远低头，笑了笑：“瀛子，我这次在北京不会停留很久，大概两周之后就走。”

我一时间很泄气：“怎么停留这么短。”

“你有没有什么想玩想吃的，这几天咱们去玩。”

“没有！”

庄远笑：“能不能陪我去国图找几本书。”

“没空……”

“那也给我腾出时间来吧。”

“再说吧……”我烦躁地说了一句，“你交换就一年，今年冬天就该回来了，是吧？”

庄远停顿了片刻：“瀛子，我未来三年都在那边读了。”

我瞬间抬头。

“学校那边已经拿到了 offer，而且我爸早些年给我办了移民，这次回来也是办一些手续，估计短时间内都不回来了。”

我脑袋“嗡”了一声，将礼物一股脑儿扔给他，开了车门就走。

庄远追出来，拉住我的手。

“瀛子，没有好好告别的是蒋翼，你不能迁怒于我啊。”

我踢他的腿，被他躲开，心里想：好累呀，好好告别也根本不是我想要的。这些人都好自以为是啊。不过也没关系了，我也懒得和他们说了。

我退后，看着他的眼睛：“没什么迁怒的，庄远，你们不用告别也可以走的。祝你一路顺风，回去也告诉蒋翼，我听他爸妈说了想给他办移民的事，让他不用犹豫，早早定下来，再也不用回来了。就算回来，也别来见我。”

说完，我的眼睛仍旧是干燥的。我早就不会因为这种事哭了，在他们不知道的时候，我已经不是小孩子了。

我转身就走，最后一刻看到庄远的眼神是复杂的，但他没有再追上来。

晚上的时候，我趴在宿舍床上打电话给明雨，跟她说了庄远要移民的事，很气地挥拳头：“谁在乎呢？他爱走就走，回来特意告别显得多重情义似的。”

方明雨在水房洗衣服，戴着耳机跟我说：“哎，你说什么？你大声点，我都听不清。”

“懒得和你说了，你和你的洁癖当好朋友吧！”我这个气啊。

放了电话，我就打给念慈，她那边也传来吵吵闹闹的声音。

我委屈地问：“念慈，你干吗呢？”

“郭靖家的新店今天开张，我过来帮忙。”念慈温柔又急促地说，“怎么了瀛子，没什么事吧？”

“没有……”

郭靖家的店发展飞速，自从去年在家里开了三家分店之后，就有人慕名邀请其开到了念慈上学的省会城市，今天正是开张的日子。

“我就是好想你们。”

念慈笑起来：“放假回家不是就能见到了？”

“那不一样，也不是天天能见到。”

“不是有了很多新朋友？”

确实是这样，新朋友也很好。

“可还是很想你。”我耍赖一般重复，“为什么不能留在我身边呢？”

“别孩子气嘛，放假回来给你做好吃的。啊，好，阿姨你等我一起，别着急我就来……”

那边似乎有人叫她，我不情愿说：“那你忙吧，我就是闲聊。”

“我晚点打给你。”念慈说完匆匆挂了电话。

生活果然是一个人的生活。

我无精打采地躺在床上，手机响起来，兴奋地看向屏幕，却不是明雨也不是念慈。

学姐发来一个短信：黄瀛子，你在哪儿呢，兰溪学姐回来了，在外语楼的咖啡馆，她点名要见你！

说来我和这位兰溪学姐的缘分很是奇妙。我们从高中的时候就是校友，大学时我又变成她的学妹，不知道听彼此的师长提过对方几回，可一直都没见过。

我匆忙换了衣服赶到咖啡馆，正看见被众星捧月一般围坐在当中的兰溪。

干练的米色套装外套搭在一旁，垂感很好的白色衬衫领口随意打了一个结，桌子边是一张擦掉口红的纸巾。

她看到我笑起来："可算是见着你了，我见个当红偶像也没这么难。"

我脸红，被问要喝什么的时候，小声说要芒果汁。

兰溪说："你高一的时候咱们就应该见着了吧。"

"对。"我乖乖点头，"总是错过。"

"那年我返校，史老师说有个女孩文笔特别好，要介绍我们认识，可等了半天你也没来，后来听说是你男朋友打球受伤，你去看他了。"

我刚喝进嘴里的果汁呛出来："……咳咳，受伤的那个，不是我男朋友。"

兰溪拍我的后背，突然笑起来："好吧，让我们受伤的那个，也通常都不是我们的男朋友。"

这又是什么理论？

兰溪回学校是因为电视台新立项的一个节目需要一些实习生，她浏览老师推荐过去的简历的时候看到我的名字，知道是学妹，所以叫我出来。

我心知这是学姐的照顾，连忙应承下来。

送她出校门的时候，兰溪说："下周就进组，你最近不忙吧，有事这礼拜天之前都给我完结掉。"

我还来不及回答，这人招来一辆出租车风驰电掣地走了。

我心想这回还真不是我不想陪庄远了，我是真没空了。

等到我再接到庄远电话的时候，正在演播厅里搬物料，他电话打过来问：“瀛子，晚上去不去吃小龙虾？”

“没空，晚上加班。”没撒谎，节目很快开播，这几天都是十一点之后回学校。

庄远问：“那晚饭怎么吃？”

“工作餐，盒饭。”

“我到你们电视台楼下，给你带肯德基吃。”

“我都不爱吃肯德基了。”

庄远没再说话。

我觉得过意不去，嘟嘟囔囔地解释：“是真的，都没说谎，我这几天实习每天最多睡四个小时，晚上真出不来。肯德基也是真不爱吃了，大一刚开学没有人管吃了一个月，吃吐了都，还有本来夏天我就不爱吃肉。”

庄远笑起来：“那买冰激凌给你？”

我烦躁地跺脚：“你都要走了，还来找我玩干吗？”

庄远想了想：“我又不是不回来了。”

我心想是这么回事。

而且他真是好修养了。我因为跟蒋翼掰了所以气他也出国，可这事跟庄远有什么关系呢？他好心好意来跟我告别，请我吃小龙虾和肯德基，还要受我的气，这是真没道理了。况且他长得越来越帅了，我从小就喜欢他，怎么现在这么有出息敢跟他撒气发火呢……

对了，我是什么时候喜欢庄远来着？

怎么感觉好像是上辈子的事了，脑子里稀里糊涂的时候听到那边有人叫我：“黄瀛子，宣传页源文件你 u 盘里有没有备份？现在要多打五十份。”

“在我这儿，就来。”我应了一声，又跟庄远说，“我七点应该能休息一个小时吃饭，你到电视台外面的星巴克等我吧。”

“行。”他答应得干脆，又问，“冰激凌要什么口味的？”

“……要一个香草和一个巧克力的。”

“知道了。”

然而说好的七点，我却没能出现。

大明星突然得空，临时过来彩排，所有人原地待命。我给庄远发了个短信让他不要等我，就赶紧去了现场。

十点钟送走大明星的时候，我们几个小字辈又留下收拾了现场，我才来得及看手机。

庄远七点的时候回复了一句：“没关系，我在这儿等你。”

想打个电话问他回家了没有，又被人叫去送物料。

等到全部收拾完，整个组就剩下我和另外一个女孩，其余人都走了。

我坐在地上，感觉自己的 T 恤都要馊掉了。

另外一个女孩抱怨了一句：“见明星的时候比谁都快，打扫卫生时就一个人也见不着。不过瀛子，你怎么看到帅哥都不激动呀？”

“也没多帅啊……”邹航这种长相看多了，基本上就可以对帅哥免疫了。

“还不帅？那你还想要什么样的？”

……我以前喜欢庄远那样的，但唯一有过的男朋友是廖星，他俩的差距也是够大的。

“对了瀛子，你回不回学校？”

“回，一起走吧，没准还有地铁。”

“不是晚上还有同学来找你吃饭？”

我晃晃悠悠站起身：“都几点了？星巴克都关门了，早走了。”

我俩换了干净的衣服出门的时候，女孩突然问：“来接你的不会是男朋友吧？”

我冷眼：“你们这些人真是没意思，是个男的就问是不是男朋友。”

“你才没意思吧！大好年华不谈恋爱干什么？你不会没谈过恋爱吧？”

“怎么没谈过？”我翻个白眼，“也不见多有意思。”

“天啊，你是不是少女？你都没有体会过小鹿乱撞的感觉吗，都没有喜欢过什么人吗？”

喜是喜欢过的……

哎，这个人怎么想着想着还跑到面前来了？！

夜色中，不远处星巴克门口站着庄远，白色衬衫，浅色牛仔裤，手里拎着一个蛋糕盒。他仍旧是一副生人勿近的疏离模样，安安静静地站在那里，不知道在想些什么。

这个画面一下子跟小时候在十三号楼里等妈妈回来送钥匙的男孩重合，不言不语，是白色的存在，强烈又透明。

“瀛子怎么啦？不走了吗？”同行的女孩问。

庄远回过头，看到是我，微微笑：“原来真的每天都忙到这么晚？是不是还没吃饭？”

我还没说话，肚子叫了一声，替我回答。

同行的女孩笑出声音，低声在我耳朵边说：“男朋友这么帅，怪不得看不上大明星。”

“才不是男朋友！”

“现在不是就赶紧搞定！”

…………

“瀛子，去不去吃小龙虾？”庄远微笑问，“同学一起去吗？”

“我不当电灯泡了，你们好好玩，晚点闭寝也不用回去了。”

“你别胡说八道！”我追着她要打。

很快被庄远叫回来：“瀛子，冰激凌都化了，不能吃了。”

我看了盒子好心疼，那个牌子的冰激凌蛋糕好贵。

庄远雪上加霜：“你看看都浪费了。”

我还想打开看被他拦住：“不好吃了，别弄脏了衣服，再给你买。”

我有些沮丧，说：“我也不怎么饿了。”

“……那我送你回学校吧。”

“还是吃小龙虾吧。你都等了一晚上了，不过你下周走的时候，我大概不能送你了，那天节目录制早就定了的……”

庄远点点头：“没关系，我到了美国给你消息。”

不给也可以，反正蒋翼早就音讯全无了，我觉得也不错。

可我没想到的是，庄远这一走是真的没有了消息。

社交软件上很久都没有来信，发过去的邮件也没有回复。有一次我问妈妈，她说庄远妈妈也从厂里办了停薪留职，据说出国了。

他在那两年发生了什么，我是很久之后才知道的。

可那时候觉得就是一次短暂的分离，我们吃了小龙虾，还喝了啤酒。我大概太累了，酒量比平时还差，几杯下肚就已经开始说胡话。

可后来也不记得说了什么，只知道昏昏沉沉被这个人背回了他家。

早上起来准备去上班的时候，庄远已经去了学校，餐桌上留着早餐。

我匆忙洗漱吃了饭，要走的时候才看到这个人的玄关的台子上有一张我们七个人的合影。

是小学毕业那年，大雨的夜晚，在念慈家拍的。

那时候我们刚刚知道庄远要去北京了。

照片里，我和明雨哭红了眼睛，可我还不忘手里紧紧抓着那套《灌篮高手》的漫画，蒋翼瞪着我俩一脸嫌弃，庄远慌乱又有点想笑，关超正大大咧咧骑在郭靖身上摆出一个V形手势，却似因郭大侠抖肩膀险些跌落，只有念慈一个人盘腿坐在地毯上看着镜头，她笑得那样开心。

是念慈奶奶给我们抓拍的。

那是多小的时候呀，也是多好的时候呀。

可是因为那张照片里的自己太糗了，好多年我都不肯让爸妈摆出来，而我带到北京，并一直将其夹在随身携带的笔记本里的是另外一张，那天我们后来笑着簇拥在一起的照片。

我吸吸鼻子，真讨厌，明明有好看的照片干吗非要摆这一张。

我从相框里取了那张抓拍出来，换上自己笔记本里的那一张，想了想又取出来，在其背后写了一句话：不许想起我们哭的样子！

换好了照片，我顺手没收了那张糗照，夹在了自己的笔记本里。

晚上的时候庄远打来电话，笑道：“好心收留你怎么恩将仇报，还我照片。”

我哼了一声：“给你换了张好看的，还不谢谢我。”

庄远笑了一会儿说：“好吧，那谢谢黄大侠了。”

之后的那个周三，庄远在傍晚离京。

我在工作间隙给他发了一条短信说“顺飞”，想着这么快又送走一个朋友，有点难过。可没想到的是，晚上回学校却发现有朋自远方来，她事先没通知我。

方明雨站在我们楼门前的花坛旁边，马尾辫吊得高高的，穿着窄窄的洋装，透明凉鞋，身边是一个小小的登机箱，似乎已经站了好一会儿，还在拍打着蚊子。

我下班回宿舍的路上看到她的时候，大惊失色：“你怎么突然来了？怎么没跟我说一声？你没什么事吧？你要来倒是先打个电话呀！”

这人眼圈通红，说话却仍旧一派淡定：“没事，我知道你在忙就没打电话。”

“赶快上楼吧，你吃饭了没有？”我接过她箱子，又忍不住回头看她，“谁惹你了啊，怎么哭了？”

“我饿得不行了，送了箱子咱们出去吃吧，我想吃小龙虾。”

“那你应该上个礼拜来，庄远一直想吃，我都没空陪他。”

方小王很淡定地说：“我这次过来就是送他出国的。”

我手里的箱子掉在地上。

“哎呀，你行不行，这箱子弄脏了很不好擦的！”

“你特意从上海跑来送他？”

“对。”

我看着她大惊小怪擦箱子的样子，心想她竟然比我戏还多：“邹航知道你来吗？”知道了还不得气死！

“我刚跟他吵了一架。”

“他看见你红着眼睛送庄远不生气才怪！”

“送庄远没哭，刚才吵架哭的。”

我扶着额头，心里不知道是同情邹航还是我，为什么会有这种大小姐当我们的“女朋友”啊！

“所以邹航现在在哪儿？”

“不知道，他从机场接我回来就冷着一张脸，我气得问他给谁摆脸色，他也不说话，后来到了要吃饭的地方，他去停车，我就一个人打车跑了。”

我认命地摸出手机，果然看到邹航七个未接来电，十几条短信问：“看见方明雨没有？”“什么时间下班？”“她没找你去还能上哪儿？”“我在电视台门口怎么没看见她？”“我进台里来了，你们在哪个演播厅？”

……

真是聪明一世糊涂一时，方明雨又没去过电视台，自然是到学校来找我了。

这时，邹航的电话打过来，劈头盖脸就是问：“你怎么回事？你们俩上哪儿去了？台里说你人刚走，你俩去哪儿了？”

“你趁早态度好一点。”我警告，“我可没义务给你看着她。”

隔着电话都能听见邹航在那边抹脸：“对不起，太着急了，她关机了，你又不接电话，担心出什么事。”

“这种祸害能有什么事呢，被蚊子叮了三个包算吗?!”

邹航问：“你们在哪儿呢？”

“我寝室。”

“我这就过来找你们。”

“你别来！”方明雨对着电话说，“我今天不想见你！”

邹航静了片刻，似乎某根紧绷了太多年的线就这么断了。

隔着空间和电流，他丢下一句："随你。"

电话挂断了。

方明雨似乎也被这一刻震慑，但很快恢复如常，问我："去哪儿吃饭？"

我和明雨在学校旁边的 24 小时书店要了炸薯条、海鲜意面、芝士蛋糕、冰可乐和摩卡咖啡。我没胃口，方明雨倒是吃得快且有条不紊，丝毫看不出是刚跟男朋友吵过架的人。

我想问却不知道怎么问，在旁边翻一本国外战地记者的传记。

方明雨吃饱了把蛋糕推给我："这个你吃了，我吃不掉了。"

"那干什么点这么多？"我拿起叉子开始吃，她仿佛没听见，又叫来服务生说："再来两个冰激凌球，一个香草一个巧克力的。"

"我一个人可以吃两个。"我声明。

"胖死你算了。"

这个人果然一口也不动冰激凌，独自捧着咖啡杯出神，也不说话。

我吃东西的间隙问："你这几天没课吗？哪天回去？"

"明天就走。"

"飞过来的？"

"对，这学期攒的钱都花机票上了！"明雨说，"不过这趟航班特别好，我到了就在机场等庄远，正好送他走，特别有效率，都不用折腾，明天飞回去。"

真不愧是学霸，这种事也讲效率，不过……

"你就为送他过来的啊？"

“嗯。”

我没说话。

明雨半晌才说：“就是别人我也会过来送的。”

行吧。

明雨又说：“况且只有我见了他，我才知道这一年到底是逃避，还是真放下了。”

……道理也对。

“所以结论是？”

方明雨生气：“哪有闲心想结论，气都让邹航气饱了！”

“可我要是邹航，我也会不高兴的。”

明雨冷静地说：“他有什么可不高兴的，他又不是我什么人。”

我翻白眼，你还可以更别扭一点。

可方明雨就是这样的女孩，跟你吃饭，点的都是你喜欢的东西，担心你饿着会强迫你吃一块蛋糕，然后奖励你两颗冰激凌球，你喜欢的口味，她从来不会记错……她关心你，或者爱你，但是都不会告诉你。

我看着他们俩就着急，更担忧邹航的铜墙铁壁不知道能不能禁得起方明雨这样敏感惶恐的折腾。

“你要不喜欢他早就拒绝了，本来两地就够辛苦了，你干吗还不让他好过一点？”

明雨说了一句：“我真不是他女朋友。”

“哎……”

“乐欢盈上个月到上海还特意约我出来，我也是这么跟她说的。”

竟然还有这种事？

“她明里暗里试探邹航有没有跟我表白，又说邹航现在正是上升期，粉丝非常狂热，这类绯闻对他的发展是有致命影响的。真好笑，跟我说这些干什么？我就直接告诉她，不用担心，邹航和我压根就没关系。”

……怪不得明雨这么别扭，这个自尊心强的女孩怎么受得了这种试探。

乐欢盈我见过一次，干脆利落的漂亮女性，但会莫名给人压迫感的厉害角色，她会瞒着邹航去找明雨太正常不过了。邹航恐怕都不知道这事。

知道了又怎么样?

邹航喜欢明雨，明雨也喜欢邹航，但是邹公子不能有女朋友，明雨不可能屈就做邹公子的地下女友。

这根本就是死循环。

方明雨跟我挤一张单人床睡了一晚。我俩高中之后身材都没怎么变化，睡上去刚刚好，不过还是挤得腰酸背痛。更何况这个人基本上一晚上是没睡的，我半夜迷迷糊糊醒过来，发现明雨看着窗外，眼睛里被月色折射了一圈细碎的光，轻微的鼻音让人听着难过。

我碰碰她的胳膊，明雨转头，半晌侧过身跟我额头对着额头。

我们近在咫尺看着彼此，被从出生就熟稔交错的呼吸包围，心渐渐安顿下来。

没什么的，还有我呢。

第二天一早，我陪着明雨去机场。

早高峰的地铁拥挤得仿佛罐头，在我俩从车厢里被挤出来急急忙忙跑去安检的路上，明雨担忧地说："大学毕业难道就要每天挤地铁吗？这么多人可怎么办？"

我每天去实习已经习惯了拥挤的地铁，可明雨洁癖加上社恐，在上海三公里之内出行都骑自行车，跨校区上课的话，每天宁可六点钟起床坐第一班公交。

我安慰她："那是三年后的事，而且你没准要考研考博，就甭担心这个了。"

说话之间就已经进了安检口，那一刻我没丝毫心理准备地目睹了当年年度娱乐事件的第一现场，而从小就惧怕被瞩目的方明雨就此成为全国少女的情敌。

身边的氛围正变得诡异的时候，我刚想把安检过的箱子从传送皮带上拿下来，有一双手比我快了一步。

那是年轻男孩的手，遗传自他父母做手术的灵巧的手，纤白修长，只有指尖透出健康的红色。

他提起明雨的箱子，抽出拉手，对着我身后的方明雨说："身份证带好了吗？"

"你！你怎么来了？"明雨紧紧攥着自己的手提包，下意识地看向四周。

"你怎么这个样子就来了？"我也有点吃惊。大明星没戴口罩或者帽子，没有任何伪装，放下自己所有的遮掩，堂堂正正地站在机场安检口，仿佛周遭的窥测和围观才是奇怪的，而他出现在这儿是再正常不过的事。

"送你回去。"邹航的回答简单明了。

他接过明雨手里的包，明雨慌忙退了一步，低头躲开。"那么多人看着呢。”

邹航一脸平淡，没有再追逐，一只手扶起箱子，然后，他空着的另一只手就那样拉住了明雨的手。

我能听到周遭是接连几声的抽气。

方明雨当时就要挣扎。

邹航一往无前，一步一步，不被撼动，也没有任何迟疑，只回头跟我说：“走啊。”

明雨被他紧紧拽在身边，两个人看着似乎是一起走，却彼此都在挣脱着各种压力，明雨想要抽离，不被准许，邹航每个脚步都那么坚定，爱笑的嘴角此刻没有一丝弧度。

他们都在惧怕，可是又都那么勇敢。

此时人群骚动。

很多人认出了这个几乎横扫各大电视台黄金档广告的大明星，更别说一直跟随邹航的狗仔，仿佛是闻到了血腥味道的鲨鱼，躁动兴奋，所有人都意识到，自己抓到了明天或者年度的娱乐头条。

只用了一年时间就爆红的当红偶像，第一部电影就得到金象奖提名的电影小生，被所有人仰望甚至忌惮的年轻的邹航，前程大好，粉丝成狂，就这样在大庭广众之下牵起一个女孩的手。他在宣告什么，或者舍弃什么，不言而喻。

方明雨从一开始的挣扎，到之后的亦步亦趋。

围观的人群就这样跟随着他们的脚步，震惊之余，无人敢高声指点讨论，只是低声议论着，机场似乎有粉丝认出了邹航，竟然还有细微的哭声。

方明雨声音微微颤抖：“邹航，你想怎么样？”

邹航抿着嘴回头看她，这个从来躲在蚌壳里珍珠一样的女孩，最怕被人看到、宁可独自美好的女孩，此刻没有松开他的手。

邹航没说话，手掌下滑，和明雨十指相扣："方明雨，我喜欢你。"

这么多年，邹航已然不再忧虑明雨是否喜欢他，他那么聪明，总能拨开迷雾，总能看清彼此的心意，他惧怕的，是明雨的退缩和躲避。

从来怕被人注意的方明雨，众目睽睽之下，咬咬嘴唇。

邹航的心提起来，然后感受到坚定的回握。

明雨回握邹航的手，攥住了邹航一颗心，她说："我知道。"

三个字让邹航弯了眉眼，又是他爱笑的样子。

他十二岁在集体舞舞台上第一次看到她就喜欢上了她，从被她忘记、忽视，再到被她依赖、试探，终于被她喜欢却又被她惧怕，可此刻，她没有松开他的手。

他一直以来的喜欢，她终于不再躲避。

他选了最难的路，而她没有逃，要和他一起走。

一句"我知道"，是方明雨最好、最真的回应。

十七岁你喜欢谁？

方明雨：我知道邹航喜欢我。

我呢？我十七岁喜欢谁，没有任何人知道。

全世界都知道邹航喜欢方明雨，但是方明雨也喜欢邹航这事，方明雨曾经想过是不是只有自己一个人知道就好了。

他们的爱情注定轰轰烈烈，无法平淡。

明雨攥着邹航的手，仍不免慌张："干吗要被这么多人看见。"

邹航笑笑："记者们天天跟我都没什么料，咱们让他们省省事。"

我一脸无语："乐欢盈要疯了。"

“欢姐一天到晚光赚钱多无聊啊，咱们给她找点事做。”

最早有事做的不是乐欢盈，是我。

手里的电话在过安检的时候响起来，那边乐欢盈把怒气掩盖得滴水不漏：“邹航是不是在机场？他电话关机了，是不是跟方明雨在一起？”

我一时没说话，也没什么好说的，难道不是已经有人给她通风报信了？

乐欢盈没等到回答，一字一顿说：“低调谈恋爱就算了，弄得人尽皆知算怎么回事？你在他们身边是不是，你去问他，他知不知道他在做什么？”

我想了想，还是决定礼貌回复：“欢姐，如果他不知道自己在做什么，就不是邹航了。”

乐欢盈一时没说话。

半晌，那边的女人说：“明知艰难还要走这样的路，就别后悔，也别回头。”

不会回头的，从此这两个人有了彼此的相伴更不会回头。

可乐欢盈的平静彻底碎裂，气急了加了一句：“让他从机场直接回公司来！我要活剐了他！”

不用她杀了邹航，舆论已经磨刀霍霍。

爆红一年之后就公布恋情，被公认最有演技的实力小生，最年轻的影帝，霸占了各大媒体头条的邹公子，被无数少女追捧又咒骂的男孩，被广告商奉若神明又避而不谈的大明星，在风口浪尖走过一遭之后，整整沉寂了三年。

第十章 一路顺风

两年后的八月末，晴暖的风把云朵堆成山峦。

我满头大汗地从北京站拖着箱子往外走的时候，正戴着耳机给念慈打电话：“天啊，他竟然打算毕业就结婚，不对，是没毕业就结婚！”

关超要结婚这事太让人震惊了，我用短信和念慈、明雨通报了消息之后，终于回到北京，第一时间就打给念慈，连珠炮一样开火：“这家伙怎么变化这么大，他竟然是年级前三名。天啊，关超是年级前三名，不过这不重要，他假期不回来的这段时间除了补课还跑去收山货！竟然还赚了钱买了一辆车！还有他说毕业了就回航天城，据说厂里早早就跟他签了劳动合同。他女朋友家里给了他们一点启动资金，让他女朋友在市里再开一个小店，卖特产。对了，他女朋友爸妈说过几年也把手里的生意和店面收掉，跟他们过来一起生活。哎，他们一家人真是特别好，做的泡菜饼特别好吃！”

“好啦，好啦，瀛子，这些你短信都和我说过一遍了。”念慈声音带笑，“你到底是在震惊什么呀？”

“我、我！”我想了好半天，才理清自己的思路，“可能是没想到他竟然会这么早就定下来吧，小时候就他恋爱谈得多，你记不记得，还有老师开他玩笑说他是风流浪子……”

“也不难想到吧，关超从小就想要有个家，女方的家庭肯定很温暖。”

“可不能因为想要温暖家庭就跟人结婚吧，那人家女孩算什么？”

“你也说了人家女孩很漂亮，他也喜欢漂亮女孩啊。”

这个也是……

“漂亮女孩又有温暖家庭，关超不喜欢不抓住就奇怪了。”

这么说也是很有道理。

“对了，他之前还答应我，大四我生日的时候会跟咱们一起去旅行呢，还说去香港迪士尼玩，我因为这个都没答应和别人去，结果这次说到时候要回家定装修方案不能旅行了，就放我鸽子了，你说过分不过分？”

我一边安检进了地铁，一边还在连珠炮一样跟念慈吐槽：“这三年都没见面，要不是我去长白山那边实习可能还见不到，结果一见面就说要结婚，突然就觉得咱们真不是小孩儿了……”

大人的选择往往是将去游乐场玩排在装修房子后面的。

我还不能理解。

念慈笑起来：“早就不是小孩子了，瀛子，你二十岁了，咱们都是大人了。”

变成大人其实也很棒，但是大人总有各种事要做，不是我想念谁就一定能见到的……

“你最近是不是很累呀？”念慈关切地问。

“也没有，这个项目结束后其实可以回学校上课了……就是采访什么的都不太顺利。跟的两个大选题都没进展，一个是大艺术家，说什么也不肯接受采访，另外一个是美国的漫画公司，社里也没有人脉资源，我发过去的邮件一直都没有回复，准备提纲花了好多精力，就是没有进展……”

“是你之前说的那个美国漫画公司的采访是吧？还没联系上呀？”

“是呀，一直没有回复，不说这个了，对了念慈，你刚才说有事情跟我说，是什么？”打电话一开始就操纵了发言权的话痨黄大侠我本人，这会儿良心发现起来问。

念慈想了片刻说：“瀛子，应该算是个好消息吧。”

“怎么？你不会也要结婚吧？”

“那倒不是。”她笑，“是过一段时间，咱们就可以经常见到了。”

“啊，怎么了？”我的心咚咚咚地跳起来。

“我下周二就到北京。”

“停留多久？”

“一周时间吧。”

“就一周？”我心里略微失望。

“嗯，先去办入职手续。”

“入职？”

“嗯。”念慈顿了顿，宣布说，“我已经定了在北京实习，是一家国际银行。九月初正式报到，如果顺利的话，毕业后就会留在那里工作了。”

念慈说完这些话的时候，我刚刚找到一个地铁上的座位。

坐下来的那一瞬间我没说话，眼前却已经有些模糊。

我在北京这三年，是我人生中最热闹的三年。

这个城市特别鲜活而美丽，我生活在其中，因此见识到了不曾见过的景色和故事。

最当红的明星宿醉之后来录节目，身上包裹着不下二十个奢侈品牌，张口说希望能简单生活；一辈子只在一座图书馆里看书的图书管理员，除了公交车没有乘坐过任何其他交通工具；年轻的都市新贵三十五岁已经富有四海却苦于自己的性取向，决定归隐山林，避世修行；城中村里三代人挤在一个房间的农民工，他的梦想是学钢管舞；还有会三国语言、儿化音说得极其标准的高官；一辈子没离开过胡同、拥有价值上亿的院子却还在上公共卫生间的老北京人……

我还结识了许许多多的新朋友，他们从天南海北来，都快活又有趣，我们会玩闹，也会吵架，可我一直那样孤单，那样想念念慈。

没有钟念慈的时候，自认为独立的我仿佛是已被剥离了贝壳的软肉，总是怯生生的。

念慈在电话那边笑起来："不是哭鼻子了吧？地铁里那么多人，多没面子呀。"

"才没有。"我吸吸鼻子，"怎么之前都没听你说过？"

"那个职位竞争特别激烈，我怕事情没成之前告诉你，再让你白高兴了。"

这就是念慈，总是那么贴心。

我继续吸鼻子："那你几点的火车到呀，我去接你。"

"不用接啦，郭靖会跟我一起去，他们家要在北京开第一家店了，这次他开车过去。"

"真的吗？太好了！"

怎么会这么好呢！

"那之后他是不是也要留在北京？"

“是吧，北京的店很快要开了，他大概要留在那边一段时间。”

我放下电话第一时间拨给方明雨，她似乎是午睡才醒，声音里满是困倦：“怎么了？”

“念慈要到北京来工作了！郭靖也是！他们下周就来，你期末考试结束也过来吧，咱们一起回家。”

她没思考几秒钟就答应了：“行，那我下周二考完试就过去，一会儿去车站改签车票。”

这会儿出了地铁站我才想起来问：“对了，你是不是确定考研究生了？”

“是吧，要不也不知道做什么……”方小王还没睡醒，烦恼地回答，“考研班的学费都交了，不考上很浪费钱。”

“哎，你不是保研本校吗，还用得着考试吗？”我奇怪。

明雨顿了顿，声音略微有些别扭：“我放弃保研了。”

“啊？”

“打算考我姥爷的母校。”

…………

“你这是要来北京？”

“嗯。”方明雨似乎清醒了点，笑起来，“瀛子，这次我真的要去北京了，而且，这次我肯定能考上。”

高中毕业之后，黄瀛子就长大了。

我学会了一个人念书、工作、生活……

在此之前，我也并不知道自己原来一个人就可以照顾自己，把事情做得很好。

我已经很久没再想过我们什么时候会重逢。

关超不再回家，蒋翼远在美国，亦菲不知所踪，姗姗举家南迁，庄远办好了移民，明雨假期的时候不是在北京就是留在上海，仿佛从某一刻起，我们就已经散了。

散了，也不想着重聚，我是不是就真长大了。

然而，分开三年之后，念慈和明雨相继要重新来到我身边。

我早早说要给他们订酒店，结果被通知都不用。郭靖家的合作伙伴给他们订了新店旁边的酒店公寓，方明雨则直截了当说要住在邹航家里。

这两个人住在一起的事情明明之前两年都还遮遮掩掩的。每次方明雨假期到北京来，还会假模假样地让我在学校给她找一个床位。然而开学回来的时候，枕头、被褥连动都没动过，虽然床位钱没多少，但是真的很浪费。

于是变成他们两组人马一起到学校来跟我会合。

我兴高采烈地要去学校最近的一家烤鸭店订个包厢，才想起这是月末，爸妈给的生活费还没到，作为月光族的我本来已经准备好靠着方便面度日了。不过他们要来，总不能太寒酸。

我慌忙打电话给杨凡，可怜兮兮问：“杨老师，这个月的稿费能提前几天预支不？”

一年前，我开始在国内很有名气的一家杂志社实习做文化记者，每个月供稿四篇，也基本上谈定了毕业之后直接留下工作。杨凡是我所在的文化组的主编，是个只会写稿看书的文艺中年人。

“瀛子啊，都是月中报稿费的，有什么急事要用吗？”杨凡的上海话尾音听起来软绵绵的，“要不要我借给你一些？”

“那、那就不用啦，也不是什么着急的事。”

我手指头摆弄着书桌上新买的那套乐高，委屈兮兮地想下个月稿费到了再买这个就好了。可谁知道这些人会突然来呢！之前叫也不来，非赶上我没钱的时候才来。想到这儿我气呼呼放下电话发短信给郭靖：你来北京钱可带够了，我想吃烤鸭！

他回得很快：好，你想吃哪家先订位子。

我一听有人买单放了心。

然后又想问，你追到念慈了没有？

打了两三次又删掉，最后还是没发出去。

这个话我不敢直接问。我怕的是，如果追不到，两个人闹别扭，他们会逼我选和念慈还是郭靖做朋友，简直跟爸妈离婚小朋友选跟谁过一样难过。

我到底是什么时候开窍，知道郭靖喜欢念慈的呢？

大概是高考结束的那个假期，郭靖和念慈两家一起去了奶奶长大的地方。南方山清水秀的小城，春天的时候，茉莉花串满街飘香。

念慈发了照片给我，奶奶手把手地教郭靖茉莉炒蛋，调沙茶酱。

郭靖越过奶奶的肩头，看向镜头的眼神里，有一种温柔又坚定的光彩。

邹航那样看着明雨，廖星也这样看着我……只是郭靖这样看念慈太久，我们太过熟稔，已经分辨不出其中更深沉的意味了。

于是那一刻，所有之前觉得对和不对的事情都串连了起来。

为什么颜昀的出现让我有些害怕？为什么会下意识希望念慈不要说破这件事？其实只不过是因为很怕郭靖伤心。

如同山一样存在的郭靖，不声不语，是我们所有人的依靠。可这个人也有柔软的一面，他站在念慈身后到底有多久了？明雨已经放开庄远，姗姗也和关超告别，关超也对蓝亦菲说：我从来没有喜欢过你……

我们在小的时候就已经懵懂发芽的爱，是否会有一颗种子存活，是不是会真的开出花朵?

我不知道，也从来没问过。

好在，无论未来如何，他们即将回到我身边。

可重聚第一天，放鸽子的居然是我。

事情也是不能再巧合了，那是我那一年的转折。

我假期去长白山的前一周到杂志社开例行的选题会，因为资历尚浅，我经手的都是比较简单的选题，基本上不用在选题会上讨论，所以大部分时间都是旁听。

当天讨论到最后的时候，总编辑赵纬抛出一个选题问："宁川的画今年春拍又破了纪录，没有人盯着他的采访?"

一时间没有人说话。

我心知宁川一定是个好选题，这人是国内油画新贵，学院派出身，家世显赫，每年产出稳定，有很多故事谜题引人窥探，可没想到竟然没有人盯着他的采访，真是奇怪。

"没人接我可就点将了啊。"赵纬似乎也有点不耐烦，修长的手指下意识去找烟，又神经质地握着马克杯喝干了里面的咖啡，突然就从杯口上方看向我，"黄瀛子，你现在手上没有大选题吧？就你去吧，采到了就给你排到下个月'生活如戏'专栏。"

杨凡慌张地扶眼镜："赵总不行啊，生活如戏是6p的大板块，小黄还没跟过这么大的项目，肯定把握不好……"

赵纬一个字也听不进去："上个月那个舞台剧导演的采访她不是

写了将近两万字？编辑还跟我说都舍不得删，6p 有什么不行的？”

“可是采访宁川……”

“我像她这么大的时候都采访宁川的老子了，怎么她就不行？就这么定了！”赵绰“啪”一声合上笔记本电脑，扯了扯白衬衫，摸着烟出门了。

我这边还蒙着，几个前辈陆续出门，拍拍我后背。

“保重。”

“别有压力。”

“还年轻，经受点挫折也别灰心。”

…………

我还没反应过来发生了什么，就被一个人剩在会议室里了，杨凡最后一个走的，走之前叹气说了句：“我有他邮箱，也有一些他身边朋友的联络方式，你先接触试试吧。”

这个氛围怎么有点荆轲刺秦王之前唱风萧萧兮易水寒的意思？

我后来才知道前辈的同情、安慰甚至幸灾乐祸来源于哪儿。

艺术圈里有三个最难采访的艺术家：宁川、庄是、傅霖，他们出自同一师门，都是顾贤老先生的徒子徒孙。

其中宁川名列第一，名气最大，身价最高，也最难搞。

据说有一年春拍结束的时候，有跑文娱口的记者在他入住的酒店门口等了三天三夜，跑了各种关系也没能换来这个人一句话。倒是他退住那天给蹲点的记者和摄影师一人买了一杯咖啡，然后摆摆手，一个字没说，道骨仙风地赶飞机去了。

礼貌周全又不能骂，但就是不跟你聊天，谁都没辙。

所以文娱圈里默认不会有任何人采访到宁川，但是这样的选题又不得不报，于是就扔给了身为新人的我。反正是做白工，新人总比较便宜。

我虽然不了解江湖险恶，但看前辈们的脸色也知道自己接的是个吃力不讨好的活儿。

比我年长两岁、前一年转正、跟我同在文化组的记者司棋很大方地跟我分享经验："你就随便写个采访提纲发过去，被拒绝了发邮件截图给赵纬就行了。不用太花时间，反正也没有人抱希望你能采访到他。"

他办公桌上一堆出版社的新书，平时从里面随便找两个书摘就应付了差事，轻松愉快。不过我心想那么干活儿可真没意思啊。

如果真能采访到宁川肯定是很好玩的，他不想接受采访的原因可能不单单是因为重视隐私……

我在网络上搜集了能找到的所有与宁川相关的资料，几乎没什么内容，因为一直刷新拍卖纪录，所以最多的都是产业新闻。

不过在搜集了很多资料之后，我突然发现了一个内容源头。

宁川虽然自己不接受采访，但是却在另外一个人的采访中被频繁提及。

这个人我很熟悉，是国内法语翻译领域的新星明越，我看过几本他翻译的书。明越大概二十多岁，之前翻译过的几本法国文学小说很受文艺青年的认可，而前年他引进了一本介绍现当代美术流派的书，在那本书的营销活动里，明越接受了很多采访，也频繁地提起宁川的作品，称赞宁川作品的审美层次具有国际标准。

我恰恰看过那本书，明越在后记里感谢的第一个人就是宁川，还提到一个细节，说他第一次在法国逛卢浮宫是宁川带他去的，而按照那个时间推断应该至少在十年前。

十年深交的好友，彼此可聊的事情肯定很多。

我兴冲冲打电话给杨凡，说明打算先去找明越，他为难说：“没用的，都知道他俩关系好，可根本没用，也不是没人请过明越牵线，宁川也都拒绝了。”

……刚刚找到的突破口就这么被堵上了，我灰心了好一阵子，倒是杨凡又劝我，跟司棋说得差不多：“采不到也没什么，别浪费太多时间。你明天不是就跟兰溪去长白山那边做节目了吗？好好收拾行李，路上注意安全。”

我默默放下电话，连夜又修改了一版采访提纲，写了一封长信，登机之前发到宁川邮箱，落地的时候，邮箱里果然没有任何动静，甚至没有一封自动回复的邮件。

去酒店的路上，我打开笔记本，想了想又写了一封长信，到了酒店连上网直接发给了明越，心说：死马当活马医吧。

这次得到一个自动回复，然后就什么都没有了。

之后一个月虽然在出差，但是因为之前查资料也生出了兴趣，我保持着继续看艺术史和艺术批评的习惯，想到什么就又加到采访提纲里，调整得有一些不同了就发给他们俩，也不管有没有回复。

就这样，直到念慈他们到达那一天的早上，还不到九点，我就被电话吵醒。

杨凡在电话里显得焦急：“黄瀛子，你赶紧打车过来，宁川这会儿在798傅家新置办的那个美术馆，他给了一下午时间，摄影师已经赶过去了。”

我揉揉眼睛，还没反应过来：“他同意采访了？”

“还没有，就说你有时间的话就过去聊聊，如果聊得OK就采访。”

我脑袋还迷糊着问：“那确定是我去采吗？”

“不是你是谁?！他亲自打电话给赵缂说凌晨给你回的邮件，但是怕你今天上午看不到。他下周就要去德国，时间不多，所以想尽快联系。”

我一个鲤鱼打挺从宿舍床上蹦起来，室友迷迷糊糊问：“瀛子怎么这么早？”

我们一寝室的人都在广告或新闻单位实习，四只夜猫子，从来将午饭当早饭吃的。

我随便套上一件 T 恤，在卫生间洗了一把脸，告知她们：“我可以去见宁川了！”

“能采访了？”

“还没定，就说让我去聊聊。”

室友们听我念叨了两个月这个采访，一个个都醒过来趴在床上指手画脚：“别忘了录音笔！”

“充电了没有？要不要用我的？”

“带上我上个月美术馆看展的票让他签名！”

“对了，你下午不是要接你同学吃饭，你赶得回来吗？”

我大叫一声，蹲下来捂住脑袋：“天啊，好多事，到底应该先做哪一件？”

对，先给念慈打电话！

我抓着手机进了卫生间，咬着牙刷含含糊糊说：“念慈，我这会儿要去采访，不知道能不能准时去接你们……”

“你先刷好牙再慢慢说，牙膏沫可别吞进肚子里。”

我急匆匆漱了口：“念慈，你们怎么过来呀？要不先去住处，等我回来再到饭店？”

“没事呀，你就先去忙，我们在饭店点好菜等你。”念慈习惯性地安排，“手机要拿好，还有录音笔别忘了充电，室内空调大，带一件外套，不然又要一边吸鼻涕一边采访……”

我听她指令整理好了背包，提上球鞋问：“那你们知道到我订的饭店怎么走吗？”

“知道呢。”

“又没来过你怎么知道？”

“到了你们学校问了不就知道？总之你别想这些事了，好好去采访，一回来就开饭！”

“好嘞！”

我放了心，跟室友们挥挥手就往外跑，也不敢坐公交车，打了一辆出租车飞快报出美术馆的名字：“师傅，半小时能到吗？”

“不好说啊，这到大东边没准要堵车。”

“那您帮帮忙，咱们越快越好！”

“我帮忙没用，得别的车给您让路。”

我没心思跟他侃，打开笔记本电脑开始重新对提纲，这时候发现邮箱里有一封邮件。

是个不太熟悉的地址，可能是之前联网的时候收到的，标题是英文，但是因为网络差点不开。

我看着来信的邮箱后缀，心里莫名有些焦躁。

那是一所美国大学的邮箱，西岸名校，唯一可以堪比常春藤名校的综合性大学，而邮箱地址的前缀是 jiangyi0809。

蒋翼大三开始在这所学校修习第二学位，这是他时隔三年发来的邮件。

我神经质地刷新邮件，傻呆呆地看着空白的404，司机师傅跟我说“地方到了”的时候把我吓了一跳。

我看了一眼后视镜才发现自己眼睛通红。

“姑娘没事吧？”

“没、没事。”我飞快付了钱，拎着电脑就往美术馆里跑。

摄影师已经到了，并架好了机器，杨凡慌忙跑过来说：“时间正好！宁川马上就来！”

“有没有网线？我要上网。”

杨凡吓了一跳，以为我没准备好采访：“要查什么资料吗？”

“……对。”

我抓住美术馆的负责人说：“不好意思，我要登录一下邮箱，能否帮忙请给我的电脑连一下网络。”

邮箱打开的一瞬间，我闭了闭眼，才开始看。

那其实是一封转发的工作邮件。

往来的双方，是蒋翼和美国那家我一直想采访的漫画公司的一位制片人。

邮件的发起人是蒋翼，他似乎之前跟对方在一个特效制作项目里认识并合作过，简短寒暄之后，他开门见山表明写信的目的是希望促成一次采访。蒋翼说明了我所在的杂志是国内最好的深度报道媒体平台，并表示我对美国动漫从小就非常喜欢并了解，此时正值他们的电影进军中国，这个采访一定会让中国观众和合作伙伴更加了解美国的动漫。

对方似乎跟他有很愉快的合作经验，很快回复了邮件表示愿意进一步接触，并直接介绍和抄送了公司市场及媒体宣传部门负责人。

最后一封来信是蒋翼的回信，他感谢对方回复，给了对方我的邮箱，介绍双方的抬头。

发给对方之后，他把这封邮件转发给了我。

转发内容空无一字。

我盯着屏幕，牙齿咬住嘴唇。

杨凡在远处叫我："黄瀛子好了没有？宁老师来了，哎呀，你眼睛怎么这么红？"

"没事，最近熬夜……"

我合上笔记本电脑，转头定神跟道骨仙风的宁川问了一句好，上前握手说："谢谢您愿意给我们这次机会。"

宁川在沙发对面坐下来："谢谢你愿意来，我之后要去德国住半年，所以只好匆忙间请你来。"

"太荣幸了。"

"我知道你年轻，可没想到年纪竟然这么小。"他看着我突然问，"不过你现在是不是需要喝点什么？"

我心知自己状态不好，下意识说了一句："能给我一罐冰可乐吗？"

"这个确实有，不过没有凉的了，只有冰啤酒。"

"没关系，是可乐就行。"

宁川笑起来，这个笑似乎在看一个小朋友。

我将可乐送进嘴里，辣辣地咽下去之后张口就问："您这次愿意跟我们聊聊，是不是有什么特殊原因？"

杨凡手里的笔掉在地上，慌忙说："黄瀛子，你不是有采访提纲吗？她小孩子不太会聊天……"

宁川仍旧是那个微笑，他摆摆手示意没关系，直接回答："我不是打算跟你们聊聊，是想跟你聊聊。"

我第二口可乐差点呛进鼻子。

“毕竟连续两个月都收到你的邮件也很好奇。”宁川笑，“另外我也有一个问题想问你，你为什么在提纲里问了很多跟艺术和油画并不相关的问题？”

“……我觉得你可能不想回答跟艺术和油画相关的问题。”

“这么简单？”

我整理了一下思路，尽量明白地表达：“我看了明越关于你的采访，他提起当年留学的时候你带他在欧洲旅行，但是只逛了一家美术馆，你跟他说‘画不能站在画框之前看，要走到风景里去看’。他说你们去了好多画家笔下的地方，然后你说之后再回不回美术馆都没关系了。”

他看向我：“你资料搜集得很细致。”

“所以我想，画画只是你的一种表达，你想说的都在画里说了，再去解读也没什么意义了，所以你不是不愿意接受采访，是不喜欢重复表达。”

宁川的笑容里终于有了一点真诚的味道，却不开口。

我于是继续说：“可你一定是个好玩的人，是特别好的采访对象。我看了你全部的画册，其中前年春夏那次的江南主题特别有趣。我把你那次的画作按照时间顺序在地图上标注出来，那是经过精心设计出来的路线，不是很会玩、很会生活的人做不出。所以这些事情比你的画作更让我好奇，我就问了很多别的问题，怎么旅行，怎么修整院子，怎么伺候小花和小鸟……”

“很聪明，也很勤奋。”宁川神色又有了些微认真，然后说，“不过有一点你猜错了，那次旅行的路线都不是我制定的，那个是明越的作品。”

所以猜错了吗？我紧张得捏可乐瓶，这采访不会就这么黄了吧。

宁川微微坐直，又笑：“不过我确实是一个好玩的人。”

有这么夸自己的吗……

“关于艺术，我真没什么可说的。如果一定想要了解我，就去看我的画好了。”

“所以？”我战战兢兢问。

“所以，我很愿意和你讲讲，我是怎么玩的。”

采访成了！

一个月后，《玩家宁川》成为当期封面报道，当周热销十万册。

采访宁川是我做深度稿件的开始，也是极高的起点，那篇访谈后来被众多媒体转载，我因此成为文艺类采访最年轻却也最出名的记者。

然而那时候我还一无所知。

整个采访宁川都非常投入，人也非常谦和友好。他带我们走遍了这所他投入大量心血的美术馆，又给我看他在云南和杭州郊区以及福建山里园子的照片和视频，他笑：“我的很多朋友，画画的喜欢叫自己艺术家，也这么叫我。可是我有时候觉得我就是一个喜欢花花草草的人，也许可以当个建筑设计师。不过我无法真正去务农，如果真的让我全身心自己做农活儿，我可能也做不好，所以我还是很中国文人的，悠然见南山可以，采菊东篱下也可以，但是南山肯定是别人在打理，菊花种好了我只管去采摘，这么一说，又想要批判自己了。”

他太坦诚了，我自己都想不到。

然而这样密度很大的对话也非常累，我要理解并迅速消化他传递的信息，做出反应，抛出更多的问题。

结束的时候，宁川在我们进门的客厅准备了一罐冰可乐，递给我笑：“辛苦了，请你喝可乐。”

可乐刚从冰箱里拿出来，带着水雾。这个人真的很周到。

我灌了一口可乐，说了谢谢，跟宁川还有同事们告别。

拎着半罐可乐和笔记本电脑的包，我从 798 出来站在繁华喧闹的街口。

夏至已过，七点半钟，天色灰蓝，霓虹初上。往来都是素不相识的人，我不在意他们，也没有人为我停留。

喝完了可乐，我把空罐扔在旁边的垃圾箱里，低头翻了翻钱包，里面还有十七块钱和一张公交卡。

打车的钱不够，坐地铁又太远……

我一边往地铁站走，一边伸手招出租车。走路不太努力，叫车也不太努力。

这一下午说了太多话，此刻才想起来除了两罐可乐，从早起我就什么东西都没吃过。胃、胸腔和头脑都是空的，仿佛一个大号的熟过劲的西瓜，晃晃荡荡带着水声行走在路上。

这一天都发生了什么呢？

我采访了业内公认不可能采访到的人，还有最想念的朋友在学校等我回去团聚，拿到了一直想要的采访对象的联络方式，好像都很顺利，都是值得高兴的事情，可是什么让我这么消沉、这么疲惫、这么茫然呢……

为什么？

为什么心里这么空啊？

空白得好像一封转发的邮件，明明是发给我的，却一个写给我的字都没有。

怎么会这么空呢？

为什么一个字都没有呢？

既然发给我，为什么连个字都不写给我？

那我要回复这封邮件吗？

回复？

不回复？

我决定，如果走到地铁站之前就打到车，就回复；如果没有，就不回复……

所以现在的问题是，我应该更努力一些找出租车，还是更努力地走向地铁站……

可其实根本就没有钱打车，不过到了饭店可以叫念慈出来付钱，坐地铁的话，是真的太累了，似乎都不是什么好选择……

我正在迷糊，突然听到有人呼喊我的名字："黄瀛子！"

是熟悉的清甜的女孩的声音，亲密又活泼。

我迷迷糊糊抬头，看到马路对面，一个白色裙摆，纤细的身影向我摆动，方明雨站在邹航的车前冲着我笑："还不快点过来。"

邹航摇下车窗："快点，这里不好停车。"

我恍惚之间回到了这个夏天的北京，魂魄回到了身体里。

明雨从老远的地方跑过来拉我的手："一下子就找到你了，真好。"

是啊，真好，真好。

真好，你来接我了真好。

真好，想不明白的事情可以暂时不去想了，真好。

邹航前三部片子的片酬都上交给了两位医学家父母。事实证明，医学家的眼光非常长远且科学。确定邹航要来北京上大学之后，他们就拿出一笔钱在北京买了两套房子，小一点的靠近学校做了精装修，邹航自己住，大一点的暂时用不上就租出去了。

剩下的钱邹航自己买了一辆车，七座的商务。

他是自己跑通告的时候坐地铁也可以，基本上这辆车都用来接送方明雨了。

方明雨刚刚拿到驾照，新手上路正是跃跃欲试的时候，邹航在副驾驶座上大呼小叫："不对，不对，拐弯你打转向啊，看车啊大小姐，都黄灯了咱们也不着急，还抢着过白线干什么?!"

"那要不然你开?!"方明雨哪儿受过这个气。

"我开就我开!"平素好说话，笑眯眯的邹教练鲜少神色紧张。

"那就现在换过来!"方小王更受不了这个。

"咱们过了路口换，行不行啊?"

我在后面昏睡着被吵醒，惶惶然扒住驾驶座的后背："你们，你们别吵了行不行……"

"看路啊!"邹航根本不理我。

"你们也知道是在路口？能不能过了马路再吵架?"

"不能!"二人异口同声。

…………

行吧。

我默默坐回去装蘑菇，扶着安全带紧张兮兮地看着窗外。

好在方小王毕竟是方小王，认真起来天下第一。半个多小时的走走停停，车子从东三环来到西三环，好在最终完好无损地停在饭店门口。

一刹住闸，她老人家气呼呼下了车，剩下我们两个大眼瞪小眼。我脱力一样躺在靠背上，邹航起身，后背都让汗洇湿了。

“这日子还怎么过啊！”邹公子捂脸，“非让她考北京的研究生，我是犯什么毛病了我？我真傻，真的！”

同样心有戚戚然的我想起从小被方小王的洁癖和强迫症支配的恐惧，莫名觉得之前三年的想念贱嗖嗖的。

可是怎么办呢？请神容易送神难，黄大侠和邹公子内心各自流泪，默默下车跟进饭店。

包间里，郭靖和念慈早就已经等在那里。

两个人在开酒，是一瓶白葡萄酒。饭店给的开瓶器似乎不太好用，有服务生跃跃欲试想来帮忙，却不敢跟背对着她的郭靖说话，张口结舌地在后面试探：“那个、那个、我……”

念慈回头看到她，笑起来：“我们是不是开的方法不对？”

那姑娘点点头才要说话，抬起脸看到跟着转回身的郭靖剑眉朗目的样子，脸上一红，更说不出话来：“这、这个开瓶器不太好用，我来帮你们……”

“那谢谢了。”

郭靖把瓶子递过去，坐回座位里，抬头问刚进门的我们：“方明雨呢？”

邹航突然紧张：“她没进来？”

来上菜的服务生惊叫：“邹航？！你是邹航？”

邹航转身就往外走：“她不是赌气回上海了吧？！”

明雨从身后进门，一脸疑惑：“你干吗去？”

“没、没事……”邹公子咧嘴，瞪了一眼身后以防有人嘲笑他，可根本没人理他，我饿得前心贴后心，从果盘里抓起一块火龙果就往嘴里吞：“赶紧上菜吧，我一天都没吃什么。”

方明雨怪叫：“你脏不脏啊，去洗手！”

我明晃晃地跟她对视，有恃无恐抓起一块塞进嘴里：“就不洗不……”

叛逆的话还没说完就被方小王撕开一袋湿巾抓着手猛擦：“脏死你算了！”

“哎呀疼，你轻点！”

方小王才不理会，确认干净之后一把推开：“行了，吃吧。”

我皱着鼻子坐在邹航身边：“你怎么受得了她？”

邹航没理我，捏着手机，他手里是第一代的 iphone，刚刚发售，美国版本，甚至没有汉化，不过已经可以上网。

“看什么？”

邹航正在缓存一个视频，抬头看看我说：“蒋翼的动画短片获奖了，这段时间可能回国展映。”

我本来有点迷糊，听到这话瞬间惊叫：“什么？”

“他之前说参加了一个世界级别的动画短片评选，还真让他取得名次了。”

“你、你怎么知道……”我语无伦次道。

邹航没说话，明雨撇撇嘴：“蒋翼也是真行，走了三年都没个信儿，关超好歹还打个电话来，这位大爷连在群里都从来不出声，也就跟郭靖你单线联系。”

邹航说：“他还联系过黄瀛子啊，人家也不回复他啊。”

“什么时候联系过我？”我茫然间问。

“不是过年都给你家拜年吗？”

“那也算联系？”明雨翻白眼，“那是联系她爸妈好不好？从小照顾他到大，过年连个电话都没有，他还是不是个人？”

邹航还要说话，郭靖的电话突然响起。

他先是看了我一眼，接起来：“嗯，在北京了，你那边几点？在瀛子他们学校旁边……”

我突然明白电话那边是谁，心不受控制地紧缩。

“刚在饭店聚上，还没开始吃。听邹航说你那个短片获奖了？”

那边声音不大，听不清对面说了什么。我越发觉得头脑空空，手里的西瓜差点被捏碎。

“设备昨天到的，今天开一整天车忘了和你说。”

“我爸他们今天安装，要是有不明白的再找你。”

“嗯，你不用太担心，已经请了很有经验的技术人员。”

“好，我知道了。”

“对了，你那个动画回国展映吗？”

所有人都安静下来。

郭靖没说话，半晌开口说了一句：“……那你照顾好自己。”

他说完这句话，抬头看我，似乎还想说些别的。

我慌忙收回视线，问旁边的念慈：“怎么还不上菜呀？”

郭靖停顿了片刻，跟那边又说了几句就放下电话了。

邹航问：“他下个月不回来啊？”

“嗯。”

包厢门被推开，服务生过来上菜。

我一见人家放下盘子就迫不及待夹菜：“再来一碗米饭！”

服务生问：“烤鸭有卷饼，也要米饭吗？”

“那就先上卷饼吧。”

他们还要问话，我慌忙打断问念慈别的事情：“你来北京住在哪儿？”

“这次要找房子，单位附近的房租不知道价格怎么样？”

“那边在三环内肯定不便宜。”邹航说，“我有个房子租约快到期了，已经和租户说好了收回来，明雨过来我们就搬进去，学校附近的那个腾出来你先住着吧，去你单位不远，离黄瀛子也近。”

方明雨竟然还会脸红：“我来了就跟念慈去住，你自己搬吧。”

邹航低头笑：“那也行。”

倒是念慈笑着摇头：“我下个月就过来了，还是要先找房子。”

“我先搬出来不就得了，”邹航说，“回学校先住宿舍。”

念慈还要说话，我先问：“那我毕业了能不能也去住？”

郭靖似乎要说话，却被明雨打断：“要不你还想去哪儿？”

我放了心，跟念慈说：“你过来我就搬进去。”

念慈想了片刻，笑了笑：“先吃饭吧。”

晚上跟念慈去住酒店，我趴在床上发呆，她也不管我，收拾好行李就去洗澡了。我躺了好半天，突然鲤鱼打挺起身连接上笔记本电脑的网络，打开谷歌搜索：蒋翼。

心里骂了自己一句：“神经病。”

手很诚实地迅速筛选出了网址，相关的链接很快出来，是国际大学生动画电影节相关的信息，蒋翼的短片《鱼》就在电影节首页被重点推荐。

我点开视频看了片刻，是熟悉的简单线条，配色和笔触清新可爱，可剧情还没进入我就烦躁地关掉，关掉又打开，再关掉再打开……

这时，浴室的门有响动，我直接拉到网页最下端，把看到的展映信息记在了手机里。

念慈擦着头发从浴室里出来，问：“在干吗呢？”

“没事。”我合上电脑问，“念慈你下次回来是什么时候？”

“十一之后直接来上班。”她用毛巾擦着头发，“蒋翼那个动画电影展映是不是就在十月？你去不去看？”

“不去。”

念慈笑：“你俩不打算和好了呀？”

“他都不回国，还和好干什么？”

念慈笑：“听着怨气很大啊，是多想他回来？”

“才不想！”我哼了一声，拿出钥匙上的九连环拆解。

反正，他也不会回来……

虽然一直没联系，但是免不了听到消息。

这个人在美国也不消停，在加州理工念了半年不到，假期就跑到了东岸学动画制作，课业虽然没耽误，但是也跟他家里最开始期许规划的科研路线相去甚远。去年开始，他因为在 YouTube 上传的一个特效短片走红，被一家很有名的特效公司看中，参与了许多重要项目，所以肯定是不会回国的。

我在网上看过那几个短片，基本上是外星入侵、机甲怪兽、末世灾难的题材，故事简单利落，特效异常酷炫，说是为了特效而特效也不为过，就像是蒋翼会做出来的片子。

他小时候偶尔还给我画一些毛茸茸的小动物，估计现在早忘了怎么画。

我迷迷糊糊睡着，似乎回到高中，陪着他们几个考前集训。身边坐着的人不知道是谁，却不听课，摸鱼在练习册上画了一只小鸟。小鸟太可爱了，我忍不住上手摸一摸，一声鸟儿叽喳，小鸟展开翅膀就飞到窗户外面去了……

“别走！”我叫了一声醒过来。

念慈已经起床洗漱好，在桌边扎头发，回头笑起来：“没走，你快起床，我师姐叫我去她家看看，是不是要一起住。”

念慈不让邹航立刻腾房子给她住，而是先跟她师姐在公司附近的小区安顿下来。两室一厅的老式建筑，阳台上有牵牛花开放，十分温馨。

我在房间里转了一圈说：“真好，就像是大人了。要不毕业了我就来投靠你，行不行？”

“行呀。”念慈整理好新买的被褥，“我收留你。”

郭靖的电话打过来问，要不要一起吃午饭。

念慈说：“也行，一会儿去找你好了。对了，我刚和瀛子看了房子，国庆后就搬过来。”

郭靖没说什么，只回答了一个字：“好。”

中午三个人一起回我们学校食堂吃了饭，念慈问郭靖新店怎么样。

郭靖说还可以，后续条件差不多定下了，年底开张。

这几年郭靖家的店爆红，一路从家乡开到全省，之后辐射整个北方，年初的时候就有北京的商场邀请进驻，看来最近是谈定了。

念慈这次来北京不知道跟这事儿有没有关系。

隔天周一，念慈去公司报到。我没课就回了杂志社开选题会。

一进门就听见有人说我的名字，我下意识地没往里进，听了几句才明白大概是想不通我怎么能采访到宁川。

“赵缂好像特别喜欢她，你发现没？”

“不会这次早就打通了关系，就是放手让她去采访的吧？”

“杨凡做了好几年文化口的主笔，现在还没升主编，手下除了司棋一个记者就给招了这么个实习生，不会是打算拿她替代他吧。”

“黄瀛子还没毕业呢，不至于吧。”

…………

我有点尴尬，更尴尬的是正看见拿着水杯从茶水间回来的杨凡，我们俩都听见了。

杨凡憋得有点脸红，不自然地咳嗽了一声说：“今天没课是吧？”

“没有。”我不知道怎么面对这样的职场尴尬，一时间有点蒙，不自然地整理双肩包：“杨老师，那个，上个月的采访发你邮箱了……”

“……嗯，开会去吧。”

我坐进会议室角落，腿上摆着笔记本电脑，有点心不在焉，直到被叫到名字：“黄瀛子，宁川的稿子什么时候可以交？这个月能不能上？”

我忙打起精神：“能，我这周应该能完稿，不过宁川的经纪人说要给他们先看一下……”

“那是你的事，这周之内定稿给编辑。”赵缂按了一下圆珠笔，不容置喙地在本子上画了一下，“这几天你去跑一次秋拍现场，宁川的师兄弟们也可以聊一下。”

“……嗯好。”

“对了，下个月那个青年动画电影展映是不是要来国内了？这次有几个作品在国外很受关注，谁去跑一趟？”

娱乐那边有记者举手：“我们收到票了，已经约了主办方联系了几个不错的制片或者导演采访。”

我心里动一动，犹豫了一会儿没说话。

开会结束了，我回到自己的工位上整理稿子，快下班的时候，娱乐组的老大从我旁边经过。我不知道哪根筋不对，突然起身问了一句：“曾老师，下个月动画展的票还有多余的吗？”

十一假期之后，念慈就正式来到北京上班。

因为实习培训的地方就在我们学校旁边，有时候念慈会去我们宿舍住。大四，同学们基本上都出去实习或者在外面租房子，空床位很多，我还给她借了一辆自行车。

如果她回了总部上班，我没有课的时候就会跑去跟她住。金融业新人念慈每天都早出晚归，晚上到家有一份热腾腾的泡面就幸福得眯起眼睛。

分开三年又能重聚，我变得乖巧又黏糊，还会特意到楼下等她下班回家。

树影斑驳的深夜，窄窄黑黑的楼梯里，我在前面穿着拖鞋，拎着念慈的包，念叨今天交稿被赵缂骂“狗屁不通”，采访对象迟到十个小时，凌晨三点打电话跟我道歉说能不能改期到明年六月份采访。最近冒出来一个词叫新媒体，做传统媒体的要么夜郎自大，要么风声鹤唳……

念慈通常的回应是高跟鞋轻柔的点地声，她白天讲太多话，回家什么都不爱说，但是很喜欢听我说。

我抱着她的手提包，想起小时候这个人老喜欢托着我的书包帮我减轻重担，感觉什么都没变。

十月末的时候，动画展即将开幕。前一天念慈到我们学校来跟我挤宿舍。深夜，我跑到校门口接她进门。

念慈一身职业套装，却换了运动鞋，骑着借来的自行车停在校门口，我老远看见就跟她挥手。

她招呼道："你上车，我带你。"

我笑嘻嘻地跳上后座，挥手发号施令："开路！"

念慈刚往前蹬了两下，突然停住脚步。

"怎么了？"

念慈往后看了片刻，重新开始骑车说："下次我过来，你别出来接我了，太晚了不安全。"

"学校门口应该还好吧？有保安……"

念慈不再回头："可能是我的错觉，我觉得刚才开走的那辆车里好像有人在看着你……可能是想多了。总之以后还是别这么晚出门了。"

"知道了。"我心有余悸地往校门外看，隐约记得方才等念慈的时候旁边似乎停了一辆老式苏联轿车，但是什么时候开走的已经记不清了。不过还是听念慈的话，小心点好。

动画展所在的地方是城北新建的展馆，五环外，地铁直达，但是远离城区。

我起早跟同事们在展馆外集合，才发现娱乐组只来了两个人，我们文化口的倒是全员出动，杨凡和司棋也一起来了。

司棋一脸的没睡醒和不情愿，杨凡见到我莫名有些尴尬，说：

“我就是来看看。”

我没多想，点点头问：“杨老师，你们吃早餐了没，我去肯德基买杯豆浆，您要不要？”

“不用了，你快去吧。”

我跟娱乐组的老大曾源一起去了肯德基，他等咖啡的时候问我：“杨凡一个采访都没约，怎么跑来看动画展？”

“大概是想看展吧，跟我一样。”

“他不是只读外文引进书，看不上这些大众娱乐的吗？不然这些泛文化的选题也落不到我们娱乐组里。”

也是，杨凡一向对这类选题没兴趣，基本只做文学名家，所以经常被赵缂骂选题单一，忽略其他文艺视野。

“也许是想做点改变。”

“自打你采访到宁川，他就不太对劲了。”

“啊？这样吗？我以为采访到宁川他很高兴。”

“全杂志社都不太对劲儿，你没发现吗？”

不会吧，我也不常过来，除了选题会，平时别的事都不用我参加，还真没发现。

“为啥不对劲儿？”

曾源无语：“采访到宁川你以为是小事吗？他可不是艺术家那么简单，还是很有影响力的社会活动家。”

我心里迷惑：“政经组那边采访更大的人物也不是没有，宁川为什么被这么关注。”

曾源一脸“这孩子没救了”的表情：“这不是采访对象人物大小的问题，现在全国特稿记者就那么些，文艺口能叫出名字的有几个？那么多老资历都被他拒了，你初出茅庐，什么人脉都没有就能采访到宁川，谁信啊？对了，你到底是怎么采访到的啊？”

曾源虽然性别是男，但是在记者圈里人称源姐，一是因为他确实是 gay，二是因为这人的八卦程度很像港台地区某位早期娱乐新闻的女主持人，单刀直入不给人拒绝的机会。

不过我没什么可隐瞒的，就把看遍了宁川全部的画作和资料，到他任教的大学和当时念书的学校询问了所有能找到的与他相关的人，按照编年史的方式整理了将近 5G 的资料，每周都发一封邮件，还给他的朋友发邮件请求关注这些都说了。

曾源叹为观止：“一个采访而已，你有必要这么拼的吗？”

“这就算拼了吗？我以为这是采访标配呢……”

曾源咋舌：“果然初生牛犊不怕虎，就我知道他是被你的死缠烂打和采访提纲感动了，不知道的说什么都有。对了，当初你这个实习机会也是赵缂去电视台偶然碰见你才给的吧？”

“……对。”

“你说哪有这么巧的事情？多少人说你其实在广电有后台才能进咱们杂志社，还有人说宁川也是你家给你找人联系的。”

“我家？我爸妈这辈子跟文艺最搭边的就是每天看央视的八点档了。”

曾源上下扫了我一眼：“要不是你一副没长开的高中生样子，没准传得更难听。”

我瞠目结舌。

曾源嗤笑：“提防着点吧，职场和社会对出挑的新人，尤其是对出挑的女性新人的恶意只有你想不到的。”

“哪有那么夸张？”我一时间也不知道怎么反驳，还是跟他说了“谢谢”，呆愣愣喝掉了一大口豆浆。

“对了，你怎么想看这个展？”源姐继续八卦。

“那个，我本来就喜欢看动画片，不过我都不认识这些制片、导演、编剧，一个都不认识……”我在说什么。

曾源探究地打量我几眼：“我开始还真没觉得你认识。”

我揉揉鼻子，破罐子破摔：“这里有一个作品是我同学画的，所以想来看。”

“什么同学？大学小学？男的女的？初恋暗恋失恋？”

我抱着头缩成蘑菇，心想当记者我比源姐还是差一个层次。

“今天人在现场吗？”曾源开始四处探看。

“不在啦！”我无语，“人在美国，我就是想来看看他画了什么。”

曾源意犹未尽，突然被电话铃声打断，同组的记者于小鸽尖叫求援：“源姐，我好像看到 R. Mask 了！”

“什么？”曾源一下子站起来。

“没想到他也会来！你快点过来帮忙，我怕我英文应付不了他！”

R. Mask 是世界级的科幻作家，我从小看他的漫画长大的，可是这么大的作家来国内，怎么都没有声响的呢？

曾源回头喊我：“还愣着干什么？过来帮忙啊！”

我闻言也顾不得找蒋翼的片子了，赶紧拿出录音笔跟上。

这还真是被我们撞了大运了。

因为展映第一天都是官方活动，名家们都忙着开会，专访一般都会安排在下午，所以早上来逛展的文化口的记者不多。R. Mask 似乎是跟着朋友一起来国内旅游的，第一天来逛展，等着同行的人帮他买咖啡，却正好被眼力超群的于小鸽抓个正着。

我们到的时候，她已经在Costa跟R. Mask交换了名片，不过苦于不了解其作品只知道人出名，所以聊得不算畅快。

曾源推着我往前跟R. Mask对面坐，介绍："这是我们文化版的主笔。"

我差点把最后一口豆浆喷出来，被曾源一把夺走纸杯，用气声威胁："姐这就给你买杯咖啡，给我好好问！"

R. Mask捋着胡子看在眼里，眼镜后面藏着笑，但是不发一言。

私人行程被记者打断，没有拒绝已经是很礼貌了。

我被曾源按着肩膀，想逃也逃不掉，只能迅速回忆他的作品，整合线索，然后紧张得先冲他龇牙："我读过您所有的作品。"

R. Mask笑起来，我刚要松一口气，谁知他说了第一句话："那不可能。"

曾源要捏碎我的肩膀了。

外国人加了一句："我好多作品都只在我的电脑里，除了我自己谁也没看过。"

这是愿意聊天了！

我赶紧问："那大受欢迎的《X魅影》续集是不是也已经在您的电脑里了？"

"自然。不过，"他顿了顿笑，"我在伦敦的编辑的邮箱里也有一份，如果不出意外的话，相信这本书的英文版明年春天就可以在亚马逊上买到。"

我差点尖叫出声。

这可能是第一次有媒体得知《X魅影》续集的出版时间！

这部畅销全球的科幻小说的续集被全世界瞩目，然而他之前一直守口如瓶，今天竟然选在中国曝光这件事，也很符合这个人不按常理出牌、古怪鬼马的个性。

于小鸽当即给赵绛打电话：“十一月份月刊还没印是吧？我知道是今天晚上下厂，等我到十二点！我们有世界级的独家，给我至少腾出 2p 来！”

那边迅速有了反应，我的手机这时候响起来。

是于小鸽的短信。

当着受访对象的面儿，这是她能想到的最快的交流方式。

第一条：赵绛说了，要多少 p 都给你留着。

第二条：能占多大的版面就看你的本事了。

我此刻已然心里有数，趁着 Mask 要一杯新咖啡的时候回了短信：留 4p，其余内容可以先排版。

于小鸽当时给我比了一个“OK”手势，转头去给赵绛打电话了。

4p 应该正好，多了我也问得出来，但是估计来不及写出彩。4p 可以保证质量和内容，足够了。

采访从上午十点一直到中午。古怪的英国老头儿话匣子打开就没完没了。

最后一个问题，我问他：“是不是第一次来中国？”

“对的。”他从眼镜后面看看我，笑起来，“第一次来，事实上是一个朋友邀请我来他的国家。”

“他是中国人？”

“对，很有趣的朋友。我们认识的过程特别好玩。他那时候刚刚上大学，课余时间做了一个动画特效短片放在网上，非常酷炫，点击量超高。我看到了非常惊讶，就给他留言说特效很厉害，但是故事很差。结果你猜他回我了一句什么。”

这老头儿在网络上不太礼貌是出了名的，他去这么挑衅也很常见，况且 R. Mask 评价一个故事“很差”又有谁敢反驳。毕竟他是这个世界最会讲故事的人之一。

他笑眯眯地揭晓答案：“他很快就回复我说‘他才没想讲故事，他就是在炫技’，哈哈哈……真是个自大的家伙。”

“可是怎么办，我就是很容易为自大的家伙着迷。那个时候《海王星归来》正在后期制作中，效果不是很顺利，我就急忙推荐了他，可你猜怎么着，他竟然说他要考虑一下，三天之后才答应。天啊，一个新人被邀请来制作我的电影还要考虑一下，你能想象吗？不过三天的等待是值得的，后来你们看到的很多场面都是他参与制作的，事实证明，他若真想表达好一个故事，确实可以做得不错。”

说到这儿他仿佛发现什么，震惊地说：“天啊，竟然聊了这么久。我的朋友为什么把我一个人扔在这儿了？也许是给我说他坏话的机会，不过他说帮我去买一杯咖啡，为什么这么久还不回来找我？”

我忙问，是不是需要我们帮他找到他的朋友。

老头儿神秘一笑：“我已经看见他了，不过不打算介绍你们认识了，所以现在能把假期还给我吗？”

我连忙起身，摸摸身上也没找到一张纸，看来想要签名是不可能了，只好意犹未尽地跟他交换了邮箱之后告别。

曾源和于小鸽一人一只手架着我就往外跑。

于小鸽吩咐我：“电脑留给你，密码是我名字全拼，你俩不用回城里了，就在肯德基写，黄瀛子写稿，源姐你当场就给她校对。我回去修照片，然后盯排版，下午回来取稿子。”

她人还没走，却突然听到有人冷笑问了一句：“曾源，这稿子算哪个版的？”

问话的是司棋，身后是不敢看我们的杨凡。

这两人应该是看到我们采访了，这时候跟过来问话似乎不是很高兴的样子。

我紧张得站起来，曾源倒是笑得轻松：“稿子当然是娱乐这边的。”

“黄瀛子可是文化组的记者。”

于小鸽翻了个白眼：“记者给别的组写稿也不是没有过。况且选题是我们组跑来的，你们的票都是蹭我们的，这会儿跑来问选题是哪个组的是什么意思？”

“怎么说话呢？都说了是文学选题就应该放在我们文学组吧。”声音不小，我越发紧张，想解释被曾源拦住。只见这个人笑盈盈道：“话不能这么说，Mask 那么多作品被改编成电影、电视剧，我们组的读者才是他的受众。今天我们借用了黄瀛子，之后文学那边有选题，我们也当仁不让会帮忙。”

“我们用得着你帮忙？”司棋还不依不饶。

于小鸽嗤笑一声：“是用不着，我看只要出版社还给你发书摘，会复制粘贴就行了，怎么有的人工资就拿得那么容易呢？”

“你！”司棋这是被戳到痛处了，才要发作，于小鸽的电话响起来，她接起来就问：“赵总，我现在回不去社里修照片怎么办？”

我的心提到嗓子眼，好在曾源连忙高声说了一句：“你就打车嘛！是吧？杨老师，你们看看能不能帮小鸽打个车？”

杨凡这会儿有点慌张，忙说：“没问题的，没问题的！”

于小鸽哼了一声，冲着我说了一声“赶紧写”，自己转身打车回社里了。

曾源跟杨凡他们赔笑道：“她性子急，您别介意啊。我们是想说杨老师平时也不太做这类大众选题。下一期您这边有什么选题，我叫小鸽给您写稿。”

“不用的，不用的。”杨凡说了一句，“我们再去转转，那小黄你先写稿吧。”

“……好。”我应了一声，看着杨凡拽走了气鼓鼓的司棋，还有点发怔。曾源那边已经进入状态，开始连笔记本电脑：“题目你怎么定?”

我缓了一下，坐下来说：“叫‘R. Mask 在中国首次宣布《X 魅影》年底出版’。”虽然很平实，但是没有什么比这个更有冲击力的了。

“可以。”他抬眼看我，说道，“小事，不用怕。他俩就这么点心眼，得罪了也没什么大不了。但是你再不开始写，这期要是开天窗的话，赵缂和于小鸽可是一公一母两只老虎，吃人都不吐骨头的。”

我什么都没做，怎么就得罪人了呢?

可也没必要这个时候跟曾源探讨这事。

我沉下心打开电脑，曾源用软件把音频转成文字版，一边整理速记一边还在开解我：“这就是职场，有能力的、没能力的都有各自的烦心事，但总的说来，有能力的比没能力的肯定混得好。”

我不想混，我只想好好写稿。

可是这话没必要跟曾源说，说了他没准还要笑我傻，而且也没有必要让他明白我怎么想的。

我没说话，按着记忆正要列提纲，加上曾源源源不断整理好的速记，迅速开始码字。

写东西的时候，会忘记时间，忘记周遭的一切。

等到再抬头的时候，太阳已经偏西。

蓦然间，我有些无法从文章里走出来。

“写完了？”曾源从座位上跑过来，旁边是不知道什么时候回来、正在跟印厂用电话沟通的于小鸽。

我有点恍惚地把电脑推给曾源，嗓子里发出一个字“嗯”。

“太好了！”于小鸽抢身接过电脑，片刻也不停留地开始编辑校对，“可以，可以，一句废话都没有，这里可以分段，做小标题……”

我任她改稿子，曾源问：“你中午饭还没吃，我给你买个汉堡？”

“……不用。”

感觉不到饿……

“别空着肚子。”

“我要，喝冰可乐。”我没有精气神了，只想喝可乐。

两小时的高浓度英文采访，再加一次激烈的职场冲突和六千字的紧急稿件……

这一天真的太累了。

“行。”曾源迅速跑去买可乐。

我茫然看着四周，人群已经开始减少。

“展映没结束吧？”我问。

“没呢，但是人都散了。”于小鸽没心思跟我说话，随口答了一声。

那就行，我是来看动画的，我还没看到蒋翼的动画片。

我晃晃荡荡地站起来，于小鸽抬头问：“你去哪儿？”

“我去看一个短片，我这次就是为了这个来的。”

她不太放心：“那看着点手机啊，没准还有要修改的地方。”

我点点头，起身往回走。因为快要散场，我逆着人群，回到空旷的主展馆，那里被布置成剧院的包厢，一块块黑幕包裹下的是一个个小小的电影展映室。

每个包厢门口标注着创作者和作品的名字，我仔细地寻找，终于在展馆的尽头找到了熟悉的几个字：蒋翼《鱼》。

我推开包厢的时候，里面已经空无一人。

本来准备下班的放映员看到我进来，没说什么，调暗灯光，点击播放影片。

我一个人在幽暗的屏幕前站立。

蓝色的海水扑面而来，随之出现的是一只自由自在的小鱼，向着海面飞快地游去。

故事这样开始：湛蓝的小鱼有一个朋友，是有着金黄色翅膀的小鸟。鸟儿喜欢叽叽喳喳，鱼儿隔着水面吐着泡泡和朋友交谈，却看不清彼此真实的模样。

鱼儿不能在没有水的环境里呼吸氧气，每次都在将将离开水面的时候跌回海里，它苦恼地一遍遍想起没有经过水面折射的阳光，和鸟儿的羽毛一样温暖，清亮，柔软……

鱼儿追随着鸟儿迁徙，它们隔着水面四处游历，询问水妖和树精，想知道鱼儿离开水面的办法，都没有答案。直到有一天，鸟儿在风暴中受伤跌落水中，即将窒息，鱼儿下意识上前吻住鸟儿，嘴唇触碰的那一刹那，鱼儿的脊背上长出翅膀，鸟儿在水中畅快地呼吸。太阳明晃晃侵入海底，天空一片湛蓝如水。至此，鸟儿可以在水中游动，鱼儿也可以在天上飞翔，全世界没有它们到不了的地方。

最美的画面在那一刻定格。

全世界都那样被最纯挚的爱包裹，清透、明亮、温暖。

只要看过一眼，就没有人会舍得离开。

这样的故事竟然是蒋翼做的，如此明快，是这个人现在的心境吗？我忍不住随着画面微笑，心里似乎也暖洋洋的。

音乐响起，简单的演职人员表依次列出，然而，进度条仍旧没有结束。

短暂的黑屏过后，梦，就在这个时候醒了。

阴沉如夜的海底，鱼儿突然睁开眼睛！

瞳孔的世界中，天空有鸟群经过，有着金黄色翅膀的鸟儿贴着水面飞走，进入太阳，再也没有回头……

画面戛然而止，室内灯光亮起，我怔怔地看着屏幕，一刹那全身颤抖，说不出话。

所以，这才是真正的结局吗？

原来有翅膀，就一定会飞走。

从前那么温柔的人，抽身离开竟然就可以这么残忍？

可以当一只鸟这么厉害的吗？

能转身就走就这么厉害吗？

鸟飞走了，鱼还不知道。

梦醒了。

早就应该醒了……

我黄瀛子只是海中央的一个小岛，到底留不住有翅膀的鸟。

“黄瀛子！你这是怎么了？”曾源惊慌的声音传过来。

“嗯?”我看向他，视线一片模糊，抹抹眼睛，才发现放映员和曾源都站在我身侧不知所措地看着我，而我脸上一串串的眼泪早已止不住。

“天啊，你怎么了？你可别吓我!”曾源手里是一杯可乐，摇晃得厉害，“怎么跑出来这么一会儿就哭了?”

“没、没事……”我惶惶然抹着眼睛，努力平复呼吸，却无法止住眼泪，“没事，什么事也没有，一点事都没有……”

“那你怎么哭了?”

我怎么哭了?

我一点都不想哭。

我一点都不难过。

我一点，都不想他。

也许是毕业前的课业太繁重，也许是接连的实习行程太忙碌，也许是在展映上采访太紧张，我回到宿舍就觉得头脑昏沉，窝进床里就开始睡觉。

到了晚上的时候已经开始有些发烧，后来迷迷糊糊中连夜被室友送到医务室挂了水。

再次醒来的时候看到念慈趴在床边的身影，床头有闹钟显示凌晨两点。

我一动，念慈就醒过来：“瀛子?”

“嗯……”

她抚摸我的额头，带着困倦的鼻音：“还好退烧了，这是怎么了呀？早上起来的时候不是还好好的?”

我还没说话，眼泪又开始一串串淌下来。真是奇怪呀，心明明仿佛被冻住的湖，无波无澜，冷冷清清，为什么还要哭呢？

我翻来覆去抹掉眼泪，腾出一点地方：“你上来睡吧，明天不是还要上班？”

念慈叹口气，起身脱了外套和我挤在一张床上。

我侧身把额头埋在她肩膀。金融业新晋精英身上是没有散尽的清淡的香水味，混杂在一天的忙碌里，却依稀还是十三号楼里走在我身后，托起我的书包的那个女孩的味道。

我安心地合上眼睛，却听见她问：“你跑去看蒋翼的动画展映了？”

我没说话。

“看到那个动画了？”

我点点头。

她看着天花板，任我在一旁吸鼻涕：“觉得难过了？”

“……嗯。”

那一刻的难过是我从来不曾经历的。

如果说从前我还有一丝期望，期待着某些侥幸，以为分离是短暂的假象。看到故事结尾的一刻，一切天真都被打碎成粉末。

蒋翼再也不会回来。

我原来已经被留在原地好久。

这一切三年前就已经发生。只是逃避和天真让我在疼痛着、流亡着的三年里学会了自我麻痹，终于穿梭至此，抵达我的骨肉。未来的长痛已经成为必然，我阻挡不了，茫然四顾，蜷缩溃败。

我抹掉眼泪，呢喃道：“我一直以为，他还会回国的。”

如果知道他走了就不回来，我一定不会闹脾气这么久的。

我一定好好和他告别。

虽然不明白他为什么不说一声就走，走了为什么要画这样一个故事，也不明白为什么相隔千里，时隔三年，这样一个故事还能阻窒我的呼吸，拧压我心脏，让我这么难受……

可是，如果知道你一飞走后，就再不会回来，我就算再舍不得，再难过，也一定不会耍赖。我会抹掉眼泪，和你挥挥手，说“一路顺风，别惦记，咱们都好好的”。

无论如何都已经被留在原地，舍不得和难过也都留给我一个人好了。

你要飞走，我就不再做个小孩子。

我不哭闹，因为哭闹也没有糖吃。

我会好好说，蒋翼，能不能别走？

蒋翼，我很想念你。

蒋翼，我舍不得你。

蒋翼，一路顺风。

第十一章 — 不要再散

R. Mask 的采访新刊一上市就断了货，赵绊迅速安排了几次加印。

《X 魅影》续集的消息竟然是从中国首发的，R. Mask 接受的竟然只是一个实习生的采访，而这个实习生上个月的那篇稿子的采访对象是艺术圈最难搞定的宁川。

黄瀛子是谁？一时间在圈子里成为饭后或者抽烟、喝酒、八卦时最令人好奇的话题。

我是在十月末某天上午、频繁接到各大媒体的面试邀请的时候才发觉事情有点失控的。

快到中午吃饭的时候，辅导员打电话过来：“黄瀛子，上午我把你的手机号放给了所有来问你消息的招聘单位，你给对方回复之后跟你们阮老太爷说一声。”

“可是我已经在《京客》开始实习了呀……”

“我还不知道你开始实习了？你们老太爷的意思是，没签三方合同之前就四处看一看，万一有更好的机会别放过。”

啊？可这个已经是我理想的工作了……

我们系主任阮思河在文坛被尊称一声老太爷，国内汉语言学研究泰斗，为人不苟言笑，举止很是端方。我因为语言学成绩有点差劲，基本上见到他都绕道走。没想到他会突然关注我的就业问题，还这么变通地鼓励我多看看别的机会……

我放下手机，也没打算给这些人回复，抱着笔记本去图书馆查了一晚上资料写论文，第二天照常去杂志社开选题会。

到了办公室就被赵缂叫去问稿子的进度，总编室来催才跟着他一起到了会议室。

推门进去就立刻吸引了很多人的目光，迟钝如我也觉得有点不对，本能地降低存在感，默默溜进去，坐在靠墙的角落。

赵缂仿若不觉，把一叠稿子扔在桌子上："下半月的销量比上半月跌了 40%，都说说怎么回事吧？"

一时间没人说话。

"没人说，我就点将？"

发行的老大语气不太自然："上月刊是特殊情况，百年不遇，下月刊的稿子和封面都一般，其实销量基本上和往年持平……"

他说话声音越来越小，赵缂看着他，唇边是一丝不可捉摸的笑。

"你一个十几年的老发行，跟我说这种屁话心不虚吗？"

满屋子都低头。

"跟往年持平？往年是什么好年景？上月刊销量突飞猛进，按道理下月刊至少能保留十五个百分点的增长，你给我说说，那十五个点是让狗吃了还是让你吞了？"

"……这期内容真是不行，咱们都几年不拿学者做封面了？"

"你别跟我扯内容，我就问这个季度整个地面二渠道铺货少了多少？你那个数也好意思跟我报？"

满屋子没人说话，赵绰转头冲着执行总编辑问：“还有你们，怎么做的选题？现在不采访娱乐明星就不会说人话了是吧？问人家老科学家参加文代会高兴不高兴？哪个读者关心开个会高兴不高兴？人家老泰斗去参加有什么高兴不高兴？你当谁都跟你们似的眼皮子那么浅？”

赵绰在圈子里是出了名嘴皮子厉害、脾气又坏，可我还是第一次看到他当着众人的面发火责难。一时间整个会议室，从还没毕业的我，到名扬四海的大记者，甚至返聘的老编辑都一声不敢吭，全部静悄悄地乖乖听训。

不过他骂人不是为了骂而骂，一条条指出问题，提出解决方案，桩桩件件，让人不得不服。

上个月的问题说完又说起这个月的选题，赵绰发问：“之前美国漫改电影那个选题怎么样了？”

杨凡本来就容易紧张，这样的氛围下被问到突然就张口结舌：“……还、还没什么进展，国外都是工作邮箱，没有回应……”

“上个礼拜不是给了你几个电话？国内引进美国片子跑不了这几个人的手，先联系国内的发行公司，再请他们介绍国外的人，这有什么难的？”

司棋嘴快接了一句：“这条线是黄瀛子在跟。”

我突然被点名，一瞬间有点蒙。

赵绰看我：“进度怎么样？是你在联络？”

“是我……”不过我没收到那“几个电话”。

杨凡的额头上一瞬间就是一层细密的汗，赵绰已然不耐烦：“你们部门是连话也不会说了？采访是用手语比划的还是怎么着？”

“黄瀛子说喜欢这个选题，早早就要走了，我们也没想到她联络不到人。”司棋嘴皮子倒是利索。

明明是他们说不要，才放给我的……

杨凡一个劲儿地擦汗说不出话，倒是于小鸽凉飕飕地说了一句：“国内电影发行都是老油子了，一身的江湖气，我们有经验的都不一定能搞定，让这么个二十出头的小孩联系算怎么回事？”

杨凡苦着脸咧嘴：“我晚点教教她怎么和这些人打交道……”

司棋冷笑：“R. Mask 和宁川她都采访得到，用不着咱们教吧……”

他这话让赵缂飞来的一只圆珠笔给打断了，平素懒洋洋的男人眉梢里都是锐利：“谁是咱们？你们不是一个部门的？在杂志社拉帮结伙的，你是编辑还是混社会的？”

司棋脸上一阵红一阵青，闭了嘴。

我一瞬间有点发蒙，赵缂不耐烦地看向我：“到底联络到了没有？”

“我……”

曾源打圆场：“那个电影的宣发我应该认识人能打听到，晚点把人介绍给她好了……”

赵缂不理会，盯着我：“卡在哪儿了？”

司棋哼了一声。

我抬头，为了免得被打断，飞快说：“已经联系上了美国的制作人，前两天接到邮件说，他们这个月正好有来中国的行程，已经约好了见面采访。”

满室寂静。

司棋被噎得脸色青紫，杨凡看过来的眼神里有说不清的不解和失落。

赵缂嘴角笑了笑，似乎满意，却又加了一句：“不早说，浪费时间。”

你们给我机会说了吗……

我也不敢反驳，心里默默想着：蒋大爷虽然不再回来，邮件都懒得给我写一个字，但关键时刻还是很好用的。

只是愈是好用就愈让人难过。

晚间回到学校，念慈来跟我吃晚饭，听我碎碎念了今天下午开会的全过程，笑起来：“我们瀛子很厉害的嘛。”

我叹口气：“多亏蒋翼早早发过来联系方式，不然真不知道怎么办。”

念慈笑：“他不发过来你也找得到的。宁川这样的艺术家你都能搞定，美国公司有宣传需求，只要找对人肯定采访得到。蒋翼不过是帮你省了些时间。”

我低头吸奶茶里的珍珠，问：“他知道我要采访，是你跟他说的吧？”

念慈点点头：“他跟郭靖打电话的时候我正好在旁边，就请他去问问。”

我无精打采地趴在桌子上。

念慈说：“瀛子，他其实很关心你在做什么，有时候跟郭靖打电话聊好久，拐弯抹角地也不放下电话，其实就是想知道你的消息，他只是嘴硬不肯承认。”

这个我是相信的，毕竟这么多年的交情，我也会偷听爸妈说起他的消息，可是那又怎样呢？

念慈试探问：“他这次给你帮忙，你要不要写信谢谢他？”

“他邮件里连一个写给我的字都没有，我上赶着跟他说话没准要被他烦。”

“你什么时候在乎过被他烦？”

我突然一怔，半晌说不出话来。

我在乎，我太在乎了，可是现在在乎已经晚了。

念慈不再多说，反而叮嘱我：“有这样的同事，采访你也要多谨慎。”

我点点头，心想可别再出什么事了，采访已经很耗费精力了，应对别的我真的分身乏术。

漫画制片人 Micheal. C 的采访约在了周五上午，东二环的金融中心。

我跟组里常合作的一位摄影师提前约了时间，把地址发给他，叮嘱他千万不要迟到。

他满口答应，又问我：“那一片我不熟，可能会早点出发，先到了可以提前进去吧？”

“可以呀，不过我一定会比你早到。”这样的事我从来不迟到。

“我早点过去不堵车，也先去调光、摆机器，你有没有什么进门凭证？那个办公大厦管理挺严的。”

我想了想，把自己的邀请短信发给他：“如果你先到了就联系这个人，出示短信，他们有门禁，需要有人来接。”

摄影师很快回给我一个 OK 的表情。

周四住在念慈家里，第二天早早起来跟她一起起床、洗漱、赶地铁。

念慈没想到我要这么早走：“你们不是十点半的采访？八点出门

你得早到两个小时吧。”

“我不知道怎么回事，心里总不踏实，还是早点走……”

手机铃声就是在这一会儿响起来的，司棋说：“黄瀛子，上个月你采访孔晓迪的照片现在得送到印制，交上去的照片像素不够，没法下厂。”

“像素不够？不太可能吧？”

“有什么不可能的，你快点送来。”

“我这会儿要去采访，下午送过去。”

“不行，这一期杂志马上下厂，难道等你一篇稿子？”

“那我邮箱发给印制老师。”

“那么大的照片，印厂的网速得下到什么时候，他马上出发去印厂，用 u 盘带过去，总之你快点回社里。”

我一瞬间脑子有点乱：“可是……”

念慈拉着我出了门，小声说：“别慌。”

我定了定心神：“可是我最早给的照片就是精修的大图，为什么不能用呢？”

“……那我怎么知道，总之你快点交照片，不然开天窗你自己负责！”司棋说着就挂断了电话。

“怎么了？”念慈问。

我站在单元门口，深呼吸两秒钟，看了看表：“我现在得去一趟社里，再赶去采访。”

还好起得早，应该来得及。

“那注意安全。”念慈也不多问，帮我叫了一辆出租车，“送你到地铁站免得堵车。”

“嗯。”

我出租车换乘地铁，再换乘出租车，终于一小时内赶到了杂志社，百米冲刺上了楼，只见印制魏老师已经像是热锅上的蚂蚁：“你们怎么回事？照片像素不够不早说，几十台机器等着你们照片开工，耽误一天要耽误人家多少工钱？”

“对不起！”我一边道歉一边把 u 盘递给魏老师，交代了几句又转身跑下楼，出租车还在等我，送我到地铁站。在早高峰的罐头车厢里被挤压了二十分钟，我满头大汗地冲出地铁站，直奔金融中心。

到达大堂的时候，时间正是我们约定的十点。

我喘着粗气趴到前台，出示了我的邀请短信：“您好，我和二十三层的 Micheal. C 先生有约，麻烦您帮我联系一下他们。”

前台小姐笑容甜美：“好的，请问您的来访原因是？”

“我是《京客》的记者，跟他约了采访。”

对方一愣：“可是刚刚不是已经有你们的记者上楼了吗？”

“不会吧？”我懵懵地问，“是我们的摄影师先到了吧？”

“记者也到了呀，来了两拨人，摄影团队三人，采访记者两人。”

“两人？”我怔住，“我能看看是谁吗？”

对方和我年纪相当，一瞬间有点为难，看看我，又看看四周，飞快地查阅了一下登记记录，低声说：“是两位先生，一位姓杨，一位姓司。”

我瞬间有些不知所措。

女孩见我一脸惨状，决定好人做到底帮我打了个电话，放下之后跟我说：“我刚刚问过，楼上采访已经开始了……你没事吧？”

“没、没事……”那一刻我先想到的是，采访是我约的，提纲也是我做的，他们都没做任何准备，能采访吗？

对了，提纲他们还是有的，杨凡昨天说要审一下我的提纲……

因为怕紧张忘词，我提前都翻译好英语了，还让明雨重新修订了一遍……

为什么会有这样的事情，即使做好万全的准备，即使因为不安心早起很久做准备，可还是会发生这样的事情。

一时间，我说不清是愤怒还是难过，只是很懵懵，很茫然，完全不知道应该怎么做。

还没出校园的我，从来被善意包裹也回报善意的我，已经用尽全力来适应复杂的职场规则，可此刻只能不知所措地站在冰冷、华美的大厦之中。

仿佛全世界都消失、只剩下我一个人的时候，身后突然有一个声音问：“你怎么还没去采访？”

是一个男孩，不，一个年轻男人的声音，清朗且清淡。

我一下子僵住。

“黄瀛子。”

那个声音无比熟悉，从我出生到十七岁，那个声音曾经日日夜夜、每时每刻都在耳边，在脑海……

那仿佛会和我一辈子共生共存，却已经三年只在梦里才会断断续续出现的声音。

我急促转身。

说话的人神色里有我熟悉的别扭和关心。

“你！你……”

你什么时候回来的？

我说不出话来。

他穿着窄窄的西裤、黑色衬衫，浅色领带，平整且宽阔的肩膀，只有睫毛仍如从前，长且浓密。

高考之后和我分离了三年的蒋翼，再见之时，已经是一个大人了。

蒋翼的样子几乎没有什么变化，只是被美国西岸的阳光晒得肤色深了些，似乎长高了些，头发短短的，很精神。

他低头看看我，没有答话，跟前台的女孩出示了一张工作证：“她是我的访客，麻烦登记一下。”

“好的。”女孩忙在电脑上敲击了几个字，“请问小姐的姓名是？”

蒋翼：“黄瀛子，海客谈瀛洲的瀛，小孩子的那个子。”

“身份证号？”

将冀熟练地报出一串数字。

女孩询问地看我一眼，没见反驳，笑着低头敲进电脑。

我一时间还转不过弯，问出了他那句话：“你什么时候回来的？”

“上个月。”他简短地说明，取了访客门禁卡，往前走几步回头，“怎么不走？”

我站着没动。

他催促：“采访马上开始了，你同事都上去了。”

我看着他：“不是早就开始了？”

“我给叫停了，让他们等你。”蒋翼蹙眉，“今天制片和画家都在，人很齐，别让他们久等。”

我无法消化眼前发生的事情，木然地跟着他进了电梯，我和他被早高峰的上班族冲散在两个角落。

他回来了，回来一个月了，就在北京，我竟然都不知道……

快到二十七层，整个电梯已经只剩下我们两个人。

“你回来一个月了。”我目视着前方，平平陈述了一句。

“……嗯。”蒋翼应了一声，转头看我，刚想要说什么，电话响起来。

他按掉，跟我说：“他们在催了，采访之后说。”

电梯门一开，一个穿着POLO衫和皱巴巴牛仔裤的壮硕男人迎过来：“怎么才来？那边两个记者已经说了几次要先聊了……”

蒋翼匆忙出电梯门，指着我说：“黄瀛子，这次采访的记者。”

“快走吧。”POLO男笑呵呵自己介绍，“我是侯晟，这回电影就是我们引进的，回头还得请大记者帮我们多多宣传啊。”

“别再耽误时间了。”似乎被这样的寒暄搞得不耐烦了，蒋翼一把拉住我的手腕，“快点，在前面的玻璃门会议室。”

被这个人拽住的一刹那，我们都停顿了一秒。

不知是因为他的掌心太热，还是因为我的手腕太冷。

我用了用力，从他手里挣开，径自走向会议室。

门打开的时候，里面摄影机已经架好，对面是一脸愤恨的司棋和低头不敢看我的杨凡，摄影师也看向窗外，一时间气氛有点尴尬。

但我也无心看他们的反应，因为更让我吃惊的是，会议室里坐着的还有一脸大胡子的R. Mask！

他庞大的身体陷在椅子上没动，却跟我挤了一下眼睛。

而坐在他身边的，白发、穿深红色鸡心领毛衣的老人，全球最知名的动画电影制作人Micheal. C站起来，笑：“翼，你带了朋友来？”

R. Mask先回答：“是我的朋友，翼并不认识她。不然上次不会把我一个人孤零零丢在展映会上接受采访。”

我怔了一下。

蒋翼简短说："不要随口就编故事，我一直就在咖啡店里面等你。"

"是真的在等我吗？" R. Mask 笑起来。

蒋翼移开视线，用英语介绍："Micheal，我介绍一下，黄瀛子，这次采访的记者。她的文笔很棒，而且对咱们的漫画非常了解，相信你们已经看过她的采访提纲。我很期待这次采访能顺利进行。"

我上前握手："您好，抱歉迟到了，我是黄瀛子，非常期待这次的采访。"

老派的英国人 Micheal. C 回握我的手："欢迎，早就听过你的名字，咱们的邮件交流非常愉快，这次来中国，非常期待能够见到你。"

虽然开场曲折，但这个访谈几乎是我那段时间做过的最轻松的一个。

除了因为是我自己熟悉的领域，Micheal. C 身为受访者，也对记者敞开了所有的想法，毫无保留。更别说还有熟人 R. Mask 偶尔任性的插话，让聊天更加愉快。

反而是和我更熟的蒋翼始终一言不发。直到采访结束，宾主尽欢，我们握手互相道谢，蒋翼跟着送我们上电梯，也没说一句话。

我想问他在这里停留多久，住在哪儿，有没有国内的手机号……可是那个环境实在不方便，他也只是沉默，我采访过后很是疲惫，什么也问不出口了。

电梯门缓缓合上，我靠在墙壁上长长吸了一口气，才发现杨凡他们已经不知道什么时候离开了。

摄影师有些讪讪地跟到了楼下，在大堂要分别的时候才说了一句：“早上司棋跟我要短信，我也没想那么多，就给他了，以为他们不放心采访，没想到他们没打算等你…… 不好意思啊。”

这话没什么漏洞，我一瞬间都要相信，可是却说不出“没关系”这样的话。

一时间就要冷场，身后突然有个声音叫我：“黄瀛子。”

我转头，蒋翼从电梯间里匆忙出来。

他到底还是跟下来了。

似乎因为到了午休时间，这个人的领带不知道放在哪儿了，衬衫的第一颗扣子解开了，没了方才的紧绷和疏离。

“一起吃中饭。”他用的是陈述句，是他一贯跟我说话的习惯，只是气息不太平稳，赶来得似乎很急，风衣拎在手里，还没来得及穿上。

方才楼上一言不发的人此刻说了话，也就给我解了围。

我不必对着摄影师说违心的话，一时间却觉得鼻子有点发酸，说不清因为什么感觉有点委屈。

“那你等会儿。”我吸吸鼻子，转头对摄影师说，“您把今天拍摄的素材打包发给我吧，或者把储存卡给我，我来修片也可以。”

摄影师似乎过意不去，道：“还是我来修吧，周末之前一定给你。”

我迟疑了片刻。

摄影师诚恳地加了一句：“我一定直接交给你，原片一起快递给你。”

我看着他，想了想点头说：“那谢谢了。”

再回头，蒋翼已经转身，背影对着我说：“走吧，旁边有个日料店，那里的冰激凌很好吃。”

连日料店的冰激凌很好吃都知道，那一定是回来好久了。

十一月的北京已经入冬，热腾腾的日料店里都是附近来吃午饭的上班族。

我和蒋翼平行着坐在高脚椅上，外套叠着放在脚边的竹筐里。他点了一份熏烤三文鱼套餐，我点了一份拉面，没要冰激凌。

等餐的时候竟然两个人都没说话，各自沉默地喝着大麦茶。

蒋翼帮我摆好了碗筷，才问了一句：“照片和录音文件给摄影师不会出问题？”

“不会了吧。”我低头，否则又要刷新我对人性的认知了，“不过就算有问题也没什么关系，你那里不是还有录音备份？我看到你们的公关也拍照了。”

如果不是看到他采访一开始就放在桌上的录音笔，我可能也没法放松地去信任别人了。

蒋翼怔了片刻，笑了笑摇头：“录音我这里有一份，但是照片不多。”

“也不用太多，而且我直觉应该不会再有事了。”

说着话，拉面上来了，有点烫，我挑着吃了一口，惯性地想要探头先去看蒋翼的餐盒，却迅速转头。

可下一秒，蒋翼也习惯性夹了一块烤好的三文鱼递过来。

我下意识就要躲开。

两个人都怔愣了片刻。

他垂下眼睛，微微收回筷子，问：“要不要尝尝？”

我低头，把拉面的碗推过去：“放这儿。”

蒋翼依言，又夹了一点海藻丝给我。

三文鱼火候正好，我咬了一口："还挺好吃的。"

"你喜欢，下次带你来吃生鱼……"

他说到一半，停下来。

我当没听见，侧过头吃面："你什么时候回美国？"

"下个月。"他说完后，停了片刻又莫名解释了一句，"或者年底也行。"

我没说话，什么叫"年底也行"？回来和不回来这件事，在你那里真的好儿戏。

"只要能赶回美国和我外公他们一起过年。"

我不说话。

这个解释不清不楚，也没说明白到底回来是干吗，走还是不走。这让我隐约想起那年高考考场之外的愤怒，却也不想问个明白。

只是意难平，我戳着面条重复了一句："你回来一个月了。"

今天第三次说这话了。

"嗯。"他也是第三次用这么一个字回答。

我问不出来"怎么回来这么久也不说一声"，他也不肯主动说。

我心里有气，噼里啪啦问："那你住在哪儿？"

"酒店。"

"为什么不住在家里？"

他爷爷奶奶九十年代末从香港被返聘回内地，学校就给他们分配了一套房子，前几年两位老人家回了江南老家居住，那个房子就空着了。我刚来北京的时候，冯姨还问过我要不要去住……

"……也不是常回来。"

我瞬间闭嘴。

两个人沉默地吃了好半晌，我还是没忍住问："之后还回来吗？"

"回来吧。"竟然不是肯定句。

我不知道还能说什么。

他半天也没吃什么，才又说了一句："这个项目还没结束，明年还会在国内待一段时间。况且也要参加关超的婚礼……"

就是不会真正地回来了。

"我——"

"你——"

我手机这会儿响起来，念慈来电问："瀛子，采访怎么样？"

"挺好的，还是赶上了。"我回答，片刻之后补充道，"我遇见蒋翼了。"

"什么？"难得听到念慈惊呼。

"他就在我旁边，你要跟他说话吗？"我把电话推到蒋翼耳朵旁。

他迟疑着接过来，念慈那边一时也不说话，隔着电话都能感到两人同时僵硬。

沉默五秒钟之后，我本来烦怒的心情终于被这个有点滑稽的场面逗得有点想笑。

还是念慈先开的口，温婉如常："回来了呀？"

"嗯。"蒋翼干巴巴回了一个字。

"你可真行啊。"

蒋翼：……

念慈说得简短："既然回来了，见一见吧。"

蒋翼顿了片刻："明天要去一趟上海，周末回来。"

我低头，摆弄筷子。

念慈也不勉强："那从上海回来再说吧。"

我拿回手机，和念慈道别，挂了电话看看时间，下午还有一节课，这会儿回去正赶得上。

"我得回去了。"说着就去拿外套，碰到了他的毛呢风衣，细腻的触感却还带着外面的寒气。

蒋翼跟着放下筷子，站起身："我送你。"

"不用。"我飞快系好围巾。

我们对站了片刻。

我摆弄着自己的手指，迟疑说："你、你有国内的号码吧……"

这是采访里给对方，也给自己留有余地的问法。

他回国工作，自然一定有国内的号码，但如果他说没有，总不比说不想我知道更让我难过……

"有的，我打给你。"没想到他回复得很迅速。

我立刻抬头："那我的手机号是 131……"

还没报出号码，手机就已经响起来。

蒋翼少见地有一刹那慌乱，长长的睫毛也掩盖不住黑色瞳孔里的晃动。

我在同一时间意识到：他手机里早就有我的号码。

"你有我的电话？"

我说了一句。

两个人一时沉默。

我眼睛眨一眨，突然就忍不住掉了眼泪，视线一片模糊。

"你，别哭。"蒋翼的声音里有一丝无措。

我低头，小声说了一句："你既然有我的电话，回来都不说一声……"

他没有继续说下去。

我吸吸鼻子，抬头看着他的眼睛："你有我电话你干吗不说一声，哪管你回来几个月，你就说一声嘛，又不会怎么样……"

安静的日料店里，我的声音难免清晰，沉浸在委屈中的我，此刻被围观也不知道丢脸了。

那一刹那我只是混乱着，不知道应该欣慰他还存有我的联系方式，还是应该伤心他即便有了联系方式，还可以这么久不联系。

"都回来这么久了，也就在北京，你为什么不可以说一声，也不来看我……"

"我有去看你。"蒋翼狼狈地应了一声。

"什么时候？"我抹着眼泪抬头。

他抿嘴不说话。

我一下子就明白了。

"你还骗人？你还学会骗人了，哦对，你早就会骗人了。小时候分房子的时候骗人，高考的时候也骗人，蒋翼，你就是个大骗子！"

我觉得一秒钟也待不下去了，拎了包转身就往外跑，懒得理他在身后喊我。

心里的滋味仿佛是放了芥末的酱油，冲冲的，咸咸的，混沌的。

横冲直撞走了三条街道，吸着鼻子进了地铁站。

午间的车厢难得宽敞，我却只觉得喘不过气。

手机这时响起，我迅速接起来，蒋翼的语气凛冽且迅速，这个人竟然比我还凶："你跑哪儿去了？！"

"我回学校！"

蒋大爷似乎咬着牙还笑了笑：“几年不见，跑步你可有进步啊。”

“谢谢夸奖，你在美国三年腿还变短了？”

“我不用结账吗？”他莫名暴躁起来。

我一怔。

想到这个人手忙脚乱被拦住结账的样子，虽然还鼻酸着，可突然有点被逗笑。

旁边是马路嘈杂的笛声，蒋翼无力，好声好气问：“你现在到哪儿了？说了我去送你的。”

“不用了。”我突然想起来，强调一句，“拉面的钱下次见面还你！”

本以为蒋翼会怼回来，却半晌没听见他回应。

一瞬间，我意识到这沉默代表什么，心头一疼，吸着鼻子急匆匆地说了一句：“你，你不要就算了……”

你不要钱，就算了。

你不要再见面，那也算了……

因为，不算了，我也不知道怎么办……

“那没什么事就不说了，我……”

“不能算了。”然而，蒋翼说了话。

我一怔：“什么？”

电流那边，蒋翼说：“我从上海回来就去你们学校，你把钱还我。”

时隔三年回来的蒋翼说“不能算了”，他气呼呼要我还钱。

我继续逞强：“那你可说好了，从上海回来就来找我要钱。”

蒋翼停顿片刻，疲惫地笑了笑，半晌清楚回答了一个字：“好。”

我突然就没有那么生气了。

于是周末还钱给蒋翼成了我一周的盼头。

我在钱包里准备五十块钱，他必然要找给我零钱，但是想必他不会这么巧有零钱，所以我可以让他下次来再给我……

我全部心思都放在保障我的计划可以顺利进行上，到了杂志社跟杨凡他们开会也没有很抗拒。

经过上次的采访，司棋彻底不跟我说话了，杨凡更奇怪，日渐萎靡，头发发油，眼镜上一层灰也很少擦一擦。

好在我顺利收到了摄影师精修的图片，质量很不错，于是对俗世的人心又有了些微的信任。不过图文确认之后，我还是自己另外打包原图给了排版老师，也给印务整个部门都发送了一份，之后又把备份放在 u 盘里随身携带，确保图片再不会被调包，即使调包也可以立刻导出来，避免耽误时间或者再引发多米诺效应。

小时候爸爸教我下象棋，他说："昏招不走第二次，总有一天能赢。"

我从小没有胜负欲，做事待人从不为输赢，但总归懂得趋利避害，吃一堑长一智，不是真的傻小孩。

直觉告诉我摄影师可以信任，但是杨凡、司棋只能小心防范了。

想起刚进杂志社的时候，杨凡其实很照顾我，他在纯文学方面做得特别深入，我一直很敬佩他，也不知道后来事情怎么变成这样。

我晚上跟念慈说起这事时有些沮丧，她想了想说："你能力够，又喜欢这一行，做得好，成长又快，难免被原地不动的人当成假想敌，这是人之常情，不是你的问题。"

我能明白是这个道理，可是不能喜欢这样的"人之常情"。

还好这次有蒋翼及时接应。小时候他就像是我的护身符，偶然回国还能适时照应我，让我心安。年纪见长的我越发想把这张失而复得的护身符攥回手里，哪管一天两天也好。

然而没想到，护身符自己比我想得还要早地回到了我身边。

周末，明雨和郭靖赶来北京，我们在邹航的家里聚会。

我们到了也没多久，刚要开始做饭的时候，门铃响了。

我趿拉着拖鞋去开门，问：“谁啊？”

没人回答。

这小区安保很不错的，我迟疑地开门，探出头。

穿着羊皮短靴、牛仔裤、短夹克的蒋翼拎着一瓶酒站在外面。

“你！”

他睫毛下有一片阴影：“我早上刚回来。”

我一动不动，眨巴着眼睛看着他。

两边静默片刻，邹航在卧室探出头问：“是不是蒋翼到了？”

我没答话。

这些人叫他来聚会，竟然也不告诉我一声。

蒋翼薄唇抿了抿：“我能不能进去？”

“哦，你进……”

我退回客厅，蜷腿坐进沙发里。

蒋翼进门就被邹航堵在玄关里搂着脖子揍：“还知道回来啊你！”

蒋翼不情不愿地被他拥抱：“前两天不是才见过？！”

“我是说从上海还知道回来！叫你早点回北京还不情愿。”

他俩其实之前也见了一面的，得知蒋翼回来的当天晚上，邹航就跑去他公司楼下堵人，俩人跑去喝酒，被媒体拍到，第二天大标题为“邹航片约骤减深夜买醉，疑与圈外女友分手”的新闻。

算是最近我们的笑话。

包括郭靖在内，我们都是三年来第一次见到蒋翼，他们相互拥抱，互相捶了捶肩膀。

几个人互殴了之后，头发、衣领都乱糟糟的，反而有了点小时候的样子。

我坐在远处看着他们，心思有点飘忽。

这个人虽然走了三年，却仿佛跟我们没什么隔阂，或许只是我和这个人分开了三年。

郭靖难得过来，答应给我们解馋，一行人浩浩汤汤地涌进厨房。

开放式的空间里，明雨洗菜，念慈摆桌，郭靖掌勺，蒋翼改刀，连我都被安排在了角落里捣蒜，唯一的闲人邹公子一边被指使着找这找那，一边凉飕飕地说：“原来郭靖和关超不在北京都知道你回来了，果然从小一起长大的不一样……”

明雨关了水龙头，语气更凉：“我们从小一起长大的也没人知道啊，蒋大爷可能早就把我们忘了。”

蒋翼变化还是有的，小时候他断然受不了这种挤兑，没准要火冒三丈，如今却只是低头切菜，淡淡回了一句：“当时也不确定能留这么久。”

念慈问：“所以你这次回来是私人行程还是出差？”

“开始算是出差吧。”

“什么叫开始算是？”明雨奇怪。

“……M.S.A 的新电影有一段特效是我们做的，国内团队做衔接的时候有一些问题，他们就请我回来帮忙，本来停留三天就走……”

“那是什么留住你了？”

我抱着蒜缸眼巴巴看着他，这个人怎么变得这么难沟通，总要问一句说一句。

蒋翼抬头看看我们，就事论事回答：“我要离开的前一天R. Mask突然来中国，美方没有合适的工作人员陪同，而且他们国内的新项目也想让我参与特效制作，就问我能不能再留一段时间……”

真是公事公办。

我泄气地扔掉小小的木头杵，把一缸的蒜末放在餐桌上。

方明雨湿着手一把夺过蒜缸，又开始擦桌子：“脏不脏就往餐桌上放。”

我起身就走。

“你上哪儿去？”方小王问。

我不吭声回了客厅，窝进沙发拿着遥控器漫无目的地换台。

厨房里一时间安静了会儿，有人叹气，有人窃笑，不过没人嫌我蒜缸放错地方了，更没人嫌我不干活儿。

倒是郭靖关了吸油烟机，招呼：“茄盒炸好了，黄瀛子吃不吃？”

我不出声，埋头在沙发里。

我要睡觉。

“一块也不给你留了。”方小王威胁。

我才不稀罕。

突然脚步声响，热乎乎的香气从头顶压过来，有人戳我的肩膀。

我不耐烦掀开一点眼皮，顿了顿。

蒋翼黑色毛衣外面套着樱桃小丸子的围裙，一只手捧着一盘子茄盒站在沙发旁边，狭长的眼睛看着我。

“吃不吃？”

我哼了一声。

他在地毯上坐下来，拿起一块：“凉了可就没这么好吃了。”

我侧身眨巴着眼睛看他，还是不吭声。

他就在我旁边把茄盒咔嚓咔嚓放进嘴里。

我本来伤心，又开始生气，之后变得无力、困倦。

邹航接了改刀的活儿，厨房里他们仍旧说说谈谈的，声音和味道都融进让我安心的烟火。蒋翼吃了几口就放下盘子，曲着一条腿，坐在我身边不知道出神想着什么。

我头脑空荡荡地犯了迷糊，叫唤他的名字：“蒋翼。”

“嗯？”

“你下个月底不一定要走是不是？”

“……嗯。”

“那年底再走好不好？”

我又闭上眼睛，仿佛不看他就不会听到他的拒绝。

但是蒋翼很快回答了一个字：“好。”

我睁开眼睛：“真的，说定了？”

蒋翼眼神如从前清澈：“说定了。”

“这次不许骗人？”

“我就没骗过你。”蒋大爷突然就有点生气。

“你还敢说没骗过我？小时候分房子那年……”我跪在沙发上，理直气壮地数落他。

蒋大爷当即暴露了自己没耐性的本来面目：“又要翻旧账是吧？”

郭靖在厨房喊："吃饭了。"

他起身就走。

我八爪鱼一样箍住他的腰身："不许走，给我站住！"

"叫吃饭了听见没？"蒋大爷被抓住也不停下脚步，反手硬是拎着脚不着地的我到了餐厅，把我安置在最尾端的座位上。

方明雨指点江山："都去给我洗手！"

"纸巾擦擦得了。"我拽出三四张湿纸巾跟蒋翼平分，瞪着眼睛得意扬扬地当着方小王的面落座擦手。

方明雨冷冷一笑，转身从置物柜顶层拿出两包法宝，上面写着四个大字"除菌湿巾"。

只见这女人抽出除菌湿巾扔给蒋翼两张，又抓着我的手狠命擦："我上周买了两箱除菌的，你回学校带一箱走。吃东西都不洗手，你是野人吗？"

"哎呀呀，你轻点！"我疼得乱叫，"这么沉谁要带?！"

蒋翼嫌弃撇嘴，看邹航："你怎么受得了她？"

邹公子挽着袖子举着两只湿漉漉的手回来，施施然落座："我爸妈比她夸张多了，我们家一年四季消毒水的味，吃饭前跟做手术一个流程，他们仨在一起吃饭那才叫和谐。"

真是不是一家人，不进一家门……

不过吃上这顿饭，我才有了点我们真的重新聚会的感觉，吃饭的时候还跟关超视频通话了，这个人趁着女朋友去洗水果，不无得意地问："怎么样？你嫂子漂亮不漂亮？"

蒋翼点头："还行，就是配你太委屈了。"

"赤裸裸的嫉妒。"关超毫不在意，"对了，我婚礼的时候你和郭靖当伴郎，过几天把尺寸报上来，要做衣服了。"

我问："伴娘是谁？"

"我媳妇儿同学什么的，有个白俄罗斯族的，大眼睛特好看，蒋翼，留给你了！还有我媳妇儿的表哥人也特精神，念慈，黄瀛子，你们回头谁勾搭上了，我算媒人啊。"

我抬手就把笔记本电脑合上了。

一群人目瞪口呆地看着我，方明雨"扑哧"笑出声来。

我转身窝回沙发开电视看："他真无聊！"

那边重新打开电脑连接上，关超嬉皮笑脸地教训我："黄瀛子，你趁早想明白，反正 Edison 也不会娶你！"

我因为看了一个赛车的电影，迷上了里面的男二号演员 Edison，满寝室都是这人的海报，和关超视频的时候被发现了，所以每次都要被他挤对。

"我用不着他娶我！我默默喜欢他就行了！"我气得在沙发上挥拳头。

"那他也不喜欢你！"

"不喜欢，我也乐意，关你屁事?!"

"不关我的事，但是关某些人……"

蒋翼一把合上电脑。

屋子里又是一阵静默。

蒋翼转头问："Edison 是谁？"

我：……

蒋翼很快就知道了 Edison 是谁。

2008 年初，快过年的前一周，当时网络上最著名的八卦论坛突然爆炸，我喜欢的男明星用出人意料的方式和大众坦诚相见。

因为实习还留在学校，我一大早被已经放假回家的同学的电话狂轰滥炸地吵醒，打开电脑看的时候只觉得世界在我面前按了一次F5键，刷新了。

我满脸呆滞地刷了一早上的八卦新闻，中午的时候蒋翼的电话打过来：“我到你们楼下了，下来吃饭。”

“我不去，我失恋了……”

蒋翼：……

电话切断了，三分钟之后，寝室的门响起来。

我披挂着棉被开门，蒋翼的厚实羽绒服带着北方年前热烈的寒气。

我惊恐：“你、你怎么上来的?!”

我们宿管阿姨从来不留情面的。

蒋翼面不改色：“我戴着帽子、口罩遮住脸大摇大摆走进来的。”

…………

男扮女装还这么理直气壮，蒋大爷真是一条好汉。

不过阿姨这是被他的气势给镇住了吧，就算他身形修长，可我们年级也没几个一米八七的姑娘吧……

算了，我正在伤心，没空理会他的变装秀。

我委屈地趴回床上，蜷缩着打开电脑，继续刷楼。

蒋翼开始翻找我的大衣：“走，换衣服去吃饭。”

“不去，他都要退出娱乐圈了……”简直比克林斯曼宣布卸任德国队还让我伤心。

“你不吃饭，他就不退出了吗?”

“他，他怎么这么做呢?”我伤心欲绝。

蒋翼无语：“他又没跟你谈恋爱，做什么不行?”

“……枉费我喜欢他这么久！”

“你喜欢流川枫更久。”蒋大爷顺手开始给我整理书桌，“啧啧啧，乱成这样你每天能找到东西吗？”

“那能一样吗？”我气怒。

“有什么不一样？”打开衣柜，重新挂回衣服。

“……我竟然一点都不懂他。”

蒋翼气得笑起来：“你懂的那个是少林寺的和尚。”

“呜呜呜……”

蒋翼无语，只好说：“再说了，人家老大不小，和谁干什么关你什么事？”

“就关我的事，就关我的事！男生没一个好东西！”

连这种不讲道理的泼妇说的话都出来了，也没什么可开解的了。蒋大爷认清现实，分别从窗台、写字台、鞋架和衣柜找到了我的钥匙、钱包、门禁卡还有手机，一起装进米老鼠背包。

“行了，撒泼撒够了没？一会儿想吃什么？”

“……春饼。”

“带你进城？”

“学校门口新开了一家，又好吃，给的量还大。”

蒋大爷点头恩准：“行，提到吃的，思路还是如常清醒，甭操心了。”

我冲他龇牙：“我很伤心的！”

“那咱们去饭店伤心吧，我先伺候你起驾吃饭。”

蒋翼说话算话，留在了北京，虽然工作忙碌，却开始频繁出现在我的学校和实习单位。可即使能够这样和他朝夕相见，也弥补不了追星失败的难过。

被蒋大爷挖起来去吃饭，春饼都端上桌了，我还在那儿没精打采地挑黄豆芽。蒋大爷也不管我，自己先吃了几口菜，观摩了一会儿我林黛玉的吃法，才纡尊降贵地包好一个卷饼送到我眼前。

我接过来，塞进嘴里才发现自己早就饿得前心贴后心了，狼吞虎咽开吃的时候，就听见蒋大爷仿佛不经意问了一句："廖星什么时候回国？"

我的手顿了顿，低头道："得三四月吧，他每年冬天都是要集训的。"

蒋翼没说话。

我突然又觉得不饿了。

"你什么时候走？"我问。

他也是顿了顿说："我留在国内过年。"

我一下子抬头，盯着他看："你不走了？"

"年后关超婚礼之后再走。"

"……哦。"

他莫名补了一句："我休学一年，六月份得回去上课了。"

"哦。"我想了想问，"那你在哪儿过年？回家吗？"

"先去爷爷奶奶那儿。"蒋翼说，"然后就回家里给黄叔覃姨拜年。"

过年时蒋翼虽然没回去，却提前邮寄了好多年货回去，我爸打电话给他："用不着买东西，人什么时候回来？"

他说初三到家，我爸还算满意。

这个人果然说到做到，初三一大早就拎着行李站在了我家门口。

上了大学之后，爸妈就在市里买了房子。装修好之后，他们假期就很少留在厂里了。蒋翼爸妈都在美国，他一回来也就没有回航天城，直奔市里我们的新家。

三年不见，我爸见到他连眉毛都笑起来，又是抱又是搂，转身就进了厨房，煎炒烹炸忙活起来。我妈抬手摸摸他的脸，笑问：“身体结实了，可是脸瘦了。连夜坐飞机回来，困不困？早就专门给你准备了一个屋子，先洗个澡，睡一觉，醒了咱们就吃饭。”

我脸都没洗就穿着棉睡衣在旁边窝着玩游戏，看蒋翼笑着乖乖点头：“好。”

新房子是四室一厅，爸妈一间，我一间，另外还有一间书房和一间客房。

当初买房子的时候，我爸说三室就够了，我妈问：“蒋翼回来还睡沙发？”

我爸一拍大腿：“可不是呢！”

俩人就颠颠买了四室的。

我当时旁观觉得他俩想太多，谁知道这人还真回来了，虽然过一阵还是要走。

蒋翼洗漱好，我妈已经连被子都给他铺好了，枕头拍软，床头是一杯牛奶。

我握着游戏机窝在沙发里正好和他房间是对角线，撩起眼皮，看到这个人站在床边喝了牛奶不知道在想什么。

我妈顺手给他关门，转脸冲着我说：“一大早上起来洗脸了吗？刷牙了吗？被子怎么还不叠？昨天晚上几点钟才睡的？跟你说了别总熬夜就是不听，早上看你电脑还开着，费电不说，你怕不怕辐射……”

我拎着游戏机钻进自己房间：“我还没睡醒呢，吃饭了再叫我……”

可真钻进被子根本睡不着，在床上翻来覆去半晌，决定发短信骚扰蒋翼。

“你睡着了吗？”

“你真的困呀？”

“你就不饿吗？”

…………

半天没有回复。

竟然真睡着了……

他这是有多累。

我看了会儿书慢慢有点迷糊，不知道什么时候就沉沉睡着了。好久没这么安心地睡过了，搬到新家之后我似乎认床，总是玩到半宿才睡着，也总是做乱七八糟的梦，很不踏实。可这一觉却出奇地安心，仿佛回到了航天城的家。

再醒来的时候发现太阳已经过了午线。

房间里静悄悄的，偶尔有外面传来的小孩子放鞭炮的嬉闹，屋子里暖气很足，床头的城堡闹钟滴答，时针过了两点，厨房里食物的香味淡淡地传过来。

我揉着眼睛抓过手机，有一条短信回复：“睡醒了。”

我一个打滚坐起来，趿拉着拖鞋开了门。

蒋翼穿着薄薄的宽松的卫衣、洗得发白的牛仔裤，站在落地窗前不知道在想什么。

爸妈都不在家，茶几上留了纸条，满满一桌子饭菜只要热一热就可以吃。

“我爸妈呢？”我盘腿窝到沙发上。

蒋翼转头：“去你舅舅家了，让咱们吃完也过去。”

我一手抓了个苹果塞进嘴里，一手按着电视遥控器：“怎么打不开了啊？”

蒋翼踩着拖鞋转身按开插排上开关，电视亮了。

我开始换台，都是春晚的重播。

蒋翼进了厨房，问：“你吃哪个菜？”

“孜然羊肉、鸡翅，锅包肉。”

微波炉和炒勺的声音陆续响起来，蒋翼又打开电饭锅盛饭：“鱼汤喝不喝？”

“不喝。”

我放下遥控器跟过来，坐在餐桌边：“那天在邹航家就发现了，你这手艺挺熟练啊。”

“锅包肉火候比不了黄叔的，别的也都没差多少。”他倒不是嘚瑟，“明天给你做个尝尝。”

菜热好了，我们对坐吃饭。

小时候，我们有时也会被这样留在家里，写完作业就下象棋，下棋无聊了就叫来念慈和庄远，四个人打扑克、唱歌、玩麻将。

今年蒋翼回来了，我们家却从航天城搬了出来，念慈过年去了香港分部培训，庄远更不知道在哪里，已经一年多没有他的消息了。

两人一时间沉默，只有电视的喧闹。

蒋翼突然起身问：“有没有啤酒？”

“有，冰箱里。”我看看他取啤酒的身影，埋头吃饭，含混着问了一句：“你毕业之后能不能回国？”

我还是问了出来。

蒋翼开冰箱的手停了片刻：“回国干吗？”

“……国内很好啊，很好发展，你要做动画也不会太难找项目，国内动画制作也才起步，做原创的话，电影票房也在积蓄势能啊，很好赚钱啊……”

蒋翼开了啤酒，喝了一大口，晃了晃罐子。

我仍旧自顾自说：“我跟跑电影的同事聊过，他说这几年电影市场会有爆发，你不是有一个技术团队嘛，国内合作的机会肯定很多的……”越说越觉得又假又空，声音也越来越小。

我有点沮丧，低头说了句：“我很孤单的，在北京一个人。”

蒋翼摇晃啤酒罐子的手终于停了。

没有立刻怼回来，也没有正面回答问题，是蒋翼少有的样子。

他喝掉啤酒，转身又回到冰箱边从里面拿出一罐：“不是还有念慈他们吗？”

“那能一样吗？”我脱口而出。

时光有一瞬间闪回。

2001年初夏，13号楼下，小花园里，蒋翼安慰中考前沮丧的我。同样是小孩子的他许诺一定考进统招，腾出一个名额让我上九中。

“我们都去了九中，就你去了六中，多没意思。”

“还有关超他们呢……”

“那能一样吗？”

此刻重合。

七年之后，蒋翼没有如我那样赌气回那句：“有什么不一样？”

2008年初，这个人的样子其实和小时候没有太多变化，眉眼舒朗，棱角清晰，嬉皮笑脸或者面无表情的时候，都有种睥睨世事的轻松和不在意，只是手里捏着的罐子从可乐变成了啤酒。

可此刻，捏着罐子的手指有些用力，指尖甚至发白。

我看到他的样子，突然有点害怕，如果这次还分开，他会不会变成我不熟悉的样子。

如果这次还分开，我是不是就再无法伸出手留住他。

“蒋翼！”我突然着急，许多话我再不说恐怕没机会了，“我……”

“我知道了。”他淡淡说了几个字。

“什么？”你知道什么了？

蒋翼笑起来，是成年之后我会在蒋翼脸上看到的那种笑，带着一个我不明白或者他不想我明白、不肯向我吐露的心事。

他有什么心事？他怎么能跟我隐瞒心事？他是蒋翼呀！蒋翼怎么能跟黄瀛子隐瞒心事？他到底有什么事是我不能知道的！

我突然被前所未有的惧怕和焦躁操控，攥着筷子语无伦次：“你！你必须回来！你骗人很多次！当初你说好要跟我一起来北京的！当初说好咱们两家住一栋楼的，你！你都说话不算数！混蛋！骗子！说话不算数。”

蒋翼没说话，重新坐回我身边，叹了口气笑：“这么多年，词汇库都没更新的。”

“还有，你刚才说你知道了是什么意思？”

“没什么。”

“什么叫没什么?！那你到底回来不回来？”

“我休学了一年，总要等我念完书……”

我单方面抓重点：“那就是念完书会回来?!”

“我没这么说……”

我们正纠缠着，蒋翼的电话响起来，他顺势接了电话，电话那头关超的声音很大：“你在哪儿呢？我回来了，出来撸串啊！”

大四最后一个寒假，我们热热闹闹地重新聚在一起。

郭靖开车带着明雨还有关超和他未婚妻到了市内，邹航到我家楼下接上我俩，大家直奔郭家饭店。

三层楼的饭店，装潢简洁时髦，人声鼎沸。

几个男孩见面拥抱，一时间都有片刻的哽咽。

关超最先笑着拍另外几个的肩膀：“行了，老子三年都没哭过了，可不想见着你们几个破戒。”

“走走走，先吃饭！”邹航轻车熟路找了包间的门打开。

郭靖说：“吃点什么？”

蒋翼说：“都来点，外面的都不是家里的味。”

方明雨低声和我笑：“他这句可是实话。”

我一时间没反应过来，蒋翼还说过什么谎话？可没来得及问，就已经有服务生先送了果盘、干果进来。

等菜的时候，我们连了网，跟念慈打视频电话。

关超笑：“过年都不回来，大忙人，我结婚你可别放鸽子啊。”

念慈身后是维多利亚港的灯火，她笑：“早就把假请好了，你别换日子就好。”

关超搂住一直甜笑的女友：“那肯定是不能了！”

关超的婚礼定在那一年的春天。

四月末，关超已经进入航天城实习。

郭靖的生日刚过，北方的海滨城市，冬寒方歇，春暖乍现。

酒店定在城中心的海鲜酒楼，门口巨大的KT板上书“新郎关超，新娘金小帆”。

不远处，新建的高档小区里，新娘子的爸妈买了两套公寓。他们原就是本地人，在外地辛勤多年积累下家业，过几年收了生意，就跟着女儿一起回家。

关超的新房还是在航天城，他爸爸的房子，郭靖找人给打理得崭新闪亮，装修是明亮清爽的地中海式风格，新娘子学音乐出身，审美极好，把新家布置得温馨可爱。

始终漂泊的关超，终于有了自己的家，还有了更多爱他的家人。

大四课业不忙的我在婚礼前一周就回了家，帮忙张罗。而临近的两天，厂里和九中的同学从全国各地陆续回到家里，加在一起竟然有将近五十个人，足以见得关超的人缘有多好。

然而，其中没有亦菲和姗姗。

亦菲的父母被外调至南方的航天城，许久都不曾回来，亦菲也就这样跟我们断了联系。

也许是天意，姗姗的会计师考试正是婚礼同一天，不能回来。她人在长沙，却特意录了一段小视频，在那条很著名的江边，姗姗笑得灿烂，跟关超说：“我男朋友超帅，庄远的升级版，给你们看看，来，亲爱的，你露个脸。”

她男朋友羞涩地从镜头后面转出来，斯文地笑着说：“祝你们新婚快乐。”

“哈哈哈，你怎么这么乖，好啦，新婚快乐。”姗姗夺过摄像机，“关超，你要幸福哦！还有，我男朋友是不是比你好一百倍？”

关超反复看了视频两遍，点头：“是，比我好一百倍。”

曾经一直留在亦菲身边，只为了多一点机会和关超相处的姗姗，往前走了属于自己的路，也找到了比关超好一百倍的人。

好一百倍，帅一百倍，也爱她一百倍。

关超的伴郎有三个人，除了蒋翼、郭靖早早回了家，廖星在婚礼前一天早上才到达北京，然后马不停蹄赶回来，到家已经是傍晚。

这个人大二就被他导师带到澳洲学体育管理，本来一年就应该回来，谁知道莫名接了一个有关极限运动的电视节目，就被留在那边继续读书、录节目，现在竟然已经是当地很有名气的野外生存专家，也是电视台的常客。

澳洲这个季节刚刚过了夏天，他在海滩上晒成小麦色。我到车站去接他，我们站在一起像是两个人种，也仿佛是巧克力颜色和香草颜色的两支雪糕。

两支雪糕遇见，拥抱着碰碰头。

我笑：“你比电视上看起来瘦了好多。”

邹航很懂行：“上镜胖三斤懂不懂？”

廖星笑：“确实瘦了，你们能看到的节目都是去年拍的，那时候游泳练了肌肉，最近回去上课就又瘦了。”

“得，反正你俩一伙儿的。”

我和廖星相视而笑。

邹航说：“走吧，车停在路边，别一会儿被贴条。”

廖星回了家洗漱，我们在楼下等他收拾好，然后就直奔婚礼彩排现场。

酒店里基本上都是我们同学，上下跨越五六个年级，我们这一年级十二个班都有同学来参加。

彩排现场乱得跟高中同学聚会似的，被服务生屡次请求小点声。八卦了亦菲到底喜欢谁无果之后，关超穿着白西装亮相，瞬间口哨声快要掀翻了屋顶。

“帅哦！”

“天下第一！”

“关老大帅炸天地！”

…………

关超嘻嘻哈哈挥手：“同志们辛苦了。”

新娘躲在他身后，探出头来，脸色粉扑扑地红润。

明雨轻声感慨：“所以蓝亦菲当初喜欢谁，对关超来说，真的不重要了。”

十七岁刻骨铭心的喜欢，长大后只变成婚礼上朋友们的一段谈资。

我转头，看着拿着捧花跟几个伴郎一起搞怪的邹航，问明雨：“所以庄远当初喜欢谁，对你是不是也不重要了？”

明雨笑得像个狐狸：“那还是想知道的，总想知道老娘到底败给谁。”

“也许他谁也不喜欢。”我猜想。

念慈摇头：“那倒不会，他有喜欢的人。”

“为什么这么说?！”我俩眼睛冒光。

“直觉。”

明雨啧啧：“太玄了。”

念慈想了想：“嗯，那这么说的话，我有一个小证据。”

我俩异口同声：“快说。”

念慈笑起来：“我也是猜的，说出来也无妨吧。就大概是高二那年吧，我偶然撞见一次他和亦菲说话，在庄远生日前几天，他收到过一个礼物，不知道是什么，一个牛皮纸袋子装的。庄远没打开，收起来的时候亦菲看到了，她就突然问庄远‘是她送的吗’。”

这是什么对话？

“庄远似乎是迟疑了一下，才说‘是’，亦菲就回了一句，‘你果然喜欢她’。庄远当时竟然没反驳。”

我和明雨两眼都冒金光：“这么大的事你怎么才说?!”

“也没什么好说的。”念慈笑，“反正我们都不知道那个‘她’是谁。”

“不一定啊，用牛皮纸袋子装的礼物很显眼啊！”我立刻调动自己的记忆库存，“牛皮纸袋，我怎么觉得有点印象呢……”

“好了。”念慈笑起来，“让你回忆还不如亲口问他来得快。”

明雨叹气：“这个人都好久不联系我们了，上哪儿问去呢。”

我不以为然：“我问过了，他说不告诉我。”

“啊？”轮到她俩吃惊了，“你问了什么？”

“问他喜欢谁呀。”

方明雨仿佛被噎住了。

我一五一十说：“就是庄远那次过生日之前嘛。邹航那时候电影不能上映，回来成绩一落千丈，你就去安慰他，两个人走得很近。有一天放学，邹航跟着咱们坐通勤车去航天城，说是去找蒋翼，其实全程都坐在你旁边。那天碰巧我挨着庄远坐，一时间没忍住就问了他喜欢谁。”

其实心里想问的是，他到底喜欢不喜欢明雨。

不过，我问得很认真，庄远却压根没当回事，他仿佛开玩笑一样说了句：“这个可不能告诉你。”

“为什么嘛？”

“因为你会告诉别人。”

“怎么会！”我又不是姗姗。

“你肯定要告诉念慈。”

“那……”

“还有明雨。”

…………

“还有蒋翼。”

…………

算他看透我了。

可这样的八卦不跟闺蜜分享天理不容……

“我、我发誓不说，还不行吗？！”当时的我仍旧想挣扎。

“那也不行。”庄远看着我笑，“瀛子，我告诉谁，也不会告诉你。”

就因为我有两个无话不谈的朋友和一个在他面前藏不住事的青梅竹马，全九中最诱人的八卦“庄远喜欢谁”就在我面前关上了门。

然而，不知道似乎也没什么关系。

你十七岁喜欢的那个人，也许只是十七岁的喜欢。

可心突然看着我笑起来：“其实整个高中我最好奇的是，黄瀛子，你喜欢谁？”

我一怔：“我吗？我有什么可让人好奇的？”

“当然让人好奇，所有人都以为你常去六班是因为和廖星好了，其实你只是去找关超；你天天念叨喜欢庄远，可是明明跟蒋翼黏在一起；还有人说高考之后你和廖星在一起了，是不是真的？别人都明明白白的，就你迷迷糊糊的。所以黄瀛子，你到底喜欢谁？”

真是世纪难题。

我尴尬地笑了一声：“可我现在也迷迷糊糊的。”

还在围观的几个同学都笑起来。

明雨看了我一眼，小声在我耳边笑：“以前是真迷糊，现在是装迷糊。”

她可真讨厌！

虽然是彩排现场，可身边都是亲近的朋友和同学，关超在给新娘戴上戒指那一刹顿了顿，他眼睛明亮，拉着女孩的手说：“遇见你的那一年，我以为我这一辈子都不会好了，可是老天爷就是那一年给了我最好的你。”

除了新娘，在场的所有人都怔了怔。

关超从小就是那个样子，肉麻的话不能当着更多的人说，这一句里有他全部的真心。

关超看着新娘的眼睛，一字一句说：“我爱你，谢谢你。”

新娘紧紧地回抱他。

那一年的关超，过得异常艰难，专业课程要求太高，他的基础太差，每天补习到昏天暗地。雪上加霜的是，学校辅助的专业培训项目他也拿不出钱来参加。

父亲第一年到非洲，联络不畅，关超遇到难事无法跟母亲开口，更不想告诉朋友。他逃课在商业街一家一家地走，看到门就推开，机械地重复“这里招人打工吗？”。

已经不知道被拒绝了多少回，那一年的深秋的最后一天，关超跟自己说“再试试找一份工作，这次不行就直接跳江算了”。

于是，在街口最后那家古香古色、早早开了暖气而异常温暖的小店里，正站在桌子上的女孩看到一个推门进来的男孩。

高高的个子，眉眼锋利，像个坏孩子，却手脚局促。

他问：“这里招兼职吗？”

虽然是问话，可似乎不被回答也可以。

女孩在高处看了他片刻，然后笑眯眯问：“那你会换灯泡吗？”

“……会吧。”关超看着她跳脚的样子，心里默默想，你不是不会，你只是身高不够。

女孩跳下桌子：“那你换了灯泡晚上就留下看店，包吃包住，一个月一千，下礼拜跟我爸去山里看货。”

关超张张嘴，半晌才说：“能预支两个月的工资吗？”

女孩痛快回答：“能。”

婚礼现场，关超单膝触地，给新娘戴上戒指。

关超眼睛明亮，一字一顿说：“我把这辈子都预支给你，你慢点花，我一直陪着你。”

新娘的眼睛也有了泪光：“谢谢你来到我身边。”

关超得到兼职的时候还不知道，店虽然不大，老板却把握着当地最好的山货来源。然而树大招风，在店里打工仅仅一周之后，关超跟着老板进山看货时，却进了对头的圈套。

关超傍晚时分发现状况不对，几经艰险，那一年暴瘦的他连夜背着被灌醉的老板逃出山寨。天亮的时候返回城里，他后背的伤口已经被冷汗冲刷得泛白。

女孩没来由的信任挽救了关超的自尊和父亲的生命，也给自己带来了爱情和一辈子的家人。

新郎新娘拥抱的时候，台上和台下都哭成一片。

我抽噎着，廖星揽住我的肩膀，拍了拍，没说话。

蒋翼在台上站在关超身边，逆光之下，看不清他的表情。

过了十七岁，关超最先做了大人。

从小一块长大的我们还都陪在他身边，可亦菲、姗姗还有庄远，还有好多好多我们曾经的朋友，都没能见证这一刻。

我们和关超一起长大，但是终究谁也不是陪伴他一辈子的人。

这样的相聚，我们也不知道还会有几次。

我看向身边的蒋翼，不远处的廖星、念慈、郭靖、明雨、邹航……

我们可不要再散了。

第十二章 — 送别

然而婚礼之后，我们返回北京，第一件事就是送别蒋翼和廖星。

不知道怎么会这么巧，他们俩定了同一天出国的飞机，分别飞往美国和澳洲，廖星晚两个小时走。

蒋翼照旧没什么行李，推着一只黑色行李箱。

这半年，我们很少说起他毕业能否回国的事。我心知无望，勉强告诫自己不要耍赖。

我跟自己说，我是大人了，如果真的留不住，一定不能再闹脾气，因为那样最后悔的还是我，我不想后悔了。

这一次，即使不情愿，我也要好好说再见。

这个人来机场算是众星捧月。郭靖和邹航开了两辆车，分别带上我、念慈还有明雨。

我见到他这副大佬出街的样子，突然觉得没什么可伤感的了。

谁知蒋翼到了机场竟然先问了我一句：“廖星呢？”

所有人当场沉默。

“还没到……”我心里有事，随便答了他一句。

蒋翼顿了顿，说：“圣诞节如果不忙，我就回来。”

我一下子抬头："说定了？"

"都说了是不忙就回来……"

"又说话不算数！"我又忍不住赌气，"以后再也不来送你了。"

蒋翼觉得好笑："就好像你以前来送过我一样，还不是第一次？"

我顿了顿，没说话。

邹航看表催促："行了，舍不得也留不了多久，一会儿应该登机了，回头线上聊吧。"

"行。"蒋翼跟我们挨个儿告别，末了说，"早点回家。"

这个人就这样轻巧地再次离开，明雨问我："要不要陪你等廖星？"

"不用了，你们先回吧。"

他们也就先走了。

可没几分钟，廖星就已经到了机场。

他提前了一些。

过了安检，他看我情绪低落，试探着问了一句："我下半年也许能回来，国内引进了我参加的节目的版权，要我回来做指导。"

"真的呀！那在北京吗？"

"前期筹备和训练肯定在北京，之后一段要去青海。"

"我能不能跟你去？"我问，"野外生存，我们没做过这类选题，肯定很有意思。"

"也行，不过很辛苦。"

"正好减肥。"我掰着手指头跟他数："明雨已经考上研究生了，念慈在银行，郭靖也经常跑北京，你也回国来吧。关超他岳父那天说，如果生意好的话，也想在北京开一家门店。你要是回来的话，咱们就聚齐了。"

廖星眨眨眼："不过我年底应该还是要回去的。"

"不长留吗？"

廖星推着行李转头，笑着看我，静了片刻："还不行，瀛子，我还没有做好准备。"

我一下明白了为什么，低头。

我说："对不起。"

廖星揉揉我的头："别说对不起。我对你唯一的要求就是不要跟我说这三个字，即使心里一定要这么想，也不要说，不要让我知道。"

高三毕业那年，我对廖星说了太多次"对不起"。

对不起，对不起，廖星，我们还是不能在一起。

廖星站在小花园里的凉亭里，我坐在宽厚的石头窗棂上，按着膝盖和他对视，两人眼前都是一片模糊。

"别哭，你好好说。"廖星低着头，没有看我的眼睛。

"我做错事了……"

"你没有。"

"我有，我觉得我喜欢你，我、我是喜欢你，可其实还不是喜欢……"我哭得抽噎，语无伦次，"我只是，只是在那个时候，很希望喜欢的是别人，我以为有个男朋友就好了。"

廖星沉着声，认真说："我，就当你男朋友。"

"可我不能这么做。"

"为什么不能?!"

"我不喜欢你。"

我终于说出来这话，心里一阵轻松："我不喜欢你，还让你当我男朋友，那不对，我不能这么对你。”

“你就这样对我呀？”廖星苦笑。

“那不对……”

“没什么不对……”

“我不能……”

你这么好，我不能对你这么坏……

廖星低声：“我还是不够好，不然你就喜欢我了。”

不是的。

我用力地抹着眼睛：“我不知道怎么回事，只能喜欢那个讨厌的人。”

我是在那一年才明白的，我们喜欢的未必是最好的。

最好、最温柔的男孩就在自己的面前，可你能做的，只有去错过他，因为你的心不允许。

我不喜欢那么好的廖星，更不喜欢堪称完美的庄远，那么我喜欢谁呢？

十七岁的我，是在首都机场 T3 航站楼明白了自己喜欢谁的。

那时候，我一个人站在远处，看着进关口前瘦削的身影，他穿着黑色卫衣，一手推着一只黑色行李箱，另一手拿着护照和机票。

他依次跟来送别的爷爷奶奶还有姑姑姑父告别，抿着嘴唇笑了一下，转身进了关口，就再也没有回头。

我揉了揉哭肿的眼睛，迷迷糊糊中明白过来：我有一个喜欢的人，因为认识太久，所以甚至不知道从什么时候开始喜欢，也因为太过喜欢，不知道这分开的长痛还会不会完结。

我喜欢的人，喜欢蹙眉，有时候冷脸，好胜，也谈不上温和，是会骗我的人，是一去不返的人。

在他之前，我从来不知道，我会因为一个人这样无措和疼痛。

可是……

廖星看着我说："可是瀛子，蒋翼已经走了。"

那个没回头的人，是蒋翼。

那个我喜欢的人，是蒋翼。

"你去送过他的飞机了，他没有回头。"

蒋翼在他十八岁生日前一周，十七岁的最后一个星期四，我们冷战后的第二个月，高考之后的第五十九天，去了美国。

我提前结束了跟爸妈去海南的旅行，先一步回到北京，想要在他走之前见一面。

然而到了近前，却只是远远站着。

我就那么看着他，一步也没能上前。

刚刚，我们也在关口外告别，好在不像上次我送他那样狼狈。

这个人不知道我曾经那样目送过他。

那时候，我跟自己说，如果他进关口之前回头，我就叫住他，我就去留住他。

他没有。

我其实也知道他不会，于是就那么远远地和他说了再见。

上大学的第二年，廖星便去了澳洲，走之前他说："瀛子，说好要陪着你的，我也食言了。"

我低头："这不能怪你，是我要说对不起。"

廖星摇摇头，没说话。

三年之后，他仍旧不让我说对不起。

是啊，喜欢谁和不喜欢谁这件事，本来就没有对错，只有错过。

“希望下次回来不是又要参加婚礼。”廖星走之前开了句玩笑。

我觉得不好笑。

他又说：“即使是婚礼也不想跟蒋翼一起做伴郎了，他简直是个冰块。”

我们都笑了起来。

“他毕业回国吗？”

“还不知道。”我低头。

廖星叹口气，抱抱我：“你在北京好好的。”

“嗯。”

他快进关口之前，我突然叫住他问：“廖星，这个帽子是你送给我的吧？”

他回身，眼神动了动：“是……”

“这里面是不是有一个签名？我没敢洗……”

廖星静了片刻，笑起来，说了一句：“没关系，洗了也没什么，也就是个帽子。”

“你别骗我了，里面那个是很有名的美国球星的签名，很珍贵的。”我费了好大力气才看清了里面的图案，查到了资料。

“就是一个签名。”廖星看着我眼睛，笑起来，“那个时候真的好傻，怎么会想送女孩棒球帽呢？”

十六岁的廖星，面对无论如何都无法讨好的黄瀛子，因为她十六岁的礼物伤透了脑筋，最后决定豁出去送给她自己最珍贵的东西。

可是珍贵与否，每个人总是有自己的判断。

我那时候不知道礼物的珍贵，不知道他的喜欢如何深邃，也不能感同身受他的纠结、他的难过，直到现在……

“廖星……”

“留着吧，你戴着真好看。”

后面的人催促，他挥挥手就进了关口。

我看着他的背影消失，摘下帽子，努力辨认里面已经开始模糊的签名，心想，是很好看的，我会一直戴着，可是不知道这个签名，是不是能一直留着。

机场真是让人难过的地方，来到这里就是为了送别，我还没有在机场接过什么人，来接机一定很开心。

胡思乱想着看了一眼手机，赵缂连着三条短信。

“你在哪儿？”

“尽快回电话。”

“带着录音笔，到这个地址，下午我的采访你来参加。”

…………

他的采访都是政经和社会新闻，叫我过去干吗。

可是还未转正的实习生不敢忽视总编辑的召唤，我只好放弃地铁，跑去停车场打了一辆车，急匆匆跟司机说：“师傅，我有点着急，麻烦您快点。”

“那附近最近在拆违规建筑，路可不好走，怎么着也得半个小时吧。”

“行，您尽快就行。”

话还没落，刚行驶出机场的车子突然一个急刹车，后备厢接着传来一声闷响。

我和司机同时一顿。

“半小时，您能赶到吗？”我僵硬着问。

司机一脸“莫不是碰上傻子”的表情。

“能不能再启动都不好说了，我这得靠路边看一眼。”

“您不会修很久吧？”

赵纬的短信一个接着一个，连着采访提纲和采访对象资料一起发了过来。

“那不好说呀，要不你换辆别的车。”司机也恼火，下车打开前盖检查。

“这前不着村后不着店的，我上哪儿换车啊?!”早知道还不如坐地铁，晚点也肯定能到啊，难道要在路上拦车？

“哎，你别着急！我没准这就修好了！”

前盖都冒烟了！能修好就怪了！

赵纬直接把电话打过来：“黄瀛子，我马上就到了，你在哪儿呢？”

“我、我打的车抛锚了，在路上，可能要晚点。”

“给你半个小时，迟到我就先开始了。”

电话就这么被挂断了。

我眼前一片金星。

半小时？除非我现在能找到一辆车愿意立刻接我，而且要直奔目的地，这个可能性几乎为零。

我绝望得在马路边捏着手机，不知道是应该打给赵纬说过不去，还是干脆不顾一切拦一辆车。

然而峰回路转。

刚刚路过的一辆白色车子就这样在前面停下了。

临近收费站，很少有车子会在这里停下，难道也是抛锚了？

我疑惑地看着远方，驾驶座的门打开，西装裤包裹的一双长腿先探出来，他上身是件白色衬衫。

那个人转过头来，比衬衫还要白净的脸，嘴唇通红，眼瞳漆黑，微微卷曲的头发。

他看着我。

我一时间愣怔。

城外高速公路，两年未见、愈发清瘦挺拔的年轻男人说：“瀛子，我就觉得是你。”

我不敢相信地说出两个字：“庄远。”

已经坐在庄远的车子里了，我还是不敢相信。

“你什么时候回来的？”

“上周，不过回来的第二天就去了日本，停留了几天才回来。我路过的时候就觉得是你。”他熟练地开着车子，问，“你怎么来机场了？”

“刚送蒋翼和廖星走。”

“回去上学？”

“对。”

“他们一起走的？”庄远有点疑惑。

“不是，分开走的，前后脚。”我比划着说。

你跟他们也一样，也是前后脚。

“他们怎么都回来了？”

我停了片刻：“庄远，关超结婚了。”

他顿了顿：“什么时候的事？”

“也是上周。”

我们都沉默了好半天。

庄远看着前方问："你怎么要去那么偏僻的地方？"

"去采访一个青年艺术家，这个人蛮有名气的，不知道你听说过没有，叫石砂。他的经历很传奇，高中都没毕业，之前还在建筑工地打工，因为一座石雕突然就红了。去年他签约了国内最大的画廊老板高明，网上还有很多粉丝，但是这几天在闹解约，还说被画廊老板虐待软禁，但是一直拿不出证据……"

我说这些干什么……

我看着他："庄远，你这次回国是常住了吗？"

"嗯。"他转头看着我，笑笑，"瀛子，我入职的投行要在国内设立分部，我大概会在北京停留一段时间了。"

说要走的人一个个地回来，可是庄远给我的感觉最陌生。

他之前莫名消失了两年，我们的邮件和消息都不曾回复，连关超的婚礼都不参加，又这么莫名地回了国。

可时间太过紧急，也来不及问太多。

我下车前跟庄远要了他的新号码，说了一句"之后联系"就匆忙跑进了那家廉价连锁宾馆。

赵绰等在大堂，看我奔过来着急问："录音笔都带了吗？"

"带了。"

赵绰在前面带路："听说这个采访对象性格很偏执，我来提问他肯定不会说真话，你是新人，他防御性不会太强。"

"哦哦，好。"还以为是因为跟艺术有关系才让我来跟着采访……

"稿子回头也你写。"赵绰吩咐一句，"这个人最近红得太快了，油画也有一些，还做雕塑，作品有没有多出众另说，他那个老板高明我认识，艺术圈里的大混混，黑白都沾一些，应该是在他身上投了不少钱。他现在要解约肯定不会太平。咱们今天写什么，可能就决定了他还能不能吃这碗饭……”

我闻言站住。

赵绰回头：“怎么了？”

“您采访前为什么跟我说这些？”知道这些，我很难不被干扰地客观写作。

赵绰不回答，另说了一句：“这个采访做得好就提前转正。”

“啊啊啊啊啊，好！”

我紧走两步跟上他，只见走廊尽头的那个房间的门开着，里面隐隐传来一股松节油和潮腐地毯的味道。

走近到门口，昏暗的房间里，电视开着，被子随意被扔在地上，一个矮小的身影坐在床上玩手机游戏。

听见我们来，那个人抬头看了一眼说：“我根本就不会做雕塑，你们采访错人了。”

这个采访我们做了一个下午。

离开那个压抑又阴暗的酒店的时候，天已经黑了。

赵绰在前面把录音笔抛给我，回头问：“估计这几天他解约的新闻就该出了，下周出稿子，别耽搁了热点。”

我应了一声，跌跌绊绊地跟着出门，听到赵绰问：“坐我的车回城里？”

我刚要回答，没想到出了大堂迎面正碰上熟人！

司棋后面还跟着一个摄影师和两个实习生，在那儿大呼小叫：“就是在这里，没错！我早听说了石砂就住在这里，这次肯定能逮到他！……赵总？”

赵缂撩起眼皮看了看他，说了一句话："采访过了。"

司棋眼睛紧紧盯着我，没有丢了采访的恼恨，反倒像是闻到肉味的狗似的兴奋："赵总，您带了小黄来呀？"

不等我们回答，他转头跟另外的同事说："赵总真是特别看重小黄，我们都没跟他出来采访过……"

赵缂理也没理他，径自远程解锁了车子，再次跟我说："这里偏僻，送你回城里。"

司棋狠狠地瞪了我一眼。

我也不再看他，回答赵缂："您送我到地铁站就行……"

不远处突然有车灯闪烁。

我们所有人都看过去，都是一怔。

破败的街道旁边，跟赵缂的切诺基隔了大概十几米远，是一辆设计简单的白色车子。

随着开门的声音，庄远从车里下来，这么远远看着，越发显得他的个子好高，好看的脸孔白得仿若吸血的鬼怪。

傍晚的夜色中，他看向我们，没说话。

这个人怎么还在这里？

我顾不得别人，连忙跑过去："你怎么还在这儿？"

"我刚开车经过，想看看你是不是还在这儿。"庄远答了一声，看看远处，"如果下班了，我就送你回学校。"

我应了一声，没看司棋，招手跟赵缂说了再见。

赵缂也没多话，挥挥手坐进自己的车里。

两辆车各自扬长而去，只留下司棋在漫天的尘土里咬牙切齿。

"那个男生是你同事？"

他说司棋?

“哦，对，我们是一个编辑室的，但是不太熟。”

庄远笑起来。

“你笑什么?”

“我笑，能让你说不太熟的，大概不会是什么好同事。”

“是挺烦人的。”

我絮絮叨叨和他说起之前采访的各种事，说起开会被他告状，又说起跟蒋翼重逢。

庄远一路送我，似乎有些疲惫，话不多，听我说完了才问：“怎么来这么偏僻的地方?”

“采访对象定的，我们基本上要尊重对方的想法，石砂不愿意离开他的酒店，说别的地方都不安全……”

“我觉得这里才不安全。”庄远说，“下次有这样的采访要让人陪你一起，至少要提前和朋友报备你的地点。”

“哦。”从小被他补课的阴影笼罩上来，我乖乖地答应。

到了宿舍楼下，我下车时问他：“要不要去我们学校吃饭?”

他没熄火：“不了，我晚上还有会。”

“那你等等我，我刚从家里回来，带了郭靖妈妈做的鸡翅，真空包装的，能冷藏好久，给你拿一些吃。”

“下次吧。”他说着要坐回车里。

我站在车门前，不说话了。

这个人一字未留地消失两年，回来就教训我，现在这个不温不火的态度更是让人恼火。

庄远抬头看到气鼓鼓的我，怔了一下。

我继续瞪着他。

他笑，再次下了车："今天是真的有事，还有人等我开会。"

我问："就几分钟也没工夫？"

庄远顿了片刻，只好点头："好，那你就去拿。"

"那你等在这儿，我很快的。"

我蹦蹦跳跳回了寝室，找出一个保温箱装了满满一箱疯跑下楼，塞给他。

"都给你。"

"那你吃什么？"庄远失笑。

"郭靖过几天就来了，我想吃再跟他要。"我从他手里抓过车钥匙，径自开锁，"放在后备厢吧，在座位上放着不安全。"

"瀛子！"

后备厢打开，里面是一只行李箱。

我们俩一时间都没说话。

这个人，也是刚刚从机场回来。

我愣了好半天才反应过来，看他："你不是放了行李回去路过，又接我的吗？"

庄远把保温箱放进去，起身道："那里太偏僻了，我没敢离开，想等你出来，没想到等了六个小时。"

"你……"

他的手机又响起来，庄远接起来说了句："我马上就到，半小时，你们先准备 PPT……还有哪里不清楚？好，你们说……"

也来不及告别，这个人跟我指了指话筒，坐回车里换了耳机，摆手关上了车门。

我跟他挥挥手，看着车子开远了。

消失两年，但是愿意等六个小时确认我安全，我似乎无法再问这个人到底为什么不再联络了。

初夏的傍晚，我拿出电话，打给念慈。

她隔了一会儿才接起来，似乎也在加班。

这不是我平时会给她打电话的时间，念慈问：“怎么了瀛子？没什么事吧？”

我说：“庄远回来了。”

“……你看到他了？”

“嗯，从机场回来的路上。”我顿了顿，“这个，是不是不能告诉明雨？”

明雨四月初拿到自己姥爷母校的录取通知，之后就回了上海。

邹航留在北京。

这个人已经有半年没有进过组了。

在所有同学毕业后都风风火火签公司、找角色的时候，邹公子再次陷入无戏可拍的囧局。

这次不是因为什么鬼扯的“不上映诅咒”，而是公开恋情之后就开始崩溃的粉丝防线全面瓦解的结果。

乐家的公司以电影制作见长，父女两个都是导演出身，自家演员都不愁有戏拍，可偏偏碰上邹航这样运势诡谲的奇葩：要么被资方趋之若鹜，要么资方对之闻声色变。

乐欢盈多个本子里一提到邹航两个字就被资方央告：“他粉丝现在黑他黑得多厉害，您不是不知道吧？姑奶奶咱们立个项目不容易，省点心行不行？”

我有一次和国内很有名气的娱记聊天，对方说：“这个情况也很好理解，演员说白了还是身处服务行业，需提供自己的专业技能。

但是这个专业技能却并不单纯，一部分当然是演技唱功，一部分也是提供了自己的公众形象，满足公众的心理投射。粉丝的关注点千差万别，更红更帅的一定有更多关注，但总归大部分是要满足幻想。偶像谈恋爱结婚，就是中断了提供幻想这部分服务，如果偶像不能再提供服务，粉丝脱粉也正常。也会有粉丝看不开，认为这是偶像单方面撕毁合同就转了黑，偶像也没什么可抱怨的。要开心，两厢看开就可以了，虽然大部分人做不到。”

邹航从小就是个看得开的人。

即使看不开转黑的粉丝成千上万，前赴后继，撕心裂肺，这个人就是安安静静地把在合约中的戏拍完，跟合作方道歉，继续看喜欢的本子，乖乖去试戏。

然而，在公布恋爱两年之后，因为始终不能降格选戏，邹航能得到的试戏机会也越来越少。

主角不成，配角邹航也乐意试试，可是乐欢盈不同意：“名声就是一口气，你自己先泄掉了，以后就回不来了，你还年轻，肯定有翻身的一天，现在自降身价就彻底二线了，所以宁缺毋滥。”

邹航觉得有道理，乖乖听话。

然而乐欢盈更着急的事情是，邹航的各类商务合作陆续到期了，基本上都没有续约。

艺人是靠商务糊口的，好电影的片酬杯水车薪。

可似乎眼下也没有什么办法。

有一次，乐欢盈跟邹航半开玩笑说：“还不如没长这张脸，本来靠演技也可以吃这碗饭，现在倒被好看的脸耽误了。”

邹航无所谓地笑：“不因为这张脸，乐导也不能在人群里选我。”

“你倒是想得明白。”乐欢盈挑眉毛，“但是你知道想得更明白的人当初会怎么做吗？”

不管邹航根本就没有想听的意思，乐欢盈说出正解：“压根儿就不公开谈恋爱。”

邹航摊手：“那我就没得恋爱谈了。”

“谈恋爱有什么重要？”

“谈恋爱不重要，跟谁谈很重要。过了这个 Timing，我就只能打一辈子光棍。”

他这是早就下了弱水三千只取一瓢的决心。

乐欢盈彻底败北。

于是，同学们都忙着毕业试戏跑剧组，邹公子自己回了学校。他把之前拍戏漏掉的课都旁听了一遍，更修习了摄影和舞台灯光设计等好几门技术课，课外开始练习击剑和跆拳道，还全身心地参与了自己年级的毕业大戏。

明雨也在忙着毕业论文。他们异地恋进行了将近四年，却在最后这半年，真真正正有了点异地恋的意思。

直到明雨六月末毕了业，彻底搬到北京。

两个人把新房子收拾妥当，温居的那天，我买了方明雨一直喜欢的吸尘器，看她高兴才敢悄悄跟她说：“我给你去打听了，《人间欢喜》的男主定了余多，估计这几天就签合同了。”

明雨有点失望：“乐欢盈应该是早就知道了，没告诉他，也许是怕他失望。他是真的喜欢那个原著，为了试戏还去学做木工……”

厨房里，邹航在给郭靖打下手，谈笑如常。

我又跟明雨报备：“我们文娱的记者上周被乐欢盈叫去饭局，说是想给邹航安排个专访。他公众影响力还在，最近也在参加公益活动，大概想往实力派的方向上做。”

“结果你们记者都白做，之前人气多大现在怨气就多大，不分手做什么都白做。”明雨倒是比我知道得多。

“还有这事儿？”我诧异，看来曾源知道我们是同学，没好意思说太多。

“乐欢盈跟他助理聊天的时候，我听见的，没准是故意让我听的。”明雨搅和着马克杯里的咖啡，“说实话，我也有想过要不要分手比较好。他可能是不稀罕做什么明星，但是真的喜欢拍戏。”

“你！可千万不要。”

“不过我想想，比起拍戏，他应该更喜欢我。没准为了拍戏放弃了我，他更伤心，所以还是凑合着过吧。”

我哈哈大笑。

这样的话我从来没想到方明雨会说出来。

在情感上，尤其是喜欢庄远的时候，明雨总有些小心翼翼，缺乏安全感，踌躇不前，更不会自己争取，甚至躲避退让。可是在邹航面前，方明雨自由自在，开开心心，是真正的方小王。

可是这个自在到底是因为爱还是因为不爱，我这样迷糊着，看不明白，有时候也不敢明白。

至少明雨很在意邹航，这样就行了。

“对了，我还有个礼物送给你们。”我从自己的双肩包里翻找。

“给我就行了，他的就是我的。”明雨笑。

我哈哈大笑，从包里拿出一个硬皮手账：“你可以跟他分享。”

“是什么呀？”

“关超婚礼的时候，我回家找到了高中时候的日记，翻看的时候觉得太好玩了，好多都是你们俩的事。我那时候简直是天天被你俩的前后桌生死恋折磨，每天提心吊胆的。现在看起来特别搞笑，我就影印了一份，把关于你俩的都剪贴出来了，还有一些咱们在一起的照片。”

明雨略微有些惊讶，接过翻开看，眼圈慢慢地红了，却又忍不住笑起来。

“2001 年 1 月 6 日，邹航把明雨的橡皮藏起来了，本来想逗她开心，结果明雨着急改卷子却找不到橡皮用气得掉眼泪，我把橡皮给她都哄不好，邹航还给明雨的橡皮就被她扔窗户外面了。方小王的脾气越来越大了，每天我都瑟瑟发抖。”

“2001 年 1 月 17 日，期末考试总算结束，返校回来时邹航给明雨买了一箱橡皮放在她桌子上，好幼稚啊，明雨总算不生气了，给同学们每个人分了一块，香香的，还挺好用的。”

…………

方明雨大笑：“哈哈哈，我竟然不知道还会被你嫌弃幼稚。”

“你俩谈恋爱的时候本来就特幼稚。”

我俩正说着，门铃响了，我以为是周末加班晚到的念慈，跑去开门，没想到竟然是一直念叨的乐欢盈。

她看到我问了一句：“聚会呢？”

“是……”

乐女王踢掉高跟鞋，女王般在各个房间里巡视了一番，道：“弄得还挺舒服。”

明雨就要翻白眼。

邹航从厨房迎出来，笑眯眯问：“您怎么来了？”

乐欢盈坐在茶几边：“《人间欢喜》签约推迟了，男主还有回旋余地。余多最近应该也是谈恋爱了，估计很快会有媒体爆出来，这样你们俩的竞争力就半斤八两了。”

“……原来是这么比较竞争力的？”邹航喃了一句。

“你说什么？”

“没，我说那您看我怎么努力一把比较好？”

“你努力也没有用。先得恢复曝光量。我明天给你约了专访，就是黄瀛子他们的杂志，今天咱们先对对提纲……”

邹航有点为难：“晚点行不行？”

“我下午还有首映礼要参加，没时间。”

“那咱们去书房？”

乐欢盈没回话，视线停留在放在茶几上的被打开的手账上。

明雨要拿回来，晚了一步。

“这什么？”乐女王抬头看我，“黄瀛子写的？”

我：“对……”

乐女王抽回手，径自拿起来读了几句。

方明雨脸色铁青就要发作，好在乐欢盈及时合上手账起身：“黄瀛子，你一起来书房，我跟曾源说这稿子让你主笔。”

“啊？”

满屋子都懵懵看着她。

“书房在哪儿？都愣着干什么，跟来呀？”乐女王边走边吩咐，“身边就有个熟悉的记者倒是省事。赶紧过来干活儿，我下午还有事呢。”

之后几年有个流行词叫“尬聊”，精准地形容没话找话的窘境。

我最尬的一次采访就是跟邹航。

因为真没什么可聊的。

认识这么多年，他还有什么事我不知道呢？

先说他自己本来就是个坦白的人，再说他没坦白的那些明雨也都告诉我了，包括各种该知道的、不该知道的……

我在椅子里扭动，各种不自在。

邹航不比我好多少，皱眉看了一遍提纲："这些题哪道你不会啊？还用得着我给答案吗……"

"出题人参加高考也得答题，懂不懂？"

邹公子用稿子捂住脸："这都什么事啊。"

虽然聊得尴尬，不过真的写起稿子的时候倒是轻松愉快。

邹航是个好玩的人，对演戏也有追求，脑子聪明，行事通透，即使不看那张好看的脸，也是有趣的灵魂。

闭关了两天，《邹航：22 岁戏骨将毕业》就已经发到乐欢盈的电脑上。

"字数爆了怎么办？"我坐在自己的办公桌后面挠头，拿着电话说，"关于明雨的地方我尽量省略着写了，但是不知道是不是还是会让粉丝不开心。"

第一次写这种明星公关稿，还是自己要好的朋友，我比平时写稿子紧张太多了。

"再隐晦你就直接说他单身算了。"乐欢盈叹口气，"你也是尽力了，这种事就只能慢慢来了。不过这个字数你是当封面文章写呢？赵缂前两天跟我说最多也就给 4p，你再改改吧。"

"行。"

我放下电话坐在窗边发呆，手边是为了写稿子从明雨那里先带回来的那本影印的手账。

北京二环内胡同里三层老厂房改的办公室里，我上个礼拜刚刚有了一张小小的办公桌，一台旧电脑——这意味着我即将在这家国内最知名的做深度报道的杂志社顺利转正入职。

每年中文、传媒毕业生那么多，今年只进了我一个，而且据说是十一年来第一次招应届生，我这个就业起点不可谓不高。

尴尬的是，我虽然属于文化组，办公桌却跟杨凡他们的相隔很远，隔着娱乐组的同事。

也不知这样安排是天意还是赵缂的指示。

好在我毕业就可以赚钱养活自己了。

昨天新一期的杂志出炉，二封是我在破败的宾馆采访青年艺术家石砂的稿子。

那篇稿子赵缂一个字也没改就让发了，一时间我在杂志社里被众人瞩目。

有人说恭喜，更多人侧目。

我惶惶然应对，开始学着慢慢接受这种被人暗暗讨论的生活。

这样年轻，就在行业里有了这样的名声，似乎是一件求之不得的好事。可是一直被这样孤立在自己的组外，已经是这半年的日常。

因为帮忙写过几次稿子，曾源问过我几次要不要转娱乐，都被我拒绝了。

我做记者就是想做文化观察的，这个初衷不会改变的。

从小到大我最被人称道的就是性格好、人缘好、活泼好动、讨人喜欢，出人意料地在自己的第一份工作里受到了莫名的敌意。

只是这锋芒不是我的本意，甚至连我自己都不知道从何而来。

所以不知如何应对。

当然也有可能，让人觉得刺痛的光并不来自我，而是他人的目光又反射回了他人的眼睛所造就。

“开会了，开会了。”曾源从办公室外面召唤，我被打断思绪把手账转手塞进自己的办公桌抽屉里，又上了锁。

“藏的什么好东西？”于小鸽起身问，“不是什么好吃的吧？”

“我减肥呢，哪来好吃的。”

我跟着她一起往外走，正看见司棋从外面匆匆进来，手里还拿着一卷卫生纸，跌跌撞撞的。

“开选题会了，别迟到。”杨凡不放心地冲着他嘱咐。

“知道了。”司棋好不耐烦，“你先走。”

出了办公室，于小鸽在我耳边偷笑：“他拉肚子好几天了，脸都青了。”

“是瘦了好多。”我实事求是。

赵纬在会议室里已经等着了，敲桌子：“都快点。”

一群人坐下，杨凡小声说了一声：“司棋肚子疼，一会儿就……”

“那不等他了。”赵纬径自翻开下月刊的蓝样，“这一期封面是谁。”

曾源说：“我们三期封面了，这次最大的稿子就是邹航的专访，4p，黄瀛子在写，但不是封面。这一期给文化。”

杨凡忙接话：“对、对，是京城的老手艺人，刚申遗成功……”

“年初不就是登的非遗传承人吗？重复选题、一年报两次封面，是我记错了还是你不懂常识？”赵纬骂人的时候连个表情都没有。

杨凡连忙说：“今年这个话题特别热……”

“没有别的热门话题了是吧？”

杨凡张口结舌，正不知道怎么答话，门一开，动若扶柳的司棋正推门进来：“有，我这儿还有一个选题。”

赵缂抬头等他说。

司棋扶着肚子坐下，立刻就翻出一摞资料：“我采访了苏州的一位建筑师，来自园艺世家，他们有四百年的历史，历经三个朝代，历史积淀特别浓厚，文化底蕴也很足……”

听起来很厉害的样子。

只是我心里有点奇怪，园艺世家这个提法有点少见，古时候的匠人流传到现在的家族怕是太少了，而且司棋之前从来不擅长历史类的选题……

赵缂桌上的手指动了动，没说话。

司棋滔滔不绝，在他口里这位建筑师应该就是下个普利兹克建筑奖的获得者，在座包括我在内的几个刚入职的新人都听得云里雾里……

眼见着他说起来没完，座位首席那里，赵缂用笔敲了敲桌子。

司棋住口，我们几个新人的目光瞬间转过去。

只见赵缂眼皮耷拉了一下，抬起来问：“这建筑师现在应该主要合作商业地产吧。”

几束目光从赵缂又转回司棋。

“……对，”司棋有一丝紧张，“他们最近和一个开发商想合作一个新的园林景观的项目。”

所以这根本是个广告项目？

我们这样的杂志怎么可能用地产广告做封面呢，也就只有赵缂这样的老江湖能一眼就看穿这好一顿的忽悠了。

司棋讪讪地说了一句：“这个项目成功之后，会是国内东南地区最大的旅游基地，会影响很大的……”

“下一个。”赵缂淡淡说了一句，也没呵斥他，似乎已经懒得说教了。

会开了一下午，结束的时候，我饥肠辘辘地刚要跑，被赵缂叫住："黄瀛子等一下。"

"在。"我挪着步子转过去。

赵缂在笔记本上打了几个字，抬头看了我一眼："石砂那个稿子的文字版，你有给外面的人发过吗？"

"没、没有过。"我一怔，文字内容没刊登之前不外传这样基本的行规我还是懂的，"怎么了？"

"没事，你出去吧。"

我心里糊涂着下了班，没回学校，而是去了明雨和邹航的家里。

邹航去上表演课了，明雨给我俩做了冷面，配着郭靖妈妈做的泡椒凤爪，初夏必备。

我俩正争抢到底是看《不能说的秘密》还是《蜘蛛侠 3》的时候，我的手机突然响起来。

是于小鸽。

这姑娘下班的时间很少找我。

我有点疑惑，很快接起来。

明雨喜上眉梢地调出《不能说的秘密》，开始看。

我阻止不及，只听于小鸽在那边的声音又快又急："黄瀛子！你石砂那篇稿子在网上被挂了！上了各大门户的头条！"

"什么?!"我的筷子掉进碗里。

"你快去看看吧，这稿子算是激起民愤了，还有石砂发新闻说你的采访内容不属实，保留追究法律责任的权利。"

我愣了一瞬，顾不得吃饭，转身回房间拿出自己的电脑看 QQ 上于小鸽发来的链接。

果然，那篇稿子的全文在贴吧和门户网站上随处可见，底下全是网友的各色评论。

“这艺术家也太惨了吧。”

“石砂的画其实也就一般，竟然真捧得他好像是个落魄艺术家。”

“记者形容词也用得太多了吧，还真把他当成艺术家来写了。”

“这个悲天悯人的态度是不是也有点高高在上的意思啊?”

“不过石砂也不领情，今天还开发布会说采访不属实。”

“《京客》一贯是有品质的杂志，怎么采访这样的人，还有现在的记者是在写小说还是在写特稿呢?”

…………

我一瞬间有点蒙，想了几番还是弄不清楚到底发生了什么。

半晌，我想了一下，发了一个短信给石砂。

为什么说采访不属实?

没有回话。

我发了第二条：采访都是实录，我还有录音留着。

很快，我的电话再次响起来。

陌生号码，对方先是不说话。

我说：“石砂，我知道是你。”

“对不起。”石砂迟疑又飘忽地说，“不会追究责任的，是高明一定要这样做，但是我不会让他去找你的，就是这些天新闻会一直发，对不起……”

电话说完就挂断了。

我无力坐了下来，这到底是怎么回事呀。

然而这一天还没结束，我从卧室里出来才发现电视关掉了，明雨坐在沙发上惶惶然地看向我：“瀛子……”

“怎么了？”我心里一瞬间很慌。

“你的日记，被放在网上了。”

“什么?!”

明雨茫然地说：“你送给我和邹航的那个手账，写着我们的故事的日记，被拍照传到网上了。”

这一天太漫长了，仿佛是闻到了血腥的记者瞬间就包围了乐欢盈的公司，当天的新闻头条是“邹航与圈外女友恋爱过程曝光”。

我手里抓着手账：“不可能，手账从来都没离开过我，就今天带去办公室写稿了，可去开会我都锁在抽屉里，没有人拿得到。”

“内容不是很多，只有几页，但是不知道对方还有多少。”邹航在电话那边说，声音还算镇定，“跑马场已经被记者包围了，我今天晚上回不去，你和明雨在家也都先别出来。”

我放下电话，有点恍惚。

“我真的特别小心，都不敢撒手的……”

“没事，瀛子。”明雨虽然惊慌，却紧紧拉着我的手，“没事的，瀛子，我知道。”

“下班我就立刻带回家来的，一刻都没离开过我……”

“没事的，瀛子。”明雨强按着我坐下，“你刚才脸色就不好，是不是还有别的事？”

我这才发现自己的手冰凉：“怎么办明雨，邹航的电影不会被我连累了吧？”

“不、不会。”明雨明明不确定，还是安慰我，“他本来也没抱希望去上那个戏，你别乱想。”

我不能不想。

这一切太巧合了，两件事加在一起，太不对劲了。

可到底是怎么回事，我想起那天的状况，隐隐约约看到了端倪。

念慈下班赶到明雨家的时候，我正一个人在漆黑的卧室给赵缂打电话：“赵总，会不会给社里添麻烦？”

“不会。”

“没上市的稿子就上网，集团那边会不会追查。”

“不会，不是大事。”他的斩钉截铁让我稍稍安心。

“如果高明真的要诉讼……”

“他不会，我已经打过招呼了，不用乱想。这是他们的老把戏，吓唬你这种小孩的。”赵缂只说了一句，“明天照常来上班。”

“……好的。”

放了电话，我把脸埋在手掌里。

餐厅里，我隐约能听见念慈和明雨在准备夜宵。

不一会儿，光亮传过来，接着是熟悉的味道。

“明雨说你俩晚上没吃饭。”念慈坐在我身边。

“我不吃，让我靠一会儿。”我喃喃说，“念慈，我好像做错事了，可是我都不知道我是怎么做错的。”

“那就是没做错。”念慈温柔地说。

是吗，可是眼前仿佛是很大的麻烦。

明雨在餐厅叫我们：“先吃饭吧。”

我跟着念慈落座，明雨给我们盛好冷面，说起别的事：“我今天是想问你什么时候从宿舍搬出来，邹航学校旁边的房子也都收拾干净了，你和念慈就一起搬过去吧。”

念慈摇摇头：“那边离我公司太远了，现在的房子我也住习惯了。学姐年底就要去香港了，到时候我把整间房子租过来，瀛子搬出学校就先跟我住一段时间好了。”

“那不还是要花钱？”

“租金不贵，房东常年在国外，也希望有人帮忙好好打理房子，你别担心。”

“我不担心你，可是黄瀛子没算计的，工资前一天到手第二天就一套乐高搬回家了，能省一点是一点。”

念慈笑起来：“放心，有我呢。要是连她的理财我都摆不平，我也就甭干这一行了。”

明雨听闻有了兴趣：“对了，我有两笔奖学金存着，不多，但也是一笔小钱，你快给我看看买什么理财比较合适……”

我听着她们俩安排好了我住在哪儿，又说起怎么理财，周末一起去一趟宜家，然后又转回来说起我应该哪天从学校搬行李，搬之前要不要回一趟家……

本来惶惶的心慢慢平静了。

明雨不表现得那么害怕，我似乎也可以少一些害怕。

还好，这样的一天，她们都在。

可是明天怎么办呢？

其实明雨也不像她表现得那么轻松，第二天早上我醒来的时候，发现她正在客厅窗户旁边坐着，旁边的咖啡都凉了。

“没睡着吗？”

明雨茫茫然，半晌说：“大二的时候，我收到过一个快递，是个被撕破的玩偶，昨天晚上不知道怎么做梦又梦见那个玩偶，心慌得就醒过来了。”

我盘腿坐在她旁边的地毯上，把头靠在她腿上：“对不起，是我做错了。”

“你别瞎说。”明雨推我起来，“要说错也是邹航的错，他不公开也就没这些事了。”

我趴回去笑：“你讲点道理。”

明雨也笑，低声道：“当初要是更勇敢一点，更有安全感一点，他也不会想要公开，也许是我自己的错才对……”

她拍拍我的肩膀又问：“还有你们俩是真不搬到邹航那里吗？我明白念慈是知道邹航这一两年都没什么戏拍，想让我们赚一份租金，生活比较好过。可其实没什么，他还有些积蓄，我俩开销不大，研究生也马上就有经费了，还有我已经谈好了去培训机构教英语，薪水很不错的，肯定养得起他。”

我不觉笑起来，这样就说出“也许是我自己的错”，还想要自己赚钱养男朋友的方明雨，这三年变成了真正的方小王。

我略微有些安心，跟她说：“这个还是先听念慈的，我俩现在能负担租金，她走了，她学姐那里只有半年租期，一间房子不好租出去的。”

“嗯，也行。”明雨点点头，“那我知道了。”

心里有事，我没跟她俩吃早饭就去了社里，在赵缂门口等着他来上班。

正巧有印厂的人过来送新刊的封面打样，看门没开，说：“你晚点交给赵总吧，我着急回去。”

我点点头接过来，扫过封面的图片，突然怔住。

“干吗呢？”赵缂从楼梯口转出来。

“……等您。”

“进来吧。”

他开了办公室的门，我灰溜溜地跟了进去。

赵缂自己手里是一份鸡蛋灌饼和一杯豆浆，看了一眼推到我面前，“吃早餐了吗？”

“吃、吃了……”

他坐下来，下意识找烟，看看我又收回手：“有事？”

我低头：“石砂昨天给我打电话了，说之后几天还会放新闻。”

“知道。”

我疑惑地看向他。

“昨天跟高明打了个电话，应该是说服石砂不解约了，所以稿子出来他们得做点姿态。”

这么简单？

我本来以为天都要塌下来的事，不过只是一次话题炒作？

本来想说的好多话一下子说不出口了。

刚起身要走，赵缂突然说了一句：“自己的东西要看住，不然出了麻烦还是自己收。”

我一怔，转身：“您知道是谁放出去的稿子，对不对？”

赵缂没说话。

昨天杂志才上市，就算是扫描的也没有那么快，并且立刻就在网上被关注了，怎么会这么巧合，而且那个明显是校对稿……

我看着他：“您调查过了？”

“有什么可查的？”赵缂嗤笑，“你自己不是也知道是谁？以后防着点就行了。”

防不住!

我再不谙世事，所有事情串联起来也知道是谁做的了。

能够那么快拿到校对稿的只有我们组里和印厂的人，而那么精准地找到黑点把稿子放到网上引起舆论，不可能是外行所为，而且他不只偷了这篇稿子，昨天我只有在开会的时候离开过我的手账，而那一会儿在办公室的只有司棋一个人。

老旧办公桌的抽屉其实并不难开，有心人怎么都找得到钥匙。

这个人太过分了。

“所以这件事您要怎么处理?”

“什么怎么处理?”赵缂笑一声，“还嫌事不够大，是不是?”

我看着赵缂，一字一句地说:“他昨天还偷偷把我的日记拍照发到网上。”

“你说邹航那件事?”赵缂沉默了片刻问，“有证据吗?”

“那时候只有他在办公室……”

“这不是证据。”

“可是……”

“稿子的流向还能查，日记这件事你空口说没有用。”

“别人没这个机会拿到这两样东西，他这么做是不对的!”

“那你想怎么样?”赵缂看着我，“我给他记过?处分?开除他?”

…………

我并不知道想怎样，我只知道不对。

“这种事查起来很难，也花精力，虽然网上爆出来了，但是你的名气也打出去了。”

“我不用这样出名。”

赵绛沉默了片刻："稿子的事我也只能警告他，你只有自己小心点。还有你说他拿了你的日记，但这没有任何证据，我不能因为这种事去调查自己的员工。"赵绛耐着性子安慰了我几句，突然又嗤笑了一声，"而且我看那照片曝光了也未必是坏事。"

什么？

赵绛已经懒得说："走着看吧。"

我顿了片刻，直视赵绛："您早就想到我的稿子出来会有这样的反应，对不对？"

赵绛的手顿了顿。

"能采访石砂的人很多，并不一定用我。还有您在那天采访之前跟我说那样的话，让我知道自己的稿子会影响一个人的生计，也是在引导我加重自己的写法。"

"想太多了你。"

"虽然意外上头条闹得这么大，但是本来您就是想让这个稿子引起讨论的，对不对？"

还有高明，您是昨天才跟高明打招呼的吗？或者来打招呼的，是高明才对。

这是个老把戏，您才是那个变戏法的人，是不是。

这些话，我问不出口。

赵绛连第一个问题都没回答，似乎懒得继续跟我说话，从抽屉里拿出一份合同推过来："三方合同之前就签过了，下个月转正，今天去跟人事办手续吧。"

我怔住。

他抬眼："还有事？"

我想了片刻，把手里的封面打样交给他："这是印厂刚才送来的。”

他扫了一眼：“放那儿吧。”

我问：“为什么还用司棋采访的那个建筑师做封面？”

赵缂明知道那是一个隐性的商业宣传，其中很多历史背书根本经不起推敲，竟然还是选择做这样的封面，而且这个速度够快的，昨天选题还没过，今早都送来打样了。

司棋大概是早就做好封面了，他怎么就确定能说服赵缂？

赵缂看着打样上的苏州园林，顿了片刻，解释了一句：“已经让他修改过稿子了，主要做回归古典生活方式的点，不要谈什么狗屁历史。”

“可那也是个广告。”

赵缂突然就笑起来：“广告怎么了？广告就不能上杂志？”

“……至少不能做封面，您知道《京客》的封面有多重要。”这个封面是多少人追随的文化风向，影响着多少人的文化视野。

赵缂嘴角仍旧带笑：“所以呢？”

所以怎么能选择这样经不起推敲的内容当封面呢？

我们是媒体人，怎么可以说假话呢？

我话还没说出来，有人敲门，司棋大摇大摆地走进来：“哟，黄瀛子也在这儿呢。赵总，这是刚到的合同，对方已经签字了。您签了就行了，他们五个工作日内就把这半年的广告费打过来。”

我看到合同的甲乙双方其中之一是苏州一家房地产公司，那是一份广告投放合同。

赵缂头也没抬，说：“放那儿吧。”

司棋还想说什么，见赵缂头不抬眼不睁的，只好怏怏回头出了门。

我一瞬间全都明白了，不再多问，转身就走。

赵缂在身后说了一句："你的转正合同带走。"

我回头从办公桌上拿起那两份文件，突然没有想象中的欣喜，只是薄薄的几页纸却沉甸甸的。

司棋等在门口，扫了一眼我手里的合同："呦，转正了？恭喜。"

我没说话。

司棋跟上来："还得恭喜你稿子在网上红了啊，不过话说回来写得再好有什么用，还不是上不了封面？"

这话是什么意思?!

司棋终于得到了我的关注，得意扬扬，故作神秘地和我说："我听说曾源还想给邹航那个稿子争取这一期的封面？哈哈想太多了吧，你知道我这次的封面给杂志社赚了多少钱?"

我停住脚步："多少钱?"

"三百万!"他得意扬扬，"你以为稿子好就有用了？没有广告费杂志存活个屁啊，《京客》这么高的文化姿态就是靠好稿子堆起来的？太单纯了你，《京客》的封面不是不能卖，是不会便宜了卖！建筑师一个封面，换了半年的广告投放，市场价的三倍，房地产公司有的是钱！给哪本杂志不是给？赵缂精明着呢，你学着点吧。"

我不再说话，就静静看着他表演。

"你以为记者是有文化理想的？清醒点吧，这就一工作，到了赵缂那个位置，大把机会赚钱不说，让谁红让谁黑还不是一句话?现实点吧，说白了都是生意!"

我还没有入职，已经有人迫不及待在我信仰上敲击，期待裂出不再完整的缝隙。

"大人的规则多着呢，你以为没日没夜积累资料就有用？稿子里投入感情就有用？还不是在网上被骂得狗血喷头。”

我点点头：“被骂不是还要谢谢您？”

司棋眼神闪避了一下：“谢我什么？”

“谢谢您把我的手账拍成照片放到网上？”我没说稿子，直接点了手账的事。

“你、你别诬陷人，你什么手账？我才没放在网上？”

他矢口否认。

我没说话，只觉得世界都在此刻静了下来。

从来平和的世界，突然被某种坚硬包围，那是冰冷的盔甲，寒气森森得让我自己都觉得陌生，可一个决定就那样突然从我心里升腾起来，不可阻挡。

我转头问他：“司棋，你这么会做生意，我这里也有一桩买卖，你要不要做？”

“什么？”他似乎没想到我会这么冷静地和他讨价还价。

“我离开杂志社，但是有一个条件。”

“你、你说什么？”惊讶中藏不住那一份惊喜。

我冷静地说：“你把这一期封面让出来给邹航，如果做得到，我就离职。”

“什么?!”他惊疑不定，“你说什么胡话，封面都定了怎么可能改……”

“这是你要去搞定的事。你是谈来三百万广告的功臣，这期封面撤销也好，推迟也罢，只要你能说服你的广告商把这期封面让出来换成邹航，发刊之日，我就提离职。”

“你异想天开!”

“做不到就算了。”我转身就走。

司棋紧紧跟上来："你知不知道这个工作有多难得？你光是入职就已经在这个圈里小有名气了，还有现在的毕业生有多难找到工作，你说走就走？"

"那是我的事。"

他探究地看我："你说话不算话怎么办？"

"那你也只能赌一把了。"我脚步没停，"不过，我虽然不懂大人的规则，但是向来说话算话。"

我从赵缂办公室出来，直接下了楼。

胡同里，拉着客人的三轮车师傅操着北京口音讲四九城的兴衰故事。我捏着手机，疾速穿过柳枝下垂的街巷，在一片僻静的荷塘边停住，不受控制地发抖，半天才拨通一个电话。

拨出去那一刹我就知道不会有人接的，那个人回了美国，就会换成美国的手机卡了。我是难过得糊涂了……

可意料之外的，却不是忙音。

铃声不过三响，对面就接起来，是清晰冷静的声音："怎么了？你这个时间不是在上班？"

蒋翼接了电话，他竟然把国内的电话带在身边。

我再也忍不住，瞬间抱着手机号啕大哭。

"怎么了，黄瀛子？你说话！"蒋翼当下急了起来。

我一边号哭一边抽空喊了一句："完蛋了蒋翼，完蛋了！"

"什么完蛋了，你说什么呢?!"他那边一阵响动，似乎匆忙间碰翻了什么东西，"怎么回事?"

"我被挂到网上骂了一天一宿了……"

蒋翼似乎长出一口气："我知道了。"

“你知道了?”我抽噎,“你怎么知道的?”

“我不会上网吗?”蒋翼怼回来一句。

我继续哭:“还,还有我可能害邹航的戏泡汤了。”

“……这个我也知道了。”

“你又知道了?”

“邹航跟我说了。”

“怎么办,我好害怕啊!”

“过几天其他热点出来你这事就会被忘了,别多想了。邹航的事情跟你没关系,而且还有他的经纪公司在,你就不用管了。”

他说得倒是轻巧。

“哪有那么简单?”

“不简单你能做什么?这种事都不是你该操心的,行了别哭了,多大点的事?”

“呜呜呜……”

“都说了没什么事,为什么还哭?”蒋翼也有些抓狂了。

我狠狠吸了吸鼻子,终于说到了重点:“怎么办啊蒋翼,我可能要失业了!还没毕业呢我可能就要失业了!”

蒋翼静静地听我说了我一早上的所有遭遇,没有打断,直到我说起让司棋“赌一把”的时候,他突然从那边笑了一声。

“你笑什么笑?”我此刻特别敏感。

“没什么。”他带着笑意说,“够厉害的你。”

“我哪儿厉害了?”

蒋翼叹口气:“你厉害的地方你自己都不知道。”

这又是什么话?

我哭过了之后又到了气头上："为什么这些人会这么做呢？把内部的稿子流传出去这是不守行规，私自打开我的抽屉这是偷窃行为吧？"

"可是你离职不是正中他的下怀？"蒋翼问了一句。

我突然感觉到一阵无力，坐在草地上看着蜻蜓飞过荷蕊，"我不是因为司棋才想离职的。"

"那是为什么？"

是因为赵缂。

我对这个人的尊敬，还有身为文化记者的信仰都在刚刚被粉碎掉了。

他不顾内容品质接广告做封面，虽然这样做内容我不能认同，可是媒体经营不容易我是明白的，这几年媒体都在改制，他也有他的难处。

司棋每天混日子，是非曲直他明明那么清楚，却只是听之任之。因为我不在他的职位上，也许这样的处理是他觉得更好的，我不能过多要求。

这些我都想努力去忽略，去适应所谓的大人的规则，去体谅一个大人的难处。

可是，我心里过不去，这发生的一切是不是才是中了他的本意。

我写石砂的稿子写出这个效果，是不是全部都在他的预料之中？甚至是他一手操纵的。

司棋把稿子传出去，只是为引起这样热烈的讨论推波助澜。

我不敢细想。

来《京客》之前，我就听说过他的名声。

这个人参与了太多文化事件的推动，在圈子里名声在外，虽然毁誉参半，但是没有人不赞叹一句厉害。而且实习这么久，他虽然态度很差很跩，却一直果断强悍地带领大家往前走，无形中像是导师和前辈那样教给我很多东西。

可也就是这样一个人，让人想要尊敬追随的、亦师亦友的前辈，是不是只是一个玩戏法的人。

而当我发现自己变成他的一颗棋子的时候，感觉更加糟糕。

他甚至不如在叫我去访问的时候就告诉我“这个稿子是要配合炒作的，稿子出来你会被人骂的，被骂得越厉害效果越好”。

他若是这样坦白，我也可以少些失望。

蒋翼听我一件件地说着这些事，没有打断。

直到我已经不知道说什么了，他才问了一句：“如果司棋真的把封面让出来，你真的会辞职吗？”

我想了片刻，说：“我会的。”

蒋翼顿了一会儿说：“那就辞吧，工作再找就有了，钱不够的话我叫郭靖先借给你，等我回国还他。”

我的心一下子松了下来，却更加委屈，眼泪愈发忍不住。

“怎么还哭啊？”蒋翼算是彻底没辙了。

我抽噎：“我，我想你。”

电话那边静了静。

“你呢？你想不想我？！”我问得凶狠。

蒋翼笑起来：“想啊。”

这还差不多。

“半夜都不让人睡觉的，不想也没辙啊。”

讨厌。

“不和你说了！”我抽噎着加了一句，“这事先别跟人说，尤其是你爸妈。”

告诉他爸妈就等于告诉我爸妈了。

“知道了，快中午了，先去吃饭吧。”

我还想问他圣诞节是不是肯定能回来，可是不想一天之中失望太多次，到底没说出口，犹犹豫豫间还是挂断了电话。

回到社里洗了一把脸，到自己的工位上拿好录音笔还有电脑，看了看时间，我跟杨凡说了一声要去做约好的对灾后心理重建专家的采访，下午大概三点多回来。

杨凡连连点头：“那你去吧，太晚了就不用折腾回来了。”

我点点头。

那一年夏天来的时候，五月的天灾和八月的希望让所有人的心震动，每个人都在寻找一个能安全生长的空间。

我即将毕业，本来要入职自己最喜欢的杂志社，做自己最喜欢的文化记者，可是就在刚刚经历了一场类似的震动，我开始变得迟疑和迷惑。

生活开始在我面前露出她难以捉摸的本来面目，我一颗透明的心开始不得不为此学会武装和游戏，却应接不暇。

只是，不管之后是不是会离职，眼前的工作还是要做好。

有位心理重建专家说过：“人面对创伤会有应激性逃避，但有句老话说得对‘躲得了一时躲不了一世’。可是如果让他们直面，也是很残酷的。我们都要给大家时间，慢慢去恢复，去重建，要有信心。只要还愿意参加康健活动，总有复原的一天。”

不管发生什么，都要抱着希望的。

天无绝人之路。

这么想着，就突然接到了明雨的电话，因为担心有什么事情，我当即决定对采访对象说抱歉，中断了一会儿，到外面接听了电话。

“邹航的戏约是不是彻底没戏了？”我一股脑儿地说出自己心中的恐惧。

明雨有点哭笑不得：“戏约还没定，不过瀛子你是不是今天都没上网？”

“什么？”今天确实来不及上网。

明雨带着点疑惑说：“特别奇怪，那个手账的照片被放到网上不只没有人骂，还有好多人说好甜啊，想看后续，让人又相信爱情了什么的……”

什么？

“真的好奇怪啊，上午听他们说，对邹航转黑的好几个大粉竟然重新和经纪公司联系了，说之前对邹航有误解，似乎想和解。”

我怔愣在当场，这又是怎么回事。

明雨又迟疑着说：“乐欢盈的意思是再放上去一些照片，邹航和我不想这么做，本来就不想因为这些事被关注……”

我脑子一时间反应不过来。

明雨笑：“我怕你担心，就想说先给你个打电话，似乎日记本被放到网上不是什么坏事。”

我心里悬着的一块石头放下，采访结束回到宿舍第一时间上网，搜索邹航，看到最热门的讨论一律飘着红心。

“真的太甜了吧，长得那么帅，对女朋友还那么好。”

“以为他为了谈恋爱毫无事业心，现在才知道原来是青梅竹马长大的女朋友，没出道就在一起了啊。”

“高中在一起的，出道那么红竟然冒着被雪藏的风险也要公开，太 man 了吧！”

“老天爷欠我一个这么帅的青梅竹马！！！”

“他女朋友上辈子是拯救了银河系吗？”

“据说是名校的高材生，很有气质的！”配模糊小图。

“这么好的演员怎么这一两年糊成这样？”

底下一水儿骂乐欢盈。

“说制作资源有多好，结果还不是放着这么好的演员在家抠脚！”

“乐欢盈就是个制片人，根本不会带人。”

“听说邹航跟他们签了十五年的卖身契，解约金三个亿！”

“天啊，太不是人了吧！这是代理还是吸血？”

…………

我目瞪口呆地看着屏幕，觉得自己跟不上网友的脑回路。

在众多留言中，有一条带着书名号的被慢慢顶上来。

“听说邹航在试《人间欢喜》，如果能选上就好了。”

多少人欢欣鼓舞：“《人间欢喜》两个男主，他演哪一个呀？”

“哥哥的角色已经定了贺胜东了吧，他肯定是演弟弟！”

“他超级适合那个角色啊！”

“贺胜东、邹航！这两个搭配绝了！”

“不过他这两年都没什么大曝光，恐怕其知名度跟贺胜东的配不上吧。”

“乐欢盈是死的吗？这时候要是再拿不出什么像样的报道就一

生黑！”

…………

我正刷着评论，曾源突然来电话。

“瀛子，你把之前给邹航写的那个稿子，没有删节的发给我。”

“怎么了？”

曾源笑：“你用了什么法子？司棋主动说服杨凡把这一期的封面让给邹航。”

“真的?！”

“当然是真的。”

“他那个建筑师怎么办？”

“据说换到下一期了。”

在网上被骂得狗血喷头的乐欢盈的电话随之打进来，丝毫没有被骂的抑郁，反而轻松愉快。

她同样是要稿子，加了几句：“这个封面来得太及时了，下礼拜《人间欢喜》签约，晚一期都没用了。真是神了，今天竟然还有资方跟我说，有个国际银行上赶着问《人间欢喜》是不是定了邹航，已经开始商量植入的事了。”

没什么巧合，那个银行是念慈供职的那家。

她从来做这些事都是悄悄的，不会让我们知道。

之后是司棋的短信：“你可说到做到。”

我回了两个字：“放心。”

我放下电话，把稿子用邮箱发给乐欢盈和曾源，整个人瘫软在椅子里。

正值毕业季，一切都是将将开始，但对我来说，有一些事情正在结束。

我突然想起下午和心理重建专家的聊天："人总还要有重新开始的勇气，尤其是年轻人。"

是的，毕业就失业的我，明天就要开始去找工作了。

第十三章 — 再也不撒手

七月初，邹航成为《京客》的封面，在大街小巷被人们购买、讨论。

转天，邹航顺利签约《人间欢喜》，这是邹航参与的最大的制作。

前期筹备就已经众人瞩目，签约第二周，他就收拾了行李跟着剧组去内蒙古闭关训练了。

临行前一天，我们跑去邹航家聚餐，连郭靖和关超两口子都开车来了北京。我们喝酒打牌，一直聊到凌晨才睡了。

邹航早上着急忙慌去赶飞机，我则回到杂志社跟赵绯提辞职。

赵绯看到我退回的转正合同，不予置评，半晌才说："知道了，你出去吧。"

这到底是批准了还是没批准？

赵绯从一堆稿件里抬头看看我，笑："想走就走吧，难道我还拦得住你？"

我低头。

"交接吧，月底走人。"

我点点头，关上门的时候，看到这个人又拿出烟来，吸了一口，没再继续看稿子了。

我回到座位上整理了正在做的选题，写明进度，把采访对象、联系方式一一标注在表格里，发送给杨凡。

杨凡接过，QQ 上问我：这是怎么了？

我回答：杨老师，我辞职了。

杨凡半晌才回话：有什么问题咱们能不能沟通一下？

我回绝：这是我正在做的选题，您接手后有不了解的随时联系我就行，我这几天会把手边的采访还有稿子做完。这段时间谢谢您的照顾。

我看到这个人的头顶都有白头发了，又看看在旁边得意扬扬跟人讲如何谈来大广告商的司棋，心里叹了口气，收拾了电脑，离开了办公室。

之前约好采访一位女指挥家，定在今天下午进行第二次聊天。

指挥家激情澎湃，个性鲜明且严厉，仿若帝王，要提着十二分的认真跟她聊天，结束的时候我已经精疲力竭。

好在她对我的应答还算满意，分开的时候，送给我两张交响乐演唱会的门票："带朋友一起去看。"

我受宠若惊，这位大人物很少赠票的，至少很少从自己的手中赠出去。

我连忙谢过，小心放进自己的包里。

跟指挥家告别后，才背着电脑慢慢回学校。

念慈又出差了，明雨也趁着还没开课要回家住一段时间，估计在家整理行李。虽然我们宿舍的人跟老师申请了延长两个月住宿舍，可是同学们都走得差不多了。

北京又将只剩下我一个人了。

不想吃饭，也不知道去哪儿。

我背着沉沉的书包，没有回学校，绕着校门到了几条街外的农贸市场，信步走进去。

这里有满满的烟火气，可是不属于马上要开始北漂还失业的人。

我摸摸自己的钱包，想起刚入手的手办和银行卡的余额，决定晚上买个苹果充饥算了。

“老板，这个多少钱？只要一个，就不用袋子了……”

“给她称两斤。”

我身后，突然有人说话。

那个声音太过熟悉，让我一瞬间不敢相信自己的耳朵，也不敢转身，害怕这是幻觉。

后面的人还在说话：“西红柿也称一斤吧。师傅，哪里有卖肉的？我想买点肥瘦相间的牛肉。对了，黄瀛子，你家也没有米了吧？”

他叫我的名字，所以不是幻听！

我疾速转身，简单的牛仔裤、T 恤打扮，挺拔的身形，削长的眉眼。

“你这什么表情？”蒋翼居高临下地看着我笑，“饿不饿？晚上给你做西红柿炖牛腩。”

还是那个我最讨厌的臭屁又得意扬扬的样子！

就在那一瞬间，我突然哇哇大哭。

“哎，这是怎么了？”

他刚想上前，却被飞扑过去的我撞得后退了好几步。

我像是树袋熊一样在满满的人间烟火里紧紧抓住了那棵属于我的树。

我再也不要撒手了。

我再也不要这个人离开我了。

蒋翼几乎是飞跑着牵着一直哇哇大哭的我买了西红柿、芦笋、牛肉、香菜、粳米、各色调料还有葱姜蒜，然后挡着脸把我拽出了农贸市场，找到路边一辆停着的老轿车，把我和买的菜等一股脑儿地塞了进去。

我一直在后座抹眼泪，他跟我说什么我都不肯回答。

直到车子停在了隔壁大学的家属楼下，他才转头无力地问："行了黄大侠，你这是想水漫五道口吗？"

我这才反应过来，抽泣着问："这是哪儿？"

"我爷爷的房子。"

哦对，他是在北京有房子的人，可是上次回来不是还住的酒店吗？怎么这次回自己家了？

"上楼吧，我下午才回来，还没打扫干净。"

我听话下了车，两个人各自拿了些从菜市场买回来的战利品正要上楼。

我突然转头，盯着那辆老轿车。

那是一辆苏联的老轿车，战斗民族狂野的设计，美观且大气，不过是早就停产的车型，虽然被保养得极好，还是能看出岁月的痕迹。

"怎么了？"蒋翼开了单元楼门，回头，"又哪儿不对了？"

这个车很特别，而且我莫名觉得有点熟悉，好像在哪儿见过……

我拎着东西不顾蒋翼叫我的名字，走过去把车仔细看了一遍，转头问："这个车是你的？"

“算是吧。”

“什么叫算是吧？”这种老爷车全北京城都没剩下几辆了！

“是我爷爷的，一直停在这边的停车场，我姑姑偶尔过来会用，我回来就给我开了。”

我抽噎着盯着他看，想了半天，问：“你去年回国的时候，是不是开着这个车去过我们学校？”

蒋翼淡定眼神里突然有一瞬间的闪烁，转瞬恼羞成怒：“你进来不进来？不进来我自己上去了。”

这个人摔门就上了楼。

我就知道不用问答案了，一瞬间心花怒放：“我来我来！”

那次我在校门口等念慈的时候，看到的老轿车里坐着的就是他！当时还以为在学校门口被人跟踪，谁知道竟然是蒋大爷在等着。

这个人说他去年回国的时候有去看我，他真的没说谎。

我跟在后面问：“为什么去看我也不下车？”

“谁去看你了？”蒋大爷开了门转移话题，“我去做饭，你把地拖了，窗户桌子擦干净！”

“都去看我了，为什么不打招呼？”

他蓦然回头，平心静气地问：“你去影展看了我的动画，为什么哭？”

我当即转头，顾左右而言他：“你叫我来就是为了干活呀？”

都忘了这茬！当时他陪着 R. Mask 在影展现场，竟然被他看到了，真丢脸！

“失业的人不干活儿还能做什么？”好在他没有穷追猛打，转身走了。

真讨厌，非要哪壶不开提哪壶。

还有更讨厌的，厨房里飘出一句吩咐："擦不干净地板别吃饭了。"

"知道啦！"

我关好门，看到玄关有两双崭新的拖鞋，一男一女，男生的已经被蒋翼穿走。旁边是三四个沃尔玛的购物袋，里面满满的没拆封的生活用品：拖把、扫帚、洗洁精、洗衣粉、电热水壶，锅碗瓢盆……那一套碗一看就知道是蒋翼买的，纯白色，只在碗沿有清浅的一道蓝色弧线。

我一件件拿出来放好，又蹦蹦跳跳跑到厨房，扒着门框往里探头。

"把购物袋里那套刀具拿过来，我烫一下要用。"蒋翼背对着我一边洗菜一边说。

我没动。

他回头，一脸警惕："干吗？"

"你这次回来不走了是不是？"我满怀着期待。

"下礼拜就走。"

"回去干吗！"我急得跺脚。

"大姐，我还没毕业呢好不好？"他算是彻底明白自己脱不了身了，从水龙头前无可奈何地转过身，一脸"你发什么神经"的表情，"我连个学位证都混不出来，要被我外公追杀的！都休学陪你玩半年了，你讲点良心……"

我本来还要抓狂，却从话里听出了重点："你上半年休学是为了回来陪我？"

"……什么？"

"你不是因为有工作才回来的吗？"

蒋翼立刻回答：“当然是因为有工作。”

“不是因为关超结婚不想来回折腾吗？”

“是因为工作！”蒋大爷誓不翻供。

…………

我笑着看他：“所以是回来陪我的，是不是？”

蒋翼耳朵眼见变红，愤然转头：“去擦地！”

我心花怒放地跑到他背后，踮起脚立到他耳边问：“今天做什么好吃的呀？”

“都说了西红柿炖牛腩！”他气急了回头，恰恰接住我撞过来的眼神。

我心里突然一阵慌。

那是入夜的湖水，沉静而清澈，我就在其中。

我们太久没有这么近地在彼此的眼睛里看到自己了，那是已经陌生的我。

几年不见，原来我已经变这样子了。

蒋翼呢？他在我的眼睛里看到自己了吗？

“我……”

我觉得应该要说点什么，可是平素下笔千言的黄瀛子此刻成了失语者。

满室安静。

蒋翼转回了头，手里继续洗菜，若无其事地说：“拖把可能要重新安装一下，装不好就先放着等我装。先把餐厅收拾出来，把餐桌擦了。”

我只得收收肩膀，不甘心转头说：“牛腩的块儿不要太大！”

“知道了。”

“西红柿多放一些！”

“嗯。”

“我想喝那种酸酸稠稠的汤！”

他气得笑出来，无奈回答：“行了，肯定跟家里做的味道一样。”

自我要求还挺高，竟敢跟我爸比。

我也没法再提出什么过分要求，只好怏怏回了客厅，拼装拖把和扫帚，又找了塑胶手套和抹布，开始打扫。

这时，我才有时间好好观看这套有点古朴却很舒适的居所。

这是八十年代的老式建筑，外观是红砖灰瓦，这里处在六层，楼上就是顶楼。房子是三室两厅，四四方方，南北通透，吊顶很高，格局宽敞，朝南的客厅，往外看是繁盛的校园美景。

室内墙壁雪白，大概只在爷爷奶奶当年住进来之前简单装修过，除了前年新加固的铝合金外窗，几乎没什么现代感，尤其家具都是老物件。我一进来就被这些厚重精美吸引得挪不开眼睛。这里每一间卧室，各有一组顶天立地柜。书房靠墙一整排高耸的书架，尽是图书馆也难找的书，桌案上是嘉庆版《梦溪笔谈》的复刻本；客厅的古董架上有几件素色瓷器，全是宋瓷形制，莹润清淡；主卧竟然还有一只架子床，泛着唯有老花梨木才有的光亮和色泽。而除此之外的小件家具，比如一些桌案箱椅虽然色泽一致，却透露出更近代的审美。

我后来才知道，除了那些大件的家具是 1978 年之后被退回的，大部分的小件家具都是爷爷亲手设计，请老工匠重新打造的。他将留学时就喜欢的西洋样式揉入中国古典的样式中，又加入自己的生活经验，制作出的家具实用又有简约美。

擦地的时候，我被其中一件放置在沙发旁、可移动的小组柜迷得走不动路，将拖把扔在一边，摆弄起这个好玩的小物件来。

这个看起来只有半米见方的小柜子，表面是个六层抽屉高的置物架，却可以按照喜好调节位置和高度，另外抽出暗藏的案板，又能变成一张一米长的小桌子……

我仿佛发现了“新乐高”的乐趣，坐在地上来回倒腾，恨不得能拆卸了再组装，弄清楚其中的秘密，正折腾得满头大汗，身后传来蒋翼的声音，淡淡问：“你是擦桌子还是拆桌子？”

我一屁股坐进满满一客厅的狼藉之中，看到他手上香喷喷的西红柿炖牛腩，一跃而起，兴冲冲跑过去：“饭好了？”

“别乱动！烫。”蒋翼躲着我把汤煲放到茶几上，下令，“五分钟之内把餐厅收拾好。”

“用这个小桌子吃行不行？”我谄媚地问。

“不行，去餐厅吃。”

“我想用这个小桌子吃。”

“……那你快点组装。”

“好嘞。”

我迅速装好了小桌子，擦好铺上桌布，戴着手套小心翼翼地把汤煲放上去，忍不住打开一闻，香喷喷的，味道真的跟家里一模一样。

真好，这个人回来真好。

明明下午我还觉得未来一片黑暗，可这个人回来了，我就觉得什么都不怕了。

“用勺子喝，很烫的。”蒋翼端来了一盘清炒芦笋和米饭。

我听话摆好碗筷，两个人对坐。

我说："应该喝点酒。"

蒋翼："……你都跟谁学的？还喝酒？"

"我们家老黄啊，上大学之后回家我俩经常整两盅。哎，这个汤真好喝，跟我爸做的一个味道。"我喝着汤继续说道，"而且我跟你说啊，我酒量很好的，实习的时候碰到挑衅的老记者，跟我喝一次就让我给喝趴下了，后来聚会他们都不敢来灌我酒了。"

"这种工作丢了也行。"蒋大爷哪壶不开提哪壶。

我一下子又低落。

"现在后悔了？"他挑眉问。

……也不算后悔，邹航的电影约到手了，我也算求仁得仁。况且人性复杂的职场和深不可测的同事都让我本能地想要躲避。

可是我真的很喜欢那份工作……

"你要不要考研？"蒋翼问，"就再缓几年找工作，也不用回家，就在这儿复习。"

这里吗？

我想到书架上满满的古籍善本和满屋子的精巧小玩意儿，很是动心。

"每天用这个小桌子复习也不错，可是，我不想念书了耶。"

说起这个，我突然问蒋翼："你这次不会是为了我工作的事回来的吧？你干吗这么折腾……"

"才不是为了你。"他打断我，矢口否认。

"那是为什么？"我咬着勺子较真。

蒋大爷生硬地转移话题："毕业就失业，你还能不能让人省心点，我怕黄叔和覃姨他们着急……"

"他们才不着急，我只要每天吃好睡好，他俩才不管我在干吗。”

蒋翼作势要拿手机：“那我这就跟他们说说你辞职的事……”

“哎，你怎么那么多事?!”我一把夺过他的手机。

蒋翼嗤笑，继续吃饭：“我不多事，你就露宿街头了。”

“我有寝室的!”

“回寝室吃个苹果充饥?”

“我减肥!”

蒋翼懒得和我争：“总之你先住这儿，等念慈回来愿意去她那里也行，或者你俩都搬过来。”

明明就是为了我回来的还嘴硬，蒋大爷真是几十年如一日地别扭。

我高高兴兴吃了一口饭，突然想起来问：“你呢？你明年毕业了做什么?”

回国还是留在美国?

蒋翼顿了顿，手上仍旧在夹菜：“我和几个同学做了一个电影特效工作室。”

“在哪儿?”

他无奈道：“我的同学能在哪儿？当然都在北美。”

“我就不是你同学吗?”我的逻辑也没问题啊。

“你算什么同学?”

“我怎么就不算了?!”

“你有跟我一起做动画吗?”

“在哪儿不能做动画啊！国内也可以做呀，没准更好做!”

蒋翼看了我一眼：“在哪儿都能当记者，北美也不错，你去不去?”

“我学中文的！”

“你修了三年英文写作，还不是照样拒绝了驻美记者的 offer ？”

我低头扒饭，心道这事他怎么也知道?

话说，到底为什么修英文写作这事，连自己都觉得无解，明明信誓旦旦、斩钉截铁地跟家人朋友说过不会去美国的……

当然，一定要他回国，我也觉得理亏。

好在蒋翼没穷追猛打，我俩各自低头吃饭。

一碗牛肉汤见了底的时候，蒋翼放下碗筷说：“我和几个朋友暂时会把重心放在北美，我们已经熟悉了运作方式，明年如果状况好的话，也许会在国内注册一家公司。”

“真的?”我抬头，眨巴着眼睛看着他。

蒋翼垂下长长的睫毛，“嗯”了一声。

“那，是不是就可以回国啦?”

“先是两边跑吧。”他想了想，“要看国内能不能接到活儿，我们现在都还是做承制，国外的合作伙伴已经很熟悉了。”

是啊，做生不如做熟，他要回来就得白手起家。

我挑着米粒，说不出劝他回来的话。

可蒋翼也就是这时候放下碗筷的：“过几年总会回来的。”

我一下子抬头。

“这段时间也许要过渡一下，但是之后会回国。”

这是这么久以来，他第一次正面说自己会回来。虽然不一定是什么时候，但总是要回来的。

我看着他，想问的话有许多，然而心里越是高兴，越是觉得不安：“说定了？”

蒋翼没有敷衍搪塞，他看着我的眼睛坚定地说：“说定了。”

在北京蒋翼和我收拾好了房子。

我们一起买了窗帘、被褥、枕头、碗筷、牙刷、水杯……他又从姑姑家的地库里找到一辆老自行车，重新上油修复，然后把车钥匙和房子钥匙一起交给我，又换了五千人民币存到我的卡上就回了美国。

念慈出差还没回来，反而直接从香港被派去了美国总部，明雨回家继续过她的假期，我一个人在北京每天刷工作信息。

然而越找越泄气，不知道为什么，我投给主流媒体的简历没有一个回复，反而是各色网络媒体频繁打电话来邀请面试。

可是网络没有采编权，我也不知道自己去做什么，所以大部分都拒绝了。

就这样，在寂寞和煎熬中，我毕业了。

好在郭靖偶尔会到北京来，给我带的吃的塞满了冰箱，搭着蒋翼留下的五千块可以延长我当米虫的时间。

郭大侠不只投喂吃的，里里外外看了一遍房子，最后检查了洗手间暖气管、门锁，然后迅速地约好了施工队，重新换了马桶的下水管，全部满意之后才说："这个房子一直都没怎么住，保持得倒是还挺好。"

"蒋翼姑姑每个月还是会请人来打扫的。"

郭靖点点头："供暖之后我再来一次，如果漏水也不用怕，把这个阀门关上就可以了，等我到了再修。"

然后郭老板就去忙他的大生意去了。

八月，北京的世界盛事。

我照旧很寂寞。

不过没想到的是，阮老太爷突然来了电话，叫我回一趟学校。

我不敢不从，慌慌张张地骑自行车到了老人家的办公室，坐下听他问了几句闲话，然后他才问到重点："工作不好找吧？"

真是好事不出门，坏事传千里。

"……还在找。"

"根本没有主流媒体的 offer 吧？"

我一惊："您怎么知道?!"

"毕竟刚从《京客》出来，赵绰都带不了的人谁敢立刻就接手？"老头儿嗤笑一声，"那不是显得自己比赵绰还本事？谁愿意给自己找不自在。"

……原来是这么回事。

"你要不然随一年的研吧，今年年底再参加考试，过了直接上研二。到时候再出来实习，那帮人也就没这么忌惮赵绰了。"

我坐在那儿想了老半天说："可是教授，我不想念书了。"

老教授气得差点把茶缸子摔过来，然后问："那你想干什么？"

"还是想做记者……"

"《京客》都不干了，还有什么活儿你看得上？"

我手指对着手指："当初您不是也让我多看看吗？"

"那是去年十一月份！那时候你这颗刚上市的瓜果新鲜着呢，有的是好去处等着抢，现在人家都占好地方了，你还想上哪儿找好工作去？"

这我也知道，不过我本来已经很难受了，非要这么说我干什么……

"赵绰这个人虽然邪性了点，跟着他倒是能学些本事。我原来还担心他脾气大、路子野、你应付不来，不过他好像挺看重你的，到底因为什么，你说辞职就辞职？"

原因太复杂了。

我一时半会儿不知道怎么说。

老太爷想了一会儿说："前几天有个网站的总监来找我要编辑，你要不去那边先干一段时间吧。薪水还可以，不过网络没有采编权，估计你会觉得没有《京客》那样的工作过瘾，但人不能总待着，先去工作一阵骑驴找马吧。"

我本来想说如果要去网媒我早就找着工作了，可是心里知道这是老人的善意，只好点头答应了下来。

我乖乖听话去了网络媒体上班，成了九九六的上班族。

九月开学，明雨回到北京上课，念慈却还没从美国回来。

前所未有的金融危机席卷全球，念慈供职的银行在其中勉力周旋，最终成就了呼风唤雨。

等到圣诞节前，钟总美国回来的时候，公司已经在国贸最豪华地段的高楼层给她布置好了一间小小的独立办公室。

我下了班跑去她公司体验成功人士脚踏霓虹的感觉，却只看见整幢大厦不夜的灯火里行色匆匆的年轻人们。

念慈瘦得身上的西装都成了 oversize，可见回国之后她还没时间去买合身的衣服，只有脸上的妆容还是纹丝不乱，盘起来的头发、踩着的高跟鞋彰显着从容。

我身为互联网民工，提早下班也已经是晚上八点半，从西四环公交倒地铁再倒地铁，穿越北京中轴线赶到她办公室的时候是晚上十点半，却仿佛进入了另外一个时空。

"这些人都不下班的吗？"我看着玻璃门外来往匆匆的金装精英们。

“活儿干不完就留下来加班，也有的是要留下看美股，反正回家也是工作……”念慈说着接起电话。

她说着流利的英语和人讨价还价，姿态松弛，谈笑风生，却在自己的办公室踢掉了高跟鞋，桌子上是一盘小豆凉糕，一眼看过去很难让人想到这是一个动辄经手几千万、上亿资金的年轻女人。

这一年是世界金融圈子的大洗牌，多少大厦瞬间泯灭，却也有几个幸运儿在危机中抓住了机会。

从实习入职到现在不过一年有余，念慈敏锐地在整个世界的金融风暴里做出了最佳判断，精准操作、趋利避害，抓住了千载难逢的机会。

这个聪明姑娘就这样渐渐显露出了她本来的隐藏于剑鞘中的样子，寒光利利，削金断玉，让人即使见到她如沐春风的笑容，也不敢小觑造次。

事业同样走上正轨的还有邹航。

第二年五月，盛夏的云即将绽放的时候，《人间欢喜》上映，大受欢迎。

邹航跃居演技小生头把交椅。

他拍戏回来知道我换了工作，问了几次是不是跟他的封面有关系，都被我否认了。大明星见好就收，不再追问，不过之后我被点名参加了所有此电影相关的媒体宣传活动，除了赚到一笔不大不小的宣传费用，也因此频繁和各大媒体文娱版的编辑接触，还应邀在一家时尚媒体开了一个文化专栏，每个月有了额外收入。

而就在电影宣传的时候，我又见到了一年多同在北京，却几乎没怎么见过面的庄远。

这个人供职的文化基金是此电影的最大投资方，他作为代表出席了电影庆功会。

我们相见的时候互看一眼，又看看台上的邹航，相视一笑。

邹航不知道有多少人为了他这份电影合约做出了努力，我们也都不要让他知道了。

庆功会后，我被邹航强留参加之后的晚宴，可一入座，就听说这个饭局是答谢媒体的，准确点说，是为我攒的。这一桌都是和乐欢盈相熟的媒体主编们，只我一个毕业一年不到的新人。如此生硬的面试机会，简直比被爸妈按头相亲还要尴尬。我如坐针毡，好在邹航很快现身，亲自督促我和这些前辈换了联络方式，又说请各位有合适的选题随时联系合作。

可这人说完又去别桌应酬，我便瞬时成了这一桌的重点关注对象。

有人笑道："黄瀛子，这名字好熟悉。"

"不会是《京客》去年大出风头的那个新人吧？"

旁边一位脸色暗红、一看就是酒喝多了的大叔闻言转过头打量我："就是赵缂都没留住的那个写文化观察的小记者？"

……这事在圈子里这么出名吗？

"原来和咱们的大明星是朋友啊。"

"难怪连《京客》的文化主笔也不做了。"

我不是不想做啊……

有人嗤笑："赵缂那个臭脾气能留住谁呢？"

这跟赵缂的脾气没关系。

"听说你家里是卫视的高层，确实没必要在赵缂那儿受罪。"

我慌忙澄清："不、不是，我家里不是什么高层。"

立刻有人点头赞同："对嘛，我就听说她爸爸是东视的董事，跟江董他们家是世交。"

江董？哪个江董？不会是东视的那位大老板吧……

"不、不是！我们家全都不认识江董，也不认识东视的任何人。"

"哦！那就是文化部的领导吧。"

更不是了！

我百口莫辩，手机正好这时候响起来，我慌忙说了一句"那些传言都是假的，我家里没有做文化这一行的"，就匆忙告辞逃出了宴会厅。

心里说不出的不爽，此时想起曾源和我说过，职场对崭露头角的新人尤其是女性新人的各种揣测，竟然真可以这么离谱。

即便他们都没有什么恶意，可是那种对他人能力想当然的想象真可能就是这个世界的常态。

电话是莫名成了别人口中"大人物"的我爸妈打来的，爸爸问寒问暖嘱咐了好久，才换了我妈问起一句："最近在北京见到庄远了吗？他妈妈回厂里了，才收拾好房子，下午见到庄远，他提起在北京和你见过几次。"

"我们今天还参加了一个活动，不过他这会儿应该走了。"我有点想偷跑，可是觉得应该去打声招呼，犹豫之间就步行下了一层楼。

我妈想了片刻说："我这次才知道，他妈妈当时匆忙办理停薪留职是去美国照顾他爸爸，庄远因为这个都办好了移民。他妈妈没有多说，但是当时似乎很危急，好在这几年恢复过来了。"

我一怔，原来那时候回国来告别的庄远刚刚经历了那样的事。可不对的，那时候的庄远太平静了，根本看不出经历过这样的人生大事。

“他那时候回来跟我告别都没说这些事，后来就一点消息也没有了……”

“这小孩从小就很孤单，你们有时间多联系，互相照应。”我妈叹一声，“说话更要留心，别让他难过。”

我应了几声，正要放下电话，突然听到远处有声响，是什么东西碎裂的声音。紧接着是一个熟悉的声音在说话，我循声过去，正看到一个年轻男人在努力分开一对起冲突的男女，却不小心被碎裂的花瓶划破了衣袖。

那是庄远。

庄远没来得及看自己被划破的衬衫，赶紧扶起地上酒醉的一个男人，跟还不解气的女人说：“可以了，他这会儿不清醒，你说什么也没有意义。”

我此刻才发现，女人不年轻了，衣着举止都非常端庄，可面目却几近狰狞。她急促喘气，又要上前给庄远扶着的年轻男人一巴掌，却正好打在庄远用来阻挡的手臂上，声音脆实响亮，紧接着是一道血痕。

女人一惊，庄远看了一眼被手表划伤的手臂，面无表情地问：“闹够了没，这么多人看着，您脸上也过不去吧。”

远处陆续有穿着西装的魁梧男人赶来，劝告拿着手机拍摄的围观者删除视频，有人到年长女士身边，试图劝说她一起离开。

女人不为所动，紧紧盯着庄远，冷声道：“我教训自己的儿子，你管什么闲事，得意什么?!”

年轻男人在庄远臂弯里痛苦地干呕，似乎很不舒服。他比庄远还要稍微高挑一些，很瘦。

庄远手上扶着他，看得出很勉强，却保持冷静地说：“我没什么可得意的，要不是在公众场合碰见，我也懒得管你们。”

我一怔。

这句话说得非常冰冷。

他的眼神淡漠，明明是我熟悉的样子，可我之前从不曾在他的眼神里读出过这样的冰冷。

那些寒意是一直存在着的吗？

年长女士似乎被这句话激怒，上前又要动手，庄远一直扶着的男人痛苦地抬起头，堪堪抓住自己母亲的手。

他清冽甚至凉薄的面孔，莫名有些眼熟。

那男人勉强说：“行了，我跟你回去，他一个小孩，拿他出什么气。”

庄远闻言，蹙眉撤手。

“他是小孩？他比你能折腾得多了！”

我突然明白为什么那男人看着眼熟，他痛苦的样子和庄远不悦时候的样子几乎是一个模子里刻出来的。

女人似乎也意识到这一点，怒而离场。

有人上前从庄远身边扶起那个年轻男人，然后面无表情地扬长而去。

一场热闹就此散去，只剩下庄远一个人站在原地，手臂上留着一道血痕。

也许距离有点远，他显得特别消瘦，一瞬间让我想起了“茕茕孑立”四个字。

我站在远处没动，犹豫是否要上前和他说话。

谁知这个人竟然在我犹豫的时候向我的方向走过来。

我从角落里站出来，迎着他走过去。

庄远站定笑笑："还没走？"

"被邹航留下吃饭来着。"我拉起他的袖子，仔细看看胳臂上的血痕，"我陪你去医院包扎一下吧。"

"没那么严重。"庄远想要撤回袖子，却被我牢牢抓住。

"那咱们去药店买个碘伏，消毒还是要的。还有衣服也要换一件。"我想让他开心点，"你这样子好像杨过，独臂白衣大侠。"

庄远怔了一下，虽然疲惫，但和我对视一笑。

我和庄远在一家711便利店的橱窗前坐了下来。

他刚刚在隔壁商场买了一件新衬衫，此刻左侧袖子挽起来，任我处置。

手表是钝器，伤口不深，但是会非常疼，尤其施暴的人用了全力，一道血檩子触目惊心。

我一点点用棉签给他消毒，表情大概太愁苦了，受了伤的庄远反倒来安慰我："不怎么疼。"

"这么粗的一道口子，怎么会不疼呢？"我嘟囔一声，"再怎么生气也不能打人。"

"她想打的是庄是，不是我。"庄远看着窗外，不知道在想什么。

庄是？

我一下子反应过来，那个醉酒的年轻男人我看着眼熟，不只是因为他的长相神态跟庄远的很像，还因为这是我们跑文化口的记者不可能不认识的面孔。

这位是炙手可热的艺术家宁川的师弟，但是他以行事冷僻甚至傲慢著称。我在查宁川的资料的时候绕不开他，无意间看过这位大公子一些荒诞不经的事情，后来补采相关人物的时候还在美术馆见过他。只是没想到他和庄远认识，哎不对，他们都姓庄，长得又那么像……

庄远这时候仿佛才意识到跟我说了什么。

看出我的疑惑，他缓过神，坦诚道："他算是我哥哥，同父异母的。打人的那个是他母亲。"

我一向爱说话，可此刻突然不知道该说什么。

庄远虽然从小和我们一起长大，但很少说起他的私事。跟航天城大部分家庭环境简单的小孩子不一样，庄远家确实复杂些。

小时候，可心说庄远是冷的，那时候我还不明白。可是距离他的心最近的一次还是在高中，我们从宿管阿姨的监视下跑到舞蹈教室，他说分别的那些年其实很想念大家。

在这之前，还是很小的时候，他告诉过我，《灌篮高手》里他最喜欢三井寿。

除此之外，庄远的心仿佛是随时会凋谢的植物，总是被阻隔在野兽的玻璃罩里。

我们从小一起长大，看到他这样我会心疼。

但庄远并不在意："没什么，我都习惯了。"

我没说话。

仿佛为了让我安心，他补充道："这真不算什么。"

"那什么才算？"

庄远一时间有点无措，顿了半晌，解释道："你知道的吧，我出生的时候我爸还没离婚，后来是为了给我上户口才离婚又跟我妈结婚的。”

这个人就这样打开了玻璃罩跟我提起他的家境。即使是小小的航天城，也很少有人了解他家的真实情况。

庄远淡淡地仿佛在说别人的事：“虽然离婚了，但是我爸和前妻家族的生意还有人脉是分不开，也不会分的。所以我那时候会经常见到庄是他们。很尴尬吧。更诡异的是，即使后来我爸妈也离婚了，这种尴尬见面仍然避不掉。尤其是前几年，我爸身体突然不好，要求我尽快回美国接手家里的生意。我妈是不同意的，不过我还是接了。当时整个家乱成一锅粥，我妈和庄是的母亲都不高兴。一个是因为高傲，另一个可能也是因为高傲吧……毕竟做商业这件事我比庄是堪用太多了。”

庄远把糟糕的境遇和情绪就这么轻描淡写说出来，配合着他受了伤的手臂，平静之下满是触目惊心。

“不过我爸后来恢复得还不错，我去年开始也渐渐退出来把决策权交还给他了。现在庄是的母亲也就是偶尔在我们面前发发脾气，庄是比我更不好过，所以别担心。”

他仿佛觉得交代清楚了，起身揉了揉我的头发：“走吧瀛子，送你回家。”

他这么一直隐忍着让人怎么能不担心，我急忙说：“庄远，有什么不开心的，你别憋在心里。”

“嗯。”他应了一声，仿佛任何事都影响不到他，“没什么不开心的，我做这些事其实不为任何人。”

“那……就好。”我不知道还应不应该问下去，万一他说起更不开心的怎么办。

庄远似乎看出我的为难，垂下眼，叹口气：“我说的是真心话。

一开始是因为我不接班，他们真没有人能接了。我不忍心看我爸那样的人物英雄迟暮，虚张声势维护自己的自尊。可是后来发现我是真的擅长做这件事。”

庄远微微出神，坦白说：“瀛子，不管我妈怎么觉得不可思议，我天生就是做这个的，直觉和决策很少出错，跟我爸、我姑姑他们一模一样。可能我们家天生都是做这一行的，每个项目我都可以迅速地做出合理决策，使利益最大化，更好的是，没有什么情感牵绊，很少有不冷静的时候，不过坏处也是这个。我这样的人，恐怕只适合一个人独来独往。”

最后一句我听出了一丝自嘲和冰冷。

庄远自己看自己，仿佛也隔着很远的距离。

这个内心被层层包裹的人冷静地说：“到现在让我觉得更难办的可能是，我做自己擅长的事，好像别人都不怎么高兴。”

“我高兴的！”我突然说。

庄远一怔，看向我。

“我替你高兴。你做你喜欢的事，我就觉得很高兴。”我说得很快，很怕词不达意，“你那么聪明，什么事情都可以做好，如果不做自己喜欢的事多可惜。你不要管他们怎么想。”

我的高兴和难过向来都很直接，不看大人的爱恨情仇，只看小伙伴开心与否。庄远做自己喜欢的事，我替他开心。

“我现在不能做记者，可是之后还会找机会回去的。咱们都是航天城出来的，家里都希望小孩子做科研，可是咱们那么多同学校友，又有几个真正子承父业的？庄阿姨喜欢你做科研和你喜欢做商业，你们都没错，都不要歉疚。”安慰或者宽心的话都没有什么意义，我半认真半开玩笑道，“还有，下次要是有谁想打你，我就先去挠她！”

庄远瞬间失笑：“这么暴力吗？”

我振振有词：“侠之大者，该出手时就出手。”

我们俩都笑起来。

“是了，还有黄大侠罩我。”

我帮他把衣袖整理好，抬头看他的眼睛，认真说：“庄远，你去美国那段时间我们都很担心你。找不到你，我们也好孤单，想陪着你都没办法。”

庄远半晌没说话。

他的生活环境太复杂了，不是我能解开的谜，我也不能真的动武给他出气，可总能陪着他。就像小时候在楼梯间里陪他等妈妈下班一样，这些我还能做到。

我叮嘱他：“以后不管什么事情，都不要自己藏起来了。”

庄远看着我，怔了片刻，然后他说：“嗯，不会了。”

毕业之后三年，是我们所有人最忙碌最辛苦，也成长最快的三年。

最糟糕的和最好的，似乎都是那三年。

我在自家文化频道的专栏点击率一直稳步增长，虽然始终未能重新回去做文化记者，但是也算小有成绩。邹航的饭局是有效的，我之后陆续接到约稿，虽然基本上是时尚或者娱乐媒体，但是能自己做采访，稿费也很不错。

蒋翼每年总会固定回国几次，2010年夏天，终于在国内成立了工作室。

明雨研究生毕业留校读博，同时评了讲师，带本科的课程，开始做自己喜欢的课题。

关超竟然成了航天城里新一辈的技术骨干，年底评语竟然是认真踏实。他媳妇做老师，业余时间经营山货淘宝店，小本生意，但是人气很高，他们偶尔会在周末来北京。

当然还有更厉害的，《人间欢喜》之后，邹航的片酬逐渐稳定，终于在毕业后两年迎来了口碑的爆发，电影海报和广告投放遍布大街小巷。

念慈的办公室从十一层小小的格子间升级到了五十六层宽敞的带着巨大落地窗可以俯瞰整个国贸夜景的豪华办公室。

郭靖家的餐饮事业红红火火，遍地开花，开发的速食品大受欢迎，打入全国的零售市场。他和念慈成了我们聚会固定的买单人，邹航只偶尔有客串的机会。

庄远也回归了我们的聚会。他毕业一年后脱离家族企业，回到国内入职了北京一家文化投资公司，是圈子里有名的项目投资人，我们偶尔会在各式发布会上见到。

我们就这样开始了平凡普通的大人生活，不管是做喜欢的事，还是决定肩负家庭责任。

2010年秋天，中秋节前，我和庄远又一次在邹航新电影的杀青宴上碰上。

他来的时候很低调，发布会进程到一半的时候，那位腆着将军肚的大老板上台讲话，我们才发现彼此在现场。庄远从他们的桌子转过来，坐在我旁边。

“明雨和念慈都没来吗？”庄远问。

“念慈回美国总部了，明雨不来媒体多的场合。”我看着这个人越发消瘦的脸庞忍不住关心道，“你最近是不是很忙，看着比夏天的时候又瘦了。”

“嗯。”他点点头，随意拿起一颗干果吃，“我今天刚从国外回来，时差还没倒过来，没怎么吃饭。”

我问：“那要不要晚上一起去明雨家里，她炖了排骨汤等我们回去喝。”

庄远没回答，笑笑问：“蒋翼也一起去吗？”

“蒋翼？”我一怔，“他没在国内呀。”

庄远笑起来：“看来某人又要搞突然袭击了。”

我还没来得及追问怎么回事，手机响起来，竟然是蒋翼国内的号码。

蒋大爷懒洋洋的声音传来：“你人在哪儿呢？我刚落地，饿得前心贴后心，家里有没有饭吃？”

庄远指的突然袭击就是这个？我震惊得一下子没控制住音量：“你回来了怎么不说一声？”

周围的人都看过来。

我慌忙压低音量：“你怎么回事？”

那边是机场的嘈杂的广播，“你和邹航不是参加杀青宴嘛，难道让方明雨那个马路杀手来接机？我还不如打车算了”。

我看着庄远问：“你怎么知道他回来？”

“谁啊？”蒋翼问。

庄远笑着拿过电话：“蒋翼，我们在通盈中心这边，你直接打车过来接瀛子，咱们正好也聊会儿。”

他们俩又说了几句，手机拿回来的时候蒋翼已经挂掉电话了。

我无语，又问了一句：“你怎么知道他回来？”

庄远笑了笑："不只是我，他手里有个动画电影项目很有意思，这次回国应该会有很多我的同行等着见他。"

蒋翼毕业之后一直有很高质量的动画短片输出，又参加了很多大片的特效制作，技术过硬，所以在国内小有名气。这几年国内的电影市场复苏，但是技术跟国外的还很有差距，蒋翼和他此前在国外召集的团队按部就班回国，他是主导也是先遣部队。

庄远来现场看来并非给大老板捧场，而是来堵蒋翼的。

宴会结束，邹航还在跟剧组寒暄，我和庄远先去了停车场，没多一会儿就看见背着双肩包、扶着行李箱的蒋大爷从电梯里出来。

我过去蹦起来敲他的头："你回来就说一声嘛。"

蒋翼动作灵活地擎住我的手腕拖曳到庄远的面前："不是说后天去你们公司聊，怎么跑这儿来了？"

所以这俩人约了见面？

庄远随意地说："正好没什么事，也想见见邹航和瀛子。"

蒋翼也随意地问："那一起去邹航家吃排骨还是怎么着？"

"我晚上还有一个会，你倒时差明天休息一下，咱们后天见面聊吧。"庄远说。

蒋翼似乎想速战速决："庄远，你要不别费事了，这个项目八字还没一撇，我也不打算卖，你直接跟你老板说，谢谢他的好意，其实这个项目我想自己做。"

庄远顿了片刻问："你想自己做是很好，可这么大的项目自己做根本不现实。"

"我们也没有那么着急……"

"你们资金从哪儿来？"

"找就是了。"

“你知道这样的项目要烧多少钱?”

蒋翼没说话，庄远继续:“我知道你们一直收益不错，但是鸡蛋不能都放在一个篮子里，所有的钱都投进一个项目划算吗?为什么不跟人合作?何况我替你算过了，你们的钱根本不够，勉强制作出来，后期的宣发都会是问题……”

蒋翼揉揉额头，接着做了个暂停的手势:“行行行，我时差还没倒过来让你说得更头疼了。我后天过去你公司总行了吧。”

庄远也就此打住，看了一眼在旁边有点吓傻了的我，笑了笑说:“我们不是吵架。”

你确定不是?

庄远没再多说什么，一辆豪华的红色跑车不知道什么时候开过来停到我们旁边，妆容精致的女人摇下车窗在一旁等着，见他回头才问:“你是自己开车还是跟我一起走?”

“跟您一起走。”

庄远回身扔了一把钥匙给蒋翼，指着旁边的一辆白色奥迪说:“你那辆老爷车也该保养了，这几天先开这个。”

我看着扬长而去的红色跑车目瞪口呆，半天才问出萦绕心头的疑问:“刚才那姑娘是谁?”

“不知道。”蒋翼转身打开奥迪的车门，放好行李说，“不等邹航了，咱们先回去吃饭。”

我俩从明雨家里蹭了饭就开车回了学校旁边的家。

蒋翼这几年回国很少住酒店了，基本都住在这里。基于我俩从出生到高考有过十八年的同居经验，倒是不用磨合。

蒋大爷回来就会主动洗衣服、做饭、擦地、倒垃圾，我整理晾干的衣服、洗碗、陪他去倒垃圾，顺便遛弯，分工明确。蒋翼做菜很有理科生的条理和效率，简单的两菜一汤，用工和用料都很精确，味道永远跟我爸做的一样，不差毫厘。

不过我俩都忙，大部分时间其实都在外面吃，因为住得相距不远，也经常去明雨家蹭饭，或者四个人约在她学校食堂吃饭。

郭靖基本上会在蒋翼回国的时候来一次北京，除了定期来塞满冰箱，也是为了亲自下厨给我们打牙祭。这时候，满世界飞的念慈也会抽空回来跟我们团聚。

人凑齐的时候，我们就涮火锅，最夸张的一次，因为关超两口子也到北京来，光是羊肉片郭靖就买了二十斤。

当然，更多的时候只有我们两个人，通常是我在家写稿，蒋翼也留在家里画画，享受安静时光。

我们会对坐在客厅的窗口旁，我敲电脑，他在画板上描描画画。两个人都累了的时候就猜拳，输的人去泡茶，赢的人准备点心。更多的时候，我耍赖，他就一个人都做了。

我盼着这个人回来，就仿佛小时候盼着暑假的到来一样。

其实他在国内的时间不多。

他外公外婆早就带着舅舅一家在国外定居，爸爸这边除了一直眷恋故土的爷爷奶奶退休后住在南方老家的园子里，连之前两边跑的姑姑姑父这几年也很少回来了。

长辈们肯定都是希望他在国外扎根，但他这几年不仅离他们设想的科研路线越来越远不说，还经常玩消失。

好在已经小有成就。

我有一次到他们在东三环的工作室去玩，看到手稿墙才知道那么多的大片特效都是出自他们之手。

只是赚得多，花得也多。

这一年，蒋翼开始做一个动画项目，第一笔就投入了全部积攒的资金。

在此之前，他们接的都是大制作的片段镜头制作，而这次蒋翼回国是想做一个他喜欢的故事。

我很小的时候就看过蒋翼画的雷震子。

那是肋生双翅的将星下凡，青面獠牙，风声雷动，顶天立地，肉身成圣。

长在航天城的我们都向往飞翔，蒋翼更是从小就喜欢画能飞翔的意象，雷震子的翅膀在他的笔下有如鲲鹏之翼，遮天蔽日。

这个人在去年的时候悄悄放了一个自己做的一分钟的雷震子的短片到网上，因为打斗场面太过精彩，视效太过精美，当即在网络上爆红，也就吸引了很多人的目光。

庄远的东家这几年是文旅投资的大鳄，收购的项目都赚得盆满钵满，很有投资眼光，所以短片一出来就已经开始接触蒋翼他们。因为庄远和蒋翼的关系，自然一马当先成为谈判代表。

不过因为工作室已经做了太久的下游技术支撑，各方面条件也相对成熟了，所以蒋翼打算自己独立做这个电影。

他这次回国其实是借着休假的名义躲着国内相熟的几位制片人和影视公司，却歪打正着进了庄远的口袋。

蒋翼和庄远公司正式或者私下接触了好几次，项目还没下定论，蒋翼借口说“想法还不成熟”拖延着。

不过我身为同居人，我明白这个项目从人物小传、框架结构到故事大纲，甚至有些重要场景的制作都已经提上了日程。蒋翼和团队在北京城的东西两端，又横跨了东西半球各自为这个项目没日没夜地忙碌着。

哪怕知道蒋翼的心思，庄远同样很有耐心，他们频繁接触期间不是次次都提项目的事情，好几次变成了单纯的航天城小伙伴聚会。

明雨见到庄远的次数变多，和小时候不一样，从前最害怕在人前讲话的方明雨当了老师，再不会因为对面是庄远就张口结舌。

有一次，明雨顺路到东三环接在蒋翼工作室写了一下午稿子的我回家，跟我说上楼的时候正看到才下楼的庄远，两个人在大堂聊了很久，分开的时候竟然握了握手。

明雨笑得花枝乱颤："特别官方，好像期末的时候跟系领导汇报工作，又仿佛开学会见大一新生的家长。"

就是不像老同学。

我突然想起一件事跟她八卦："蒋翼这次回来的时候不是到邹航的庆功宴上接我嘛，你猜怎么着，我看到一个很漂亮的姑娘接庄远，开了一辆特别豪华的跑车。"

"真的假的？"方明雨很有兴趣地转过头来。

我推转她的脸："大姐，你开车呢！看路。"

"那姑娘什么样？多大年纪？什么类型的？"方小王开始查户口。

我仔细回忆道："好像比咱们大一点，很漂亮，耳环很闪亮，御姐范儿的吧，看得不太仔细，但是感觉很瘦。"

明雨不可思议道："原来庄远喜欢这个范儿的呀，难怪不喜欢我了。"

"也不见得就是女朋友。"

“一男一女在一起，百分之八十都是男女朋友。”

“不至于吧。”

明雨侧目：“你以为谁都像你和蒋翼？”

这个……

方小王恨铁不成钢：“所以你们俩到底怎么回事？这也算住在一起三年了吧，怎么一点进展也没有？有你这种心大又没出息的闺蜜，我也是服了。”

我无语：“哪有三年，加在一起他在国内都没待够三个月，每次都匆匆来匆匆走的……”

“别人异地照样能谈恋爱，自己没本事就不要找理由。”

这人真是讨厌！

为什么非得逼我说实话呢？

自从跟方小王坦白喜欢蒋翼之后，没有得到她任何宽慰反而每每被嫌弃，有这样的闺蜜我也是无语。况且蒋大爷的想法也不是我能把握的。

“这么患得患失可不像你的风格啊。”方明雨说。

是不像我，可我有什么办法。

前几年聚少离多还可以降低这种钝刀割肉的折磨，今年他在国内的时间多起来，我难免蠢蠢欲动，可是又不敢真的挑明。

我很怕他的陪伴不过是因为习惯，怕他习惯对我好，习惯到不会分辨爱和关照。

更怕一旦不能走近，就只能分离，最后没有后路。

我阴恻恻地看着前方：“其实我就这么一直跟他耗着也挺好。”

“哪里好？”明雨看怪物一样看我。

“反正他不喜欢我，也不敢去喜欢别人！”我恶狠狠地握拳。

“不喜欢你还跟你耗这么久？你可太高看蒋大爷的耐性了。你到底是不是真的了解他？”

我有些混乱：“就是太了解了。”

这个人随心所欲，但是最讲义气，看他对我爸妈有多好、多孝顺、多听话，就知道他的软肋在哪里。

其实我逼他跟我谈恋爱也不是不行，我也曾想破罐子破摔走捷径：“一哭二闹三上吊总能让他就范，你信不信？我做不到，我爸妈也做得到。”

“信。”方明雨侧目，“不过还要不要脸？”

我沉吟一声：“就是要脸啊！我才不要他就范，我要他真喜欢我。”

说不准蒋翼这个人是因为没有一点浪漫细胞，习惯用理性思维解决这世间的一切，所以有如铁板一块密不透风，还是说他早已看穿一切所以避重就轻。

我的试探基本上都有去无回。

比如有一次，我俩一起看个韩剧，男二跟女主求婚，被拒绝。我哭得稀里哗啦，抹眼泪：“真感人，太可怜了，为什么不爱他呢？”

蒋翼看着电视：“明知道她喜欢别人还求婚，是不是傻？”

…………

“就因为太爱她了啊！”

“瞎扯！爱她才不会说。这时候告白就是等着拒绝，正常人是这脑回路吗？”

“你才不正常，你走，你起开！”我一个靠垫扔过去。

我一边伤心一边咬牙，跟这种钢铁直男看什么偶像剧，我才傻！

蒋翼没收靠垫，不计前嫌，盘腿布道："跟不喜欢自己的人告白等同于打草惊蛇，想在一起才不会这么做。"

我眼泪还没擦干就气出了鼻涕泡："蒋老师真有见地啊！"

还打草惊蛇？

三十六计他都用上了！

我看个偶像剧，他还给我这儿排兵布阵呢！

理科直男有文化真是无敌到寂寞啊！

再跟他一起看剧算我傻！

可我就是傻，擦擦鼻涕就忘了自己发的誓，转头问："那想跟不喜欢自己的人在一起，要怎么做？"

"能怎么做？就在她身边慢慢熬到……"蒋翼顿了顿，斜了我一眼，"跟你说得着吗？"

我气得翻白眼，心想我也用不着你跟我说。

在他身边慢慢熬着？熬到他慢慢喜欢自己？谁不是这么做的……

我虽然是个心大又没出息的人，可是要熬到什么时候呢。

如果蒋翼能喜欢我就好了。

他对我这么好，如果是因为喜欢我就好了……

可是向来在他面前大大方方、予取予求的我在感情这件事上犯了怂，我甚至不敢问蒋翼，你喜欢我吗？你能不能喜欢我？

蒋翼是我不能失去的人。

他离开的那三年，我心口的伤还未结痂，只要想起就扯动血肉。

他不喜欢我，我还能自己捂住伤口再笑嘻嘻跟在他身边，可要是连留在他身边都做不到，我就真的不知道怎么办了。

蒋翼这一次在国内要停留好一段时间。

九月份回国之后，他就基本上不怎么出门了，家里的手稿多得像是雪片，画板也换了最新的型号。他和团队频繁地开视频会议，商量产品走向，做各种前期策划。

偶尔我就在旁边听，过后会跟他讨论"将星下凡应该不是电闪雷鸣，这个意象用得太多都没什么新意了"或者"云中子最好暂时不要出现，我比较想在这里看到帅哥"……

没什么需要外出的事情，我们会长时间地宅在家里，我写稿，他画画。有时候两个人一起去菜市场买菜做饭或者出去吃东西，选人少的工作日出去看展、逛街，晚上不去看电影或者演出就去遛弯，然后十一点准时洗漱睡觉。

我爸妈出国旅游在北京转机，提前过来跟我们住了几天，我妈对我俩的作息既满意又担忧："身体都养得挺好，可哪有点年轻人的样子？"

我心知她是担忧我不能适应职场生活和社会的复杂，更疑惑我现在的选择是在逃避成人世界的人际规则。

从《京客》辞职的事情，他们隔了一年多才知道。那个时候我在网络媒体工作了半年时间，因为给一家时尚媒体写了两篇效果极佳的艺人公关稿后，我开始转岗做了娱乐频道的编辑，同时接受其他媒体的约稿，开设专栏，光明正大地当起了"坐"家。

相比在航天城那样早八晚五的环境里工作一辈子，上班、吃饭、睡觉都是按部就班跟着生产进度走，我的职业状态难免会让爸妈担心。

这样的担心是不是杞人忧天，我自己都说不清楚。

我一篇一篇地写娱乐稿件，形容词愈发运用得炉火纯青，没有粉丝会攻击我的文字是否夸张，内容到底还原了多少事实，反而津津乐道传颂华丽的字句，每一篇稿件都是一个皆大欢喜的故事。

到底是逃避到了舒适区，还是真正找到了自己擅长的方向，我看看自己所处的繁华世事和指尖黑白分明的键盘，无从判断。

好在蒋翼从不对我说教。更甚的是，不知是有意还是无心，他的回归恰恰成了我可以躲进去的避风港。我莫名安心地钻了进去，蜷缩起来不再面对那些难以掌控的事情，偶尔想起自己做记者探寻真相、解读人世的初衷，似乎也没有从前那样的迫切，甚至有点茫然地记不起自己当初为什么热爱。

但是会有人替我记得。

只是我没想到这个人是庄远。

那是年前我有一次在国贸进行采访，结束了就去蒋翼的工作室和他会合。到的时候这个人正在玻璃房里开会，打了个手势示意我等他。

于是，我一个人转到他的办公室，坐在他的转椅上摆弄各种手办，正玩得开心，他桌上的手机突然响起，收到三条信息。

第一条是一张照片，应该是在飞机上拍的一张杂志内页，那是我前几天刚出刊的一篇明星公关稿。

第二条是文字，庄远问：你知道她之前写什么样的稿子？

第三条还是文字，陈述句：这些年你真是一点都没变。

我一时间想不明白他这一张照片和两句话的逻辑，可是能很清楚地看出这是诘问。

而且这个诘问与我有关。

蒋翼回来，我从手机屏幕上转移视线，疑惑地看着他问：“庄远这是什么意思？”

蒋翼走近看了看手机，随手放好了笔记本电脑，转身穿好皮夹克，又从衣架上取了我的羽绒服："不知道。走吧，邹航他们都到了。"

我听话地走过去把手伸进衣服，任凭他帮我系好扣子，戴上围巾和帽子，转手用他的手机拨电话给庄远，但对面关机了，我只好留言给他："他这是要说什么嘛，干吗说这么奇怪的话，怎么关机了……"

"应该在飞机上，他年前要去美国谈一个收购。"

我被拽着袖子走出办公室，等电梯的时候不甘心又拨了一次电话，还是忙音才放弃，可总有点不安："我的稿子他之前看过吗，为什么问你看过没有，他到底想说什么……"

蒋翼接过我递回去的手机，没答话反而给邹航打了个电话："我们已经下楼了，你们先点菜。"

邹航的新戏刚刚杀青，他这一年可谓敬业，接连拍了四部电影，基本上吃住都在剧组里。其中只有一部在北京取景，其余时间只好等明雨调休去探班，两人才得以相聚。

其实明雨这一年也特别忙，她刚刚连读了博士，每天除了教室就是图书馆，搞课题、写论文，还要带本科的课程，我每次见她都觉得她瘦了。

方博士买够八个人吃的烤肉，拿着铁夹子翻烤的时候信誓旦旦地说："我再也不想念书了！我们老板竟然还想让我出国去读个学位回来！他是有多高估我的上进心？觉得我念书上瘾是吧？我都想好了，明年一毕业我就要随便找个野鸡大学当个野鸡老师，每天上一节课就能窝在家里看书刷剧，当个米虫，什么职称、论文、讲师、教授统统都给我滚一边去！"

我们都当没听见，该聊什么聊什么。

这个人在学业上一贯口是心非。她这么多年努力就是奔着留校当教授教书育人去的，谁会信她这种考前焦虑引发的胡言乱语。

邹航给她盛了汤，只有一句话："想出国的话等明年下半年，我那时有四个月的假期，可以去陪读。"

明雨大怒："都说了我才不去！"

邹航安之若素："不去更好。"

我们在居酒屋里聊天喝酒到晚上十点多，出门的时候正看到一辆香槟色的车子停在门口。我被车子里后视镜上挂着的一个小东西吸引了目光，猛地站住。

那是一个线织的福袋。

藕荷色绸缎面上是一只淡雅的芙蓉，手工编就，栩栩如生且独一无二——那是念慈的，如果凑近了，甚至能闻到里面我们端午出去采的香草的清香。

"看什么呢？"蒋翼从停车场开了庄远那辆奥迪上来。

同一时间也有代驾从那辆香槟色的车子下来，迎向居酒屋门口刚刚出来的一个年轻男人。

男生长得极高，身材瘦削，眉眼挺俊，这么冷的天竟然只穿着一件宽松的白色棉布衬衫，还敞着领口，跟迎上来的代驾说："去机场。"

机场？我的心一动。

男人上车之前，似乎是察觉到了我的目光，回头看了一眼。

我来不及撤回眼神，和他对视，这个人停了片刻，仿佛认识一样跟我笑了一下，点了点头，才坐进车里走了。

"怎么了？"明雨他们回头叫我。

“没、没什么……念慈是今天从香港回来吧……”

“怎么了?”

“没事。”

第十四章——婚礼准备

有次我陪她去换车，装作不经意问起：“你原来那个车上挂在后视镜上的那个小袋子呢？”

念慈说：“朋友喜欢就让他拿去了。”

那是她奶奶亲手做的，从不离身。可是看到她神色里一闪而过的苦恼，我突然不好意思多问。

庄远的短信是什么意思，后来再见时我也没问，主要是不知道怎么开口问他。

蒋翼圣诞节的时候回了一趟美国很快就回来了，之后跟我回了家过春节，其余的时候他越发忙碌，总是在工作室加班到很晚，甚至回家也会熬通宵。

转年四月份，有一天我通宵赶稿，清晨的时候刚刚睡着，迷迷糊糊被这个人在脸上贴了一罐冰可乐。

我醒过来难受得抓住枕头要打他，却看到这个明明熬夜一晚上的人眼睛里闪着兴奋的光芒，拿着笔记本电脑跟我献宝：“肋生双翅的特效昨天晚上定了，超级厉害，你快点看！”

我勉强睁开眼睛，看着屏幕上酷炫的特效和简洁的镜头，一根根羽毛闪现，本来还想怼他几句，谁知看到最后我被震撼得呆若木鸡，由衷地说了一句："真棒啊！"

转头再看，这个人趴在床沿已经睡着了。

我放下笔记本电脑，凑过去数他的睫毛，还是跟小时候一样，那么密，那么长。

想着想着我又睡着了。

我们一个床上一个床下一直睡到中午，我被电话叫醒的时候发现大事不妙："完了完了，我下午还要去跟拍，要迟到了……"

蒋翼迷迷糊糊睁开眼睛起身："我洗个脸，先送你，再去工作室。"

蒋翼匆忙把我送到了摄影棚，掉头回了工作室。

好在要采访的大明星也迟到了，寒暄过后，她开始整理妆发时，我的手机突然没完没了地响起来。

是明雨的电话，我心里有点不安，说了声抱歉，出了摄影棚接起来。

明雨的声音很是紧张："你在哪儿呢？"

"在拍摄跟采，没事吧？"

"……没有，几点能拍完？"

"估计要五六点钟吧。"

"我过去找你。就是有点小事要和你商量。"

"你别吓唬我。"我这时真有点着急了，"你在哪儿呢，先告诉我。"

明雨迟疑了片刻："不是什么大事，见面说吧，你把地址给我发过来。"

这人说完就挂掉了电话。

我立刻拨回去，没有人接，编辑从摄影棚里探头出来招呼我过去。

“一会儿江河导演可能也来看拍摄，您不介意吧？”

“当然不介意。”

人家不仅是大导演，还是申申的男朋友，我当然不会介意。

可是明雨的状态让我太担心了，她又不接电话，听起来不像有什么急事，但是感觉她情绪不太稳定……

采访催得紧，我来不及细想，只好把拍摄的地点发给明雨，告诉她“楼下就是一家星巴克，你要是到了就先坐一会儿”。

我很快得到一个回复：好。

再没下文了，我也只好调转精力工作。

申申是这两年爆红的女明星，长相明艳但非科班出身。据说她大四实习的时候一眼被大导演江河看中，第一部戏就出演他戏里的女主角，之后她的经纪约签给了江河的公司世河娱乐。

我跟她聊天才发现，被万人追捧的大明星其实不过是个大大咧咧的姑娘，很爱聊天，随身带了好多零食分给大家。

“我已经两个月没吃过一口米饭了！”申申问我，“你知道那是什么感觉吗？”

“难受？”

“不，是变漂亮的感觉。”她说罢哈哈大笑，“我新戏的角色是个剑客，江河要我瘦十斤，你说是不是变态！我的体脂都不到 16，还怎么瘦？不过运动配合节食，我现在腰瘦得跟脖子一样细了，穿上剑客的衣服是真好看。虽然每次吃饭的时候，我都会骂江河一句‘变态’。”

变态很不禁念叨。这时从棚外进来的正是国内最年轻、最负有盛名的导演江河。

没想到的是，江河身后还跟着一个人，竟然是有段时间没见的庄远。

我没想到能在这儿看到庄远，他是这个圈子里的新贵，我进入娱乐媒体之后，为了避免被要求互相介绍人脉的麻烦，通常会避免和他出席在同一个场合。

这人今天应该是跟着江河一起来的，还是装不认识比较好。

庄远一切如常，跟看过来的每个人都微微点头，也没有特意走过来和我打招呼。

倒是申申看到江河很是开心："怎么连背后说你坏话的机会也不留给我？"

"你当着我的面说不是更开心？"江河走近介绍道，"这是北投的庄远，去年那个戏主要的投资方就是他和邵云斐的云枫资本。今天我们正好在旁边的酒店见面，结束后听说你在这儿接受采访就过来看看。"

庄远礼貌微笑，没多说话。

原来是来看申申的，真没想到这个人竟然还追星，还喜欢这样明艳的类型……

申申闻言起身和他握手，从桌子上拿了零食盒子递过去："我们正在分吃的，你们来得好巧。"

庄远随手拿了一颗巧克力，我一看那个包装，心里暗叫不好。

果然，这人在手里捏着看了看，转头递给我说："我记得你喜欢这个。"

他真无聊……

"原来两位认识？"申申的经纪人最先反应过来。

我缩缩脖子。

申申眼睛转一转，笑："看来庄总今天不是来看我的了。"

这……暧昧的氛围是怎么回事?!

这种误会绝对要不得!

我连忙说："我们是同学，从小学到高中都是……"

"还是邻居。"庄远淡淡地说了一句，"同一个楼层，就住隔壁，住了十几年。"

哎，确实是这样。

庄远家替代蒋翼家住在了十三号楼的四楼三号，到现在还保留着那套房子。可是为什么我想起自家的邻居时最先想到的会是念慈，甚至是隔壁楼的蒋翼，却总是想不起这个人也在我身边住了那么多年呢。

也许是因为他初中去北京待了三年。

也许是因为这个人疏离的气质总是让人联想到看不清的雾。

我装傻笑笑，接过巧克力打开包装说："中午没吃饭，还真挺饿的。"

申申闻言招呼助理："快把我的魔芋丝拿来。我只有这些不长肉的，你将就吃点吧。"

其实我不饿，但是却之不恭，连忙接过来："谢谢!"

庄远："她不爱吃辣。"

这奇奇怪怪的氛围消散不掉了……

我瞪他，咬牙：你今天想干吗?

他笑起来，再次拎起一枚巧克力："给你。"

真幼稚!

我气呼呼接过巧克力，镜子里，大美人申申冲我抛媚眼："黄老师，要不咱们歇一会儿？等庄总他们走了再继续？”

……你说我是答应还是不答应。

好在庄远适可而止，看了一眼江河，大导演从善如流：“我们这就走了，不打扰你们工作。”

谢谢。

我刚要表示不送他们了，庄远说：“我这次从美国回来给你带了一本书，早上快递到你家里，你记得查收。”

每次都带礼物，真是好朋友。

一瞬间，刚才恶作剧的人又变回了温和周全的庄远。我想想说：“那我送你们出去吧。”

庄远笑起来：“不用了，你忙吧，工作要紧。”

这才是庄远嘛！

申申那边开始换下一套造型，他们就告别走了。我不放心明雨，跟编辑打了个招呼出去打电话。

这回明雨很快接听了，说：“我到星巴克了，在这儿等你。”

“好，我马上到。”

“庄远？”明雨重复了一声。

“什么？”

“他怎么在这儿？”

“我刚才拍摄时见到了庄远……”

方小王这是透视眼吗？

很快，电话那头出现了庄远的声音：“我刚刚和朋友在附近谈事情，听说瀛子在这儿采访，就跟过来看看。”

……他们竟然在楼下碰见还聊起来了。

我想叫明雨，却听见庄远说了一句："明雨，你看起来脸色不太好？"

明雨没有答话，那边是一阵嘈杂，庄远似乎在跟江河告别："你们先走吧，下周邵云斐回来咱们再约时间。"

明雨的状态让我放心不下，我想挂断电话现在就过去，可电梯迟迟不上来，我转身顺着安全通道跑下楼，正听到那边庄远声音突然加重。

他疾速问："这是病历本？你从医院出来的吗？身体哪里不舒服？"

什么？

我的心瞬间提到嗓子眼，却听见之前声音一直不稳的明雨突然沉下声道："身体没什么问题。"

那一刹那，方明雨做了个决定，她说："我怀孕了。"

这样的人生大事，隔着电话，方小王就这么通知了庄大王和我。

"什么?!"隔着十几层楼，我喊出声音，差点没站稳。

明雨仿佛这时才发现还在跟我通话，抓起话筒跟我交代几句："你工作完了快点下来，我下半年还要去留学，医生说不想要得快点做，不然太大了想不要也不行了。"

我一屁股坐在地上，反应了几秒钟，我问了个很蠢的问题："孩子是邹航的吧？"

方明雨忍无可忍："不是他的，我是玛利亚还是黄帝的妈？无性繁殖吗？"

"哎你消消火，影响胎教怎么办?!"

我急忙下楼，四月份的北京气温升高，我这么跑下来才发觉后背都湿透了。

星巴克角落的沙发上，明雨和庄远对坐着。

两个人似乎都从方才的慌乱里调整了过来，庄远把咖啡递给明雨又抽回来，迟疑："怀孕了不能喝咖啡。"

方明雨此刻有些痛苦："可是没咖啡我怎么写论文啊。"

我匆匆忙坐下问："所以这个孩子你决定要啦？"

明雨无精打采点点头："虽然医生刚跟我说，他现在跟一根豆芽差不多，但是豆芽也是个小孩子……我可下不去手。"

"那你刚才慌什么，怎么不去跟邹航说？"

"医生说了一堆禁忌，我老板还打电话来催课题进度，美国那边的签证都办好了，九月份就可以入学的。这下子计划全乱了，我心里就是慌嘛……"

我心想等邹航知道自己当爹的事比庄远晚一步听说，就更有你慌的了。

我的手机这时候响起来，编辑催我上楼："黄老师第一组快拍完了，一会儿换装还可以再聊聊。"

"哦哦好，我这就上去。"

庄远跟明雨说："要不要我先送你回家？"

方小王这会儿已经从一开始的震惊里缓过神来，无力点点头，"好，真有点累了。"

我嘱咐她："我收了工就去找你。"

"别来了。"明雨摇摇头，"邹航晚上回来，我们俩得聊聊这事，他那边没准更麻烦。"

"好……"

既然是好事一桩，我松了一口气，看着明雨和庄远走远的背影不禁觉得有趣，明雨曾经那么喜欢庄远，可是如今两人就这么像老友一样相处，关心着彼此的心情和健康，但是也就到此为止了。

晚上收工之后，我不放心，在回家的地铁上给明雨打电话。

电话那头是邹航跟人报喜的兴奋声："说是跟豆芽一样大小，约了好多检查，我下周戏少应该能请一周假陪明雨。还要买各种东西，昌平那个房子一层可以改成婴儿房，我明天就联系设计师……留学的行程还是不变，有可能在美国生，万一不念了我和她就回国，对了……还得提前定好床位，妈，你说定哪儿好？我已经联系好了营养师，你和我爸看看是不是靠谱……"

这还是泰山崩于眼前不眨眼的邹公子吗？

明雨似乎进了另外一个房间，一件件和我说："他跟家里打电话呢。我们下个月先回去登记，之后会发一个新闻，不接受采访。但是乐欢盈说可能又要找你写一篇稿子了。"

"稿子是没问题，不过，邹航在发什么神经？"

明雨笑起来："这会儿已经缓过来了，开始的时候蒙了有半个小时，来回确认真的假的，还说我怀孕了为什么不胖反而瘦了呢？接着就进入亢奋状态，已经让他妈妈联系好了北京这边的同学，明天下午我们再去协和检查一次，还有生产住的病房都定好了。他刚还跟乐山峰介绍的育婴专家通过电话，又给蒋翼打了个电话，显摆自己要当爸爸了。现在正疯狂下单育儿书籍，这个人可能是疯了……"

疯了也是正常，连我都很高兴，何况是他呢。不过……

"那你的留学怎么办？"

"预产期是在十二月，应该不耽误入学，我俩商量了八月份先过去适应一下，如果觉得可以就留在那边上课、生产，免得到时候天天被记者跟肚子多大了。这几年我都不敢随便穿宽松的运动服，不然就会被报道怀孕了。”

还真是……

“不过婚礼可能要尽快办了，我跟导师商量了国内的学位推迟参加答辩，我可不要挺着个大肚子穿婚纱！”

“啊对，五月份最好了，关超就是五月份办的婚礼，咱们尽快准备。”

谁也想不到，最聪慧体贴也最敏感任性的明雨会是我们中间第一个当妈妈的人。

我笑道：“还以为你要纠结一会儿。”

结婚生子是大事，邹航又是那样耀眼的万众偶像，明雨一直承受着很大的压力。不过这两个人在一起走过太多难关了，如今这样的结果也是顺理成章。

明雨突然笑了一下：“一开始还是纠结的，可是下午看到庄远那一刹那就什么都想明白了。”

这是怎么说？

“我看到庄远的那一刹那，突然就觉得我是真长大了。瀛子，当个大人真的太好了。”

我一怔。

明雨说：“我们小时候总希望快点长大，可是之前有些年，瀛子，我真觉得长大好烦啊。我那样好强又那样脆弱，完全不明白自己怎么会是这个样子。”

明雨是教导主任的女儿，是年级第一的好学生，却也是在自己心仪的学校面前打了退堂鼓的逃兵。

明雨分不清自己对庄远的喜欢和羡慕，不知如何跟真心喜欢的邹航好好相处。

后来被人谈论甚至攻击，连累邹航的事业跌入低谷，也被他连累得没有了自己的生活，只觉得世事复杂，自我渺小……

可是这几年，那些烦躁都已经好久没有出现过了。

也许是因为邹航，也许是因为明雨长大了，她再也不会患得患失地喜欢一个人还不愿意让他知道。

明雨是个大人了，只做那个她喜欢的自己。

“原来这才是我呀，这样的我也真的很不错。”明雨笑笑，“只是我之前一直都没意识到。今天下午看到庄远，突然就想起小时候面对他时的那种局促和不安。我都快忘了那样的自己。现在的我真的很好，知道自己真心喜欢谁、想要什么，也能从容地说出来，为自己想要的努力。瀛子，我长大了，是大人了，是可以给小孩子当依靠的大人了。”

我眼前有些模糊。

可方小王很快破坏气氛：“但我希望我生的小孩不要早恋。”

“啊？”这位方小王是被哪位封建家长附了身？

“小小年纪早恋很痛苦的，能像你那么傻乐多好。”

怎么还有我的事？夸你自己干吗损我！

“我又不是没单恋过！”

“呵！”方小王只回了我一声冷笑，再次沉浸于给没出生的小孩规划人生的母权独裁，“早恋也行，但是不要喜欢上飘在云端的庄远。”

想得还挺多。

“每天喜欢他又要防着他超过我当年级第一的日子再也不想过

了。还有更不要跟什么万人迷偶像谈恋爱，当众表白这种老土的戏码也就邹航这种没文化的能想出来！你说你怎么不拦着他？天啊，我觉得我人生前二十几年的痛苦都是因为他俩。”

我心里暗想，再为她掉眼泪我就是小狗！

可是话说早了。

五月份，方明雨结婚，我哭得满脸湿漉漉的，到底彻头彻尾当了小狗。

婚礼在北京举行，本来以为同学不一定能来齐，谁知后来连可心、姗姗、冰晶、伍德、王晨一群人都赶在婚礼前到达了。

廖星到的当天晚上，我说要请他吃烤鸭，他想想说：“还是麻辣小龙虾吧。”

“你在澳洲不是天天吃龙虾？”

“那怎么能跟小龙虾比？”

“所以还真是天天吃龙虾啊？”

“必须想吃就吃。”

行，他还真阔气。

于是阔气得天天吃龙虾的澳洲侨胞和我们一群人在深夜的簋街干掉了五大盆小龙虾，每个人都吃得酣醉，结束时廖星送我回家，竟然还有人起哄。

我俩面面相觑，笑了，懒得解释什么。

我不再因此生气，廖星也不再刻意阻止。

小时候那样做的时候，总是莫名烦恼和躁动，然而此刻的我们长大了，能坦然面对彼此，互相看着、笑着、闹着。

出了门，正值北京城热闹的午夜，廖星笑：“你说是不是很好玩，别人知道的和我们经历的，永远是两个时空。”

我一怔。

转瞬明白他在说什么。

高中三年，我们什么都没发生过，但所有人都认为我们互相喜欢，可高考之后那一个星期儿戏又疼痛的初恋，却没有几个人知道。

时过境迁，那时同学们的起哄声和此刻的重合，然而没有人知道一切早就过去了。

因为事发突然来不及太多准备，乐欢盈直接委托了一家公关团队筹办婚礼，按照大型新闻发布会的规格给这两个人操办了，当天到场的媒体和电影庆功宴上的没什么分别，嘉宾除了朋友家人，一水儿的公众人物，俊男靓女。

主持人是名嘴郝伟民，证婚人是乐山峰。

老人家特意刮了胡子，顶着崭新的六角帽，上台还带着一张纸，是写好了稿子的。

这位最擅长讲故事的大导演徐徐说：“我第一次见着邹航的时候，他也像现在这么好看，不过姿势不是很雅观。那时候他上高中，好像还不到十七岁，穿着松垮的校服，被人群挤得站立不稳，手里还拿着一只女生的运动鞋。我后来才知道，那就是今天的新娘明雨的鞋。”

这个细节，之前从来没人说起过，在场包括所有媒体都听得津津有味。

“我去他们学校选景，明雨来看热闹，鞋子被挤丢了，邹航便跑回来给女朋友找鞋。好不容易找到了，一抬头就遇上了我。我要是个妙龄少女，可能也是个浪漫邂逅啊。”

众人哈哈大笑起来。

“不过这也不仅是个玩笑，我和邹航的缘分是难得的善缘。很多人说是我成就了他，可我知道，是他让我那么多角色真真正正地活了起来，那么生动又那么真实，所以那么感人。我很感激这份缘分，也很感激明雨和明雨的那一只鞋。当初因为这只鞋，我才有缘见到邹航，给《天长地久》选了一个特别好的主演。如今他们俩的婚礼，我得来，也希望他们的缘分天长地久，像一双鞋，永远也走不散。”

真不愧是老艺术家，一瞬间将往事说得如同历历在目，我穿着伴娘服站在明雨身边哭得稀里哗啦。

明雨眼圈也有些红，她和邹航两个人各自从我和蒋翼的手里拿起婚戒，邹航好看的脸比从前还温柔一万倍，他刚要开口，明雨紧紧握住他的手指：“今天我要先告白。”

一时间，我们所有同学都从台下站起。

庄远看着台上，神色是我小时候常见到的柔和。

明雨吸了一口气，看着新郎的眼睛说：“邹航，我认识你的时候，是我最有灵气的时候，也是我最好的时候，只是那时我自己不知道。有时候会想，我到底是有多幸运才有机会认识你、爱上你、被你爱护。谢谢你这么好、这么温柔、这么耐心、这么坚定，更谢谢你这么多年一直那么豁达、那么智慧、那么坚定、那么帅。”

所有人都流着眼泪笑起来。

明雨也是，她眨一眨眼睛，泪光晶莹，继续说：“邹航，谢谢你。我曾经以为自己那样渺小，可是因为你来到我身边，我才发现原来我们在一起就是全世界。谢谢你邹航，谢谢你爱我，也谢谢我自己爱你。爱上你是我这辈子最好的事情。认识你之前的方明雨是为了和你相遇而存在，之后则是因为你的存在而存在。我们经历过分离和重逢，从生疏到不可分割，现在是彼此最珍贵的存在。我爱你，邹航，永世不和你分离。”

话音落下，从来爱笑的邹航眼圈已经红了。

他收回我之前奉乐欢盈之命给他写好的誓言，揉捏着明雨纤白的手，看着新娘的眼睛，声音微微有些低哑：“明雨，我要和你坦白一件事。”

所有人屏息等待。

“我十二岁见到你跳集体舞那次就喜欢上你了。”

明雨带着鼻音嗔怪：“这个我知道。”

还有谁不知道呢，所有见证他们过往的人都笑起来。

“可有件事你不知道。”邹航看了看台下的家人，又转回头，“中考之前我跟着姥姥去拜菩萨，姥姥合掌在佛前说，请菩萨保佑这个孩子学业精进，考上九中。姥姥拜得虔诚，我却问，如果考不上怎么办？姥姥说，如果考不上就请保佑他无病无灾，快快乐乐。姥姥从来都好说话，从不强求，这一点随我。”

邹航头发花白的姥姥被孙儿的调皮逗乐。

“姥姥教我怎么给菩萨磕头，让我跟着拜菩萨。姥姥还说我也可以跟菩萨许愿。我就说请菩萨保佑方明雨和我一起考上九中，考上一个班，如果可能，我想做她的同桌。后来的你都知道了，菩萨太给力了，咱们俩都考进了九中，一起进了五班，只是同桌被黄瀛子占了三年，我贿赂她好多冰激凌都没能得逞。不过，我还是还愿送给菩萨好多好多苹果。”

所有人都笑起来。

只有明雨睁大眼睛。

邹航抹掉她眼角的眼泪，笑起来："明雨，我以前就说过我是个幸运的人，总是想什么来什么，可其实从小到大，我跟姥姥拜了无数次的菩萨，只许过这一个愿望。方明雨，你是我这一辈子唯一的愿望。能和你共度一生是我此生所幸。菩萨这样慈悲，而我这样爱你。如果我可以贪心一点，还能许别的愿望，那就求菩萨我能和你一起无病无灾，快快乐乐，相伴一生。我爱你，方明雨，此刻爱你，一生爱你。"

我哭得无法说话。

台上和台下一片掌声、欢呼和抽泣。

那是我见证过的最美好的爱情，他们所有过往都在邹航这简短的言语里。

那是高一排练音乐剧的时候篮球架下走向明雨的邹航，是高三茫然不知前路的邹航身边陪伴着的明雨，是厚厚一摞北京—上海往返的行程单和车票，是众目睽睽牵起的手，是众人散去唯有彼此的小小相守。

十七岁的时候，你喜欢谁？

对明雨和邹航来说，那是最重要也最不重要的事，因为无论如何他们都要相爱一生一世。

毕业之后，我们班每次聚齐都是因为婚礼。

这样的聚会上有时候也会见到意想不到的人。

宴席开始，我陪着明雨去给嘉宾敬酒，乐欢盈身边是一个斯文挺拔的男人，我认得那是她的绯闻男友，国内最大的经纪公司世河娱乐的老板沈世群。这个人看起来很温和，跟明雨说了声恭喜，还跟我握了握手说："之前就看过黄老师的稿子，如果有时间想请您吃饭。”

我连忙答应，说之后去拜访。等走到媒体席才发现赵缂竟然也来了。

这个大忙人竟然也前来参加，乐欢盈的人脉果然厉害。

我从《京客》辞职之后在同行聚会上和他见过几次，但都只是匆匆点个头，从来没有深谈。这次照旧。

他随大流跟一桌子人一起祝福新婚夫妇新婚快乐，没多说什么。

直到我陪着明雨敬完酒，换掉了旗袍，送她去新娘房里休息，终于有时间去卫生间，出来时正好在走廊看到捏着烟头的他。

两厢对视，我不好再走，只得主动打招呼：“赵总。”

他招招手：“借个火。”

我从口袋里拿出伴娘必备的打火机，递给他。

这个人拿到打火机，转了转手里的烟却没点燃：“今天乐欢盈要发几篇稿子？”

“一篇人物稿、三版新闻稿还有下午一个媒体群访。”

明人不说暗话，这样的时机，乐欢盈必须要给邹航做一波公关，安抚粉丝或者巩固人设，机会摆在那儿不可能不利用。赵缂是行家也没必要瞒着。

“人物稿由你经手？”

“嗯。”

赵缂突然低笑了一声：“那时候就不该答应曾源借你去写娱乐稿。”

我一怔，这话是什么意思？

各组总编借别组的记者写稿是常见的事，怎么他还跟赵缂商量过？

赵纬又问："这几年的宣传稿写得过瘾吗？"

这话我不知道怎么回答。

以他这个资历和段位，没必要这么无聊找机会挤对我丢失做文化记者的初衷吧。

"石砂上周开展，还跟我问起你。他最近几件作品被欧洲那边的博物馆收了，价格不错。"

我知道，还邀请过我去，但是当时给明雨筹备婚礼没有时间，当然主要是因为不怎么想去。

石砂、杨凡、司棋，那时候让我在一瞬间看清了人的复杂、无奈和钻营，不是什么愉快的回忆。

"石砂还算是有心，他一直感谢你，如果没有那篇稿子出来，他就真跟高明解约了，可能之后就是完全不同的命运。"

"不用感谢，那篇稿子写得其实不好。"我低头。

"你这是说气话？"赵纬笑起来。

"不是，您肯定知道那个稿子的水平甚至算不上行活儿，我那时候写东西夹带了太多情绪。"虽然现在也是，不过现在的稿子带情绪是行规。

我实事求是地说："石砂能有今天的成就，我很替他高兴。当初是没想到他会同意和解，之后又很快续约。高明之前扣下他的证件，控制他的行动，还去他的老家威胁他的父母，都是流氓的做法。继续跟他签约其实很有风险……"

赵纬突然问："那都是他的一面之词，你怎么知道就是真的？"

我摇摇头，无力地说了一句："就是感觉吧。"

我直觉他没有骗人，但是……

“你的感觉有什么重要？”赵缂说。

后来我也明白了这个道理。

赵缂叹口气：“没想过那时候为什么在网上被骂吗？”

我想了很多。

他抬眼看我：“是不是也怀疑过我叫你去写这篇稿子的目的？明知道你是那样的写法，还让你去写这种需要很多证据做支撑的稿子；明知道你才入行，很容易被采访对象引导，写的文字可能会不够客观可还是让你去写？我到底什么目的？是不是想给《京客》制造争议话题？”

想过，但也就是想想，可是想明白也没什么意义。

我们都沉默了片刻。

赵缂问：“黄瀛子，你知不知道做记者最重要的是什么？”

“坚持事实。”这个没有什么可质疑的。

“那你知不知道，做记者最不重要的是什么？”赵缂看着我。

我现在大概知道了……

“最不重要的就是你的感觉。你是记者，只有事实才是最重要的。”赵缂看着我，一字一句地说，“你做记者迟早要明白这个道理，或者你早就明白，但是无法真正实践。我那时候等不及，希望你快点成长，想用石砂的稿子给你上一课，但是没想到你被吓着了，缩回壳里再也不肯出来。”

我怔住，这才是他的真实想法吗？

赵缂摸出了一根香烟，点上说：“我不必给自己辩解，但是也不想你对我有误解。那个稿子给《京客》带来多少关注度都是有限的，就算有这个想法，若司棋不把稿子放在网上炒作，效果也是微不足道的。”

此时的赵缂跟我刚入行时候的大前辈重合，亦师亦友。

“没有才能也就罢了，有才能的记者，你笔下写的每一个字都可能影响一个人的喜乐和命运。但就因为这样，你更不能随便动笔。你的喜好、你的厌恶、你的悲悯、你的傲慢都会显示在你的文字里。流露个人的好恶是小说家的自由，却不是记者应该做的。这个世界上如果还有一种人要说实话，那就是记者。身为媒体人，除了客观事实，一个字你都没有资格写。你的文字好，这个没话说。但是如果不能舍掉自我，迟早有一天会成为煽动公众情绪的工具。我那时候想，你被骂骂也好，吃一堑长一智。不过看来还是太着急了……”

也不仅仅是这样，那时候太多事情同时发生了，而且……

“我写的是人物，太难脱离我的感觉动笔。”无法信任采访对象对我的挑战太大了。

“你的感觉就是你的认知，你又怎么知道你的认知就是对的？就是全面的？就是真实的？”

我无话可说。

“所以，在特稿里收敛住你的感觉、你的认知、你的自以为是。你的态度在你的稿子里一点都不重要。”

赵缂看着我：“你天生就是做记者的材料，有天然的良知、敏感和决断。只是要想当一个好记者，最重要的是不断坚守自己的良知，然后在报道的时候彻底抛却、粉碎自我。你那时候还做不到后半句，我是想用那个稿子教你这个道理。”

……现在说这些也太晚了，我已经好久不写特稿了。

赵缂似乎也想到了这一点，叹了一声：“我可真是老了，竟然跑这儿来给你上一课。接下来有什么打算？”

我看看脚尖想了想："暂时还是这样，写写约稿。"

他点点头说："等你忙完了，到我办公室去一趟。"

"……好。"

"地址我晚点发给你，不是胡同那里了。"

"嗯？"我的手机这会儿响起来，念慈来电说奶奶要走了，想见我。

赵绯见我忙，笑了一下，摆摆手走了。

我匆忙挂断电话，跑到酒店大堂。

念慈奶奶在沙发上坐着，明雨、念慈、邹航、郭靖、蒋翼还有关超夫妇围在她身边。

"不是明天的火车吗？怎么今天就走？"我跑进来，蹲在奶奶膝前。

关超说："我岳父岳母过几天要回北边，下午就想回家，他们开车过来的，想说带奶奶一起走，比火车舒服一些，路上也可以逛逛风景。我就想起再算上郭靖那辆商务，家长们正好都坐得下，就给他们退了票，算是夏令营了。"

亏他想得出来，不过确实挺好玩的。

家长们都带好了行李，两辆商务车，郭靖爸爸和关超爸爸一人开一辆回家，简直安排得不能再合理了。

我有点舍不得："还以为你们会多留几天。"

念慈奶奶拉着我的手说："瀛子小时候那么调皮，现在也是大姑娘了。"

这已经是这次见面奶奶跟我第三次说这番话了。奶奶这几年记忆力越发差了，不过仍旧和从前一般温暖。她抚摸过我的头，问旁边的蒋翼："瀛子让我给你补的那个护腕，戴着合适吗？"

蒋翼一怔。

我慌乱了片刻："那个，奶奶……"

"合适。"蒋翼接了话。

我没再吭声。

奶奶高兴道："那就好，她跑过来拿着护腕宝贝得跟什么似的，说怎么也补不好，一边说还一边掉眼泪，可怜得呦。"

蒋翼和我都没说话。

他没问是哪个护腕，我也没有解释那是什么时候的事。

门口有服务生跑过来说："车已经到了，可以走了。"

关超他们先去开车，郭靖上前搀扶奶奶，老人回头摸摸明雨和邹航的脸笑："奶奶回去了，你们好好过日子，幸福快乐，早生贵子，百年好合。"

明雨他们用力点头，念慈搀扶奶奶另外一边胳臂。

奶奶笑问："念慈什么时候结婚呢？"

念慈笑："奶奶怎么想起催我？"

"你看明雨他们拍的照片多好看，奶奶龙凤褂都给你绣了好多年了，你看你现在瘦的，穿的时候要改改了。"

念慈笑："我不结婚也可以穿嘛，我就穿着龙凤褂跟奶奶拍照，行不行？"

奶奶无奈笑笑，拍拍一旁沉默不语的郭靖的手，意味深长地笑了笑，然后上了车。

家长们说："都回去吧，到家给你们打电话。"

奶奶打开车窗，挥挥手说："奶奶先走了，你们好好工作、好好生活，不用惦记。"

大学之后都是家长送我们去往四面八方，这还是第一次我们一起送爸妈们回家。车子开远了，大家一时间情绪陷入低沉。

邹航先笑起来："走吧，我定了玩的地方，今天除了我媳妇儿可以睡觉，其余全听我指挥，咱们撒欢儿玩起来！"

所有人大笑，气氛再次热络。

邹航订了城里最有名的会所盛唐安。快到的时候，蒋翼一边停车，一边仿佛不经意地问我："所以护腕在哪儿呢？"

"什么护腕？"

"别装糊涂啊。"

"谁装糊涂呢！"

他这边车子刚停好了，我没等他就一溜烟跑下了车，心里想可真尴尬，要是让这人知道我高三毕业那年，抱着他已经很久不用、脏兮兮的护腕哭得死去活来，我就没脸面可言了。

明雨他们因为很快会启程去美国，所以没有特别安排蜜月，反而留下来跟朋友聚会。我们刚吃过宴席都不怎么饿，就跑去唱歌、打牌，后来就喝酒、玩游戏。

晚上大家都微醺的时候，聚会终于到了必备游戏环节——真心话大冒险。

可心主持游戏，大冒险花样百出，任何人都逃不过。

蒋翼坚决不肯真心话，可心提出大冒险让坐在他上下游的关超和廖星与其嘴唇交接扑克牌三张。

关超拿起扑克放在嘴上向蒋翼挑衅："玩不起就算了。"

蒋翼当即咬牙竟然真的接了，脸上英勇就义的表情让人不忍卒看。

高潮是庄远被抓，可心眼珠一转，娓娓道来："大冒险就是，跟距离你最近的同性告白。”

所有人当即狂笑。

庄远身边是刚跟廖星间接激吻后喝了半罐啤酒漱口回来的蒋翼。

蒋大爷勉强维持镇定，额头却隐隐有黑线浮现，挣扎着想离座时被关超按下。

庄远却笑起来，放下啤酒转头看着蒋翼，深情款款地说：“蒋翼，我爱你，我喜欢你好久了，我觉得我还可以喜欢你一万年。”

蒋翼嘴角僵硬，从牙缝里挤出一句话：“我谢谢你啊。”

大家笑得前仰后合。

明雨在我耳边偷笑：“这情节再加上廖星，他们仨就是一段虐恋啊。”

可心说：“我怎么觉得庄远说得有点真诚呢。”

我：……

这样的欢乐时光太难得了，而在不久之后，蒋翼和庄远出人意料地进入了昏天黑地的冷战。

八月份送了明雨和邹航走，蒋翼的项目开始进入白热化的制作阶段，经过前几年的历练，团队对接手制作的过程得心应手。

蒋翼得以把自己从总策划的工作里解放出来，上半年几次越洋飞行，专心商务运营。

庄远和他频繁见面，两人在工作室里一关就是两三个小时，有时候心平气和地结束，但大部分的时候都不欢而散。

深秋的时候，两个人终于爆发了一次争吵。

那时我跟蒋翼在一家商场顶楼的西餐厅吃午饭。我刚刚跟赵缂见过面，有些事情想跟蒋翼商量，但是庄远突然打来电话，蒋翼报了地点之后，这个人直接杀了过来。

幽静的餐厅角落，庄远坐下来的时候神色冷肃，蒋翼没说话，问了一句："吃饭没有？牛排还是意面？"

庄远没答话，直接问："蒋翼，这事今天得有下文了，你自己很清楚，按照这种烧钱方式你们挺不了多久。品质再重要，不能活下来都是做白工。"

蒋翼放下手中刀叉："如果做出来的东西不像样，那我宁可它死掉。"

"这不是孩子气的时候！"

"我是不是孩子气，你心里清楚。"

"你们自己的钱不够用，北投这边愿意加投，为什么不答应？"

"他那个加投条件是帮忙还是趁火打劫……"蒋翼没继续说下去。

庄远脸色僵了僵，冷冷说了一句："蒋翼，以咱们的交情，我这个想法到底是趁火打劫还是帮你，你心里有数。"

蒋翼放下刀叉："庄远，咱们之间最没必要的就是，把事挑得这么明白。我就是心里有数才这么做。"

"投资三千万回报三个亿和投资三个亿回报四个亿，哪个是好买卖？只有这个项目实现利润最大化，你才可能实现之后的想法。"

"眼前的项目都做不好，还谈什么之后。"

"你这是小作坊的思维！"

"随你怎么说，我做事就只有这一条思路——要做就要做好。"

庄远强忍着气，苦口婆心劝道："你知道现在市场上每个月有多少部动画电影上映吗？能收回来成本的有几部你知道吗？要打造一个好的概念、有价值的世界观需要多少人力物力？就算侥幸能按照品质做出来，后期宣传发行需要多少钱和资源？你现在就这么几个人，光有个想法，有那么一点钱，有那么点自以为是的才华，你认为要哪辈子能实现你的想法？”

我从不曾见到庄远用这么重的口气说话，有点被吓住，可蒋翼神色不见丝毫变化，他质问道：“你当初跟老魏他们也是这么说的？”

庄远脸色突然一阵发白，黑色的睫毛下垂，起身便走：“算我没说。”

蒋翼看着他的背影：“是，我就算你没说。不然以咱们的交情，你这么干，之后就不用见面了。”

庄远回头，黑色的眼睛直愣愣地看着蒋翼：“你觉得你跟老魏一样，那我没话说了。”

庄远的身影很快消失，蒋翼没说话，他想摸烟，见我在旁边又停下了手，说：“吃好了吗？走吧。”

我一时间被这样的氛围镇住，从餐厅出来好半天才问：“你俩到底怎么了？老魏是谁？”

“你不认识。”

“不认识才要问，还有庄远最后那句话是什么意思？是说你觉得你能力跟老魏的一样，还是说你觉得你对他而言跟老魏一样？”

蒋翼一脸莫名其妙：“咬文嚼字干什么？”

“两个意思区别很大啊。”

“爱什么意思就什么意思。”

“那你是不是暂时就不回美国了？”我突然眼睛一亮。

“嗯，留在国内找钱。”

“你不是不用投资吗？”

“是不能用庄远那样的钱。别的项目无所谓，《雷震子》不行。”蒋翼突然低头咒骂一句，紧接着压住烦躁，就事论事道，“找不到靠谱的人一起做，暂时不能走。”

我明白他苦恼，虽然心疼却帮不上忙，突然转换了话题问：“那我生日之前你是不是都不走了？”

“不走。”蒋翼一抬头，正看到我嘴角控制不住地往耳朵后面咧，气得笑起来，“我这愁得想打人，你倒高兴了。”

“有人留下来给我做饭，我凭什么不高兴啊！”我抱住他手臂往外走，“今天就给我买生日礼物吧。”

“离你生日还一个月呢。”他提醒道。

“都出来了，省得你再抽时间跑一趟嘛。”

“少来，每年都来这招。”蒋翼任由我挂在他身上，把我拖曳着又下了一层，“今天要一份，到了生日当天还要一份，这么些年让你坑了我多少回了？”

“今年不会的，我都多大了，哪儿还好意思要两个礼物，今年就只买一个贵的，一劳永逸！”

“还一劳永逸的？我这项目把老本都投进去了，眼看着都要啃老了，你好意思吗？”

“那更好意思了，就算你替蒋叔他们给我买个礼物，我谢谢你们全家了。”

我俩嘴上斗了几个回合，正好到了商场一楼。这回变成我拖着蒋翼进了一家乐高玩具店，拿起一个早就看上的航空母舰指给他看：“我喜欢这个好久啦！好不好看？”

“好难看。”蒋翼怼了一句。

“好不好看?!”我跺脚。

这个人嘴角翘起来，揉了揉我的头，自觉地掏出银行卡给售货员。

售货员想笑又忍住了，接过卡问：“就要这个了吗？”

“就这个！”我喜滋滋地跟着售货员去输密码结账，拿着卡回来的时候正见蒋翼在打电话，神色凝重。

“怎么了？谁的电话？”

“念慈的奶奶刚去世了。”

我小时候做过一个梦，梦见念慈奶奶给念慈绣的藕荷色袋子被风一吹，就胀得像山一样大。我们就跳进袋子里，奶奶把袋口系上，手里捧起装着一群小孩子的袋子，腾云驾雾，我们在里面好像是在坐蹦蹦床，开心得像是永远不会长大。

然而终于有一天，梦醒了。

回到家之后，发现念慈的眼睛熬得发红，这些天几乎没吃东西，虽然行动如常，但气色很不好。

我们所有人陪着念慈在山上送别了奶奶，她身上的白色围巾是奶奶夏天时候给她打的，又给她缝制了一条白色的裙子，还把自己装绣线和银针的小箱子的钥匙交给她，说：“想要找什么，以后念慈就可以自己来找了。”

尘土毕现的那一刻，念慈的眼泪再也忍不住，啪嗒啪嗒掉在了寒冷潮湿的新土上。

她低下身，抚摸奶奶微笑的照片，哽咽着说：“奶奶，您慢慢走，我一切都好，您别惦记。”

我们所有人都忍不住泪流满面。

因为行动不便，奶奶习惯说那一句“奶奶走得慢，你们先回去”。

可这一次，仍旧是我们先回去，然而奶奶不会跟上来了。

那温柔慈爱的老人，那把每个小孩子都放在口袋里、放在手心里好好呵护的老人，终于跟我们挥挥手说："奶奶先走了，你们好好工作、好好生活，不用惦记。"

送别了奶奶，似乎耗尽了念慈全部的精力。

她回到北京就大病了一场，把工作四年积攒的年假都在这一次休完了。

我和郭靖轮流在她东四环新装修好的公寓里照顾她。十一月的倒数第二个周末，夕阳慢慢靠近地平线的时候，漫天的火烧云把二十一层的房间照得明亮如同清晨。

念慈终于好了起来，她睡醒了洗好澡，穿着白色睡裙、赤着脚、披散着头发从卧室里走出来。屋子里暖气很足，她看着在厨房里煮粥的郭靖，趴在门边笑了笑："我闻到这么香的味道就知道不会是瀛子掌勺。"

满地的夕阳中，我坐在客厅中央拼一座霍格沃茨城堡，那是她买给我的生日礼物，虽然生日没到，还是被我翻出来先行享用了。

我跳起来邀功："衣服都是我洗的，前天早上的白粥你不是也说火候不错？"

"不错不错！"念慈帮着郭靖把碗筷摆好，说，"我记得还有你上次拿来的香肠，在冰箱最上层。"

"你坐着吧，我来拿。"郭靖轻车熟路地找到食物，四菜一汤一粥上了饭桌。

三个人围坐，安安静静地吃饭。

这时念慈的手机响了。

我跑去卧室给她拿出手机，屏幕上是这几天每天都会闪现至少一次的号码。

念慈也没有避讳，当着我们的面接起来，那边年轻男人的声音如释重负：“你总算是接电话了，是不是好一点了？”

我看着郭靖如常的脸色，心里叹了口气。

念慈应对自如：“好多了，谢谢关心。”

“所以我今天可以去看你了吗？”男人步步紧逼。

念慈想了片刻，笑一笑：“不要了吧，我还没完全康复，下周上班了咱们再见面吧。”

男人没再说什么，念慈放下电话之前突然想起来：“对了，项先生，之前你拿走的我的福袋能否还给我？那是奶奶留给我的，很珍贵。”

电话那边顿了一下，男人笑道：“那个现在不在我这儿了。”

念慈没说话。

对方投降：“我说的是真的，这样，我去找叶大律师要回来，等咱们见面给你带过去。”

“好。”

我和郭靖都没问对方是谁，吃过饭，郭靖便开车送我回家。

他这几年生意越做越大，几乎常驻北京，前年和念慈各自在蒋翼的房子旁边买了一处公寓跟我们做邻居，还有明雨也住这附近。房子一到手他们就被人夸眼光好，那边是学区房，之后几年房价简直飙升到天价。

不过念慈因为工作地点远，几乎没有住过那套房子，一直出租着，今年又在东边买了一套公寓，就更少回去了，每次我们要聚会都得横跨北京。

那天晚上郭靖送我回家，我坐在车里四处扭动，郭靖看了我一眼：“你这是哪儿难受？”

我说：“心难受。”

郭靖了然，笑起来：“我都不难受，你难受什么？”

这人终于愿意跟我承认他的心情了。

我再也忍不住，问：“郭靖，你到底想和念慈怎么样呀？”

郭靖没有转移话题说一些类似“这不是我想怎么样就怎么样，要看念慈想怎么样”的废话来搪塞我。

他只是说：“我只希望她开心幸福。”

我怔住。

北京城夜晚繁华的长安街，郭靖的心和那条路一样平整、笔直、悠长。

“瀛子，我喜欢念慈，喜欢太多年了。也许会喜欢一辈子，但是我从没想过要她回给我同样的感情。我喜欢她，我只希望她快乐。”

“可是喜欢一个人就一定想和她在一起啊！”我焦急道，“不然会很难过的。”

“是会有一点难过，可是喜欢一个人的心情是这个世上最可遇不可求，也最不能强求的。”郭靖平静地说，“我跟颜昫不是一类人，十七岁的时候知道她喜欢颜昫，我就已经知道自己出局了。”

“可世上的事本就不是非黑即白的，爱情更不是！”

一盘磁带，你喜欢 A 面的主打歌，可也许 B 面会有一首你更喜欢的歌。

我从没想过，看起来最勇敢果断的郭靖，在念慈和爱情面前，曾经那么自卑和颓唐。我心里难受，急迫地想让他明白，让他不要后退，让他再往前一步。

可郭靖依然坚持：“是啊，感情不是非黑即白的，可无奈的是，即使如此，我也不是恰恰好的那个。”

恰恰好？

我怔住，这个话颜昀也说过。

“高中毕业的时候我就已经决定放手了。”

那么早？

那么早已经决定放手念慈？

可这么多年为什么还一直陪在她身边？

为什么还对她那么好？

“我们虽然没有挑明，但是其实有尝试过用恋爱的方式接纳彼此，只是很快就知道那样不行。念慈是不能违背自己心意的人，而我不能违背自己的喜欢。”郭靖看着前方，“大四毕业那年，念慈虽然想留在家里陪伴奶奶，但最终决定来北京的时候，我们就知道‘朋友’是最适合我们的距离。”

此时车载音响播放着《一生所爱》：相亲竟不可接近，或我应该相信是缘分……

郭靖送我到楼下时说：“瀛子，自己喜欢的人恰好也喜欢自己，是天下最可遇不可求的事情，要好好珍惜。”

我微微发愣，郭靖的车已经走远了。

六层的房门打开，扑面而来的是温暖的空气和蒋翼身上青杏一样的味道。

夜灯的光温亮如月，蒋翼在客厅的窗前抬起头，他这段时间太过忙碌，越发瘦了，英挺的眉眼里有一丝疲惫：“念慈好些了？”

我心里说不出的安定，走过去坐在他对面，趴在桌案上，没答话。

他笑道：“怎么了？郭靖刚刚打电话说念慈好多了，你怎么还不高兴？”

脸颊感受着温润的风，我看着窗外，低声问了一句：“蒋翼，你是不是我的恰恰好？”

“什么？”

我顿了顿，起身看向他：“蒋翼，高中毕业你要去美国，为什么不提前告诉我？”

我们看着彼此，房间在此刻静了下来。

蒋翼放下手写笔，沉默了片刻，才淡淡地说：“我有害怕面对的事情。”

你怕什么呢？

你那么聪明，做任何事都游刃有余，想要的从来不落空，你会怕什么呢？

我刚准备质问，蒋翼的手机突然响起。

他看了一眼旁边的手机，迟疑了一秒钟，便接了起来。

电话那头是他的合伙人候晟强装镇定的声音：“蒋翼，咱们有一部分原稿和设定被泄露到网上了，之前说好要注资的两家都打电话过来，听意思是不会跟投了。”

蒋翼迅速披上大衣赶回办公室。

我戴上围巾准备跟他一块去。

蒋翼穿好靴子，回头看着我：“你在家睡觉，不用等我了。”

我坚持道：“我跟你一起去。”

“太冷，也太晚了。”

“我就要跟你一起去。”

你这次别想一个人走。

他顿了片刻，等我穿上大衣拉着我手一起出门。

从北四环一路往东，路上开始飘雪花，我们在车里隔绝了冬日的冷冽和萧瑟。

他明明心急如焚，面上却看不出波澜，有一搭没一搭地和我说话。

我忧心忡忡，也明白苍白的安慰没用，只是安静地在他身边陪伴。

刚刚的话题我俩都没心思再提起。

公司里灯火通明，可所有人没再继续工作，而是纷纷垂头丧气地坐在办公室里。

蒋翼看了一眼就进了会议室，我转身到他办公室去等他，走到门边时听见会议室里传来的谈话声：“有一段肯定是从内部流出去的，咱们才做出来，外面的人根本没看过。”

“上周做出来以后唯独给北投那边看过，也说不好是怎么回事。”

北投？那不是庄远的公司？

我脑海中突然一阵轰鸣。

我捏着手机走到电梯间，想打给庄远，就在这时，电梯门突然打开，庄远从里面匆匆走了出来。

我手脚冰凉，瞬间退了一步。

他一怔，但是很快恢复如初，问：“瀛子，蒋翼在哪儿？”

我指了指会议室的方向，庄远匆匆赶了过去。

我跟了过去，一个人在透明的玻璃房外看着他们说话、争吵，终于，两个人同时站起来，背对着彼此。

半分钟后，庄远脸色铁青地推门而出，候晟要追出来，蒋翼冷冷地说了一句："让他走。"

候晟不甘心地看着庄远的背影，回来一屁股坐在地上："这下全完了。"

庄远在电梯门前站了片刻，神情镇定地拿出一根烟，还没找到打火机电梯就来了。

他进门的时候转身才看到跟在后面的我，神色微怔。

我看着他，没说话。

庄远神色柔和了下来："瀛子……"

我问庄远："他们说有一个片段是北投放上网的，是不是假的？"

庄远顿了顿，说："我不知道。"

我低头。

"瀛子，你知道不是我，对吧。"

是，我知道，可是你刚才来是要做什么？

庄远闭了闭眼，再睁开时疲惫地说："我知道你不会劝他，但是瀛子，项目最终的目的是赚钱。他现在放手，收益才能最大化。"

可是蒋翼做这个项目的目的是做出好作品，收益是其次的。

庄远仿佛知道我在想什么，补充道："我知道他最看重的不是收益，可是他太理想主义了，雷震子的翅膀是真金白银打造出来的。做商业项目讲究回报率，蒋翼这样不计代价，如果输了，他接受不了。"

是的，你知道，他从来好胜，输不起。你担心他，可是……

"每个项目都保持盈利，才有更多空间做新项目，人不能被眼前的事情困住，要看得长远。"

可是他从来只做自己觉得对的事，每时每刻。他不会被任何人左右，这个你也知道。你们仿佛都在为对方考虑，可为什么一定要对方按着自己的意思生活呢？

我不说话，只看着他，他回看我，电梯门缓缓合上。

蒋翼忙了一个晚上。

清晨时分，蒋翼拍了拍蜷在办公室沙发上睡着的我：“走了，咱们回家睡。”

我迷迷糊糊睁开眼，看到他满眼血丝，问：“老魏是谁？”

雪还未被清理，蒋翼车开得不快，回家的路上，他才跟我娓娓道来。

蒋翼的工作室最早成立的时候得到了很多留学时认识的前辈的支持和帮助，老魏就是其中之一。老魏理工科出身，手上有一个独家技术专利，国内国外有很多公司都尝试要买下这个专利，但是都被拒绝了。

当时老魏想回国发展，打算在国内成立一家特效公司，靠着自己的技术专利接制作赚钱，然后制作新的内容。不过国内外的企业经营风格不同，公司在国内水土不服。老魏是做技术出身的，本来就不善于经营，回国一心想推出他设计的卡通形象“灯泡先生”，为此投入大量金钱，逐渐入不敷出。这个时候，庄远所在的北投旗下一家文化公司通过收购债务的方式介入了老魏的公司经营。

一开始北投确实给“灯泡先生”的制作和推广都注入了大量的资金和营销支持，但是产品的上市却没有任何响动，几次三番，投资输血宣告失败，老魏的公司面临资不抵债。

就是这个时候，庄远接手北投的全球文娱投资，向老魏提出：

可以用他的技术专利抵押贷款，以此延续“灯泡先生”的产品投入。

蒋翼说到这里停顿了很久。

车窗外的路灯刚刚熄灭，太阳还没有升起。

这可能是寒冷的北京城最安静也最黑暗的时刻。

我没有问后来怎么样。

“灯泡先生”这个卡通形象最终昙花一现，没能走上银幕，我之前有看过相关的新闻。

我没问庄远在那个时候接手老魏的公司是巧合还是筹谋已久。蒋翼心里想必已经有了答案。

后来的事情就很简单了，老魏卖掉了自己的专利也没能让这个产品走向市场，最终只能带着剩余不多的积蓄回了南方老家，已经很久都没有和蒋翼他们联系了。

蒋翼看着窗外，疲惫地说：“我后来问过庄远，他们是不是就是奔着老魏的专利来的。他没否认。”

“灯泡先生”按照商业投资的眼光来看确实潜力不大，不是北投通常会跟进的项目，更不要说砸那么多钱去培育宣传。北投从一开始想要的一直都是老魏的专利。

“所以《雷震子》这个项目一开始你就不想跟他们合作就是因为这个。”

蒋翼回头看我，半晌笑了一下：“也不完全是。”

他想了片刻说：“动画制作毕竟是大投资，肯定得多方合作。我虽然知道老魏的事，但是庄远做商业一贯目的明确，在商言商，我不做评价，所以还是和他坐下来聊了合作的事情。他们的条件是合作开发整个概念和背后的世界观，如果能够始终按照我们的想法推进项目，收益占比其实也还算公道。去年我们已经准备签约，但是候晟突然从别的地方得知北投先跟渠道谈好了后续开发意向，其中的条款大量出让策划的决策权给渠道方，他们的运作方式粗暴且短视，为了尽快收回成本，肯定无法保障后期的质量和走向。我跟庄远说，不打算继续和北投合作，庄远不同意。”

蒋翼看着前方，眉宇疲惫。

庄远说，在国内做项目，既然已经和北投谈过了，谈崩了还不如作废项目。

一句话激怒了蒋翼。

虽然这未必是实话，但北投不跟进，其他资本更会望而却步，项目风险也会更大，庄远出于不想项目夭折的目的也不会同意他这么做。

蒋翼说：“他很清楚北投的作风，要求我先看重商业回报率也没什么错，我和他只是立场不同罢了，后来我们吵架，各执己见，迟迟没有拿出完满的解决方案，只是谁都没想到事情会发生到今天这个地步……”

现在事情已经很难收拾了，今天还出了片段外流的事，更会让人质疑团队的专业性。

片段外流应该只有两个可能，一个是同行恶意竞争，一个是有吞并之意的企业给的警示。

不管是哪一个，都足够让人胆寒。

“那个片段……外流的事，你不会怀疑是庄远吧？”

“这种下作的事他不会做。”蒋翼说到这儿，笑了一声，“他的招式狠多了。”

第十五章 — 下狠招

很快，我就知道下了怎样的狠招。

片段外流的第二天傍晚，我推醒一天一宿没合眼才刚刚睡着的蒋翼，递给他手机，侯晟打电话过来，他平静地跟蒋翼说："拆伙吧，我带我那 60% 的股权走，账面上没有钱了，咱们能分的就是在开发的项目。"

"可以。"蒋翼没有多问，"怎么分？"

"明天公司见面聊。"

"明天见。"

第二天，我不放心要跟着蒋翼一起去，出乎意料的是，他也没阻拦，甚至让我一直跟到了办公室。

可我没想到的是，会议室里，庄远坐在侯晟的旁边。

这不是侯晟要跟蒋翼拆伙，而是侯晟最终决定接受北投的条件，他们想用最后的办法逼蒋翼就范。

我紧张地看向蒋翼，他面上没有丝毫变化，似乎早就料到了这一切。

两方人马对坐，蒋翼这边空荡荡的，只有我坐在他旁边。

庄远看了看我，神色闪过一丝复杂。

一刹那，我握住了蒋翼的手。

蒋翼微微诧异，但是很快回握，视线仍旧目视前方：“看来你们已经有拆伙的方案了。”

候晟最先说话：“蒋翼，我决定接受北投的方案，你如果不接受，不如退出公司，我会按照市价给你变现。”

蒋翼看了看他，问：“有多少钱？”

候晟没想到他会这么问，吃了一惊，重新把思路带回来：“钱不少，但是《雷震子》已经做到一半了，你现在退出就是前功尽弃，你舍得吗？”

“舍不得，也不会放弃。”

所有人静默。

蒋翼抬头看他：“不过拆伙可以。”

候晟站起身来。

“但是要按照我的方法来。”蒋翼不为所动，“整个《飞仙》的世界观，包括已经进入制作的《盘古》《二十八星宿》《蚩尤》的所有成品和半成品，以及大纲人物、故事都给你们，我只留《雷震子》一个项目。”

候晟气得捶桌子：“项目都做不下去了，拆伙有用吗？”

“现在不拆伙也做不下去了，不如拆了。”

“你能不能现实一点……”

庄远突然打断两边，他看着蒋翼：“《飞仙》所有项目我们都要，你一个也带不走。”

候晟气结：“你们两个过家家呢?!”

庄远看着蒋翼：“已经开始制作的《二十八星宿》《雷震子》，还有正在创意阶段的《战国策》，我们全部都要。”

蒋翼笑起来：“那你们可能一个都拿不到。”

庄远也笑：“股份协议在这儿，这个不是你能做主的。”

蒋翼点点头：“好，那现在我到底要跟你们两个谁谈？”

候晟刚想开口被庄远截断：“跟我谈。”

蒋翼看着他问道：“庄远，我现在以蒋翼的身份问你，能不能让北投放过这个项目？”

“不行。”庄远回看他，“怀璧其罪，这个道理你比我懂。”

《雷震子》被太多人觊觎，北投已经跟进这么久，眼看唾手可得，庄远不可能就此撤手。

“好，那咱们速战速决。”蒋翼直视庄远，“我还是这个话，如果你们全部都要，那就一个都拿不走。有一件事我提醒各位，所有我们在谈论的项目，我是著作权人，公司是委托承制方，候晟不享有版权。你们要拿走开发到一半的半成品没问题，但是版权我要收回，至少到期不会续约。”

胜负欲从来不是空口说说，想赢的人最先考虑的总是怎么做才能不输。

从最开始，蒋翼对所有的收益分成都没有异议，只是始终坚持保留版权。他虽然事事豁达，但是从来未雨绸缪。

但这也是蒋翼的绝杀招了。

庄远靠向椅背：“你留着版权做什么？之前做的成品都废掉？重新开发？要不然就不做了？”

蒋翼放下笔，笑笑：“那就是我的事了。”

“你明知道做下去没有可能！庄远，”蒋翼看着他，“你知道我的，玉碎还是瓦全，我怎么选你猜得到。”

“卖掉版权，我给你的钱足够你再做三个项目。”

“我只要《雷震子》。”

“你只要《雷震子》能做什么？脱离了北投之后，就算你找到钱做出来，还有谁能承接你的发行？”

候晟苦口婆心：“蒋翼，庄远说得没错，北投这样的集团不可能单单让一个电影项目召之即来，挥之即去，这样的项目他们每年可做的很多，之后就算咱们做好了，北投也没必要合作一个此前都已经放弃过的项目，而且现在哪个资方能做到完全不干涉创作……”

蒋翼点头：“但也要有限度。这个问题不必谈了。”

“这是生意！”庄远到底做不到置身事外，“我不期待你懂什么叫在商言商，但是能不能不这么天真？”

“庄远……”候晟试图解劝。

“商业的目的就是盈利，为什么眼看着稀释利润，大笔的钱不赚，你以为之后撞了南墙还能回头吗？带走版权不要开发结果就等于过去三年白做，颗粒无收甚至赔掉一切，你能不能成熟一点？”

蒋翼丝毫不躲避他的视线：“成熟的事你做就行了，我只做我想做的事。”

庄远“腾”地一下从座位上站起来，转身就走。

这句话才是最激怒庄远的，蒋翼永远知道怎么让人不好过。

这两个自负甚至自以为是的人，一个唯我独清，一个肆意好胜，他们有多看重彼此，就有多不服彼此。他们打着“为了你好”和“我欣赏你”的幌子，彼此忍让了太久，迟早要一争高下，上演这一出控制与反控制。

然而此刻，一切无解。

失控的那个转身就走，不服管的那个看着他的背影叫了一声：“庄远。”

庄远顿住脚步。

蒋翼缓缓说：“公司开发权还有半年时间，强行上市你们未必能回本。我可以置气，你们没必要，不如断尾重启，《飞仙》每个人物都值得好好开发。”

庄远冷冷说了一句：“你既然决定放手，怎么开发就不关你的事了。”

“也对，你更清楚生意怎么做才有收益。”这一局占了上风的蒋翼笑了笑，“那这步棋怎么走，你说了算。”

这局蒋翼绝地反击，最后只给了庄远两个选择。

要不然玉碎瓦全，蒋翼带走所有著作权，留给《雷震子》半年的开发时间；要不蒋翼出让全部世界观和内容版权，只带走《雷震子》这一个项目。

前一个两败俱伤，后一个至少算一别两宽。

庄远平复呼吸，回头：“《雷震子》你带走了也没用，北投撤资带走其他项目，还有谁敢投钱给你？”

蒋翼静静地看着他：“那是我的事。”

十一月末的那个下午，蒋翼从东三环的办公室带走了一份合作解约合同，出让了全部《飞仙》的著作权，收回了《雷震子》的全部版权，除此之外，就只带走了一橱窗的手办。

候晟站在电梯间看着他问：“你这和净身出户没有区别，放着大笔的钱不赚，值得吗？”

蒋翼笑笑，没说话。

候晟说：“接下来怎么打算？继续找钱给《雷震子》续命？”

蒋翼摇摇头：“我要睡一觉，先给自己续命。”

候晟张了张嘴，吃惊地看着电梯门合上。

下了两天的雪停了，天气仍旧阴沉寒冷，观光电梯外面是北京城。蒋翼任由我拉着他的手，我微微靠在他身上，什么都没说。

即使强大如蒋翼，这样的割舍也疼痛难忍。

他几次谈判交涉都没有阻拦我跟他一起来，一定早就预料到这一步了。

谁都不想收场的时候是一个人，那样太孤单了。

蒋翼回到家就睡了个昏天暗地，再醒过来的时候已经是二十八号的下午。

我买了新的砂锅，在厨房熬他喜欢的牛骨汤，听见卧室的响动便回头说："你醒了呀？醒了就去洗漱，我爸视频指导我做牛骨汤，快来尝尝。"

洗手间的水声停了，蒋翼刷了牙，刮了胡子，整个人清清爽爽的，只是后脑勺的头发翘起来一撮。

"客厅的箱子里是什么？"蒋翼靠在门边懒洋洋问。

"郭靖上午来过，他这几天跟着关超的岳父去山里看货，想开发山货宴席，走之前来看你就送过来一些吃的。对了，念慈也跟他们去了，她年假还有几天，应该是想放松一下。"我看着他笑，"所以全北京城就剩咱俩了。"

蒋翼笑起来："真可怕，我现在跑还来得及吗？"

我皱鼻子："你可以试试。"

他走近伸个懒腰："我才不跑，我的《飞仙》都卖了，现在一无所有，请黄瀛子大侠路见不平，拔刀相助，好好养我。"

"那你可得乖一点！"我逗猫一样挠挠他的下巴。

"行。"

“来，握个爪。”

他从善如流被我捏捏手，说：“反正北京城也就剩你一个人了。”

我抓着锅铲笑：“还有雷震子呢，我和雷震子都在。”

蒋翼一怔，笑起来：“是啊，都在。”

我盛了一勺汤，吹一吹送到他嘴边：“尝尝味道怎么样？”

他目光灼灼地看着我，不说话。

汤锅里的热气蒸腾，我在他的视线之下突然感觉脸有些发烫，手足无措道：“不喝就算了，我自己尝。”

汤刚刚咽下去，蒋翼的嘴唇就跟了过来。

我一瞬间被施了定身咒。

蒋翼的嘴唇是软的，温热。

那是从没有过的触感和温度。

我手臂环绕他的脖颈，脸颊贴近他的胸膛，鼻尖抵着他的心口，耳鬓厮磨，十指交缠，手心相握，抱他也被他抱。

我们的亲昵与生俱来，可从前的拥抱和牵手都和他的吻不一样。

我从来没有想过，蒋翼的嘴唇是这样柔软。

我看着这个人近在咫尺的眼睫毛，气息是温凉的薄荷。

后知后觉，蒋翼竟然亲了我！

我的初吻！我保留了二十六年的初吻！

我脑子瞬间乱成一团，犹如火车在耳边轰鸣，可身体却一动也动不了！呆愣愣地看着这个人的脸靠近又拉开。

他弓着身体，有点无奈地笑：“黄瀛子，张嘴。”

我下意识地听话张嘴，却在他凑上来的一瞬间用手指抵住了他的嘴唇：“蒋翼。”

他用眼神询问。

我眼巴巴地问："你知不知道自己在做什么？"

你知不知道亲吻代表什么？

你，是不是喜欢我？

蒋翼突然觉得好笑，拿开我的手，再次亲了亲我嘴唇，睡了两天的他嗓音微微有些发哑："我知道，不知道的人一直只有你。"

"我……"我刚要说话，门铃就响起来，紧接着是钥匙的声音。

念慈他们都出门了，这个时间谁会过来。

谁知门口先进来的竟然是关超和他太太小帆，紧接着是郭靖、念慈。他们开着视频电话，看到我们的第一眼，加上正在连线的邹航和明雨齐声大笑："生日快乐！"

我一时间慌乱，一把推开蒋翼。

不推开还好，这下就像此地无银，所有人脸上都闪现出看好戏的眼神。

被推开的蒋翼好不容易稳住脚跟，我脸上发热，立刻躲在他身后。

关超嘿嘿笑："我们是不是来得不是时候？要不然我们走？"

我抓起勺子就要扔他，被蒋翼眼疾手快拎住手腕："弄脏了还得洗。"

明雨在视频里问："怎么啦？怎么都不动啦？"

念慈收回手机："没什么，瀛子百年不遇地下厨，把我们都吓到了。"

关超大大咧咧换了鞋就要进厨房，被蒋翼推出去。

"怎么还不让进？"关超坏笑，"干什么坏事不让人看？"

蒋翼面无表情把他推出去："洗手了吗，就进厨房？以为我们家没有方明雨咬人，对付不了你啊？"

"蒋翼！邹航你听，蒋翼又挤对我！"明雨隔着手机恨不得把邹航扔过来跟蒋翼决战。

邹航隔着太平洋一边吹牛一边伺候明雨用膳："等我回去揍他，来，把牛奶喝了，好乖。"

我想从厨房溜出去，被蒋翼横手拦住。

关超洗手回来又要起哄，我急得跺脚，冲蒋翼龇牙挥拳头："干吗！"

蒋翼本来想说什么，突然笑起来，无奈摊手："没什么，牛骨汤沸了。"

"啊！"我急吼吼转身，掀开盖子，小火加调料搅拌。

蒋翼在我身后站着，我全身紧绷，抿抿嘴唇，突然又想起之前那个吻，当即捂脸。

"你……"好在这时蒋翼的电话响起来，他迟疑了片刻，说了声"我先去接个电话"，转身出去了。

我一个人在厨房里扔了汤勺回头偷看。

话还没说完呢，真讨厌！

"你这是汤太烫，热得脸红？"念慈不知道什么时候到了厨房。

客厅里，郭靖和关超打开游戏机，又找了啤酒，小帆好脾气地帮关超剥果仁，喂一颗，关超吃一颗，可被喂了的关超不老实，像小狗一样故意去咬她的手指头，两个人各自觉得好笑。

我懒得再看他们，回头搅着汤问念慈："你们怎么回来了呀？不是说出去玩吗？"

"怎么会在你生日当天跑出去玩，就是商量好了想给你个惊喜的。”念慈在我身后探究地笑，“不过，惊喜变成惊吓了？”

我哼了一声，害羞道：“你怎么也跟他们一样烦。”

念慈佯装要走：“不想说就算了。”

“哎哎哎，别走。”我慌忙转身拉住她的袖子，看见她促狭地笑又跺脚。

念慈过来抱抱我：“好啦好啦，不过你们俩还想不清不楚到什么时候？”

我小声嘀咕：“刚才好像清楚了点。”

“怎么回事快说说，”事实证明，跨国企业的亚太区高管八卦起来跟普通小女生没什么区别，“到底发生什么了？”

“没什么啦，就，刚刚亲了一下……”

念慈笑得连肩膀都抖动起来。

我恼羞成怒：“你怎么回事，能不能善良一点？”

“咳咳，我们来得真不是时候。”念慈勉强正色，“要不我们先走，你们想做什么继续？”

…………

我怒气冲冲就要把她往外推，却看见蒋翼站在门口。

他手上还拿着手机，似乎正想进来，眼神忽明忽暗。

“怎么了？”我问。

“我外公到北京了。”

“啊？”

“他刚下飞机，想来家里看看。”

“啊？刚下飞机就来？房间会不会太乱？我现在去收拾一下。”

“……嗯，应该是怕我跑了。”

“什么？”我是不是听错了。

蒋翼抹了一把脸："没事……"

念慈问："那我们先走吧。"

"来不及了。"

"啊？"

门铃这时候响了。

蒋翼眉宇间露出懊恼，转身去开门。

蒋翼的外公我只在视频里见过。

老人家清癯玉立，蒋翼的身形气质完全遗传自他。

我们一行人排队在门口欢迎，连关超都正襟危坐。老人家拄着手杖，身后是拎着箱子、气喘吁吁的研究生："冯老您慢点，等等我。"

郭靖过去接箱子，往里面让："请进。"

蒋翼说："您怎么还拎着箱子来？我这儿可没有地方给您住。"

研究生说："不住不住，校领导还带着茅台在酒店等着呢，这都是老师给你带的东西。"

蒋翼摸摸鼻子，冲着进门一言不发就开始巡视的老人的背影喊："带什么了啊，我俩这儿可没地方放。"

"都是你妈带的，不要，你就给她寄回去。"老人挨个儿屋子看了一圈，回来坐在沙发上。

关超说："那多麻烦，我来给他整理。"说完拎着箱子就去了书房。

研究生立刻从怀里拿出咖啡豆："有没有咖啡机，不用加糖加奶。"

念慈接过来："我来吧。"

郭靖跟着念慈进了厨房，小帆把给关超剥好的果仁推到老人面前的茶几上：“您吃。”

老人礼貌地点头：“谢谢。”

小帆抿嘴笑，也蹦蹦跳跳地跟去书房拆箱子了。

老人抬头看看我说：“瀛子，怎么不认识我了？”

我坐过去，手放在膝盖上，老老实实回答：“认识，就是您比视频上凶……多了。”

老人笑起来：“我那是吓唬蒋翼的。”

“那您可吓唬不住。”蒋翼盘腿坐在旁边，他才睡醒又犯了困劲儿，说话带着鼻音，有点像是小时候的样子。

外公瞪了他一眼：“我早就跟你爷爷说把这个房子收回来，没有住的地方，看你还怎么嘚瑟。”

“我爷爷可舍不得。”

外公哼了一声：“他要是知道你这会儿在北京都要喝西北风了，你看他还舍不舍得？”

蒋翼歪头说：“您这大科学家没有生活逻辑啊。我爷爷知道我喝西北风，心疼还来不及呢？没准连园子都不伺候了来北京看我，还得对我嘘寒问暖。”

他一贯会气人，不过道高一尺魔高一丈，这次遇到敌手了。

外公冷冷一笑：“那你打电话给他，说你不务正业开的那个什么公司卖了不说，还一分钱没赚，净身出户。让他和你奶奶来北京，像伺候他的花花草草一样精心伺候你。”

蒋翼眉头阴恻恻地看他，不说话。

我心说这几乎有点人身攻击了，还有，消息传得够快啊。

毒舌外公首战告捷，施施然吩咐："我圣诞节前回美国，你跟我一起走，回去就开始准备复习，考你姑父的研究生，然后一边念书一边去你舅舅的公司实习。"

我当场呆住。

蒋翼眉头快拧成一团了，好在念慈从厨房出来送来咖啡，他才忍着没发作。

"谢谢。"冯教授对念慈很礼貌，转头又问我，"瀛子有没有办签证？不如这次一起办一个，我问问你们院长能不能申请交换学者身份，办起来快一点。我听说你稿子写得特别好，英语也不错。美国也有很好的媒体，我请新闻系的朋友帮你推荐工作机会。"

啊？怎么还有我的事？

蒋翼气得笑出声："您连我都管不住，还想管她？"

外公冷笑："我谁也不想管。咱们家就你一个连硕士都不是的，这我就不说了。你不务正业跑回国一事无成，我原本当你谈恋爱智商掉线，可你谈个恋爱进度都这么慢！"

……这个槽真是吐得猝不及防。

"夏天的时候，瀛子爸妈去澳洲旅行，有男孩特意开车在那边做地陪的，你知不知道？"

蒋翼脸色彻底铁青。

我心里叫苦，想说不是特意啊！就是赶巧了他们报的那个团的团长是廖星的表姐，廖星知道后尽了地主之谊，怎么听起来好像还跟我这儿藕断丝连一样。不过这不是重点，重点是蒋翼他们家难道都认为他回国是来跟我谈恋爱的？可根本不是这么回事好不好……

"我……"

研究生有眼色地适时打断说话，拿着手机凑近了说："老爷子，那边起菜了，不好让校领导等太久。”

老人起身说：“尽快把国内的事情处理干净。”

蒋翼动也没动：“选择在哪里生活是我的事。”

“你选择不清的时候，我们做长辈的有义务帮你选择。”

“这可不是您这样的学识应该说出来的话。”

外公顿了片刻，声音轻了一些：“当初阴差阳错没能带你妈妈走，她自己一个人长大，我和你外婆都亏欠她，现在让你回来你又不肯，算是我们的责任。”

“她过得挺开心的，现在不是也回到您身边了。”

“我们错过太多事，没能陪伴她成长……你也是，前几年你明明已经融入那边的社会了，就算想做动画，你不是在那边已经很有成就了？为什么非要回来做？”

蒋翼被质问得不发一言。

外公目的达到，叹一声：“你这个小孩就是太聪明了，什么都能做，所以好胜、贪心，聪明反被聪明误，我不能眼睁睁看着。况且你明明很喜欢美国的氛围，为什么非要回国？你个性这样非黑即白，能在讲究人情的社会存活到现在，你要谢天谢地。”

“我现在很好……”

外公转身盯着他：“你现在这个样子叫很好吗？”

蒋翼不语。

外公叹了口气说：“你大三的时候在美国春风得意，说要用五年时间做自己喜欢的事，如果成不了再搞研究，你舅舅很当真，一直在等着你回去。现在还有一年，你要是觉得还能做下去，我不拦你。一年之后，我也不一定非要你遵守什么诺言，但到时候你总该是个大人了，应该知道什么是成熟的选择。”

外公匆匆忙忙来，又匆匆忙忙走。

剩下我们几个大眼瞪小眼，围坐在客厅的茶几旁边。

菜倒是不少，我之前做的再算上郭靖带来的，满满一桌子，中间是一个芝士蛋糕。可这顿饭几乎没人动筷子，关超他们几个有一搭没一搭地说话，蒋翼没回答几句，似乎还是疲乏。

我手机里这时候进了一条微信。

庄远发来的：瀛子，生日快乐。

我出神片刻，微信问他：你在哪儿？

没等他回复，转身去了阳台，拨通电话。

庄远很快就接了电话。

我没等他说话，直接说："庄远，你们的事我本来不想掺和，但是想了好久，我还是想问你，为什么这么做？"

庄远语气淡淡的："瀛子，你可能更应该问问，蒋翼那么聪明，明知道我给出的是最佳方案，为什么不肯听我的。"

我真是有点生气："那是蒋翼啊！你们谁听谁的，谁说服谁真有那么重要？"

我有时候甚至怀疑，他们对彼此更愤怒只是因为无法说服对方。

可庄远说："不重要，这是几个亿的生意，多少人的生计都在其中，在这个前提下，什么都不重要。"

他们这是道不同不相为谋了。

一个要品质，一个要利益，都有道理，都很执拗。

这下没什么可聊的了。

庄远顿了片刻，说："还有瀛子，你以什么身份问我方才这些话？"

什么意思？

“是以我和蒋翼共同的朋友的身份问？还是以别的身份问？”

“……这有什么区别？”

“区别很大。”庄远叹了口气，只说了句“生日快乐，礼物过些天见面带给你”便挂了电话。

放下电话我沉默了许久，回到客厅，才发现他们在跟美国视频连线，方明雨说：“才发现我女儿竟然跟黄瀛子一样是射手座。”

“你这么幸运啊，射手座小孩多可爱。”我得意起来。

“预感这孩子很难管了。要不咱们挺过十二月再生？”邹航跟明雨商量，然后就被当众殴打了。

方明雨撒娇道：“快让我卸货吧！宁可再赶十次论文也不想怀孩子了。”

真的好奇妙，我还记得方明雨当孩子时的模样，转瞬即逝，现在等她生个小孩，带回来和我们重聚。

不过邹航这个想什么来什么的家伙竟然真的差一点又心想事成。

好在明雨的愿力也强大无比，虽然迟到了几日，小婴儿在那年十二月二十一日，射手座最后一天的傍晚出生，女孩，六斤八两。

妈妈名校博士学位在读，爸爸是在异国超市买奶瓶也会被认出来的大明星，一个幸福的小孩子就这样被我最好的两个朋友带到了这个世界。

邹航第一时间给我们发了他们三口之家的视频，小孩子一会儿哭一会睡，明雨也是。

满月的时候，乐欢盈用公司微博 po 出孩子的小手，文案是我写的，很简单的一句话：“谢谢你来到我们身边，一生爱你。”

那是明雨第一次产检的时候听到小孩子的心跳时说的，我们都感动得无以复加。可当新手妈咪终于熬过生产疲惫和激素紊乱，喘过一口气刷到微博的时候只评价了四个字：“太矫情了。”

隔年二月，快过年的时候，明雨他们从美国回来了。

抵达北京的晚上，我们全体出动到了机场。

小婴儿睡了全程，贴心得不可思议。

“真好玩。”我凑过去戳她的小脸。

邹航吓唬我：“弄醒了你就带走，我哄她妈妈一个都哄不过来。”

话音刚落，就看见小丫头眉头皱起，紧接着就是一声响亮的啼哭。

我们一行人赶紧逃离是非之地，可小孩子睡饱了哭得越发有精神。一路都不消停，一同从美国回来的辛老师无奈道：“跟明雨小时候一样，只要哭了就哄不好的。”

明雨一脸绝望：“她可千万不要像我小时候那么难缠。”

辛老师笑着要接过小孩子。明雨却没有松手，嘴唇贴在女儿柔嫩的额头上亲一亲，小声地似乎在念什么魔法，神奇的是，小孩子跟着渐渐地安静了。

“她真的好像我啊。”明雨看她睡熟，这才让妈妈帮忙抱过去，神情不知是喜是忧，“尤其磨人的时候。”

邹航边开着车边安慰：“不会的，女儿随爹，我小时候在手术室门口的长椅都能睡觉，也好带。”

“你以为我女儿像你那么经折腾的吗？”方明雨突然开始翻旧账，“下雨天不戴帽子就出门，她上次感冒就是因为你粗心大意。”

“那就是咳嗽了一声，不叫感冒……”

“那什么叫感冒？非要流鼻涕发烧吗？她多小的孩子，真要发起热来还得了？”

我坐在后座瑟瑟发抖，方小王当了妈后简直武力值爆表，这个脆弱又跋扈的劲儿太吓人了。

不过邹公子以不变应万变，满口应承：“好好好，她上次感冒全赖我。”

明雨被敷衍却突然笑起来，疲惫地抓邹航的手臂：“她一定要多像你一点，那才招人疼，我小时候是真的很磨人。”

车子停在他们的家门前，邹航解开安全带亲亲明雨的额头：“现在也很磨人，可是我喜欢你磨人的样子。”

两个人当我们的面亲了又亲，我一脸尴尬，蒋翼侧脸看窗外，一手捂住我的眼睛：“别看，少儿不宜。”

我扒开他的手，眼巴巴想看，“本少儿很宜啊”。

蒋大爷要是也愿意在大家面前和我如此默契、亲近就好了。

从去年生日之后，我和蒋翼进入了偶尔会亲亲的关系。

我三不五时会按住蒋大爷问：“为什么亲我？”

他十有八九会回复：“你说呢？”

“是因为喜欢我吧！”

“那就喜欢吧。”蒋大爷从来答得都很随意。

“不要敷衍我！”

“那就不喜欢。”

“为什么不喜欢?!”

他被问烦了就会再亲亲，亲过后，我一般就忘了追问，或者也没机会再追问。

况且他的状态好不容易好转，我也不想逼得太紧。

这个人数月来过着隐士的生活，早睡早起，平时会拿出电脑来做特效，但是大部分时间就在家画画，有时候画着画着就睡着了，睡醒了就做饭，研究新的菜式。

反而是我越发忙碌起来，年初就开始在沈世群的公司世河娱乐做公关顾问，帮忙制定宣传策略，打造艺人形象。

念慈有一次问我："你之前说你原来的总编找你去做新媒体平台，怎么后来没去了？"

我说："当然是要选钱多活儿少。"

念慈不为所动："你不是一直想回去采访写稿？"

"……我现在不想辞职，谁知道赵缂创业靠谱不靠谱。"

念慈审度地看了我片刻，也没多说什么。

北投跟世河来往密切，庄远有时候会出现在我的工作场合，也会和我一起吃工作餐，但是都没怎么深聊。

他偶尔会问我蒋翼最近如何。

我说在画画。

有一次，碰巧旁边一位电影制片了解一些前尘往事，就随口问："美国那边有人在接触他，想继续做《雷震子》，他怎么不同意？"

我摇头说不知道。

不是不想说，是真不知道。

蒋翼表面看起来什么都不在意，可真要执拗起来根本没有人能劝动他。

"这么萎靡不振，不像他。"

“萎靡不振倒是没有，每天看书画画，反而比之前气色看着好了。不过确实话越发少了，除了偶尔和朋友聊天互怼，打打游戏，大部分时间似乎都在放空。”

我不太跟蒋翼聊这些事，但是邹航他们回来却另有想法。

过年前我们一起回了家，初二的时候大家聚在一起吃饭，我和明雨从外面洗手回来，正听见邹航和蒋翼说：“昨天我和郭靖已经算好了全部能动用的现金，还是有不少的。”

郭靖说：“应该够你完成项目。”

关超也说：“我那点苍蝇腿也是肉。你那个故事的背景跟‘飞翔’有关，我跟我们主任说过一回，他大学同学和文化部那边很熟，想推荐你这个故事过去，看看能不能得到优先关注。”

念慈说：“资金池我会给你做管理，一定不会让你的资金链断掉。”

我突然明白这几个人是想给《雷震子》续命。

蒋翼似乎有些犹豫：“再说吧。”

郭靖看着他说：“都已经画了一半，不要半途而废。”

邹航笑：“反正我们的钱放着也是放着，没准你这个项目火了，我们就退休了呢，是吧？”

蒋翼想了片刻，没有继续拒绝，反而问郭靖：“你今年杭州的新店要多少钱？”

郭靖说：“零售那边今年的状况特别好，现金流很好，足够开店。这个你不用操心，就把你自己想画的画出来就行了。”

蒋翼没说话。

动画投资巨大，郭靖的食品产业一直在扩张，资金吃紧，而邹航这一两年收入才算稳定下来，更别说关超身在公职，家里的网店是小本经营，他们俩如果出资，那便是倾囊相赠了。

明雨在旁边圆场，劝蒋翼："做成了一起赚钱，做不成大不了就是四个穷光蛋，念慈养活咱们。"

念慈点头笑："是啊，还有我呢。"

她刚给明雨的女儿存了教育基金当出生礼物，没想到连孩子爸妈还有一群狐朋狗友也要一起托管。

我们几个都笑起来。

大家坐下举杯。

酒入了口，郭靖看着蒋翼说："当初我们家的店也是这么开起来的。"

是啊，我就说怎么感觉这个场景有点熟悉。

1998 年的那个夏天，有《还珠格格》和法国世界杯的雨季，小小的烧烤店里，大人们说"遇水则发"，那时候的我们还是只知道玩闹的小孩子。

所有人似乎都陷入回忆，蒋翼半晌说了句："知道了。"

年后，明雨很快就带着孩子回了美国念书，邹航则进组，辛老师跟过去照顾一大一小。

三月初的时候，一家以动画制作发行为主业的公司在北京悄然成立，股东是四个结婚的结婚，生子的生子。仍旧是东三环的核心商业区，简约实用的工作室很快准备好了，一个经过三个月蛰伏期的小团队迅速建立，蒋翼很快进入了没日没夜的工作状态。

我心知他不动声色的时候必然是有所准备，可是没想到行动会这么迅速。

郭靖和邹航的资金陆续到位，之前团队解散赋闲的同事早在这三个月内和他达成默契，个个摩拳擦掌，听到召唤立刻回归。

蒋翼第一天开工跟大家说：“我想了三个月，也推演了三个月，结论是，按照原有的想法，一定能把这个动画做到最好。可能现在的资金和资源支持不如从前，渠道也还有待开发，但是前期创作的想法空间会更广阔。今天开工，我只想说请大家不要丢失信心，这件事我们一定可以做成。我保证一定不会辜负大家辛苦的成果，不会让好东西被埋没，一定让《雷震子》飞上云天。”

这是蒋翼从小到大唯一说过的一次打鸡血的话，所有人都被鼓舞到。

可我心里知道，再自信也不是无坚不摧的。这个项目他扛着巨大的压力，那是他的梦想，还有郭靖、邹航、关超赌上了全部身家，不容一丁点闪失。

我在办公室角落里看着他，想起他小时候可以二十四小时不睡觉准备物理竞赛；学业再忙哪怕不情愿也会抽时间给音乐剧制作背景，还被赶鸭子上架上了舞台；打篮球脚伤了也不肯下场……

然后物理竞赛得了国际金奖，音乐剧也被人追捧，篮球比赛绝杀获胜。

这个人从小就好胜、不服输，所以做什么都倾尽全力。他想做的事情从不曾放弃，而只要他做了，就一定会做到最好。

这次他也一定可以。

再之后，我就想起我们很小的时候。

我家刚刚搬到小花园旁的十三号楼，他那还未如现在一般修长有力的手，稚拙地抓着削得尖细的铅笔，在厚厚的一沓演算纸上描画几下，一只有厚实羽翼的小鸟便耸肩展翅，飞上云天。

不管是否已经长大了，他的翅膀一直都在。

初冬的时候，动画制作进入尾声。

蒋翼几乎两三个月没有睡过一个整觉了。

我彻底入职世河，成了空中飞人，跟着项目全国各地跑。十一月初的时候回到北京，蒋翼在我一落地的时候就发来微信："成了。"

他开车来接我，直接去了他们工作室。

工作室里照旧灯火通明，蒋翼打开投影仪，那是一个五分钟不到的片段，是《雷震子》的结尾。

我们两个在会议室里并肩而立，影音落下，蒋翼问："怎么样？"

我仍旧看着屏幕，喃喃说了一句："太棒了。"

蒋翼低头笑一声。

我转过头，看他的眼睛，长长的睫毛下面闪烁着这么多年从来未变的神采。

我说："我从来都没想过雷震子是这个样子的。"

蒋翼的《雷震子》不是普通的神话电影。在这里，雷震子是有翅膀的现代少年，是从航天城里飞出来的，两颗仙果换一副青面獠牙和一套风声雷动，是不善言辞却温热心肠的小神仙。他仗义江湖，事了拂衣去，一飞冲天，自由无碍，逍遥无涯。

我从没想过雷震子会是这个样子的，那是蒋翼的雷震子，有一双翅膀，明亮的眼睛，还有从不服输的少年英气。

"是不是很厉害？"蒋翼得意的样子和小时候一模一样。

"超级厉害，是我看过最好看的动画！"

从小练就讨人喜欢本领的我此刻却是真情实感。

蒋翼也笑了，缺乏睡眠的眼里仿佛落下了一片星河，让人沉迷。

没开灯的会议室里，唯有投影仪发出一道湛蓝的光。

蒋翼歪在我肩膀上说："困了。"

我让他靠着，看着窗外，不知道什么时候起，窗外开始飘雪花，今年冬天来得真早。

去年这个时候，危机来袭，那时谁也不会想到时隔一年，雷震子终成羽翼。

可对于这样一部没有依靠任何业内资方和发行渠道的野生动画电影来说，一切才算刚刚开始。郭靖他们几个倾尽全部筹措来的资金能做到的也就到这儿了，接下来的渠道发行、市场推广、营销宣传才是硬仗。

毕竟这部动画出身复杂，曾被多方觊觎，如今草莽出世，不知还要面临多少厮杀。

可好在最艰难的第一步已经迈出去了。

我说："回家睡觉吧。"

此刻他应该要休息一下，好能重整盔甲应对接下来的硬仗。

蒋翼在我肩膀上笑了一声，柔软得像一只大猫咪："不想睡觉。"

我伸手去触碰冰凉的玻璃，想抓住雪花："那想干吗？"

"想……"蒋翼的身体突然僵硬了一下，然后是一种跃跃欲试的兴奋。

我感到奇怪，回头看他。

他正从我的肩膀抬头，长睫毛近在咫尺，瞳孔又黑又亮。

呼吸交错间，我的心仿佛被他的睫毛忽闪拂过，片刻酥麻，我一时混乱，后撤一步，却被这个人紧紧箍住了腰。

整个世界都静了。

下一秒，他的脸靠过来，我若无其事又手脚忙乱地站起来。

就算再迟钝、再晚熟，也明白这个人不想睡觉想做什么了！心里那点风萧萧兮的悲壮感当场云散。

都说男人饱暖思那啥……说的没错啊……

可心里难免有些生气，他不是坐怀不乱了这么多年吗?！多少次跟我亲亲抱抱后，又翻身下床去冲凉的禁欲人设就这么崩了吗?

只见“蒋下惠”尴尬地咳了一声，问我：“你饿不饿？要不先吃个饭?”

啊？怎么突然聊吃饭?

我紧张地胡乱回答：“不怎么饿，吃了飞机餐。”

黄瀛子，你在说什么！

蒋翼再次沉默，当机立断：“那回家吧。”

…………

我，是不是默许了什么！

可蒋大爷根本不再给我捂脸或者思考的时间。这个人以前所未见的速度关了电脑和投影仪，拿了车钥匙回头看我：“想什么呢，快走。”

我一时间非常想缩进大衣里装不存在，可是手腕已经被不耐烦的人攥住。蒋翼的手暖得发烫，不准我挣脱。

我俩就这么一刻也不停，甚至有点慌张地从高耸入云的大厦里下来，开车从东三环一路风驰电掣回到西三环。快到小区门口，蒋翼突然又反手疾速倒车开回一家我们常去的711，刹车之后问我：“你吃不吃关东煮?”

“吃，我跟你一起去买……”

“不用，你吃什么我买回来。”

“……我自己挑。”

“还得找地方停车。”

我低头，戳了戳手指："想吃冰激凌。"

蒋大爷当场急了："不是吃关东煮吗？"

我冲他挥拳头："都吃不行呀？"

蒋翼摔门而去，回来的时候拎了满满两袋东西，除了两大杯关东煮，两份快餐，还有各种零食和冷饮，而花花绿绿的冰激凌上面是一盒同样花花绿绿的避孕套。

我无语。

你不是买关东煮吗？！

这东西能吃吗？

冰激凌也没心情吃了。

蒋翼停车，"嘭"的一声关了车门，拎着两个袋子步履如风地进了楼，我惶惶然跟上。俩人沉默着一前一后上了六层。始终镇静的人，在看到门的瞬间就掏出钥匙，在锁孔里横冲直撞，当门在身后合上的一刹那，我就已经被蒋翼按在怀里。

瞬间嘴唇触碰，强硬且柔软，他当即嗓子眼里发出了一声满意的呼啸。

我心跳得发疼，头脑空白，在口舌喘息的间隙想起一件事："关、关东煮的汤，不要洒了……"

蒋翼没回应。

食物顺手被扔在了客厅的角落，我迷迷糊糊地被禁锢着，两个人磕磕绊绊地从客厅纠缠到了卧室。当后背贴上床的一刹那，蒋翼欺身压过来。

肺叶里的空气都被碾压出去了，我终于忘了关东煮，脑子里满是仿佛火山爆发般的燥热和轰鸣。

"重……"

身上的人此刻终于听到我的声音，异常发亮的眼睛眨一眨，反应了片刻，勉强微微探起身。

那只演算和画画都很擅长的手轻轻拂过我的眉眼和唇舌，食指的关节上有薄薄的茧。

他定定地看着我，仿佛才认出我是谁。

“蒋翼……”我紧紧地吸了几口空气，求生一般急促，莫名委屈，咬他的手指解气：“你太重了！”

事与愿违。

蒋翼眼里仅存的一丝清明在那一刻消失，他眼睛通红，在我耳边喘息道：“重也给我忍着。”

醒过来的时候，已经过了午夜。

窗外的雪花厚密地旋转而下，房间里还没开始供暖，正是北方冬季最冷的时候，可是身边却暖烘烘的，整个人被圈在另一个人的身体里。

我缓了好一会儿才想起发生了什么，来不及羞涩就回过身想要好好看他。蒋翼睡得很沉，睫毛下是一片小扇子样的阴影。

被看的人似乎有所察觉，缓缓睁开眼睛。

我转手捂住他的眼睛：“不许看。”

说话时才发现嗓子干得发哑。

蒋翼笑了一下，将我紧紧环抱在怀里，睫毛扫过我手心，重新闭上眼睛，同样哑着嗓子说了一句：“又不是没看过。”

真讨厌！

我气急败坏地想逃跑，被抓回他怀里：“冷，别蹬被子。”

好烦，想蹬的是你。

可是我根本在被子里待不住，没一会儿就热得想挣脱出去。半睡半醒的蒋翼不耐烦地掀了掀眼皮，以动制动，以暴制暴。

我回身就想跟他打一架，可是腰酸背痛，彻底被镇压。

“热……”我呻吟。

几番挣扎，蒋大爷慈悲为怀，准许我翻身背靠着他，拔出手臂放在被子外，算是凉快了点。蒋翼很快入眠，呼吸均匀，我却睡不着，脑子里乱哄哄的，又想挣扎着起身，蒋翼忍无可忍怒道：“看来你是不累，要不咱们再运动运动！”

我委屈道：“我、我的冰激凌，肯定都化了！”

…………

身后蒋翼沉默片刻，心情复杂地说：“你从我床上醒过来第一件事就是关心冰激凌化了没有？”

我着急下床：“放这么久肯定都化了，还怎么吃呀……”

蒋翼把我逮回他怀里，在我肩头耳鬓厮磨地闷声说：“你一睡着，我就都放进冰箱了。”

啊？

蒋大爷果然靠谱，从来不耽误我吃喝玩乐。

可我很快反应过来，扭回身捏着他的脸：“你从我床上醒过来第一件事竟然是去把冰激凌放在冰箱里？！”

蒋翼闻言也是一怔，转瞬我俩都抖着肩膀笑起来。

“饿了。”我埋头在他怀里。

“有关东煮。”他收拢怀抱。

“想吃冰激凌。”我提出过分要求。

“有快餐，我去微波。”蒋翼忽略我的要求，径自决定事后饭吃什么，然而也没动。

“想吃鸭脖。”我决定异想天开一下。

“这个点只能叫小龙虾。”蒋翼开始认真考虑可行性。

“要不然出去吃火锅？”

“海底捞应该还开着。”

“那现在走？”

“走吧。”

…………

说归说，两人却只是仍旧抱着彼此，絮絮叨叨说着没边没沿的话，一动也不想动，仿佛拥抱就能饱腹，如此依偎便可一生一世。

迷迷糊糊睡着的时候，我才想起来忘了问蒋翼是不是喜欢我。

算了，睡都睡了，他喜不喜欢也跑不掉了。

然而我还是大意了。

第二天早上一醒来，就见蒋大爷只穿着一条牛仔裤在收拾行李，裸着的上半身在阳光里精实挺拔。

我揉揉眼睛咽下口水：“你，不是要跑路吧？”

蒋翼合上箱子，回头笑：“得，到底没逃掉。”

我哼了一声，缩回被子里。

蒋翼穿上衬衫后便重新压回床上，拨开我的层层阻隔，在我眼前露出一张脸孔。

我跟他四目相对，忍不住想抽手摸他的睫毛，却被按着不能动弹。

蒋翼在我额头上亲了亲：“我中午的航班出国，谈北美的发行。”

“什么时候回来呀？”我满心不舍，心知国内的电影发行绕不开北投，《雷震子》想要上映困难重重，北美的渠道也许可以先行。

“顺利的话下周你过生日就回来。”蒋翼眯着眼睛笑笑，“如果推迟了，最晚跟邹航他们一起回来，给云朵过生日。”

明雨的女儿云朵十二月过周岁生日，我们早就准备好一起庆祝。

我皱皱鼻子：“我的生日礼物呢？”

这个人不要脸地坏笑：“昨天晚上不是收着了吗？”

“差评退货！”我气急整个人钻进被子。

蒋翼在外面笑：“又不是买东西，白送的，你就赶紧收了吧。”

蒋翼回美国之后，我没时间忧虑“生日礼物”会不会自行跑路，就忙得不可开交。

世河最新的电影《零下273》本来要在明年春天上映，却突然提到贺岁档，匆忙之间进入宣传期。我被临时加进项目组，负责媒体策略，每天定方案、做物料、沟通媒体，忙得昏天暗地。

这是世河另一位大股东，大导演江河三年来唯一一部作品，之前在国外也拿了不少奖，可是这种写实风格跟贺岁档过往的合家欢不是一个调性。尤其是今年贺岁档喜剧扎堆，更难突围。

虽然已经开了多次宣传会，仍有不少人关切地问能不能换档期。沈世群一开始不置可否，后来参加了一次策划会，只说了一句：“希望大家为了电影努力，不要因为别的事情分心。”

世界于是安静了。

这倒不是大佬独断专行。我是为数不多知道仓促上映原因的人。这部电影拿到龙标非常不容易，错过这次上映日期，之后可能面临遥遥无期。但是这种原因，沈世群是不会也没必要跟员工解释的，因为随便一句话都可能变成一个故事，给电影造成不必要的损失，身为老板只能鼓劲干活。

不过我因为这个项目对沈世群有了更多了解。

这位业内大佬多年间跟乐欢盈藕断丝连，彼此成就，也彼此掣肘。当初乐欢盈从导演专业毕业，本来是要拍电影的，但是因为和他还有江河一起做了第一部电影就大获成功，才转型做了制片人。他们三个彼此手里各自掌握着制作、经纪和内容三方资源，是业内出了名的黄金组合。

不过从一开始，乐欢盈就自立门户，经纪、制作都有涉猎，做了乐活娱乐，这几年也开始回归自己的专业拍了一部电影。而沈世群和江河合伙成立世河传媒，分工明确。

乐欢盈和沈世群聚聚散散，两边公司也且战且和，煞是热闹。

《零下273》是世河这几年少见的小制作精品，但是业内口碑非常好。江河想要以小博大，沈世群身为合伙人自然得使出全力。除了宣传商务相关的各种铺排，沈世群还动用了自己的院线资源。

好在我前期给电影定的“温情贺岁”宣传调子反响很好，淡化了严肃电影的门槛，同时保证了文艺格调，豆瓣评分始终稳定在8.5以上，票房预期也一直在增长。沈世群几次表示满意。

十一月的最后一周，我加班到晚上十一点，从办公室出来的时候，看到会议室还热火朝天，商务总监Zia从玻璃门里和我打了个招呼又开始在白板上写计划和安排。

我到了楼下，刚要叫出租车，一辆黑色的凯迪拉克在我眼前停下来。

从车上下来的是沈世群，他似乎是刚在附近的馆子应酬结束，看到我，询问：“要回家？我送你。”

我没拒绝，坐上副驾驶，报了地址。

沈世群笑道："那附近的房价可不便宜，有钱都不好买了。"

我想想说："是朋友家里长辈的。"

沈世群回头看看我，笑："是蒋翼吧？他的电影项目进展怎么样了？"

我实话实说："制作已经可以收尾了，现在谈渠道和商务。"

沈世群熟练地操纵方向盘："哦？你入职的时候不是跟我说过，要我来给他做发行？怎么，改主意了？"

我顿了顿，说："那时候不是很清楚公司和北投的关系。"

我是入职之后才知道，沈世群的很多项目都有北投参与，是他很重要的合作资方。

"觉得我们的关系是好还是坏？"

"当然是好，所以不知道会不会让您难做。"

"我跟北投的合作很多，反而比较容易接这个发行。"沈世群笑，"如果是跟他们关系一般的人，又怎么能让他们放手呢？"

我一怔，好像是这个道理。

"那您能让他们放手吗？"我问。

"不能。"他侧头看我泄气的样子，笑道，"不过，他们放不放手不重要，你要的不是电影顺利上映发行吗？他们不放手，也未必做不到。"

"那要怎么做能绕开北投呢？"

"肯定是绕不开的。"沈世群很快打消了我不切实际的想法，"国内的电影发行，主要就是北投和远海两条院线，他们两家虽然一公一私，但其实也互相渗透，北投如果有意为难，远海那边也没可能为了一部电影和他们交恶。"

这说了跟没说一样。

“这么容易失望吗？”沈世群觉得好笑。

我蹙眉：“您说的这些难处当初我都预料到了。”

“都预料到了为什么当初还答应来我这里工作？”

我顿了顿。

“当初你都已经拒绝到世河工作了，怎么又改变主意？赵缂跟我说，他连办公室都给你准备好了。”

沈世群说起的，是我没有跟任何人提起的一件事。

明雨的婚礼之后，我同时接到两份工作邀约。除了沈世群的，还有赵缂的。

这个人神通广大，谈妥了全欧洲最好的严肃杂志《PM》的国内版权，大张旗鼓地要做一个包含影音、视频、网络、杂志的全媒体新闻平台，他给我的职位是文化板块的主编。

“写稿、审稿、定调子，所有一切都交给你做主。”赵缂是这么跟我说的。

我咬着星巴克的吸管说：“我只写过稿，别的可能做不好。”

“谁都不是生来就会的，写一篇稿子和把控整个板块哪个过瘾，你也知道。”

我太知道了！

这是我梦寐以求的工作，是我小时候最希望自己成为的人。

可是，后来我还是和赵缂说了抱歉。

因为就是差不多同时，蒋翼和北投散伙，沈世群来邀约我加入世河。

我第一时间拒绝沈世群，但他再三约我去他办公室坐坐。那时正值世河给乐欢盈玩票导演的电影做发行，见面的时候，我索性问了许多相关问题。

沈世群当即发现了我对这些事情感兴趣，劝说："入了行，你会了解更多。"

我当时婉拒："光是了解还不够。"

沈世群很快加大筹码："你过来，先带我的宣传部门，之后我会给你介绍我的院线渠道资源，全部敞开。"

只是一个口头承诺，我便点头入职了世河。

如今沈世群问我："既然都预料到了很难，当时还愿意放弃自己喜欢的职位？"

我想了半晌，回答："总要试试的。"

"预期回报这么渺茫，也要试？"

"嗯。"我点头，看向沈世群，"也要试。"

沈世群若有所思地点点头。

下车前他和我说："元旦过后，《零下273》的宣传期结束，你约蒋翼来公司聊聊，如果他还想在国内发行的话。"

"当然想。"

沈世群补充说道："但是你得和他先说明，想顺利发行有两个关键点，一个是动画的质量必须过硬，太差的我也无力回天，动画发行并不好做，可能一开始要好一点排片都很困难。另外一个是，国内的院线绕不开北投，他要做好准备。你先问问他，能不能做到不计前尘，再次和北投合作。"

蒋翼愿不愿意再次跟北投合作，我心里真没有底。

别说北投，他对庄远还一直在气头上，这两个人虽然从小到大一直较劲儿，但是从来不耽误他们狼狈作怪，互相打掩护，可这次明显不一样，是真的在生彼此的气。

这一年多他们两个都很忙，有几次在我们的聚会上同时出现，虽然之前他们也不怎么黏黏糊糊，但我们都明显感觉到两人之间那股气呼呼、冷飕飕的氛围，搞得大家都战战兢兢的。

话说回来，北投那么大的公司，也没必要等着初生的牛犊吃回头草，现在制作完成，版权和成品都在蒋翼手里，能给渠道分的利益不多。

恐怕就算蒋翼愿意，也没有那么好谈。

但是沈世群说得对，这可能是电影在国内发行的唯一出路。

所以，他能不能在促成蒋翼和北投的合作的同时，也顺便让庄远跟蒋翼和好呢?

我有时会异想天开，有时又意兴阑珊。

不过沈世群说话算话，十一月末的时候，他跟发行公司谈《零下 273》的排片时直接带上了我。

我心知这是间接给我介绍商务人脉，为了不给老板丢人，我特意穿了平时很少上身的衬衫和高跟鞋。

这可真是失策，高跟鞋走 100 步之内还好，等到了对方公司下车的时候，我就明显感觉脚已经不是我自己的了，高抬腿轻落地的样子仿佛踩着高跷。

好在大佬为人厚道，并未嘲笑，只假装看不见。

我尴尬得一心想快点到会议室落座，谁知一进门更想捂脸。会议室里除了远海的老板海威，旁边还坐着庄远。

沈世群也有些意外，瞬间又明白过来：“看来要恭喜庄总了，以后亚太发行都请你多多关照了。”

庄远看到我先是一怔，上下打量我这一套假“白骨精”的装束，最后目光停留在高跟鞋上，眉眼里是勉强忍住的笑意，公事公办起身和沈世群握手："上周刚收到调令，我之前主要做资金，都是跟具体项目的，院线渠道这边还是新手，以后还要大佬多多提携。"

所以这个人是升职了吗？

我跟着大老板刚刚坐下，才要活动活动酸疼的脚腕，就听见沈世群提到我："那我也介绍一下，世河新上任的宣发总监黄瀛子，之后会负责我们全部内容的宣传和发行。"

啊？

我手里的笔记本电脑差点掉在地上，老大你给我升职这么随意的吗，都不提前通知一下。

庄远了然地笑了，再次起身探出修长的手："黄总，幸会。"

"幸会。"

这个人就是想让我站起来！太坏了！

我勉强坐好，真正的地主——远海的大老板海威懒洋洋发话："行了，都演完戏了咱们说点正事。沈总，你一文艺片狮子大开口跟我要 20% 的排片，是最近钱赚太多，闲得跟我闹着玩的吧。"

这位海洋国际的少东家虽然长得浓眉大眼，但是平时就以浑不吝的气场闻名，配合着他那个寸头的造型说这些话，不像是谈生意的，有点像是郑伊健跟错造型师，又拿了山鸡哥的剧本，还是要砍人的桥段。

沈世群是老江湖，老神在在，也不跟着流氓说俏皮话，有一说一："不是闹着玩，而且只是首映当日我们要 20%，元月假期之后，我们希望排片量能到 30%。"

这次不只是海威，连庄远都挑眉："江导演之前已经有两部戏连 1000 万票房都没收回来了，您是知道的。"

"此一时彼一时，《零下 273》不一样。"

“哪里不一样?”海威较起真来。

沈世群没回答，放松地靠向椅背。

这是轮到我说话了。

“海总好。”我打开电脑，“江导的这部电影跟之前两部的确不太一样，虽然第一眼看的时候是文艺片，但是我们非常看好票房。首先，虽然电影是严肃题材，但是其中有一些类型化的故事桥段其实非常容易吸引普通观众，我们采集了一组十年内国内外此类影片的数据，可以很清楚地看到……”

“打住。”海威抬着眼睛，毫不客气地打断我，“这些文绉绉的话我没时间听，我是卖货的，20% 是爆品的排片，上院线的电影想大爆就得卖给我这样没文化的老百姓。所以你说那些没用，我就想知道你们沈总要这 20% 是想坑我还是想一起赚钱? 要是想赚钱，怎么赚?”

我没打断他，听完他的话也合上电脑:“沈总不会坑您，这您肯定也知道。不然单一个电影的排片这样的小事也不值得三位百忙之中特意来开这个会了。”

会议室鸦雀无声，想来这么些年海威也没让人这么拆穿过。除了庄远和沈世群之外的人眼睛都瞪得要蹦出来。

我没看他们的表情，再次开口:“数据不说也罢，换个说法您看能不能认可。您觉得 20% 的排片不合理是因为您先入为主，认为这是个不卖钱的文艺片，可如果说今天来是想卖给您一部带着色情元素的悬疑探案喜剧，有国际知名大导演和双料影帝影后当主角的加持，这样的‘货’您看 20% 的排片可以吗?”

海威似乎没让新人这么呛过，一时间愣了:“你还是在说《零下273》?”

“对，就是这一部。”

沈世群耸耸肩，表示“她说得都对”。

我继续道：“各位还没看过影片，只是听了国外的颁奖词，得到的信息很片面，其实这部戏虽然内核严肃，但是故事特别有吸引力，受众比大家以为的要广泛得多。”我趁着气口，继续说道：“所以，我现在介绍一下这部悬疑片的内容和宣发想法，两位看可以吗？”

海威不知是气是恼，竟然笑了。

庄远低头抿了抿弯起的嘴角，答复：“我觉得可以。”

那就没必要等海威点头了，我重新打开电脑滔滔不绝，手机上这时候闪进来一条微信。

庄远：今天是神奇女侠。

他可真会夸人。

他又发来一条短信：穿高跟鞋的神奇女侠。

真是够了！

我们在远海大获全胜，海威同意首映当天排片20%，假期过后看票房情形可以再提升。

我跟着沈世群下楼，还没出电梯就接到庄远电话：“明天你生日了吧？我晚上要去上海出差，中午过去请你吃饭。”

我这才想起明天11月28日，是我的生日。

“也行，我刚看旁边有一家泰国菜，正好想吃冬阴功汤。”我突然想起问，“对了，过几天云朵过生日，你会不会来？”

庄远说：“那时候我应该还没从上海回来，之前已经跟明雨说过了。礼物在车上，你帮我带过去吧。”

“也行。”

我放下电话问沈世群："沈总，要不要一起吃午饭？"

他笑："我下午还有别的事，你们吃吧，正好让庄远送你回去。"

庄远落了座便拿出给我的生日礼物。

"一直放在我车里，正好今天拿给你。"

我拆开看，照例是一本古董书，这次是《小妇人》的初版。

"这多不好意思。"我假意客气。

庄远失笑："你喜欢就好。"

这种商业套话，我俩说完了就要笑场。

"麻烦椰青帮我开壳。"我跟服务生说了一句，低头看着封面，"这是你送我的第十七本原文书。"

"记得这么清楚？"庄远没想到。

"当然了，高中的时候能收到你的生日礼物超级有面子的，简直和亦菲一样有面子。"

"为什么跟亦菲一样？"庄远疑惑。

因为整个高中大家都在猜你喜欢谁，所有人都觉得是亦菲，不过这种过期八卦就没必要和你这个当事人说了。

我嘿嘿一笑，低头一口气喝干里面的椰汁，算是喘上来一口气，上午说了太多话口干舌燥，此时才想起来问："刚才听沈总的意思，你是升职了？"

"算是吧。"庄远点头，"之前只负责重点项目，现在全线电影产品的渠道都要经手。"

"有点厉害。"

庄远笑笑："你不是也升职了？"

"哎，算了吧，那个是沈总糊弄海威的，要是带个没经验的新人来跟他谈判，海大少可能直接摔桌子走人了吧。”

“是你气得他更想摔桌子吧？”

“嘿嘿，项目好，我才敢这么说，要不是江河电影拍得厉害，我也只能装孙子。”

“再好的项目也要做对宣传，你这招移花接木连沈世群也想不到。”

我叹一声：“都是被逼的，拿人钱财，替人说话。”

“要不要到北投来工作？”

啊？我抬起头，庄远波澜不惊地说了一句：“《零下273》之后，业内就该知道为什么沈世群要高价挖你了，到时候我怕是叫不上价了。”

“别闹了。”我不好意思地低头，“世河我都不一定待多久。”

“所以是打算蒋翼的电影一上映就离职？”

我一怔。

这人有时候太可怕了，你在他面前一颗心都是赤条条的，没遮没掩。

从前他是我一起长大的伙伴，我从未感到害怕，可此刻，他若是有心当你的敌手……

“庄远，北投能和蒋翼合作电影发行吗？”我实在沉不住气，既然他开始负责北投全线发行，这事免不了要跟他谈。

只是不知道跟庄远谈，是更好些还是更糟些。

庄远手上顿了顿：“蒋翼不是去北美谈发行了？”

“可国内总不能不发了。”我眼巴巴看着他，“你们俩到底什么时候和好？”

“没想过。”

“那怎么行？”我有点着急。

“不行吗？”庄远神色淡淡的。

“当然了！”

“为什么？”

“因为……”我一时还真语塞。

庄远笑起来：“因为你要和他好？”

“对。”我点头。

“好到什么程度？”

“哎？”这怎么说呢，说好到床上去了，我还是有点不好意思的。

“亲如手足？”

“……那不就是兄弟了？”

“不是吗？”庄远直勾勾地看着我。

…………

庄远不等我回答：“是不是又跟咱们俩说的事有什么关系？”

“当然有关系！”我总算找到了气口，“你叫我去北投干吗？你们闹成这样多烦人，知不知道？现在知道我想帮他谈发行，你还让我去北投工作，你还不就是想……”

“我想你陪在我身边。”

…………

什么？

大晴天怎么响了一声霹雳！

我把汤勺扔在冬阴功汤锅里面，懵懵地看向庄远。

这个人刚才在说什么？

是我听错了还是想多了？

他这是什么意思？

“你想什么？”我小心翼翼问。

“我想你陪在我身边。”他重复，一字不差。

我当即陷入沉思。

什么叫想让我陪在他身边？

这个人，到底要做什么？

我不是当初懵懂无知跟方明雨告白的黄瀛子了，我是已经把蒋大爷都睡过的人了！你说这种话是想做什么？

重要的是，这种话别人说也就罢了。认真的我就拒绝，开玩笑的我就打一拳，可说这话的人是庄远，最不可能在这件事上跟我闹着玩的人，也是我无论如何不敢打一拳的人……

我一时间怀疑自己穿越进了平行空间，除了张口结舌，做什么反应都觉得好像即将要表演幻影移形。

庄远倒是神色如常，看我一眼：“口水要流出来了。”

我下意识擦嘴才发现被耍了，当即明白他刚才也是玩笑话，不觉暴怒：“你耍我！这种话能乱说吗？”

“什么话？”庄远放下餐具，“口水要流出来了？还是想让你来我身边？”

…………

他没完了！他还提！他还提？

我抓起手边的筷子就要抓狂，庄远的眼睛就是这时候迎着我看过来。

我一怔。

想起有一年夏天回奶奶家，我在后山如荫的山林里莫名找到一眼井。

雨后的清早，隐秘在山谷的井深不见底，可透过水面我看到了自己的眼睛和天空的云朵。

庄远的眼睛让我想起那天的井。

一刹那，我心道：不好！

他好像，不是闹着玩的，可是……

第十六章 — 庄远的秘密

“你到底想干吗?!”我强装镇定，这种高智商氪金玩家能不能放过新手村小白，“咱们说正事呢，你别转移话题，我是问你什么时候跟蒋翼和好?”

“那要看蒋翼。”

哎？什么意思?

庄远顿了片刻，仍旧挂着那个意兴阑珊的笑。

他说:“瀛子，你是不是傻?”

我顿了片刻，心脏咚咚咚狂跳。

我是傻啊！我是真傻啊!

这心思迂回的家伙竟然真在跟我告白!

难道……难道整个九中的女生猜了这么多年的谜题，答案竟然这么出人意料？难道庄远喜欢的人是我!

真想不到啊，傻人有傻福，我这奔三的年纪，老天爷竟然还送这么一个大礼给我!

虽然慌乱，一刹那我对自己的魅力有了一种恍惚感。

不过这到底是什么时候的事啊？怎么没有一点感觉?

还有，这幸福来得太晚了。

我刚把亲如手足的蒋翼给睡了，这会儿男神来告白，我是真的无福消受了。

他怎么不早几年说呢！这要是在高中的时候我得多有面子！那我在方明雨面前可就算是彻底扬眉吐气了。你看看，庄远可是跟我这儿告白呢！只可惜黄大侠我毕竟是个讲义气的人，就算蒋翼亲如兄弟，既然睡过了也就只能不离不弃了。

不过这会儿怎么回复庄远呢，他既然也没明说喜欢我……

“我也不是傻了一天两天了。”我心情复杂地看着庄远，小声道，“我暂时不换工作，别的也不换了。”

尤其是男朋友，虽然我也没给蒋翼这个事实男朋友一个名分……

“不过咱们买卖不成仁义在，以后你需要我做什么，兄弟我也义不容辞……”

我越说越心虚，抬头正看到庄远目不转睛地看着我。

片刻之后，他点点头，简单说了三个字：“知道了。”

我顿了顿。

这几年我已经知道，庄远表露出这个温和态度的时候，反而是他最疏离的时候。这种疏离有时候是因为淡漠，有时候是因为无聊，更多的时候是因为情绪糟糕，或伤心，或愤怒，不熟识的人看不懂这一切，也就忽视掉了。

只是我想不到，这样的温和假面具有一天也会因我而戴上。

我心里莫名有些内疚，小心翼翼地问：“你是不是生气了？”

庄远看向我，说：“可能是。”

“没有人告白被拒绝会高兴吧？”他说。

我更低落了：“所以你刚才还真是在跟我告白呀？”

“所以你真打算就这么稀里糊涂把我拒绝了？”

“不是的！”

庄远抬起眼睛。

逃不过，我就破罐子破摔：“所以你是真的喜欢我？”

“嗯，真的。”

怎么这一听倒像是假的。

“什么时候的事？”我努力想要找一些真实感。

庄远没说话，似乎这个问题让他有些疲惫。

他说：“不记得了。”

“那……怎样能让你消气？”

“我不生气了。”

…………

看来是真的把他惹急了，我更沮丧了：“那……你还愿意和蒋翼合作电影发行吗？”

庄远手里的刀叉都停了停。

“你知道电影品质是很好的……”

“我不愿意。”

我瞬间定住：“你这是气话还是说真的？”

“我说了我不生气。”

“……你明明就是生气！”

“我不。”

我目瞪口呆，一时间无法接下这幼稚的对话。

那边庄远补充道：“我早就告诉过蒋翼了，这不是一桩好生意。”

这话让我有点火了：“你们两个不能只讲生意啊！”

“凭什么不能？”

他可真会气人!

“你们两个当初就是在争谁说了算!”

庄远没什么波澜地回答:“你要非这么说也没错。”他这还不承认是在闹脾气?!

“你现在不理智，我不和你说。”我也是想不到有一天敢当面给庄远贴上“不理智”的标签。

不理智的人眼角挑了挑:“之后再说也是一样。我现在就决定了，这个电影北投不会合作，远海也一样。”

“庄远!”我这会儿有点急了，他这已经不像是在闹脾气了，“你到底想怎么样?”

“我想怎么样跟合作没关系。”

“你到底想要什么?”我急促说，“收益?你们早期的投资虽然没有变现，但是收购了蒋翼原来的工作室几乎就拿到了国内最好的动画制作资源，更别说那么多版权和正在开发的项目收益。还有，同属于一个世界观，《雷震子》国内发行做得好，对你们之后的开发上映只有好处没有坏处……”

庄远看着我一言不发。

我抿着嘴唇。

半晌之后，他冷冷地说了一句:“一句话就拒绝了我的告白，给蒋翼谈渠道倒是可以滔滔不绝。”

“……我没有。我、我是想，想就事论事……你是在置气!”

庄远靠向椅背:“随便你怎么说。”

这种高智商的人一旦不打算跟你讲道理的时候，真是要多气人有多气人!

他可太会气人了！

跟他吵架根本不可能赢的。

庄远就是那种既然知道了你的七寸，就必然要按着打的类型！一刻也不松懈，不达目的，绝不罢休。

我此刻只能气呼呼看着他，无计可施。

“走吧，我送你回公司。”这顿饭后半程吃得很是意兴阑珊，庄远不欲多说，我吵不赢架气得快忘却了男神告白时的得意，咬着牙道：“不用！”

庄远也不做挽留：“那路上注意安全。”

然后这个人就走了！

就走了?!

从小到大，他还没这么跟我发过脾气！

我眼睁睁看着这人走了，气没处撒，抓起电话打给蒋翼。

他那边迷迷糊糊接了起来：“怎么了这是？”

“都赖你！”

蒋翼似乎清醒了点，好气又觉好笑：“我在好几千里外呢，这边天还没亮呢，我怎么了我？”

“就赖你！”都赖你，这么好胜，以后没朋友也没人同情你！

他低声笑笑：“好吧，虽然不知道因为什么，但是肯定得赖我。”

高智商的人要是想哄人，也是要多会有多会。

“你什么时候回来呀？”我还是很委屈。

蒋翼顿了顿：“今年一定陪你一起去给云朵过生日。”

他这是忙得明天回不来？

“嗯，那你忙完尽早回来。”

“嗯，”蒋翼笑，“还没找到生日礼物吧？”

“哎？”

“我走之前放在你床头的抽屉里了。”

我又高兴起来：“是什么呀？”

“一本书。”

啊？怎么又是一本书？

回到家，我找到了蒋翼送的生日礼物，是一位美国战地记者的传记。

不是初版，更不是什么古董珍玩，大概就是在亚马逊下单的原文书，扉页上只有简短一行字：“挺好看的，生日快乐。”

是挺好看的，不过这本是我们大学的必修课外书。

蒋大爷一贯不会送礼物，我都习惯了，此刻更想得到的礼物是他能快点回到北京。

我已经开始想念他了。

我打电话给他，再次追问：“你什么时候回来呀？”

“云朵生日肯定回来了。”

蒋翼说到做到，果然在 12 月 21 日下午到达了北京。

他回家洗漱之后，来不及调时差，我们就直奔明雨家。

因为女儿出生，邹航在北京城的西北部买了一幢独栋别墅，婴儿房和书房相临，方便博士在读的新手妈妈放下尿不湿和奶瓶，就可以打开电脑写论文。

明雨怀孕的时候就没怎么见胖，这一年连着照顾宝宝和写论文，反而比没怀孕的时候还要瘦，束起马尾辫的时候仿佛还是高中时我的同桌。

我们到的时候，郭靖他们早就到了，他和邹航两个人在厨房忙活，念慈在落地窗前接电话，小帆和关超正在沙发里逗云朵，关超鼻子眼睛扭在一起做一个鬼脸，云朵就学一个，小帆连忙一手拍在他脸上，一手挡住小姑娘的眼睛："好丑，咱们不学。"

云朵以为在和她玩捉迷藏，嘴里吐着泡泡在小帆手掌后面拍着手咯咯笑。

我们一进门，明雨就跟我们分享新发现："你们知道今天是什么日子？"

路上的时候，我们听了广播，所有的频道都在报道 2012 年 12 月 21 日，玛雅人预言的世界末日。

明雨看着骑在关超脖子上"作威作福"的小丫头笑："她可真会，赶着世界末日过周岁生日。"

玛雅人说，这一天太阳落下，将不会再升起。

可即使是世界末日，我们也要聚在一起。

这一天不是周末，关超两口子特意请了三天年假，之后可以在北京过圣诞节、度周末。吃饭的时候，明雨留我们："今天晚上就别进城了，咱们好久没一起聚过了。"

"也行。"我替蒋大爷做了主。

明雨跟邹航说："那晚点你收拾一下，去客房和蒋翼睡。"

邹航点头："行。"

蒋翼："不用。"

…………

整个房间瞬间陷入静默。

紧接着，"唰唰"六道目光射了过来，等着看好戏。

我僵住。

邹航觉得好笑："不用是怎么个意思？"

蒋翼回看："就字面的意思，我们俩住一起，一间房就行了。"

所有人忍着笑意，静默。

我羞得捂脸。

念慈实在忍不住，笑出声来。

郭靖咳嗽一声，举杯："好事，那喝一杯。"

…………

郭大侠的处事方式一贯这么江湖。

所有人举杯，就关超不依不饶："不是，这什么时候的事啊？你俩真想好了吗？这以后闹分手，可别让我们选边站啊！"

小帆捂住他的嘴："不会说话就别说。"

明雨笑："折腾这么久，连我们都跟着遭罪，既然凑在一起了，以后闹别扭也别分手了。"

我哼了一声："连在一起都没说过，还分手呢！"

邹航笑着给了蒋翼一肘："行啊大爷，连个名分都没混上就敢宣布了啊。"

蒋翼翻眼睛看他："肯定是跟她某个闺蜜学的，我上哪儿说理去？你有经验要不你给我支支招儿。"

邹航抱拳："不敢，喝酒。"

所有人都哈哈大笑、碰杯庆祝。不知是不是因为我们的欢声笑语，客厅婴儿车里的云朵似有所感，醒了过来。

小姑娘咿咿呀呀张着小手似乎要爬起来，明雨飞快放下碗筷就跑过去，把蹒跚着的女儿抱在怀里，温柔低语。

"是不是醒过来要过整岁生日呢？她就是这个时间出生的啊。"明雨看了看旁边的挂钟，笑，"一周岁了，我的小姑娘，生日快乐，要一直当一个天真烂漫的小孩啊。"

我们都放下酒杯围拢过去。

念慈和自己的干女儿握握手说：“云朵，平安喜乐。”

郭靖说：“健康成长。”

小帆说：“随心所愿。”

关超说：“聪明漂亮。”

蒋翼说：“无忧无虑。”

我说：“自由自在。”

邹航在女儿的额头上亲吻了一下：“愿你一生如此刻，被人这样爱护，也愿你一生爱人。云朵，生日快乐，一生快乐。”

周岁生日赶上世界末日的小寿星对大人的祝福还一无所知。她睡睡醒醒，爱笑也爱闹，心安理得地被人拥抱和爱护，回给你一个单纯快乐的笑，你就拥有了全世界。

我们一晚上聊天、玩牌，明雨准备的四间客房也都没用上，只白白给了蒋大爷公开“我们睡过了”的机会。

可我不敢追究，因为心知自己做了一件坏事，可能会坏了大事，所以对蒋大爷充满愧疚。

凌晨三四点的时候，我打牌乏累，叫了邹航换手，这时候才发现郭靖和蒋翼没在客厅。

我在房子里前前后后转了一圈，直到去了二楼阳台，才看到他们两个披着羽绒服在这儿拿着啤酒罐说话。

郭靖听到声音回头，笑了一声，拍拍蒋翼肩膀：“我去楼下暖和一会儿。”

“你俩怎么躲在这儿？”我一出门就缩了缩脖子。

深冬的凌晨，冷得骨骼发响。

“陪郭靖抽支烟。”蒋翼没义气地卖了兄弟，也没催我回去穿衣服，而是敞开羽绒服把我圈在怀里。

“在说什么？”远处的启明星已经若隐若现，我靠在他怀里懒懒地用鼻音问。

“还是电影的事。”蒋翼说，“北美那边谈直接发行有了进展，和他说说。”

“是好消息吗？”我期盼地问，可心里知道不是，否则他不会停留这么久，更不会不在第一时间告诉我。

好在也不是太糟糕的消息。

“直接在北美发行可能有困难，R. Mask 建议我把整个电影卖给他的东家，这样也许不及之后的发行收益，但是过程会稳妥些，我可以少花些心力。”

是的，以现在的状况，也许这是最稳妥的路了，尤其是在国内发行几乎不太可能的情况下。

“你怎么想？”我问。

蒋翼静了片刻说：“还没想好。”

是的，如果这部电影没有牵扯到那么多资金，不是郭靖、关超和邹航倾尽所有的付出，蒋翼一定会赌一把的，然而此刻，电影已经如他所愿完美诞生，又肩负了那么多人的期望，不能再随着自己的性子来了。

“郭靖让我不要有负担，可以再想想别的办法，可是我不打算再拖着了。”

虽然不情愿，但是蒋翼很有可能会接受 R. Mask 的建议。

“电影已经很完美了，他和邹航想让我完成这个心愿，一开始就没打算回本，可我做不到那么自私。”

从来要赢得痛快的蒋翼，此刻因为顾及在意的人收敛锋芒，变成了一个大人。

我心里一阵感动，又一阵沮丧，小声跟蒋翼说："我觉得我可能做错事了。"

"怎么了？"蒋翼大概是困了，说话慢慢地。

我想了好半天，才说："我觉得我可能搞砸了电影在国内发行的机会。"

"为什么？"蒋翼的声音没有波澜，只是更紧地抱了抱我。

"我生日的时候和庄远吃饭，说起过你电影发行的事。他当时拒绝了。"

"嗯，想得到，他还在生气，那跟你没关系。"

我顿了顿："可是我觉得他一开始没打算生气的，我当时也生气来着，只想着让他收手。后来回想一下，我太着急了，几乎有点逼着他答应的意思，他一直很累，我却一心只想着电影的发行，他怎么会答应我呢。"

我没有和蒋翼说庄远的告白，直觉他不会想知道这件事。而且我希望只要我不跟此人提庄远说的话，我们几个的关系就可以回到从前。

到现在我仍旧没有真实感，庄远为什么会喜欢我呢？我们以后还能不能做朋友呢？

还有，最重要的，我明白庄远并非因为告白被拒绝不肯答应合作，反而是我那天只想忽略他的感受的鸵鸟回复和后来的逼问更让他伤心吧。

我不想蒋翼此刻还要为这些无解的谜题烦心。

"我那天应该好好听他说话的，他走的时候都不肯回头看我一眼。虽然还记得结账……”

蒋翼笑起来：“既然还记得结账，那应该也不会气很久。”

“你不怪我？”我闷闷地转了个身，双手紧紧抱着他腰，被他在羽绒服外面回抱。

蒋翼沉思片刻道：“你为了给我谈发行，连自己喜欢的记者都没有继续做了，我不知道为什么要怪你。”

“你知道了？”我有点惊讶，要抬头看他，被他按在怀里。

“嗯，你去年推了赵缂的 offer，开始给世河做顾问的时候就知道了。”

我一怔。

他低头看我，亲亲我的额头，没再说话。

我们之间从不说谢谢，就好像我们很少跟彼此说对不起。

这么多年，我和他从来不会告诉对方我们给彼此带来的欢喜和折磨，因为不用说也知道，更因为从来知道彼此就在对方心里。

“可是我什么都没能做到。”我在他心口小声说。

“你做了一切。”

“嗯？”什么意思？

蒋翼笑笑：“我觉得这样已经很好了。”

“你是说《雷震子》还是我？”

“都是。”他顿了顿，补充道，“你们都是。”

天边这时带着淡淡的橙色温暖，紧接着就是一道光亮跳跃而出，那是灿若新生的朝阳。

我和蒋翼拥抱着，我的侧脸贴着他心口，我们一起看着“末日”后的第一个日出。

我和蒋翼安安静静的，都没说话。

明亮的太阳就这样重新回到了这个世界。

玛雅人的末世预言还有另外一个说法：2012 年 12 月 21 日不是世界的尽头，而是新的轮回的开始。

过了那一天，就是新的世界。

新世界的第一束阳光到来的时候，我和蒋翼在一起相拥着。

每天的太阳都是新的。

此刻尤其。

而新世界的第一个消息叫峰回路转。

太阳完全升起的那一刻，我收到一条微信，是沈世群发来的：蒋翼回国了？你请他抽空来一趟公司，谈一谈《雷震子》的发行？

我大惊，从蒋翼羽绒服里伸出手臂，给沈世群回信息：“世河愿意来承担发行吗？”

沈世群回复得很快：我不是之前就答应过你吗？

可是我没敢相信。

沈世群回复了一条语音，我按开传来他的笑声：“跟你男朋友说，不出意外的话，今年暑期就让他的电影在全国的院线上映。让他做好准备吧。”

“啊啊啊啊啊！”我尖叫出声。蒋翼捂住我的嘴：“小声点，别人都去睡觉了。”

我抽回手臂，搂着他的脖颈，看着这个人明亮的眼睛，亲亲他的嘴唇：“雷震子，要飞起来了。”

只要蒋翼愿意的话。

世界末日后的第一天，唱片机里鲁宾斯坦弹奏着《肖邦圆舞曲》，一屋子人聚在宽敞、朝阳、有大片落地窗的餐厅里，或站着，或坐着。

邹航抱着刚刚喝了奶又睡着的女儿，明雨给大家煮了咖啡，郭靖在厨房，隔两分钟就出炉一个软嫩香甜的舒芙蕾，或者荷包蛋，或者培根火腿，三个煎锅、一个烤箱就是这样在他手下有条不紊地变出花样繁多、热气腾腾的美食的。

所有人围坐在一起，我将沈世群的回复复述了一遍："我之前以为沈世群未必能搞定这两家公司，看来他有别的办法，这是个好机会，虽然要跟北投再次合作……"

声音越来越小。

蒋翼平时是很随和，很好说话，可若是真执拗起来，几乎不会因别人的劝解动摇。

邹航咳了一声："北投和远海的院线是国内最好的，设备最先进、屏幕最多、覆盖城市最广，国内发行绕开他们几乎没得做了，其他零散的屏幕加在一起不够他们其中一家的数量……"

他的声音也越来越小。

念慈接话："如果现在和北美达成交易，当然收益还可以，不过一是电影版权会被对方垄断三十年，后续开发没有机会；二是单单从收益上来讲，回报率也谈不上最好。我简单算过，世河这几年承接的，即使是国内普通影片的宣发回报也可以超过卖给北美的收益。何况这个故事的市场肯定在国内，虽然风险仍在，但是从历年的数据看，结果不会太差。"

念慈的音量倒是始终如一，没什么变化。

关超说："你做事什么时候怕风险了？我们陪着你一起做，怎么倒让你束手束脚的？你不要考虑那么多，只要你觉得对，做就行了。"

关超这种盲目相信蒋翼的样子从小到大都没变过，音量越来越大，小帆笑起来，似乎觉得他这个样子很可爱。

明雨说："做生意，分分合合本来就很正常，何况庄远当初的做法虽然偏激，但不是没有道理，他怕的就是今天这种局面，不想你跟大集团闹僵了。当初闹掰了你们都有责任，再说你们也不能总这么一直僵着……"

我连忙跟着点头："既然沈总有这个能力促成合作，你们一起工作的时候也就趁机和好吧。"

"好。"

没想到他的答复如此干脆。

我一怔，看向蒋翼。

"我说好。"蒋翼回看我，他笑起来，眼睛亮亮的，"这算多大的事？你们说一声就行了，搞这么大的阵仗干什么？"

所有人笑起来。

蒋翼看向郭靖，是他做决定之前的习惯，也是看向他最大的股东。

"我觉得这样很好，"郭靖回看他，把火候正好的培根放进烤好的面包里，走过来放在蒋翼面前说，"你就做你想做的事。"

事情就这么定下来了。

邹航笑："我们知道商业上的事你有自己的主意，就是怕你还生庄远的气。"

蒋翼懒洋洋地用刀叉吃了早餐，笑起来："是生气，可是亲兄弟明算账，该做事还是要做事。"

这个逻辑曲里拐弯的，所有人却听得懂其中的爱恨情仇，不觉笑起来。

我想起来又皱皱鼻子："你早知道我跟沈世群谈过渠道的事，也不跟我说，可真沉得住气！"

蒋翼看着我笑："我能沉得住气的事多了。"

《雷震子》的发行合同签得很快。

元旦的时候，我打电话给庄远，跟他说新年快乐，又问他什么时候回来。

庄远笑着说："我回了美国，跟家人过圣诞，要春节后再回国了。"

"哎？"

我想问他是不是知道北投会参与《雷震子》的发行，可犹豫再三没问出来："那等你回来咱们聚。"

"嗯，不要太忙了，多休息。"

《零下 273》的口碑和票房逆势大爆，力压贺岁档其他影片，排片到春节档上世河的年度大片之前，始终保持着不错的观影人数。

我年终奖拿得盆满钵满，可是根本没时间花。

年后刚上班就要准备乐山峰新电影在各国电影节的亮相，还有申申参与的国际大片的国内排片和各路宣传，最重要的是，《雷震子》的宣发已经被提上日程。

《雷震子》的第一支预告片在网上一经放出就成了文娱头条。

在邹航、申申一众明星的带动下，媒体和自媒体几乎是一面倒的好评，观望的路人纷纷表示期待，刚刚上线的豆瓣评分一路飙升。

我和蒋翼每天都忙于各种物料的准备和分发。我在公司，他在自己的工作室，虽然相隔不远，可一天到晚见不着，仿佛异地恋。

唯有中午的时候，不论多忙，我们都会从各自的工作地点步行到路程中间的商场一起吃午饭。

好玩的是，当初蒋翼刚回国的时候，我们吃日料的那家小店正好就是在那个商场的楼底，所以那里成了我俩单独聚会的食堂。

中午的时候，洁净热闹的小店里，我们或头对着头，或肩挨着肩，点一碗荞麦面或者鳗鱼饭，饭后剪刀石头布，他赢了就结账走人，我赢了就再吃一支冰激凌。忙忙碌碌却看得见目标的生活里，一食一餐的相聚都那么快乐。

直到四月下旬的一个中午，我刚要给蒋翼发微信问，要不要现在出去吃饭，手机突然响起来。

陌生号码，来自杭州。

杭州。

我顿了顿，心里有一丝预感，仿佛就要重逢我久违的人。

我飞快接了起来。

那边是几乎七年没有听到过的声音。

亦菲说："瀛子吗？我在想你会不会换了号码。"

没有，我一直没有换过，我很怕有谁回来，会找不到我。

"你怎么这么多年都不跟我们联系？"我说话的时候，声音不自觉有些颤抖。

亦菲顿了顿："我一直想和你们联系，可是毕业后就一直忙着，后来又出了国，回来后想联系怕是没时间约见面，就一直拖到了现在。"

"你好不好？回国还是在杭州吗？"她大学的时候在那边实习，后来据说就留在了当地。

“我还好，现在在杭州，刚从德国回来。瀛子，我这次打电话来是……”

“亦菲，你稍等等，我这里有点吵，我出去接听。”

不知道发生了什么事，办公室一群人围着会议室的电视讨论着，电视新闻的画面慌乱，并伴随着巨大的震动声，下边字幕滚动着一行字：从四川雅安最前线传来的消息……

我看了一眼屏幕，顿住，听到亦菲呼唤，匆忙出了会议室：“新闻说四川地震了，你在南方，有没有震感?”

亦菲说：“我们这里还好，但是瀛子，庄远应该是在当地，而且他家人一直没能联系上他。”

什么?!

我全身发冷，立在当场：“怎么会？他不是说去度假吗？他年后回北京匆匆停了几天就去了上海，怎么会去四川?”

“他参加了登山队，本来要从四川进藏，昨天就应该到达营地。但是营地那边一直没能联系上他，最后一次联络发现他的定位正在芦山县附近的省道，距离震中很近。营地后来联系他家里，他父母现在都在美国，所以就打电话给了我。我本来想飞过去，但是航班基本上都停了，即使到了成都或重庆，去往当地的车也都暂停运营。据说现在只有媒体能进去，你做过记者，能不能想想办法?”

我安慰道：“你不要着急，我这就想办法。”

“好，那你有了消息就告诉我，我这里随时准备出发。”

“……你先在杭州等我消息。”

放下电话后，我立刻打给赵缂：“赵总，您这里还有进川的名额吗?”

赵缂迟疑片刻，问道：“怎么问这个?”

“我有个朋友在当地，失联了，想问问能不能……”

“你想跟着去？”

“我……”

“把你朋友的信息发过来，有了消息告诉你。”

“您让我去吧，别人去找我不放心。”

“我们是去工作。”

“我不会耽误事的，一定做好报道，您知道我可以的！”

“不行。”

“我不会拖后腿的，大三的时候我还跟极限运动的团队去过西藏，我生存能力很强的。”

“我们只有一个深度记者的名额。”

“……你们要派哪个记者去？”

赵缂顿了顿，没说话。

“你自己去，是不是？”

他没正面回答，只说：“你尽快把你朋友的信息发给我，有了消息我告诉你。”

电话挂断。

我想了片刻，打电话给赵缂的助理，小姑娘非常客气：“黄老师有什么事吗？”

“我打赵总的电话正在通话中，他刚刚让我给他送一份文件到机场，他是坐包机去成都吧，我一下子忘了是几点。”

小姑娘不疑有他，迅速报给我：“赵总是乘坐包机过去的，下午一点半起飞，这会儿就要去机场了。”

“谢谢，知道了。”

我从办公室紧急收拾了平时出差用的箱子，下楼打车之前，先跟沈世群打了一个电话，说明了一下情况。

我勉强压下哽咽："沈总，我得去找他。"

沈世群很快回答："知道了，你应该去。"

这是什么意思？

他紧接着说："注意安全，保持联络。"

我心里太乱，来不及细想，只说："工作有需要，您让团队随时联系我。"

"你安心给赵纬做事就好了。"他笑，"《雷震子》是你们自己的项目，蒋翼不催，我没道理催你。"

沈世群这个人也未免太明白了。

我这边放下电话，刚想打给蒋翼，就看到他发来的微信："中午临时有事，不能一起午饭了，晚上会通宵，你自己先回家。"

我思索片刻，给蒋翼回了一个字：好。

《雷震子》正是宣发的关键时候，他不能分心。我无法在这个时候留在北京帮他，可也不能不走，只好等到了地方再告诉他。

到了机场，一下出租车我就打电话给赵纬："赵总，我到机场了，您还没过安检吧？"

正说话时，我看到了前面站着的，正是在接受防爆检查的赵纬。

他回过头，看到我整装的行李，沉默了片刻，道："你来了也没用，没有多的座位。"

"您为什么不多带一个记者过去？"

他看看我，坦诚道："名额有限。而且这种稿子不是谁都能写。"

突发事件肯定都是新闻记者先行，深度报道只能先让路。

"那也不必您亲自去。"

“跑这条线的记者的媳妇二胎刚刚小产，第一个小孩才五岁，走不开。”

就算记者家里没发生这种事，碰到这种危险的工作，这个人也会一马当先的。

“我替您去！我的水平您知道的，我能写。”

赵缂笑起来：“我家里没老也没小，你替我去算怎么回事？”

“我……我欠您的！”

从入行您就一直教我，看重我，可我误会您，还放弃了您给我的那么好的机会。

虽然我此刻不是因为欠您想还您人情，而是求您一定要让我去，让我去带庄远回来。但我，确实欠您。

“你不欠我。”赵缂看着我，停了好一会儿，声音舒缓，“黄瀛子，你聪明又认真，所有的机会都是应得的。我提供的 offer，你有说要或者不要的权利。”

不是这样的，而且我此刻还让您为难……

只是庄远所有的家人都不在国内，我不能放弃一丝一毫去找他的机会。

“赵总……”

“不过这次让你去四川，你就是真的欠我人情了。”

我猛地抬头：“您同意我去了?!”

“嗯，去吧。”赵缂深思了片刻，仿佛确定自己不会改变主意，才重新看着我的眼睛说，“注意安全。记得，我们只有一个深度记者的名额，如实写一篇真正的稿子回来。”

“知道了！”

时间非常紧迫，赵缂把同行的新闻记者和摄影师介绍给我，把记者证和媒体证明等相关文件交给我，没再多说什么，就送我们进了登机口。

飞机快起飞的时候，我才得空给亦菲发了一条短信：你别担心，我马上就能到成都，有了消息给你打电话。

可是，我想得太简单了。

我们一行人到达成都的当天晚上，被告知去往震中的车都已经停了，只有明天凌晨可以搭乘救援车队进去。

领队要求我们先回酒店睡觉，凌晨三点在大堂集合。

我根本睡不着，除了跟新闻记者一起不断筛选已经先期到达灾区的同事或者同行传回来的消息，得空了就不断地打电话给庄远，发微信给他，可始终没有任何回复。

经过一夜折腾，过了午夜我才回了自己的房间，刚睡着就听见闹铃响了。

我匆忙起来用冰冷的水洗了一把脸，看着镜子里的自己，跟自己说："我是记者，我一定能完成自己的职责。还有庄远，你一定不要有事。"

春末的夜晚，天府的天气潮湿而温暖。如果不是因为这样的情况来到此地，一定很惬意。

救援车队比原定的时间稍微晚了十分钟到达，因为路上又加了一支医疗队同步进灾区，我们事先分好了队伍，大概两家媒体跟一辆救援车。

我心里有事，坐在自己的位子上，不断地刷新闻和庄远的微信。

这时，亦菲的电话再次打进来。

我匆忙接起来："亦菲，是不是庄远有消息了？"

"没有。"亦菲似乎也发觉了这时候打电话不妥，连忙说，"不是的，瀛子，是我记得你昨晚说过这个时间要进灾区，有点不放心，想问问你怎么样了……"

看来她这一夜也没睡着。

救援车到达酒店，我放好行李又上了车，边坐下来边安慰亦菲："我一切都好，你别担心。"

亦菲顿了好半天说："我没想到你立刻去了，现在有点害怕，你要注意安全。"

"我有记者证，比你过去更方便。"

"话是这么说，可是……"亦菲的声音里透着淡淡的无奈，"算了，现在说什么都没用了。不过庄远如果知道你这么关心他，他会高兴的。"

哎？亦菲这个意思是，她知道庄远跟我告白的事情吗……

车子已经启动。

亦菲的声音从电话里传来："为了蒋翼的电影能顺利发行，他费了很多精力和人情说服北投合作，可是我猜这事你们都不知道。"

什么?!

我的心被揪住。

庄远年后就很少露面，电影发行的事他一个字都没有提过。后来两边开始正常合作，因为中间有世河做桥梁，他很少到场，蒋翼和他几乎没再见过。

我们都还发愁过，怎么来让他们和好，原来……

"他什么都没说过……"

“他就是这样子。”亦菲笑了笑，“心事从来不和人说。”

我的心酸涩得想哭。

他曾经告诉过我的。

可我没有坚定地相信他，让他伤心了。

如今这个人消失了、失联了，他现在到底在哪里，我根本不敢想。我们最后一次见面，就那么匆匆别过，他那么温柔地跟我告白，我却让他难过，跟他吵架……

亦菲似乎做了最坏的打算，声音带着颤抖:“他不会有事吧?”

我眼前模糊，说不出话，只在心里一遍一遍地说：不会的、不会的……

“你也要小心，注意安全。”亦菲一遍一遍和我交代这句话。

“这么爱操心一点都不像是你，反而有点像祥林嫂附身时候的明雨。”我抹掉眼泪，想跟她开个玩笑，“尤其像她嚷着让我洗手的时候。”

亦菲笑了，这样一来，两个人似乎都好了些。

我们都在逼着自己放松一点。

亦菲问:“明雨很好吧？我从新闻上看到她当妈妈了。”

“她很好，今年博士就要毕业，准备留校。小孩子刚刚一岁了，很可爱的小姑娘。”我心里有事的时候，就又像小时候一样化身话痨，“前几天带小朋友打预防针的时候，明雨还说起小时候和你的事，说起不知道什么时候能再见到你。”

亦菲笑:“邹航的电影我有去影院看，都很棒。郭靖家的生意做得很大，我年初回国之后，有时还会点他家的外卖，在这边都很火爆。对了，他有没有追到念慈?”

我不觉笑了，就仿佛回到关超婚礼上，我们都在八卦“亦菲喜欢谁”的那一天，重新联系上的亦菲，也有她想知道的问题。

“那没有，应该也没有在追了，他们就当好朋友了。”

车子驰骋在如幕的夜里，许久不见的我们隔着千山万水，淡淡地说着这些年的过往。

“不过他和念慈一个是云朵的干爸，一个是云朵的干妈。对了，云朵就是明雨的小孩。”

亦菲笑：“好可爱的名字，怎么你没有做云朵的干妈？”

我皱皱鼻子：“剪刀石头布输了呀，好失策呀！这么大的事竟然猜拳决定，念慈会读心术，我要出什么她一猜一个准。”

“所以郭靖也是猜拳赢了吗？”

“我们分组竞选，我和念慈一局决胜负，我输了，连累蒋翼也没当上干爸，好在他对当人干爸没执念。”

也许是信号出了问题，亦菲那边一时间没有任何声音。

“亦菲？”

再次听到声音，是亦菲问：“蒋翼，他很好吧？”

“很好，他这几年在国内时间很多，还有你应该也知道吧，他的电影要上映了。”我说。

“你们……你们在一起了吗？”

被这样直白地询问，我突然意识到了什么。

亦菲柔缓的声音和小时候她的询问重合了。

亦菲，似乎总在询问关于蒋翼的问题。

她想知道厂里分房的时候蒋翼家会住在哪里；她想知道中考前他是不是会为了我去考九中的统招；高中的时候她会问蒋翼会不会参加篮球赛；最后一次见面的时候，她还关心去了美国的蒋翼看起来有没有变化……

如今她问起我，是不是和蒋翼在一起了……

我回答："是，我们在一起了，去年定下来的。"

亦菲轻轻说了一句："那挺好，真好。"

那个我们一直想知道的谜题，我仿佛知晓了答案。

"亦菲……"

"什么？"

你十七岁喜欢的那个人，是不是蒋翼？

我没有问出口。

我们都静默了片刻，车已经驶出城区，山里的夜色愈发静谧。

好一会儿，亦菲坦然地呼出一口气，轻轻笑道："真的好多年都没有见过了，我们高中毕业都多少年了？"

"好多年了。"

"不知道蒋翼还记不记得我当初跟他告白的样子。"

原来，是真的。

那些询问不是我过于敏感，是少女的直觉。可笑的是，我之前总是莫名其妙地会在被她询问的时候心生紧张，却根本弄不清真正原因是什么。

直到此刻。

我一瞬间哑然。

亦菲轻叹："也许他早就忘记了吧，毕竟不是什么愉快的回忆。"

他记得的。

关超婚礼彩排的时候，我气他嘲笑我们八卦的时候说："你笑什么笑？你也不知道你有什么好笑的？"

他的好胜心根本禁不住激，脱口而出："谁说我不知道？"

可他立刻就打住了，什么都没说，我也一直以为他是在吹牛。

蒋翼从来不说谎。

他是真的知道十七岁时的亦菲喜欢谁，因为那个人是他自己。

我们每个人十七岁时都有自己的谜题：在我和明雨每日猜测庄远喜欢谁、亦菲喜欢谁的时候，蓝亦菲也有属于自己的未解之谜。

她猜的是，黄瀛子会不会始终懵懂？蒋翼的心会不会一直坚定？他们如果就这么别扭下去，就这么僵持着，捅不破这层幼稚的暧昧，是否还有自己的机会。

“守云开”这件傻事，原来不论多漂亮的姑娘都会做，可“见月明”却只有一两个运气好又愿意坚持的傻孩子才能得偿所愿。

我一时间百感交集。

亦菲释然笑笑：“我大学毕业就去了德国，其实很多次想和你们联系的，可是想起蒋翼和关超就迟疑了。他们一个让我那么喜欢，却总是忽略我；一个让我心疼，却总要保护我。他们那么要好，还都知道我的心思。我无法当他们的朋友，只能远离。也许要等到我真的觉得一切都过去了，真的可以如从前一样做朋友的时候才行吧。”

十七岁的时候，到底有多少我们彼此不曾知道的事。

可如今慢慢地，我们都一件一件知道了，这也是在慢慢解开每个人自己的结。

“瀛子，你真的好幸运，蒋翼也是。祝你们开心幸福。”亦菲说，“好想能尽快轻轻松松地见到你们，希望那时候，我还能赶得上明雨生第二个小孩，我也想和你们一起猜拳。”

我们也想。

一起剪刀石头布，不计较输赢，只是单纯地聚在一起玩游戏。

希望那时候，庄远也回来了。

山路非常崎岖，路况也不好，我强迫自己放空头脑，尽快休息一会儿，可是根本睡不踏实，几乎每次都被惊醒。

下意识摸摸手机，就打给庄远，但始终是关机的提示音。

这附近离庄远失联的地方越来越近了，可是我多次联系当地的同事和救援队，还有营地那边，仍旧消息全无。

随着车子越驶越近，我心里那勉强被压制的不安逐渐蔓延。

等到车子突然停住的时候，我才发现自己捏着手机的手指都僵硬了，手机背面一阵发烫。

车上的人都有些躁动。

我往窗外看，这里已经接近震源，远处可以看到倒塌的农房，淹没在一片片已经接近花期的金黄色油菜花田中。

“前面路况可能出过大问题，咱们不知道还能不能过去。不行的话只能返回绕路进去。”随行的新闻记者跟司机沟通过后回来说。所有人此时都戴上安全帽，媒体的领队和医疗组陆续下车勘察情况，让我们待在原地不要动。

《PM》这边的摄影师是老记者了，他窝在最后面的位置上闭目养神。新闻记者是才毕业两年的男生，叫王飞，这次来的主要原因除了本身就是跑时政这条线的，还有他身强力壮、单身未婚，没有负担。他平时都是跟着自己师傅出来干活，这次也惯性地什么事都问我意见。

“黄老师，如果一时半会儿进不去灾区，咱们要不要和社里联系一下？看看赵总能不能找别的路进去。”

“不用，原地等能更快进去。”

我之前已经打开地图认真研究了路况，根据能得到的信息尽量确定附近的状态，返回绕路的可行性几乎为零。

我们所在的210省道是通往县城的必经之路，如果返回的话，其他道路的状况未知不说，而且年久失修，我们这样的大型救援车根本不可能开过去。而且绕路的时间和经济成本还不如原地等待抢修。

这种救命道路，不会阻断很久的。

不过我们也不能就坐在这儿干等着。

我跟王飞说："你跟领队沟通一下，现在的安全状况是不是可以允许我们下车，如果可以的话，我们就先去了解一下道路疏通的状况。现在抢修队那边刚开始作业，应该还没有媒体到达，更别说传出第一手的信息。"

"行。"

王飞很快带回来了肯定答复和几件防护装备。

领队给的答复是："一定注意自己的安全，不要给抢修和救援增加任何麻烦。"

于是我们一行几个记者和摄像穿戴好防护装备，做了登记，就很快下车顺着堵塞的省道往前方的抢修路段走，医疗队也和我们同行，如果路上碰到受伤的灾民或者救援队伍也可以施救。

我本来纷乱的心在满目的疮痍和春天繁盛的生命力之间莫名平静下来，庄远也许就在附近等我找到他。而我此刻，要把手上的职责做好，让更多的信息传达出去，也许会更快让更多人平安，希望那些人里就有庄远。

我们很快联系上了抢修队，了解到现在几乎所有的公路交通都停止了，只有救援车可以通行，这条省道属于同行的必经之地，但是最早也要晚上九点才能恢复正常通车。

我和记者迅速记录、回传消息，但是山里信号非常差，文字还可以发送，视频几乎没有一个能上传成功。在尝试几次未果之后，我和王飞商量，他和摄像留在抢救路段，我和摄影大哥试着到附近的村落找一找有没有还能通网络的地方，或者更好的信号源，把视频传出去。

这时，我突然感觉自己的背包被人拽了拽。

我一回头，只见一只黑黝黝的小手紧紧攥住我的背包带，往下抻了抻。

那是个最多五六岁的小孩，穿着不太合身的校服，长长的头发散落着，但是一时间看不出是男生还是女生。

莫非是附近的村民？

“怎么了？小朋友你怎么在这儿？这里还在修路，可能还有塌方的危险，你不能留在这儿。”

小孩眼睛非常明亮，但是没说话，只是非常执着地抓着我的背包带，再用手指了指远处那个在油菜花地里塌陷的农房。

我突然意识到小孩是来求救的。也许是被吓到了，也许是不知道怎么表达，孩子凭着直觉找到现场唯一的女性，希望能得到帮助。

“那里有人是不是？有人受伤了是不是？你叫我们过去帮忙？”

孩子迅速点头。

“王飞，我们正好也想进村，先跟小朋友过去看看，你在这里等我们。”我当机立断道。

王飞习惯性点头，又不放心：“黄老师你可以吗？要不换我去？”

“不用，这里突发状况应该更多，你随时有了新闻就报回去，我很快回来。”

我和摄影大哥，还有两位救援人员以及一位要排查伤员的医生跟着孩子一起深一脚浅一脚往能看到的村庄走。途经之前在车上看到的油菜花田时，医生感叹："真美。"

五个大人和一个小孩都是一阵沉默，但是脚步没停。

那个塌陷的农房距离村口还有一段距离，正是我之前在车上就看到的地方。孩子到了房子前就急着指里面，说出"婆婆"两个字。

这是当地对奶奶的称呼，可以肯定里面有老人家。救援队迅速开始带着装备清理外面的路障，打算进去救人。

我在外面呼唤："婆婆、婆婆，你能听到我们说话吗？"

里面没有什么回音。

我心里很乱，不断安慰自己也许里面的老人是昏迷或者无法开口说话。

孩子眼睛紧紧盯着救援人员搬开倒塌的墙壁和各种碎石。

摄像大哥和医生也加入帮忙。

我问孩子："婆婆在哪个屋子？"

孩子想了好一会儿，指向靠近东边的房子。

"在那边，咱们先往那边挖！"

就在这个时候，我们听到里面一声呼疼的呻吟，是老人的声音！

"快，快！就是那里！"我们五个人齐上，在最前面已经半个身子进入塌陷区的摄像大哥喊："是房梁塌了！老太太的腿被压住了，但是还有救，刚刚可能是昏迷了！得抬走房梁！"

救援队长喊："抬不走，咱们人不够，只能搬开，进去里面一个人把老太太拽出来。"

摄像大哥："进不去，那个空隙咱们根本进不去，还得再挖一点！"

"再挖要塌了！"

“我去！”我说，这里面除了那小孩子就是我的身材最小了，应该能钻进去的，“你们在外面抬房梁，千斤顶给我，先把老人从房梁下面挪出来。”

“不行！”

突然有人说话。

我整个人愣住，转头去看。

说话的人一副风尘仆仆的模样，他身上的登山服已经沾满灰尘和泥污，脸上仍旧是他惯常的表情，温和但是没有温度。

是庄远！

他头上包裹着纱布，手里拎着一只救援铲，正站在院落的门口！

“你！你怎么在这儿?!”

这是不是在做梦！我一时间分不清这是梦还是现实，飞扑过去，眼泪汪汪地抱向他。

庄远攥着我的胳膊，不让我抱他，神色严厉：“你怎么在这儿?”

“我、我过来找你啊，你有没有受伤？怎么联系不上?”

“手机摔坏了，开不了机。”庄远上下打量着我，确定没有受伤，放下心来，突然冲着墙外喊了一声，“蒋翼！瀛子在这里！”

什么?!

蒋翼?!

这是什么情况！

墙外的灰烬之处，本来就紧张的脚步声突然急促了，紧接着，跟庄远差不多狼狈的蒋翼拎着一个千斤顶从废墟里冲了进来！

而且不只是他，后面陆续有许多身强力壮的村民涌进来：“这里还有人嘞，都来救一救！”

“你怎么在这里！”蒋大爷见到我当场翻了脸。

我?!

我也想问：你怎么在这儿?!

庄远冷冷看着我们。

这简直是世界上最让人庆幸也最让人生气的重逢。

我们三个人看着彼此，各自咬牙。

到底为什么会在这里碰到，我是在晚上道路畅通后，当我们进入灾区的路上才知道的。

新闻播出的时候，蒋翼正想要来跟我吃午饭，听到报道后他也止住了脚步。

不同的是，蒋翼早就知道庄远要从川进藏，听到新闻的第一时间打过去，但已经无法接通。

在我和赵绯联系的同时，蒋翼已经订好去往成都的航班，并于同一时间联系到关超，请航天城的领导帮忙联络当地的兄弟单位，落地的时候就已经得知即将进入灾区的抢修队伍可以带他进去，不过抢修队伍同样被挡在了塌陷的省道，只是比我们早了半天。

而就是那个时候，蒋翼收到了庄远的一条微信。

但是，只有一个微信定位。

蒋翼气道：“就一个定位，你知不知道有多吓人！”

庄远抬眼：“你突然出现才吓人吧！”

可恶！让我担心这么久，你们早早在这儿上演了一出鹊桥相会！

“哼！我一直没有消息才更害怕，好不好?!”

庄远怔了怔，看着我笑了："你怎么来了？不是之前还在生我的气？"

"我讲义气啊。"我皱皱鼻子，"何况早就消气了，所以你的手机到底怎么了？"

庄远原本计划到了成都后租车一路自由行进藏，发生地震的时候是早上，他正在入住的村落里的民宿结账，本来就不结实的小旅店突然坍塌，庄远的手机就在那个时候掉在地上，被人踩碎屏幕、关了机。他顾不上手机，立刻转到坍塌的旅店里和附近的居民一起抢救旅客和工作人员出来。因为施救迅速，大部分伤员得到了救治，但是仍有一部分人需要被送往医院。

于是庄远开车带着两名重伤患者去往县城医院，安置好的时候已经是下午，只是没想到回来的路上发生了余震。

他才刚刚开到省道上，眼见着面前的路腾空而起，庄远猛地扣住方向盘从主干道上跌进旁边的田地，被瞬间膨胀的安全气囊顶得失去了意识。

等到再醒来的时候，已经是夜里。他勉强从车里出来，觉得自己只有轻微的脑震荡，可手机已经接近四分五裂了。

庄远勉强打开手机的时候就知道在这里不可能等到救援了，120 或者 110 可能赶不到，然后鬼使神差地，他打开了微信。

一连串收到的微信都没有时间看，庄远只来得及给蒋翼发了一个微信定位，然后，手机就彻底关机了。

"为什么就给他发位置?!"我这个气啊，这一上午我心里哭了多少遍知不知道？为什么不先告诉我?!

庄远无奈："那会儿正好他的微信进来。"

蒋翼说起这个就气："你知道有多吓人吗？电话打不通，微信也不回，突然就发来一个定位，离我不到三公里！到底是失联还是让人给绑架了都说不明白！也就是我身体健康，要不然心脏病都犯了！”

庄远笑：“还想说别的来着，全被瀛子的微信和未接来电提醒给震没电了。”

还赖上我了?!

好在蒋翼根本不让他转移炮火的计策得逞，冷冷地说了一句：“就是能说你也不会说。”

庄远顿了顿，才说：“我也不知道说什么。”

也许手机关机让他更懊恼的不是不能跟蒋翼说明情况，而是无法撤回发出去的消息。

好在发出去的是最有效的信息。

在车里等了不到半个小时，远处就已经闪现了哨声和蒋翼的呼喊。

蒋翼说：“我们俩碰见的时候他只是额头受了伤，竟然还靠着车喝了一罐啤酒！他车里还有酒！”

“我是去登山露营的，当然会带很多补给品。”

蒋翼当时撂脸子：“那我不如不来，还耽误你露营。”

庄远笑：“对不起，让你担心。”

“你们都已经会合了，为什么不给庄远家里打个电话?!”蒋翼还有脸质问庄远，我更气了。

“我们两个会合也不过七八个小时，而且立刻被附近的村民叫过去救灾了，再说了，庄远根本都没告诉家里人来登山，怎么会想到要去报平安……”

我们平素若遇到这样的危险，最先想到的就是给家人打个电话报平安……

不过庄远的家里……

我蓦然想起那年邹航的电影发布会之后，庄远手臂上那一道触目惊心的红色檩子，突然止住了嘴。

“那你就不能打给我或者别人说一声吗？”

“谁知道你来这里了?!”蒋翼突然想起还有这个茬，“还有，谁让你来的？有多危险知不知道?!”

……真是有理走遍天下，蒋大爷天下第一有理。

我们俩互相瞪着彼此，庄远觉得好笑：“你们到底是怎么做到的，现在吵架还跟小时候一样。”

蒋翼看天，问庄远：“几点了？”

“九点十八分。”庄远下意识看表，“你转移话题还可以更生硬一点。”

“我哪儿是转移话题。”蒋大爷当即搂住我的肩膀，“我们从不吵架。”

庄远挑眉：“所以七岁分房子的时候是谁在我家门口吵架？”

蒋翼大怒：“都多少年的事了！那是她无理取闹好不好？”

“那十七岁的时候是谁在九中的操场上吵架？”

我想起来更气：“那是他单方面发脾气好不好？”

庄远笑，一脸“你俩也好意思”的表情。

我俩一怔，也都笑起来。

我俩是很不好意思，可怎么办呢，有的人总没长进，七岁、十七岁、二十七岁都是一个样子。

也许之后三十七岁、五十七岁、九十七岁……七百七十七岁也还是一样：有的永远懵懵懂懂，有的永远明察秋毫，有的永远敏感温柔，有的永远敢爱敢恨，有的永远锋芒毕露，有的永远深藏不露，有的永远游戏人间，有的永远一步一个脚印、踏踏实实……

庆幸的是，我们身边一直有彼此，一直可以感念，原来这么多年，我们都没有变。

我和蒋翼再回到北京已经是半个月之后了。

他参加了当地救援队，陪我完成了给赵维的稿子，告别了重新启程入藏的庄远，才转回成都乘飞机回京。

《雷震子》还有无数的事情需要敲定，要尽快地追回这半个月的进度，我们其实都心急如焚。

落地的时候，蒋翼去停车场取车。

我扶着行李箱在出发层等他来接我，沈世群的微信就是这时候进来的。

没有多余的话，只有一张图片，还有几个字：《雷震子》的龙标批下来了。

蒋翼从远处停下车子，接过行李，然后被我拥抱。

“怎么了？”

我没说话，把手机递给他。

蒋翼看着屏幕，长长的睫毛动了动。

一路上，我们都没怎么说话。

下了机场高速，窗外霓虹飞入云霄，蒋翼开着车，看着窗外：“好快啊，我三年前回国的那次，《雷震子》还是一张纸。”

“现在要飞起来了。我还记得第一次看先导片，你那个得意的样子。”

蒋翼突然想起好玩的事情：“你知道北投他们第一次看先导片的

时候提了什么建议吗？说怎么女性形象都像是战友，没有爱情线呢？他们老总后来直接问‘雷震子喜欢谁’，好像我妈在追的八点档，一定要所有人都得配良缘，幸福生活在一起。”

我们两个笑得肩膀都抖动起来。

我眨眼睛看着他：“那你怎么回答？”

蒋翼说：“不知道。”

“嗯？”

“我回答我不知道。”

我又想笑。

车子在这时停了下来，已经到了家门口，我们下了车，蒋翼突然叫了一声我的名字：“黄瀛子。”

“嗯？”隔着那辆苏联老爷车，我看着蒋翼。

蒋翼说：“我活到现在，只有两件事不知道。”

“你又吹牛！”

“没吹牛。”蒋翼回看我，夜色中，长睫毛下，黑白分明的眼睛亮晶晶的，“一件是雷震子喜欢谁，你知道另外一件是什么？”

我的心突然跳动得厉害，紧紧盯着他的眼睛。

“有一件事，我很小的时候就觉得我知道答案，甚至觉得那是我在这世上最笃定的事。”他眼睛盯着我，“可是十七岁的时候，我发觉我不知道了。我在物理竞赛上能解开全世界同龄人都解不开的谜题，我在篮球赛的赛点可以精准投出绝杀的一球，我知道自己是谁，想要什么……可是从小到大深信不疑的一件事在那时，我突然说不清，也给不出答案了。黄瀛子，这道我解不开的题，与你有关。

“我想知道，长大是不是就意味着争执，成长是不是就意味着分离？曾经的朝夕相处是否只是小儿女不谙世事的玩笑？

“我想知道，你的心是否还如从前，如我们都是孩子的时候那样只能装下我一个人？就如同我一直以来的一样。”

“黄瀛子，我想知道……”蒋翼说。

我看着他，声音不禁颤抖：“你想知道什么？”

蒋翼的眼瞳漆黑且深邃，他看着我，一字一顿说：“黄瀛子，十七岁的时候你喜欢谁？现在的你又喜欢谁？”

傍晚的寂静，远离了航天城千百公里之外的巨大繁华城市的中心，我们生活了七年的小小的家的门外，初夏的香甜混合进了人世间的烟火。

我没有回答，哑着声音，看向他的眼睛：“你呢，蒋翼，十七岁的时候，你喜欢谁？”

蒋翼看着我，没有一丝犹豫：“我喜欢你，黄瀛子。七岁你喜欢孙悟空的时候喜欢你，十七岁你喜欢流川枫的时候喜欢你，现在二十七岁不知道你喜欢谁的我，还是喜欢你。此后此生，七十岁喜欢你，七百岁喜欢你，七千岁也喜欢你……那么你呢？黄瀛子，你喜欢谁？”

“我喜欢你！”

蒋翼，我喜欢你。

我的视线已经模糊，回抱住他，如同七岁和十七岁的我那样毫不设防，同手同脚，相拥执手。

我们就这样拥抱着，仿佛倦飞得无望，却终于看到了陆地的小鸟。

蒋翼，我喜欢你。

我十七岁的懵懂、敏感、迷惑、欣喜、伤痛都只为了你一个人。

不仅仅在十七岁的时候，从我出生起的每一分每一秒，我都喜欢你，只有你。

十七岁喜欢你，此刻也喜欢你，在我们相守和分离的日日夜夜里，我一直喜欢你。

因为爱得太早，反而迟到了坦白。

因为太过熟稔，总怕误读了亲昵。

蒋翼说：我喜欢你，从我不知道什么叫喜欢的时候就喜欢你。

黄瀛子说：我喜欢你，从我不知道什么叫喜欢的时候就喜欢你。

黄瀛子说：除你之外，我从不曾有别的爱情。

蒋翼说：除你之外，我从不曾有别的爱情。

我喜欢你，你也喜欢我，我们开始爱的时候还那样小，可我们要相爱一生一世，一直到老。

蒋翼提问：十七岁你喜欢谁?

黄瀛子回答：十七岁我喜欢你。

黄瀛子提问：十七岁你喜欢谁?

蒋翼回答：十七岁我喜欢你。

太阳和月亮每天交替在天空中出现，云卷云舒的世界似乎永远不会停下变化。

我们长大了，也许都不再是十七岁时的模样。十七岁的喜欢会被珍藏，也可能会被遗忘，但也可能如我们，始终将其紧紧攥在手心里。

因为十七岁就是十七岁，十七岁的喜欢独一无二，无可重来，此生珍贵。

小小的岛屿，只容得下一只鸟的栖息。

鸟儿飞过海洋，只为了抵达栖息的岛屿。

蒋翼，我喜欢你，十七岁喜欢你，一辈子喜欢你。

外传

一　小孩子

覃秋在沙发上翻时尚杂志，厨房里黄云庆的鱼炸得正是时候，噼啪作响。

楼梯间突然传来叽叽喳喳的嬉笑，是蹦蹦跳跳着还停不住嘴的小孩子。

覃秋第一秒就分辨出了黄瀛子的声音，不是很难，因为基本上一天到晚都是她在说话，一刻不停地，除了偶尔应和一声的念慈，蒋翼和庄远只有或紧或稳的脚步声。

“下个礼拜我声乐老师就回来啦，蒋翼，周六咱俩就得去上课！”

紧且急促的脚步声顿了顿，紧接着更急迫了起来，仿佛这样就可以逃掉周末被安排的命运。

“喂！你怎么不答话呀？上次老师留的曲子你压根就没练吧？这学期期末还有合唱呢，你到时候总要把词背下来，不然我怎么唱呢？”

蒋翼仍旧不说话，倒是庄远在一旁温和问：“老师留的作业是《孤独的牧羊人》吗？”

“不是呢，那个是上个月的作业啦，新作业是《剪羊毛》。”

蒋翼哼了一声：“这老师就喜欢羊！”

念慈“扑哧”笑出了声。

门就是这时候敲响的，黄瀛子没有章法地拍门：“妈妈！我回来啦，妈妈开门！”

“你靠边，我这儿有钥匙。”蒋翼不耐烦的声音夹杂进来。

黄瀛子放过防盗门，转头跟念慈约好吃完饭一起写作业，才说了再见，身后的门这时候开了，却不是蒋翼钥匙的功劳。

覃秋打开门：“回来了？”

“覃姨。”蒋翼揉揉鼻子，眼睛一亮，“黄叔回来了？”

“嗯，在做饭。怎么跑得满头是汗。”

“最后一节体育课。”蒋翼接了纸巾抹一把，换了鞋就钻进厨房。

黄瀛子扑向覃秋，搂着妈妈的腰仰起小脸问：“哇，是不是吃炸鱼？”

“是，你怎么也湿漉漉的？”覃秋摩挲着女儿汗涔涔的额头，任她挂在自己身上，像树袋熊一般手脚并用地缠住自己，嘱咐道，“后背都湿了，换了干净的衣服再吃饭。”

黄瀛子整个小脸埋进妈妈的衬衫耍赖一般乱蹭，还嘻嘻笑：“妈妈好香。”

“覃姨，我回家了。”庄远进自己家门前礼貌地打招呼，却被覃秋叫住：“庄远，你妈妈在家吗？我想和她商量，周六蒋翼的声乐课以后让你去。”

庄远一怔：“蒋翼不去了吗？”

“他上课不是看闲书就是捣乱，白白浪费学费和时间，你小时候学过钢琴，对声乐有兴趣吗？”

庄远站在自己家门口，看向从自己母亲怀里转过头来的黄瀛子，小女生眨巴着眼睛，似乎觉得妈妈的决定又新奇又好玩，可是……

“那蒋翼怎么办？周六咱们都去市里，他自己在家吗？”黄瀛子问。

“他继续去学画画，念慈也会一起。”

“哇，那我们四个人不是就可以一起去市里了吗！哇，太好玩了吧！”黄瀛子一蹦三尺高，“我这就去告诉蒋翼。”

庄远看着一溜烟消失的黄瀛子，迟疑着张张嘴：“阿姨，我要问问我妈妈。”

覃秋笑起来：“好，你乐意去就好，你妈妈会答应的。晚点我也和她说一声，她这段时间忙，不必特意抽时间陪你上课，我和瀛子爸爸带你们一起去。”

真的吗？那应该是可以的。

这是庄远搬来十三号楼的第二个夏天，再过几个月，他和同班的小孩子就要一起升入三年级。英语课会有外教来上口语，应用题会更难，除此之外，和之前没什么不一样。

可是也有一些不再一样。

上学或者放学的时候总有人要和他一起走，每周总有两三天要给隔壁丢三落四的小姑娘带练习册，周末一个人在家的时候会被拉去一起吃午饭。

还有就是，他即将在周末和黄瀛子一家，还有蒋翼和念慈一起去市里的少年宫学习声乐了。

是不是喜欢唱歌，庄远在之前从不曾细想。

可是能去学声乐，特别是能和小伙伴一起学声乐，让他感到了一种小孩子才会有的情绪——期盼和快乐。

周末真好，周末，可以快点来。

二　信

庄妍给庄先生留了一封信，纤长劲瘦的字，一行一行地透过纸背。

庄：

展信安。

告别的时候想必人会多，我便把想说的话先在这儿留给你。

这三年回看虽然并不尽如人意，可我心里很感激。你如此好，只是我们不一样，在一起生活难免疲惫，如今这般分开，彼此都不该有怨怼，至少我是没有的。

我和庄远这就回北方了，他通过了那边市重点的入学测试，成绩我不担心，如果将来念书还要不要回到北京，就由他决定了。

你自己照顾好自己，不要太忙了。如果想念，假期可以来聚聚。电话我不太用，联系少了也好，大家都将开始新的生活。

祝安。

三 长大

通勤车停在家属院的门口。

晚自习回来的孩子们陆续下车。

郭靖和蒋翼同时看向在自己肩膀上熟睡的人，动作也一致，扭头，微微动动肩膀。

发顶冲着伙伴的小孩仍在安睡，不过反应不同。

关超虽然没醒，但是应着震动迷迷糊糊开始揉眼睛。

黄瀛子睡得小脸粉扑扑的，被扰动便皱着眉头，反而更深地往蒋翼肩颈里埋头，蒋翼早就料到了，露出不耐又无奈的神色。

郭靖不再动，等了片刻，肩膀一轻，车窗里映着男孩子直起身、揉眼睛的画面。

郭靖起身从行李架上把四个人的书包、校服，还有黄瀛子的水壶、饭盒、运动鞋、相机包……依次拿下来。

关超乖乖一件一件往身上装，先穿上校服，再背好自己的书包，然后是黄瀛子的书包、水壶……

同学已经都下得差不多了。

关超爸爸看了看仍旧剩下的四个孩子，没说话，摸了摸裤兜里的一盒烟，抽出一支却也没点燃，在手里掐着下了车。

前座的蒋翼仍旧动弹不得，黄瀛子睡不醒的时候更是跋扈，迷糊气恼着钻进蒋翼臂弯里。蒋翼被她的连锁动作钳制，下意识搂住了她。

郭靖起身，挑眉无声质问：有完没完？还走不走了？

蒋翼不耐，却在瀛子下滑想要找个更舒服的位置的时候紧了紧手臂，怕她掉下去。

黄瀛子顺势将手臂缠上他的腰，找到更舒服的位置就整个人横盘在蒋翼身上。

关超困倦着看不出蒋翼的脸色，径自戳黄瀛子的发心：“到站了，回家睡去。”

蒋翼阻拦不及，睡不醒的黄瀛子应声就是一声呜咽：“嗯———?!”

蒋翼嫌吵一般抻长了脖子躲避这委屈又控诉的声浪。

“到站了，都等你呢。”郭靖面无表情加了一句。

车子下面，念慈和庄远两个人闲聊着刚过去的月考的题目。

可为了准备考试熬夜几个通宵好不容易睡沉了的黄瀛子很不好惹，越是被叫唤越是逆反，愈发搂紧蒋翼的腰，是打定主意缩进他怀里一辈子不出来的架势。

郭靖瞪蒋翼威胁：你还不叫醒她？

蒋翼蹙眉，嘴里一派的不耐：“起来了起来了，回家又半夜三更睡不着了。”手指却只轻轻拨了拨瀛子的发顶。

黄瀛子听他的叫醒十六年，早就对他的声音和说辞免疫了，连动都不曾动。

蒋翼看一眼郭靖：“醒醒，念慈他们都等你呢。”

说是这么说，手上还是没动作。

郭靖做事果决，就要直接动手，蒋翼忙把人整个搂进怀里，瞪眼：“干吗呢？男女授受不亲不懂啊？”

郭靖：“行，你不是男的是吧？”

蒋翼被噎了一句，只好自己继续叫醒服务：“行了，‘黄瀛子’别耍赖了，赶紧的，起来回家了！”

黄瀛子口里发出一声哼唧。

蒋翼看了一眼关超，抬了抬下巴：她要水。

关超认命从脖子上取下水壶，一边揉眼睛一边吐槽：“这也听得懂？”

水壶的吸管插进黄小姐的嘴里，睡着的人没知没觉，连吸也不吸。

蒋翼只好捏捏她的下巴：“赶紧喝，都等着你呢。”

瀛子困倦着喝一口，随即呛了一口，蒋翼慌忙拍她的后背，委屈的人扒拉开扰人的水壶，紧紧搂着他的脖子埋头又要睡着。

可蒋翼来不及气，只觉得身上一凉，低头一看，黄小姐那口水喷的不是地方，他裤子敏感部位湿了一片。

关超实在忍不住爆笑，这回是彻底醒了。

蒋翼气得要揪黄瀛子起来算账，到底忍了忍，把水壶递回给关超，给郭靖送了个眼神：搭把手。

郭靖桀骜：“干吗呢？男女授受不亲不懂啊？”

蒋翼气恼，随即指指车下凉风里还等着的念慈。

关超自觉拿过郭靖的书包，一个人前兄后背背了四个书包，好像一个吃胖了的忍者神龟。

郭靖拽着瀛子的胳膊帮蒋翼把人树袋熊一样裹在身上。

蒋翼强忍着才没叫出“轻点”。

郭大侠脸色已经不太好。

黄瀛子毫无察觉，脸孔在蒋翼颈窝里找到熟悉的地方就睡了过去。

四人才要动身，蒋翼冲着关超努嘴：你校服。

去年秋天也有过这么一回，黄瀛子睡熟着被蒋翼背回去，却因为睡得热了一遇冷风就着凉，反而更遭罪。

关超放下揉眼睛的手，轻车熟路就要把才穿上的校服脱下来。

郭靖阻止，脱了自己的校服给瀛子包住，顺势分走关超两个书包。

蒋翼在前排看不见关超也才睡醒，可他是知道的。

关超到底把自己的帽子扣在了瀛子脑袋上，三个人才拖拖拉拉下了车。

对面等着的庄远和念慈虽然早就料到是这个阵容，却一眼看到蒋翼的裤子，一时间，清醒的五个人都无声笑了起来。

唯有睡熟的黄瀛子只觉得在梦里，仿佛小时候在奶奶家摇摇晃晃着的秋千荡起来的时候，前面有温暖的风，后面有呵护的手，身边是叽叽喳喳陪伴自己的小伙伴和小花小草小猪小鸟……

马上就是十七岁了，黄瀛子还不必长大。

四　良心

赵缃问："怎么样？跑了一次这样的大案子，是不是想起了做记者有多爽？"

我："是。"

赵缃："什么时候来上班？"

我："……明年年初行不行？《雷震子》的后续应该收尾差不多了，欢姐的新电影我得给她跟完，世河还有一部戏要上春节档，到时候沈总的新团队应该成熟了，我提出来也就……"

赵缃："行。"

我："……赵总，我又让您算计了是不是？"

赵缃："怎么说话呢？还有没有点良心？"

我太有了，我就是太有良心了！

五 蓝色

关超和小帆从车上下来，电话就响了。

“喂？爸怎么了？……我们检查完了就在市里吃午饭，她正想去吃那个酸汤鱼……下午就去车站接我岳父岳母回来，你和阿姨不用等我们，晚上再一起吃饭……行，那晚上我们直接回去。”

关超放下电话，才发现小帆不在身边。

关超一瞬间全身紧绷，下一瞬却听见不远处传来女人轻快的声音：“关超，快来。”

阳光下，小帆扶着隆起的肚子，笑着招手：“你看花儿都开了。”

关超连忙走了几步过去，伸手就要摘：“你要哪一朵？”

小帆一脸笑意地拉住他的手：“小孩子都知道不能摘公共场合的花儿啦。”

关超：“我给咱们姑娘摘的，她还不知道呢。”

“你怎么知道就是姑娘呀？”小帆被他理直气壮的样子逗笑，“我又没让医生查这个。”

关超搂着小帆的腰上了台阶，继续理直气壮道：“昨天黄瀛子不是打电话说她梦见了？”

小帆觉得好笑：“瀛子又不是算命的。”

“算不准就去北京砸她招牌！”

“哈哈哈，你还讲不讲道理？何况人家也没开店算命呀？”

“那闲得没事做什么梦？”

小两口嘻嘻哈哈说着闲话上了电梯，领了号码。他们比预约的时间来得早了一点，医生的房门还关着，前面的孕妇还在做检查。

小帆索性站着，她本来就好动，怀了宝宝之后也没静下来，经常做有氧运动。关超索性也跟着运动，这半年除了健美操，瑜伽技能也都很有长进，身体都变柔软了。

“你看，从楼下看花儿都一大片了，山里的花儿也是这样，从高处看，就这么粉盈盈的，雾一样。”

“你是不是想家了？爸爸妈妈这次回来，我跟他们商量不让他们走了。”

小帆笑道：“你在这儿，我干吗想家呢？”

关超嘿嘿笑起来：“就是，我在这儿呢，想什么家？”

正说着，诊室的门开了，有护士出来，扯着声音喊：“金小帆到了没有？”

“到了到了。”关超抢答，扶着小帆刚走近门口，里面跟着护士出来一个人。

两厢遇见，都是一愣。

对面的年轻女人穿着淡蓝色的棉布裙装，但是身材苗条，丝毫看不出孕妇的迹象，虽然素颜没有化妆，仍旧好看得发光。

关超顿了顿，叫出她的名字：“亦菲。”

亦菲微微怔住，看了看关超，又转头看看好奇打量自己的小帆，立刻知道自己见到的是谁。

“关超，真好久不见了。”

这不是一句客套，他们上一次见面是十年前，高三毕业的夏天，亦菲在窗帘后看到抹着眼泪离开的关超，一言未发。

此后数年，两人从未联系。

此刻，关超热情介绍道：“这是小帆，我媳妇儿。我们来做产检。”

亦菲笑起来，和小帆握手，问：“宝宝几个月了呢？预产期是什么时候？”

小帆轻快地答复：“七个月，应该七月份初会出生。”

“七月？”亦菲想了想，“那要跟关超一样都是巨蟹座了吗？”

“有可能哦。”小帆笑，“我们都希望是个女孩。”

“肯定是。”关超插话。

“你又知道啦！”

亦菲笑眯眯看着他们，关超此刻才注意到了亦菲手里的档案袋，迟疑了一下：“你、你也是……”

“哦，我回来探望亲人，觉得不太舒服所以来看看，没想到竟然真的是怀孕了。”亦菲笑起来，“医生说预产期在明年，不知道会不会跟我一样是双鱼座。”

关超说：“都不知道你结婚了。”

亦菲笑：“因为我还没结婚呀。”

这下关超总算闭嘴了。

亦菲笑起来：“小孩子的爸爸刚知道消息，正从德国赶过来，最近有可能要做个登记，你知道非婚生子上学报户口很麻烦的……”

说得竟像是不确定要不要结婚似的。

关超一时间不知道怎么回答，好在说话间亦菲电话响了起来。

亦菲接起来，对方急促地用德语说了许多话，旁边是嘈杂的汽车行驶的声音。

诊室里护士也催促：“金小帆，金小帆到了没有？”

亦菲示意他们快去检查，指指电话，挥了挥手，做口型“电话联系”，便走到一旁接起手机了。

电话那边，男人用德语急促地说：“我已经快到机场了，最早的航班也是明天早上七点到北京，然后坐车到你家里估计就是明天中午了，我要带什么证件？中国会不会不让我们结婚？我的签证是一次过的，他们应该不会拒绝我吧？”

亦菲笑了：“我也是第一次，不过应该比你办签证容易些吧。”

医生看了看屏幕上的小孩子的影像，说：“挺好的，小孩很健康，也很活泼。”

关超问：“医生，是不是姑娘？”

医生白了他一眼：“按规定不能告知这个。”

“是儿子我们也要的，您就告诉我们吧。”

医生被关超逗得笑起来：“既然是男是女都行，还问什么？”

关超不甘心：“我媳妇儿也想知道。”

小帆偷偷笑起来，冲着医生眨眨眼睛。

年长的医生笑起来：“你媳妇儿心里有数呢，回家问她吧。”

哎？

关超已经启动了车子，还在追问：“你真知道是男是女？你怎么知道的？我怎么不知道？”

小帆笑起来，才要回答，明雨的电话打进来：“我在商场里给小孩子买东西，看到好可爱的婴儿服，比云朵当时穿的还可爱，给你们买了蓝色的。”

关超抢话：“我们的是女儿，我们要粉红色的。”

明雨隔着电话翻白眼：“我婆婆早就给问过了是男孩，你自己给改的是女孩啊？”

关超整个人定住。

小帆笑：“明雨，是女孩呢，前天阿姨又打电话给我，说当时问了两家，弄错了资料，我们的是女孩。”

关超又好气又觉好笑：“还能不能有个准信儿？”

“哎，我正好还没出商场，我去换一个粉红色的？”

小帆笑：“不用换，蓝色也很好呀，女孩穿蓝色多好看呀。”

明雨也笑：“是呀，女孩穿蓝色，真的很好看。”

六 巨星

“我再不是国际巨星了！”

七月，里约热内卢如火的街头，“前”国际巨星，横扫各种国际大奖的人民的老艺术家邹航在一群疯狂的阿根廷粉丝中，发出对人生的喟叹。

“刚才我俩去买冷饮，碰见一群来看决赛的欧洲人，上来就要签名，我都准备好拒绝的词了。结果人家是来找蒋翼的！竟然还有人随身带着《雷震子》的周边玩偶，你说这些人是来看世界杯的吗？比把东道主踢成7比1的德国队还霸道啊！还能不能尊重一下足球这项世界运动！大老远从欧洲来南美，竟然找一个亚洲人签名？他们就这么被一个爆米花电影弄得放弃了他们的运动精神了吗？”

“毕竟我是全世界最会画画的男人。”蒋翼耸肩，重复着黄瀛子当初做宣传稿时候给他封的头衔。虽然那稿子让他吐了三天三夜，但一年多来此人早已破罐子破摔，没事就要拿出这个头衔当众自我处刑一番，乐此不疲。

“毕竟来的都是中学生。”邹航补充。

蒋翼无所谓地笑：“我确实比较受年轻人喜欢。”

这俩人从北京一路斗嘴到南美，方明雨吐槽：“以为没带小孩来能清静清静，结果他俩比小孩还难带。”

此刻黄瀛子正心力交瘁地回复微信，来不及打字就发语音，骂手下的记者:“不是说了傅霖这段采访要精修吗?他第三天采访的时候根本就心不在焉,你剪那么多空镜进去干吗?第七分钟整个剪掉,整个节奏都被拖垮了!”

赵缂那边新上线的全媒体平台,除了媒体还制作网络视频节目,他找了几个有钱的金主,专门烧钱给他们做深度文化访谈,开始上线的时候还被嘲是“搞情怀”,可是接二连三的现象级节目的上线所引发的讨论和关注排山倒海而来,追加的投资和赞助也接踵而来。

只是事先想不到是这样的阵仗,团队扩张跟不上,人手不够,节目上线前经常捉襟见肘。黄瀛子一路带着工作从北京飞到里约,没准还要带进世界杯决赛现场。

邹航窝在露天咖啡店的椅子里吐槽:“她忙成这样还要来看决赛,也是真爱了。”

“2010年德国队输了的时候,她大哭一场,那个神经劲儿,跟我吵架生气都没那么哭过一回。”蒋翼说起来就有点泛酸,“这今天来看现场,要是没赢,我估计她得现场跟阿根廷人拼命。”

黄瀛子“啪”一声把手机拍在桌子上:“肯定赢!”

“啊?”

“今天晚上肯定赢!”

“行行!肯定赢。”

七　好人

决赛是晚间才举行,不过他们来早了几天,已经把能玩的地方都转过了,这天就在街边找了一个小饭馆坐下来喝酒、吃点心,打算悠悠闲闲地待上一个下午。

只是黄瀛子根本闲不下来，这天电话就没有断过，下午四点多都要开始晚饭了，她出去接了一个好长时间的电话，然后回来瘫倒在椅子里长出一口气："可算是上线了！"

明雨刷开视频看了看说："你们可真有本事，竟然说动傅霖来参加节目，之前听学校美术系的老师说他比他老师宁川还难搞，不过人还真长得挺帅的。"

黄瀛子惯常会哄人："哪有邹航帅？"

方明雨撇撇嘴："看多了也就那样。"

"你这就矫情了，他可是多少少女的梦中情人。"

"你要就给你。"

邹航眼见着对话往不可描述的方向上发展，挑眉以示抗议。

明雨从善如流："好吧，给不行，可以借你几天。"

"听见没有？"黄瀛子哈哈大笑，"那邹公子给大爷笑一个。"

邹航强烈拒绝："我不！"

明雨还算有良心："别玩坏了。"

邹航告状："蒋翼，你也不管管？"

蒋翼也挑眉："玩的是你，我有什么可管的。"

邹航羞愤："你们航天城出来的就没一个好人！"

黄瀛子不再理会，拿了菜单，点了够八个人吃的量。

方明雨制止："吃不完浪费！"

"不可能！我吃得完！"黄瀛子信誓旦旦，"今天晚上我要全力以赴加油！"

邹航："就好像你全力以赴，德国就能赢一样。"

黄瀛子冲他挥拳头："就是能赢！"

“这都多少届了，十二年了吧，德国年年进前四，年年陪跑，我看今年……”

“今！年！肯！定！赢！”

邹航小声跟蒋翼碎碎念：“德国人都没她上心，跟是她们家的事似的。”

蒋翼咬牙：“也不知道她叫什么劲！”

八　许愿

2002 年，日韩世界杯，因为爸爸喜欢的德国队在决赛败北，黄瀛子对着电视不甘心地碎碎念：“明明德国踢得更好……”

蒋翼看不得她伤心，忙安慰：“下一届肯定德国赢！”

“为什么？”

“因为东道主是德国，到时候也会有年轻队员成长起来了。”

“真的吗？”

“我什么时候骗过你？”

2006 年，德国世界杯，蒋翼已经出国两年。

黄瀛子已经很久没有听到过他的消息了。

这一年的德国，克林斯曼回归。

开赛之前，黄瀛子想，如果德国赢了这次世界杯，我就要发邮件给蒋翼，跟他说：你骗我，我也不生气了，你不回来也没关系，可是我真的好想你……

德国未能进决赛，第三名。

黄瀛子的邮件始终留在草稿箱。

2010年，南非世界杯，半决赛，西班牙对战德国。

凌晨两点，黄瀛子一个人在电视机前暗暗许愿："这回肯定赢，只要这次德国赢了，我就叫蒋翼回国，这辈子也不让他走了！"

凌晨五点，远在北美的蒋翼接到黄瀛子号啕大哭的电话，她问："你什么时候回来？"

蒋翼忙得焦头烂额，无奈应付："这半年都在忙项目，哪有时间回去？"

"蒋翼，你是个大混蛋！"

黄瀛子愤愤按了电话，抹干净眼泪想："四年之内我一定让你回来就走不了！到时候就是下一届世界杯，德国队肯定赢！"

九 赢了

"赢了！赢了！我就知道一定会赢！"黄瀛子抱着蒋翼的脖子发疯一样叫。挥舞着手上被热情的德国球迷塞的各种丝带。

"赶紧走！"邹航看着看台下面已经沸腾的人群，抓住明雨的手，"没准儿一会儿阿根廷球迷要闹事，咱们还是早点回酒店为好！"

蒋翼笑着搂住黄瀛子，怕她摔倒："赢了就这么高兴？"

"高兴！我太高兴了！没有什么事比这个更让我高兴的了！"

十 招牌

几个人刚回到酒店，想在街头的咖啡厅坐一会儿，蒋翼接到一个电话，接完后和他们说："庄远一会儿过来。他这几天正好在北美出差，客户弄到了两张票，一定要他来看决赛。我们说好了看过比赛在酒店会合。”

邹航扶着额：“你们俩怎么回事，怎么每次跟你俩出来就有庄远在？”

黄瀛子看着方明雨笑：“他怎么到现在还吃醋？”

方明雨笑：“你和蒋翼不吃醋就行了。”

哎，这个人的嘴！

“在说什么这么开心？”

庄远仍旧是白色衬衫，在姹紫嫣红的南美夜里朝我们走来，很是显眼。

明雨笑盈盈看他：“在说这么多年来，九中这么多姑娘为你吃醋，可谁都不知道你喜欢谁。”

庄远觉得好笑，坐下来：“原来你们就是这么在背后八卦我的？”

“不然呢？”方明雨装模作样地托腮轻叹，“情窦初开的小孩子就是这么无聊啊。所以当初你到底喜欢谁？”

庄远失笑，挑挑眉：“不是都知道吗？为什么非让我自己说？我也会不好意思的好吧。”

“哎？谁知道？”明雨忽闪着眼睛，“喜欢谁？”

“我。”蒋翼喝了手里的啤酒，“我知道，喜欢我。”

“什么鬼?!”整张桌子的人都笑起来。

蒋翼一脸平静：“都忘了？你婚礼的时候他跟我表白来着，我还表示感谢来着。”

黄瀛子快要笑到桌子底下了，方明雨觉得好笑，踢她小腿：“你怎么不串好供呢？白显摆了吧？”

黄瀛子勉强从桌子底下爬上来：“也可能他真喜欢蒋翼啊，那我也没有什么办法。”

几个人正嘻嘻哈哈笑，明雨的手机响起来，是视频电话。

明雨的神色一下子紧张起来，转瞬又变惊喜道：“什么？不是说预产期是下周吗？赶得上我们回去吗？”

关超在那边已经兴奋得语无伦次：“我也以为是下周，住院手续还没办好，也不知怎么说生就生了，我妈还没从深圳赶过来……”

邹航的母亲接过视频电话：“医生说小帆运动得挺好，生产会很顺利，所以让早点住院，结果前脚刚拿到床位，后脚就生了，好在生产过程很顺利。”

我们全部人都凑到电话旁边，已经有些困倦还在揉着眼睛的云朵依在奶奶身边，看到明雨就张开小嘴叫唤：“妈妈。”

“她一定要来看小孩，昨晚说什么也不肯回家睡觉，结果还真让她等到了新生儿。”

明雨笑：“云朵当姐姐了，开不开心？小妹妹漂亮吗？”

云朵眨巴着眼睛说：“是弟弟。”

哎？

一群大人在南半球的街头目瞪口呆。

邹航母亲道：“提前看性别本来就不准的。”

邹航捂脸：“妈，再不准也没有折腾三回的。”

黄瀛子隐隐担心：“关超不会疯了吧？他不会要来北京跟我算账吧？哎，要不咱们先别回去，加拿大五大湖逛一圈再回去吧？”

明雨笑：“躲得过初一躲不过十五，黄大侠，啊不，黄大仙赶紧回府，不然招牌就被砸了。”

十一　合同

念慈刚关上车门，手机就响起来。

项子行懒洋洋问："到哪儿了？"

"楼下。"

"不着急，ACA 的人刚到。"项子行笑，"不过叶燚还没到。"

念慈直接就按了电话。

项子行对着自己办公桌后面的男人笑："钟小姐这几年越发不把我当回事了。"

男人笑："所以你今天到底是谈合同还是谈恋爱？"

"不管是谈合同还是谈恋爱都离不开这位姑奶奶。总之，你这次给我把好关，叶燚那个混蛋跟我翻脸之后，我这边就没个把门儿的了，都不知道让她坑了多少回……"

电话响起来，是助理的声音："项先生，钟总到了。"

"请她进来。"

门就是这时打开了，偌大的办公室里有一瞬间的安静。

颜昀和念慈看着彼此，而这一眼已经距离上次的分别十三年了。

一时间，两个人都没说话，直到身后的门再次被打开。

"怎么都站在门口？"叶燚进来，深秋季节仍旧只穿着一件白色衬衫，还挽着衣袖，越发显得他眉清目朗。

"学长。"念慈进门，和颜昀握手，"好久不见。"

颜昀怔了片刻，恍然道："我以为项总说的叶燚的师妹，是大学的师妹，原来是高中的，更想不到是我认识的师妹。"

项子行在自己的老板台后探究地看了三人一眼，微笑："看来今天的合同会谈得很顺利。"

十二 前男友

念慈跟颜昀和项子行分别握了握手，收拾好电脑和文件，告辞后离开了。

办公室里只剩下三个男人，你看我，我看你，各自探究，半晌没动。

项子行最先笑出一声："所以，我是不是找了两任钟小姐的前男友来给我当法律顾问？"

颜昀笑着摇摇头："我不是。"

叶燚蹙眉："我也不是。"

两人看向项子行。

"也不是我。"他扶额一笑，所以钟小姐这个片叶不沾身的名声竟然是真的。

十三 谢谢

颜昀和念慈约在国贸顶层的阳光房咖啡厅见面。

这里地处东二环最繁华地段的摩天大楼顶端，空中花园餐厅，云层之中，满目是郁郁葱葱的花木，玻璃屋顶，室内倒也有用墨绿色的藤蔓搭起的凉棚，造出一片阴凉。

念慈的办公室就在下面，这里的食物干净健康，环境也清净，所以她经常会选在这里用餐。

颜昀到达的时候，远远正看到念慈安坐的背影，垂感很好的浅色西装，白色露着脚背的高跟鞋是细腻的小羊皮。

她刚结束一个通话，蓝牙耳机还没摘下来，纤细的手指捏起一只英式茶杯，轻轻抿了一口。

颜昀坐下来，他们彼此看了对方片刻，一时间都笑了。

“真是好久不见了。”颜昀点了跟念慈一样的牛排套餐和柠檬水，才说，“我其实一直有听说你的消息，只是没想到会在这里遇到。”

念慈也微笑点头：“我也听蒋翼说起过，在美国你们有时候会见面。”

其实不止这样，蒋翼还参加了颜昀和他犹太裔妻子的婚礼，黄瀛子赌气不肯参加，念慈虽然觉得她孩子气，可也就随她了。颜昀感叹：“项大少邀我回国的时候，说这几年一直吃你的亏，我也没想到他说的人神俱畏的女强人是我的学妹。”

“项先生是在开玩笑。”

颜昀笑：“我怎么觉得他是真的犯难。”

念慈抿嘴笑：“我们是做金融的，说白了就是服务业，项先生跟我们分分合合的，有时候挑错合作伙伴，有赚有赔也是常事。”

颜昀笑了片刻，摇摇头：“高中时就知道你厉害，但是也没想到你现在这么厉害。”

“所以学长当时不喜欢厉害的？”

颜昀怔了一下，看到念慈挑着眉眼、轻快的样子，才明白这是个玩笑。

他们总归要说开这些事，眼看免不了之后的合作接触，若是念慈不提，反而不是他们向来体面的处事方式。

“可能是我无法喜欢跟我自己几乎一模一样的人吧。”颜昀亦是真诚，想了片刻，笑着摇摇头，“尤其是比我还聪明、自负几倍的。”

念慈因为后半句笑起来：“怎么这几年总有人用‘自负’这个词

来形容我。”

“从前，除了与你如此相像的我，没有人能看到你温柔面目之后的本来样子。”颜昀看着眼前眉目清淡却散发光芒的年轻女人，“我那时候很怕处理不好这件事，会让你伤心。”

念慈想了想，摇摇头：“伤心还是伤心的，可就那一阵子，后来就淡了。我很容易看淡一些事，何况你当时那么温和。再说，我也要谢谢你。”

“谢什么？不娶之恩吗？”

两个人都笑了。

“不是的。”念慈笑，“学长，我要谢谢你，谢谢你到现在还是这么好。”

颜昀怔住。

念慈说的是真心话。

真心并未错付，弥补了曾经爱而不得的遗憾。

所以，颜昀，谢谢你，谢谢你那么好。

谢谢你，一直都没有变，一直都这么好。

谢谢你，让我从前的一切真心都那么值得。

你不喜欢我，可我喜欢你，虽然听起来有些伤心，可你一直那么好，那么让人喜欢，让重逢也成了一次把盏言欢，更让爱而不得变成了那么美好、值得怀念的一件事。

颜昀看着念慈，心里默默感叹：我也谢谢你，谢谢这么好的你能喜欢我。

念慈和颜昀吃过午饭已经是下午。

两个人一同去取车，念慈难得早退，要去给邹航的新电影捧场。

分开之前，颜昀到底没能免了八卦："所以叶燚，和你……"

念慈倒是坦白："相处过一段时间，觉得不合适就分了。"

"怎么叶燚不是这么说的。"

"哦，那他怎么说？"

"咳……"颜昀思忖片刻，笑道，"他说跟你提过结婚，你还嘲笑他。"

"并没有。"

"没提过结婚？"

"没嘲笑他。"

…………

颜昀想起叶燚少见的气怒却又无可奈何的样子，不觉好笑："他不会领会错了什么吧？"

"哦，那倒也没有。"

…………

念慈耸耸肩："这没办法了，我是不打算结婚的。"

颜昀小心探问："不打算跟叶燚结婚？"

"不打算跟任何人结婚。"念慈笑笑，"我是不婚主义。"

颜昀扶额。

他是真的佩服自己，慧眼独具，高中初谙世事，就识得这般魔女，如今算是逃出生天，幸甚至哉。

出了车库，颜昀的车先行，开着车窗和念慈挥手告别。

念慈开了没几步路，就停在街口的甜品店，想买一些甜点带给云朵。

草莓蛋糕刚刚装进盒子，电话就响了，郭靖问："我下周到北京，有什么需要我带的东西吗？"

"嗯，有点想吃阿姨糟的鸭舌。"

郭靖难得表示不满："我做的不行吗？"

念慈笑："不行呢，味道不一样。"

郭靖也笑起来："只有你一个人说我和我妈做的不一样。"

念慈拎着蛋糕盒，站在北京午后繁华的街头，道："郭靖。"

"嗯？"

"你要多回家喽。"

"原来，是因为这个。"郭靖了然，"我并不是因为我妈催我相亲才不回去的。"

"我也只是想吃阿姨糟的鸭舌。"

"那知道了。"郭靖人生中无数次了然自己说不过她，投降得也干脆，"我这周都回去住。不过要多说一句，我相亲失败也并不是因为你。"

"当然不是因为我，你休想诬陷我。"

郭靖笑："鸭舌下周见了带给你。"

"嗯。"念慈应了一声，却没放下电话。

"怎么？还要带些别的？"

"没什么。"

"那怎么了？"

念慈想想笑了："郭靖，谢谢你。"

千里之外的郭靖怔了怔："什么？"

"谢谢你。"

他们从不曾说过这句话，更深刻的记忆是念慈决定来北京的那一年，她说过的那句“对不起”。

两个一文不名的年轻人，在即将分离的时候，彼此那样道别。

念慈说：对不起。

因为我不能喜欢你，所以对不起。

如果可能，我多希望我喜欢的人是你，这么好的你。

面对你，斩钉截铁地拒绝和长痛绵绵的将就都不是我能做的，如今这个局面已经是我最好的选择，但我觉得对不起。

郭靖，对不起。

我是钟念慈，钟念慈不能因为“不好”将就，也不能因为“好”将就。

你明白我的意思吗？

郭靖点点头，回答：“明白，没关系。”

男女之情，从来不分对错，可对方是郭靖，念慈便做不到洒脱。

多年之后，钟念慈真的活成了她小时候喜欢的赤名莉香的样子。

她穿着宽大的西服和阔腿裤，走在北京的街头，无牵无挂，不悲不喜。

最真挚的爱和被爱，她全都拥有。

只是好可惜，爱和被爱，从来都不是一回事。

可那又怎样呢，钟念慈到底是钟念慈，不屈就于爱，也不屈就于被爱。

完整的爱情还未发生，自己却始终是自己最喜欢的样子。

十几年之后，时过境迁，相隔两地，突然被道谢的郭靖仿佛明白了什么，笑起来。

他从车里出来，夏日的北方阳光炽烈，爽朗得可穿透任何闭锁的心。

郭靖说：“嗯，不用谢，别客气。”

十四 礼物

方明雨一回到家就炸了。

整个客厅里，他们刚刚从欧洲旅行带回来的礼物被拆得满地都是，亮晶晶的包装纸和包装盒四分五裂，邹云朵小朋友从礼物堆里蹦出来，一脸的巧克力和口红印：“哇，妈妈回来了，妈妈回来了！”

刚想要扑过来的小机灵鬼突然想起什么，转身就跑：“哇，妈妈回来了，妈妈回来了！”

方明雨这个气啊，这满地的必然不是礼物，是“鸡毛”。

她时差还没调过来，刚听完了一天的学生毕业答辩，精疲力竭，回来就碰到这么个小磨人精，国际巨星的太太过的就是这种日子吗？

方博士深呼吸了几番，洗了手换了衣服，喘上了一口气坐在沙发上：“邹云朵，你过来。”

卧室的门里有一个小脑袋，笑嘻嘻地探出来，又藏起来。

方明雨本来还板着的脸孔，到底忍不住笑出来，招招手：“过来。”

然后怀里就收获了蹦蹦跳跳的一只小云朵。

“爸爸呢？”明雨问，“他知道你变身小花猫了吗？”

“爸爸泰国汤做到一半发现酱油过期了。”

“冬阴功汤吧，酱油怎么会过期？”明雨想明白了，“是鱼露吧？

那过期了怎么办?”

“他刚叫了外卖来送，到小区门口接了。”

“所以你就趁这一会儿拆了所有的礼物?”

小姑娘顶着一张大花脸不答反问:“妈妈，你是不是又骂大哥哥、大姐姐了?”

方老师纠正:“妈妈从来不骂人的，妈妈是在教育大哥哥、大姐姐。”

云朵任由亲妈把自己的嘴巴、脸蛋擦干净:“那妈妈今天好累了，是不是就不教育云朵了?”

“你怕被教育?”

“我怕妈妈累着了。”

明雨笑道:“以后不能让你跟黄瀛子玩了，学了满嘴哄人的话。”

会哄人的小朋友一本正经道:“那不行，瀛子会想我的。”

方明雨笑:“她知道你拆了她的礼物，你猜她还想不想你?”

“哪个是给瀛子的礼物?”小姑娘扑回礼物堆里，“这个吗？还是这个？是不是这个?”

“就那个黄色的盒子，博物馆的阿姨特意给我们包装得那么漂亮，就这样让你把贴纸剪开了，瀛子都享受不到拆礼物的快乐了，你说怎么办?”

邹云朵小朋友歪着头想一想:“贴纸吗？那个我不是很多吗?”

十五　爱莎

“《冰雪奇缘》？爱莎？哈哈哈。”

黄瀛子看到自己一整套精致的英式红茶瓷杯的礼物盒子上歪歪

扭扭又认认真真贴着的卡通贴纸，差点笑倒在地上。

“这是她最喜欢的贴纸，平时都不舍得给我看。”邹航吃醋，“你这个玩伴面子还真大。”

黄瀛子表示感动：“嘤嘤嘤，云朵总喜欢送我礼物呢。”

关超挑衅：“不是你抢来的吧。”

“才不是！我只抢皮蛋的玩具！”还带着云朵抢。

“《冰雪奇缘》吗？”小帆笑眯眯探头看，“皮蛋喜欢里面的鹿！”

“我也喜欢哎。”

关超夫妇带着小孩皮蛋来北京过周末，八个大人、两个孩子在海底捞围坐在圆桌边。

黄瀛子看着贴纸越发得意：“云朵真的好喜欢我。”

蒋翼戳穿事实：“她更喜欢照顾小孩。”

所有玩伴里过家家配合度最高，每次都逆来顺受、饰演被照顾的小婴儿的黄瀛子嘿嘿笑：“你不要因为她不喜欢雷震子也不喜欢哮天犬，就怀恨在心。”

蒋大爷并不打算大人不记小人过：“没什么眼光，跟她爸一样。”

“喂！”眼光差的云朵爸和被眼光差的云朵爸看上的云朵妈一起瞪他。

从儿童区跑了个满头大汗的云朵扑过来逮到一个大人就牵着走：“蒋翼！那个海洋球我和皮蛋都够不到，你给我拿下来！”

刚才还嫌弃人家没眼光的蒋大爷像提线木偶一样被没有他腿长的小人儿拎走了。

方明雨问：“你们俩真不生小孩了？”

“不生啊。”黄瀛子在锅里七上八下涮了一片毛肚，“我们丁克到底。”

关超抬脸："你们家就惯着你，他们家也不催？"

"不知道，反正没催到我面前来。"黄瀛子照旧没心没肺。

小帆好奇："我以为你喜欢小孩。"

"我喜欢呀，可我只喜欢和他们一起玩。让我管教小孩子，我才不干，我谁也不管。"

邹航看着远处被恩准放回来的蒋翼："他没准儿喜欢管。"

"他喜欢也没用，我不喜欢。何况他也不喜欢。"

"不喜欢什么？"蒋翼坐下来，把一整盘香菜涮进锅里。

"不喜欢管别人，尤其不喜欢管小孩。"

"嗯。"

"你们家没催吗？"关超问。

"催了。"蒋大爷才懒得说谎。

"那你怎么没和我说？"黄瀛子这才知道。

"催的是我不是你，跟你说什么？"同理，要不要小孩的是我们，不是爸妈，也没必要听他们的话。

"所以不管念多少书的中国爸妈都一样。"关超觉得好笑，"我岳父岳母最大的爱好就是给郭靖和念慈介绍对象，还有就是问你俩都登记这么久了为什么不要孩子。"

被介绍对象的两个人，一个一言不发给大家涮菜，一个吃火锅也能吃出法式大餐的优雅，但没人搭理这茬。

只有黄瀛子必然不能让关超的话掉在地上，她把刚下锅的香菜捞起来放进自己的盘子，实话实说："我俩登记的时候就说过不要的。"

"我们知道。"邹航道，"不过没想到你俩玩真的。"

方明雨挑眉："他们俩玩什么都是真的。"

念慈笑起来。

邹航问念慈："我前几天去你们公司，怎么还在照片墙上看到了金媛媛的照片。"

"是公司的年会吧，她来当嘉宾表演了舞蹈，我在后台看到她在上妆，不过见了我马上就扭开了脸，都没说话。她表演完节目，立刻就走了。"

明雨感叹了一句："我听姗姗说她婆家是广东乡下的，都什么年代了，竟然还重男轻女，这几年因为生不生二胎闹得不可开交。所以大概没有几个人有黄瀛子的命了。"

黄瀛子想不到话题又扯回自己身上，笑起来："我们一开始也没想太清楚，就是直觉不打算生小孩，当时还觉得是个玩笑。"

"那之后还改不改主意？"

"哈哈哈，当然是不改！"

那个时候，民政局登记大厅里，黄瀛子拿着蒋翼的手机跟所有蒋翼在北美的家人视频。

按着老礼，新娘子嫁进门要给过门礼。可这两个人说登记就登记，只好视频云过礼。

众星捧月之中，外公打开一个满满镶嵌着螺钿的箱子："这一套翡翠的老物件都给你，别的都还好，这个手镯是我母亲的嫁妆，我再没见过更好的了；这个坠子是最好的老坑冰种；这个戒指还是我当初结婚的时候给你外婆的，你们年轻人不喜欢金子，可这种花丝镶嵌的老工艺可难见了，戒面也是老翡翠的；这个胸针是宝石的，还是我们留学的时候去旅行，你外婆在巴黎的古董店买的，一晃都多少年了……还有这个，这个白玉的菩萨你可收好了，这个是古董，好难得的……这个长命锁当初没能给蒋翼，以后给你们的小孩。”

黄瀛子眨眨眼：“可是外公，我不打算生小孩哎。”

山遥水远之外，整个屏幕静止。

黄瀛子看着蒋翼：“信号不好，好像卡了。”

蒋翼接过来：“外公外婆，我们不要小孩。”

外婆：“不、不要好，不要好……”

“那菩萨还给不给我？”黄瀛子歪着挤进屏幕。

外公好气又觉好笑：“给！给！不给你还能给谁？都给你！锁也给你好了！”

蒋翼道：“那谢谢外公外婆了。”

视频挂断，黄瀛子看着蒋翼：“外公不会生气吧。”

“不会。”

“他那么老半天没说话呢，好像被噎住了，肯定是生气了的。”

“生气是他的事，生小孩是我们的事。”

“哎？”

蒋翼看着懵懵懂懂的瀛子，亲了亲她的额头：“我们俩结婚，房子买在哪儿，回谁家过年，每年几个月留在国内，几个月出国……都一块商量，但就一件事例外，生不生小孩，什么时候生，这事你做主。”

“你也可以发表意见呀。”

“我一个男的，又不能怀不能生的，瞎掺和什么。你想生咱们就养，不生就我俩过。”

“为什么呀？”别人也就算了，黄瀛子跟蒋翼在一起是最习惯有商有量的。

蒋翼看着她，一字一句说：“因为我们俩结婚，不为任何人，只为了我们两个。”

黄瀛子停了一会儿，想明白了这事：“因为两个人就是全世界？”

“嗯，因为两个人就是全世界。”

十六 两个人就是全世界

五年前，《雷震子》香港庆功宴后，蒋翼和黄瀛子逃过醉醺醺冲过来庆祝的朋友，跑去住早早预订好的迪士尼的酒店。

酒店前台热情礼貌地问：“您预订的是‘冰雪奇缘’主题套房，是否需要饼干？饮料呢？小朋友在……”

“我没带小朋友啊。”黄瀛子喝了酒的眼睛亮亮的、笑盈盈的。

“抱歉。”

蒋翼不接受道歉：“我带了小朋友，她就是小朋友，给她饼干，给她饮料！”

虽然这种家庭入住的酒店很少碰到醉鬼砸场，但是整个酒店依然严阵以待，把两个醉醺醺的人送进房间后，服务人员暗自祈祷不要出什么事端。

黄瀛子躺在梦幻的“城堡公主房”里，蒋翼拿起桌子上爱莎的照片，上面写着“请勿打扰”。

蒋翼宣布：“我要把这个牌子挂出去！”

立刻得到黄大侠批准：“行！谁来打扰我们，就让爱莎把他冻起来！”

“冻起来！”

黄瀛子大笑：“感谢爱莎！独立、强大、美丽的爱莎公主！我喜欢爱莎公主！我也喜欢钢铁侠、神奇女侠、流川枫、哈利·波特、孙悟空、雷震子！但是我讨厌蝙蝠侠!!”

两个人笑着闹着扑向阳台，梦幻绚烂的童话世界就在眼下，两个刚刚许定终身的人背贴着心，紧紧靠在一起。

总算安静下来的黄瀛子深吸了口气说：“大一的时候，你去迪士尼，还让庄远带照片给我，我后来哭得好伤心。”

蒋翼静了半晌问：“我也很伤心。”

“你有什么可伤心的?”瀛子奇怪，“你不是跟我显摆你去了迪士尼吗？你有什么可伤心的?”

“……我那是跟你显摆吗?”

“你给我照片就是显摆!”

“我哪儿那么无聊？我还问你‘来不来’？你也没有回我……”

“你什么时候问的?!”黄瀛子大惊。

“我在照片后面写的。”

“根本就没有!”

“怎么没有？我连机票都给你定好了，你还给我退回……”

“什么机票?”

“你来美国的机票!”

“哪里有什么机票……”

“我让庄远放在钱夹里带给你……”

两个人对峙起来，互相看着彼此，突然想明白了其中的关卡。

“庄远!”蒋翼咬牙。

黄瀛子眨巴着眼睛：“你、你那时候想我去美国？我还以为你不想理我了，一直到后来给我写邮件都没有一句话。”

蒋翼不答。

那么多的纠结和试探、不甘和难过，原来这个人当初都不知道。

“我们俩，都好糊涂啊。”瀛子靠着蒋翼，又是忧愁，又是觉得好笑，仰头看着他，“相纸后面不管用什么墨水写都很容易擦掉的，你有没有点常识?”

蒋翼想：我有常识，可有常识不代表能未卜先知有人处心积虑要给我擦掉，更郁闷的是那个人还是自己的兄弟……

黄瀛子解劝：“算了，看在《雷震子》的份儿上，原谅他吧。”

蒋翼闷声道：“也没怪他。”

“哎?”这可不是蒋大爷的性子。

蒋翼咬牙：“要怪他也不是这一件两件事了!”

黄瀛子哈哈大笑起来。

蒋大爷从来是记仇的，换了别人，怕是睚眦必报。可从小到大，他和庄远比来比去，却也相互扶持，彼此明目张胆地耍诈又和好，永远没有隔夜的仇。

黄瀛子的性子更是过眼烟云散随风，此刻她看着故事里才有的世界，转移话题：“要是小时候来这里不知道有多开心。”

蒋翼搂着她，也就消了气：“小朋友有小朋友的开心，大人有大人的开心。”

黄瀛子转回身，面对面搂着蒋翼的腰，仰头问：“你现在是小朋友的开心还是大人的开心?”

“小朋友的。”蒋翼随口答。

“那我是大人。”

“我是大人。”蒋翼不能输的好胜心绝不缺席。

“那我就是小朋友。”黄瀛子大大方方让步。

“行。”蒋大爷满意了。

黄瀛子异想天开道:“我们都是大人,行不行?”

“都是小朋友也行。”

找到玩伴的黄瀛子小朋友高兴起来:“有了大人也有了小朋友,那我们都不用跟其他人玩了呀!”

“本来也不跟别人玩。”蒋翼笑起来,“我们两个就是全世界!”

“对哦!”黄瀛子笑着点头,“我们两个就是全世界!”

一颗糖,送给全世界的小朋友

2020 年 03 月 20 日 21:31:27

图书在版编目（CIP）数据

十七岁你喜欢谁 / 樱十六著. -- 北京 : 九州出版社, 2022.11（2024.1重印）
ISBN 978-7-5225-1230-3

Ⅰ. ①十… Ⅱ. ①樱… Ⅲ. ①长篇小说—中国—当代 Ⅳ. ①I247.5

中国版本图书馆CIP数据核字(2022)第189373号

十七岁你喜欢谁

作　　者　樱十六　著
责任编辑　张皖莉
出版发行　九州出版社
地　　址　北京市西城区阜外大街甲35号（100037）
发行电话　（010）68992190/3/5/6
网　　址　www.jiuzhoupress.com
电子信箱　jiuzhou@jiuzhoupress.com
印　　刷　河北中科印刷科技发展有限公司
开　　本　880 毫米 × 1194 毫米　32 开
印　　张　23.5
字　　数　400 千字
版　　次　2022 年 11 月第 1 版
印　　次　2024 年 1 月第 3 次印刷
书　　号　ISBN 978-7-5225-1230-3
定　　价　88.00元